广东戏剧文库

优秀剧作选

1949-2019

广东汉剧卷

GUANGDONG XIJU WENKU
YOUXIU JUZUO XUAN
GUANGDONGHANJUJUAN

（第1册）

广东省艺术研究所
主编

中国戏剧出版社
CHINA THEATRE PRESS

图书在版编目（CIP）数据

广东戏剧文库. 优秀剧作选. 广东汉剧卷：1949-2019 /
广东省艺术研究所主编. -- 北京：中国戏剧出版社，2020.10
ISBN 978-7-104-04861-9

Ⅰ. ①广… Ⅱ. ①广… Ⅲ. ①汉剧－地方戏剧本－作
品集－广东－当代 Ⅳ. ①I236.65

中国版本图书馆CIP数据核字(2019)第173501号

广东戏剧文库·优秀剧作选·广东汉剧卷（1949—2019）

责任编辑：肖　楠　曹　静
责任印制：冯志强
校　　对：张爱华

出版发行：中国戏剧出版社
出 版 人：樊国宾
社　　址：北京市西城区天宁寺前街2号国家音乐产业基地L座
邮　　编：100055
网　　址：www.theatrebook.cn
电　　话：010－63381560（发行部）　010－63385980（总编室）
传　　真：010－63383910（发行部）

读者服务：010－63387810
邮购地址：北京市西城区天宁寺前街2号国家音乐产业基地L座

印　　刷：保定市铭泰达印刷有限公司
开　　本：787mm×1092mm　1 / 16
印　　张：41.25
字　　数：662千字
版　　次：2020年10月　北京第1版第1次印刷
书　　号：ISBN 978-7-104-04861-9
定　　价：228.00元（全2册）

编委会名单

序　言

为全面贯彻党的十九大和习近平总书记重要讲话精神，坚持以习近平新时代中国特色社会主义思想为指导，充分发挥广东戏剧在广东文化大省建设中的作用，促进广东戏剧观念、戏剧实践的发展，繁荣广东戏剧事业，推动广东戏剧事业走在全国前列，值中华人民共和国成立七十周年之际，在广东省文化和旅游厅的领导下，广东省艺术研究所自2018年开始启动《广东戏剧文库·优秀剧作选（1949—2019）》丛书出版工程，将广东戏剧70年来（1949—2019年）的剧目进行梳理、总结，现结集出版。

《广东戏剧文库·优秀剧作选（1949—2019）》由广东省文化和旅游厅策划，广东省艺术研究所承担组织编选工作。按照广东省文化和旅游厅的统一部署，由全省各演出院团报送剧本，我们聘请省内的戏剧专家、学者30余人，按照艺术质量与社会影响双重标准，将1949—2019年70年间历届省级以上戏剧赛事获得剧本奖的剧目、在市场演出中经久不衰的剧目、名家演出的代表性剧目、经专家推荐论证在现当代较有价值和意义的剧目甄选出来。自2018年开始，历时两年，我们从征集到的近2000个剧本中挑选出200多个，交由中国戏剧出版社出版。

《广东戏剧文库·优秀剧作选（1949—2019）》分8卷共25册，包括粤剧卷（8册）、潮剧卷（4册）、广东汉剧卷（2册）、雷剧卷（2册）、稀有剧种卷（含正字戏、白字戏、西秦戏、花朝戏4个剧种，3册）、客家山歌剧卷（2册）、韶关戏曲卷（含粤北采茶戏和乐昌花鼓戏2个剧种，1册）、话剧卷（3册）。

该剧作选所选录的剧本，就戏曲部分而言，既有经过整理的传统戏，如粤剧《白蛇传》《秦香莲》《审死官》，潮剧《荔镜记》《苏六娘》《告亲夫》，广东汉剧《齐王求将》，正字戏《张飞闯辕门》，白字戏《白罗衣》，西秦戏《辕门罪子》等；又有现当代新编写的历史剧，如粤剧《关汉卿》《昭君公主》《袁崇焕》，潮剧《辞郎洲》《陈太爷选婿》《东吴郡主》，广东汉剧《白门柳》，西秦戏《留取丹心照汗青》等；更有全新创作的现代戏，如粤剧《土缘》《驼哥的旗》《刑场上的婚礼》，潮剧《老兵回乡》《赠梅记》，广东汉剧《热嫁冷婚》，雷剧《抓阄村长》，梅县山歌剧《漂流的新娘花》《等郎妹》，粤北采茶戏《人生路》等。除戏曲剧目外，我们也留了 3 册的篇幅，用来收录广东 70 年来的优秀话剧剧本。所选剧本基本上比较真实地反映了广东戏剧 70 年来的剧目生产概况，比较完整地呈现了广东戏剧人在党的文艺方针指引下持续努力的轨迹，这对于今后的研究和创作而言，无疑是一份珍贵的参考资料，意义颇大。

鉴于时间跨度长、资料浩繁，编辑经验有限，书中错漏在所难免，祈请读者、方家批评指正。

《广东戏剧文库 · 优秀剧作选（1949-2019）》编委会

2019 年 3 月

目录

广东汉剧卷的剧本

全部由广东汉剧传承研究院提供

·广东汉剧卷·

盘　夫

（根据华东戏曲研究院整理本改编）

剧本整理：刘兴集

人 物 表

曾　荣　　姑爷，曾铣之子

严兰贞　　小姐，严世藩之女

飘　香　　严兰贞的婢女

第一场

[鄢府书房。

[幕启：曾荣闷步上场，心绪缭乱。

曾　荣　（唱二黄）清泉岂与浊流混，

自古忠奸不并存。

（白）想我曾荣自从花烛之夜，走避书房，奸女严兰贞，屡着丫环相请，纠缠不休。唉！想我长居虎穴，终非善策，若事久露出破绽，岂不性命难保，大冤无伸，这，这叫我如何是好？

这个……（科）有了，我不免写下密书一封，将情告知杨继盛大人，他定能助我伸冤报仇也。（写信）

（唱二板）沥血上书世伯台前，

晚生是曾铣之子名曾荣。

恨严嵩和世藩擅朝凶悍，

谗害我父斩满门。

我虎口逃脱改张姓，

偏遇着鄢茂卿迫我作螟蛉。
又遭严家强婚定，
身落罗网难飞腾。
大人义正请垂念，
万望除奸伸沉冤。

（写好持手中）

[飘香上。

飘　香　奉了小姐命，去把姑爷请。（入门）姑爷，（曾荣惊，急将信藏袖内，一时慌张，失落在地，荣不知觉，飘见信，乘机拾起暗藏）拜见姑爷。

曾　荣　起来。

飘　香　多谢姑爷。

曾　荣　你不在房中侍奉小姐，来到书房作甚？（假装镇定）

飘　香　我奉小姐之命，来请姑爷上楼。

曾　荣　你回去禀报小姐，说我要在书房读书。

飘　香　（旁白）姑爷再三不肯上楼，这便如何是好？
（想了一下）有了！（科）（趋前跪下）唉呀姑爷，救命呀！

曾　荣　小丫环，一不打你，二不骂你，你叫救命为了何事？（惊奇）

飘　香　姑爷！
（唱二板）屡请姑爷不上楼，
小姐责我礼不周。
鞭杖交加苦难受，
小婢岂不一命休。

曾　荣　（信以为真）原来如此么？这……（科）起来，你回去禀报小姐，说我即刻上楼。

飘　香　（暗自高兴）是！（下）

曾　荣　唉！
（唱三板）果然是乌鸦不生凤凰蛋，
奸臣之女心也奸。

我莫因小故招祸患，

权且上楼见机行。

[下。

第二场

[鄢府洞房。

[乐起，兰贞苦闷上。

严兰贞 （念） 我本真心托明月，

谁知明月照沟渠。

（白）唉！官人哪，官人！洞房之夜，你不该走避书房，我屡次差飘香相请，你总是不肯上楼，是何缘故？好叫为妻难猜呀！

（唱慢板）我爱你貌美学富潘宋上，

试才时节最难忘。

实指望新婚燕尔相和唱，

却为何私背花烛离洞房。

唉！

（唱二板）纵有情丝千万丈，

难系鄢郎枉自长。

（接串“双飞燕”）

飘　香 （上）小姐，小姐，我请姑爷时，见他慌张失落一纸，被我拾得。小姐请看。（交信）

严兰贞 放肆！我不过叫你看他动静，你怎么拿起他的东西来了？（边接信边问）姑爷可曾上楼？

飘　香 姑爷他就来了。

严兰贞 说我出外迎接。（高兴地来不及看信，将信藏好）

飘　香 （走向楼口）姑爷，小姐前来迎接。

[兰贞出楼门，曾荣上。

严兰贞 官人，请上楼来。（荣上楼拂袖自进房，兰被顶撞有些气恼）

（唱二板）我见了他喜在心，

他见了我怒气生。

（白）唉！（忍受着）

（唱二板）暂且按住心头气，

平心静气探原因。

[严兰贞进房。

（白）官人请坐。

曾　荣 你不说我早就坐了。

严兰贞 哦！（转过脸）官人，自古道："夫妻相敬如宾"，我叫你官人，你该叫我娘子，我若叫你相公，你该唤我一声小姐，如若你有了功名，我称呼你老爷，你也该称呼我一声夫人，哼！夫妻之间，难道连称呼都没有了么？

（荣被问得无言）

曾　荣 呀！（唱）奸女以礼来为难，

倒要谨慎把话言。

（白）娘子，有道是，有礼不嫌迟。如此请来见礼。

严兰贞 好一个有礼不嫌迟。来，重见一礼。

（庄重的施礼，转喜）请坐。

曾　荣 同坐。（二人坐下）娘子，你屡次差飘香叫我上楼何事？

严兰贞 哦！（一时不知所答，反问曾荣）官人，你终日埋头书房，却又为何？

曾　荣 勤读诗书。

严兰贞 读书？难道要连夜用功吗？

曾　荣 你可知苏秦引锥刺股？

严兰贞 他倒比起古人来了。

（自语）　哎，官人呀！

（唱）　你可知朱卖臣五十才荣贵，

何须连夜去功书。

曾　荣（唱）　你可知周瑜七岁读兵书，
岂可偷闲虚度时。

严兰贞（唱）　你可知姜太公八十遇文王，
况你青春少年郎。

曾　荣（唱）　你可知甘罗十二为宰相，

严兰贞（唱）　甘罗短命早夭亡。

曾　荣（未说完荣抢唱）
你道甘罗短命相，
莫非咒我寿不长。

严兰贞（唱）　妻非咒你寿不长，
实不愿你与甘罗作比方。

曾　荣　不愿就罢！

严兰贞　官人，我见你终日愁眉不展，不知为了何事？

曾　荣（唱）　各人自有各人事，
各人心事各人知。

严兰贞（唱）　别人难猜官人意，
官人心事我略知。

曾　荣（唱）　若能知我心中事，
除非蓬莱老仙师。

严兰贞（唱）　我兰贞一不呆来二不痴，
从小读过圣贤书。
要猜官人心中事，
要做蓬莱老仙师。
（接串“龙尾”）
（白）官人，待我来猜猜。

曾　荣　休劳费心。
（不耐烦地，搬椅子在一旁坐下，兰贞也搬椅子趋前坐下）

严兰贞　官人，待我来猜猜呀！

（唱） 你终日闷坐书房里，

莫不是未向蟾宫折桂枝。

曾　荣（唱） 我芸窗读尽五车书，

何愁蟾宫折桂枝。

严兰贞（唱） 莫不是离家日久思乡切，

一日愁怀十二时。

曾　荣（唱） 男儿应有四方志，

何须时刻把乡思。

严兰贞（唱） 莫不是嫌我兰贞容貌丑，

不配你才子做夫妻。

曾　荣（唱） 夫妻岂在容颜美，

何况你娘子美貌赛西施。

严兰贞（唱） 这不是来那不是，

使我兰贞苦猜思。（科）

（白）官人呀！

（唱） 官人好比月在天，

妻比月影随月生。

月若明来影也显，

月若暗来影也昏。

官人若有千斤担，

为妻分担五百斤。

君有疑难莫藏隐，

快把真情说分明。

（说到此处，兰贞眼泪不由落下来，苦在一旁）

曾　荣 呀！（被兰感动）

（唱） 我只道败竹生腐笋，

看来她父女两条心。

兰贞对我心诚恳，

我岂可负了她真情。

手抚妻肩轻声唤。

（白）娘子！

严兰贞 官人！

曾 荣 （唱） 你道小生哪里人？

严兰贞 你是杭州人氏。

曾 荣 非也。

（唱） 我不住钱塘住金陵。

严兰贞 哦，官人是南京人氏？

曾 荣 正是！

（唱） 我不姓张来本……（扬琴效果）咳！（欲言又止）

（背唱） 兰贞纵有夫妻情，

仇家是她骨肉亲。

画虎画皮难画骨，

知人知面不知心。

若将心事全抛尽，

怕只怕误将心事托仇人。

凡事三思须谨慎，

罢罢罢不辞兰贞下楼行。

（荣急步下楼）

严兰贞 官人转来，官人转来！（追出楼门）世上哪有这等奇人！

（唱） 我兰贞不是前朝诸葛亮，

怎猜他半句阴来半句阳。

妻前不把真情讲，

还有何人可商量。

（猜思片刻）

（唱） 他言语蹊跷耐人想，

说什么不住钱塘不姓张。（收腔）

（忽然想起）（白）哦，是了，刚才飘香拾得一纸，待我看来。

呀！（兰看信，大悟）

（唱） 他原来冤家路狭仇相见，

错将仇恨恨兰贞。

难怪他不把洞房进，

只因我不幸出生有严门。

（自苦） 唉！

（唱） 他哪知兰贞也有难言隐，

且到书房诉衷情。

[幕落。

第三场

[鄢府书房。

[音乐起，曾荣匆匆上。

曾 荣 （唱） 满腔隐恨忽轻提，

闭门而坐免是非。

（闭门，严兰贞上）

严兰贞 唉！（想敲门又缩回来）我不可造次。

曾 荣 咳！严兰贞呀严兰贞！

严兰贞 ……（听得鄢骂，趋前细听）

曾 荣 （唱） 纵然对我有真心，

怎奈你家是仇人。

难免日久将心变，

终须退你回严门。

严兰贞 好气呀好气！（气恼地）

（唱） 他竟敢休我严兰贞，

（白）罢罢罢！

待我到画堂禀父亲。

（气冲冲要走又回来一转念）不可呀！

（唱） 可怜他一家死得惨，

我岂忍再断他家后代根。

我若到画堂把话禀，

岂不做了丧心人。

他错怪兰贞理不应，

待我进房说分明。

向前举手敲门喊，（又想了想）

又恐吓坏我官人。

（稍停，真情地）（白）官人开门，官人开门！

曾　荣 外面叫门是谁？

严兰贞 是为妻兰贞到来。

曾　荣 哎呀，不好了！

（唱） 有事装作无事样，

权且迎她进书房。

（接串“卷珠帘”）

（开门，故作镇定）（白）原来是娘子，娘子请。

严兰贞 ……（不答拂袖，进房坐下）

曾　荣 请坐。

严兰贞 你不说我早就坐了。

曾　荣 请问娘子，你是才到此地，还是到此已久啊？

严兰贞 哦，我么……我是才到此地，一到就叫你开门的。

曾　荣 哦！（如释重负泰然无事）你是才到此地，一到就叫我开门的么？

严兰贞 ……（点头不语）

曾　荣 还好呀，还好！（转过脸不理睬）

严兰贞 （背白）我说才到此地，他就不理不睬，摆起架子来了。

（向荣）官人呀！

（唱） 你一时气来一时闹，

气哪桩来闹哪条。

曾 荣 （唱） 气管气来闹管闹，

我与你路管路来桥管桥。

严兰贞 官人，你回转书房作甚？

曾 荣 回转书房么？读书呀！

严兰贞 读什么书？

曾 荣 四书五经。

严兰贞 可否背几句给我听？

曾 荣 （念） 口儿诵来心不在，

读过诗书已忘怀。

严兰贞 你忘记了，为妻倒还记得。

曾 荣 你的书与我的书是两样的。

严兰贞 咳，是一样的。

曾 荣 两样的。

严兰贞 你不信，我背给你听听。

曾 荣 我不要听。

严兰贞 我这个人有个脾气，你叫我背，我倒不背，你不叫我背，我倒偏偏要背。

曾 荣 哦，那你就背吧！

严兰贞 那你就听吧！

曾 荣 要背么，到你自己书房去背，我是不听的。

严兰贞 官人，你听着呀！（学曾荣口吻）

（唱） 我不住钱塘住金陵。

曾 荣 这句话，我早在楼上已经说过了。

严兰贞 （唱） 我不姓张来本……（停顿）

曾 荣 看你也背不出。

严兰贞 ……（走向门口，四顾无人，关门）

曾 荣 咦，你关上房门，却是为何？

严兰贞 我背书给你听呀！官人，你再听下去。

（唱） 不住钱塘住金陵，

不姓张来本姓曾。

[荣惊，后故作镇定。

曾 荣 凭空捏造，令人好笑。

严兰贞 既然捏造，那就听我捏造下去吧！

（唱） 沥血上书世伯台前，

晚生是曾铣之子名曾荣。

[曾荣大惊。

（唱） 大人义正请垂念，

万望除奸伸沉冤。

（白）你刚才还朗诵起来，（学荣口吻）严兰贞呀严兰贞！

（唱） 纵然对我有真心，

怎奈你家是仇人。

难免日久将心变，

终须退你回严门。

（曾荣不知所措）

（白）曾荣你，你好呀！

（唱） 既说要休严兰贞，

来来来，去去去，

同到画堂禀父亲。

（一把拉住曾荣，荣被拉忍不住板起脸孔，拂袖坐下）

曾 荣 呸！何用拉拉扯扯，要杀便杀！

（兰见状，恐事弄僵，急一想）

严兰贞 哼！要杀便杀……只是啊！

（唱） 你这人无情又无义，

杀了你却又太便宜。

（白）我却偏偏不杀！

（荣莫名其妙，一旁思考）

曾　荣　呀！

（唱）　马到悬崖转一念，

曾荣可谓太憨生。

她若存心要害命，

尽可背我去禀奸臣。

却为何她却赶进书房背书信？

（科）（回忆在楼上和书房对他的态度）

（白）啊！（有所悟）

（唱）　看她处处有真心，

不该错把兰贞恨，

我要倾吐肺腑言。

若成心腹共患难，

血海深仇方可伸。

（荣上前）（白）娘子呀！

严兰贞　（故意地）哪个是你的娘子！

曾　荣　（唱）　只因为满腹沉冤心头系，

休道我无情无义来休妻。

我错认有其父来必有其女，

到今日方知你是贤德妻。

严兰贞　（唱）　说什么兰贞贤德妻，

你原来口是心非将我欺。

（兰故意地拦荣）

曾　荣　娘子呀！（再进一步倾吐）

（唱）　可怜我满门抄斩受奇冤，

白叟黄童哭九泉。

如今虎口埋名姓，

只因深仇不共天。

娘子知书明经典，

从来大义可灭亲。

你原是出水莲花污不染，

常言道暗室藏珠分外明。

严兰贞 ……（激动，激烈斗争）（白）唉！

（唱） 听得冤家诉苦情，

一声声打动严兰贞。

救夫难保全家命，

好教兰贞难做人。

曾 荣 娘子，如今你我心腹相共，难道忍心斩断夫妻恩情么？娘子！

严兰贞 咳！（决心地）

（唱） 谁是谁非已清楚，

兰贞岂可太糊涂。

天翻地覆我不顾，

弃暗投明救丈夫。

（白）官人，适才冲撞，望勿见怪，这信请你收起。

（起串“一点金”）为妻决不禀告。（深情诚恳地）

曾 荣 多谢娘子。（感激地深施一礼）娘子真是情深义重，就是泉下双亲也感激不尽。

严兰贞 夫呀！（将刚才曾荣惊慌失落的扇子拾起交与曾荣）

曾 荣 娘子！

严兰贞 官人，我要走了。

曾 荣 娘子要往哪里去？

严兰贞 （笑）我在此岂不耽误官人读书么！

曾　荣　娘子言重了，待为夫与娘子一同上楼。（开门）

曾　荣　娘子请。

严兰贞　官人请。

（荣牵着兰手，愉快地下）

[幕落。

[剧终。

·广东汉剧卷·

闹严府

剧本整理：刘兴集　陈葆祥

人　物　表

严兰贞	严　夏
曾　荣	赵婉贞
严世藩	玲　珠
严　嵩	鄢茂卿
赵文华	汤御史
飘　香	众丫环
严夫人	书　童

第一场　园　会

[严府的花园，鄢茂卿、曾荣上，家院严夏出来迎接。

鄢茂卿　（念）　失子得子，悲喜各半。

太师宴请，率子上前。

严　夏　鄢老爷，今日园中百花盛开，老太师高兴，特命设宴相邀。适才又有事，过了赵府，即刻便回。叮嘱老仆，请鄢老爷等在此园中稍候一时。

鄢茂卿　好，你有事可自去忙办。

严　夏　是。

鄢茂卿　荣儿，严嵩老太师，就是你的干祖父，他的儿子严世藩就是你的干叔父，初次见面，你可要小心应付。为父先过赵家问候老太师金安。此乃相府花园，只可在此游览，不可走动别处，牢牢记下。

曾　荣　孩儿遵命。（鄢茂卿从园门下。曾荣四顾，顿足而叹。）

（念）　牙关紧咬恨如山，人亡家破泪未干。

踏进仇家刚一步，宛如万刃刺心间。

（唱）　仇家对面怎相见，忍悲藏怒我装笑颜。

飘　香　（内白）小姐，你走快些呀！

［曾荣听到有人叫唤，假装四下观景，飘香引严兰贞上。

严兰贞　（唱）　半月未到园中看，簇簇百花竞争艳。

香气扑鼻令人羡，蝴蝶双双戏花间。

［曾荣正走到严兰贞前，二人对面都慢慢低头停住，飘香惊诧地拉兰贞到一旁。

飘　香　小姐呀小姐，那位分明是鄢公子。不是说他已身故了么？怎么又来到我们这花园里？

严兰贞　是呀，鄢家公子确已亡故多时，怎的到此？飘香，你去叫他一声鄢公子。

飘　香　好，小姐叫我去叫一声鄢公子，我就去叫一声鄢——公——子！

曾　荣　（转身）呵？

飘　香　咦，（回对小姐）小姐，他怎么真的应起来了哇？

严兰贞　他既应声，你就该问他，我在这里，他为何不来施礼答话？

飘　香　是！呵，鄢公子，小姐问你，我在这里，你为何不来施礼答话？

曾　荣　小丫环，我与你素不相识啊。

飘　香　（笑）呵，小姐，他说与我素不相识呀！

严兰贞　不会问话！哪个讲你哩？

飘　香　好，我再问去！（向曾荣）呵，鄢公子！

曾　荣　何事？

飘　香　你与我们小姐可是素不相识呀？

曾　荣　小丫环，我与你家小姐越发不相识了！

飘　香　（笑）敢问公子，你到底姓不姓鄢哪？

曾　荣　小生正是姓鄢哪！

飘　香　小姐，他说他姓鄢，又不认识你。

严兰贞 从未听说鄢公子有兄弟，想必是真的人有相似？

飘　香 （忽然想起）哦，我记起来了，昨天严夏说过，今日鄢家尚书老爷，带了他的干儿子来见太师，只怕就是这位书生了！

严兰贞 嗯，鄢茂卿的干儿子。（看曾荣）

（唱）　他比那鄢公子器宇轩昂，
眉宇间全不见半点轻狂，
衣着缟素反更美，
全不似那一个谈吐虚张。

飘　香 （见兰贞情形，窃笑其痴）小姐，你如此姗姗而行，赵小姐那边要来拉你了！

严兰贞 （不好意思）啐！（飘香下，兰贞随下。曾荣看二人已去，徐徐回身）

曾　荣 （唱）　似昙花在眼前刹那一现，
心沉沉管什么芙蓉牡丹。

（内喊：太师驾到！）

[严夏引鄢茂卿、赵文华、严世藩、严嵩上，严嵩一见曾荣，惊怪起来。

严　嵩 呵，这是……（鄢茂卿赶忙过来）

鄢茂卿 干爹，这是小儿鄢荣。

严　嵩 （指着曾荣）你说你儿子已故，为何还在世上？

鄢茂卿 哦，这是我新收留的螟蛉义子，名唤鄢荣。他的相貌确与亡儿极似。（上前拉曾荣）荣儿，快些叩见干祖父。

曾　荣 祖父在上，孙儿鄢荣叩见。

严　嵩 哈……，比你亡儿清秀得多呀。

鄢茂卿 荣儿，这是你干叔父严世藩，官拜吏部天官。这是你赵文华叔父，奉职文华殿大学士。快些上前参见！

曾　荣 二位叔父，小侄有礼。

严世藩 此子局促小家气。

赵文华 嗯，看来难成大器。

严　嵩 我看鄢荣眉清目秀，头角峥嵘，将来前程未可限量。

赵文华 着哇，老太师慧眼识人，十有十中呵。

严　嵩　茂卿，你是怎样收来此子？

鄢茂卿　干爹。

（唱）　前月乘船过杭州，望见他在水上浮，

忙命艄工来打救，收为螟蛉解妻愁。

严　嵩　他可是书香门第？

鄢茂卿　荣儿，快快讲来。（严兰贞与飘香暗上，在一旁偷听）

曾　荣　容禀。

（唱）　我父名唤张仲谋，祖籍宁波三代贩绸。

不幸去年双亲丧，我自经商四处漂流，

中途遇风落江水，干爹救儿把我收。

鄢茂卿　荣儿则出身寒素，却是人品敦厚。

赵文华　今后凭借太师洪福，包你青云直步。

严　嵩　哈……今日百花俱开，老夫备了酒宴，为你们大家庆幸。人来，摆酒 。（兰贞与飘香下。众丫环摆酒，五人同饮）茂卿，你此次到江浙，可曾听说曾铣之事？

鄢茂卿　闻说曾家已满门抄斩了！

严世藩　这都亏了相父，一封密书，命那仇鸾按兵不救，让那曾铣孤军丧师……

赵文华　再凭相父加参一本，于是曾铣的人头就高悬朝廷午门了！如此高谋，连那嘉靖皇帝都被捉弄了！

严　嵩　哈……

赵文华　来来来，我们大家正该同敬相父一杯呀！

严　嵩　文华学士，你这头颅真比这玉杯玲珑，你这张嘴真比鹦鹉叫的还好听，好，老夫就受用你们一杯！（一饮而尽，众陪饮）

曾　荣　哎呀！（曾荣越听越恨，手足颤抖，不觉玉杯跌地打碎，大惊）

鄢茂卿　哎呀荣儿，失手碎了玉杯，何以这等粗心大意！（求严嵩）还望干爹饶他初次。

严世藩　嘟！这玉杯成套，价值连城，乃皇上所赐，今日被你打碎，皇上问起如何了得！

赵文华 （风凉地）小家子气也，真是上不得大宴席！

严　嵩 （看严世藩等一眼，问曾荣）干孙儿，你为何会打碎玉杯的？

曾　荣 （掩饰地）禀干祖父，适才孙儿，偶得佳句，正在推敲，不慎手中玉杯落地……

严　嵩 如此倒还好学。起来，老祖父有一对子，你能对上，我就宽恕于你。

曾　荣 请祖父试出上联。

严　嵩 老夫上联是："堂前大臣，双足何须踏地"。

赵文华 （摇头晃脑随念）堂前大臣，双足何须踏地？

曾　荣 （略微思索）孙儿对的是："朝中宰相，独手可以……"

赵文华 独手可以遮天！

严　嵩 胡说！

曾　荣 朝中宰相，独手可以擎天！

严　嵩 哈……，好一个"独手可以擎天"！正合我心，不愧是我的好孙儿，老祖父恕你无罪！

曾　荣 谢祖父不罪。（跪下叩谢）

严　嵩 起来。哈……

[幕落。

第二场　婚　争

[十余日之后，严府大厅。飘香上。

飘　香 （唱）　小姐她病迷中道破心愿，
原来是要与鄢荣配姻缘。
飘香我要为她从旁打算，
亲生母对娇生岂不相关。

夫人有请！（严夫人上）参见夫人。（施礼）

严夫人 罢了。飘香，你不在绣楼服侍小姐，到来何事？

飘　香　哎呀夫人，小姐病倒半月之久，我朝夕守候病房。大夫日日来诊脉开方，每次都是摇头而去。

严夫人　怎么？每次都是摇头而去？他说些什么？

飘　香　大夫说，他们诊病，最怕的是心病。

严夫人　呵？是心病？不知是什么心病呀？

飘　香　病源都是那日园中归来呀！

严夫人　园中归来怎样？

飘　香　那日园中，小姐与鄢公子见过一面。昨晚小姐在昏迷中，口唤道："鄢郎呵鄢郎……"

严夫人　哦，她口唤鄢郎么？

飘　香　夫人，你来讲这到底是那个活着的鄢公子所迷呀？还是那个死了的鄢公子所祟的呀？

严夫人　这个么……？咳！飘香素来聪明，今日怎么说起糊涂话来了？想那死的已经死了，自然是那个活着的鄢荣呵！

飘　香　哟，老夫人，还是你比我聪明呵。（严世蕃上，在一旁听）

（唱）　小姐心病为鄢荣，昏迷犹念小鄢荣。

夫人要救小姐病，你就该配给她一个鄢荣。

严夫人　唉，兰贞既然屈意爱那鄢家公子，何不早对为娘言明，反自病苦了许久。

飘　香　都因你相府家法甚严哪！（故意让严世蕃听到）

严世蕃　小贱人，你大胆！

严夫人　老爷你可听见？

严世蕃　丑事不堪入耳！兰贞畜生，寡廉鲜耻，相府千金，病害单思，真真辱没我严府体面！

严夫人　老相公呀！

（唱）　既是亲生心一片，

我们应当作周全，

门当户对联婚眷。

严世蕃　住口！

（唱） 珍珠怎可配泥丸。

严夫人 老爷呀。

（唱） 女儿自幼学书礼，

伶俐绝顶不迷顽。

飘　香 （唱） 若是逼她性子起，

严世藩 怎样，怎样？这小贱人哪！

（唱） 我杀她头颅盖她棺。

严夫人 老爷你言重了。

（唱） 倘若公爹要查办？

严世藩 这个……

严夫人 （唱） 你屈她一毫会闹翻天。

严世藩 哎，这个贱人都是被你（指夫人），你们（指飘香），被我那太师老子纵容坏了哇！哼，我去把她妆楼烧毁，以免丑事外传！（欲下）

飘　香 （拉住严世藩）老爷，常言道：虎毒不伤儿。

严夫人 老爷，（拉住严）烧了女儿，你我身后空虚了！（哭）老爷呀！

严世藩 这等畜生，死了也罢！（将夫人踢倒，此时，严嵩闻声赶到。）

严　嵩 住手！（喝住严世藩）

严世藩 相父。

严　嵩 你夫妻争闹什么？

严世藩 这个……

严夫人 （跪步上前）公公听道呀！

严世藩 不要你讲！

严　嵩 （对严世藩）你不要讲话，让你妻讲来，老夫就是要听。（对儿媳）从头讲来！

严夫人 公爹呀！

（唱） 兰贞女爱上了鄢荣小哥。

严　嵩 哦……！

严夫人 （唱） 又羞口又生病不对娘说，

飘香来报娇儿病重，
老爷他一怒说死说活！
公爹呀，你要做主哇！

严　嵩　（大笑）哈……，说要死，叫他去死！（指严世蕃）说要活，我那娇滴滴的好孙女可要活！天塌下来，有我这朝中太师，独手擎天！哈……我看鄢荣生得不俗，很有才思，与我的娇孙女，正好匹配。

严世蕃　相父！鄢荣是茂卿义子，出身寒微，未有大才，怎好选作东床？且兰贞既不听父训，实乃不孝畜生，负了相父厚爱呀！

严　嵩　住口！兰贞乃为父掌上明珠，心头之肉，我准了你偏不准，你岂不也是不孝之儿？

严世蕃　相父三思！

严　嵩　三思什么？我有玉成之意，你无父女之情，那老夫只好爱孙女不爱儿了！你即叫赵文华为媒，叫鄢茂卿带我那干孙儿前来，老夫主婚，今日就与兰贞孙女当堂交拜，不得有误！

严世蕃　全凭相父主裁。（无奈）唉。（下）

严　嵩　飘香过来。

飘　香　小婢在。

严　嵩　快扶小姐起来，梳洗打扮，等候拜堂！

飘　香　遵命！过了这一关就一通百通了！（欢喜地下）

严　嵩　媳妇你也速速备办去吧！

严夫人　多谢公公成全。（下）

严　嵩　哈……

（唱）　相府尊荣金垫玉盖，
明珠出袖我极尽铺排。

[二道幕。二道幕前，曾荣与严兰贞交拜，曾荣皱着眉头引严兰贞走，飘香扶着小姐，众家丁与小丫环陪送新人，鼓乐喧天。

[幕落。

第三场　盘　夫

（第一幕）

［鄢府书房。

［幕启：曾荣闷步上场，心绪缭乱。

曾　荣　（念）　清泉岂与浊流混，
　　　　　　　　自古忠奸不并存。

（白）想我曾荣，自从花烛之夜，走避书房，奸女严兰贞，屡着丫环相请，纠缠不休。唉，想我长居虎穴，终非善策，若事久露出破绽，岂不性命难保，大冤无申，这，这，这叫我如何是好？这个……（做科）噢，有了，我不免写下密书一封，将情告知杨继盛大人，他必能助我申冤报仇也。（写信）

（唱）　沥血上书世伯台前，
　　　　晚生是曾铣之子名曾荣。
　　　　恨严嵩和世潘擅朝凶悍，
　　　　谗害我父斩满门。
　　　　我虎口逃脱改张姓，
　　　　偏遇着鄢茂卿迫我作螟蛉。
　　　　又遭严家强婚定，
　　　　身落罗网难飞腾，
　　　　大人义正请垂念，
　　　　万望除奸申沉冤。

（写好持手中）

［飘香上。

飘　香　奉了小姐命，去把姑爷请。（入门）姑爷。（曾荣惊，急将信藏袖内，一时慌张，失落在地，曾荣不知觉。飘香见信，乘机拾起暗藏）拜见姑爷。

曾　荣　起来。

飘　香　多谢姑爷。

曾　荣　你不在房中侍奉小姐，又来到书房作甚。（假装镇定）

飘　香　我奉小姐之命，来请姑爷上楼。

曾　荣　你去回禀小姐，说我要在书房读书。

飘　香　（旁白）姑爷再三不肯上楼，这便如何是好？（想了一想）有了。（趋前跪下）姑爷，救命呀！

曾　荣　小丫环，我一不打你，二不骂你，口叫救命，为了何事？

飘　香　姑爷。

（唱）　屡请姑爷不上楼，
　　小姐责我礼不周，
　　鞭杖交加苦难受，
　　小婢岂不一命休！

曾　荣　（信以为真）原来如此么？这……（做科）起来，你回去禀报小姐，说我即刻上楼。

飘　香　（暗自高兴）是。（下）

曾　荣　（唱）果然是乌鸦不生凤凰蛋，
　　奸臣之女心也奸，
　　我莫因小故招祸患，
　　权且上楼见机行。（下）

（第 二 幕）

[鄢府洞房。

[乐起。严兰贞闷上。

严兰贞　（念）　我本真心托明月，
　　谁知明月照沟渠。

唉，官人哪，官人！洞房之夜，你不该走避书房，我屡次差飘香相请，你总是不肯上楼，是何缘故？好叫为妻难猜呀！

（唱）　我爱你貌美学富潘宋上，
　　试才时节最难忘，

实指望新婚燕尔相和唱，

却为何私背花烛离洞房。

唉！

纵有情丝千万丈，

难系鄢郎枉自长。（飘香上）

飘　香　小姐，小姐，我请姑爷时，见他慌张失落一纸，被我拾得。（交信给严兰贞）

严兰贞　放肆，我不过叫你看他动静，你怎么拿起他的东西来了？

（边接信边问）姑爷可曾上楼？

飘　香　姑爷他就来了。

严兰贞　说我出外迎接。（高兴地来不及看信，将信藏好）

飘　香　姑爷，小姐前来迎接。（下）

［严兰贞出楼门迎接，曾荣上。

严兰贞　官人，请上楼来。（曾荣上楼拂袖自进房，严兰贞被顶撞有些气恼）

（唱）　我见了他喜在心，

他见了我怒气生。

唉，

暂且按住心头气，

平心静气探原因。（严兰贞进房）

官人，请坐。

曾　荣　你不说我早就坐了。

严兰贞　噢，（转过脸）官人，自古道："夫妻相敬如宾"，我叫你官人，你该叫我娘子。我若叫你相公，你该唤我一声小姐，如若你有了功名，我称呼你老爷，你也该称呼我一声夫人。哼，夫妻之间，难道连称呼都没有了么？（曾荣被问得无言）

曾　荣　呀。

（唱）　奸女以礼来为难，

倒要谨慎把话言。

娘子，有道是：有礼不嫌迟，如此请来见礼。

严兰贞 好一个有礼不嫌迟。来，重见一礼。（施礼）请坐。

曾　荣 同坐。（二人坐下）娘子，你屡次差飘香叫我上楼何事？

严兰贞 哦！（一时不知所答，反问曾荣）官人，你终日埋头书房，却又为何？

曾　荣 勤读诗书。

严兰贞 读书？难道要连夜用功么？

曾　荣 你可知苏秦引锥刺股？

严兰贞 他倒比起古人来了。（自语）哎，官人呀！

（唱） 你可知朱买臣五十才荣贵，
何须连夜去攻书。

曾　荣（唱） 你可知周瑜七岁读兵书，
岂可偷闲虚度时。

严兰贞（唱） 你可知姜太公八十遇文王，
况你青春少年郎。

曾　荣（唱） 你可知甘罗十二为宰相。

严兰贞（唱） 甘罗短命早夭亡，

曾　荣（唱） 你道甘罗短命相。
莫非咒我寿不长。

严兰贞（唱） 妻非咒你寿不长，
实不愿你与甘罗作比方。

曾　荣 不愿就罢！

严兰贞 官人，我见你终日愁眉不展，不知为了何事？

曾　荣（唱） 各人自有各人事，
各人心事各人知。

严兰贞（唱） 别人难猜官人意，
官人心事我略知。

曾　荣（唱） 若能知我心中事，
除非蓬莱老仙师。

严兰贞（唱） 我兰贞一不呆来二不痴，

从小读过圣贤书，

要猜官人心中事，

要做蓬莱老仙师。

官人，待我来猜猜。

曾　荣　休劳费心。（不耐烦地搬椅子在一旁坐下，严兰贞也搬椅子趋前坐下）

严兰贞　官人，待我来猜猜呀！

（唱）　你终日闷在书房里，

莫不是未向蟾宫折桂枝。

曾　荣　我芸窗读尽五车书，何愁蟾宫折桂枝。

严兰贞（唱）　莫不是离家日久思乡切，

一日愁怀十二时。

曾　荣　男儿应有四方志，何须时刻把乡思。

严兰贞（唱）　莫不是嫌我兰贞容貌丑，

不配你才子做夫妻？

曾　荣（唱）　夫妻岂在容颜美，

何况你娘子美貌赛西施。

严兰贞（唱）　这不是来那不是，

使我兰贞苦猜思。

官人呀！

（唱）　官人好比月在天，

妻比月影随月生。

月若明来影也显，

月若暗来影也昏。

官人若有千斤担，

为妻分挑五百斤。

君有疑难莫藏隐，

快把真情说分明！

[说到此处，严兰贞不由落泪，苦在一旁。曾荣被感动。

曾　荣　呀！

（唱）　我只道败竹生腐笋，

看来她父女两条心，

兰贞对我心诚恳，

我岂可负了她真情，

手抚妻肩轻声唤。

娘子。

严兰贞　官人。

曾　荣　（唱）　你道小生哪里人？

严兰贞　你是杭州人氏。

曾　荣　非也。

（唱）　我不住钱塘住金陵。

严兰贞　哦，官人是南京人氏。

曾　荣　正是。

（唱）　我不姓张来本……咳！

严兰贞　本什么？（曾荣欲语又止，内心激动）

曾　荣　（唱）　兰贞纵有夫妻情，

仇家是她骨肉亲。

画虎画皮难画骨，

知人知面不知心，

若将心事全抛尽，

怕只怕误将心事托仇人！

凡事三思须谨慎，

罢罢罢！

不别兰贞下楼行！

严兰贞　官人转来！官人转来！（追出门楼）世上哪有这等奇人！

（唱）　我兰贞不是前朝诸葛亮，

怎猜他半句阴来半句阳，

妻前不把真情讲，

还有何人可商量？

（猜思片刻）

他言语蹊跷耐人想，

说什么不住钱塘不姓张。

（忽然想起）噢，是了，刚才飘香拾得一纸，待我看来。（严兰贞看信，大悟）呀！

严兰贞 （唱） 他原来冤家路狭仇相见，

错将仇恨恨兰贞。

难怪他不把洞房进，

只因我不幸出生在严门。

唉！

他哪知兰贞也有难言隐，

且到书房诉衷情。（下，二道幕开）

（第 三 幕）

[二道幕启。鄢府书房，曾荣匆匆上。

曾　荣 （唱） 满腔隐恨勿轻提，（进书房）

闭门而坐免是非。（闭门。兰贞上）

严兰贞 唉！（想敲门又收回来）我不可造次。

曾　荣 严兰贞呀严兰贞！（严兰贞在门外趋前细听）

（唱） 纵然对我有真心，

怎奈你家是仇人。

难免日久将心变，

终须退你回严门！

严兰贞 好气呀好气！（气恼地）

（唱） 他竟敢休我严兰贞，（白）罢罢罢！

待我到画堂禀父亲！

（气冲冲要走，又回头来一转念）

（白）不可，不可呀。

（唱） 可怜他一家死得惨，

我岂忍再断他家后代根。

我若到画堂把话禀，

岂不做了丧心人。

他错怪兰贞理不应，

待我进房说分明。

向前举手敲门喊，（又想了想）

又恐吓坏我官人！（稍停，真情地）

（白）官人开门，官人开门来！

曾　荣 外面叫门是谁？

严兰贞 是为妻兰贞来了。

曾　荣 哎！（大惊）不好了！

（唱） 有事装作无事样，

权且迎她进书房。

原来是娘子，娘子请。（严兰贞不答拂袖，进房坐下）请坐。

严兰贞 你不说我早就坐了。

曾　荣 请问娘子，你是才到此地，还是到此已久啊？

严兰贞 哦，我么……我是才到此地，一到就叫你开门的。

曾　荣 噢，你是才到此地，一到就叫我开门的么？（严兰贞点头不语）还好呀，还好。（搬椅子坐下，不理严兰贞）

严兰贞 我说才到此地，他就不理不睬，摆起架子来了。（向曾荣）官人呀！

（唱） 你一时气来一时闹，

气哪桩来闹哪条？

曾　荣（唱） 气管气来闹管闹，

我与你路管路来桥管桥！

严兰贞 官人，你回转书房做甚？

曾　荣 回转书房么？读书呀。

严兰贞 读什么书？

曾　荣 四书五经。

严兰贞 可否背几句给我听？

曾　荣 （念）口儿诵来心不在，读过诗书已忘怀。

严兰贞 你忘记了么？为妻倒还记得。

曾　荣 你的书与我的书是两样的。

严兰贞 一样的。

曾　荣 两样的。

严兰贞 你不信，我就背给你听。

曾　荣 我不要听。

严兰贞 我这个人有个脾气，你叫我背我倒不背，你不叫我背，我倒偏要背

曾　荣 哦，那你就背吧。

严兰贞 那你就听吧。

曾　荣 要背么，到你自己房中去背，我是不听的。

严兰贞 官人，你听着呀。

（唱）我不住钱塘住金陵。

曾　荣 这句话，我早在楼上已经说过了。

严兰贞 （唱）不姓张来我本……

曾　荣 本什么？看你也背不出。（严兰贞走向门口，四顾无人，关门）咦，你关上房门，却是为何？（把椅子搬回去）

严兰贞 我背书给你听呀，官人，你再听下去。

（唱）　不住钱塘住金陵，

不姓张来我本姓曾！（曾荣大惊，后故作镇定）

曾　荣 凭空捏造，令人好笑。啊，哈哈哈。

严兰贞 既言捏造，那就听我捏造下去吧。

（唱）　沥血上书世伯台前，

晚生是曾铣之子名曾荣。
大人义正请垂念，
万望除奸申沉冤。
（白）你刚才又还朗诵起来，（学曾荣口气）严兰贞呀严兰贞！
（唱） 纵然对我有真心，
怎奈你家是仇人。
难免日久将心变，
终须退你回严门。
（白）曾荣你，你好呀。
（唱） 既说要休严兰贞，
来来来，去去去，
同到画堂禀父亲！
（一把拉住曾荣，曾荣板起脸孔，拂袖坐下）

曾　荣 呸！何用拉拉扯扯，要杀便杀！
（兰贞见状，恐事弄僵，急一想。）

严兰贞 哼，要杀便杀…… 只是啊！
（唱） 你这人无情又无义，
杀了你却又太便宜。
（白）我却偏偏不杀了。
（曾荣不知怎样才好，在一旁思考）

曾　荣 （唱） 马到悬崖转一念，
曾荣可谓太憨生。
她若存心要害命，
尽可背我去禀奸臣。
却为何她赶进书房背书信？
看她处处有真心，
不该错把兰贞恨，
我要倾吐肺腑言。

若成心腹共患难，

血海深仇方可伸。（曾荣上前）

（白）娘子呀！

严兰贞 （故意地）哪个是你的娘子！

曾　荣 （唱）　只因为满腹含冤心头系，

休道我无情无义来休妻。

我错认有其父来必有其女，

到今日方知你是贤德妻。

严兰贞 （唱）　说什么兰贞贤德妻，

你原来口是心非将我欺。（兰贞故意地拦曾荣）

曾　荣 娘子呀！（再进一步倾吐）

（唱）　可怜我满门抄斩受奇冤，

白叟黄童哭九泉。

如今虎口埋名姓，

只因深仇不共天。

娘子知书明经典，

从来大义可灭亲。

你原是出水莲花污不染，

常言道暗室藏珠分外明。

（严兰贞听到曾荣的诉说，思想在激烈地斗争）

严兰贞 唉！

（唱）　听得冤家诉苦情，

一声声打动严兰贞。

救夫难保全家命，

保家难救亲夫君。

骨肉亲恩爱情心如辘转，

好教兰贞难做人。

曾　荣 娘子，如今你我心腹相共，难道忍心斩断夫妻恩情么？娘子！

严兰贞 唉！（决心已下）

（唱） 谁是谁非已清楚，

兰贞岂可太糊涂。

天翻地覆我不顾，

弃暗投明救丈夫！

（白）官人，适才冲撞，望勿见怪，这信请你收起，为妻决不禀告！（深情诚恳地）

曾　荣 多谢娘子。（感激地深施一礼）娘子真是情深义重，就是泉下双亲亦感激不尽！

（严兰贞把曾荣刚才惊慌失落的扇子拾起交与曾荣。）

严兰贞 官人，我要走了。

曾　荣 娘子要往哪里去？

严兰贞 （笑）我在此岂不耽误官人读书么！

曾　荣 娘子言重了，待为夫与娘子一同上楼！娘子请。

严兰贞 官人请。

[幕落。

第四场　谋　害

[二幕前，飘香上。

飘　香 姑爷，小姐，有请。

[曾荣、严兰贞同上。

曾　荣 何事？

严兰贞 何事？

飘　香 严夏前来言道，今天夫人寿诞，特来迎接姑爷过府家宴。

严兰贞 你叫严夏外面等候。官人，不是严夏到此，我倒忘记了。

曾　荣 忘记什么？

严兰贞 今日是我母亲寿诞之期，理应前去拜寿。

曾　荣 为何单接我去？

严兰贞 官人哪里知道，只因为妻婚后尚未满月，依礼不可回门。

曾　荣 既然如此，我也不去。

严兰贞 官人，何必如此？

曾　荣 娘子啊！

（唱）　血海深仇满腔恨，
怎能屈节上严门。

严兰贞 官人啊！

（唱）　官人虽有满腔恨，
事情还要忍为先，
你若不去祝寿去，
反使我父生疑心，
只要筵前多谨慎，
席散尽早回家门。

曾　荣 贤妻之话虽然不错，但严府如虎穴，此去恐怕……

严兰贞 官人啊！

（唱）　官人尽管去赴宴，
天大事情我承担，
我当嘱老严夏小心照应，
到午后再着飘香接你还。

曾　荣 多谢娘子关心。

严兰贞 请官人内面更衣。（曾荣下去更衣）飘香，叫严夏上来，并取出纹银百两，黄金五两。

飘　香 是。老院工上来。（飘香下去取东西，严夏上）

严　夏 叩见小姐。

严兰贞 不用，严夏，这百两纹银是姑爷赏赐与你的。这黄金五两是我给你买茶吃的。

严　夏 谢小姐赏赐。（飘香引曾荣上）

严兰贞 严夏，今日姑爷前去祝寿，你要小心伺候，席散之后，立即送他回来。

严　夏 小老儿遵命。

曾　荣 娘子，我去了。

严兰贞 官人珍重。严夏，我今将姑爷清清楚楚交与你，你还要清清楚楚交还来。

严　夏 是、是、是。姑爷随我来。

曾　荣 带路。

严兰贞 官人，早去早回。

曾　荣 小生知道，娘子请回。（然后随严夏下）

严兰贞 飘香，你午后即着大轿一乘，前去迎接姑爷回府。（下）

飘　香 是。（下）

（二道幕启。严府华堂。严夏上，请出严世藩）

严　夏 有请老爷。

严世藩 何事？

严　夏 圣谕下。

严世藩 接圣谕。

太　监 圣谕下，吏部天官跪。

严世藩 吾皇万岁，万万岁。

太　监 奉天承运，皇上诏曰：朕悉一品夫人刘氏寿辰，钦赐碧玉花瓶，以示庆贺，钦此。

严世藩 万岁，万万岁。（送太监）严夏，有请鄢姑爷。

严　夏 有请鄢姑爷。（曾荣从里出来）

曾　荣 叩见岳父。

严世藩 贤婿，今日你岳母寿诞，皇上钦赐玉花宝瓶以及为父久慕之物，今日到手，好不得意也。

曾　荣 真乃皇上恩典，岳父洪福。

严世藩 哈、哈、哈……适才筵席之中，忙于应酬宾客，未曾与吾婿作陪，望勿介怀。

曾　荣 不敢，不敢，大人应酬宾客，子婿本应相随作陪，只因不明官礼，诚恐失仪，还望见恕。

严世藩 好说，好说。现在宾客已散，待我与贤婿妻花园品畅谈。

曾　荣 这……（严夏上）

严　夏 启禀老爷，汤御史前来求见。

严世藩 噢，请进。

严　夏 外面传话，请汤御史进府。

严世藩 贤婿，你先到花园玩赏一回，老夫见客后就来。

曾　荣 大人有事，不便打扰，小婿就此告辞。

严世藩 时候还早，不必急回，严夏，陪姑爷到花园游玩。

曾　荣 大人……

严世藩 贤婿不必见外了。

严　夏 姑爷随我来。（曾荣不得已随严夏下，至门口与汤御史相遇，汤御史注视着曾荣下）

汤御史 叩见大人。

严世藩 罢了，一旁坐下。

汤御史 告坐。

严世藩 命你抄斩曾铣全家，可曾办妥？

汤御史 启禀大人，卑职奉命后，日夜赶程，到达南京，已将曾铣全家二十口斩讫，但曾铣之子曾荣，却被闻风逃走了。

严世藩 吓！逃走了曾荣么？

汤御史 正是。

严世藩 可曾各处查访缉拿？

汤御史 卑职已往各处查访缉拿。

严世藩 可曾拿到？

汤御史 直到今天，才有些眉目。

严世藩 有何眉目？

汤御史 卑职恐说了出来，开罪大人。

严世藩 你尽管说来，老夫恕你无罪。

汤御史 请问大人，刚才从此而出的是何人？

严世藩 此乃老夫新婿，鄢大人之子鄢荣也。

汤御史 鄢荣？鄢公子不是去世了么？

严世藩 此乃鄢大人之螟蛉子。

汤御史 噢，螟蛉子，不知从何处认来的？

严世藩 在南京附近。

汤御史 在南京附近么？唔，是了，此人正是曾荣无疑了。

严世藩 从何说起？

汤御史 鄢大人官船到南京时，正是抄斩曾家的后数天，必定曾荣逃出后，被鄢大人收留。你看！（拿出图形）这是曾荣画影图形，此人相貌与图形一模一样，刚才我还细看此人耳后，果有斗大的朱砂痣。

严世藩 如此说，新婿就是冤家？

汤御史 正是。

严世藩 不会错？

汤御史 不错。

严世藩 哎呀！

（唱） 听了御史一片言，
方知女婿是祸根。
祸根若是不除尽，
严家始终不安宁。
来，我和你前去把他杀了！

汤御史 慢！

（唱） 他今已是严府亲，
杀他不可露风声。
要防兰贞有怪怨，
相府声誉要顾全。

如今他已自投罗网，不难将他拿下，不如想个妥善办法才是。

严世藩 唔，说来倒有道理，你即去请赵大人前来相商。

汤御史 遵命。(下)

严世藩 正是：若非耳目多，险些遭大祸。(赵文华上)

赵文华 大哥何事?

严世藩 呀!

(唱) 适才御史来复命，

认出鄢荣是曾荣。

赵文华 吓！鄢荣就是曾荣么?

严世藩 正是。

赵文华 可曾拿下?

严世藩 我正为此事不决，叫你前来相商。

赵文华 何不速决?

严世藩 唉!

(唱) 如今他是严府亲，

杀他有损相府名。

又怕兰贞有责怨，

投鼠忌器下手难。

赵文华 如今曾荣可曾回去?

严世藩 未曾回去，还在花园游玩。

赵文华 这个……噢，有了!

(唱) 乘他还在花园玩，

引他独上望花亭。

放火结果他性命，

说是失火把命倾。

已可顾全相府面，

侄女也必无怨言。

事经久待恐生度，

大哥请即依计行。

严世藩 不错，这是好妙计。你即前去引他，依计而行。

赵文华 遵命。（下）

严世藩 正是：灭火休留余烬，斩草定要除根。（下）

[二道幕前，赵婉贞上。

赵婉贞 深居闺房里，终日锁愁眉。唉！

（唱） 想我父赵文华官居尚书，

生下我赵婉贞爱如掌珠。

事事都随我心意，

只不许我出深闺。

终日闷在书房里，

满腹愁绪有谁知。（玲珠上）

玲　珠 小姐，老爷往严府赴宴，还未回来，我们到花园游玩一回。

赵婉贞 噢，到花园去？

玲　珠 正是。

赵婉贞 好呀！

（唱） 乘父出门尚未回，

偷出园中玩一时。（随玲珠下）

[启二幕，严、赵两府花园，中隔一墙。严夏引曾荣上。

严　夏 姑爷，那边是沉香阁，那边是钓鱼台，那边是摘星楼，那边是望花亭，那边是……

曾　荣 严夏，你且下去，我独玩一回。（不耐烦地）

严　夏 是、是、是。（退下）

曾　荣 唉！

（唱） 这园中虽然一片好风景，

我哪有逸兴与闲情。（赵文华上）

赵文华 嘻嘻嘻，鄢姑爷，令岳稍顷即来，待叫我先来陪你。

曾　荣 不敢，不敢。

赵文华 来来来，你我同登望花亭一同观赏。

曾　荣 请。

赵文华　请。（二人同登望花亭）姑爷，你看，园中百花吐艳，真是一幅好景致也。

曾　荣　是。

赵文华　姑爷素擅绘画，何不将此好景描绘一幅？

曾　荣　侄儿不谙此道。

赵文华　老太师试才时节，早已闻名，姑爷何必过谦呢？

曾　荣　那是上命难违，藉以塞责而已。

赵文华　姑爷勿再推辞，待我去拿文房四宝来。

曾　荣　大人，大人……

赵文华　姑爷稍待，我去去即来。（下楼，然后将门倒锁）曾荣啊曾荣，任你有文武全才，也逃不过我赵文华的妙计。待我取火种前来，稍时间去见你的爹妈！（得意下）

曾　荣　噢。（忽有所悟）赵文华为人诡计多端，此去唯恐有诈，我还是下楼而去。（忙下楼，见门已被反锁）哎呀！想是真情暴露，锁我在此，暗下毒手，这……这怎生是好？这个……（一想）罢！事到如今，只有破门出去。（欲跑下又止，一想）从这边出去，必遇奸贼，不如越墙逃走！（越墙。赵婉贞与玲珠扑蝶上，见曾荣越墙。）

赵婉贞　呀！你……（惊）

玲　珠　咦，鄢姑爷。（认出了曾荣）

曾　荣　小……小……（惊慌失措地说不出话来）

玲　珠　小婢名叫玲珠，前日送信给兰贞小姐的，姑爷就认不出来了吗？

曾　荣　啊，玲珠姐。（行礼）

玲　珠　小姐，这是鄢府姑爷。（对赵婉贞说）姑爷，这是兰贞小姐义妹赵婉贞小姐。（对曾荣说）

赵婉贞　原来是鄢府姑爷，小妹有礼。（行礼）

曾　荣　小，小生还礼。

玲　珠　姑爷慌张越墙，不知为了何事？

曾　荣　适才严伯父，他，他……

玲　珠　啊，我知道了，定是严府老爷吃醉了酒，又要杀人吗？（自以为是地）

曾　荣　正是。适才他在宴中饮得大醉，忽持宝剑将我赶杀，因此慌张越墙躲避。

玲　珠　姑爷，你还不知道，有一次府中一个小丫环真的给他杀掉了哩。所以我一见你的神色，便给我猜中了。

赵婉贞　玲珠。（示意不得放肆）

曾　荣　适才惊动小姐，实实冒昧。

赵婉贞　说哪里话来，还是我等失仪。

曾　荣　好说了。

赵婉贞　请姑爷到书房一坐。

曾　荣　怎好打扰小姐，小生就此告辞。

赵婉贞　姑爷不要见外，兰贞姐和我亲如骨肉，说什么打扰二字。来，请！

曾　荣　请。（不得已）

赵婉贞　（唱）姑爷随我书房进。（随玲珠下）

曾　荣　（唱）且跟她到书房见机而行。（随着下。赵文华持火种上）

赵文华　火种，火种，今晚靠你立大功！（发现门被冲破，大惊。急上楼寻找，已没了曾荣）哎呀，那小子破门逃走了，待我赶快报知大哥便了！（急下）

[幕落。

第五场　索　夫

[二道幕前，飘香急上。

飘　香　小姐，不好了。

严兰贞　怎样？

飘　香　姑爷不见了。

严兰贞　怎说？

飘　香　我到严府迎接姑爷，这个说不知，那个说未见，四处找寻，又无踪影。

严兰贞　可有问过严夏？

飘　香　严夏说道，只见姑爷进府，不见姑爷出府。

严兰贞 啊，只见姑爷进府，不见姑爷出府？

飘　香 是。

严兰贞 是了，想是官人在酒宴前漏出了真情实话，我爹爹将他害死是真。也罢，飘香，叫众丫环上来。

飘　香 是，众位姐妹上来。

众丫环 叩见小姐。

严兰贞 不用，站立两旁，听我一言吩咐。

（唱）　听罢言来怒气发，

叫丫环听根芽，

姑爷过府必有灾。

随我寻夫查一查，

（念）　各把木棒随身带。

飘　香 小姐，骑马？坐轿？

严兰贞 （唱）　不坐轿来不骑马。

（白）　走吧！

（唱）　有人拦阻与我打。

哎呀呀，天大事情有奴家。

（白）众丫环，此番进府而去，叫你们骂就骂，叫你们打就打，你们随我来！来！来！（下，众人随下）

[二道幕启。严府华堂。赵文华急匆匆上。

赵文华 大哥有请！（严世藩内应出）

严世藩 何事？

赵文华 曾荣逃走了。

严世藩 怎么讲？

赵文华 曾荣小子逃走了！

严世藩 曾荣逃走了么？哎呀！（严夏慌张上）

严　夏 老爷！老爷，不好了，小姐带了众丫环闹进府来了！

严世藩 怎说？

严　夏　小姐带了众丫环闹进府来了！

严世藩　哎呀！……如今望花亭未烧，曾荣又不知去向，若女儿问起丈夫来，叫我怎样应付！这个……也罢，我不免先请夫人出堂，再叫女儿进来，见机行事就是。文华弟，你快去追查。（赵文华下）严夏，有请夫人出堂。

严　夏　是，夫人有请。（严夫人上）

严夫人　老爷何事？

严世藩　女儿回门来了。

严夫人　既然到来，快快有请。

严　夏　小姐进府。

严兰贞　（内）丫环随我来。

（唱）　叫丫环莫耽待，（兰贞、众丫环上）

到府中仔细查。

走到堂前不要怕，（入门）

堂上坐着爹和妈。

坐在一旁不答话，

（白）好不气呀！（怒坐一旁）

严夫人　（唱）　我的儿为什么怒气归家？

严兰贞　母亲请坐下来。（劝夫人坐下，看一眼严世藩）好不气呀！（怒坐一旁）

严世藩　儿呀，你出阁未满一月，便带众丫环回门，不怕旁人取笑？

严兰贞　爹爹啊爹爹，我看你只顾女儿之羞，却不顾女儿之苦！

严世藩　想我单生你一女，爱如掌上明珠，今又择得佳婿配你，出嫁之时，妆奁财帛，任你取用，所苦何来？

严兰贞　却又来了，你晓得是佳婿，为何今日我夫过府拜寿，至今不见回家，往哪里去了？

严世藩　夫人，她却是为着丈夫。

严兰贞　丈夫就是丈夫。

严世藩　这……问过严夏，严夏。

严　夏　在。

严世藩 小姐有话问你。

严　夏 叩见小姐。

严兰贞 住了！大胆狗才！今日姑娘何等嘱咐你，我把姑爷清清楚楚交于你，你还要明明白白的交还姑娘，如今你把鄢姑爷带往哪里去了？

严　夏 小姐，有门房号簿在此，请小姐观看。

严兰贞 拿过来。退下！（严夏退下）少待，查看号簿，官人还在府中，未曾出府。爹爹，查看号簿，我夫还在府中。

严世藩 在府中，在府中，难道为父吞吃不成！

严兰贞 爹爹，严府之情瞒得过别人，难道瞒得过亲生女儿不成。

严世藩 怎样说？

严兰贞 岂不闻：（念）斩杀不由嘉靖主，生死出在严府中。

严世藩 夫人，你养得好女儿呀！

严兰贞 呀！

（唱）　冷眼看父无话答，

一定是把鬼胎怀，

转身怒把父亲骂，

母亲回房休管他。

叫声丫环胆放大，

休管老爷不老爷。

哎呀呀，闹一个流水落花！

严世藩 女儿呀，这样岂不是忤逆不孝？

严兰贞 你才是忤逆不孝！

严世藩 怎说为父忤逆不孝？

严兰贞 想祖父做主，将我婚配，原来是你不愿，因此将我丈夫害死！这不是违背父命，忤逆不孝么？

严世藩 女儿。

严兰贞 爹爹。

严世藩 兰贞女！

严兰贞 严世藩！

严世藩 哎呀，反了，反了！

（唱） 小蠢才说的话天雷该打。

严兰贞 爹爹你请天雷打谁？

严世藩 请天雷打你这忤逆不孝的蠢才！

严兰贞 啊！你违背父命，害死我夫，啊天哪天，你快快下降，来打不孝之人！

严世藩 唉！

（唱） 只气得为父的怒满胸怀，
乱叫起父的名全无分界，
小蠢才真是个鬼怪投胎。

严兰贞 （唱） 开言就把奸贼骂！

严世藩 啊！蠢才，你骂哪个作奸贼？

严兰贞 骂你作奸贼。

严世藩 你怎么骂为父作奸贼？

严兰贞 你害死我丈夫，我就骂你作奸贼！

严世藩 你骂为父作奸贼，我就打你。

严兰贞 什么？爹爹要打我？来来来，请打，请打！（上前让严世藩打）

严世藩 待我来打。（严世藩举手欲打）

严兰贞 老祖宗啊，爹爹要打我！（撒娇叫严嵩，严世藩住手，严兰贞把严世藩推坐下）还不坐下。呸！

（唱） 骂声奸贼听根芽，
多少良民遭你害，
多少忠臣被你排！

严世藩 （唱） 我罢罢罢且把二堂下。

严兰贞 爹爹你要哪里去？

严世藩 为父寻找丈夫还你。

严兰贞 想我丈夫被你害死，还有什么丈夫，坐下！

严世藩 （唱） 气得为父无话答。

严兰贞 （唱） 堂前扯住父的驾。

（白）爹爹，还我的丈夫来，还我的丈夫来！

严世藩 你的丈夫，为父不知道！

严兰贞 不知道吗？呸！

（唱） 装聋作哑骗谁来，

丫环与我搜四下。（众丫环四下搜，没有。上）

众丫环 没有。

严兰贞 （唱） 上房与我仔细查。（还是没有）

众丫环 没有。

严兰贞 没有么？（看见里面摆放的古董）

（唱） 两旁古物与我打！

严世藩 嘟！嘟！嘟！

严兰贞 打！打！打！

（唱） 这个宝瓶打了它！

严世藩 且慢！这是皇上恩赐为父的宝瓶，插上枯枝便能开花结果的，切切不可乱打！

严兰贞 想你这等心肠，还开什么花，结什么果！你放手！

严世藩 不放手！

严兰贞 不放手么？

严世藩 不放手！

严兰贞 真不放手么？（争抢中，宝瓶掷地介）

严世藩 啊！打碎了，打碎了！

严兰贞 （唱） 打碎宝瓶在阶下，

难消愤恨溢胸怀。

回头就把官人叫，

官人，夫呀！

我，我的官人，夫哪。

我夫定然遭凶灾！

[赵文华上。

赵文华 （唱） 听得堂前闹喳喳，
莫非已把曾荣拿，
待我前去看真假。

严兰贞 好不气呀！

（赵文华吓了一跳，见状问严世藩，严世藩示意严兰贞如何闹府，并如何打碎宝瓶）

赵文华 打碎了？

严世藩 打碎了！（气得）

赵文华 有我。

严世藩 有你怎样？

赵文华 有我呀。

（唱） 有我上前劝解她。

严世藩 你要上前劝解她？恐怕无脸。

赵文华 堂堂叔父怎说无脸！

严世藩 有脸你就上前。

赵文华 待我上前。（转向严兰贞）侄女呀侄女。

严兰贞 什么侄女？

赵文华 是为叔到来！

严兰贞 哪个不晓你是赵文华！

赵文华 嘟嘟嘟！为叔的名字，你怎好乱叫？

严兰贞 别人不敢叫，我偏要叫。

赵文华 不好叫。

严兰贞 偏要叫。赵文华，赵文华。

赵文华 大哥，我与她讲话，她叫我赵文华。

严世藩 哦，她叫你赵文华。贤弟，就是我老爹的名字，她都乱叫，何况你赵文华，凭在她叫！

赵文华 慢说我的名字，就是大哥的名字她都敢叫？

严世藩 唔。

赵文华 这是他的好家教。

严世藩 嘟！凭在她去叫！

赵文华 好好，凭在她去叫。好赵文华由你去叫，侄女呀侄女，为叔有话对你说。

严兰贞 有话你讲，有屁你就放！

赵文华 为叔与你讲话，怎说是放屁呀？

严兰贞 别人是讲话，你是放屁！

赵文华 讲话。

严兰贞 放屁！

赵文华 哎哟大哥，我这个堂堂文华殿大学士与她讲话，她说我放屁！

严世藩 放屁就当作放屁！

赵文华 放屁就当作放屁。（向严兰贞）侄女呀，你为何带了众丫环闹进府来，不怕旁人取笑吗？（严兰贞看了看赵文华）

严兰贞 想我爹爹害死忠良，原来你在一旁定计？

赵文华 为叔在一旁劝解，说什么定计。

严兰贞 我劝你走的好。

赵文华 我不走便怎样？

严兰贞 你不走，恐怕有人得罪你。

赵文华 为叔在府中常来常往，哪个敢来得罪为叔呀？

严兰贞 看将起来你好威风？

赵文华 本当威风！

严兰贞 你站上来，侄女有话对你讲。

赵文华 是也，有话对我讲就好。

严兰贞 呸！（打赵文华一个耳光，头上戴的乌纱帽也打歪了）

（唱） 指着奸贼高声骂，
不由姑娘咬银牙，
叫声丫环与我打。（众丫环打赵文华）

严世藩 嘟嘟嘟！

严兰贞 打打打！

（唱） 打死了帮凶贼方遂我心怀。

（严兰贞向丫环拿过一棍子打赵文华，严世藩阻挡不住，赵文华被打）

严世藩 岂有此理！（怒骂严兰贞）

赵文华 大哥，不要和那些小孩子淘气，到内面歇息。（见势不好，拉着严世藩下。赵婉贞与玲珠上）

赵婉贞 （唱） 伯母跟前领了命，

劝解姐姐放宽心。

举步就把二堂进，（进门）

姐姐怒气坐一边。

（白）姐姐为何这等生气？

严兰贞 未出嫁的女子，晓得什么？站开。

赵婉贞 姐姐，莫非是为着姐夫？请到为妹房中坐坐一时，我找寻姐夫还你。

严兰贞 那死丫头说的话倒有些蹊跷。贤妹，到你房中坐坐，找寻丈夫还我是不是？

赵婉贞 是的。

严兰贞 没有骗我？

赵婉贞 我不骗你。

严兰贞 好，丫环带路。（玲珠引严兰贞、赵婉贞及众丫环下）

[二道幕前，严世藩上。

严世藩 （唱） 可恨逆女太任性，

打碎宝瓶罪非轻。

相父定然有高见，

等候文华报分明。（赵文华带剑上）

赵文华 回报大哥。

严世藩 如何？

赵文华 太师言道：那贱人如此泼辣，定是知情，袒护曾荣，若不一并除之，必为后患，今可加她打碎宝瓶欺君大罪，先斩逆女，再追曾荣，并掷下宝剑一口，叫大哥立即行事！

严世藩 （唱） 相父一言来提醒，
不应放过这贱人。
文华前面把路引，（赵文华下）
斩了逆女追曾荣！（下）

[幕落。

第六场 双 飞

[二道幕外赵婉贞引严兰贞上。

赵婉贞 （唱） 劝声姐姐放开怀，
到妹舍慢慢出心裁，
莫将身体来急坏。

[二幕开启。赵府书房。

（白）丫环，看茶。

严兰贞 我不吃茶。

（唱） 快还我的小冤家。

贤妹，你叫为姐到你房中找寻丈夫还我，而今我丈夫在哪里？

赵婉贞 （故意）噢，是为妹骗你的。

严兰贞 啊，是骗我的？

赵婉贞 骗你的。

严兰贞 看你怎样打发我，看你怎样打发我？

赵婉贞 （唱） 劝姐姐来莫慌忙，
叫声丫环到书房。

（白）玲珠，你去取点心上来。（玲珠下）

（唱） 且等姑爷把绣楼上。（玲珠把曾荣推出）

（白）姐姐看宝。

严兰贞 我不看。

赵婉贞 姐姐看宝呀！

（唱） 哎呀呀，这不是你的小鄢郎。（做笑脸下）

严兰贞 啊，冤家呀！

（唱） 我为你搜严府六亲不认，

我为你得罪了老父亲。

急得我一心要拼命，

见了你才放下我一颗心。

你为何躲藏赵府无踪影？

快对为妻说分明。

[*赵婉贞匆匆上。*

赵婉贞 姐姐，不好了！伯父持剑追上来了！

严兰贞
曾 荣 这可如何是好？

赵婉贞 三十六计，走为上计，你们还是走吧！

严兰贞 走到哪里？

赵婉贞 可到河北姑母家暂避一时。

严兰贞 如此，贤妹，请受我等一拜。（施礼）

严兰贞
曾 荣 （唱） 多谢娘子恩义重，

但愿两心百岁同。

打开玉笼飞彩凤，

扭断金锁走蛟龙！

[幕落。

[全剧终。

齐王求将

改编：陶　金　陈葆祥　黄一清　杨启祥　肖衍圣

人　物　表

公　孙　　秦国大将公孙衍

王　仁　　齐国边关将军

宣　王　　齐国君

田　婴　　老相国

钟离春　　宣王的正宫娘娘，女将军

夏　妃　　宣王妾妃

夏太师　　夏妃之父

田　婴　　老相国

众文武、家院、探马、老军甲乙、众将

公孙副将、王仁兵、边将、钟离女兵们

太监甲乙、四太监等

第一场

公　孙（念）　旌旗凌空军威振，

兵马遍地杀气腾。

磨刀伺机七载整，

今日兴师灭齐廷。

（白）本帅，秦国大将公孙衍。趁此齐国边备荒废，朝中无人之际，四国拜俺为帅，统领列国雄师，一口吞下齐国，眼前就是齐国边关，众将官！

众　　嗬！

公　孙　杀！

众　　喳！

王　仁　来的可是公孙衍？

公　孙　唔！……

王　仁　公孙衍你这老贼，想你七年之前，被俺钟离娘娘箭射落马，逃之夭夭，如今怎敢前来送死？

公　孙　嘿嘿！本帅今日正要报此大仇，老匹夫看刀！看箭！众将官！攻城！

王仁兵　报！城池已破。

边　将　待我与他决一死战！

王　仁　且慢！事已危急，不能取胜，命你速回临淄，面奏大王，乞求援兵，不得有误。

边　将　将军，你……

王　仁　休要管我，我护送你杀出重围，速速带马。

边　将　遵命！

王　仁　快走！

宣　王　爱妃，妙呀！……

夏　妃　（唱）　君王福大君王德高，

博望城三晋会。

韩赵魏俱齐来朝，

升平一曲乐逍遥。

兵革烟消，

雨顺又风调。

监　甲　启奏大王，边城……

宣　王　去！

夏　妃　（唱）　万民尽欢笑，

王宫一片祥云绕。

祥云绕，
普天下，享大平，
齐颂君王恩德高。

监　甲　启奏大王。

宣　王　去！下去！哈哈……！

监　甲　大王正与夏娘娘饮宴，不容启奏，如何是好？

边　将　这……哼！待俺击动登闻鼓便了。

夏　妃　大王，请！

第二场

宣　王　龙离凤巢，余兴未消。内侍！孤王今日坐朝，为了何事？

监　甲　适才有人击动登闻鼓。

宣　王　宣他进见。

监　甲　遵旨！大王有旨，击鼓人上殿！

边　将　叩见大王。

宣　王　嘟！擅自击鼓，惊动孤王，你可知罪？

边　将　启奏大王，末将有大事上奏。

宣　王　你这大事倒有多大？

边　将　是大王的江山大事！

宣　王　呵！如今天下太平，还有什么江山大事？赶了出去。

武　士　呵！

边　将　且慢！容末将奏来。

宣　王　讲！

边　将　容奏！

（念）　军情奏与大王听，
各国诸侯共举兵来。

秦国公孙衍为元帅，
鲁国大将是先行。
头关城破扎敌营，
二关被困盼救兵。
大王再不发人马，
敌军必取临淄城。

宣　王　哎呀！

四太监　大王醒来！

宣　王　（唱）　听报道，
吓得孤心惊胆战。
（白）公孙衍呐，我把你这公孙衍呐！你为何不落马跌死！
牙痛痛死！再不然你就抽风抽死！

四太监　威！

宣　王　你等喊什么？

四太监　大王驾前喊威呀！

宣　王　嘿嘿！如今列国兵马杀进来了，孤的威风只怕威不下去了。
（唱）　眼看真龙困沙滩，
孤只道，
干戈息江山坐稳。
谁料想，
众诸侯犯境兴兵。
叫内侍，
东边打动朝王鼓，
西边敲起景阳钟。

监甲乙　遵旨！

众文武　参见大王千岁、千千岁！

宣　王　平身！
（唱）　孤王我，

下位来强装笑脸。
叫一声，
文班中列位公卿，
列国发来兵和马，
头关城破，二关扎敌营。
若有人说得敌兵退，
孤王把你禄位高升。

（白）夏太师，你看如何是好？

夏太师 启奏大王，想我堂堂齐国，何必计较那两座小小的城池，只要大王速派使臣，割地求和，敌兵不战自退也。

宣　王 老太师可愿前去呀？

夏太师 这个……想老臣身为阁老，焉能出使，还是由文班公卿前去才是。

宣　王 你等哪位前去？

文　臣 启奏大王，列国兵强将勇，来势汹汹，实是难以说退，常言道：水来土掩兵来将挡，还是由武将出战为是。

宣　王 呸！我把你们这班庸臣呐！

（唱）太平年，
一个个唇枪舌剑，
到如今，
孤有难噤若寒蝉！
扭转身再把武班问，
叫一声，
武班中列位将军，
若有人杀得敌兵退，
孤王江山与你来分，
一九分……二八分……
三七分……四六分，
平半分，

再不然你就来！

你做君来孤为臣！

众武将 启奏大王，列国兵马如云，我等七载休闲，武艺早已荒废，实是难以应战。

宣　王 你们这班匹夫哇！

（唱） 平日里，

一个个争权夺位。

（白）下去！

（唱） 到如今，

大树未倒先散了猢狲。

回头来再把内侍叫，

孤王传旨你听清，

金殿上赐你盔和甲，

出城上阵退敌兵。

四太监 哎呀！大王！自从盘古开天以来，做小监的，从不拿刀动枪，我等戴不得盔，穿不得甲，举不动枪，上不得阵，交不得锋，退不了兵呵！

宣　王 怎么？你等上不得阵，交不得锋，退不了兵么？

四太监 正是。

宣　王 那你等吃饱了饭做些什么？

四太监 在大王驾前喊“威”呀！

宣　王 嘿嘿！都是些酒囊饭袋！速将孤王的宝剑取来。

四太监 哎呀！大王！饶恕小监一命，饶恕小监一命！

宣　王 咳！孤王又不是要杀你等，快快取来！

四太监 呵……哎呀！大王不可轻生，大王不可轻生呀！

宣　王 放屁！岂有此理！孤王要宝剑是要御驾亲征，快快取来。

监　甲 遵旨！

宣　王 公孙衍！公孙衍呐！叫你试试孤王宝剑的厉害。

宣　王 （念） 宝剑，宝剑，七载未见。

非是孤王健忘，

实乃时过境迁。

今有诸侯兴兵，

将我齐国来犯。

望你神剑出鞘，

替孤横扫狼烟。

监　甲　启奏大王，宝剑生锈了！

宣　王　胡说乱道，还不快来相帮，这就完了。

（唱）　剑断人散王朝乱，

要退敌兵靠何人？

悔不该，

马放南山枪刀归库。

又谁知太平年，

并不太平。

马渴思饮长江水，

急难之时念良臣。

低下头来自思忖！

（白）有了！

快快宣召老田婴。

监　甲　大王，哪个田婴呵！

宣　王　还有几个田婴不成？就是昔日大破魏军，辅佐孤王稳坐江山的田婴呵！

监　甲　哦！原来是田老相国，他七年前被大王贬为庶民，如今上不得殿了。

宣　王　这……哎！

（唱）　金牌宣来银牌召，

快召田婴上龙廷。

监　甲　大王有旨：金牌宣，银牌召，三宣三召老田婴上殿。

宣　王（唱）　听初更急坏了

齐国君……

四太监　威！

宣　王　如今只剩下孤家寡人一个，你们还在喊些什么？下去！下去！田婴你快来呀！

田　婴　（唱）宫门外来了老田婴。

家　院　来此宫门。

田　婴　在此等候。

家　院　遵命！

田　婴　（唱）　思前情我本当不受君命。
又何忍众诸侯伤我黎民。
适才间与钟离娘娘把计定，
且看昏王怎样行？

宣　王　（唱）　一见田婴（呵）上龙廷，
孤笑在眉头喜在心，
走上前来忙搀定。
叫声孤王的，
孤的老元勋。

宣　王　老爱卿，七载未见，你一向可好哇？

田　婴　我么？……倒也安闲自在呀。

宣　王　唔……安闲自在就好，哈……内侍看座……噫！这些酒囊饭袋，都跑到哪里去了？用不着的时候，尽都在面前威呀、威个不停；用得着的时候却又连一个影儿都不见了，唉！

宣　王　（唱）　端了一把墩儿爱卿坐。

宣　王　老爱卿，你请坐呀！

田　婴　君王在上，哪有小民的坐位？

宣　王　（唱）　离乱年还分什么君和民？

田　婴　（接唱）召我上殿因何故？

宣　王　（唱）　要你与孤议军情。

田　婴　（唱）　满朝文臣数不尽，
为何单召老田婴？

宣　王　他……他们都不中用呀！

田　婴　（唱）　还有那如狼似虎众武将，
　　　　　　　　就该挂帅退敌兵。

宣　王　他们都贪生怕死。

田　婴　（唱）　将圣旨传到西宫院，
　　　　　　　　夏娘娘提令调三军。

宣　王　（唱）　夏娘娘，
　　　　　　　　一支令箭也拿不动，
　　　　　　　　叫她上阵送死不成。

田　婴　如此就只有坐以待毙了哇。

宣　王　老爱卿，你就该想条妙计呀。

田　婴　老朽年迈，无计可施，无计可施呀！

宣　王　怎么，连你也……

田　婴　无计可施呀！

宣　王　（唱）　九龙王冠交与你。

田　婴　哪里去？

宣　王　（唱）　天涯海角去逃生。

田　婴　（唱）　诸侯大兵如潮涌，
　　　　　　　　天涯海角你也难逃生！

宣　王　难逃生？

田　婴　难逃生！

宣　王　（唱）　孤王我只得写降表……

田　婴　（接唱）　城下求降无异是引颈受刑。

田　婴　哎呀！倒了！

宣　王　怎么？到了？带马！带马！

田　婴　大王，带马要到哪里去呀？

宣　王　你不是讲公孙衍的大兵到了么？

田　婴　我讲的是大王的九龙冠戴倒了哇。

宣　王　哎呀！吓煞孤王也！老爱卿，你看战不能战，降又不能降，这叫孤如何是好哇？

田　婴　大王啊，你平日里只道贪安作乐，如今诸侯犯境，社稷难保，你身为一国之君，不思退敌安邦之策，反要屈膝求降，真真羞煞人也！难道我堂堂齐国，就真的无人了么？

宣　王　田婴，你看还有哪个？

田　婴　请问大王？当年杀退列国大兵，箭射公孙衍的是哪一个？

宣　王　乃是那钟离春，孤的正宫娘娘，这谁人不知，哪个不晓？

田　婴　再问大王，当年雪宫自荐，痛陈四殆，除奸纳忠，襄助朝纲，使得国强民康的，又是哪一个？

宣　王　也是孤的钟离娘娘呵，眼前若有钟离在朝，那小小的公孙衍又何足道哉！只是七年之前，孤王一念之差，就在此殿传旨将她……孤王已将她三绞毙命，你还提她做甚？难道娘娘还能复生不成？ 唉！孤的钟离娘娘呀！

田　婴　大王不必悲愁，老臣昨夜梦见一位仙人，留下四句谶语，说是：钟离含冤，英灵在天，虔诚祈祷，死而复生。我想大王乃是一国之君，只要虔诚祈祷，也许娘娘会真的复生呢！

宣　王　你待怎讲？

田　婴　会复生。

宣　王　会复生，噫！哈……呀，不可，不可，娘娘若真的复生，她岂不要找孤报仇算账么？

田　婴　娘娘深明大义，定能以国事为重呵！

宣　王　如此，待孤在后宫摆下香案，祭奠于她也就是了。

田　婴　大王必须下驾钟离府，祭奠于娘娘灵前方算是虔诚祈祷。

宣　王　这……成何体统？自古道：君不入臣府呀！

田　婴　大王更衣改扮，便可前往。

宣　王　也只好如此了，……传旨下去，多派武士保驾呀！

田　婴　大王既然更衣改扮，便不该武士保驾了，有老臣保驾就是。

宣　王　有你保驾！

田　婴　有我保驾！

宣　王　好，待孤改扮去者。

第三场

钟　离（唱）　冰轮皎皎剑光闪闪，
战马迎风嘶叹。
忆当年雪宫自荐驰马定远。
孰料想狼烟方散王心变，
三尺白绫代利剑；
他贪乐忘危，
难我壮志随魂断。
亏田婴暗周全，
青锋呵！你七载相伴，
一尘不染霜烈依然。
早知必有今日变，
挥剑指苍天，
誓把腥云剪。

田　婴　参见娘娘！

钟　离　老爱卿平身，国事怎样了？

田　婴　君王求将无人，现已来到府门了。

钟　离　怎么他……他，他真的来了么？

田　婴　来了。

钟　离　好哇！
（唱）　哪怕敌兵压境烽烟弥漫，
迫昏君除奸妄我力挽狂澜。
狭路相逢刀斧相见，

钟离春来上阵，先惩冥顽。

田　婴　娘娘，国事为重呵！

钟　离　这也罢，你我照计而行。

田　婴　遵旨！

钟　离　女将走上。

女兵们　来也，参见娘娘。

钟　离　传令三军以及郡中壮年子弟，今有列国诸侯兴兵犯境，齐国危在旦夕，必须枕戈待旦，候令上阵！

女兵们　遵命！

钟　离　众女兵。

女兵们　娘娘！

钟　离　昏王已到，你等准备了。

女兵们　遵命！

宣　王　（唱）　老田婴引路后园进，

齐宣王求良将夜进鬼门。

田　婴　来此已是后园，内面就是娘娘的灵殿了。

宣　王　呵！前头带路。

田　婴　启奏大王！此园门大王进不得。

宣　王　却是为何？

田　婴　门上有诗一首，大王请观。

宣　王　待孤王看来。

（念）　烈骨长埋千古恨，

忠魂独步百花台。

奸臣免进贤臣进，

昏君莫来明君来。

噫！哈哈……

田　婴　嘘！大王为何发笑？

宣　王　孤乃一国之君，正是大圣大贤，又是为了国家大事而来，孤王是可以进去的。

田　婴　依老朽看来，此解不通。

宣　王　怎见得？

田　婴　大王呵！

（唱）　　当年娘娘振朝纲，
万民讴歌懿德长。
大王将她赴刑绞，
举国上下都道你是……

宣　王　是什么？

田　婴　是……

宣　王　什么？

田　婴　（唱）　　是个糊涂的君王。

宣　王　气煞孤也，昏君也好明君也好，军情紧急孤一定要进去。哪里来的一阵阴风，吹得孤王毛发倒竖。

田　婴　这是娘娘英灵动了气呀！

宣　王　这便如何是好？

田　婴　依老朽之见，趁此夜深人静，大王就爬墙进去吧。

宣　王　这……成何体统？一国之君，夜爬园墙，倘被列国诸侯知晓，岂不道孤是……

田　婴　是什么？

宣　王　是个……爬墙大王！

田　婴　哎！脸面事小，江山事大。

宣　王　江山事大？如此待孤王来爬呀！

田　婴　少陪了！

宣　王　怎么，你就可以进去么？

田　婴　奸臣免进贤臣进，奸臣，贤臣与老朽无干，我如今是一个安闲自在的庶民百姓了。

宣　王　（唱）　　自古道三军易得一将难求，
齐宣王半夜爬墙遮面蒙头。

女兵们 启奏娘娘，大王爬上园墙来了。

钟　离 那昏王果然爬上园墙，待我送他一箭，使他清醒清醒。

（唱）　老田婴高举红灯照，

神箭飞射昏王头。

宣　王 哎呀！不好了。

田　婴 大王怎么样了？

宣　王 孤正欲下墙，不知何物在孤头上“嗖”的一声，孤就跌下墙来了。

田　婴 待老臣看来……哎呀！大王不好了。

宣　王 何事大惊小怪？

田　婴 你的头上中了一箭哪。

宣　王 哎哟！好痛呵！

田　婴 大王！大王！

宣　王 田婴，孤王死了没有？

田　婴 你并不曾死，是你的帽上中了一箭哪。

宣　王 田婴快快替孤拔下来呀。

田　婴 大王请看。

宣　王 钟离春之箭，钟离春之箭，哈……

田　婴 大王为何发笑？

宣　王 此乃钟离春之箭，定是娘娘的忠魂出现了。

（唱）　孤只当一箭命已休，

难得她箭下把情留。

老田婴快随孤王走，

追上娘娘孤要把她求。

田　婴 来此已是灵殿。

宣　王 这是什么东西？

田　婴 此乃是守灵童子，在此侍候娘娘，大王不要害怕。

宣　王 呵！原来是木头人。无盐君钟离春之灵位……噫！阴森森，冷嗖嗖，叫孤好怕呀。

田　婴　此乃钟离娘娘的灵殿，大王怕着何来？

宣　王　是呀！她乃是孤的正后，孤怕她何来？钟离，梓童，孤的好娘娘呀！田婴，你在此做甚哪？

田　婴　在此保驾呀！

宣　王　孤王与娘娘相会，要你保什么驾，你到外面观花去。

田　婴　好，我观花去。我看他怎生得了哇！

宣　王　梓童，钟离，我的好娘娘呀，你我君臣七载未见，久违了！

（念）　今有列国兴兵犯境，

满朝文武俱都不敢前去抵挡。

孤今日特来祭奠，

求娘娘挂帅出兵，

替孤保住江山，

你快快活转来，你快快活转来！

女兵们　昏王哪里走？

女兵甲　大胆昏王。

女兵乙　擅闯灵殿。

女兵丙　提你的头来。

女兵丁　拿你的命来。

宣　王　田婴，快来保驾。

田　婴　大王，你怎么样了？

宣　王　你是哪个？

田　婴　我是田婴哪。

宣　王　你是田婴呵？

田　婴　正是。

宣　王　你好哇！

田　婴　我好哇！

宣　王　你不在此保驾，跑到哪里去了？

田　婴　不是大王你叫我出去观花的么？

宣　婴　你不在此保驾，孤王挨打了，老爱卿呵！

（唱）　　分明是鬼娘娘记恨前仇，

孤再三祷告她，她不出灵柩，

（白）放了一群小鬼哟将孤饱打，

只打得孤王我头破血流。

田　婴　想是大王心不虔诚，娘娘英灵动怒了。

宣　王　怎样才算虔诚？

田　婴　要放声悲哭哇。

宣　王　还要放声悲哭呀？好……待孤来哭，呵哈……呵哈……

田　婴　大王，你怎的笑起来了？

宣　王　哪个在笑？孤王在哭呵！

田　婴　为何有声无泪呀？

宣　王　老爱卿，孤王实实在哭，那眼泪它不肯出来，孤王又有什么办法？

田　婴　呀！大王，你若是哭不出泪来，娘娘就要怪你心不虔诚。你既不虔诚，她就不肯复生，她不复生，谁个挂帅哪个退敌？大王的江山也就难保了。

宣　王　哎呀！这便如何是好？噫！有了，老爱卿，孤有一事相求。

田　婴　何事？

宣　王　助孤一掌之力。

田　婴　怎样助法？

宣　王　老爱卿在孤的脸上，重重打上一记那眼泪不就流出来了？

田　婴　这个老朽不敢。

宣　王　老爱卿，你要知道，孤哭不出泪来，娘娘就不肯出来，她不出来，就无人挂帅，列国的兵马就要杀进来，那时孤的性命就要呜呼哀哉！你若助孤一掌，正是你的一片忠心。

田　婴　老朽实实不敢。

宣　王　莫非你敢抗君命不成？

田　婴　大王一定要打？

宣　王　一定要打？

田　婴　果然要打？

宣　王　果然要打！

田　婴　但有一件。

宣　王　哪一件？

田　婴　若要我来打，须先让我先骂，待我骂上气来，方能打得下手。

宣　王　这……好吧，就请你先骂吧！

田　婴　昏君！

（唱）　未开言不由我怒气冲上，
骂一声无道昏君齐宣王。
博望城三晋会你四国居上，
谁料想你持强傲世有目如盲。
钟离氏闯雪宫，
痛陈四殆冒死上言。
她本是擎天玉柱架海金梁，
她道你边备驰强秦为患，
她道你耽女色国政日荒，
她道你信谄衍蔽塞贤路，
她道你虚耗国赋游宴如狂。
大王你纳忠言齐国大治，
战诸侯全亏她驰骋沙场。
你曾说泰山虽倒，
不忘田婴宰相。
你曾说海水虽干，
不负钟离娘娘。
谁料想？
太平年你偏信，
夏太师谗言诽谤。
贬田婴绞娘娘，

残害了忠臣良将。
到如今，
内忧外患大祸临头。
皆由你糊涂昏庸，
自毁锦家邦。
怒冲冲，
我打下了巨灵掌。

宣　王　哎哟！且慢！

（接唱）　这一掌，吓得孤（哇）眼泪汪汪。
多谢了！哼哼哼……

（唱）　孤王我泪如泉大叫大嚷，
哭一声无盐女我的钟离娘娘。
悔不该七年前，
害你命丧。
这几载孤王我饱受凄凉。
无奈何与夏妃朝夕歌唱，
无奈何借水酒来解愁肠。
每日里思娘娘茶饭不想，
早晚间只吞下三碗参汤，
春和夏心郁郁宫中把神养。
秋和冬闷忧忧我懒理朝纲。
又谁知？
今日里大难天降。
眼睁睁，
我齐国就要沦亡。
因此上，
孤今日墙头爬上。
中神箭遭鬼打，

孤王虔诚的，
啼啼哭哭祈祷娘娘，
我哭哭得我好饿。
我叫一声老田婴，
你快来帮腔，
孤的好娘娘。

（白）老爱卿，孤王哭了半夜，为何还不见娘娘的影儿呀？

田 婴 待田婴上前，臣，田婴见驾娘娘千岁，千千岁！

钟 离 老爱卿平身。

田 婴 谢娘娘！

宣 王 哎呀！叫孤好气呀！

田 婴 大王为何生气呀？

宣 王 你与娘娘打了合同。

田 婴 怎见得？

宣 王 孤与她乃是老夫老妻，哭了半夜，她一声不响，你上前只说了一句，她就这样。老爱卿平——身，你看你看，叫孤怎的不气呀？

田 婴 大王，当心鬼打呀。

钟 离 （唱） 一滴假泪，
难消三绞恨，
且将冷眼看昏君。

宣 王 她是人还是鬼呀？

田 婴 娘娘复生了。大王上前去吧。

宣 王 哎呀！孤的两腿……有些不听话……

田 婴 田婴在此保驾，大王只管上前。

宣 王 你要保驾呀！钟离娘娘……

钟 离 嗯！

宣 王 哎呀娘娘，我的好娘娘呵，如今公孙衍率领列国兵马，兵临城下，国运危在旦夕。求娘娘挂帅，速速发兵吧！田婴，娘娘定不饶于我，这便如何是好？这……

田　婴　大王不必惊慌，娘娘并非此意。

宣　王　她这算何意？

田　婴　只怕是娘娘项带白绫，举止不便，故而……

宣　王　噢……故而要孤代她解下白绫，噢，原来如此，这有何难……老爱卿，孤一时手足颤抖，请你代劳去解下白绫。

田　婴　慢来慢来，有道是：解绫还须系绫人呀！

宣　王　怎么……你……也不去解。我……我……孤王肚痛。

女　兵　哪里走？

宣　王　娘娘，孤王与你解下了。

钟　离　我把你这昏君哪！

（唱）　昔列国发兵，
与齐争胜。
昏王你假惺惺，
勤政爱民。
尊孟轲相田婴，
疏远奸佞。
册哀家为正后，
力战鲁秦。
太平年宠夏妃，
她父女专政。
不听劝，
枪刀归库马放南山，
施我极刑。
到如今，
百万生灵遭涂炭。
到如今，
百年国祚即将倾。
思前情，

不由得满怀愤恨。

你今日，

有何面目进我园门。

宣　王　娘娘！

（唱）　不看孤面看祖面，

不看孤面看田婴。

不看孤面看百姓，

望求娘娘快发兵。

田　婴　娘娘！

（唱）　走上前来忙跪定。

钟　离（唱）　用手儿搀扶起年迈老臣。

（白）要哀家发兵，却也不难，必须昏王依我三件大事。

宣　王　娘娘呵！只要你肯发兵，慢说是三件大事，就是三千三百三十三件，孤王我件件依从，请问这头件？

钟　离　召回被贬忠良，广开言路，田婴老相国官复原位。

宣　王　孤王依从，这第二？

钟　离　罢女乐，拆渐台，以纾民困重整朝纲。

宣　王　这孤也依从，第三？

钟　离　驱逐朝中奸佞，枉法者拿来问罪，以息民愤。

宣　王　这……那夏妃之父呢？

钟　离　这老贼么，他祸国殃民，罪不容诛。

宣　王　这……

钟　离　怎样？

宣　王　斩！斩！斩！

钟　离　若有反悔？

宣　王　叫孤酒醉醉死！

钟　离　田爱卿你……

田　婴　老朽作保。

宣　王　娘娘班师之日，理该重回昭扬正院。

钟　离　此是后话暂且不提。女将走上。

女　将　娘娘。

钟　离　传令三军，明晨五更校场听点。

女　兵　遵命！

宣　王　田婴，我来问你，娘娘到底是人还是鬼呀？

田　婴　从前是鬼，如今复生了。

宣　王　我看她从前也是人，你不要欺骗于我。

田　婴　大王，莫非要问我欺君之罪么？

宣　王　若不是列国大兵压境，你这项大罪呀。

田　婴　若不是列国大兵压境，大王你也不会求到娘娘和我的门上来了。

宣　王　噫！田婴，往事休提，随孤校场走走。

田　婴　遵旨！

第四场

探　马　报！

公　孙　何事？

探　马　探得齐国钟离娘娘，挂帅出征。

公　孙　你待怎讲？

探　马　钟离娘娘挂帅出征。

公　孙　再探。

探　马　得令。

公　孙　哎呀！且住，想那钟离春，七年之前，三绞毙命，为何今日又来挂帅出兵？定是齐国朝中无人，才想出这条疑兵之计。也罢！俺也与他来个将计就计。众将官！

众　兵　呵！

公　孙　分出一支兵马，先行改为后队，高举俺的帅旗，后退四十里大军偃旗息鼓，随俺连夜进兵直取临淄去者，带马。

众　兵　得令！

宣　王　田婴，你来看，这兵车战马堂堂之阵，有钟离挂帅，孤当三晋盟主的威风，又可重振了，哈……

探　马　报！秦国大将公孙衍……

宣　王　莫非他、他……杀进来了么？

探　马　大王休要惊慌，那公孙衍闻听娘娘挂帅出兵，兵退四十里。

宣　王　怎么？他兵退四十里？

探　马　兵退四十里，安营扎寨了。

宣　王　再探。

探　马　领旨！

宣　王　田婴，你看娘娘好威风呵！

田　婴　好威风！

宣　王　好杀气！

田　婴　好杀气，大王哪里去？

宣　王　孤要上点将台呀。

田　婴　慢来，此乃钟离娘娘的点将台，大王你是上不得的。

宣　王　孤是一国之君，娘娘是孤的正后，她的点将台孤怎么上不得，怪哉！

田　婴　大王，我是怕你上台容易下台难。

宣　王　孤连娘娘的园墙都能爬得上去，何况这几步梯阶呀！你在下面候驾。

田　婴　遵旨！

宣　王　（唱）　四城头，

钟离旗迎风飘摆。

不由孤，

齐宣王喜笑眉开。

孤只当，

钟离春难返阳界。

又谁知，
老田婴巧作安排。
钟离氏，
战诸侯谋高智广。
有娘娘，
那公孙衍何足道哉。
金盔银甲放光华，
兵强马壮实堪夸。
耳边厢又听得马儿叫，
哎呀咿咿呀呀闹喧哗。
这一队，
骑的是白龙马。
那一队，
骑的是乌骓马。
那一队，
骑的是红鬃马。
银铃儿，呀郎个里个郎，呀郎个郎、郎郎……
撩得孤王眼发花。
一队队精兵集台下，
赤羽金戈神采焕发。
一二三四,四三二一，
三二一,一、二呀一呀…………
一二三四五六，
六五四哇三二一。
五四三二一、二呀、一呀……
一二三四五六七八，
八七六五四三二一。
七六五四三二一，

六五四三二一，

五四三二一，

四三二一，

三二一，一呀……

一二三四五六七八九十，

十九八七六五四三二一。

四三二一，

九八七六五四三二一，

八七六五四三二一，

七六五四三二一，

六五四哇三二一，

五四三二一，

四三二一，

三二一，一呀……

一队队好威武的人和马，

不由孤王笑哈哈。

老军甲 伙计，台上指手划脚的是哪一个呀？

老军乙 恐怕就是那个昏君吧。

老军甲 唉！我等是来受钟离娘娘点兵的，哪个要他来点，走走。

宣　王 田婴上来，将士们见了孤王，既不欢呼又不朝拜，转身就走是何缘故？

田　婴 他等乃是无盐郡的子弟兵将，大王七年之前，屈杀过钟离娘娘，他等余怒未平吧。

宣　王 如此说来，孤王是点他们不动的了。

田　婴 是呀！还是让钟离娘娘来点吧！

宣　王 也罢！

（唱）　王归王来帅归帅，

孤在此地不和谐。

她点我点俱一样，

无人欢呼孤下台。

钟离兵 （唱） 旌旗招展迎风笑，

将士胆气冲云霄。

神箭飞空敌丧胆，

一声春雷起惊涛。

众　将 参见娘娘千岁，千千岁。

钟　离 三军少礼。

众　将 谢谢娘娘。

老军甲乙 参见娘娘。

钟　离 你等也来了么？

老军甲 闻听娘娘还在人世，此番挂帅出征，不但我等重来投效，就连各方老臣宿将，庶民百姓也都前来，听候娘娘差遣。

钟　离 国难当头正该如此，众三军！

众　将 嗬！

钟　离 适才探马报道：公孙衍兵退四十里，你等不要中了他的诡计，听本帅一令。

（唱） 临淄城外伏兵机，

只等敌军入重围。

自古英雄不惜死，

高举钢刀斩敌骑。

众　将 嗬！

钟　离 带马！

宣　王 请娘娘上马！

田　婴 正是：娘娘挥戈上阵。

宣　王 嘿嘿！孤王坐享其成！

田　婴 呵？

宣　王 噢、噢孤是说，孤王坐卧不宁哪！哈……

第五场

钟离女兵 什么人?

公孙副将 秦将。

钟离女兵 休走！看枪！

公　孙 来将通名！

钟　离 钟离春在此！

公　孙 钟离春呀！你这女妖怪，昔日老夫与你对阵，看你是个女流之辈一时大意吃了你一箭之亏，今日要你试试本帅宝刀的厉害，不将你刀劈马下，誓不为人也。

钟　离 一派胡言，看枪！

公　孙 看刀！钟离春，本帅不愿与你刀枪纠缠，你可敢与本帅对箭?

钟　离 怎么?你要与哀家对箭么?

公　孙 本帅要报一箭之仇。

钟　离 怎样对法?

公　孙 百步之外，你我各站一道台。

钟　离 请！

公　孙 请！

钟　离 公孙衍，怎样射法?

公　孙 你我三箭为凭。

钟　离 好！本帅先让你三箭。

公　孙 众三军，击鼓看箭。

钟　离 公孙衍，看你的第二箭。

公　孙 众三军，击鼓，看箭。

钟　离 公孙衍，看你的第三箭。

公　孙 众三军，击鼓，准备带马，看箭！

钟　离 公孙衍，你的第三箭被接住了，本帅还你三箭。

公　孙　带马，走。

钟　离　公孙衍，还不投降，看箭！公孙衍哪里走，看箭！

众　将　杀、杀、娘娘千岁，千千岁！

钟　离　众三军，大军进城！

第六场

宣　王　（念）　孤王回宫已三天，
　　　　　　　　边关军情望眼穿。
　　　　　　　　坐卧不宁苦思虑，
　　　　　　　　三件大事怎么办？

夏　妃　喂呀！

宣　王　爱妃为何哭泣？莫非玉体欠安？

夏　妃　喂呀！

宣　王　喏喏喏，爱妃，你呀，你把孤王的心都哭碎了。

夏　妃　妾妃的心早就碎了。

宣　王　为了何事呀？

夏　妃　大王呵！
　　　　（唱）　泪眼慢转对君笑，
　　　　　　　　梨花带雨风中摇。
　　　　　　　　从今后难承恩，
　　　　　　　　空有红颜为谁娇？
　　　　　　　　钟离一旦回朝转，
　　　　　　　　妾妃父女怎开销？

宣　王　爱妃呀！
　　　　（唱）　些许小事莫烦恼，
　　　　　　　　孤王做主从中调。

东西两宫莫相扰，

她掌朝纲你撒娇。

太监甲 启奏大王，田老相国已将那班误国之臣，一个个赶出了朝廷。

宣　王 哼！都是些酒囊饭袋，早就该赶了出去。

太监甲 他已将夏老太师……

夏　妃 怎样？

太监甲 打入天牢去了。

夏　妃 大王，要与妾妃做主呀！

宣　王 这个……

夏　妃 大王若是做不了主，就将妾妃一同打入天牢去吧！

宣　王 这……命你速去天牢，传孤旨意，暗将夏太师提调进宫。

太监甲 倘若田老相国查问。

宣　王 你就说，夏太师中风死了。

太监甲 遵旨！

夏　妃 多谢大王！

夏　妃 大王连日为国操劳，妾身备有美酒，敬大王一杯。

宣　王 这……孤已戒酒。

夏　妃 妾妃不信。

宣　王 有道是君无戏言。

夏　妃 喂呀！

宣　王 好，只此一杯，下不为例。

夏　妃 大王，请！

田　婴 参见大王。

宣　王 何事？

田　婴 适才娘娘特派信使回报，大军旗开得胜了。

宣　王 怎么样？孤早就知道，有钟离娘娘出征，那小小的公孙衍又何足道哉！田婴，娘娘是怎样得胜的。

田　婴 娘娘三箭射得公孙衍落马而死，敌兵狼狈逃窜，一举收复了边城。

宣　王　公孙衍，老匹夫，叫你也尝到娘娘神箭的厉害。

太监甲　启奏大王，夏太师已提到御花园候旨……

田　婴　你待怎样？

太监甲　谁料他，刚走到御花园，就中风死了……

宣　王　该死！该死！

夏　妃　大王将我爹爹如何安置？

宣　王　把他藏在西宫。

夏　妃　谢大王！

女　将　启奏大王，娘娘班师回朝。

宣　王　待孤亲自出迎。恭喜娘娘，贺喜娘娘，娘娘三箭定江山，功昭日月，孤此番特来迎接娘娘重回昭扬正院，与孤同掌江山，永谐百年之好。

钟　离　既然如此，但不知三件大事，可曾照办？

宣　王　嘿嘿！娘娘你来看，田爱卿已官复原位了。那夏太师么早已打入天牢去了。自那日之后，孤不再沉迷酒色了。

钟　离　这么说来，三件大事，件件照办了？

宣　王　照办了，这是什么东西？

钟　离　当日发兵之前，大王是怎样说法？

宣　王　那时孤王言道，三件大事件件依从，若有反悔，叫孤酒醉醉死。

田　婴　嘿！大王酒杯在此。

钟　离　哼！不践前言，当自食其果。

钟　离　（唱）　一言既出三军共监，
自食其果，
你复有何言？

田　婴　（唱）　请娘娘看在君王面，

宣　王　（唱）　恕孤做事欠周全。

钟　离　（唱）　你不该对奸贼行偏袒。

宣　王　（唱）　也念我君王做事两头难。

田　婴　（唱）　也许是大王醉后忘记把大事办。

钟　离（唱）　　他反复无常，我早看穿。

（白）众女兵，请大王坐定，大杯侍候。

众女兵　领旨！

宣　王　孤已当众宣告，不再沉迷酒色了。

钟　离　只此一次，下不为例呀！大王，请！

宣　王　使不得。

钟　离　大王，请！

宣　王　使不得，娘娘杯下留情。

田　婴　大王。

宣　王　三杯，一杯都吃不下，三杯岂不要了孤的命么。

田　婴　大王，不是三杯，是三件大事呀。

宣　王　孤明白了，娘娘不必如此，孤已知过，这三件大事孤王件件照办就是。

（唱）　　女将听孤传口诏，

前往西宫捉奸枭。

田　婴　大王要捉哪一个？

宣　王　夏太师呀！

田　婴　嘿嘿！早已押到宫门候旨了。

女　将　大王，但不知怎样发落？

宣　王　孤王江山，险些断送他手，斩！

女　将　遵旨！

宣　王（唱）　　孤今后，

将三事刻石承教。

唯愿娘娘把旧恨消，

孤王拱手龙献爪。

田　婴　娘娘！

钟　离　老爱卿，大王：

（唱）　　靠忠良开言路，

齐国的江山保得牢。

宣　王　娘娘高见。

钟　离　大王，请！

宣　王　娘娘，请！

众　大王、娘娘，千岁，千千岁。

[剧终。

百里奚认妻

（根据罗恒报、杨启祥整理同名汉剧）

剧本整理：曾祥训

人　物　表

百里奚

杜　氏

家　院

[幕启。

百里奚　（内唱）　饲牛拜相世称奇……（上）

（接唱）　满腹酸辛只自知，

慢步来到书房里，

思想妻儿锁双眉。

（白）老夫，百里奚，乃虞国人氏，只因家贫，抛妻别子，求取爵禄，谁知数十年中仕虞背晋，逃楚归秦，东飘西荡，思想起来，好不伤感人也！

（唱）　想当初，百里奚，家贫不遇，

幸有那杜氏妻艰苦操持。

她劝我往外邦力图进取，

男儿汉理应该青云奋飞。

曾于侄逢蹇叔结为兄弟，

得其友宫之奇举荐仕虞。

虞失国逃于楚放牧海湄，

蒙穆公五羊皮赎我回归。

到秦邦长左庶添列上位，

虽今朝身荣贵玉带紫衣，
但不知妻和儿存亡生死。
杜氏，儿呀，我哪……我的儿呀妻。
每日里闷沉沉如醉如痴。

家　院　启禀老相爷，早饭备到。

百里奚　纵有那羊羔美酒海味山珍难以下箸，触前情追往事珠泪淋漓，（叫）家院。

家　院　在！

百里奚　且与我收了进去。

家　院　遵命。老相爷，你心中烦闷，为了何事？

百里奚　苦中苦却正是骨肉分离，老夫心中烦闷实是难解。

家　院　老相爷，待老奴叫乐工上来作乐便可解闷了。

百里奚　老夫心不在焉，视而不见，听而不闻，作乐哪能解闷？

家　院　这个……老相爷平日雅善鼓琴，借以消遣如何？

百里奚　唉，你哪里晓得，知音人杳，更觉见物伤情哪！

家　院　如何是好？有了……相府中有一擀衣妇人，颇精音律，能弹能唱，操虞国乡音……

百里奚　呵！是虞国乡音？

家　院　正是，可否叫她上来，开解老相爷烦闷？

百里奚　好！你去叫来。

家　院　遵命！传擀衣妇人抱琵琶到书房弹唱。

［内白：传擀衣妇人抱琵琶到书房弹唱。

杜　氏　（唱）　抱琵琶轻移步心神不定，
三十载因逃荒风雨熬煎，
到秦畿住寒窑守志不变，
儿闻说父在此苦候经年，
相府门深似海缘悭一面，
不得已借擀衣进入重垣，

家　院　妇人来了吗？

杜　氏　正是，请管家带路！

（唱）　随管家到书房但求能见，

将旧调谱新词寄意托言，

老相爷须发皤然貌少异，

神态仿佛百里奚，

真假未明莫造次，

待我上前把礼施。

家　院　（科）启禀相爷，擀衣妇人到。

杜　氏　老相爷在上，贫妇人叩头。

百里奚　罢了，一旁。

杜　氏　谢过老相爷！

百里奚　唱得好重重有赏，家院！

家　院　在！

百里奚　赐妇人一坐。（音乐起）

家　院　遵命。（科）老相爷赐你一坐。

杜　氏　谢坐。（科）老相爷请听！

（唱）　忆当年奴和他双宿双飞好比鸳鸯，

今日里只落得形单影只嗟叹凄凉。

屈指数，流年似水，

三十余载漂泊他乡。

哎哟，哎哟！想夫君重义多情，

既天赐良缘——姻缘何快尽！

哎哟天哪！哎哟天哪！

愿苍天，缘快尽，

当初何必相爱相亲（呀）？

哎哟天，哎哟天！

似有缘似无缘咫尺天涯远，

含泪人（哎呀）到如今，

累得我万水千山到处寻！
哎哟薄情人，你别久变心，
我好比（那）浪打浮萍、线断风筝，
飘飘荡荡更谁怜？

百里奚 弹唱得倒也酸心！

家　院 （科）老相爷平日喜欢鼓琴，可否听妇人一鼓？

百里奚 老夫正想听琴，妇人可善鼓琴？

杜　氏 略晓一二。

百里奚 家院。

家　院 在。

百里奚 把琴抱上。

家　院 遵命！（音乐起）

杜　氏 老相爷再请听哪！

（唱）汉沦落天涯，
辜负韶华两鬓催，
飘零无那憔悴，
谁知是双栖巢燕，
奈何飞去两分歧；
叙前因我真有万斛愁悲，
夫婿久别离，心被纷华醉。
何曾回忆故园梅？
怅星霜屡易，杳无音问，
望穿秋水，不见归来！
我不辞劳瘁万里来寻。
伶仃孤苦，只有鼓琴告哀；
且高歌更含泪心碎弦声摧。
无依飘泊诉不尽（哎哟）凄凉酸楚，
凄凉酸楚，弹也弹不开！（哎哟）

（接唱） 光阴难再，青春何在？

想当年卿怜夫爱，

莫非他今日官爵厚，

忘却了当初贫贱妻——

贫贱妻，前路正徘徊；

多少怨——此怨诉与谁？

暗地里，只自思，天生我，又何为？

百事总成灰！

从今愿那肖郎梦醒，

重续前缘，莫上望夫台……

百里奚 （唱） 琴声熟悉身世似，

似似似，似是她又非她憔容依稀，

历年来寻妻儿无讯无息，

眼前事若真若幻意乱神迷。

杜　氏 （唱） 曲尽传情琴歌里，

点不醒唤不出帘内尊仪。

莫真是他人前思妻假仁义，

一旦寒妻到又恐声威失。

百里奚 （唱） 心疑虑情难抵将她辨认，

只可惜年老迈昏眼迷离。

杜　氏 我欲直言问，尚需待时机。

百里奚 这一妇人，你可晓得你丈夫今在何处？

杜　氏 现在秦邦。（转向前）

百里奚 他做何生计？

杜　氏 听说他已是身居高官之人了。

家　院 啊，还是个当官的。

百里奚 他，他叫何名字？

杜　氏 他，他……（退一步）

家　院　唉！重利忘义，显位抛妻，你把他的名字说出来，有我们老相爷做主，这口气我替你出了，你说，他叫什么？

杜　氏　他……他……他……（点头接唱）百里奚……

家　院　大胆，住口！竟敢唱起老相爷来了！

百里奚　让她唱下去！

家　院　噢！老相爷，世上同姓同名者甚多，你别生气哪！你可要息怒啊！

（转对杜氏）唱下去！

杜　氏　（接唱）　百里奚，五羊皮，

忆别时，烹伏雌，舂黄虀，炊扊扅……

今朝富贵忘我为！

百里奚　呀！（旁唱）曲义琴音实无疑，

分明来了杜氏妻！

（掀帘而出，接唱）待我上前把她认……

且慢！（旁唱）冒认人妻失威仪，

待我须盘根再问底。

你这妇人，家住虞国何地？因何到此？一一讲来，不必拘礼！

杜　氏　老相爷容禀！

（接唱）　奴家住西虞城中条山里，

因旱荒在故乡受饿挨饥；

无奈何带着儿求食异地，

数十年辗转漂流到秦畿……

百里奚　这古琴？

杜　氏　（接唱）　这古琴，随身带，洒透我相思泪滴，

它本是……它本是……

百里奚　是什么？是什么？

杜　氏　（接唱）（叠）它本是、当日里、新婚燕尔，夫唱妇随，

切磋琴艺，他刻鸾朋，我雕凤侣，同对标记，

盟海誓，花烛洞房一珍奇！

今日里物在人在情却异，

显见他恩断义绝抛了妻。

满腔怨恨满腔气……

百里奚
家　院 你要做什么？

杜　氏 杜氏女碎琴明志，再把故园归。

百里奚 杜氏……

（唱）　疑团尽释惊复喜，

果然她是杜氏妻。

当年容貌尽消失，

都只为数十年风霜损花枝；

老泪纵横忙跪地……

我是你夫百里奚！

杜　氏 这么讲？你就是奴夫百里奚？

百里奚 杜氏。

杜　氏 夫呀！

百里奚
杜　氏 （合）　我那……我……我的妻/夫啊！

杜　氏 （唱）　万水千山隔不断深情厚义，

苦多少怨多少今朝化烟飞！

百里奚 （唱）　鼓琴重奏知音曲，

百里奚
杜　氏 （合唱）　相敬如宾唱齐眉！

［剧终。

·广东汉剧卷·

一袋麦种

编剧：赖扬芬　陈允庄

人　物　表

春梅　志洪的妻

志洪　春梅的夫

兴伯　春梅的父亲

[现代。

[广东潮汕某农村。

[春梅家院中。

[春梅肩锄上。

春　梅（唱）

云淡天高秋风紧，

种麦归来要探亲。

爹爹今年六十整，

我春梅要赶回娘家祝生辰。（进屋放下锄头提花篮上）

为寿礼我忙了一阵，

准备了鸡蛋十个小麦十斤。（把花篮放在石凳上）

盼志洪快回来我把路引，

夫妻双双转家门。

我在前面走，

他在后面跟。

说说笑笑同把家门进，

爹爹一见真呀真开心！（向外张望一下，遥望志洪归来）

咦！他回来了！

[想了一下，去给志洪准备换的衣服，笑下。

[志洪高兴地跑上。

志　洪　（唱）　开完会我浑身是劲，

快回家取麦种扩大冬耕。（进屋在门口与春梅相逢）

春梅！

春　梅　看你，可把人等急啦！

志　洪　哎哟，我这还是三步当作两步跑回来的哩！

春　梅　（笑）那好，快换上衣服，马上就走！（抖开给志洪准备好的上衣）

志　洪　（不解地）换衣服干什么？

春　梅　跟我回娘家去呀！

志　洪　今天？

春　梅　就是今天！

志　洪　咳，春梅！

（唱）　冬种季节抢时光，

男女老少个个忙。

要回娘家农闲去，

大忙探亲不应当。

春　梅　（唱）　一年四季忙又忙，

我从未偷闲误时光。

冬种定勤我超过了，

论干劲，论质量，别人未必比我强！

今天是我爹生日请上一天假，

有什么应当不应当？

志　洪　怎么，今天是你爹的生日？哎呀，我，我倒忘记啦！

春　梅　哟，现在你是一个大大的作业组长啦，家里的事，哪一件你还记得下？（又抖起衣服）来，快穿上走吧！

志　洪　（套上一个袖，忙又抽回）慢点！春梅，我们先商量一件事。

春　梅　什么事呀？

志　洪　你先把家里的麦种拿出来。

春　梅　麦种？你要麦种干什么？

志　洪　种麦呀！

春　梅　队里冬种任务已经完成了，还往哪儿种？

志　洪　（笑）春梅，今天早上队委开会决定，冬种面积又扩大啦！

春　梅　又扩大啦？

志　洪　是呀！

（唱）　党委号召扩大冬耕，
小冬要夺一造收成。
我队扩种二十亩，
要添种子三百斤。
全靠社员大家凑……

春　梅　（旁唱）　我好似螃蟹落肚抓乱了心！

志　洪　怎么？拿麦种你还要思想斗争呵？

春　梅　志洪，我们家的麦种……没有啦！

志　洪　（一怔）不对，还有呀！

春　梅　你不信，我就和你算算细账。

志　洪　好，我问你，今春分到的小麦是六十斤。

春　梅　换大米用去了三十斤。

志　洪　还有三十斤。

春　梅　端阳打面，中秋做甜饼，每次五斤。

志　洪　还有二十斤。

春　梅　换油菜种、豌豆种、煎麦粿、做豆酱……

志　洪　多少？

春　梅　十……十斤半。

志　洪　还有九斤半。

春　梅　还有九斤半……

志　洪　是呀，哪里去啦？

春　梅　这……（旁白）想不到他要打破砂锅问到底，（想）嗯，待我再来向他报销报销。（转对志洪）志洪，那九斤半也叫我给开支完啦！

志　洪　你是怎么开支的？

春　梅　有几次你不在家中，有时我的胃口不好，有时亲戚来往，把它换面粉、换面条啦！

志　洪　用了多少？

春　梅　一次半斤，一次一斤半，一次两半斤，一次两斤半，一次三斤半。

志　洪　咳，你就这么半、半、半、半完啦？（四下望）

春　梅　完啦！快穿衣服跟我走吧！（抖反上衣帮志洪穿，志洪边穿上衣边转身望花篮两次未套上衣袖。志洪指衣服，春梅翻过衣服，帮志洪穿好）

志　洪　咦！春梅，你那花篮里装的是什么？

春　梅　是几个鸡蛋。

志　洪　还有什么？

春　梅　没……没有什么啦！

志　洪　我看看。（急转身）

春　梅　噫！（又拉转过来，拉紧衣服故意代他扣钮，紧张间扣错了钮）几个鸡蛋有什么好看，你别给我打碎啦！

志　洪　好，好，我不看了。

春　梅　（遮掩地）嘻嘻！

志　洪　嘿嘿！

春　梅　嘻嘻嘻！

志　洪　嘿……（把春梅扣错的衣钮拉起给她看，春梅羞退走开，志洪怀疑她）

（旁唱）　她今天为什么神色不对？

春　梅　（旁唱）　说假话我还是第一回。

志　洪　（旁唱）　莫不是花篮里面有秘密？

春　梅　（旁唱）　我心中噗通噗通跳得急。

志　洪　（旁唱）　我不如答应陪她娘家去。

好吧，春梅，我先到小溪边洗洗手脚就陪你去，你也换换衣服吧！（转身走了几步停下，转到春梅身后观察）

春　梅　（一想）哎哟！

（唱）　这一下倒给我出了难题。

倘若一同娘家去，

岂不是揭了盖子戳破脸皮？

哎！　倒不如改变计划重打主意，

只要我说得圆他不会不依。（急回屋换衣去了）

[志洪悄悄上，走到花篮旁，揭开盖子，提出米袋，打开一看，见是麦种。

志　洪　呵，麦种！

（唱）　花篮里原来藏麦种，

春梅她不该骗志洪。

小事情我可以不闻不问，

这件事我不能作哑装聋！

我本当跟她把道理讲，

怕的是三言两语讲不通。

我要是将她批评一顿，（一想）

又怕她纠缠不休我误了工。

怎么办呢？

春　梅　（内喊）志洪，志洪！（志洪来不及把米袋放回篮去，忙把袋子别在腰后带子上，假作从外回来。春梅由屋内出。已换好衣服，春梅看看篮子，又望望志洪）你回来啦？

志　洪　（故作笑容）回来啦。

[二人对视转个圆场。

春　梅　洗好啦？

志　洪　洗好啦。（伸出手给春梅看，春梅放了心）

春　梅　志洪，我又改了主意啦！想跟你商量商量。

志　洪　什么主意？

春　梅　志洪呀！

（唱）　　你说扩种正大忙，

探亲误工不应当。

志　洪　这么说你不去啦？

春　梅　不！

（唱）　　俺俩人分工最妥善，

志　洪　怎样分工？

春　梅　（唱）　　我探亲你出勤公私两全。

志　洪　呵，原来是这样！

春　梅　哎，另外我也不去一整天了。

（唱）　　请假一日改半日，

表完心意把家还。

趁着今夜月色好，

我和你双双种麦加一班！

志　洪　呀！那你可够累的啦！

春　梅　这有什么，你积极我也不能落后嘛！

志　洪　好，就这么办！

春　梅　我走啦。（欲提花篮）

志　洪　（忙拦住）哎，等一等，你走了，我中午吃饭怎么办？

春　梅　哟，你又不是个孩子，自己不会做一顿？

志　洪　那你把米给我拿出来吧。

春　梅　米在柜子里，你自己不会拿？

志　洪　不，我要你多拿一点，中午我和作业组几个人在岭后田头一起做饭吃，不回来啦！

春　梅　好，拿多少？

志　洪　十斤。

春　梅　十斤？

志　洪　借出十斤米，以后大家会还给我们的。

春　梅　好，你等着……你别动呵！（急进屋取米，又在屋内喊）志洪！

志　洪　哎！

春　梅　你还没有走吧？

志　洪　我一动也没动呵。

［春梅急提米袋上，交给志洪。

春　梅　我走啦。（又欲提花篮）

志　洪　哎，把锄头拿给我呀！

春　梅　（无奈何地）嘿！你想当老爷啦？我看你呀，你是存心来刁难我哪！

志　洪　你不是叫我不要动嘛？（春梅无话可说进屋取锄头去了）

［志洪忙把米袋塞进篮内，春梅提锄上。

春　梅　给你！（交锄头给志洪）没有什么事了吧？（提花篮）

志　洪　（摇手）没有啦。

春　梅　咦，你的米呢？

志　洪　在这里哪！（指腰后的袋子）

春　梅　（笑）嘻嘻！

志　洪　嘿嘿！

春　梅　（唱）　米和锄头你带去，

志　洪　（唱）　我去种麦七分七。

春　梅　（唱）　回来我就赶上你，

志　洪　（唱）　但愿你回来嘴上笑嘻嘻！

［两人同笑分头下。

［兴伯家门口。兴伯端竹箩、竹筛、小凳上。

兴　伯　（唱）　姜是老来辣，

蔗是老节甜。

纵然是人老身犹健，

壮志何曾让少年！

我老汉历尽了辛酸忧患，

旧岁月熬得我两鬓斑斑。

解放后翻了身老福不浅，

青春去了又回还。

社员们齐把山区建，

我也要快马再加鞭。

男女社员下田去，

我在家选麦种也不愿偷闲。

手摇竹筛细挑选，

[赶鸡。

小鸡呀！

不要一见麦种就垂口涎！

可知道一粒麦种千滴汗，

且看那春风起麦浪滔天。

[兴伯继续选种，春梅上。

春　梅（唱）　进村庄，穿小巷，

三步当作两步走，

心欢不觉路途长。

举头娘家已在望，（看兴伯）

只见爹爹坐门旁。

[轻步上前拍爹肩后躲开。

兴　伯（回头见春梅）呵！春梅，结了婚还这样孩子气？（笑）

春　梅爹爹，今天是什么日子，你能叫我不高兴？

兴　伯今天是什么日子？嗯，今天是我们公社溪东大桥胜利完工一周年纪念日。

春　梅还有呢？

兴　伯还有……（笑）春梅，你是不是来收集材料编写公社史的呀？

春　梅不，我是来给爹做生日的！

兴　伯怎么，给我做生日？

春　梅嗯，哥哥嫂嫂呢？

兴　伯　正是冬种大忙，一早就下田种麦去了。

春　梅　哟，他们没有准备给你做生日？

兴　伯　原来是要准备的，叫我制止了。

春　梅　爹，生日年年有，可是六十岁生日，总得庆祝一下呵！

兴　伯　六十岁算得什么？你看！福伯今年七十一，春伯今年八十七，松伯公九十一，百岁老人到处都有，比起他们来，我还是个年轻小伙子哪！

春　梅　爹，这么说，你今天不做生日啦？

兴　伯　大忙季节，不能耽误生产，更要厉行节约，哦……移风易俗嘛！

春　梅　啊！

兴　伯　春梅，志洪呢？

春　梅　他……他原来是要来的，叫我制止啦！

兴　伯　为什么？

春　梅　嗯……为了种……种种原因，我没有让他来。

兴　伯　什么原因？

春　梅　（唱）　我和志洪把工分，
我转娘家他出勤。
志洪最听我的话，
扛锄种麦到前村。

兴　伯　这是你出的主意吧？

春　梅　（夸耀地）哎！

兴　伯　好，我说我的春梅嫁出去，是不会给我丢人的。（看春梅）

春　梅　嗯……是嘛！爹爹你看！（从花篮里取出两个鸡蛋）
（唱）　自家母鸡生的蛋，
又大又圆又新鲜。
爹爹吃了呵呵笑，
老当益壮福寿双全。

兴　伯　嗯，现在建设社会主义新农村，农民生活越过越好，你爹享了社会主义福，还要享共产主义福哩！

春　梅　对！（又从篮里取出一对柑）爹爹你看！

兴　伯　呵，柑子！

春　梅　（唱）　新摘柑子青又红，

爹爹吃了心情舒畅事事春风。

兴　伯　听党的话，心情最舒畅，按照党的指示办事，事事春风！（接过柑子一看，故意地）咦，春梅你看，同是一棵树上的柑子，为什么一只是红的，一只却还有一面是青的？

春　梅　爹，你说呢？

兴　伯　春梅！

（唱）　红的是枝头经得烈日烤，

青的是叶下深藏娇又娇。

愿你夫妻一对红来争当五好，

建设山区立功劳。

春　梅　爹，你放心，我不会比志洪落后的！

兴　伯　但愿如此！

春　梅　（又从篮里取出袋子）爹，你是最喜欢吃面的，我本想把这些麦子拿去磨成粉，打成面，可是为了种……种种原因……

兴　伯　噢，又是一个种种原因？

春　梅　我只好把麦子带来啦，你看！这是多么好的六角麦呀！

兴　伯　哦，好种子好种子！（打开看怔住）咦，春梅，你的麦子怎么是白的呀？（笑）这不是麦子，是米呀！

春　梅　爹，你要看个清清楚楚，这是我们队最好最好的六角麦。

兴　伯　嘿，我看得明明白白，这是米呀！

春　梅　（一看目瞪口呆）

（唱）　小麦变米太离奇，

定是志洪暗中调换把我欺。

兴　伯　（话里有话地）是呵，志洪是怎么搞的？

春　梅　他早上说过，要扩大冬种面积，队里缺少麦种三百多斤，一定是他……

兴　伯　噢……是这么个种种原因哪！

春　梅　爹，我要回去啦！

兴　伯　别忙，吃过午饭再走。

春　梅　我不饿！

兴　伯　莫非气饱啦？

春　梅　（拿着米袋）爹，你把这些东西收下吧！

兴　伯　（一想）好，你等等。（接过米袋提篮下）

春　梅　（唱）　志洪志洪你好大胆！

存心跟我来为难。

爹爹面前丢了脸，

回家和你闹三天。

兴　伯　（提篮复上）春梅，柑子和鸡蛋爹收下，这袋米你带回去吧！

春　梅　还是留下好。

兴　伯　带回去好。

春　梅　留下好。

兴　伯　你不带回去，爹要生气啦！（装作生气）

春　梅　好，我带回去就是。

兴　伯　回去不要为这件事，两口子又吵闹啦！

春　梅　哼，我走啦。（急下）

兴　伯　（笑了一下，忽有所思）

（唱）　闻说西村缺麦种，

好比石板压在胸！（想了一下）

我快些找队里领导去！

[收起箩下。

[路上，志洪上。

志　洪　（唱）　眼看春梅快回转，

我硬着头皮迎上前。（张望远处）

嗯，她回来啦！

手提花篮沉甸甸，

走路好比箭离弦。

越看神色越不对！

[志洪闪过道旁继续走，春梅歪着头提篮上。

春　梅（唱）　我心头冒火气冲天！

此刻碰上志洪面，

[志洪让过春梅。

志　洪　哎哟！

（唱）　看样子她至少要打我两拳！

春　梅（唱）　我绷起面孔瞪起眼，

志　洪（唱）　我小小心心赔笑颜！

[二人一前一后急走下场，兴伯推车上。

兴　伯（唱）　推起了鸡公车快步如飞，

直奔西村赶春梅。

年轻的夫妻一怄气，

顶起牛来谁也不让谁。

我顺便到她家里去，

快帮志洪解解围。

[兴伯急推车下。

[春梅、志洪先后上，二人碰面，春梅赌气地转身走，志洪赶上。

志　洪　春梅，你回来啦？

[春梅不理，扭头走开，志洪又跟上去。

志　洪　我给你提篮。

[春梅不给，继续走着。

志　洪　嘀，回娘家一趟，怎么变成哑巴啦？（拦路）

春　梅　到了家里，再跟你算账！（推开志洪）

志　洪　算什么账？

春　梅（把花篮放在地上）你好呀！

（唱） 你不该背地耍把戏，
你不该让我打开花篮瞪眼发痴，
你不该拿走爹的生日礼。

志 洪 噢！你是说……

春 梅 我是说我花篮里的麦子呢？

志 洪 麦子？（学春梅的口气）
（念） 一次一半斤，
一次一斤半，
一次两半斤，
一次两斤半，
一次三斤半……

春 梅 （唱） 半半半——
还在我面前扯东扯西！
我问你麦子哪里去啦？

志 洪 嘿嘿，都快发出芽来了！

春 梅 哼，你真把我气死啦！

志 洪 春梅！
（唱） 我把麦种交队里，
队委们个个都夸你。
大家说春梅一心爱集体，
叫社员要向你学习。

春 梅 呸！
（唱） 你要积极你积极，
不该扒走我的东西！
韩江不靠一瓢水，
桑浦山不差土半坯。
冬种扩大二十亩，
少我这一点有什么关系？

志　洪（唱）　桑浦山高小山聚，
韩江虽大也要靠小溪。
一户支援几斤种，
千亩田畴披锦衣。

春　梅（唱）　我的麦种该由我处理，

志　洪（唱）　献麦种我也有权利。

春　梅（唱）　偷偷摸摸你就不老实，

志　洪（唱）　躲躲闪闪你的老实在哪里？

[兴伯推车上。

春　梅　你不老实！

志　洪　你不老实！

春　梅　好，我们找人评理去。

志　洪　啊，找人评理？好，走吧！

春　梅　走！（站着不动）

志　洪（笑）走哇！

春　梅　你走我就走。

志　洪　你走我就走！（志洪伸出手，被春梅打回）你拿走麦种，是你没有道理！

春　梅　你背地里用米换掉我的麦子，是你没有道理！

志　洪　米有什么不好？米是宝中宝。

春　梅　米米米，谁稀罕你几斤米！

[把米袋取出向志洪一丢，志洪接住。

志　洪　呵，这么大脾气，哼！一粒米千滴汗，你若是不要就是你糊涂，你爹若是不要就是他忘本！

兴　伯（一边）哟，把我也扯进去啦！

[志洪摸摸米袋，打开一看原来是麦种。

志　洪（捧麦种）咦，麦种？

春　梅　麦种？（莫名其妙地走前）

志　洪　嘿嘿，眼睛一眨，老母鸡变鸭！春梅你学会变戏法啦？哈哈！

春　梅　（难为情地）志洪，这袋麦不是我装的。

志　洪　那是——

春　梅　一定是我爹瞒着我调换的。

志　洪　（高兴）呵，我的老岳父太好啦！我说他不会像你一样糊涂嘛，我应该谢谢他！

兴　伯　哈哈！（走前）不用谢啦！

志　洪
春　梅　（一怔，回头一看）爹！（二人走上前去）

兴　伯　志洪、春梅呀！

（唱）　刚才你们吵得真有趣，
　　　　叫我一旁笑破肚皮。
　　　　不必找人去评理，
　　　　爹爹给你们批一批。
　　　　志洪他为冬种占了十分理，（志洪得意）
　　　　春梅你带走麦种太偏私。

［春梅噘嘴，兴伯回头见志洪在笑。

兴　伯　志洪，你也有缺点呀！

志　洪　我？（春梅望着志洪）

兴　伯　（唱）　凡事夫妻要通气，
　　　　背地偷换事不宜。
　　　　你若事先有商议，
　　　　春梅她——（看春梅一眼）
　　　　她不会气得翘起嘴巴吊畚箕！

［志洪听了点头，三人相视同笑。

春　梅　是嘛，爹！你是干什么来的？

兴　伯　你们看，我们队里决定支援你们麦种两百斤，我讨了这个差事，特地给你们送来啦！

志　洪　（高兴地）啊，太好啦！爹，等明年丰收后，（看车子）我亲自送还给你们！

春　梅（唱）　　爹爹巧计换麦种，
支援邻队情意浓。
他岳婿同心爱集体，
我却因私忘了公。
相形之下心羞愧，
倒叫春梅脸通红。

［兴伯示意要志洪与春梅和好，志洪上前。

志　洪　春梅，这回……

春　梅　这回……算你对啦！

志　洪　回到家里还要不要跟我算账？

春　梅　（举拳欲打又止，推开志洪）去你的吧！

兴　伯　算了，我们走吧！

志　洪　我来推车。

春　梅　我来拉车。

兴　伯　好，走！

［锣鼓声中，跑场下。

［幕闭。

［剧终。

广东案

改编：张天蔚（执笔） 罗青田 胡 高

人　物　表

梁天来　三十二岁　（商人）

梁君来　三十岁　（天来之弟）

凌　氏　六十岁　（天来之母、贵兴的姑妈）

刘　氏　二十八岁　（天来之妻）

叶　氏　二十六岁　（君来之妻）

春　桃　十六岁　（梁家婢女）

秋　菊　十五岁　（梁家婢女）

张　凤　四十岁　（农村破产者）

施智伯　六十六岁　（讼师）

孔大鹏　五十五岁　（钦差大臣）

凌贵兴　四十岁　（豪绅、天来之表兄）

凌宗孔　四十三岁　（贵兴的管家）

黄知县　四十七岁　（番禺县知县）

司　员　三十岁

林大有　三十六岁　（歹徒）

简　勒　三十四岁　（歹徒）

简　当　三十五岁　（歹徒）

衙　役　若干

女　僮　十七岁　（施智伯书僮）

店　家　小镇酒店店家

家　院　孔大鹏的家院

龙　套

第一场 窃 谋

[某天上午。

[番禺县某小镇酒店。

[幕启：张凤扫地，抹桌，动作麻利。

张 凤 （念） 只因家乡闹灾荒，

单身流落在异乡。

想我张凤，乃河南开封人氏。只因逃荒，来到广东，举目无亲，无奈落到乞讨行中。前日里多蒙店家李大哥收留，在此帮炊打杂，正是：

（唱） 不再行乞当叫花，

我似枯木抽新芽。哈哈哈！

店 家 （上）张凤，内厅劈柴去吧。

张 凤 知道。（下）

[店家扫窗抹椅。

[林大有、简勒、简当上。

林大有 （唱） 身带密书把山下，

等候凌爷到酒家。

众位兄弟！

简 勒
简 当 在！

林大有 （接唱） 整好衣冠装文雅，

随身家伙用衫遮。

店家！

店 家 客官请坐。

林大有 酒来。

店 家 用何酒料？

林大有 只管拿来！

店 家 凤哥，摆酒。

[店家、张凤穿梭般地拿酒、端肉。

林大有 众位兄弟，先干两碗。

简 勒
简 当 干！

[店家端肉汤上。林大有狂饮，挥手间正碰着店家，店家手中肉汤掉地。

林大有 你这蠢猪，瞎了眼珠！（指身上油渍）

店 家 （拿帕欲擦）我来洗刷。

林大有 说的便宜，你要赔来！

简 勒
简 当 赔来！

店 家 客官，是你碰着我的。

林大有 胡说，是你碰着我的。

店 家 你碰我。

林大有 你碰我！

简 勒
简 当 （对店家）是你瞎了眼！

张 凤 （解围，和气地）客官，是你碰着他的。

林大有 你说什么？

张 凤 我看得清清楚楚是你碰着他的。

林大有 你是何人？

张 凤 店家帮工，张阿凤。

林大有 好个张阿凤，我叫你看得清清楚楚。（向张凤连打两巴掌）

张 凤 你！……太不讲理了！

简 勒 这就是理！（打一拳）这就是理！

简 当 （又打一拳）

[张凤擦去嘴角血迹，欲争辩，店家忙上前劝阻。

林大有 （脱下外衣，露出腰间短刀）赔来！（把衫丢给店家）

店 家 （接衣，双手颤抖着）……

[林大有等狂饮。

[张凤内下。

[凌宗孔领凌贵兴上。

凌宗孔 凌爷，请。

林大有 （起身，拱手）凌管家，我等弟兄，恭候大驾！

凌宗孔 这位就是我家大爷。

凌贵兴 凌贵兴！

林大有 等给凌爷请安。

凌贵兴 免礼。店家！

店　家 凌爷有何吩咐？

凌贵兴 你这酒店，今天我包了，垂帘谢客。

店　家 遵命。

凌贵兴 重摆酒菜。

[凌宗孔等让凌贵兴坐上座。

[店家、张凤重摆酒菜。

[凌贵兴举杯与林大有等“干杯”。

凌贵兴 店家，你等统统下去，无有呼唤，不得前来！

店　家 是！（下）

凌宗孔 （对张凤）下去！

[张凤下。

[凌贵兴与林大有等狂饮。

[张凤自侧幕潜上。

张　凤 看他们身藏凶器，鬼鬼祟祟，莫非……对，我不免躲在一旁，看个究竟。

林大有 凌爷来信相邀，不知有何差遣？

凌贵兴 众兄弟请看：那是我凌家——

凌宗孔 五羊形。

凌贵兴 那是表弟梁家——

凌宗孔 白虎庄！“凌家要出‘贵’，先把虎庄废！”

凌贵兴 哎喳！

（唱） 马半仙五次三番把门上，

不讳言词，是片好心肠。

他说道欲贵凌家需除“虎”，

我方能锦衣玉带坐公堂。

（念） 可恨那梁天来不吃软，不吃硬，不肯把庄让，

（接唱） 因此上，有请好汉来相帮。

凌宗孔 （接唱） 明日梁母庆寿摆光旺，

梁天来兄和弟喜笑回家乡，

咱今夜三更鼓把梁家劫抢，

杀了他兄弟，来日占梁庄。

凌贵兴 （示意凌宗孔，将银交林大有）事成之后，另有重赏！

凌宗孔 官司如有连累，凌爷自能承当。

[歹徒犹豫未决，面面相觑。

林大有 我说众兄弟，听我道端详，我等聚居狗头山，为生靠刀枪。凌大爷疏财讲义气，我等应相帮。今日一点小事，不应再推搪。今夜三更三点……（拔出腰间匕首）

[窗外张凤闻言大惊。

凌宗孔 一言为定。

林大有 管家放心。

凌贵兴 （举杯）来来来！

[店家急上。

凌贵兴 为何前来？

店　家 小人听到凌爷呼唤。

凌贵兴 刚才所言，你可听到？

凌宗孔 要是走漏一字，当心你的狗命！

店　家 小人不敢，万万不敢。

凌贵兴 管家，给他酒钱。

凌宗孔 （把碎银放置桌上）

凌贵兴 众兄弟，后会有期。

林大有 送凌爷！

[凌贵兴、凌宗孔下。

林大有 （夺过店家手中银子）赔我衫来！

店　家 客官……

林大有 （目露凶光）便宜你了！

[林大有等大摇大摆下。

[店家捧着林大有遗下的衣衫，呆立。

[张凤自内上。

张　凤 店家，我出去一趟。

店　家 凤哥为我，受了侮辱，莫非就要告辞？

张　凤 三五巴掌，小事一桩，请勿挂心上，我快去快回。（急下）

店　家 今日开市，不吉不利，赶快闭门便了。

[将衣衫一抖，袋内掉出一封信来。取出信，念。

专请弟兄速前往，
难得买卖有一桩，
事关人命需面议，
小镇酒店细商量。
凌贵兴！

[慌忙关闭店门。

[幕闭。

第二场　烟　杀

[梁天来家。

[二道幕前。张凤急忙地上。

张　凤　哎！

（唱）　凌贵兴禽兽不如良心丧，

青天白日要起祸殃。

为报信到梁家飞奔前往，

［拔脚跑，忽又停止。

（白）想我张凤，乃是乞丐一个，还是少管闲事吧！

（接唱）　休管他人瓦上霜。

（回身欲走）此乃闲事？不对，不对！

（念）梁大爷兄弟，慷慨又善良，不比凌贵兴，仗势压一方，好人我不救，丧呀丧天良！我不去报信，叫他怎提防？毋需多顾虑，拔脚走仓忙呀走仓忙！

（下）

［二道幕开。梁天来家的一所大厅，正中挂着金“寿”喜帐，铺陈一新。

［春桃、秋菊往来穿插，铺陈厅中寿礼。

［梁天来、梁君来上。

春　桃　寿礼齐备，请大爷、二爷过目。

梁天来
梁君来　（看过寿礼）有请老母亲。

春　桃　有请老太太。

［叶氏伴凌氏上，秋菊随上。

凌　氏　（唱）　气爽秋高满门喜，

红灯高烛庆古稀。

梁天来　母亲大人在上，恕儿不孝，所办之礼不多，请母亲过目。

凌　氏　（看寿礼）吾儿费心了！

梁君来　母亲！

（唱）　嫂嫂她留广州看管生意，

梁天来　（接唱）　请母亲来恕谅不孝孩儿。

凌　氏　（唱）　烛光熠熠动我心事，

叶　氏　（接唱）　娘亲为何愁容起，泪滴珠衣？

凌　氏　唉！母亲寿庆，娘家却无半句恭贺之言捎来。怎不叫人伤心？

梁天来　母亲，俺已尽道理，表兄他不前来也就罢了。

梁君来　母亲请宽心。

梁天来　母亲，时已不早，回房歇息去吧。

凌　氏　（对叶氏）二媳有喜在身，也该回房去了。

[众人相劝，凌氏下。

[张凤急上。

张　凤　事越急心越慌，不顾路高低，横冲又直闯！（至门前）梁大爷！梁大爷！

春　桃　（开门）哪个大喊大叫？（出门见张凤）张凤哥，你来迟了，冷菜冷饭都没有了。

张　凤　唏！我不是来讨吃的，要见你家大爷。

春　桃　我家大爷正忙着呢！哪有空和你讲闲话。（欲入）

张　凤　（急拉住）嗳嗳嗳！春桃姑娘！事关你家大爷生死，快快请他来见。

春　桃　呸！你为何讲这不吉利的话。快走！

张　凤　我不能走，定要见你家大爷一面。（欲闯入）

春　桃　（急拦阻）呃呃呃！（见张凤急状，无奈地）好，好，我叫大爷出来！（入门）大爷！大爷！

梁天来　（上）何事？

春　桃　张凤在门外，口口声声说有要事见你。

梁天来　张凤找我？（出门）张凤，你……

张　凤　大爷，大祸就要落到你头上了。

梁天来　张凤，你要钱要饭就讲，何必胡言乱语？

张　凤　大爷，非是胡言乱语，我来报知凶讯！

梁天来　什么凶讯！？

张　凤　唉！大爷！

（念）　凌贵兴身披人皮心似狼，
　　　　邀了贼人有一帮，
　　　　街头酒店细商议，

要把你们兄弟都杀光！

梁天来 此话当真？

张　凤 并无虚假。

梁天来 哎呀！

（唱）　猛听得一声凶讯如雷响，

不由我战兢兢意乱心慌！

张　凤 大爷，事关重大，早早提防！

春　桃 啊！（感到事情不妙，急忙内下）

梁天来 （望张凤，急转念）哦！

（接唱）我不能凭一语自作忙乱，

想贵兴或不至蛇蝎心肠？

他虚报此情有他想，

不外是多乞钱与粮。

乞食艰难应体谅，

（对张凤）你好心好意我难忘。

（取银交张凤）

这碎银酬劳你步行一趟，

张　凤 （接银唱）蒙大爷施舍我数日米粮。

眼看灾星要下降，

大爷你要早提防！

唉！大爷保重，张凤去了。（下）

梁天来 唉！近来乞食的花样也翻新了！

[春桃扶凌氏上。君来、叶氏、秋菊随上。

凌　氏 天来，张凤呢？

梁天来 张凤走了。

凌　氏 唉！想不到贵兴会全无人性。

梁天来 母亲，或是张凤为求钱粮，危言耸听，未必就是真情。

凌　氏 哎！凡事宁可信其有，不可信其无。

梁天来 杀人放火非儿戏，贵兴虽狠，也不至胆大如此。

[张凤复上，直入屋内。

张　凤 大爷，这银子我不能要。

梁天来 （见张凤此举，心中惊诧）你…… 你不要我的银子么？

张　凤 若然要了，你一定不信我的话，怀疑我专为讨赏而来，请大爷收回吧！（将银交回天来手中）

凌　氏 张凤，你要从实讲，切勿无风三尺浪。

张　凤 是我耳闻目见，不敢乱说要荒唐。

凌　氏 不荒唐？

张　凤 不荒唐。

凌　氏 你兄弟快快离罗网。

梁天来 娘亲请安静，不必太惊慌。（对张凤）些小碎银钱，不必再推让。

张　凤 分文也难受，表白我心肠，大爷拿主意，张凤多留不便当。（出门而复返）今夜三更三点，三更三点千万要提防。（下）

[梁家诸人开始忙乱。

凌　氏 唉呀！

（唱）　眼见大祸要下降，

　　　　心乱如麻无主张。

梁天来 母亲！

（唱）　容儿出外走一趟，

　　　　探明虚实告亲娘。

凌　氏 （唱）　儿若外出我心难放，

梁天来 我与哥哥作伴。

叶　氏 若有不测，我…… 我还有何指望？

梁天来 （唱）　人多行动太张扬，

　　　　后厅石室坚如钢，

　　　　弟留家中护老娘。

梁君来 这……

凌　氏　这……（痛心）

梁天来　母亲放心，孩儿快去快回。

凌　氏　我儿千万，小心。

梁天来　孩儿知道。（辞别众人，下）

[二更鼓响。

凌　氏　君来，二更过了，领大家快到石室躲藏去吧。

梨君来　大家进去。

[君来关好大门，大家慌忙下。

[鼓响三更。

[暗转。梁家石室。

[简当翻墙而过，击掌三声。林大有、简勒上。

[林大有等搜索梁家。

[凌宗孔上。

林大有　全屋搜过，不见一人。

凌宗孔　呵！莫非走漏消息，全家逃走不成？

林大有　梁家有石屋一间，天来一家一定藏在那里。

凌宗孔　搬柴点火。

[林大有领众歹徒取柴草置于石室。

[火起。幕后妇女、男孩的惨叫声。

凌宗孔　梁天来呀，梁天来！凌爷要你三更死，不得留你到天明。

[灯暗。幕后惨叫声不断。

[幕闭。

第三场　作　证

[前场第二天。清早。

[番禺县正堂。

[二幕前。刘氏上。

刘　氏　（唱）　　祭罢家人心犹痛，

　　　　　　　　肠断肝裂泪洒空，

　　　　　　　　万叠纸钱魂难度，

梁天来　（上，接唱）

　　　　　　　　一张状书冤千重！

刘　氏　夫哇，状子可曾写好？

梁天来　多蒙智伯抱病写状，只是尚缺证人一个，如何是好？

刘　氏　这……何不去找张凤哥？

梁天来　只怕他不肯。

刘　氏　前面就是街头酒店，且去问他，看看如何？

梁天来　妻言有理。走吧！（园场）

梁天来　张凤，凤哥！

张　凤　何人唤我？（上）

梁天来
刘　氏　张凤哥！

张　凤　呵！是梁大爷，你……

梁天来　悔不该未听凤哥忠告，如今一家只剩下我们夫妻了。

张　凤　唉呀！果然惨哪！

梁天来　想凶徒毒计，是你目睹耳闻，这桩官司，非你帮忙不可。反答应于我？

张　凤　嗨！想我张凤口不善讲，手不能写，身单力薄，能帮你什么？

梁天来　到衙告状，劳你作证。

张　凤　要我作证么？

梁天来　有求凤哥！

张　凤　好！好！好！

梁天来
刘　氏　谢过凤哥！

张　凤　起来，起来，趁早走吧！

[张凤引梁天来夫妇下。

[二幕开。县衙公堂。

[堂鼓三声。

[黄知县上。

黄知县 （念） 一觉到天亮，

老爷睡得香。

[幕内鼓声催紧。

黄知县 谁个击鼓？

衙役甲 （上）大人，有人来告状。

黄知县 升堂！

[衙役上。叫堂。

[升堂鼓乐。

黄知县 传原告！

衙役甲 梁天来上堂。

梁天来 （上）大人在上，民梁天来求大人伸冤。（哭）

黄知县 有何冤枉？快快道来。

梁天来 大人哪！

（唱） 昨宵三更夜深静，

梁家起火烟漫天。

步颤颤，跌撞撞，我回家睁眼看，天哪！一家七口八条命，七尸八命天大冤！

黄知县 起来，你可知凶手是谁？

梁天来 （接唱） 狗头山贼人来作案，

元凶巨恶是凌贵兴。

黄知县 凌贵兴？他为何下此毒手？

梁天来 （递状）大人请看。

黄知县 （阅状）是为了争夺风水屋场，结下如此大冤么？

梁天来 正是。

黄知县 谁为你作证？

梁天来 张阿凤。

黄知县 他可来了？

梁天来 门外听传。

黄知县 来，传张阿凤。

衙役甲 张阿凤上堂。

张　凤 来了！（上，念）一生未曾上公堂，心里不免有点慌。

黄知县 你就是张阿凤。

张　凤 正是。

黄知县 梁天来所告凌贵兴串通狗头山贼人，行凶作恶，你是听来的还是看来的？

张　凤 禀大人，我是耳闻又是目睹。

黄知县 你敢与凌贵兴当面对证么？

张　凤 叫他前来，当面对证。

黄知县 来，传凌贵兴。（掷签）

衙役甲 是！（接签下）

黄知县 张阿凤。

张　凤 在。

黄知县 公堂对证，不得假言。切勿为贪小钱，胡编乱造。

张　凤 大人，我张阿凤穷不偷，饥不盗，宁愿行乞叫化。

黄知县 你是个乞丐？

张　凤 出于无奈。

黄知县 既然是个乞丐，何必介入纠纷，为人作证？

张　凤 大人，当时我也这么想来，一个乞丐，何必多管闲事？

黄知县 唔……

张　凤 可是后来，我就改变主意了。

黄知县 怎么样？

张　凤 大人哪！

（唱）　赫赫公堂挺身站，

不由张凤想当年。

黄知县 当年怎么样？

张　凤 那年我十二岁，陈财主家的小子在大街上骂我、打我，我还了他两拳。后来，陈财主硬说我谋财害命，告到县衙，因无人敢作见证。我家败了官司，白白赔给陈财主二亩枣园。气死了我那老爹。可恨哪！

（接唱）　说句公道无人敢，

官家附势又趋炎。

张凤受屈虽不幸，

只盼天下有清官。

黄知县 嗯！老爷办案历来铁面无私，何容你多嘴！

衙役甲 （上）禀大人，凌贵兴带到。

黄知县 传他上堂。

衙役甲 凌贵兴上堂！

凌贵兴 （上）晚生凌贵兴参见父台。

黄知县 凌贵兴，你是一个知书达理之人，为何要干杀人勾当？

凌贵兴 唉呀！大人，此话从何说起？

黄知县 梁天来告你来了。

凌贵兴 啊！梁表弟，姑母寿诞，愚兄已备寿礼。不想表弟家门不幸，天降灾火，愚兄正欲前来探听，不想表弟先到县衙来了。

梁天来 凌贵兴，贼子——

（唱）　骂一声贼子凌贵兴，

全不念梁家旧日情。

引贼人害死梁家八条命，

可怜我那慈母娘亲！

凌贵兴 （唱）　她前生作恶今报应，

天火烧你梁家门。

无中生有乱诬告，

按律严惩不从轻。

张　凤（唱）　酒店密谋我作证，
一字一句听得真。
大人若要再找证，
传来街头卖酒人。
黄知县　传店家！（掷签）
衙役甲　是。（接签下）
梁天来　大人，梁家若遭大火，全家老少哪会死于石室？
张　凤　大人，若有不明，可到现场查看。
黄知县　凌贵兴，此案一目便明，你还有何话说？
凌贵兴　大人！……
黄知县　唔！……
凌贵兴　（利诱）大人明察。（威胁）大人三思！
黄知县　……梁天来。
梁天来　在。
黄知县　你家七尸八命一案，本县成竹在胸，你与张凤且先回去，听候裁处。
梁天来　谢大人。
张　凤　大人！
黄知县　不必多言，下去。
[张凤、梁天来下。
黄知县（唱）　三家当堂对了证，
凌贵兴（唱）　县尊遣走告状人，
黄知县（唱）　且看他手戴珠玉金垫脚，
凌贵兴（唱）　阴云化作五彩云。
黄知县（唱）　八字衙门来好运，
（白）凌贵兴，你可知此案——
（接唱）　按律当斩你祸临门！
凌贵兴　大人！
（唱）　仇家片语莫轻信，

乌鸦出口无好音。

(白) 晚生有书申诉! (递书)

黄知县 (接,见是礼单)……

(接唱) 财星与我有缘分,

果然天外降财神!

衙役甲 (上)店家传到。

黄知县 叫他上堂。

衙役甲 店家上堂。

[店家上。张凤跟上。

店　家 (战兢兢)大人在上,小民应传前来。

黄知县 店家。

店　家 在。

黄知县 昨夜三更,梁家起火,你知道么?

店　家 小民听说了。

黄知县 有人告凌贵兴,串通贼人在你酒店,密谋行凶,可有此事?

店　家 这个……(看看知县,知县心不在焉;"看看"凌贵兴,凌贵兴目露凶光)

黄知县 唔,为何不说?

凌贵兴 店家,你是明白之人,可要小心回禀!

黄知县 如有编造,国法不容!

张　凤 店家,县太爷说了,你要从实回禀!

黄知县 张阿凤,无有传你,为何上堂?

张　凤 我是店家帮工,理当陪他前来。

黄知县 店家,快快回话!

店　家 告大人,小人只知卖酒赚钱,从来不听人家是非。

黄知县 如此说来,凌贵兴在你酒店密谋之事是假?

张　凤 哎呀店家!昨日之事难道你就忘了?

店　家 张凤,你就少说两句吧!

张　凤 贼人密谋,你明明听到,为何不敢说?

凌贵兴 店家，你身有资财，家有老小，岂可与乞丐帮腔！

张　凤 店家！百万家财借手过，这良心可万万昧不得！

黄知县 店家，有话便说。

店　家 大人，小民一概不知道！

黄知县 下去。

店　家 谢大人！（下）

黄知县 凌贵兴，你与梁家既是表亲，他家不幸，你应留心照顾。

凌贵兴 理所当然。

黄知县 （提笔）天火……

张　凤 且慢！大人！店家不敢作证，凌贵兴反口咬人（拉凌贵兴）来来来！我与你且去城隍庙，抓只雄鸡斩鸡头，对天发誓，分个是非！

黄知县 嘟！难道本县比不上城隍爷么？衙役们！

众衙役 喳！

黄知县 将乞丐张凤掌嘴以训！

［众衙役扑上张凤，掌嘴。

［张凤欲分辩，被衙役丁推开。

黄知县 张阿凤，从今以后，不准你造是生非，给我轰下去。

［众衙役轰张凤下。

黄知县 退堂！

［衙役下。

［黄知县离座与凌贵兴含笑施礼。

［幕闭。

第四场　折　笔

［前场第二天后。

［施智伯家的庭院，翠竹数丛，笔挺参天。

[人物：施智伯、梁天来、刘氏、张凤、女僮。

[幕启：施智伯神态异常疲惫。

施智伯 （唱）　抱不平为梁家写下一状，

老夫我身在茅舍心挂公堂。

盼只盼朝廷命官眼明亮，

但望得人世间正义伸张！

女　僮 （上）老爷，你昨晚到现在还未休息，药就煎好了，你歇息歇息，再起来饮吧。

施智伯 （念）　血海沉冤若未雪，

世间正义又何存！（击案）

女　僮 老爷，你休息一下好吗？

施智伯 不要吵！（挥手使退）回来！

女　僮 老爷。

施智伯 僮儿，我来问你。

女　僮 何事？

施智伯 苦主梁天来，投状官府，时已两天，不知祸福如何？你且猜来！

女　僮 老爷！

（唱）　老爷写过千张状，

一枝羊毫似刀枪。

笔下正义人敬仰，

除恶驱邪美名扬。

梁家今日胆气壮，

堂上自能如愿偿。

施智伯 好！拿药来。

女　僮 是！（下）

施智伯 （欣喜非常）但愿如此！

（唱）　听僮儿一席话心顿开朗，

施智伯禁不住兴奋若狂。

老朽不枉活世上，

［女僮捧药上。

女　僮　老爷。

施智伯　（接唱）　汤药恰似蜂蜜糖。哈哈哈！

［张凤引梁天来、刘氏上。

梁天来
刘　氏　老先生！

施智伯　（停止饮药）呵！二位请起，官司如何？

梁天来　老先生！

施智伯　如何？

梁天来
刘　氏　败了哇！

施智伯　啊！去了广州府？

梁天来
刘　氏　去了！

施智伯　到过按察院？

梁天来
刘　氏　去过！

张　凤　全都败了哇！

施智伯　哎喳！败了！败了！败了哇！（手中药碗掉地）

［女僮捡起药碗下。

张　凤　老先生，别难过，街头巷尾纷纷传言，钦差大人已到广州！

施智伯　这个我已风闻了。

张　凤　钦差孔大人正直无私，执法如山，京城内外，早有传闻。

施智伯　这个我也听说了。

张　凤　他来了梁家的冤仇不就可以伸报了么？

施智伯　这？……

张　凤　施老先生，此番天来夫妇再次上门，只为有劳先生，二写状书，上诉钦差，以雪大冤！

施智伯 这个？！

梁天来
刘　氏 老先生哪！

施智伯 这……

（唱）　投状三衙官司败，
老朽我低头暗伤怀。
不忍坐视提笔再——再写
状书投钦差！（提笔）
啊！茫茫官场无边海，
谁知是福还是灾？
此案牵连非常大，
颤巍巍八寸羊毫提不起来。

（放笔）

张　凤 我来给你按摩。

施智伯 腰酸背痛坐立不稳。

张　凤 我给你擂，不轻不重的擂。

施智伯 唉！老汉年迈苍苍，无能为力了。

梁天来
刘　氏 （哭介）……

张　凤 老……

施智伯 老汉不是说过，无能为力了。

张　凤 哎呀，老先生哪，老先生！

（唱）　你好比庭中翠竹参天长，
竿竿直节节硬天性刚强；
你好比坐莲观音菩萨样，
发慈悲救众生从不推搪；
你须发虽白心犹壮，

身居茅棚志高昂。
为人修心修到底，
梁家世代永不忘。
你若百年归天后，
逢年过节，初一、十五为你祭奠，
清明烧香到重阳。
做人的道理你常讲，
要学巨石搏击浪，不做瓦上霜！

施智伯 此话未忘？

张　凤 谨记在心。

施智伯 三官有何批示？

张　凤 广州府、按察院压下状书，不闻不问，番禺县恼怒，说是若再上诉，便是诬告上官，罪之该死！

施智伯 怎么讲？

张　凤 梁天来性命难保！（对梁、刘）我们来跪！

施智伯 （"坐打"）呀……

（唱）　见此情，实感伤，
铁石之人痛断肠。
梁天来夫妻哭得震五脏，
张阿凤忠肝义胆，诚心一片，正气满腔。
人非木石无痛痒，
岂能坐视在一旁。
回头再与义士讲……

张　凤 我愿冒死作证！

施智伯 哎喳！

（接唱）　你你你为人舍死，老朽也愿亡。

张　凤 （接唱）　万古流芳。

施智伯 老汉我这就写。

张　凤　我来磨墨。

施智伯 （唱）　素纸浓墨写冤状，
泪水一行血一行，
凌贵兴做事良心丧，
恃财作胆霸一方，
图占梁家 - 庄地，
恶行不遂逞凶狂，
买通暴徒施毒手，
梁家七尸八命含恨亡。
可怜冤仇沉海底，
状告无门忒凄凉。
若问见证是哪个？
铁干证就是张……

张　凤 （接唱）　阿凤！

施智伯 （唱）　张——

张　凤 （唱）　阿凤！
老先生为何停笔不写？

施智伯　非是老汉停笔不写，你可知历来钦差都是厉害？问供之时，不是打便是夹！凤哥！我看你身体虚弱，面黄肌瘦，那时恐怕受刑不起，反了口供。这……岂不是累了大家么？

张　凤　哎呀老先生，你若再不放心，我就对天起誓：皇天在上，过往神君，我张凤此番到了钦差面前，若有反悔，天诛地灭！（重句）

施智伯　凤哥好汉请起。

张　凤　先生快写。

施智伯　如此我就来写。来写！
（接唱）　铁干证就是那张阿凤现在公堂！

张　凤 （接唱）　还有一件要写上，
番禺县贪赃枉法，

施智伯 （接唱） 助虐害良。

举笔如同举铁棒，

拼着余力扫官场，

一张冤状写妥当，

交与你夫妻贴身藏。

梁天来
刘　氏 （接状、唱）八命沉冤若昭雪，

来世衔草当报偿。（同跪）

[施智伯牵起梁天来夫妇。

[施智伯昏昏欲倒。

梁、刘
张　凤 （见状，急扶）老先生！

[女僮闻声急上，搀施智伯坐下。

施智伯 僮儿，把笔取来。

女　僮 （递笔）

施智伯 羊毫啊羊毫，你我朝夕相处，昼夜不隔，结伴数十载，帮民讼诉，结仇宦豪。当今世道，赃官遍地，今日一状凶多吉少。羊毫啊羊毫！你虽锋利刚劲，又有何用！又有何用！（折笔）

众　人 老先生不必动气，还须保重身躯。

施智伯 哎喳！

（唱） 两眼昏花心潮涨，

只觉满腹翻愁肠。

手捧霜须与君讲，

（白）列位，我今病已垂危，再生已属无望，你等火速上路，找到钦差。

（接唱） 但愿云开见太阳。

心痛难忍神思恍……

（伴唱） 愤世怒血吐一腔。

[吐血，昏倒。

老爷！老爷！

众　人　（急呼）先生！先生！

[四人在悲痛的音乐声中徐徐跪下。

[幕闭。

第五场　拦　轿

[接前场。

[海幢寺附近。

[幕启：梁天来、刘氏上。

梁天来　（唱）苦命人为投状东奔西走，

刘　氏　（唱）盼钦差直盼得望穿双眸。

[张凤上。他又挽起了乞食袋。

张　凤　二位久等了。

梁天来　凤哥，消息如何？

张　凤　我在海幢寺打探得明明白白，东莱和尚言道，钦差孔大人是他同年相好，今日必来探望于他。俺在这里等候就是。

梁天来
刘　氏　听恩公之言。

张　凤　二位渴不渴？

梁天来
刘　氏　不渴。

张　凤　饥不饥？

梁天来
刘　氏　不饥。

张　凤　要说实话，我这里讨得些残羹剩饭。

梁天来　（摇头叹息）唉！凤哥，怨我命苦。连累于你，而今你又落得……

[幕内鸣锣数声。吆喝声：开道——

张　凤　钦差来了！

[孔大鹏上。司员、随从跟上。

梁天来
刘　氏　冤枉！

司　员　为何拦轿？

张　凤　苦主梁天来夫妇，有天大冤情禀告钦差。

孔大鹏　何事住轿？

司　员　禀大人，苦主梁天来夫妇拦轿告状。

孔大鹏　可有状书？

梁天来　状书在此。（递状）

司　员　（接状。递孔大鹏）

孔大鹏　（接状，欲看）

[幕内鼓乐齐鸣。

[衙役喊上。

衙　役　禀大人！广州府、按察院偕同东莱和尚在海幢寺前恭候钦差大人！

孔大鹏　回东莱和尚暨众官，本钦差即刻前来。

衙　役　遵命。（下）

孔大鹏　梁天来，你等且先回去，本钦差受命于民，食禄于朝，必替百姓伸冤。

梁刘张　谢过大人！

孔大鹏　免了！

[梁、刘、张下。

孔大鹏　来，打轿海幢寺。

司　员　打轿海幢寺。

[鸣锣数声。

[乐声中幕闭。

第六场 仗 义

[前场二天后。

[番禺县公堂。

[景同第三场。

[幕启。

黄知县 （手捧状书，念）孔大人发下状一张，不见批示（想科）有文章！有文章！哎！梁天来拦轿投状，险些断送了本县前程，幸得广州府、按察院鼎力周旋。嘿嘿！这状纸才又转到本官手上。张阿凤呀梁天来，天堂有路你不走，地狱无门偏来寻！哼哼哼！

[衙役甲上。

衙役甲 禀大人！凌家送来红帖。

黄知县 （接帖）退下。

衙役甲 是。（下）

黄知县 （看礼单）呵！

（唱） 赵公元帅到公堂，
又送纹银一万两。
唔……财能通天！

（接唱） 皇帝尚把财贪想，
钦差何能不收赃？
官大官小心一样。
我可大胆拿主张。

黄知县 来，升堂。

[升堂鼓乐。

衙役甲 张凤、梁天来上堂！

[梁天来、张凤上。

梁天来 （唱） 状呈钦差二天整，

不闻音讯心如焚。

乍听县衙升堂令，

张　凤　（接唱）　张凤莫非投错门？

梁天来　参见大人！

黄知县　梁天来，你家七尸八命案，经本县多方查访，乃属天火造灾。凌贵兴宽宏大量，不计较你诬告之罪，你应罢了，为何生是造非，告到广州府、按察院，还敢投状与钦差！

梁天来　（一震）啊！

黄知县　只是死生由命，你这状书，钦差大人恐怕一字未看就退下来了。（丢下状书）梁天来呀梁天来！诬告县令你可知罪么？

梁天来　（接状书）唉呀呀！天哪！

（唱）　睁眼来把状书认，

头顶犹有五雷鸣。

腹中苦水何时尽？

苍天专欺善良人！

黄知县　来，将梁天来掌嘴以训！

[衙役欲打梁天来。

张　凤　且慢！状书是我请人代写，状词是我张凤所加，与他无干！

黄知县　张阿凤，你又挽起了乞食袋？

张　凤　虽被解雇，心甘情愿。

黄知县　嘿嘿，你为梁天来日夜奔走，骗得他多少银两，快快从实招来！

张　凤　大人，我张阿凤上无父母，下无妻子儿女，日求三餐夜求一宿，财神老爷与我无缘。大人你——

黄知县　我怎样？

张　凤　你袒护凶徒，欺压苦主，你骗得凌贵兴多少银两？

黄知县　可恶！

张　凤　五？五千？五万？

黄知县　呀呀呸！（气得直晃头）

张　凤　嘻嘻，梁大爷，他招了。

黄知县　可恶！衙役们，责他大板四十！（掷签）

[四衙役欲拉张凤下。

梁天来　张凤哥，你为我几番受苦，如今你就算了吧。

张　凤　梁大爷，你不要难过，（为梁天来擦眼泪）我去尝尝县太爷的板子有甚厉害，回来还给你作证。

黄知县　来人，将梁天来轰了出去！

[衙役轰梁天来下。

黄知县　给我打！

张　凤　众位兄弟，我二餐没吃饭了，大家打轻点。

黄知县　快打！

[衙役拉张凤下。

[幕内传来喊打声：一十、二十、三十、四十。

[衙役拉张凤上。

黄知县　张阿凤，还不招来！

张　凤　（慢慢醒来，唱）

县衙的板子好厉害，

打得我穿心痛手脚难抬，

咬紧牙关强忍耐，

黄知县　张阿凤，招呀！

张　凤　（接唱）快快将我扶起来。

黄知县　他要招了。（示意衙役扶起张凤）张阿凤，你要是招了——

张　凤　（紧接）怎样么？

黄知县　我叫店家重新收你帮工打短。

张　凤　不要不要。

黄知县　给你金银财宝。

张　凤　金银刺眼，铜钱腥臭。不要不要。

黄知县　给你娶个老婆。

张　凤　单身汉子是神仙，无牵无挂过一生，老婆我不要。

黄知县　那你要什么？

张　凤　来、来、来。

黄知县　（走近张凤）

张　凤　我要你这顶纸糊的帽子，套粪桶的圈子！

黄知县　（恼羞成怒）呔！大胆乞丐，

（念）　骂声张凤贱乞丐，
卖身作证太不该。
辱骂县官天大罪，
我要你上断头台！

张　凤　狗官！

（念）　狗官伤天把理害，
拿着王法换钱财，
妄想杀证来灭口，
看你日后尸骨何处埋！

黄知县　（拍堂木）住嘴！大胆张凤，不受王法，打死，打死，该打死！（重句）

张　凤　狗官！我张凤宁愿被打死，也不愿伤天害理！我把你这赃官……（拍案直指黄知县）

黄知县　（大怒）你——

（唱）　乞食贱骨性难改，
难削难砍扭丝柴，
左右快把大刑动，
叫他七窍出血来。打！

张　凤　（唱）　张凤至死口不改，
你是虎口我跳来。
阴司门前苦等待，
等待有朝云雾开！

黄知县　呔！叫张凤七窍出血来！

[衙役夹打张凤。

[张凤挣扎，闭口不哼。

衙役丁 （摸摸张凤，似觉无气）张凤死了！

黄知县 （写批文）来，将尸首抬至禺山示众，批文盖在身上。与爷退堂！

[幕闭。

第七场 闯 府

[当天夜里。

[钦差行辕后院书房。

[幕启：孔大鹏倚案读史书。

孔大鹏 （念） 一卷史书千秋鉴，
愿效忠良除佞奸。
（唱） 孤灯一盏常作伴，
历史风烟胸中翻。
定神思，细查辨，
朝廷自古分忠奸。
奸臣得势国遭难，
刀下忠良血斑斑。
社稷兴衰古为鉴，
字字如玉耀人寰。
为官若起一邪念，
祸国殃民罪如山！
我孔大鹏愿为清贫留史册，
不做豪恶臭万年。忠心效国，不负朝廷，
力为黎民解倒悬，赤诚可对天！

[家院上。

家　院　禀大人，门外有一民妇，手捧礼单，请求进见。

孔大鹏　礼单？将妇人赶了出去！

家　院　遵命。（下）

孔大鹏　可恼！

（唱）　可恼民妇包天胆，

钦差禁门投礼单。

民风不治国难晏，

家　院　（上）禀大人，民妇任赶不走。

孔大鹏　给我打下去。

家　院　遵命。（下）

孔大鹏　（接唱）　重重赏她三十鞭！

家　院　（上）禀大人，民妇愿挨皮鞭，口吐狂言。

孔鹏大　说些什么？

家　院　说大人……说大人不是清官是昏官。

孔鹏大　啊！大胆！（拍案，正拍往史书上，转而冷静）命她进来！

家　院　（对幕内）大人有令，妇人进见。

刘　氏　（内）来了。（上）

家　院　上座者，钦差孔大人。下跪。

刘　氏　（跪）拜见钦差大人！民妇刘氏献礼。

孔大鹏　（接看）苦主梁天来，状告——呵，明明是投状而来，为何骗说礼单？

刘　氏　唯恐大人不看。

孔大鹏　难道大人只看礼单，不看状纸么？岂有此理！

刘　氏　两天之前，我与丈夫在海幢寺前拦斩投状，并不见大人传谕。

孔大鹏　啊！……

家　院　顶撞钦差，看打！

孔大鹏　慢。拦斩告状的就是你么？

刘　氏　是。

孔大鹏　状书我已下转按察院处置了。

刘 氏 大人哪！

(唱) 我似叶舟遇恶水，

我如弱草任风摧。

府爷按察连知县，

血染的状书今又打回。

(递状) 苦哇！

孔大鹏 (接状) 哎喳！可恼哇可恼！

刘 氏 (接唱) 冤尸未寒添新鬼，

孔大鹏 谁又受了连累？

刘 氏 证人张凤。

孔大鹏 因何而死？

刘 氏 张凤哥他——

(接唱) 夹棍将他死处推。

番禺县穿官袍心如蛇类，

张凤哥尸暴禺山双目睽睽。

都说道孔大人为官聪慧，

都说道孔大人扶弱救危，

如今是人间美谈付流水，

自古来官家总把苦主亏。

我跪破双膝流尽了泪，

无奈何冒死闯府犯官威。

孔大鹏 (唱) 刘氏她跪尘埃言出腑肺，

阵阵哀号声声悲。

不由我思想起海幢深院内，

焦按察厉色正言貌似钟馗，

却原来他们心藏奸计胎怀鬼，

广州城官场尽是虎狼堆。

夹死证人滔天罪！(气极，拍案)

家　院　（接唱）　钦差拍案响如雷。

孔大鹏　（唱）　悔不该轻信巧言把重任托委，
纵凶助恶实胡为。
暗抬眼，又见苦主满面泪，
我错信下属，负了朝廷，失了众望，问心有愧。

孔大鹏　刘氏。

刘　氏　在。

孔大鹏　你丈夫现在哪里？

刘　氏　我丈夫状告无门，心灰意冷，病卧街头。

孔大鹏　你且回去，叫他放宽心思，本钦差定与你等伸冤雪恨！

刘　氏　谢大人！（下）

孔大鹏　传司员。

家　院　（对幕内）司员进见。

司　员　（上）大人有何吩咐！

孔大鹏　办好三件事。第一件，传我令：封锁狗头山。

司　员　是。

孔大鹏　第二件，你且前去，密查凌贵兴行贿赃据。

司　员　是。

孔大鹏　第三件，吩咐家人，前去禺山收殓张凤。

司　员　遵命。（下）

孔大鹏　家院。

家　院　在。

孔大鹏　更敲几响？

家　院　二更已过。

孔大鹏　备轿。

家　院　云布东山，大雨将临。

孔大鹏　无妨。

家　院　大人欲去何方？

孔大鹏 打道按察院。

家　院 （对内）备轿，打道按察院！

［幕闭。

第八场　断　案

［当天。

［钦差行辕大堂。

［幕启：孔大鹏上。

孔大鹏 （唱）　按察院归来天欲晓，

闻得张凤气未断，留下命一条，

命家人来将他细心照料，

断案妙法暗筹谋，

迈步上堂来正坐……

［司员内喊：报——（上）

司　员 禀大人，狗头山已经封锁，在凌贵兴当铺查获凌家私账一本，内有赃官受贿清目（呈账本）。

孔大鹏 （阅毕）可恼！

（接唱）　钦赐宝剑欲出鞘，寒光冲碧霄！

司员！

司　员 在。

孔大鹏 所传人等有无到齐？

司　员 俱在门外等候。

孔大鹏 命黄知县上堂。

司　员 钦差有令，黄知县上堂。

［黄知县上。

黄知县 （念）　一声命进魂魄散！

下跪叩头莫迟延。

番禺知县参见钦差大人。

孔大鹏 免了，请坐。

黄知县 谢坐。

孔大鹏 贵县。

黄知县 在。

孔大鹏 三天之前，按察院转与你七尸八命一案，不知贵县做何处置？

黄知县 呵，大人！（暗观孔的行色）

孔大鹏 说来。

黄知县 （旁白）孔大人谈吐和善，举止温文，看来梁天来一案我可放心了。（对孔）禀大人，梁家七尸八命经本县勘查，实属天火降灾。

孔大鹏 何以见得？

黄知县 发案当夜，梁家炬烛高灯，大摆寿筵，或是天风，或是不慎，殃成人命大祸。

孔大鹏 当真？

黄知县 当真。

孔大鹏 果然？

黄知县 果然。

二　人 （同笑）哈哈哈！

黄知县 禀大人，此案经广州、按察院复审再三，业已了结。

孔大鹏 哦。适才家院路过禺山，见一尸体横卧在地，不知死者何人？

黄知县 无人报案，卑职不知。

孔大鹏 这张批文可是你的亲笔？（递批文）

黄知县 呵，是的。

孔大鹏 为何该打死？

黄知县 死者张凤，乃是流氓一个，因贪钱财，被人收买，充为铁证。公堂之上，目无王法，辱骂命官，罪之该死。

孔大鹏 他是被谁收买？

黄知县 梁天来。

孔大鹏 如此说来，梁天来是蓄意诬告的了？

黄知县 正是。

孔大鹏 有问罪？

黄知县 这个……

孔大鹏 看来此案未了。

黄知县 不知大人有何见教？

孔大鹏 再传原告、被告。

黄知县 大人要重审？

孔大鹏 还请贵县升堂。

黄知县 啊！（旁唱）

钦差一声命升堂，

我双眼迷离心发慌。

坐堂如坐针毡上……

请大人正坐。（让坐）

孔大鹏 我坐一旁。

黄知县 钦差府堂，卑职不敢。

孔大鹏 无妨。

黄知县 （接唱） 不知如何来开腔。（语无伦次）升、升、升——堂！

[幕内：喔！卫士上，站立两旁。

孔大鹏 （对黄知县）带被告。

黄知县 带凌贵兴上堂！

司　员 凌贵兴上堂。

凌贵兴 （上、念）有钱能使鬼推磨，一张礼单袖内藏。

黄知县 凌贵兴！

凌贵兴 晚生给大人请安。

黄知县 快快拜见钦差！

凌贵兴 拜见钦差大人！

孔大鹏 一旁。

凌贵兴 （旁白）钦差为何坐在一旁？

黄知县 凌贵兴。

凌贵兴 在。

黄知县 你与梁家本是亲眷，因何对仇结冤？

孔大鹏 闹出关天人命！

凌贵兴 哎，（旁白）此案已结，为何今又重提！（见黄知县暗使眼色）对了，还有大菩萨未曾敬到。（对孔）禀大人，只因梁家欠先父一笔债务，历催不还，结下仇冤，那日梁家失火，梁天来便趁机诬告。晚生今有辩词一本，请大人明鉴！（从袖内取出礼单，呈上）

孔大鹏 （见礼单）甚好！

凌贵兴 （喜形于色）甚好？

黄知县 甚好！

三　人 哈哈哈！

黄知县 （以为得计）梁天来夫妇上堂。

司　员 梁天来夫妇上堂！

梁天来
刘　氏 （上）求大人伸冤！（同跪）

黄知县 起来！

梁天来
刘　氏 （抬头见是黄知县）哎呀呀！（起身欲走）

孔大鹏 回来！

黄知县 快快拜见钦差大人！

孔大鹏 免了。梁天来。

梁天来 在。

孔大鹏 你们为何要走？

梁天来 唉！无纸烧香神不通。不告也罢！

黄知县 胡说！你的冤枉可有见证？

梁天来 张凤死了，有谁还肯出头？

凌贵兴 我受诬告，可问店家。

黄知县 传店家。

司　员 店家上堂。

店　家 （上）拜见大人！

黄知县 拜钦差！

店　家 拜见钦差大人！

孔大鹏 免了。

黄知县 店家。

店　家 在。

黄知县 钦差大人接有状书一本，告凌贵兴在你店内密谋，可有此事？

凌贵兴 钦差前不得弄虚卖假！

梁天来
刘　氏 天理良心，为人公正。

店　家 哎呀禀大人，小民惨淡经营，养老育小，目不贪看，耳不贪听。

黄知县 大人，人证问过，还请指教。

孔大鹏 如此说来，凌贵兴是被人诬告了？

凌贵兴 大人天纵英明！

黄知县 梁天来，诬告他人，有何居心？（拍堂木）快快招来！

众卫士 招！

［孔大鹏向司员示意，司员下。

梁天来 哎呀呀！

（唱）　公正廉明挂好看，
　　　　玉带锦衣内藏奸，
　　　　天来只把命来怨……

凌贵兴 若不动刑，岂肯招认！

黄知县 （见钦差轻摇羽扇，不动声色）拉他下去，重打四十！

刘　氏 钦差！

（接唱）　可怜世间无清官！

黄知县 吠！一并杖刑！

孔大鹏 且住！你等来看——

张　凤 （内唱） 昏沉沉上堂来把仇人见！

［张凤上。

［司员随上。

［黄知县、凌贵兴吓得魂不附体，连连呼喊：鬼！鬼！鬼！

梁天来
刘　氏 （扑向张凤）凤哥！

（接唱） 你活得苦，死得惨，冤魂不散，
叫人泪涟涟。

（白）凤哥，受我夫妻一拜！（跪）

张凤 起来！起来！

（唱） 为伸正义死无怨，
你夫妻若再谢我心不安。
抬头只见狗知县，

黄知县 （唱） 求求冤鬼莫纠缠。

张　凤 （唱） 阎王殿上把理辩，
你公堂杀证为哪般？

潢知县 不是我杀你，是钱、钱、钱杀你！

张　凤 从实讲来！

黄知县 （接唱） 他送银两有一万……
外加三百又三千。

张　凤 无有虚假？

黄知县 句句实言，你去寻他！

张　凤 （拖出凌贵兴）贼子！累累血债，快快偿还！

凌贵兴 张凤，你难超度，索钱寻我，索命找他——

店　家 吓？！

张　凤 啊！店家，你良心何在？

店　家　凤哥！我家有老小，饶了我吧！（磕头）

张　凤　哎！店家！

（唱）　遇事不敢作公证，
不仁不义枉为人，
养蛇吃鸡古有训，
庇凶助恶害自身。

店　家　凤哥，你是活着，还是阴魂？

张　凤　李大哥，你摸摸我的心。

店　家　还跳。

张　凤　摸摸我的手。

店　家　不冷。

张　凤　李大哥！

（唱）　山不穷来水不尽，
打不死的铁干证，
顶天立地一个人。

梁天来
刘　氏　凤哥！

孔大鹏　义士！

张　凤　啊！钦差大人，多蒙搭救！（跪）

孔大鹏　义士请起。

（唱）　张凤你舍身为人是好汉，
犹似苍松折不弯。
你那瘦弱身躯五尺不满，
却胜过七尺好儿男！
你那衣衫褴褛不堪看，
却比衣冠禽兽强万千。
我将你张阿凤好有一比、比、比……
史书中尚缺乞丐这一篇！

张　凤　不敢当！不敢当！大人快快升堂。

孔大鹏　店家，回话。

张　凤　李大哥，你可明白了？

孔大鹏　若有假言，重罪相加！

张　凤　酒店密谋，你可听见？

店　家　听见了！

张　凤　狗头山贼人留下之衣，可还留着？

店　家　衣衫深藏店内，袋里还有密信一封！密信一封！

孔大鹏　快去取来。

店　家　我这就去。（下）

孔大鹏　（对黄）贵县。

黄知县　在。

孔大鹏　这里有凌贵兴私账一本，你来念念。

黄知县　（念）　按察院收银一万，

　　　　　　广州府收银九千。

嗯嗯……

孔大鹏　为何吞吞吐吐？

张　凤　这狗知县！

孔大鹏　贪赃枉法、杀证灭口，该当何罪！

黄知县　卑职该死，该死，该打死！（跪）

孔大鹏　左右，将他剥去官袍，打入死囚！

［卫士摘去黄知县乌纱，推其下。

［店家上。

店　家　禀大人，物证取来。

孔大鹏　凌贵兴，人证物证俱在，还不快快招来！

众卫士　招！招！招！

孔大鹏　（拍堂木）招！

凌贵兴　也罢！愿招！

孔大鹏 画供。

[凌贵兴画供。

孔大鹏 刽子手!

刽子手 喳!

孔大鹏 将凌贵兴绑赴法场，斩首示众！（掷签）

刽子手 喳！（架凌贵兴下）

张　凤 大人，还有狗头山一帮人，从犯凌管家。

孔大鹏 司员。

司　员 在。

孔大鹏 传令下去，将从犯速速捉拿归案。

司　员 遵命。(下)

孔大鹏 店家。

店　家 在。

孔大鹏 往后你应效仿张凤，正直做人。

店　家 领教。

孔大鹏 下去。

店　家 谢大人。(下)

孔大鹏 梁天来、刘氏。

梁天来
刘　氏 在。

孔大鹏 今日沉冤得昭雪。

梁天来
刘　氏 钦差恩情重如山！谢大人！（拜别下）

孔大鹏 张阿凤。

张　凤 在。

孔大鹏 番禺尚缺一知县，看你为人可当官。

张　凤 不要，不要，告辞了!

孔大鹏 去哪里?

张　凤　一俟灾情过去，张凤即回家乡，干我的老行当（比种田）。

孔大鹏　也罢，适才凌贵兴送有礼单一张，你且拿去。

张　凤　不要，不要。

孔大鹏　你要什么？

张　凤　（摸摸身，发现不见乞食）我要那个（比乞食袋）。

［孔大鹏示意卫士取来乞食袋。

［张凤挽起乞食袋。

孔大鹏　好汉！

张　凤　好汉？

孔大鹏　好汉！

张　凤　好汉。

［二人同笑。

［幕闭。

［剧终。

·广东汉剧卷·

花灯案

编　剧：丘丹青

人　物　表

陈彩凤	陈员外陈聪的女儿
王大儒	秀才
梅　香	陈彩凤的丫环
陈　聪	员外
刘　智	老监生
知　县	
差　役	

第一场　观　灯

陈彩凤　（唱）　陈彩凤偷出闺门展翅膀，

海阔天空任翱翔。

王大儒　（唱）　王大儒庆元宵漫步大街上，

好一似久困金鳌归海洋。

红男绿女多熙攘！

陈彩凤　（唱）　花灯彩景好辉煌。

王大儒　（唱）　且走且观心花放。

陈彩凤　（唱）　且观且走乐无疆。

王大儒

陈彩凤　（同白）　好一串水族灯呀！

王大儒 （唱） 鲤鱼灯——

陈彩凤 （唱） 海蚌灯——

王大儒 （唱） 螃蟹灯——

陈彩凤 （唱） 龙虾灯——

王大儒
陈彩凤 （同唱） 水族跃浪——

（同白） 好一串的飞禽灯呀！

王大儒 （唱） 凤凰灯——

陈彩凤 （唱） 孔雀灯——

王大儒 （唱） 喜鹊灯——

陈彩凤 （唱） 百灵灯——

王大儒
陈彩凤 （同唱） 众鸟飞翔。

王大儒 姑娘
陈彩凤 相公 失礼了，请勿见怪。

梅　香 小姐，此处看完，到别处看吧！

陈彩凤 灯场处处，但不知哪处最好看？

梅　香 问问那位相公，相公！

王大儒 大姐，有何见教？

梅　香 请问相公，你可晓得哪处灯场最好看？

王大儒 游人传说，禺山灯场尽是传奇灯景，十分出色。小生正欲前往。

梅　香 小姐，我们也去吧？那么，请他……相公，我家姑娘也要往禺山，请相公陪我们同行好吗？

王大儒 大街之上男女同行，岂不惹人非议？

梅　香 这……

王大儒 大姐，请了。

梅　香 且慢，相公呀，大街之上，我等女儿家，无有男儿相伴，难免受人欺侮。

王大儒 如此说来……

陈彩凤 相公，我等出自真诚，请勿介意。

王大儒 也罢，姑娘前头走。

梅　香 相公后面跟。

陈彩凤 相公，我看你定是读书之人。

王大儒 你怎么知道我是读书之人？

陈彩凤 看你一派斯文，无疑是个书生。

王大儒 小生喜沐皇恩，身进黉门。

陈彩凤 原来是一位秀才。相公，你如此年少，就身进黉门，前程当不可估量。

王大儒 无奈家境贫寒，如今只好寄人篱下，舌耕糊口徐图前路。

梅　香 哎呀！相公，你的舌头会耕田。

陈彩凤 不，他说的是教书。相公，门生是谁？

王大儒 是一位小姐。

陈彩凤 是一位小姐么？那小姐是什么样儿？

王大儒 听东家说道，她是一位流鼻涕的懒散姑娘。

陈彩凤 教导那懒散姑娘，岂不是枉费心机？

王大儒 人不可貌相，她读书倒也勤奋聪明，多思好问。

陈彩凤 哈哈！有此奇人。

王大儒 姑娘，听你言语不俗，定是读过诗书。

陈彩凤 奴家尚在学中。

王大儒 尊师一定是非凡之辈。

陈彩凤 我那师尊，才学高超明事识理，可惜其貌不扬。

王大儒 怎讲？

陈彩凤 听我爹爹言道，他是个满脸麻子，又丑又怪的老头儿。

王大儒 嚯！丑怪老头？

陈彩凤 若是你那个懒散姑娘，跟我那个丑怪老头去攻读，岂不好笑哇！

王大儒 天地钟毓父母生成，姑娘不该取笑他们。

梅　香 哎，小姐，若能换上一换，请这相公来教小姐，你岂不美妙呀！

陈彩凤 多嘴了。

梅　香　说笑话嘛，不说不笑难得过哟。你们看，说着说着，禺山灯场到了。

陈彩凤　啊！到了。

王大儒　哗！花灯彩景，琳琅满目。

陈彩凤　真叫人眼花缭乱。

梅　香　小姐，你们在这里看灯，我去买束鲜花就来。

陈彩凤　买花，既然买花，就买梅花吧。

梅　香　梅花，知道了。

陈彩凤　这里灯景繁多，小女子不尽知晓，请相公给我讲解讲解。

王大儒　姑娘，你要我讲解哪幅灯景？

陈彩凤　相公，你来看！

（唱）　那书生因何故痴痴想望？

王大儒　（唱）　张君瑞为莺莺待月西厢。

陈彩凤　真是个痴子呆汉！相公，你来看！

（唱）　那道姑乘轻舟却要何往？

王大儒　（唱）　陈妙嫦渡秋江追赶潘郎。

陈彩凤　好一个多情的妙嫦。相公你再看！

（唱）　二书生又缘何依依路上？

王大儒　（唱）　梁山伯送英台情意绵长。

陈彩凤　（唱）　梁与祝同窗共砚历三载。

男子汉为什么不辨红妆？

王大儒　（唱）　就只因勤攻读专心向上，

况且是敦厚人品性纯良。

陈彩凤　（唱）　祝英台托景物借表愿望，

他为何呆痴痴未解柔肠。

王大儒　（唱）　他只怀兄弟情心无异想，

祝英台十八番空打比方。

陈彩凤　（唱）　我看是书呆子木雕人样，

才有这稀罕的怪事一桩。

王大儒 怪事一桩？

陈彩凤 （唱） 天下的读书人像他那样，
女儿辈就休想……

王大儒 休想什么？

陈彩凤 嫁……

梅　香 嫁个夫郎。

老　儒 说得好。

王大儒 你们真是杞人忧天。

梅　香 相公，我看你就有点像那傻书生。

王大儒 我？

陈彩凤 梅香，无礼了。

梅　香 小姐，鲜花买来了。

陈彩凤 叫你买梅花，怎么买来桃花？

梅　香 小姐，这是杏花呀！

陈彩凤 分明是桃花，怎说是杏花？

梅　香 相公，请你看看这到底是什么花？嗯！相公扇面上画的才是桃花呢！

王大儒 一非桃花二非梅花，乃是杏花。

陈彩凤 为何买来杏花？

老　儒 岂不闻三生有幸，何须媒么？

梅　香 老相公说得对！

王大儒 这花……

梅　香 你喜欢，就不妨收下吧。小姐，那边员外来了。

陈彩凤 我爹爹来了，我们快回去吧！相公，明晚再给我讲解灯景。

王大儒 明晚？

梅　香 明晚城隍庙还有一番热闹。

陈彩凤 对，相公记住，东山月上，城隍庙旁。

王大儒 东山月上，城隍庙旁。

老　儒 妙啊！东山月上，城隍庙旁！

王大儒 元宵一过，哪里还有什么灯景可赏？分明是……

老　儒 东山月上，城隍庙旁，唉！

（唱） 外郡奔忙三十载，
如今重返故邑来。
想当初携手观灯人不在，
看他们少年佳趣——
聊慰愁怀优哉游哉！

陈　聪 监生老兄，请！

刘　智 员外老弟，请！

陈　聪 哈哈！刘仁兄，你可明白，我花费大钱摆此灯场用意何在么？

刘　智 陈贤弟，你肚子里几条虫，我都能看得出来，你摆此灯场，炫耀豪华，还不是为着高攀孔老大人那门显贵亲家。

陈　聪 你说我高攀得上吗？

刘　智 这个……，孔老大人官居礼部侍郎，诗礼传家，为公子择配，定要是闺中阃范，女界楷模，令嫒能否合乎他的心意，还未可逆料。

陈　聪 这个么，仁兄！

（唱） 陈聪我家法森严人称道，
教女有方堪自豪。
我要她读书习礼不苟言笑，
我要她循规蹈矩恪守训条。
更有那新聘的先生严施教，
她定能成阃范妇德高超。

刘　智 如此说来，刘智我前去说媒，就十拿九稳了。

陈　聪 仁兄不愧老监生，出入官绅场中八面玲珑，愚弟实在沾光不浅，可见当初你捐重金买功名，是何等明智啊！

刘　智 你如今欲嫁千金攀权贵，岂不更是聪慧之计么？

陈　聪 彼此彼此！

刘　智 嗯！不过我且问你，你那新聘的先生，是男的还是女的？

陈　聪　当然是男的。

刘　智　是老的还是少的?

陈　聪　是少的。

刘　智　差矣，差矣！少年男女，朝夕相处难免……

陈　聪　小弟自有妙法，防范未然。

刘　智　请道其详。

陈　聪　我在书馆中间隔起帏帐，不让师生见面，这一边我对先生言道女儿是个流鼻涕的懒散姑娘。那一边我对女儿言道，先生是个麻脸的丑怪老头。

刘　智　这一来，就可绝其邪念。

陈　聪　对。

刘　智　你呀，陈聪奇聪，心思挖空！该当贤弟福星拱照，孔老大人前呼后拥观灯来了。

陈　聪　你我快去迎见。

刘　智　走。

第二场　揭　帏

陈　聪　哈哈!

（唱）　真可惜无官无宦身不重，
幸喜得家有闺秀生好风。
刘仁兄正为此事忙走动，
我教导女儿不可松。

（白）昨日元宵未曾授课，待我请出先生为女儿补课。有请王先生。

王大儒　（念）　正嫌东山月迟上，
忽闻书馆唤声催。

（白）东家来了，小生有礼。

陈　聪　有礼相还，请坐!

王大儒 东家有何见谕？

陈　聪 请先生为小女补课。

王大儒 补课？

陈　聪 昨日元宵未曾授课，就该补上呀！

王大儒 何时来补呢？

陈　聪 今晚。

王大儒 这…… 东家，明天补课如何？

陈　聪 明天补课，岂不误了日间常课。

王大儒 那就明晚来补。

陈　聪 先生，今晚有何贵干？

王大儒 啊…… 无…… 无有。

陈　聪 那就请勿推辞了。

王大儒 从命就是。

陈　聪 前天授完四德，今晚该授三从。请先生预备一番。

王大儒 是 。

（唱）　寄人篱下难自恃，

东家之命不可辞。

强抑心绪补一课，

唯望东山月上迟。

陈彩凤 （唱）　彩蝶一心追花市，

谁知不巧触蛛丝。

欲求脱网思无计，

厄运偏偏在此时。

陈　聪 儿呀，规规矩矩坐好，先生就要来了。

陈彩凤 爹爹，这课不补也罢。

陈　聪 不补，岂不让先生白拿我家的银钱？

陈彩凤 爹爹有的是钱，不要与他计较了吧！

陈　聪 你懂什么，再说，女儿学业岂能荒废？

陈彩凤 爹爹，一定要补么……?

陈　聪 一定要补。

陈彩凤 女儿回房，自己攻读也是一样。

陈　聪 圣贤之书，焉能无师自通?

陈彩凤 嗯！ 爹爹，书本未曾带来。

陈　聪 我与你备来了。

陈彩凤 黑乎乎的看不清呀，怎么读书呢?

陈　聪 叫梅香点灯来。

陈彩凤 梅香，点灯来。

梅　香 是。

陈彩凤 昨晚闹元宵，爹爹大摆花灯，一夜未睡太疲劳了，请你回房安歇，这书么女儿会读的。

陈　聪 为着女儿上进，为父要亲自督课，不觉得疲劳。

陈彩凤 爹爹，你看我不是天天规规矩矩读书，今晚你就免了督课吧。

陈　聪 爹爹不督课，你就读不好。

陈彩凤 爹爹不安歇，女儿就不读书。

陈　聪 哼！ 又任性了！有请先生。

陈彩凤 哎呀，糟了!

王大儒 东家久待了。

陈　聪 请坐，先生来了女儿施礼。

陈彩凤 先生万福。

王大儒 小姐少礼。

陈　聪 先生就此授课，女儿用心。

陈彩凤 是。

王大儒 来，小姐授课。

陈　聪 且慢，先把书背来。

陈彩凤 背书，我的书已背得烂熟了，不背也罢。

陈　聪 要背。

陈彩凤 要背，听道！人之初，性本善，性相近，习相远。苟不……

陈　聪 谁叫你背三字经。

陈彩凤 那背什么呀？

陈　聪 礼记。

陈彩凤 背哪一章呀？

陈　聪 背……先生，背哪一章呢？

王大儒 大传。

陈　聪 大传。

陈彩凤 待我背来。背哪一段呀？

陈　聪 男女有别一段。

陈彩凤 知道了，听我背来！从哪句背起呀？

王大儒 其不可得变革者。

陈彩凤 其不可得变革者则有矣……哎呀！我约了那位相公……

陈　聪 什么，什么？

陈彩凤 亲亲也，尊尊也，长长也……今晚相会……

陈　聪 什么，什么？

陈彩凤 男女有别，如今困在书斋怎么办哪？

陈　聪 不对，不对。

陈彩凤 呃，呃。此，此。此其不可得与民变革者也。

陈　聪 梅香下去。

梅　香 是。

陈　聪 先生，小女背得如何？

王大儒 背得——甚好。

陈　聪 甚好么？

陈彩凤 本来背得好嘛！同姓同宗合族属，异姓主名治际会，名著而男女有别。

陈　聪 这才背得好呀，请先生授课。

王大儒 小姐，把书打开。

陈彩凤 是。

王大儒 妇人有三从之义，无专制之道。

陈彩凤 妇人有三从之义，无专制之道。

王大儒 故未嫁从父。

陈彩凤 故未嫁从父。

王大儒 既嫁从夫。

陈彩凤 既嫁从夫。

王大儒 夫死从子。

陈彩凤 夫死从子。

陈　聪 先生，这三从之义要详解详解，老夫告退一时。

王大儒 东家请便。

陈　聪 家院，取酒后堂来。

家　院 遵命！

王大儒 来，再读一遍。妇人有三从之义，无专制之道。

陈彩凤 妇人有三从之义，无专制之道。

王大儒 故未嫁从夫。

陈彩凤 故未嫁从夫。先生，未嫁哪里有夫呢？

王大儒 呃，是，既嫁从父。

陈彩凤 既嫁从父。先生，既嫁又从什么父呀？

王大儒 哦，是，夫死从子。

陈彩凤 夫死从子。先生所谓未嫁从父者？

王大儒 书上的意思是——

（唱）　女人家未出嫁闺中羁管，

父母命媒妁之言择配姻缘。

陈彩凤 要是不遂心愿呢？

王大儒 （唱）　不遂心愿也得遂心愿——

陈彩凤 要是自个选个如意郎君呢？

王大儒 （唱）　若无有父母命休想成全。

陈彩凤 先生，这既嫁从夫者？

王大儒 听道。

（唱） 女儿家既出嫁成人家眷，
大小事莫自主从夫之言。

陈彩凤 嫁着鸡呢？

王大儒 （唱） 常言道嫁鸡随鸡——

陈彩凤 嫁着犬呢？

王大儒 （唱） 嫁犬随犬。

陈彩凤 嫁着狐狸呢？

王大儒 这个么？

（唱） 嫁着狐狸走满山。

（白）这夫死从子者：

（唱） 女人家丧丈夫可谓悲惨，
从儿子教儿子孀居终年。
为节妇立牌坊门楣光显——

陈彩凤 先生，夫死若无子，该从谁呢？

王大儒 若无子该从谁……书上无言。

陈彩凤 啊？那你教的——

王大儒 都是照书所讲。

陈彩凤 这和你教《国风》时，所讲的道理，不是相去甚远么？

王大儒 《国风》讲的多是民之劳作，人之情爱。与此教义，当然不可同日而语，小姐真聪明！

梅　香 小姐，小姐！员外正在后堂饮酒，快快走吧！

王大儒
陈彩凤 啊！如今东山月上，怎到城隍庙旁？

怎么她/他也要到城隍庙旁？莫非昨晚的事被她/他撞见了不成？

王大儒 小姐，如果有事要到城隍庙旁，就请便吧！

陈彩凤 先生，你不是也要去城隍庙旁么？

王大儒 哎！你若去了，我就不去了。

陈彩凤 哎！既然先生要去，那我就不去了。

王大儒 还是你去。

陈彩凤 不要误了你的事呀！

王大儒 唉！真是丑怪老头太多事！

陈彩凤 唉！偏偏这懒散姑娘又不痴！

王大儒	咦！	她	为何说我是	丑怪老头	？
陈彩凤		他		懒散姑娘	

梅　香 小姐，这声音好熟啊！

陈彩凤 先生，我有一字不识，要请教于你。

王大儒 什么字？

陈彩凤 我划给你看。

王大儒 我无有穿墙眼。

陈彩凤 那，你来看。

王大儒 你拿来，在哪里？

陈彩凤 在这里。

梅　香 啊！桃花扇！呵呵，小姐，原来这位先生就是那位相公，那位相公就是这位先生，好了，好了，如今你们都不要去城隍庙了，就在此读书吧！

陈彩凤 相公！

王大儒 小姐！

陈彩凤 先生！

王大儒 姑娘！小姐你问字呀？

陈彩凤 我该问什么字呢？

王大儒 你想问什么字就问什么字。

陈彩凤 就问摩诘诗中字。

王大儒 是哪个字？

陈彩凤 是这个字。

王大儒 小姐，此乃撷字，撷者摘取之意也。

（念） 红豆生南国，

春来发几枝？

陈彩凤 （接念） 愿君多采撷，

此物最相思！

王大儒 此物最相思！

梅　香 员外来了！

陈　聪 先生，啊！你们，你们干的什么？

陈彩凤
王大儒 没，没有什么。

陈　聪 看座位。

陈彩凤
王大儒 啊！

陈　聪 你们胆敢揭帏越礼！

陈彩凤 爹爹，此乃出于无奈……

陈　聪 什么无奈？

陈彩凤 因为女儿求知心切，急欲问字？

陈　聪 问字？

王大儒 小生职责所关，理该详解详解。

陈彩凤 爹爹隔着帏帐教读，多有不便，从今以后，你就把它撤了吧。

陈　聪 胡说，还不与我快快下去。

唉！（唱）我把帏帐作铜墙，

稍一抽身变纸墙。

少年书生不妥当，

猫近鲜鱼不胜防。

陈　聪 先生！

王大儒 东家！

陈　聪 这书馆我想不开了。

王大儒 不开了？

（唱）　黑字写在聘书上，
开馆为期三月长。

陈　聪　不必叨念聘期，三月学俸老夫照付。

王大儒　学俸事小，只可惜……

陈　聪　可惜什么？

王大儒　（唱）　令嫒她逆水行舟中流停桨，
半途而废学业荒。

陈　聪　小女之事，休劳费心。

王大儒　东家……

陈　聪　当不起，王秀才！
（唱）　碎银三两来奉上。
若嫌少老夫慷慨再解囊。
重金买得客离去，
胜过花钱远上香。

王大儒　欺人太甚！

陈　聪　穷得精光，还有这等闲情逸志，酸哉！

王大儒　告辞！

陈　聪　先生 慢走！

第三场　摔　扇

陈　聪　辞去王小子，另请老先生。走！

刘　智　快将好音讯，报与贤弟知。走！

陈　聪　啊，刘仁兄！

刘　智　啊，陈贤弟！

刘　智　你匆匆忙忙作甚？

陈　聪　去请……

刘　智　请谁？

陈　聪　请仁兄到草舍叙谈叙谈。

刘　智　愚兄带着好音讯，不请自来了。

陈　聪　好音讯？亲事莫非成了？啊，你快说。

刘　智　急什么呢？到府上慢慢说。

陈　聪　那就——请！

陈彩凤　（唱）　昨夜晚悄悄的带回锦扇，

这面瞧那面看，那面看这面瞧直至晓天。

想不到有约难会却相见，

好人儿不在天边在眼前。

（白）从今后呀！

这先生授的课百读不厌，

到书馆读诗书千遍新鲜。

倘然是从夜晚读到明从清晨读到晚，

我也不觉累，我也不心烦。

起床来晨妆后就上书馆——

梅　香　哎呀，小姐，你还没有吃早饭哪。

陈彩凤　梅香！

（唱）　我心里甜滋滋免用早餐。

梅　香　小姐，还是先吃饭吧，今天这顿早餐哪，你还要吃得特饱才好呢。

陈彩凤　却是为何？

梅　香　待会儿，员外爷要领刘监生上楼来考你。

陈彩凤　考我？考就考吧，这和早餐吃得饱与不饱有什么相干？

梅　香　大有相干，吃饱了有精神有力气，才好应对，你要知道，这场考非同小可啊！

陈彩凤　哈哈！我又不是小孩儿，吃饭还用你哄着，不是我夸口，这考试呀任他们考什么怎样考，我都能应对，都能让他们知道先生是用了心，门生是用了功的；都能够让他们满意！

梅　香　咳！让他们满意，那就坏了！

陈彩凤　为什么呢？

梅　香　他们满意了，孔老大人也就满意了。

陈彩凤　什么孔老大人？

梅　香　就是这城中官最高势最大的孔老大人。

陈彩凤　他满意了又怎么样？

梅　香　他满意了你就会成为孔府的人。

陈彩凤　什么？

梅　香　适才我在画堂窃听得清清楚楚明明白白，员外爷为着高攀显贵，请刘监生为媒，要把你许配给孔老大人的儿子——孔衙内。

陈彩凤　啊！

（唱）　突然一阵当头棒，
我好似天堂上跌落洪荒。
老爹爹趋炎附势攀显贵，
却把我当作那上供的羔羊。
这门亲事非我愿，
心中有个如意郎。
叫梅香快把门闩上——

梅　香　为什么要闩上门呢？

陈彩凤（唱）　闭门羹请那老媒尝一尝。

梅　香　小姐这可不好。

陈彩凤　依你之见？

梅　香　让他们来考。孔老大人要的是闺门的什么范，女界的什么模，员外爷不是说你是懒散姑娘吗？你就给他们来一个卖傻装丑，考得他们害怕，作罢！

陈彩凤　卖傻装丑！哎呀，这这，多难堪哪！

梅　香　若不这样，孔府势大，员外固执，到时候，花轿临门，你就是千不遂心万不愿意，也是奈何他们不得的呀！

陈彩凤　那，待会儿你来帮帮我的忙。

梅　香　这可帮不上手了，小姐聪明伶俐，不会束手无策的。我给你再弄早点去。

陈彩凤　梅香！罢了！

（唱）　一时难堪不要紧，

我且依计来退兵。

回房卸妆解云鬓——

陈　聪（唱）　难得仁兄此登临。

刘　智　不用客气，啊！

（唱）　绣楼雅致又清静，

令嫒好学喜诗文。

愚兄睹物知人品，

陈　聪（唱）　这一考敢保你如意称心。

（喊）女儿出来！啊！进去进去！

陈彩凤　爹爹唤女儿出来，怎么又叫我进去呢？刘伯父万福！

刘　智　啊！

陈　聪　你 你，你这是什么模样？

陈彩凤　什么模样？懒散姑娘的模样哟！

陈　聪　快进去梳洗整妆。

陈彩凤　梳子叫老鼠咬坏了，铅华胭脂掉在水里浸糊了。

陈　聪　刘仁兄，刘仁兄。

刘　智　嗳嗳。

陈　聪　嗯、嘿嘿，小女崇尚天然之美？

刘　智　啊？令嫒崇尚天然之美？哦——呵呵，天然弃雕饰。

陈　聪　对对，天然弃雕饰。

刘　智　那就开考了。

陈　聪　好好。儿呀，刘伯父见多识广，今日为父特地请他到来，对你考上一考，看你有无长进，你要认真应对。

陈彩凤　考就考。

陈　聪　仁兄，请！

刘　智　那我就出题了，贤侄女，我且问你，何为闺训？

陈彩凤　爹爹，我且问你，何为闺训？

陈　聪　他是问你！

陈彩凤　我是问你！

陈　聪　心不乱想，目不旁观，笑不露齿，行不露足。

陈彩凤　哦——我知道了。心不旁观，目不乱想，笑不露足，行不露齿。

刘　智　唏！什么呀！

陈　聪　嘿嘿仁兄，小女答错了，是因为她有些——怯场。

刘　智　怯场，难免难免。贤侄女，不要慌，从容答来。若要目不旁观，必须心无异想。我再问你，你不痴不呆，焉无想乎？

陈彩凤　焉无长胡？嘻嘻，姑娘家哪会长胡子？

陈　聪　他是问你，心里有没有想的？

陈彩凤　有哇！我日思夜想。

刘　智　想些什么？

陈彩凤　什么都想。

陈　聪　你就说，想的是天地君亲师。

陈彩凤　哦——好好，考官大人！生员想的是天、地、君、亲、师。

刘　智　皇天、后土、君王、至亲、师表。想得对，想得正、想得好！

陈　聪　想得对，想得正、想得好，我女儿早就背得烂熟了！

陈彩凤　哈哈，烂熟了！

（唱）　我想天，化作天鹅——

扑腾 扑腾飞到天边去！

我想地，骑着马儿——

嘚驾——

走南驰北，奔东又跑西！

我想君，自找个郎君称心又如意！

刘　智　不像话！不像话！

陈　聪　儿呀，不要胡言乱语！

陈彩凤 胡言乱语，嘻嘻嘻！

（唱） 我想亲、亲亲热热、热热亲亲——

像那比翼鸟，

像那比目鱼。

像那并蒂莲，

像那连理枝。

比翼鸟、比目鱼，

并蒂莲、连理枝——

一辈子相傍又相依！

陈　聪 住口！

陈彩凤 （唱） 老爹爹多保重，

不要瞪眼吹胡子。

刘　智 侄女儿，你你，这还像个闺秀么？

陈彩凤 啐，啐，啐！

（唱） 做媒人莲花舌凭白磨破嘴唇皮！

想到此我要笑，哈哈哈——

管他露齿不露齿！

我要笑，哈哈哈……

陈　聪
刘　智 不要笑，不要笑！

陈彩凤 笑，哈哈……

梅　香 小姐，怎么样了？

陈彩凤 你看。

梅　香 唔，来！

陈彩凤 你在此照料照料，这莲子羹匀成两碗，给二位老人吃了吧，我上书馆了。

刘　智 唉，我的心跳得急！

陈　聪 唉，我的头仍发胀！

刘　智 我浑身发抖。

陈　聪　我手脚冰凉。蠢女 、奴才！

刘　智　你的好家教！

陈　聪　哼！我非打她一巴掌！

梅　香　莲子羹老爷们请尝

陈　聪　啊，梅香，下去！

刘　智　唉，大失所望，大失所望！

陈　聪　万望仁兄在孔老大人面前多多包涵。

刘　智　事到如今，不包涵也得包涵了。哎，适才令嫒不是说自找郎君吗，你知道她自找了哪一个吗？

陈　聪　这……定是这一个。

刘　智　啊，她爱扇子？

陈　聪　扇子的主人？

刘　智　谁呀？

陈　聪　敝府西宾，穷秀才王大儒。

刘　智　所以所以……

陈　聪　不要紧了。

刘　智　还不要紧？

陈　聪　我已经把他辞退了。

刘　智　哦，可是人去魂影在，你得设法断绝令嫒的邪念，使其死心归范才是。

陈　聪　死心归范……有了。

陈彩凤　爹爹呀爹爹！王先生哪里去了！

陈　聪　你问他作甚？

陈彩凤　女儿要跟他读书。

陈　聪　你要跟他读书？他可不教你了。

陈彩凤　却是为何？

陈　聪　昨晚揭帏，为父说了他几句，他就万分惭愧，无地自容。

陈彩凤　啊，这是为什么呢？

陈　聪　人家是秀才，这有失礼仪之事，传扬开去，体面何存？也于功名前程有碍呀！

陈彩凤 有碍功名前程？

陈　聪 唔，故此，他星夜卷起行李告辞了。

陈彩凤 如此匆忙！

陈　聪 你有所不知，他这样一走，显示了自己的清白，那揭帏越礼之责，不就全落到女儿身上了么？

陈彩凤 原来是这样！

陈　聪 临行之时他说，还有一把扇子要为父送还给他。

陈彩凤 这是真的？

陈　聪 那还有假。

陈彩凤 哎呀！好一个薄幸之人！气煞我也，气煞我也！

梅　香 小姐！

陈　聪 仁兄，这番考试？

刘　智 中哉！中哉！

第四场　拾　花

梅　香 （内唱）　寻相公南北西东都走遍——
双凤阙四牌楼五仙祠六榕寺
学宫文庙名园胜景
大街小巷茶肆酒馆——
一样是踪迹杳然。
跑得我腰酸背痛手长脚短，
不觉间来到了九曜石前。

（白）也罢，在这里歇息一时再说，这宝贝原来在这里。

王大儒 何方顽童如此无理，啊，梅香大姐！

梅　香 先生，相公！

王大儒 请问大姐，来此有何贵干？

梅　香　来此么？请你代写书信。

王大儒　大姐，取笑了。

梅　香　不是开玩笑，是真的。

王大儒　真的，那我就代你来写，写给谁呀？

梅　香　写给谁？韩愚相公。

王大儒　韩愚相公，好名字，韩文公的子孙，大智若愚。请讲！

梅　香　一日不见，如隔三秋。

王大儒　一日不见，如隔三秋。

梅　香　三日不见，三三得九……

王大儒　如隔九秋，深情！

梅　香　情窦初开郎不见……

唯有三更梦里求……

梅　香　啊，相公，怎么不写了？

王大儒　梅香大姐，此信不同于平常函笺，写这等东西，恐怕不妥当。

梅　香　倒是为什么？

王大儒　儒生代写情书，传扬开去，是会被人见笑的。

梅　香　原来如此，可是别人的，你可以不写，而这封么，你不可不写。

王大儒　却是为何？

梅　香　因为事关我家小姐。

王大儒　怎讲？

梅　香　我家小姐要我传消寄信与她的心上之人寒愚相公，寒愚相公！

王大儒　啊！

（唱）　堪笑寒儒心太痴，

真情未探只独思。

罢罢罢，空枝你且逐流去，

破茧还须自咬丝。

梅　香　哎呀，你怎好抛弃它？这是小姐送给她心上人的呀？

可怜呀，可怜！

王大儒 可怜什么？

梅　香 小姐就像这空枝残花一样了。

王大儒 怎讲？

梅　香 员外为了攀上个显贵亲家，打算将小姐许配给孔衙内，小姐气愤不过，又受员外谎言中伤，恼恨交集一病不起，危在旦夕！

王大儒 小姐呀！梅香呀，梅香如今怎么解救小姐，你快说来，你快说来。

梅　香 解救小姐么？相公，你即刻来，来，来，随我重返陈府，登上绣楼，与小姐说个清清楚楚，明明白白。

王大儒 陈府门户森严，小生怎么进得去！

梅　香 相公你懂不懂医药？

王大儒 小时候，曾听表叔读医，今尚记得一二。

梅　香 这就好了！

王大儒 一知半解，无济于事呀！

梅　香 一知半解大有用处。

王大儒 大有用处？

梅　香 待到黄昏后，重返陈府中。

第五场　许　身

陈　聪（唱）　原以为我哄彩凤话语巧，
又谁知欲酿醇醪却得酸糟。
女儿一激就病倒，
她受苦我也受煎熬。
梅香她一早延医人踪杳，
害老夫倚门栏好不心焦！
苍天哪，庇佑郎中快来到——

梅　香 员外爷！

（唱）　老大夫来看你的小姣姣。

陈　聪　大夫来了，大夫，大夫！我等你多时了！

王大儒　在下医务在身，东家请……

梅　香　嗯哼！

王大儒　东家请诊，西家求医，车水马龙，门庭若市！故此来晚了。

陈　聪　啊？怎么有点面善！请问大夫，尊姓大名？

王大儒　小姓——韩，贱字——愚。

陈　聪　哦，韩愚大夫？

梅　香　韩大夫来之不易，员外爷，快引他为小姐诊病吧。

陈　聪　韩大夫，请！

梅　香　韩大夫，跟我来，来，来！

（伴唱）　思悠悠恨悠悠风中枯柳，

转悠悠晃悠悠浪里危舟。

陈彩凤　（唱）　抱沉疴熬不过长宵永昼，

这时候最难捱怕是命将休。

陈　聪　梅香，为何遮住挂灯？

梅　香　小姐怕光。

陈　聪　这叫大夫怎么诊病？

梅　香　韩大夫有盏案灯够亮了吧？

王大儒　够亮了。

陈　聪　案灯给我。韩大夫……

王大儒　员外！

陈　聪　他也怕光？韩大夫你观看什么？

王大儒　呃！观看这绣楼……窗户怎么开，风从何处来？四壁挂何物，小姐何所爱？

陈　聪　这于诊病有相干？

王大儒　大有相干。

梅　香　员外爷，治病即治人，治人要知心。

陈　聪　你知道什么？

梅　香　韩大夫路上给我讲的。

陈　聪　唔！

（唱）　大夫相貌不陌生，

一团疑云乱我心。

王大儒　（旁唱）　我如小卒临大阵，

三分镇定七分惊。

梅　香　（旁唱）　生怕书生露把柄，

我要为他多用心。

陈　聪　韩大夫，就请诊病。

王大儒　好好，请小姐抬起头来。

梅　香　小姐抬头，让大夫看看。

王大儒　哎呀！

（唱）　一见小姐憔悴损，

不由小生痛在心。

陈　聪　啊？他为何这般着急？

王大儒　（唱）　叫一声我的……

梅　香　你的？

陈　聪　他的？

王大儒　（唱）　哭一声我的病人危亡临近。

梅　香　（唱）　老大夫哭病家医德超群。

陈　聪　韩大夫，小女的病？

王大儒　唉，重呀！

陈　聪　老夫就只一个女儿，万望大夫悉心诊治。

王大儒　来，按脉。

陈　聪　儿呀，把手伸出来。且慢。

梅　香　这是作甚？

王大儒　男女授受不亲！

梅　香　诊病按脉还讲这个。

陈　聪　多嘴，韩大夫，请按脉。

王大儒　好好。

陈　聪　怎么样？

王大儒　嗯，换个手。令嫒是猝然发病的么？

陈　聪　是是。

王大儒　唉！邪火攻心，恼恨过度，上焦郁结，元气大伤啊！

陈　聪　大夫脉理精通，断病如神。

王大儒　过奖，过奖。

陈彩凤　你是谁？

王大儒　我是大……

梅　香　大夫！

陈彩凤　你是大胡，你是大胡！

陈　聪　儿呀，休得无礼。韩大夫，小女病中失态，请勿见怪！

王大儒　病者病中失态，在下见的颇多，不为怪，不为怪！员外，令嫒神志不清，可见邪火攻心，危亡临近啊！

陈　聪　啊，呜，儿呀！

王大儒　有病就有药，员外不要着急，在下开张方子。

陈　聪　但愿妙手回春，药到病除。

王大儒　员外，家中有无犀角？

陈　聪　有，有。

王大儒　磨一盅犀角水，先给令嫒解解心热。

陈　聪　好，我亲自磨去。

王大儒　要磨上一个时辰，才够分量。

陈　聪　好好，小老一定细细地磨。

梅　香　相公，方才是假诊病，如今是真治病。

王大儒　这，这倒叫我……

梅　香　咳，你呀！……你到楼梯口去。

王大儒　好好。

梅　香　等等，你要仔细的听着里面，机灵的看着外面。

王大儒　知道。

梅　香　小姐，小姐！

陈彩凤　你是谁呀？

梅　香　我是梅香。

陈彩凤　梅香！唉，有梅不香，我要杏，还我的杏花来，还我的杏花来。

梅　香　好，小姐还你。

陈彩凤　这是什么？

梅　香　杏花呀！

陈彩凤　啊，杏花，枝残花谢了！喂呀！

梅　香　小姐，不要伤心，花谢枝残有人怜惜。

陈彩凤　有人怜惜，谁呀？

梅　香　灯场邂逅的相公，书馆惊逢的先生。

陈彩凤　还提他作甚？

梅　香　小姐，你有所不知，这杏花就是观灯时小姐赠与他的，他辞别书馆，仍然把这宝贝带在身边……

陈彩凤　不是说落花有意，流水无情吗？

梅　香　他不是无情的流水，乃是有情的惜花人。

陈彩凤　有情的惜花人？你在哪里见到他的？

梅　香　药洲池畔，九曜石前。

陈彩凤　药洲池畔，九曜石前。梅香啊！

（唱）　你领我去见他一面。

梅　香　（唱）　少时间他就会到你跟前。

王大儒　小姐！

陈彩凤　你是？

王大儒　我是大夫。

陈彩凤　我没有病请你回去。

王大儒　小姐受苦了！

陈彩凤 哼！你呀！

（唱） 见相公生悲怨，

万千话语涌心田。

你为何贸然离书馆？

你为何一去不回还？

你为何只把功名恋？

你为何心如铁石般？

你……

王大儒 小姐呀！

（唱） 那一晚员外断然将我撵，

不容我停留到明天。

陈府门墙难回返，

一别三日似九年。

小生我耿耿此心天可见，

小姐切莫听谎言。

陈彩凤 如此说来，是奴家的不是了。

（唱） 相公怜花花不散，

王大儒 （唱） 小姐惜扇扇亦全。

陈彩凤 （唱） 来来来，我这里把礼来见。

王大儒 （唱） 来来来，我这里以礼相还。

陈彩凤 相公……

王大儒 小姐……

王大儒 一副金锁。

陈彩凤 一个玉如意。

王大儒 金锁！

陈彩凤 如意！

王大儒 （唱） 金锁牢牢连心愿，

陈彩凤 （唱） 天公赐我如意男。

王大儒
陈彩凤（同唱）同拜上苍身自许，
何劳月老把绳牵。
从今化作比翼鸟，
双栖双飞到百年。

王大儒 梅香，须来。

梅　香 来了。

陈　聪 王大儒！王大儒！

陈彩凤 爹爹！

陈　聪 奴才！来人哪！把他拿下，带到县衙，我要星夜告堂。

第六场　断　案

差　役 呔！三更半夜，谁人击动堂鼓，所告何案？

陈　聪 小老陈聪告的是天大的罪案。

差　役 候着。启禀老爷，有人击鼓告状。

知　县（唱）适才间做春梦闲步园中。
啊哧——啾，
与我那当年娇娥又重逢，
手挽手诉离衷两心与共。
霎时间平地一声巨雷轰，
咚咚咚，惊醒我的南柯梦。
是谁人三更半夜乱把鼓儿敲了一通又一通，
告状人他若是不知轻重，
定赏他四十大板不松容。

（白）左右，击鼓人告的是大案还是小案？

差　役 启禀老爷，击鼓人告的是天大罪案。

知　县 天大的罪案么？升堂！传告状人。

差　役　告状人上堂。

陈　聪　拜见大人！

知　县　一旁，你这老头，姓甚名谁所告何案？

陈　聪　小老陈聪，告的是男女行为不端之案。

知　县　男女行为不端之案。

（唱）　这小事何必将我来惊动，

（白）左右！

（唱）　快快把他往外轰！

差　役　滚了下去！

陈　聪　大人啊！此乃亵渎纲纪，辱没礼仪之案，非同小可，大人乃天子门生，一县父母理应维礼护法受审此案。

知　县　你要本官振纲纪明礼仪么？好，把案情禀了上来。

陈　聪　小老状告王大儒。王大儒身为秀才，今晚竟敢假冒大夫窜进敝府，骗上绣楼，勾引我家女儿，干出不端之事。被小老当场拿获，今已将他带到公堂，万望大人依法处置。

知　县　原来如此！一旁，传王大儒上堂。

差　役　王大儒上堂！

王大儒　父台在上，晚生有礼。

知　县　一旁，王大儒，我来问你，今晚你假冒大夫走进陈府，登上绣楼可是实情？

王大儒　正是实情。

知　县　大胆王大儒，身为黉门秀士，竟敢逾闲荡检，窃玉偷香。

王大儒　学生并非窃玉偷香，乃是与陈府小姐私订婚姻。

知　县　私订婚姻！哎呀！他怎么学起本官当初的事情来了。王大儒，读了圣贤之书，就该绳以礼仪，言则正道视则正眼，行则正步坐则正襟。要有个正人君子模样，何必滋生男女闲情，自招苦食呢？你要明白假冒大夫，亦属行为不轨。

王大儒　学生有失检点，望父台恕罪！

知　县　王秀才呀，王秀才，这公堂之上休怪本官无情了，左右！

差　役　嗬！

知　县　轻轻打他四十，重重打他四十，赶出衙去！

陈　聪　大人呀！王大儒罪案重大，岂能责打四十就此了结？

知　县　你却不服？

陈　聪　万望大人把他严加治罪。

陈彩凤　冤枉呀！

差　役　启禀老爷，有人喊冤。

知　县　传了上来。

差　役　喊冤人上堂！

陈　聪　蠢女，来此公堂作甚，快快下去！

差　役　嗬！

陈　聪　快快跪下。

知　县　下跪的女子姓甚名谁？

陈彩凤　小女子姓陈名彩凤。

知　县　陈彩凤来得正好，一旁。

陈　聪　启禀大人，小女无知被诱情有可原，请大人放她回去。

知　县　本官正要她等一同受审。

陈　聪　糟了。

知　县　王大儒把详情从实招来。

王大儒　父台容禀。学生假冒大夫，实乃不得已而为之事。

知　县　怎么讲？

王大儒　父台呀！

（唱）　大儒彩凤心相向，

两地情丝万丈长。

忽闻小姐病难治，

唯有我才能救她出危亡。

知　县　哈哈！这就奇了！陈彩凤，你患的什么病哪？

陈彩凤　恼恨之病。

知　县　恼恨之病？恼恨谁呀？

陈彩凤 王秀才。

知　县 王秀才?

陈　聪 大人，就是王大儒害苦她的。

知　县 不要插嘴，陈彩凤你为何恼恨王秀才从实讲来。

陈彩凤 大人容禀!

（唱）　老爹爹赶走王生又对我讲，

王秀才无情弃我走他乡。

流水不承落花意，

因此我恼恨成疾五内伤。

知　县 嘿嘿！你们早就……

陈　聪 大人，王大儒早就犯了轻狂放荡、亵渎圣贤之罪。

知　县 哦，你且讲来。

陈　聪 王大儒在我家书馆教导书礼之际，竟敢揭开帏帐，在孔夫子像前，逗引小女。

知　县 嚯！此中枝节，饶有意味哟。王大儒。

王大儒 在。

知　县 把此情从实招来。

王大儒 父台容禀。

（唱）　王大儒受聘在陈聪府上，

隔帏帐教诲那懒散姑娘。

知　县 懒散姑娘?……

陈彩凤 启禀大人，揭帏之事是小女子所为，待我招来。

陈　聪 蠢女，大人不是问你，你就不要讲话。

知　县 喂，我不是问你，你也不要讲话。

陈　聪 是，是。

知　县 陈彩凤，你且招来。

陈彩凤 大人容禀。

（唱）　那夜晚因问字欲揭帏帐……

知　县 难道你不知道男女有别，开不得帏帐吗?

陈彩凤 （唱） 他是个丑怪老头料也无妨。

知　县 嘟！你们竟敢作弄本官，王大儒分明是年少书生，你为何说他是丑怪老头。陈彩凤分明是美貌闺女，你为何说她是懒散姑娘？

陈彩凤 大人哪！我是听……

知　县 听什么？

陈彩凤 听我爹爹讲的。

王大儒 我是听东家讲的。

知　县 明白了，讲。

王大儒
陈彩凤 （唱） 开帏帐不由我惊喜万状，她（他）原是元宵节大街邂逅那才郎（姑娘）！

陈　聪 啊，你们竟敢私奔大街，那还了得！

知　县 嘻嘻，这桩风流案件倒也有趣！王大儒、陈彩凤，元宵节你们在大街之上，干了何事，慢慢讲来，不要害怕。

王大儒 大人容禀。

（唱） 我东家在禺山大摆灯场，
慕声名看热闹人情之常。

陈彩凤 （唱） 我二人相遇不识花灯共赏，
慕才貌借彩景我暗寄衷肠。

知　县 你们看的可是西厢？

王大儒 （唱） 张君瑞待莺莺梢头月上，

知　县 可是秋江？

陈彩凤 （唱） 陈妙嫦追必正飞渡秋江。

知　县 还有梁祝吧？

王大儒 （唱） 梁山伯——

陈彩凤 （唱） 祝英台——

王大儒
陈彩凤 （同唱） 同窗共砚——

王大儒 （唱） 生不成双——

陈彩凤 （唱） 死能成对——

王大儒
陈彩凤 （同唱） 化作彩蝶飞翔。

陈　聪 大人，大人！

知　县 哎，你们是讲故事，还是供状呀？ 啊？

王大儒
陈彩凤 大人开恩！

（同唱） 望大人体下情宽宏大量，
拆散了好鸳鸯苦痛深长。

知　县 啊，本县曾经此苦！起来，起来，唉！

（唱） 听此言像热汤灌落腑脏，
顿时间化开了怀内冰霜。
想当年我也曾把娇娥爱上，
只因为礼教严拆散鸳鸯。
歌未成弦已断凄然绝唱，
叹好事总难全苦恨绵长。
断此案不由人追思回想，
当年情此时景同现公堂。

王大儒 大人……

知　县 （唱） 王秀才正像我往日可怜模样，

陈彩凤 大人……

知　县 （唱） 陈小姐也好似我那苦命娇娘。

陈　聪 大人……

（唱） 这老头在那旁一副怪相，
也好像她那个无情的高堂。

陈　聪 哎呀大人呀！你若无心断案，小老往州衙上告。

知　县 嘟！怎说本官无心断案？

陈　聪 小老言语不慎，大人恕罪。

知　县　好，待本官明断此案。

知　县　陈聪！

陈　聪　在。

知　县　我且问你，你为何一个说他丑怪老头，一个说她懒散姑娘呢？

陈　聪　为了叫他们断绝邪念，以防发生不端之事。

知　县　好一条妙计哟！

陈　聪　谢大人褒奖了。

知　县　如今他们干出不端之事，邪念又是从何而起？

陈　聪　咳咳，大人明断。

知　县　陈彩凤，我来问你，禺山灯景谁人所摆？

陈彩凤　是我爹爹所摆。

知　县　陈聪。

陈　聪　在。

知　县　嘟！大胆陈聪，竟敢在禺山闹市大摆风流灯景，招引少年男女错起邪念，连本官也差点儿看邪了，咎由自取还敢妄告他人快快当堂悔罪。

陈　聪　哎呀！大人，小老所摆灯景俱是古来传奇韵事，何罪之有？

知　县　既然古人相爱是传奇韵事，那你为何又说，大儒彩凤相爱行为不端呢？

陈　聪　这……唉，都是小老思虑不周才招致这败坏门风之事。

知　县　着，本官本当将你严加治罪，念你是个老头姑且从宽论处，左右，将他重打四十。

陈　聪　啊，大人饶命。

知　县　要我饶命么？先听从本官判处。

陈　聪　小老听从就是。

知　县　起来。

（唱）　陈聪禺山摆风流……

大儒彩凤效风流……

风流案子风流办……

陈　聪　怎讲？

知　县 （唱）　　唯以风流治风流。

陈　聪 大人，何谓以“风流治风流”？

知　县 由本官为媒，命你回去速办婚礼，让大儒彩凤成亲，以免今后再发生不端之事，这叫作以“风流治风流”？

陈　聪 这……

知　县 本官与你周全，你还不服？重打四十！

陈　聪 不不，小老遵大人之命照办，照办。

知　县 如此下去！

陈　聪 谢过大人！

陈彩凤 爹爹！

王大儒 岳父大人！

陈　聪 嗯……唉，陈聪不聪，凤去楼空。晦哉！

知　县 左右，去后堂把老爷元宵买的花灯取了上来。

大儒彩凤哪！

（唱）　　喜你们有情人终成俪伉。

王大儒 （唱）　　好大人来成全菩萨心肠！

陈彩凤 （白）啊，你是……

知　县 观灯人！

（唱）　　愿你们偕百年终生欢畅。

王大儒
陈彩凤 （唱）　　谢大人赠彩灯赐我恩光！

知　县 美哉！美哉！哈哈哈……

[剧终。

·广东汉剧卷·

包公与妞妞

（取材于元杂剧《陈州粜米》）

编剧：丘丹青（执笔）　黄秉漾

人　物　表

张妞妞（红粉莲）　　张憨古（妞妞父）
包　拯（聋老汉）　　张　千（那后生）
范仲淹　　　　　　　鸨　婆
杨金吾　　　　　　　刘得中
刘　妃　　　　　　　宋　帝
仓役甲、仓役乙、众百姓、四卫士、二侍女
四宫娥、四太监、四随从等

第一场　民　疾

[北宋。秋天。

[陈州乡下，赤地千里，一片荒凉凄惨的旱灾景象。眼前是张憨古的家——破茅屋。

[幕启：一声“走哇！”张妞妞打着遮阳小伞上。

张妞妞　（唱）　妞妞离乡数载长，
今日偷闲返家堂。
休看我淡抹素装村姑模样，
囊中物管叫爹爹喜若狂。

[敲门。

[张憨古挽一条布袋，从里间上。

张憋古 （自语）定是邀我籴米的。（向屋外）

唉！我还未借到钱哪！

[妞妞又敲门。

张憋古 你先去吧。（边说边开门）

（妞妞踏进屋来，两人迎面惊视片刻）

张妞妞 爹！

张憋古 你？

张妞妞 我是妞妞，你的女儿呀！

张憋古 （定睛细看）啊，妞妞！我的女儿回来了！（爱抚着）儿呀，数年不见，你都长成大闺女了！

张妞妞 （动情地）爹爹也老多了！

张憋古 咳，老而不死哟。

张妞妞 爹是不会死的。

张憋古 蒙老天保佑，总算熬到今天，可就是日夜思念女儿，眼睛差点儿盼瞎了。儿呀，当年你不该卖身自去呀！

张妞妞 唉，当年爹病重，娘饿死，无钱为爹求药，无钱为娘安葬，我一个十六岁的闺女有什么办法，只能如此呀！

张憋古 （自责地）是爹累苦你了！（落泪）

张妞妞 （见爹悲伤，忙又安慰）爹，不要难过，女儿离家之后并未受苦。

张憋古 哦，这些年你是怎么过的？

张妞妞 女儿辗转卖到京城，在王妈妈家学会了……做买卖。

张憋古 （高兴地）嚯，我的小妞妞会做买卖了！

张妞妞 如今王妈妈迁来陈州。

张憋古 所以你就回家来探望爹爹。

张妞妞 嗯。爹，高兴吧？

张憋古 亲骨肉久别重逢，哪能不高兴！女儿回来，理当庆贺一番，可是，儿呀！

（唱） 咱陈州三载灾荒饿殍遍地，

乡亲们吃尽了草根树皮。

万岁爷派来钦差开仓粜米，

怎奈爹无银两买粮充饥。

张妞妞 爹，有女儿在，还愁没有籴米的钱。

张憨古 哦！

张妞妞 （取出锦囊）女儿回来，没什么孝敬爹爹，这东西你且收下。

张憨古 什么东西？

张妞妞 打开看看。

[张憨古小心翼翼地打开锦囊，一看，吃了一惊，忙把大门关上。

张妞妞 爹，这么些银子，富人看来，小钱罢了。

张憨古 可爹看来，却是大钱呀！

张妞妞 女儿数年积攒，全都奉献与爹，聊表一片孝心。

张憨古 哎哟哟，爹可真是——适才三斤狗，转眼三叔公！

张妞妞 爹爹呀！

（唱）　这一条破布袋要它作甚，

这一件破衣衫莫再上身，

这一间破茅屋正须修整，

这一张破桌子也该更新。

买几件衣裳好替换，

籴几担细粮家中囤。

不愁吃穿常温饱，

还有余钱济近邻。

爹爹呀，辛苦艰难一辈子，

趁天年有口气、

舒舒坦坦安安乐乐度光阴。

张憨古 听儿说来，享不尽好光景，可爹想的还不只这些，妞妞呀！

（唱）　俺家唯你一条根，

爹疼娘疼疼在心。

虽穷虽苦有乐趣，

喝粥食糠叙天伦。
自从人亡家又散，
为父我孤苦伶仃整三春。
天赐女儿归故里，
从今莫再离家门。
在此间妞妞无异皇帝女，
爹情愿为你操劳为你勤。
招一个勤快后生作佳婿，
来年爹就抱孙孙。

（作抱孙状）呵，呵，呵——小乖乖，小宝贝！

（唱） 圆圆的脸蛋好红润，
笑好看，哭好看，屎不臭，尿也香，哈哈，我的小孙孙！

张妞妞 （越听越不好受）爹……

张憨古 儿呀！

（唱） 到时候你娘坟前摆祭品，
点烛焚香慰亡魂。

张妞妞 爹，女儿卖身与人，身不由己了。

张憨古 （自信地）这怕什么！有钱能使鬼推磨，爹即刻前去，为儿赎身。

张妞妞 爹，不要白劳神了。

张憨古 怎么？

张妞妞 （痛心地）女儿回不得家，招不得婿了。

张憨古 为什么？

张妞妞 这个……

张憨古 为什么呀？

张妞妞 那个……

张憨古 （急了）不要这个那个！

张妞妞 （只得实说）爹，女儿，女儿……失身风尘了！

张憨古 （顿时失神）啊……（哑然良久）哼，你做的，原来是这种下贱的买卖！你生在清白之家，怎么自甘沉沦，辱没祖宗，辱没门庭！

张妞妞 当初鸨母逼迫，恶少相强，女儿无可奈何呀！

张憋古 你不会去死！

张妞妞 女儿确曾想死，死了清白，死了干净呀！可我一想到爹爹，就不忍心死了。

张憋古 （悔恨交加，痛苦万分）天哪！

张妞妞 （跪下）爹，原谅我吧！

张憋古 要我原谅，就该留在家里，跟爹同过人过的日子。

张妞妞 这……要是人家知道女儿的底细，不是让爹更为难堪吗？

张憋古 那……不管如何，不能让你再过那种生涯了。

张妞妞 女儿此心如木，无所谓了！

张憋古 （勃然大怒）无廉耻！（狠狠给一耳光）

张妞妞 （不躲闪，不变色）爹，打吧，打吧！打出了气，你就领了女儿这份心意，收下女儿这包东西。

张憋古 这包东西！这包什么东西？是狗屎！是垃圾！

张妞妞 爹……

张憋古 我不是你爹！张憋古人穷不下作，乞食行大路，不要你这脏东西，臭东西！

[张憋古怒扔锦囊。

张妞妞 （接着锦囊）你听女儿说……

张憋古 （抢白）我没你这女儿！（背过身去）你走吧！

[妞妞呆立不动。憋古回身，妞妞跪下。

张憋古 你，你走哇！（又背过身去）

[妞妞起身，慢慢走了几步，回头，憋古同时回头，眼光相遇片刻。

张憋古 （似怒似哭）你走！

[妞妞一扭头，捂着脸急下。

张憋古 （木然有顷，拾起女儿遗落的小伞，不禁失声痛哭）妞妞，我的儿呀！

[幕内传来喊声："憋古老哥，籴米去哟！"

张憋古 （猛醒）籴米？唉，还得借债去！

[幕闭。

第二场　官　祸

[前场翌日。

[官仓前。一堵高高的照壁，旁边插了一块木牌，木牌上写着“官仓重地”。

[幕启：一位黑脸白须的聋哑老汉拄着拐杖、挽着布袋，步履蹒跚地上。一位平民打扮的后生跟在他后面。聋老汉回头打手势叫后生离开他。后生不愿离去，聋老汉生气地甩袖。后生只得自下。

[聋老汉向仓门走去，二仓役突上，拦住聋老汉。

二仓役　（气势汹汹地）呔！你这老头，为何到此？

聋老汉　（打着“要籴米”的手势）呜，呜……

仓役甲　粜米时辰未到。

仓役乙　快快退了下去！

[聋老汉只是莫名其妙地打手势。

仓役甲　官仓重地。

仓役乙　不准停留！

[聋老汉索性坐在地上。

仓役甲　（抡起棍棒）把他打开去！

仓役乙　一个聋哑老头，算了。喂，咱俩聊聊。

仓役甲　开开心。

仓役乙　（念）　咱俩多年老伙计。

仓役甲　（念）　天天任官来差使。

仓役乙　（念）　加三大秤秤银子。

仓役甲　（念）　八升小斗量糙米。

仓役乙　（念）　钦定米价才五两。

仓役甲　（念）　一下加到十两七。

仓役乙　（念）　官爷贪得难计数，
可苦了咱们小仓役！

仓役甲 （愤慨地）可不是吗？他们发了财就花天酒地，寻花问柳，钦差大人能有大把银钱花在艳妓红粉莲身上，可咱们呢？只靠这么点工钱，连老婆也养不起，真他娘的不合理！

［聋老汉有所反应。

仓役乙 你这么大声大气，小心你这（指其头）九斤一！钦差大人，一把紫金锤，从不离身，连嫖妓宿娼都带着，谁对他不恭敬，他就打死谁。老弟，当今世道，还是学乖点好。

仓役甲 学乖？

仓役乙 他们大刀阔斧的刮，咱们就来个小手小脚的扒。

仓役甲 扒？扒银子？

仓役乙 对。我给你出个主意。（撕下甲额角贴的膏药）你用这膏药扒银子。

仓役甲 膏药怎么扒银子？

仓役乙 真笨！把膏药往秤砣底下一贴。

仓役甲 （思索一会儿始领悟）哦，明白了。真坏！不愧是老当差。

仓役乙 老当差不一定坏，上梁不正下梁歪，不坏也得坏。（把膏药往甲额角一贴）

［聋老汉一直坐在地上，对仓役的谈话似听非听。此刻，他似乎不耐烦了，站起来，这边走走，那边看看。

仓役甲 （注视聋老汉，忽然不安起来）嗯，伙计，这老头是不是真聋？

仓役乙 试探，试探。

［二仓役轻轻走到聋老汉背后。

二仓役 （同时，大声）唠！

［聋老汉毫无反应。

仓役甲 真聋。

仓役乙 放心。

［三通鼓响。

二仓役 时辰到了。

［二仓役把木牌翻过来，这面写着“开仓粜米”。

［内声：“仓官到！”

［四卫士引仓官杨金吾上。

杨金吾 （念）陈州粜米，损人利己。

（白）左右，传话下去，籴米的走上。

二仓役 （传话）籴米的走上。

［张憋古等百姓走上。聋老汉和跟随的后生杂在其中。

众百姓 叩见仓官老爷。

杨金吾 众人听着，钦定一石米价十二两纹银。

二仓役 （私议）又涨价了。

［众百姓哗然。

张憋古 这么贵！不是说平粜米吗？

杨金吾 诸位，钦定米价，公平合理，照价粜米，不准作乱。

二仓役 籴米的听着。（指点着）这边进去，那边出来。

［二仓役引众百姓从一边进入照壁里面。四卫士进。杨金吾欲进。

［内声："放粮钦差到！"

［二侍女拥刘得中上。他腰间系着滚龙黄绸套套着的紫金锤。

杨金吾 恭候钦差表弟！（作礼）

刘得中 罢了。仓官表兄，今天生意如何？

杨金吾 与往日一样。

刘得中 可要提防百姓放刁。

杨金吾 知道。

刘得中 还须注意仓役作弊。

杨金吾 明白。

刘得中 监粜去。

杨金吾 遵命。

［杨金吾进。

刘得中 嘿嘿！

（唱） 谁不知我刘衙内，

世代簪缨有声威。

爹是侯爷兼国丈，
姐在宫中做贵妃。
万岁封我放粮使，
陈州粜米缺儿肥。
喜只喜包拯告老辞官去，
范仲淹文章虽好无作为。
眼中钉子全拔掉，
敢来作梗还有谁！

[抱着米袋的张憨古被二卫士扭上。

二卫士 启禀钦差大人，这个刁民胆敢作乱。

张憨古 作乱？哼！我借债凑得四两银子，明明四两，叫他们一过秤，却成了二两半。就算二两半，至少可籴两斗米，可他们量给我的，（指米袋）名为两斗，实不满一斗半，里面还掺着秕糠沙土。明明他们用大秤小斗作弊刮削人，我据理争辩，反而说我作乱。钦差大人，你说这不伤天害理吗？

刘得中 嘿嘿，老头，这不伤天，也不害理。你不安分守法，反诬他们作弊掺杂，就是作乱。

张憨古 啊，钦差大人也这么说！哈哈，我明白了，钦差大人与他们是一路货，呸！

（唱） 不替圣上施恩典，
不为百姓解倒悬。
你是江洋一大盗，
光天化日抢银钱。
你们是金苍蝇大老鼠，
嗜脓血食仓廒祸害人间。

刘得中 （并不激怒）骂完了？好，有胆量！（抽出紫金锤）你看，这是什么东西？嘿，紫金锤！万岁赐与我，我赏与你，来，过来。

[张憨古不屑一顾。

刘得中 过来呀！

[张憨古泰然而立。

刘得中 （走过去）真不识抬举！

［刘得中举锤，张憨古突然转身，怒目而视。刘得中猛吃一惊，倒退数步，二卫士把张架住，他才上前。

刘得中 见鬼去吧！（向张脑门狠击一锤）

［二侍女惊叫一声，张憨古倒下。

［众百姓和聋老汉涌上，二卫士持刀挡住。

刘得中 （举锤）先打后奏的紫金锤是不认人的，谁再敢作乱，就跟他（指张）一样下场！

［刘得中扬长而下，二侍女、二武士随下。

那后生 （怒不可遏，冲向刘去处）狗官！

［聋老汉顿杖止住后生。

［众百姓扑向张，那后生等把张扶起，年老的称“憨古老哥”“张老弟”，年轻的称“大爷”“大叔”“大伯”，七嘴八舌地呼唤着。

张憨古 （慢慢醒来，喃喃地）告状……向，包，青，天！

众百姓 对，告到包青天衙门去！

那后生 （脱口而出）包青天——（一抬头，见聋老汉瞪了他一眼，忙改口）包青天他——辞官了！

众百姓 （愕然）啊！

张憨古 （挣扎着）妞妞，女儿！女儿……妞妞！（惨叫）我的妞——妞！（死去）

［众百姓惊呼，哭泣。那后生把张憨古尸体平放下去。

［聋老汉无比愤怒，攥拳一击。

［幕急闭。

第三场　逢　妓

［接前场。

［城郊，空间不固定。

[幕启，包拯内唱：

暗无天日陈州道。

[黑脸白须、布衣草履的包拯和平民打扮的张千怒冲冲上。原来官仓前出现的聋老汉和那后生就是他们主仆两个。

包　拯　（接唱）　官仓前血淋淋人命一条！

亲眼见新权贵专横残暴，

圣锤助虐凶焰高。

满腔义愤按不住，

（一声怒吼）啊——喳！

（唱）　迸作冲天一怒号。

恼只恼府太爷声称病倒，

怕强豪，犹如鼠怕猫。

苦只苦百姓蒙冤无处告——

张　千　百姓蒙冤，无处上告，是因为包青天不在开封南衙。

包　拯　啊！

张　千　小的不解，老爷为什么要辞官去职？

包　拯　咳，老夫数十年整朝纲，铲权豪，不遗余力，可是朝纲总是整而复乱，权豪总是铲而再生！那日，万岁听刘国丈之言，任命无德无才、无功无绩的刘衙内，下陈州粜米，老夫苦谏不准，一气之下，便辞官去职。

张　千　小的更为不解，既然辞官，为什么还要再涉官场？

包　拯　老夫本欲逍遥自在，远避官场，奈何落入范学士设的圈套。

张　千　范大人怎么？

包　拯　前天，他过府来访，兴高采烈地告诉我："嘿，刘得中陈州粜米，广布皇恩，灾民们得救了！"我说："你莫非白日做梦！我听说那些一味倚仗皇亲权势的花花太岁，正在陈州为非作歹！"他责备我偏听，我回敬他偏信。

张　千　是偏信！

包　拯　当时互不相让，我激怒了，说道："糊涂的老朋友，你若不信，我即刻下陈州查给你看！"那范学士顿时哈哈大笑，说道："好哇老兄，我就要你这句话！

一言为定，你下陈州查访，我在朝中策应，务必为君王正视听，为吾朝除祸患！”哟，就这样上了他的当。

张　千　那范大人真是！

包　拯　范大人深知老夫虽成野老，而报国之心尚在，总不忍听任君王昏聩、百姓遭殃，是乐意上此当的。

张　千　可是，老爷如今没有了尚方剑、虎头铡……

包　拯　不在乎。

张　千　而刘得中却持着紫金锤，操着生杀大权呀！

包　拯　无须怕。对了，为那紫金锤，老夫要去一个地方。

张　千　什么地方？

[包拯小声对张千说，张千没听清。

包　拯　妓院。

张　千　妓院！（不觉好笑）

包　拯　挽君王之失，止圣锤为祸，唯此举可行。

张　千　小的随着老爷去。

包　拯　不必。你速即回客店住下，耐心听候老夫音讯。

张　千　这……

包　拯　去吧！

张　千　（只得遵从）是。

[张千下。

包　拯　（接唱）　此一举是为民也为圣朝。

包龙图访妓院世人莫笑——

[包拯下。

[红粉莲妓女打扮，骑着毛驴上。

红粉莲　（接唱）　红粉莲驴背上颠颠摇摇。

因解闷，今日出门不坐轿，

骑上这小牲口放浪秋郊。

[突然一声驴叫，粉莲吓了一跳。

红粉莲 （唱） 丑东西蓦然一怪叫，

这声音吓得人身上发毛。

骂畜生不许你没头没晦，

狠狠的给一鞭叫你记牢。

[粉莲抽打毛驴，毛驴性发，乱蹦起来。

红粉莲 （骂毛驴）爹鄙弃我，你也欺负我！（再抽几鞭）

[毛驴剧跳，眼看粉莲要被摔下。包拯急上，救下粉莲，毛驴跑了。包拯抓把青草追去。

红粉莲 哎唷！

（唱） 畜生畜生坏透了，

差点儿扭坏我的杨柳腰！

[包拯牵毛驴复上。

包　拯 姑娘，看好。

红粉莲 我平生第一次骑驴子，就碰上这不老实的东西。

包　拯 以后对牲口可不要乱抽乱打了。（交缰绳，欲下）

红粉莲 嗯，老头别走，再帮点忙，抓住我的笼头。

包　拯 抓住你的笼头？

红粉莲 不，它的笼头。

包　拯 好好。（抓住毛驴笼头）

红粉莲 老头，你帮我牵驴，我有打赏。

包　拯 姑娘，要去哪里？

红粉莲 回家。

包　拯 家在？

红粉莲 狗腿街。

包　拯 狗腿街！（旁白）狗腿街是妓院所在，太巧了！（对粉莲）好吧，老汉就给你牵驴，上。

[粉莲上驴。

包　拯 坐好。

红粉莲 坐好了。

[包拯牵驴，这奇特的伙伴上路了。

包　拯 走咧!

（唱）　手拿缰绳把驴牵。

红粉莲（唱）　这样骑驴自安然。

包　拯（唱）　大路上走呀，小道上趱。

红粉莲（唱）　雇上这黑老头好遛郊原。

包　拯 过桥了。

红粉莲 我有点怕!

包　拯（唱）　怕过桥，你就闭上眼。

红粉莲 知道了。

[过桥。

包　拯 上坡了。

红粉莲 会跌个四脚朝天吗?

包　拯 不会。

（唱）　上坡时且把身子俯向前。

红粉莲 晓得了。

[上坡。

包　拯 下坡了。

红粉莲 会扑个五体投地吗?

包　拯 放心。

（唱）　下坡时不妨昂首远处看。

红粉莲 明白了。

[下坡。

包　拯 到城关前了。

红粉莲 歇一歇。

[包拯搀粉莲下驴。

红粉莲（感激地）谢老……（选择称呼）

（唱）　　谢老伯陪我到关前。

包　拯　不用谢。

红粉莲　老伯，姓什么？

包　拯　姓——铁。

红粉莲　家在哪儿？

包　拯　老汉无家无舍，无妻无儿，孤零零一个人，浪迹四方。

红粉莲　（同情地）啊，可怜哟！

包　拯　姑娘，你叫？

红粉莲　红粉莲。

包　拯　（敏感地）红粉莲！

红粉莲　（轻佻地）你看我像不像红红的、粉粉的出水莲花？

包　拯　啊，像，很像。姑娘，看你不是庄户人，做的什么买卖呀？

红粉莲　（反感）你也想骂我不正经，无廉耻？

包　拯　哪里哪里，姑娘呀，老汉这么大年纪，人世间的事，看的多了，哪有人一生下来就不正经的？不过，有的人不幸沉沦，难以自振，便反过来自暴自弃，嬉闹人间。

红粉莲　嚯！你说的我中听，我中听！哎，老伯，你无家可归，到我那儿去好吗？

包　拯　到你那儿去做什么？

红粉莲　给我看管门户，给我讲讲世情开开心。在我那儿，我是不会亏待你的。来，现在就先给你几两银子，买几件好衣裳。（摸腰包，一惊）啊！我的荷包丢了！

包　拯　丢了！哪里丢的？

红粉莲　我想……我想……好像是桥那边。

包　拯　老汉为你寻找去。

[包拯下。

红粉莲　（赞叹地）啊！

（唱）　　这位老伯真厚道，

　　　　　他为我驯驴牵驴觅荷包。

这样的好人实在少，

可惜他身如败絮随风飘。

[红粉莲等待着，初时耐心，等得久了，便焦躁起来。

红粉莲 （唱） 旷野中独自等他来回报，

不觉夕阳下柳梢。

[归鸟鸣叫。

红粉莲 （唱） 归鸟唧嗟朝我叫，

驴儿仿佛也心焦。

（白）粉莲呀粉莲，你真傻！他这么久还不回报，定是找着荷包逃了。嘻嘻！哈哈！世人哪有不贪钱财的！好人，好人！除了我爹，在银钱面前谁都好不了！

（唱） 算了，算了，我回去了！

[红粉莲牵驴欲下。包拯奔上。

包　拯 姑娘，不是桥那边，是桥这边，找到了！

（接唱） 奉还你一个大荷包。

红粉莲 （接过荷包，感动极了）啊，好人，好人，真是大好人！这钱，我送给你了。（奉上荷包）

包　拯 这，老汉不敢领受。

红粉莲 （不悦）嫌钱脏？

包　拯 不是。

红粉莲 嫌钱臭？

包　拯 不是。

红粉莲 那你就收下。

包　拯 姑娘，看你年纪轻轻，家中必有高堂，这钱，你该拿去孝敬爹娘才是。

红粉莲 （触及内心痛处）爹娘……娘，早死了！（呜咽）

包　拯 爹呢？

红粉莲 爹！爹？（发泄地）我没有爹！没有爹！

包　拯 （受到莫名其妙的感染）姑娘，平静些，平静些。

红粉莲 （稍平静，喃喃自语）我有爹，应该有爹，应该有所敬，有所亲。（对包凝视

良久）老伯，铁老伯，我平生所遇，你是最可敬最可亲的人，我，认你为爹，我给你磕头。（欲磕头）

包　拯　不敢当，不敢当。

红粉莲　我这是真心实意的呀！

包　拯　（有所思）姑娘，你恐怕养不起老汉。

红粉莲　老伯不用担忧，钦差大人肯为我花大钱。

包　拯　老汉略知烟花行中内情，鸨婆都贪得无厌，浪客出了大钱，落到你手上能有多少？

红粉莲　这倒也是。

包　拯　嗯，听说钦差大人总是随身带着一件值钱之物。

红粉莲　对，紫金锤！够我们受用一辈子，待我将此物弄到手。

包　拯　能弄到手吗？

红粉莲　放心，为了有个干爹，我不惜拿出浑身招数。

包　拯　姑娘，你如此看重老汉，老汉我可就有求于你。人啊，不但要有所敬有所亲，还要自珍！

红粉莲　自珍？

包　拯　那件贵重之物，只宜智取。

红粉莲　智取？

包　拯　（看看天）啊，晚霞满天，该回家了，路上商量。

红粉莲　哎。（拿起缰绳）老人家，请上毛驴。

包　拯　你上。

红粉莲　（执拗地）上去！

包　拯　（只好遵从）是。（上驴）

红粉莲　坐好。

包　拯　坐好了。

红粉莲　走咧！

（唱）　手拿缰绳把驴牵，

包　拯　（唱）　这样骑驴是安然。

红粉莲 （唱） 一路上走呀一路上想，

包 拯 （唱） 点化这沉沦女与贼周旋。

[一前一后，两人同下。

[幕闭。

第四场 蒙 难

[前场当晚。

[妓院。红粉莲的香房内外。房内帘栊帐幔，映衬着雅致的陈设。显眼处有座大铜镜。窗外，皓月倾洒银辉。

[幕启：鸨婆手托小碗上。

鸨 婆 （放碗于桌上）咳！

（唱） 好端端的红粉莲，

郊游惹得病魔缠。

她不在乎我焦急，

不是疼人是疼钱。

[红粉莲穿淡雅衣裙，故作病态上。

红粉莲 妈妈万福。（作礼）

鸨 婆 免了。

红粉莲 妈妈，那位救人于急病，送我回家的老伯，安顿好了吗？

鸨 婆 （显然不乐）依着你，安顿好了。勾栏之内，收留个穷酸黑老头，多不好！

红粉莲 你不张扬，莫让他出来走动，不就不碍事了。

鸨 婆 唔，只能让他住一晚。儿呀，身体不爽，妈妈心疼，（指桌上）这碗参汤，你且用了。

红粉莲 哎呀，这不叫人折福吗，这，女儿不敢受用。

鸨 婆 你呀，真不懂事！待会儿钦差大人来了，你无精打采，会得罪他的。

红粉莲 这么说来，这参汤孩儿受用了。

鸨　婆　对，喝了参汤，侍候贵客，就有精神。

红粉莲　妈妈的大银柜，才更满实。

鸨　婆　（脸一沉）这还不是为了女儿们的衣食。钦差大人快要到了，老身迎候他去。

红粉莲　妈妈好走。

[鸨婆下。

红粉莲　（恢复常态，唱）

城郊结识铁翁后，
归来思绪似回流。
想其人，但见明月临窗牖，
嚼其言，更觉清风拂心头。
须自珍呵须自珍！岂能长依旧？
此生不可无他求。
荒唐梦，本该有个醒时候，
今宵呵，是从胸臆厌青楼。
我只想智取金锤能得手，
为老伯送参汤再问良谋。

[红粉莲端参汤下。

[内女声："钦差大人到！"

[鸨婆引刘得中上楼后，自下。刘腰间照例系着锤套套着的紫金锤。

刘得中　哈哈！

（唱）　横行直走无所畏，
手中有个紫金锤，
陈州是我小天下，
日治刁民，夜搂花魁。
一闻得脂粉香就有三分醉，
怎不见美人来奉陪。

[红粉莲故作惊慌地窜上。

红粉莲　钦差大人，救救我呀！救救我呀！

刘得中 （懵然）怎么？

红粉莲 有鬼追我！

刘得中 啊！在哪里？

红粉莲 （胡乱指点）在，在这里……在那里……啊呀，在帐幔里面，隐没了。

刘得中 无缘无故，怎么会见鬼呢？

红粉莲 咳，奴家今日郊游，误过乱坟场，见一新坟堆，埋的是含冤枉死的灾民……

刘得中 （不觉心怵）枉死的灾民！

红粉莲 （夸张地）当时，忽然阴风惨惨，坟头上冒出一个鬼来，好不骇人！我策驴飞奔，径直回家，满以为没事了，待到入夜，鬼突然出现在楼上。我害怕极了，拼命去避，可是，我逃到哪里，鬼就追到哪里。（说得刘不寒而栗）我想，平生不做亏心事，不怕夜半鬼敲门。问道："鬼呀，我与你毫不相干，你为何总是追着我？"那鬼说话了。……

刘得中 说……说什么？

红粉莲 （装可怖"鬼"声）追随你寻找仇人！

刘得中 （大惊失色）啊！

红粉莲 哎呀，钦差大人，你怎么也害怕起来了？

刘得中 （颤抖着）堂堂钦差大臣，何怕之有！

红粉莲 （忽又回头惊叫）啊，那鬼从帐幔里面出来了，大人不怕鬼，快把鬼拿下！

刘得中 待本官上前！（战兢兢不敢上前，欲取紫金锤壮胆）

红粉莲 （大声地）哈！

刘得中 （一跳）怎么？

红粉莲 你一晃紫金锤，鬼就退缩了。

刘得中 （随即炫耀）嘿，此乃圣锤，可治臣民，能镇鬼神！

红粉莲 哦，如此，这圣锤何不借奴家一用，把鬼赶回阴曹地府去？

刘得中 好吧，借你一用。（连套解下紫金锤）

红粉莲 谢大人！（接锤套，抽出紫金锤）鬼魂退下，圣锤来也！

[粉莲煞有介事地挥锤"驱赶"着下。

刘得中 （惊魂稍定）咳，扫兴！扫兴！

[杨金吾急上。

杨金吾 钦差表弟！下官有天大要事禀告。

刘得中 什么？什么天大要事？

[粉莲持充实的锤套上，闻声，房外驻脚窃听。

杨金吾 贵妃千岁派人送来密信，说那个黑老头已到陈州私访，要我等设法把他拿获，除掉！请你速回接官厅拿主意。

刘得中 好！

[粉莲进房。刘迫不及待地抓过锤套。

红粉莲 大人也想赶鬼？

刘得中 不。要捉人！

[刘、杨急下。

红粉莲 谢天谢地，省得我再费心思。（走向一角）有请铁老伯。

[包拯持紫金锤上。

包　拯 （念）　　无奈非礼取圣锤，望主容臣缓请罪。

（进房）姑娘，做得好，做得妙！

红粉莲 还不是老伯你出谋定计，又用布裹秤砣换得紫金锤，没让他们看出破绽来。

包　拯 不过，刘得中迟早会发觉的。

红粉莲 我也这么想，所以，请老伯让我拜上干爹，即刻带我逃离陈州，远走他方，另寻生计。

包　拯 （不无尴尬地）粉莲姑娘……

红粉莲 不要叫我粉莲姑娘，要叫我妞妞女儿。

包　拯 （一震）妞妞？！

红粉莲 我本姓张，家名妞妞。

包　拯 这家名谁给起的？

红粉莲 这……不知道。

包　拯 是你的亲爹吧？

红粉莲 我说过，我没有亲爹。

包　拯 你有亲爹，叫张憋古。

红粉莲 （一愣）啊！（低下头来）

包　拯 （和善地）姑娘，你说过，应该有所敬有所亲，却为何不认亲爹呢？

红粉莲 （痛心地）铁老伯你有所不知呀，为给亲爹治病，我卖身花街；念在亲爹孤苦，我苟且偷生，为着亲爹摆脱穷愁，我卖笑招财。可是到头来，妞妞一片孝心却换来爹爹的严词痛骂，无情驱逐！

包　拯 你爹性耿直，你要谅解他呀。

红粉莲 我谅解亲爹，可亲爹是永远不会谅解我的。

包　拯 姑娘，你爹还是谅解你的，疼爱你的。

红粉莲 你怎么知道？

包　拯 今天在官仓前，老汉亲眼看见，你爹因鸣不平，活活被人打死！

红粉莲 （震惊）啊，我爹被人打死！

包　拯 咽气前，他万分凄楚，连声呼唤，妞妞女儿，女儿妞妞，我的妞——妞！

红粉莲 （顿时失声悲号）爹——！

（唱）　噩耗传来撕肝胆，
失声悲哭泪如泉。
爹爹临终数声唤，
犹如霹雳震心田。
爹疼儿疼到最后一口气，
我对爹却昧良心大发怨言。
爹虽穷硬骨铮铮人称赞，
我却是钱树子玷污严父辱没祖先。
妞妞自恨不孝女，
请老伯代我爹对我痛责三百鞭。

（就地拿起扫帚，高举过头，跪下）

包　拯 （扶起她）皆因世道不平，不要过于自责。妞妞姑娘呀！

（唱）　你爹临终数声唤，
余音尚在耳边旋。
余音不散寄夙愿，

望女儿心逐魂灵返故园。

你应当为娘故墓除野草，

为爹新坟化纸钱。

红粉莲 （含着泪）是。

包　拯 （唱）　余音不散因枉死，

身后无人报仇冤。

还期张翁亲生女，

莫与仇人共戴天！

红粉莲 （激起仇恨，一擦眼泪）此仇不报，枉活人间！铁老伯，告诉我，是谁打死了我的亲爹？

包　拯 放粮钦差，刘得中——刘衙内！

红粉莲 （一愣）是他！

包　拯 是他，借奉旨开官仓粜米之机，残酷盘剥百姓，是他，用这柄紫金锤，打死了你的亲爹！

红粉莲 （愤怒极了）刘得中呀刘得中，原来是我的仇人！（情绪一转）可我……我！（悔恨万分，猛然抓起紫金锤欲击自己）

包　拯 （急阻）你！

[粉莲一迟疑，刹那间，瞥见铜镜里映着自己的形象，一锤击去，铜镜粉碎。

红粉莲 （稍平静）铁老伯，我不想去了，在这里专等刘得中索物而来，我也要用这柄紫金锤，打碎他的天灵盖！

包　拯 不成，这样会吃亏的。

红粉莲 那，怎么办？

包　拯 有人为你做主。

红粉莲 谁？

包　拯 包拯。

红粉莲 他在京城。

包　拯 不，在你面前。

红粉莲 啊！

[粉莲惊呆了，一时手足无措。包拯宽和地迈向她，她却步步后退。

红粉莲 （突然上前跪下）包大人！包青天！

包　拯 （扶起她）起来。

红粉莲 小女子有眼不识泰山，多有冒犯，罪该万死！

包　拯 老夫并非青天，且已辞官，如今与你一样，是活在黄土上面的平民百姓，休言冒犯。老夫此来私访，你帮了大忙，我还要感谢你呢。

红粉莲 （忽然想起）私访……包大人，适才小女子听到杨金吾和刘得中密谈，说他们接到什么贵妃密信，要把在陈州私访的黑老头，拿获，除掉。

包　拯 哦！（思虑片刻）有纸笔吗？

红粉莲 有。（在案上摆开文房四宝）

[传来一阵喧哗。

包　拯 外面何事喧哗？

红粉莲 我去看看。

[红粉莲急下。

[包拯急速修书，写奏折。

[少顷，红粉莲急上。

红粉莲 包大人，不好了！许多差役四出捉拿黑肤老人。

包　拯 哼！那些花花太岁，都不认得包某，就把凡黑肤的老人捉拿起来，真是愚蠢残暴！

红粉莲 包大人，还有更不妙的，王妈妈说我收留了个黑老头，逼我去报，我不去，她自己去了。

包　拯 老虔婆！

红粉莲 他们很快就要来捉人，怎么办？

包　拯 不要急。你带上紫金锤和这封信（递锤、信）速速逃离妓院。信中有老夫奏折，不得有失。

红粉莲 可我不知逃往何处？

包　拯 城北昌平客店，找一个叫张千的后生。

红粉莲 叫张千的后生。

包　拯　他把你安顿后，会连夜急驰京城，去找在朝的策应之人。明白了吗？

红粉莲　明白了。包大人你呢？

包　拯　他们到处捉拿黑肤老人，老夫要在此等候他们。

红粉莲　使不得，使不得！

包　拯　众多老人因我受害，老夫历险救人，义不容辞。

红粉莲　他们是要杀害大人的。

包　拯　不必担心，老夫自有主意。你记住，传话张千，将此情告知范大人。范大人乃朝中重臣，定能奏准万岁，平定陈州风波。

红粉莲　（强记）唔，唔。

包　拯　趁老虔婆还未回院，赶快出走。

红粉莲　（难舍）这……

包　拯　（严肃地）不要耽误时辰！

红粉莲　（难过地）包爷，保重。（欲下）

［传来急促的脚步声。

包　拯　前门你出不去了，有后门吗？

红粉莲　有，那里尽是破烂。

包　拯　好，那你就从肮脏的地方出去。

红粉莲　是。

［粉莲从后门下，包拯出房。

［鸨婆引二差役冲上。

鸨　婆　（指包拯）就是他。

二差役　（锁包拯）走！

［包拯被押着从容地下。

［幕闭。

第五场　诡　诏

[前场翌日。

[皇宫。金碧辉煌，豪华富丽。

[四宫娥引刘妃上。

刘　妃　（唱）　云似衣裳花似颜，
　　　　　　　　六宫谁敢共争妍。
　　　　　　　　今朝得宠及时贵，
　　　　　　　　哪有承恩不擅权。

[内声："万岁驾到！"

刘　妃　宫门候驾。

[刘妃率宫娥宫门迎候。

[四太监引宋帝上。

宋　帝　（唱）　早朝虽罢兴犹浓，
　　　　　　　　满面春风返后宫。

刘　妃　（唱）　臣妾宫门来候驾。（长跪）

宋　帝　爱妃平身。

刘　妃　万岁，万万岁！（起）

宋　帝　哈哈哈！
（唱）　美哉！玉凤伴金龙。

[宋帝与刘妃同进宫，宫娥随进，太监下。宫娥侍候宋帝就座，刘妃一旁就座。

刘　妃　万岁早朝回宫，龙颜欢悦，臣妾想来，定有邦家喜事。

宋　帝　今日早朝，国丈奏道，国舅奉旨陈州粜米，百姓感激，安居乐业，以报皇恩，因此寡人笑在眉头喜在心哪！

刘　妃　万岁，举国州郡，唯陈州多灾多事，如今陈州隐患已除，从此天下太平，理该庆贺。

宋　帝　正该庆贺。

[忽然传来登闻鼓响，一太监上。

太　监　启奏万岁，登闻鼓响。

宋　帝　早朝刚罢，怎么就有人击鼓，去看是谁。

太　监　遵旨。（下）

[宫娥献酒。

刘　妃　（举杯）万岁，请！

宋　帝　（举杯）爱妃，请！

[帝、妃同饮。

刘　妃　歌舞上来。

宋　帝　好、好！

[众宫娥列队。

刘　妃　（领众宫娥参拜）万岁，万万岁！

[起乐，起舞。

刘　妃　（唱）　奇香弥漫，
瑞霭氤氲。
霓裳动，翩翩舞，
歌一曲，颂明君。
明君有慧眼，
慧眼识贤臣。
小国舅，果不辱君命，
陈州黎庶感皇恩。
万岁圣明！
万岁圣明！

[又传来登闻鼓声，太监复上。

太　监　启奏万岁，是范学士击鼓，说是有特急大事面奏万岁。

刘　妃　如今天下太平，还有什么特急大事。

宋　帝　传朕旨意，有事明日早朝启奏。

太　监　遵旨。（下）

[歌舞继续。

刘　妃　（唱）　五音扬抑，

七彩缤纷。

霓裳动，翩翩舞，

歌一曲，颂明君。

明君施王道，

王道定乾坤。

遍神州，风调雨亦顺，

太平盛世日暾暾。

万岁圣明！

万岁圣明！

宋　帝　哈哈，妙哉！妙哉！

[太监急上。

太　监　启奏万岁，范学士闯宫来了！

宋　帝　（一怔）啊！莫非真有大事？（对刘妃）回避。

[刘妃与众宫娥下。

[范仲淹急上，进宫。

范仲淹　参见万岁。微臣范仲淹闯宫，万岁恕罪。（跪）

宋　帝　平身。

范仲淹　万岁，万万岁！（起）

宋　帝　（显然不乐地）范爱卿，有何大事？

范仲淹　（知其不悦，灵机一动）啊万岁，早朝之后，遇陈州来人，言及陈州之事，微臣大有感触，偶作一文，欲献与万岁。

宋　帝　（一笑）呵呵，好个范学士！朕以为有什么大事，原来有文进献。赐座。

范仲淹　谢座。（坐下）

宋　帝　寡人早朝返宫，庆贺陈州事平，余兴未消。爱卿文章誉满天下，正需你来助兴。请！

范仲淹 臣就口占了。（诵文）泱泱乎吾朝大国，五湖九州，亿万臣民……

宋　帝 好！

范仲淹 朝鼓不传边，皇威能及远……

宋　帝 对，对！

范仲淹 故，郡县望金阙，卫阙赖京邻……

宋　帝 不错，不错！

范仲淹 陈州者，汴梁之南，相去非远，诚京之邻也！

宋　帝 可以说唇齿相依。

范仲淹 奈何亢旱三年，六料不收，黎民苦楚，几至相食……

宋　帝 朕早闻之。

范仲淹 万岁闻之，圣心恻隐，浩荡皇恩，欲赈灾民……

宋　帝 （大悦）哈哈哈！民以食为天，国以民为本嘛。

范仲淹 然而，放粮钦差，有辱君命，贪赃枉法，鱼肉郡民，百姓怨声载道，难收难已，此京之邻，将乱矣！

宋　帝 （陡然转怒）范爱卿，你这是什么文章！

范仲淹 文章虽拙，其言万确千真。

宋　帝 早朝之时，刘卿所奏，难道是假？

范仲淹 一派谎言，有渎圣聪。

宋　帝 何以见得？

范仲淹 包大人下陈州查访所获，足以戳穿谎言。

宋　帝 （不悦）包拯既已辞官，为何又下陈州私访？

范仲淹 包大人虽已辞官，而忠心不泯，此举全为着万岁清耳目，正视听。其奏折，请万岁圣阅。（呈奏折）

宋　帝 （阅奏折，脸色渐沉）范爱卿！

范仲淹 臣在。

宋　帝 包卿为何不来面奏呢？

范仲淹 包大人在陈州被钦差捉拿去了。

宋　帝 竟有此事？

范仲淹 陈州来人言道，刘得中意在杀害包大人。

宋　帝 包卿乃当代名臣，谁敢加害！难道刘得中胆大包天！

范仲淹 万岁呀？

（唱）　臣闻道宫中有人传密信，

必欲戕害包大人。

宋　帝 （唱）　宫中谁敢干朝政？

范仲淹 （唱）　微臣我不便说万岁自明。

宋　帝 （唱）　待朕宫中详究问。

范仲淹 万岁呀！

（唱）　急切中请万岁降旨保贤臣！

宋　帝 范爱卿不要着急，你且回去。

范仲淹 （急切地）万岁！

宋　帝 （愠怒）朕自有主意。

范仲淹 万岁！

宋　帝 下去！

范仲淹 （无奈地）臣告退。（出宫）咳！

（唱）　叹朝纲又纷乱君王混沌！

[范仲淹愤慨地下。

宋　帝 （接唱）　事情逆转乱朕心。

想当初错信皇亲弃包拯，

如今苦果却难吞。

范学士其人其言诚可信，

干朝政不是刘妃还有谁人。

陈州大事须急办，

当面应承损皇尊。

又思量臣民离心后患无穷尽……

[刘妃悄悄上。

刘　妃 万岁！

（接唱） 龙颜不悦臣妾痛心。

欺君者当问罪何须气愤……

宋　帝　（看刘妃一眼）唔！

（旁唱） 一横心先治君侧后把事平。

刘　妃　万岁，那范仲淹危言耸听……

宋　帝　住口！

刘　妃　（一怔）啊！（寻思对策）

宋　帝　你可知罪？

刘　妃　（驯服地跪下）万岁有为难之事，尽管归咎臣妾。

宋　帝　父女同谋，保奏蠢才，坏了陈州大事！

刘　妃　臣妾知罪。

宋　帝　父女唱和，谎报下情，欺君罔上！

刘　妃　臣妾知罪。

宋　帝　尤为甚者，暗传密信，必欲戕害包卿！

刘　妃　臣妾……无罪。

宋　帝　（厉声）放肆！大胆！来人哪！

[四太监上。

宋　帝　将她打下冷宫！

四太监　遵旨。（对刘妃）娘娘，请！

刘　妃　（未动）万岁，可否容臣妾一奏。

宋　帝　（稍迟疑，屏退太监）讲。

刘　妃　臣妾，体君心而作，知君意而行。

宋　帝　（一怔）怎讲？

刘　妃　万岁呀！

（唱） 包拯威名扬天下，

心中何尝有皇家。

曾记否鲁斋郎市曹斩杀，

先王的铁券丹书奈何不了他。

曾记否国太面前铡驸马，
使皇姑成孀妇长戴白花。
曾记否潘杨讼传为笑话，
万岁爷也被逐闹煞京华。
宫中每每提旧事，
龙颜变色恨南衙。
那一日包拯辞官言词辛辣，
万岁你差点儿咬碎玉牙。
君不为妾为之巧将骄臣杀，
冒万死护至尊报效皇家！

宋　帝　（隐痛被触，沉吟良久，令刘妃起来）无论如何，包卿不能杀，至少在朕在位之时不能杀。

刘　妃　万岁仁慈宽厚，可是……

宋　帝　可是什么？

刘　妃　国舅圣锤在握，无所顾忌，此时此刻，包拯料已身首异处了。

宋　帝　（震惊）啊！（继而暴怒）你！你！你叫朕难堪，叫朕挨唾！当代名臣死在当今王妃手下，你，你叫寡人何以服天下！

刘　妃　万岁息怒！（把气得发抖的宋帝，扶至案前坐下）万岁，不是决意将臣妾打入冷宫了吗？依臣妾之见，立写一纸诏书，对陈州私访有功之臣包拯，加冠晋爵。

宋　帝　此举还有何用？

刘　妃　收人心，服天下！

宋　帝　啊……

刘　妃　（展纸，磨墨，呈笔）万岁，御笔。

［宋帝接笔，手抖。

刘　妃　万岁，写吧。

宋　帝　（举笔无词）写……写……（勉为写之）奉天承运皇帝诏曰……诏曰……

刘　妃　包拯陈州察访，又建功勋……敕令官复开封府尹，加封……治国公。嗯，嗯，赐尚方剑，以扬圣威……

宋　帝　还有什么？

刘　妃　钦此。

[宋帝写毕，颓然伏案，御笔掉地。

[三通登闻鼓猛响。太监上。

太　监　启奏万岁，范学士又击动朝鼓！

刘　妃　万岁！

宋　帝　（看看诏书，忽然振作起来，举起诏书）摆驾金銮殿！

刘　妃　摆驾金銮殿！

太　监　摆驾金銮殿！

[仪仗列队过场。

[幕闭。

第六场　惊　讯

[前场同一天。

[陈州。昌平客店中一个僻静的小阁楼上，一缕阳光从窗口投进来。

[幕启：张妞妞（红粉莲）换了朴素衣裙，临窗眺望。

张妞妞　（唱）　包青天救妞妞出了污淖，

张大哥礼待我意笃情饶。

在这儿晨光真好人更好，

不觉间方寸内泛起微潮。

若得此忠厚男儿从良有靠，

（掏出小铜镜，习惯地整饰容颜，忽然下意识地以袖遮镜）

一想到残花败柳奢望自消。

今只盼张大哥此去京都能奏效，

救恩公杀狗官报仇雪恨在今朝。

[张千身披斗篷，急上。

张妞妞 啊，张大哥回来了！（上前欲为之脱斗篷，忽又住手）张大哥，此去京都……

张　千 此去京都，见了范大人，按包爷之嘱禀明实情，范大人气愤填膺，立即击鼓，闯宫。

张妞妞 告知万岁了？

张　千 告知了。范大人从宫中出来，满腔怒气，说道：急惊风偏遇慢郎中，万岁无动于衷！

张妞妞 （一惊）啊？怎么办？

张　千 范大人决意再次击鼓闯宫。我心中记挂包爷安危，就辞别范大人，赶回陈州来。

张妞妞 （端过凳子）张大哥辛苦了，歇歇。

张　千 不，我要马上出去，衙前衙后，探听动静。

张妞妞 我也去！

张　千 你不能露面，包大人信中嘱咐我，对你要多加……关照。（稍顿）多保重！

[张千急下。

张妞妞 多加关照……

（唱）　闻此言妞妞心上热烘烘，

包青天如明镜照我初衷。

祷上苍：保佑恩公身无恙；

范大人快来到踏碎樊笼。

[张千复急上。

张　千 妞妹子，不好了！

张妞妞 怎么？

张　千 府衙后门拖出两具黑肤老人的尸体。

张妞妞 （震惊）不是包爷吧？

张　千 都不是。看来他们要对包爷下毒手了！

张妞妞 啊！（不禁哭了）包爷！包青天！

张　千　妞妹子，别哭……（禁不住自己也哭了）

张妞妞　张大哥！

张　千　妞妹子！

张妞妞　（唱）　闻恶魔将要下毒手，

张　千　（唱）　包大人近火临汤叫我悲愁。

张妞妞　（唱）　俺一个卑下人怎去解救？

张　千　（唱）　咱一个小差役没了良谋。

张妞妞　（唱）　眼巴巴包恩公坐待分身首，

张　千　（唱）　止不住止不住热泪横流。

张妞妞　（哭科）哪啊……我的我的恩公呀……

张　千　（哭科）哪啊……我的我的包爷呀……

［二重哭科，突然而止，静场有顷。

张妞妞　张大哥，妞妞重作红粉莲，赚进衙去，以紫金锤换出包大人。

张　千　不成。为了紫金锤，他们正在到处缉拿你，你这是自投罗网，白送死！

张妞妞　为救恩公，死不足惜。（感情冲动地）这世上，妾无所恋，唯有你……唯有你……（步步向前）千哥！

张　千　（步步后退，感其真诚，突然趋前）妞妹！

［二人相携片刻。

张妞妞　千哥恩情，来生当报！（提锤向外冲去）

张　千　（打雷似的）回来！

［张妞妞收步，僵立，紫金锤掉地。

［幕闭。

第七场　浩　叹

［紧接前场。

［陈州府大堂。

［幕启：刘得中异常焦躁，来回踏步。

［鸨婆气急败坏地上。

鸨　婆　启，启禀大人，老身踏破三双绣鞋，还是不见粉莲踪影。

刘得中　（怒不可遏）你这老贱货！（狠给一掌）

［鸨婆号叫着顺势滚下。

［一卫士急上。

卫　士　启禀大人，搜遍全城，不见红粉莲！

刘得中　酒囊饭袋！多带些人，四乡去搜！

卫　士　遵命。（下）

［杨金吾急上。

杨金吾　钦差表弟！

刘得中　包拯查出没有？

杨金吾　咳，那些黑老头真刁！没有一个承认是包拯，可后来又都说是包拯！

刘得中　这么说来，其中定有包拯。

杨金吾　对！

刘得中　（疯狂地）把捉来的黑老头统统处死，既除了包拯，又灭了口！

杨金吾　干脆！

［又一卫士上。

卫　士　启禀大人，有个黑老头，自称是包拯要见钦差大人。

刘得中　把他带上来。

卫　士　是。（下）

刘得中　哼哼！

杨金吾　哈哈！

包　拯　（内唱）锁身镣铐叮当响。

［包拯由卫士押上。

包　拯　（接唱）为救无辜上大堂。

［包拯进了大堂，傲然而立。

刘得中　你是包拯？

包　拯　老夫就是包拯。

刘得中　（打量）哼哼，你这副尊容，到底明本官看清了。

包　拯　（讽刺地）哈哈，衙内平素无缘看到老夫容颜，是因为你靠簪缨裙带得势，结交的是蝇营狗苟之徒，出入的是风花雪月之地。

刘得中　还尖牙利齿！知道本官为什么捉你吗？

包　拯　送老夫到先贤那里去。

刘得中　知道就好。

包　拯　那么，你就升起堂来，举起紫金锤来吧。

刘得中　（尴尬）这……（随即横蛮地）不必多此一举。

包　拯　喂喂，没有紫金锤来配老夫头颅，回朝觐见万岁，我看你等怕是担待不起。

刘得中　当今之万岁，乃刘家之万岁，有什么担待不起！

包　拯　哈哈，真不知天高地厚！普天下都知道大宋朝中有个包某人，一生为民请命；而万岁又最为看重民心。你等不明不白杀了老夫，使得天下难以归心，龙颜一怒，降下罪来，哼哼！

刘得中　（顿时心虚，与杨耳语片刻）谁说不明不白！

杨金吾　你是有罪的。（写罪状）

包　拯　对，对，罗织几条罪名，万岁面前，方好说话。这比紫金锤还顶用。

杨金吾　（示罪状）这是你的罪状，画押！

包　拯　画押？包某自知必死，我生也忠君，死也忠君，为着万岁免除臣民离心之虑，情愿画押，不过，你等必须依我一件。

刘得中　哪一件？

包　拯　把捉来的无辜老人统统放了。

［刘、杨相顾示意。

刘得中　好，先画押，后放人。

包　拯　不，先放人，后画押。

［僵持有顷。

包　拯　老夫知道，你等要杀人灭口。二位可曾想过，任意杀人，逼反了百姓，会把你等剁成肉酱的！

[刘、杨倒抽一口冷气。

包　拯　既然老夫愿意画押，你等如意，百姓安分，万岁无忧，你又何必多此一举呢。

刘得中　（稍思虑，对卫士）把黑老夫全放了！

卫　士　遵命。（下）

[少顷，大堂外传来众老人呼声："包大人！""包青天！"

包　拯　（向外长跪）众位父老，请起！

[大堂外呼声不断。

包　拯　众位父老，请起！

杨金吾　（持罪状，威逼地）画押！

包　拯　且慢！这么些罪状，怎能取悦君王、晓谕天下呢？来，我说，你写。

刘得中　讲！（令杨笔录）

包　拯　听着！

（唱）　包龙图开封府为官日久，

与那帮权豪势要誓不同俦。

不管谁个犯王法，

是王子，是龙孙，是宠臣，是新贵，该斩便斩，当囚则囚。

忠良将我作好友，

奸佞看俺是仇雠。

刘得中　（又羞又恼）住口！

包　拯　（接唱）　痛斥城孤不住口，

哪怕丢了项上头！

刘得中　（咆哮地）好！一不做二不休，今天就送你上西天！绞刑伺候！

[二卫士"喳"地应声，拉一条长绫冲上。包拯面无惧色。

刘得中　（举堂木对杨）三声惊堂，立即上刑。

杨金吾　是。（对包拯）走！

包　拯　（冷笑）哈哈！哈！（从容迈下）

[二卫士、杨金吾跟下。

[又一卫士上。

卫　士　报。门外一位汉子，绑了一个叫红粉莲的妓女，要见大人。

刘得中　哦，叫他进来。

卫　士　是。（下）

［张千带着“绑”了双手的红粉莲上。

张　千　启禀钦差大人，听说大人要捉拿红粉莲，此人被小的撞见，便将她捉来归案。

刘得中　好，好！

［刘得中走向张妞妞，张千闪身其后。

刘得中　（咬牙切齿地）红粉莲，你这贱货！紫金锤在哪里？

张　千　（从袖中抽出紫金锤）在这里。（语出锤落）

刘得中　啊！（顿时昏倒在地）

［张妞妞立即松开带来的绳索，将刘绑住，拖至一旁。

［二汉子持刀棒闯上。

张　千　你们？

汉　子　包老爷救了俺家老人，俺等来救恩公。

张　千　好。（给以指点）

［杨金吾边呼喊边上。

杨金吾　表弟，表弟！（见状惊叫）啊，来人呀！

［张千敏捷地将杨击倒。二卫士冲上，被二汉子架住。张千、妞妞迅速将杨绑住。二汉子引二卫士向大堂外打斗着下。张千、妞妞随即向行刑处奔去。

［内声：“范大人到！”

［四随从各捧尚方剑、大印、冠冕、带袍，引范仲淹上。

范仲淹　（见堂上纱帽委地、两人被绑，甚为惊奇）啊！这是怎么回事？

［张千、妞妞扶包拯上，张千掳着长绫。

范仲淹　包大人！

包　拯　范大人！

范仲淹　你受苦了！

包　拯　你辛苦了！

［两位贤臣像久别重逢，相携良久。

范仲淹 包大人，范某快马送来万岁诏书，（呈诏书）请观。

包　拯 （展观诏书，冷笑）哼哼，马后炮！

[扔诏书于案上。

范仲淹 怎么？

包　拯 （拉开长绫）你看！

范仲淹 （悔恨地）咳！大人蒙难，范某心急火燎，费尽周折，请旨营救，奈何万岁迟迟不决，许久，才慢腾腾摆驾登殿，齐整整站好百官，皇皇然当众下诏。

包　拯 （大彻大悟地）明白了，明白了！我的老朋友啊！

（唱）　想老夫几十年活似看家狗，
竭诚防盗又防偷。
今就是不司阍仍思职守，
愤然追贼下陈州。
怎奈何主人总是偏宠衣冠兽，
惯得他千自在百自由。
任贼人烹狗肉佐餐下酒，
还要将老狗皮装点冕旒。

范仲淹 （感慨地）这些事，实教人寒心！

包　拯 而有些事，却令人心暖。范大人！

（唱）　老夫我大难不死再延寿，
全亏了小差役卑下女流。（指妞妞）

[一角，刘、杨呻吟，众趋看。

包　拯 拖下去！

[张千、妞妞将二犯拖下。

包　拯 嚯，到底是包某手下听差，心有法典，没把他们打死。

范仲淹 留与包青天审问嘛。

包　拯 （诙谐地）要不，老夫就有负圣恩了。

范仲淹 包大人，请更衣。

[众随从拥包拯进后堂。

[妞妞复上。

范仲淹 姑娘，你就是张妞妞？

张妞妞 正是。范大人！（作礼）

范仲淹 （称赞地）妞妞姑娘！

（唱） 感谢你营救下老夫挚友，

这桩事我定当长记心头。

张妞妞 范大人！

（唱） 小女子下贱出身人皆咒，

玷污了包爷英名自愧不休。

我晓得尊卑分泾渭，

大人啊，请将贱名一笔勾。

范仲淹 （唱） 尊卑同样有美丑，

清浊才是不同流。

这桩事相提包公与妞妞，

我看来不辱史笔堪上春秋。

张妞妞 谢大人看重。

[张千上。

张　千 包老爷传令，升堂！

[四随从充当刀斧手上。

[包拯并未更衣，手托衣冠，微服升堂。范仲淹为之诧异，一想，遂悟其意，一旁就座。

包　拯 （诗） 算尽机关亦枉然，

权奸莫叹奈何天。

先贤不请老包去，

范仲淹 （接）因有汝曹在世间。

包　拯 带刘、杨二犯。

[张千押上刘、杨。

包　拯 刘得中、杨金吾，抬起头来。

刘得中
杨金吾 （抬头）啊？包拯！呔！包黑子，胆敢占据大堂！

包　拯 （亮尚方剑）你看。

刘得中
杨金吾 啊！（顿时惊若筛糠）

包　拯 刘得中、杨金吾，可曾记得粜米的百姓之中，曾有个聋哑老汉？

刘得中
杨金吾 （小声交口）就是他，你我完了！

包　拯 （幽默地）老夫倒要感谢二位，你们为非作歹，毫不遮盖，比起你们背后那些耍阴谋、弄权术之人，好对付多了。

刘得中
杨金吾 包老爷开恩，开恩！

包　拯 要不要开恩，问罪后再说。你等开官仓粜米，擅自倍增米价，肆意榨取民脂民膏，可是实情？

刘得中
杨金吾 实情，实情。

包　拯 刘得中，你用紫金锤活活打死灾民张憋古，可是实情？

刘得中 实情，实情。

包　拯 你等自来陈州，草菅人命，打死了多少无辜百姓？

刘得中 呃……三两个。

包　拯 唔？

杨金吾 四五个吧？

包　拯 究竟多少？

刘得中 五、五个。

范仲淹 刘得中，我来问你，你等凭什么狗胆包天，必欲杀害包大人？

刘得中 我……

范仲淹 讲！

刘得中 我是奉……

包　拯　讲！

刘得中　奉了娘娘密信。

包　拯　（扔下供状）画押！

［张千令刘、杨画了押。

包　拯　刘、杨二犯，本官本欲开恩，奈何你等（威严地）骄横残暴，穷凶极恶，亵渎圣锤，荒淫无耻，不杀不足以正法典，不杀不足以平公愤！

［刘、杨二犯顿时软瘫下去。

包　拯　张妞妞！

张妞妞　在。

包　拯　（递给紫金锤）为你爹报仇！

张妞妞　遵命。

包　拯　张千！

张　千　在。

包　拯　（递给尚方剑）处死二犯。

张　千　遵命。

［张千、妞妞和四随从充当的刀斧手推二犯下。

［内声："圣旨到！"包、范立候。

［太监捧圣旨上。

太　监　刘得中、杨金吾接旨。（一看，吃惊）

范仲淹　请问公公，传的是何旨意？

太　监　召刘、杨回朝述职。

包　拯　左右，将刘、杨二人的纱帽取了上来。

［一随从取来叠在一起的两顶纱帽。

［众上。张千呈尚方剑。

包　拯　（用尚方剑将纱帽挑给太监）公公，请你回复万岁、娘娘。

太　监　（惊骇地抱着圣旨、纱帽）告辞！

［太监下。

张妞妞　（有感而发）二位大人，小女子无知，有个疑难，不知当问不当问。

包　拯
范仲淹　请讲。

张妞妞　人皆跪拜的至尊至圣，其良知为何不及卑下之人？

范仲淹　（哑然良久）嗬，这文章不好做哇！

包　拯　不是不好做，是不能做。（捧起衣冠等物）范大人，有劳你将此物，奉还万岁。

范仲淹　（接过衣冠等物）唉，包龙图素为天下人景仰，竟然如此晦气！

包　拯　范学士向为万岁器重，今又如何？

范仲淹　（摇头）咳！

包　拯　因此，老夫欲将你《岳阳楼记》中的两句名言，做个狗尾续貂。

范仲淹　先天下之忧而忧——

包　拯　无限忧！

范仲淹　后天下之乐而乐——

包　拯　何时乐？

范仲淹　啊？

包　拯　啊！

范仲淹
包　拯　（同苦笑）哈！哈哈！哈哈哈……

［幕闭。

［剧终。

热嫁冷婚

编剧：丘丹青

人　物　表

方叫春　青衣跨花旦

章木生　小生

太宜人　乌衣

阿　钝　小丑

阿　痴　花旦

老家院　什

知　府　官袍丑

伴娘、提彩灯的、吹唢呐的、抬花轿的、送亲的人员随意增减

（注：古代妇女封诰分七品，五品叫宜人，夫已逝者，称呼加“太”）

第一场　热　嫁

[古代，春暖花开之日。

[送亲路上——流动的空间。

[欢乐的吹奏乐由远而近。

[两个提彩灯的，两个吹唢呐的，两个抬花轿的，一个伴娘，四个送妆奁的，欢跃地鱼贯而上。

[花轿里的新娘，罩着红盖头，随着轿夫的步伐，有节奏地颠摇晃动。送亲队

伍的热烈气氛，烘托着新娘的喜悦心态。

众 （合唱） 一路喜鹊叫喳喳，
满途芳草发春华。
大花轿忽闪忽闪忽忽闪，
大唢呐啼啼哒哒啼啼哒。

前轿夫 （唱） 只有新娘不欢跃，
顶着盖头像傻瓜！

[新娘蓦地掀掉红盖头，露出真面目，虽不迷人，但有独特风采。她就是方叫春。

后轿夫 （唱） 新娘新娘闷什么？
是不是还在想爸妈？

方叫春 （唱） 想过爸，想过妈，
泪珠儿湿过香罗帕。
如今无牵挂，
一心想婆家！

[一阵笑声，众人活跃。少顷，稍平静。方叫春进入幸福的憧憬。

方叫春 （唱） 方叫春坐花轿虽然潇洒，
胸臆间却似那流水哗哗。
不是说做新娘无所害怕，
一想起媒婆的话心自发芽。
媒婆说呀："章府庭院甚清雅，
远近闻名积善家；
婆母慈祥又通达，
夫婿忠厚有才华。"
深信此言不虚假，
心芽儿生根长苗绽新花。
今只愿送亲的三步并作两步跨，
赶上时辰到其家。

众 （合唱） 啼啼啼，哒哒哒，
嘻嘻嘻，哈哈哈，
三步并作两步跨，
快送新娘到婆家。

[送亲一行舞下。

[灯暗，吹奏乐不断。

第二场 冷 婚

[从上场延续下来的吹奏乐戛然而止。

[当晚。洞房。一道屏风隔成里间外间，外间平设两张床。新郎木然坐左床，借阅书强抑心绪。新娘坐右床，漫弄罗巾，茫无所措。红烛高烧，不闪不晃，万籁俱寂，静得出奇。忽然，不知是房里还是房外，传来雌雄猫儿嬉戏的叫声，新娘新郎稍有所动。猫声停，复平静，良久，良久。

[幕后唱：红烛高烧，
洞房静悄悄。
新娘子，莫名其妙；
新郎君，强忍煎熬。
猫儿嬉戏声声叫，
似有意，来讽嘲。
此情此境，
怎度春宵？

[二更鼓响。

[章木生缺乏男子气，木讷，古板，这时似乎失去能耐。

章木生 （唱） 二更鼓响破寂寥，
今宵难说短与遥。
展卷佯装勤读貌，

暗从蛀洞把人瞧。
新娘端坐微微笑，
几分庄重几分娇。
欲涉爱河探微妙，
但不知女儿家似犊似羔？
唯恐木讷被讥笑，
未曾开言脸先烧；（欲近前，又止步）
又惧严母施家教，
祖宗训诫若天条。
不守成规属不孝，
唉——
洞房于我似监牢。

[迟钝的阿钝端点心上。

阿　钝　少爷，请用点心。（递上点心，下）

[木生欲将点心送与新娘，但又觉不妥，自用后，复原状。

[三更鼓响。方叫春按捺不住，起看新郎。

方叫春　（唱）　谯楼更鼓又三敲，
起看新郎似木雕。
人说新婚多美妙，
可如今我是炭火对冰雹。
这书生无动于衷真可恼，
且上前扇热风点起火苗。
（欲上前，转念）不可，不可！
想娘亲再三叮嘱苦心教导：
过门后循规蹈矩莫撒娇，
夫不笑时妻莫笑，
鸾归巢后凤还巢。
又思虑君子成亲料如此。

欢情不露显清高。

我若造次招耻笑，

声名一败世不饶。

（忽闻鼾声，一看）啊！

他他他鼾声如雷深睡觉——

（气愤地）此人莫非是……（欲上前推搡新郎）

[阿痴端点心上。

阿　痴　少夫人，点心！

方叫春　嗯。

阿　痴　点心！

方叫春　啊。

阿　痴　点心。

方叫春　（不耐烦）放着。

阿　痴　少夫人快吃。待会儿凉了。

方叫春　我会吃的，歇息去吧。

阿　痴　是。（放好点心）

[阿痴出房，带上门。下。

方叫春　闷气都吃饱了，还吃什么点心！（把点心泼了）唉！

（接唱）我自怏怏过春宵。（卧床）

[房外，阿钝满脸晦气上。房内，叫春闻门外有声，便装睡。

阿　钝　唉！

（唱）　当奴作仆任差使，

太宜人指向东我不敢走西。

说我愚蠢就愚蠢，

说我老实也老实。

夜来窥人房中事，

呔啾！大吉利市，眼睛会生翳！

[阿钝正要探新房，阿痴上。

阿　痴　（冷丁一声）嗯哼！

阿　钝　（吓了一跳）啊，原来是阿痴，吓我一跳。

阿　痴　阿钝，你没事了。

阿　钝　怎么？

阿　痴　少爷睡着了。

阿　钝　你怎么知道少爷睡着了？

阿　痴　我看见太宜人在少爷点心里放了催眠药。

阿　钝　啊？（从门缝探看木生）难怪太宜人说，只要看住少夫人就行了。

阿　痴　少夫人那厢也没事了。

阿　钝　（探察）她也睡着了。

阿　痴　是我仿效太宜人的法子，在少夫人的点心里……（示放药）

阿　钝　那我就省心了。说你痴，不痴。

阿　痴　道你钝，真钝。

阿　钝　（傻笑）嘿嘿嘿！

阿　痴　嘿嘿嘿，你该怎样感谢我呢？

阿　钝　怎样感谢你？怎样感谢你？嗯，这样，我让你亲一下。

阿　痴　我才不呢。

阿　钝　要不，你让我亲一下。（欲亲）

阿　痴　唔。（避开）

阿　钝　（追上，抓住阿痴）来嘛。

阿　痴　唔，看看有人没有。（推开阿钝）

阿　钝　（前后左右张望一遍）没人，过来。

阿　痴　你过来。

［叫春悄悄起来，走到房门边，从门缝里探看。

［阿钝走近阿痴，阿痴轻轻一巴掌打在阿钝脸上。

阿　钝　哎唷！（顺势倒下）

阿　痴　哎呀！（忙捧其脸，轻吹热气）

［阿痴、阿钝相抱相亲。

[叫春欲推门，又觉得他们可怜又可爱，遂作罢。

阿　痴　钝哥！

阿　钝　痴妹！我们俩……成亲！

阿　痴　成亲？你不知父母在哪里，我不明爹娘在何方，谁做主呀？

阿　钝　我们自己做主。

阿　痴　谁做媒呢？

阿　钝　我们不用别人做媒。

阿　痴　太宜人会允许吗？

阿　钝　哎，太宜人把我们看作畚箕水桶，她怎么会允许我们像人一样过活呢？我们的事不告诉任何人，更不能让太宜人知道。

阿　痴　对，天知地知你知我知。可是，我们没个窝呀！

阿　钝　窝？窝……有了。

阿　痴　哪？

阿　钝　少爷的书房。那里又清雅又僻静。

阿　痴　你莫异想天开！少爷撞见了那还了得。

阿　钝　太宜人要少爷日夜守着少夫人，这七天之内，他是不会到书房去的。

阿　痴　那就好了！

阿　钝　我们明晚就……

阿　痴　看你急的！成亲哪，得拣个好日子。

阿　钝　对对，这事我来办。

阿　痴　道你钝，不钝！

阿　钝　说你痴，真痴！

阿　痴　痴在哪里？

阿　钝　痴在有情。

[他俩又依偎在一起。

[房内。方叫春心被撩动。

方叫春　（唱）　这番夜话真有趣，

下人身贱心不卑。

我且开门去赞许——

[脚步声笃笃传来。

[阿痴阿钝一惊。阿痴急下。阿钝忙作看守状。

[叫春上床，做沉睡态。

[太宜人由木人般的哑丫环搀扶着上。太宜人缺左臂，袖筒别在腰带上。

阿　钝　（迎上去）禀太宜人，夜来房中无动静。

[太宜人听了禀报，看了一下洞房，点点头。

太宜人　（给赏钱）打赏你。

阿　钝　谢过太宜人。

[太宜人下。

阿　钝　两文钱给痴妹买花。（下）

方叫春　怪呀！

（接唱）　今晚见闻真出奇。

看起来媒婆不可信母命也无理，

事到如今后悔迟。

自烦自恼不济事，

唉，累极了！

（接唱）　我且深睡到辰时。

[灯暗。

第三场　探　秘

[翌晨。

[章府厅堂，中龛上端悬着御赐“贞节之家”金匾，龛座被帏帐遮着。

[抱着两卷画图的哑丫环搀扶太宜人上。

太宜人　（引）　孤守柏舟，

万古名留。

想我章门，三代节操，屡蒙诰命，光宗耀祖。叹如今，人心不古，世风日下，染及娘行。为独子屡次择媳，都不合我意。昨纳新妇，尚在冷婚之期，品格如何，还未可知。唉，要造就一代妇仪，不容易哟。

（唱）　妖娆尤物世间有，
一代妇仪不易求。
祖宗遗训绳新妇，
冰雪之心御风流。

（喊）阿钝上来。

［阿钝上。

太宜人 少爷醒来，你就把他看住。

阿　钝 怎么看住？

太宜人 不让他和新人甜言蜜语。

阿　钝 哦，不让他和新人吃着糖说话。

太宜人 咳……不让他和新人眉来眼去。

阿　钝 不让他和新人拔根眉毛送过来，掏了眼珠递过去。

太宜人 哎呀你真是！记住，不让他和新人……和新人这个……

（拉过阿钝一个指头，又以自己的指头比之）

阿　钝 哦，我明白了，明白了。

太宜人 下去。叫阿痴上来。

［阿钝下。阿痴上。

阿　痴 拜见太宜人。

太宜人 把这两张图挂在两旁。

阿　痴 是。（从哑丫环手中取过一张《扇坟》画，倒挂上去）

太宜人 蠢丫！倒了！

阿　痴 啊。我没倒哇！

太宜人 白痴！

阿　痴 阿痴我头发是生来黑的，脸是晒黑的，一点儿也不白呀。

太宜人 休要唠叨。看看你自己是头在下脚在上的么？

阿　痴　呃，呃，是，不是。（将《扇坟》画挂正，然后取了《私奔》画小心挂上）

[太宜人挥手，阿痴下。

太宜人　是可恼，更可喜！

（唱）　尽是痴人在左右，

家门风化无须愁。

[太宜人下。哑丫环随下。

[方叫春上。

方叫春　（唱）　通宵纳闷心犹怅，

步出房门自徜徉。

庭院深深真幽静，

门前林立是牌坊。

里和外无花无草无生气，

仿佛来到古坟场。

大厅上一块金匾正中挂，

“贞节之家”不寻常。

又见墙上两幅画，

画中之意且端详。

瘦老头为一孀妇扇坟土，

娇女子夜会弹琴的读书郎。

两幅画都有趣引人观赏……

（转念一想）且住。既然是“贞节之家”，为什么还要挂这两幅画？莫非……唔，明白了，待我顺其意，探其心。

（接唱）　我且来个小闹堂。

[就近拉出哑丫环，哑丫环哇啦哇啦直叫。

方叫春　小贱货！是谁把这画挂在墙上？

哑丫环　喔喔……

方叫春　是你。你为什么挂这贱画？

哑丫环　呜呜……

方叫春 无！分明挂着，还说无。不说，看家法！（取过家法）

哑丫环 哇哇……（逃）

[方叫春满厅堂追哑丫环，故意将家法打得噼啪响。

[太宜人上。

方叫春 你说，你说不说？不说，我打死你！

太宜人 住手，她是哑巴。

方叫春 （放开哑丫环）婆母大人，媳妇拜见。

太宜人 何事动怒？

方叫春 婆母请看！（指画）

太宜人 （略看）丫环无知，饶了她吧！（向哑丫环挥手）

[哑丫环逃在一角。

方叫春 婆母大人，可否容媳妇一言？

太宜人 且讲无妨。

方叫春 （侃侃地）媳妇对画中之意略知一二。（指《扇坟》）这妇人死了丈夫，意欲再嫁。因丈夫死时有嘱：坟茔新土干后，方可再嫁。可是坟土总是不干，这妇人便日日上坟扇土。这老头叫庄周，为老不尊，不但不劝说妇人持节守寡，反而用法术帮她扇干了坟土。（指《私奔》）这女子叫卓文君，是个寡妇。她竟敢黉夜私会司马相如。这些古人，有伤风化，画在图中，挂在贞节之家，岂不有辱圣命，有损章府声名！

太宜人 言之有理，把它扯下。

[方叫春令哑丫环扯下挂画。

[太宜人拉开龛座帏帐，两幅彩画的诰命女像，赫然在目。标明“七品太孺人”画像，怀抱灵牌；标明“六品太安人”画像，缺耳损鼻。

[叫春抬头一看，不寒而栗。

太宜人 这上面挂着的，你知道是谁吗？

方叫春 若不是我们的祖婆，怎么会挂在这上面呢？

太宜人 唔。待为娘讲讲祖婆遗事。

方叫春 媳妇恭听。

太宜人　（指怀抱灵牌者）此乃曾祖婆。

方叫春　曾祖婆！

太宜人　曾祖父七岁而殇，遵考妣之命，履秦晋之约，曾祖婆抱灵牌以成亲，守神位而度日。

方叫春　（脱口而出）可笑。

太宜人　什么，什么？

方叫春　（忙掩饰）媳妇是说，可效。曾祖婆为人，大可仿效。

太宜人　万岁爷闻之，诰以七品太孺人。

方叫春　光耀，光耀！

太宜人　曾祖婆收养义子，长大成人，是为祖父。完娶之后，不幸早丧，祖婆深明教义，恪守古训，决不再醮。姊妹劝嫁，自割其耳。父母劝嫁，自劓其鼻。

方叫春　啊，真叫人……可敬！

太宜人　万岁爷闻之，诰以六品太安人！

方叫春　荣耀！荣耀！

太宜人　祖婆收养义子，长大成人，是为公公。

方叫春　公公也不幸早丧？

太宜人　唉！当年公公求得功名，外邑为官，不幸患病身亡。

（因悲痛而晃动）

方叫春　（一扶，触其空袖筒）婆母诰命五品，定有非凡之举。

太宜人　当年，为娘运灵柩回乡，途中投宿，店主不纳，令为娘出店，为娘手臂被牵，毅然断臂投地。

方叫春　啊，一条胳臂，五品诰命！

太宜人　万岁圣明，皇恩浩荡。

方叫春　婆母收养义子，长大成人，是为我的夫婿。

太宜人　（愠）木生是为娘亲生！

方叫春　婆母的心头肉，心头肉！

[语言含混的老家院上。

老家院　禀太宜人，知府老爷到。

太宜人 知道了。（对叫春）回避。

［方叫春下。太宜人随家院下。

［方叫春复上，潜于中龛后。

［太宜人引知府上。

太宜人 大人请坐。

［让座。

知　府 太宜人迎娶贤媳，本官恭贺来迟，望勿见怪。

太宜人 不敢不敢。敝府迎娶尚不宜恭贺。

知　府 却是为何？

太宜人 新人尚在冷婚之期。

知　府 冷婚？

太宜人 （不及收话）啊。

知　府 何谓冷婚？还请太宜人指教一二。

太宜人 区区小事，不劳垂听。

知　府 哎，人伦之始，非同小可哟。

太宜人 那我就姑妄言之了！

（唱）　新郎新娘共洞房，

知　府 新郎新娘共洞房。（旁白）新郎新娘哪有不共洞房的？

太宜人 （唱）　房中平设两张床，

知　府 房中平设两张床。哦，同房不同床。

太宜人 （唱）　夫妻不离也不即，

知　府 夫妻不离也不即。（旁白）不离不即，不即不离，谁都难受！

太宜人 （唱）　冷婚七夜见贤良。

知　府 冷婚七夜见贤良。那不成了圣男圣女？

太宜人 章家儿媳就是要成为圣男圣女。

知　府 不过，太宜人，公子年少，血气方刚，七夜冷婚，恐难自制。

太宜人 小儿唯母命是从，万无一失。

知　府 令媳如不自制呢？

太宜人 一个字。

知　府 什么字？

太宜人 出。

知　府 出！新人若能自制？

太宜人 也是一个字。

知　府 什么字？

太宜人 留。

知　府 到那时，本官备厚礼前来恭贺。

太宜人 到那时也无须恭贺。

知　府 却又为何？

太宜人 章家意在造就一代妇仪，婚后还须以妇德为绳，严加管教。

知　府 了不起，了不起！太宜人，这些规条可有成文详录？

太宜人 有。但不外传。大人乃朝廷命官，可以一阅。

［太宜人取一大事簿，递过去。

知　府 （接看封面）章氏祖传驯媳秘诀。（翻阅）太宜人，照此行事，人之天性……

太宜人 天性？天性岂能放纵！

知　府 哦，哦……此诀堪称绝世之作，绝世之作！

太宜人 什么？绝世？

知　府 啊啊，绝世者，世上绝无仅有之意。太宜人这绝世之作，本官想带回衙中精研细究，旬日奉还，绝不转手传与他人。不知太宜人可否允诺。

太宜人 （稍考虑）朝廷命官有求，老身敢不允诺吗！

知　府 谢太宜人！告辞。

太宜人 恭送。

［太宜人送知府下。

［躲在中龛后的方叫春一声“啊呀”冲了出来。

方叫春 （唱）　可恼可笑章家训，
冷酷荒唐寡母心。
府太爷尚且知天性，

新郎君却是可怜人。

方叫春本应温顺难温顺!

[厅堂外。阿钝上，神秘地拍拍掌，叫春一听有所悟。

[阿痴上。叫春在一旁窃听。

阿　钝　喂，吉日拣定了，初九。

阿　痴　初九，长长久久。

阿　钝　今日初四。

阿　痴　还有五天。

阿　钝　千万别张扬。

阿　痴　唔。

阿　钝　你、我在人前越愚越蠢，就越不会露马脚。

阿　痴　知道。

[两人各自下。

方叫春　哈哈!

（唱）　这一对默默绸缪牵我心。

今朝喜得东风信，

到时候巧引春光进门庭。

[灯暗。

第四场　窥　私

[六天后，静夜。

[书房，一道屏风分成外间和里间。外间有书架书案椅子茶几，陈设颇为雅致。屏风正中贴着笔划粗糙的“双喜”；两旁贴着无字的红联。

[阿痴就着两支红烛之光张罗“婚礼”。

阿　痴　（唱）　片月挂天上，

红烛照书房。

双喜当中贴，
对联糊两旁。
对联没有字，
红红赤赤也吉祥。
婚礼张罗就，
独自等新郎。
烛花噼啪响，
虫声窗外扬。
夜来人初静，
钝哥呀，莫非你忘了辰光。

[二更响，阿痴心焦。阿钝上。

阿　钝　痴妹。

阿　痴　（情不自禁地扑过去）钝哥！怎么才来？

阿　钝　唉！（指自己）这六尺百斤不是我的，自己做不了主呀。

阿　痴　我，有点怕。

阿　钝　怕什么！这几天，太宜人天天训诫少爷少夫人。少爷就像木偶戏棚角挂着的小生。少夫人也像神龛上的泥塑观音。今晚，他们是不会上这里来的，别怕，啊。

阿　痴　嗳。

阿　钝　（看看书房陈设）哈，摆布得可以呀！

阿　痴　当然！双喜当中贴，对联糊两旁。对联没有字……

阿　钝　阿哥来写上。

阿　痴　你会写？

阿　钝　当然。(提笔稍想，右边写一“穷”字，左边写一“苦”字）穷，苦。

阿　痴　怎么写这么两个字？

阿　钝　别急。(右加“乐”，左加“甜”）乐，甜。穷乐，苦甜。

阿　痴　穷乐，苦甜。穷中乐，苦里甜。

阿　钝　可以吗？

阿　痴　可以，可以。看看洞房去。

阿　钝　好。

［阿钝随阿痴进里间。

［章木生上。

章木生　（念）　尊重新人意，

取书到书房。

［叫春随后暗上。

方叫春　（念）　悄悄跟在后，

察看其心肠。

［阿痴阿钝在里间嬉戏。

章木生　（闻声驻足）啊，他们在这里做什么？我且察看察看。（窗口窃听）

方叫春　待我远处守着。（下）

［阿痴阿钝嬉戏着出外间。

阿　钝　喂，时辰到了。

阿　痴　到了，怎么做？

阿　钝　你自唱自行，新娘过门。我自行自唱，新郎迎亲。

阿　痴　好。（高唱）新娘过门。（作过门状）

阿　钝　（高唱）新郎迎亲。（作迎亲状）

章木生　啊！两个愚人在做戏！

阿　钝　喊一声，娘子！

阿　痴　喊一声，夫君！（忽然伤心起来）钝哥！

阿　钝　何故伤心？

阿　痴　（唱）　我过门，你迎亲，

出出进进两个人。

不见宾朋和邻舍，

叫奴怎么不伤心！

阿　钝　哦，你是说没有亲朋邻舍来祝贺我俩成亲。这个……痴妹不要伤心，祝贺我们的，好多好多人哪！

阿　痴　在哪里？

阿　钝　书架上。

阿　痴　书架上？

阿　钝　书架上都是书，书里面都有人，我常听少爷读书，记得有孔子、孟子、老子、小子、寒痱子、热痱子、淮南子、淮北子、金樱子、五味子！

阿　痴　（一乐）哈哈哈，金樱子，五味子！

阿　钝　金樱子姓金，五味子姓武，武松的侄子！

章木生　（忍笑）这个阿钝！

阿　钝　四门六亲，新朋老友，左邻右舍都来了，我吹打，你放炮，热闹一番。

阿　痴　好。

阿　钝　来。（仿吹打）隆咚锵，隆咚锵……仓仓七七，仓仓七七……

阿　痴　（仿鞭炮）噼里啪啦……

章木生　哦。他们穷乐，做戏还挺认真呢。

阿　痴　现在做什么？

阿　钝　拜堂呗！

阿　痴　先拜天地？

阿　钝　对。（高唱）拜——（停住）

阿　痴　拜天地呀。

阿　钝　拜不下哟。

阿　痴　怎么？

阿　钝　痴妹呀！

（唱）　天不公，地不公，
富的富来穷的穷，
贵的贵来贱的贱，
下人就像一条虫。
他们洞房不知用，
你我偷宿书房中。

阿　痴　（同感）是呀！

（唱） 暗地里成婚担惊恐，
合欢被有个大窟窿。

阿　钝　天不公，地不公，不拜！

阿　痴　不拜！

章木生　吓，他们骂天骂地，还取笑我们！

阿　痴　钝哥，不拜天地，就拜爹娘。

阿　钝　爹娘，爹娘也不拜！

阿　痴　啊，爹娘也不拜？

阿　钝　痴妹呀！

（唱） 我怨爹，我怨娘，
爹娘生个丑儿郎。
一身乌黑如木炭，
自己看来也发慌。

阿　痴　（唱） 多谢爹，多谢娘，
爹娘生个好儿郎。

阿　钝　（得意地）好儿郎，哈哈好儿郎！

阿　痴　（唱） 有你一盆热炭火，
冬夜无棉不寒凉。

阿　钝　如此说来，爹娘要拜？

阿　痴　要拜。

[两人同拜父母。

阿　痴　接着拜什么？

阿　钝　夫妻交拜。

阿　痴　夫妻交拜？

阿　钝　来。

阿　痴　别忙。各人先表表自己的心意，再拜不迟。

阿　钝　哦，有理，我先说。

（唱） 两人相好情丝长，

哥是日头妹月娘。

日头朝朝破雾出，

月娘夜夜洒清光。

阿　痴（唱）　两人相好情丝长，

莫比日头和月娘。

日头月娘不相会，

难得促膝细商量。

阿　钝　这，这也是哟，我再说。

（唱）　两人相好意绵绵，

哥是树来妹是藤。

树死藤生缠到死，

藤死树生死也缠。

阿　痴　哦，你是树，我是藤？

阿　钝　对。

阿　痴　你这树死了，我这藤还要在死树上缠到自己死去。

阿　钝　是这样。

阿　痴　慢来慢来。我想想……喂，太老爷早死了，太宜人在太老爷这棵死树上死缠烂缠，直缠到自己死去烂去，哎，这有什么意思！

章木生　啊，说我母亲了！

阿　痴　要我像太宜人那样过日子，我才不呢！

阿　钝　（惊奇）啊？

阿　痴　再说，藤死了，树活着，死藤还紧紧缠着活树，不让它伸展，这样的死藤鬼，你说可恶吗？

阿　钝　哎呀，我的痴妹子还挺精呢！

章木生　这番话，我还从未听过！

阿　痴　钝哥，我说呀！

（唱）　两人相好意绵绵，

莫学山中树和藤。

你若先死我再嫁，
我若先死你续弦。

阿　钝　唔，好！
（唱）　我若先死你再嫁，
你若先死我续弦。

阿　痴　（唱）　下人何必遵上礼，
本心本色结良缘。

二　人　（唱）　下人何必遵上礼，
本心本色结良缘。
夫妻交拜！

［阿钝、阿痴交拜。

章木生　他们不是做戏，是真拜堂成亲。“本心本色结良缘”，倒也令人羡慕！

阿　钝　痴妹，如今该是夫妻进洞房了。

章木生　啊？他们还要进洞房！

阿　痴　进洞房？我……

阿　钝　怎么？

阿　痴　愁。

阿　钝　愁？

阿　痴　进了洞房，呃，就、就会……

阿　钝　就会怎样？

阿　痴　就会有……

阿　钝　有什么？

阿　痴　（取出手帕遮住身子）有这个……

阿　钝　手帕！

阿　痴　不是。（示抱大腹）有这个。

阿　钝　饭箩？大鼓？

阿　痴　（急）哎！有仔！

阿　钝　哦，会有仔！哎呀，这不是“愁”，是“喜”！痴妹呀！

（唱） 进了洞房会有喜，
十月怀胎生下小东西。
小东西，天天长，
会叫会笑会调皮。

阿　痴（唱） 你莫笑，你莫喜，
太宜人哪里容得你？
欢乐总是归上人，
奴婢只配做奴婢。

阿　钝 这……痴妹！
（唱） 你莫苦，你莫愁，
奴婢注定要有后。
若然奴婢绝子孙，
谁给主家做马牛！

阿　痴（唱） 听你说，愁上愁，
奴婢代代做马牛；
奴婢只生奴婢种，
今晚成亲就莫——

阿　钝 莫？

阿　痴（接唱） 莫共枕头！

阿　钝 啊！这，这，这太不近人情了！

阿　痴 谁叫我们是奴婢呀！谁叫我们只能生奴婢种呀！
［方叫春出现。

阿　钝（凄然）唉！（忽又愤然）奴婢！奴婢种！（侃侃地）奴婢怎么了？奴婢种又怎么了？你看少爷少夫人，是高贵人吧，可他们被太宜人左训右诫，简直成了阉男阉女！

章木生
方叫春（同旁白）阉男阉女！

阿　痴 他们是无奈。

阿　钝　是无奈。比起他们来，我们不是自在得多吗？他们无乐无趣，实在可怜，即使有后，那高贵种，想必也是可怜的。嘿，我们穷中乐，苦里甜，恩恩爱爱，欢欢喜喜，生下的奴婢种，不，生下的好种，必定聪明伶俐，将来有出息，就不会做奴婢！

阿　痴　（活跃起来）唔！有理。

阿　钝　要仔吗？

阿　痴　要。

阿　钝　共枕吗？

阿　痴　我没有准备枕头呢。

阿　钝　没枕头，有手臂。（张开手臂）

[阿痴投于阿钝怀抱。阿钝抱起阿痴进了里间——“洞房”。

章木生　（一声长叹）唉——

（唱）　想不到啊！

想不到奴婢不愚也不蠢，

蒿莱茅草更知春。

听他们一番讥笑一番论，

这滋味是酸是涩实难分。

听人的事斯文损，

他们销魂我失魂。

本当拔腿离此地，

为取书轻轻潜进书房门。

[章木生慌张地潜进外间，不小心碰翻了书架旁的东西。

[里间。阿痴：“什么响声？”阿钝：“有人！”

[外间。木生趴在书架下，一动不动。阿钝、阿痴出。

[方叫春装猫叫。

阿　钝　原来是猫！

阿　痴　不知趣的东西！

[阿钝、阿痴复进。

[方叫春下。

[章木生爬起，轻轻潜下。

[灯暗。

第五场　释　窘

[紧接前场，深夜。

[景同第二场，陈设不变，唯花烛换上纱灯。

[方叫春得意地上。

方叫春　（唱）　巧使木雕窥隐私，
春风染物正逢时；
斯人毕竟年方少，
岂待无花空折枝。

[方叫春进里间。章木生心神不定地上。

章木生　（唱）　书房奇遇生联想，
思绪难平神黯伤。
喜字褪红花烛尽，
罗衾还是半边凉。
若然不遂少年志，
空负桃夭枉作郎。
虽在人前便木讷，
也该启齿逗娇娘。

[方叫春换一身艳装悠然而出，章木生迎上前去，不知从何开口，看见书，找到了话题。

章木生　娘子，你要的《烈女传》，小生取来了。

方叫春　此书并非奴要，央你取来，是要你用心攻读。

章木生　感谢娘子……小生这厢有礼。

方叫春 不必多礼。

章木生 （无词）不多礼，礼不多。嗯，娘子，娘子万福。

方叫春 （忍着笑）万寿岂不更好。

章木生 娘子万寿，娘子万寿！

方叫春 （不禁笑了）嘻！

章木生 娘子一笑千金。娘、娘子容貌，小生着实未曾看清，请让我看看。

方叫春 女子容颜，是不能正面让男人看的。

章木生 不能正面让男人看，就侧面让小生看看。

[章木生左看右看，方叫春左避右避。

章木生 娘子，请问芳龄多少？几、几许？

方叫春 男人是不能直问女子年龄的。

章木生 哦，冒昧，小生冒昧！（躬身道歉，抬头，有了话题）啊，娘子，看不出来，娘子比小生高哇！

方叫春 官人挺起腰来，不就比奴家高了吗？

章木生 （挺腰）哦，对，对，是我高些你矮些，你矮些我高些。娘子，请坐，请坐，我俩新夫新妇倾谈倾谈。

方叫春 倾谈什么？

章木生 这个……

方叫春 什么这个？

章木生 那个……

方叫春 什么那个？

章木生 （张口无词）呃、呃……

方叫春 （有意启示）窗外片月……

章木生 （得到启发）啊，窗外片月，房中两人，娘子呀！

（唱） 两人相好情丝长，

妻是日头夫是月娘。

方叫春 啊？妻是日头夫是月娘？

章木生 呃，不不，夫是日头，夫是日头。

（接唱） 日头朝朝破土出。

方叫春 破土出？日头会破土而出？

章木生 我说错了，是破、破雾出。

（唱） 月娘夜夜洒、洒、洒清光。

方叫春 说得……

章木生 如何？

方叫春 好，好哇！

章木生 还有，还有呢！

（唱） 两人相好……相好意绵绵，

夫是树来妻是藤。

树生藤死……不，

藤生树死……不，

树生树死……不，

藤死藤生……不，

藤树、树藤、生死、死生……

方叫春 （唱） 树死藤生缠到死，

藤死树生死也缠。

章木生 （一慌）啊！你怎么晓得？

方叫春 村野山歌，谁不晓得。

章木生 （解疑）哦，娘子多才。

方叫春 官人过奖。

章木生 娘子，小生有个夙愿。

方叫春 夙愿？请讲。

章木生 今晚，今晚……晚、晚……

方叫春 什么？

章木生 晚……晚联。

方叫春 挽联，谁死了？

章木生 不、不是，联，联床。

方叫春 哦，联床，哈哈！今晚联床。

章木生 娘子意下如何？（羞惭）

方叫春 官人！

章木生 嗳！

方叫春 今晚的你，像男儿了。

章木生 （未解其意，得意地）嘿嘿！

方叫春 不过，所像者乃无耻男儿！

章木生 为夫有齿，只是口齿不那么伶俐罢了。

方叫春 （正色）谁管你口齿伶俐不伶俐，我是说，你无廉无耻。

章木生 （自尊心受刺）无廉无耻，无廉无耻，无廉无耻！

方叫春 （有意激怒）你知我知就算了，休再絮絮叨叨。

章木生 （被激怒，抗争地）我不但要絮絮叨叨，还要与你争辩。你说，我哪里无廉？哪里无耻？

方叫春 挑逗新娘就是无廉，轻薄妻子就是无耻！

章木生 （激怒之下，无所顾忌，口齿反而伶俐）荒唐！荒天下之大唐！你新娘也罢，妻子也罢，应该对我温存。当然，我，新郎也罢，夫婿也罢，也该对你体贴。此乃天经地义，人情伦常。适才举动，若说挑逗，轻薄，我就是要挑逗，就是要轻薄！

方叫春 奴家玉洁冰清，不容你挑逗！

章木生 我偏要挑逗，看你怎么洁？怎么清？

方叫春 奴家守贞保纯，不容你轻薄。

章木生 我偏要轻薄，看你如何贞如何纯？（欲动手）

方叫春 不许碰我！

章木生 （粗野起来）我不但要碰你，还要……（扑过去）

[方叫春一闪，章木生扑了空。

方叫春 你你你，是人所不齿的……

章木生 什么？

方叫春 无赖！

章木生 还是什么？

方叫春 狂汉！

章木生 你敢再说！

方叫春 狂汉，无赖！无赖，狂汉！

章木生 （盛怒）我要你住嘴！（重重一掌，打在方叫春脸上）

方叫春 哎哟！（踉跄而退）

[木生打疼了手掌，在旁揉手掌。叫春捂着脸，忍着痛。

[木生回头见状，顿觉过于粗暴，欲上前致歉。

章木生 娘子！

方叫春 （怒）你……（敛怒）你……（转喜）你！（笑）哈哈！哈哈！好，好！

章木生 （莫名其妙）啊？……

方叫春 （唱） 这一掌“啪”的一声颇有分量，

如今你是男儿气概非常。

官人哪！

几天来我看你不喜不愁不凉不热不声响，

胸如死火灶，心似枯水塘。

章木生 中肯！

方叫春 期期艾艾教人急，

可怜可笑我忧伤。

章木生 惭愧！

方叫春 （唱） 适才一激全变样，

敢动怒敢发火舌剑唇枪，

真面目真颜色不遮不挡，

今宵喜见少年狂！喜见少年狂！

章木生 （激动地）娘子！

（唱） 娘子好心有器量，

你是激铁快成钢。

方叫春 （唱） 奴虽挨了一钢掌，

情不自禁赞夫郎。
赞罢夫郎始知痛，
让我放声哭一场。（哭）

章木生 贤妻莫哭，贤妻莫哭！
（唱） 贤妻痛楚我悲怆，
悔恨莫及泪两行。（欲哭）

方叫春 不许哭！
（唱） 男儿有泪不轻淌，
女人哭泣本平常。
若因一掌心难过，
你就为我扇扇凉。

章木生 （欣然）好好好！愚夫为贤妻扇凉。
[木生为叫春扇凉，两人依偎在一起。
[幕后唱：
新房静悄悄，
片月下树梢。
夜深无啼鸟，
门旁有睡猫。
春寒尚料峭，
两心在燃烧。
是胶投于漆？
是漆投于胶？

方叫春 （唱） 胶当投于漆，
漆当投于胶。
奈何为儿媳，
头上有天条。

章木生 （唱） 胶要投于漆，
漆要投于胶。

我闻奴婢想媚好，

哪管天条不天条！

方叫春 奴婢？

章木生 啊……（改口不及）

方叫春 官人！

（唱） 成人之美心相照，

你做门官我做猫。

章木生 （恍然）哦，明白了，娘子！

（唱） 莫被下人暗讥笑，

夫妻俩欢欢喜喜恩恩爱爱在今宵。

方叫春 官人，夫妻恩爱在今宵，还是天长地久？

章木生 当然天长地久。

方叫春 可是，太宜人不让呀。

章木生 母亲不让？

方叫春 你有所不知，太宜人有个驯媳秘诀，她只要奴家听她讲祖婆遗事，不准新婚夫妻洞房媚好。

章木生 这我知道，只限七日。

方叫春 冷婚七日，荒谬绝伦，虽将过去，但以后还要像驯牲口一样羁管媳妇呢。官人你想想，这么一来，为媳妇者不是只有躯体而无情致了么？为儿媳者，又谈何夫妻恩爱天长地久呢？

章木生 （激起义愤）这这，太冷酷无情了！明天，我与母亲论理去。

方叫春 说得到做得到？

章木生 （决然）做得到！（犹豫）做得到！（畏怯）做得……到！

方叫春 官人，你从像个男儿，进而是个男儿，再一作威，就是血性男儿了。

章木生 （喃喃地）像男儿，是男儿，血性男儿……血性男儿……（忽又振作）不理服母亲，我就不是血性男儿！

方叫春 好。

[叫春激动，木生作威。

[灯暗。

第六场 归 真

[前场翌晨。

[章府厅堂，景同第三场。

[章木生上。

章木生 （唱） 贤妻面前夸了口，
一言既出不可收。
且把精神抖一抖——

[叫春悄上，在厅外观察。

方叫春 （接唱） 看看他是虎还是猴。

章木生 有请母亲!

[太宜人上。

章木生 （不觉有些畏怯）母亲……

太宜人 我儿……

章木生 孩儿……请安。

太宜人 哈哈，我儿孝心可嘉。（坐下）儿呀，坐在为娘身边，让为娘祝贺你，恭贺你。

章木生 （事先准备好的话，无从说起）祝贺我什么？恭贺我什么？

太宜人 祝贺你成了圣男。

章木生 圣男？

太宜人 恭贺你得了圣女。

章木生 圣女？（一时懵然无以对）

太宜人 此乃家门之幸，我儿之福。

章木生 （不觉随和）母亲之功。

太宜人 唔，我儿有本心！

章木生 母亲教导的。

太宜人 儿呀，家有贞洁妇，家风永保，男人放心。不过，为夫者，要有丈夫威仪，切不可随意嬉戏，养娇失体，明白吗？

章木生 呃，明白。

太宜人 方氏可望成为一代妇仪，今日该让她上族谱了。我儿稍待。

［太宜人下。

章木生 （得意）哈！一代妇仪，一代妇仪！

［方叫春急进。

方叫春 一代妇仪就是一代愚妇！

章木生 啊！

方叫春 好一个血性男儿，还要摆丈夫威仪！

章木生 我浑！我浑！娘子，你说，如今我该怎办？我该怎办？

方叫春 是血性男儿就知道怎办。

［方叫春下。

章木生 咳！

［太宜人复上。哑丫环捧来厚厚的族谱，端放在桌上，自下。

太宜人 儿呀，这是章氏族谱，待会儿，唤方氏上来，拜过祖宗，你把她的姓名、生辰、婚日，写在你的名字后面。

［章木生在想对策。

太宜人 你听见了没有？

章木生 听见了。

太宜人 听见什么？

章木生 写……

太宜人 写族谱，把方氏的姓名、生辰、婚日写上。

章木生 写它作甚？

太宜人 方氏是你的妻呀。

章木生 我妻……这个，我不写。

太宜人 为何不写？

章木生 我要休妻！

太宜人 （认真地）她不规矩？

章木生 太规矩了。

太宜人 她不正经？

章木生 太正经了。

太宜人 那你为什么要休她？

章木生 母亲呀！

（唱） 我看这个小方氏，
枉作娘行枉作妻。
不知情趣乏人味，
不尚欢娱类呆痴。
她是枯草无生意，
她是死蚕不吐丝，
她是一个木偶旦，
她是一具活女尸。
休了方氏重迎娶，
娶一个有性灵有情致的凡人妻。
我若先死她再嫁，
切莫守寡受孤凄。

太宜人 （越听越不是滋味，严肃地）这是谁教你的？

章木生 没有谁教我，是孩儿自己说的。

太宜人 说得好，说得好！你过来，为娘有赏。

[木生走两步又停。

太宜人 靠近些。

[木生靠近母亲。

太宜人 （抓住木生，声色俱厉）你这不孝子！忤逆儿！（狠狠一耳光）

章木生 哎哟！

太宜人 （唱） 你能说会道娘高兴，
你胡言乱语娘伤心。
你你你，忘了家规与祖训，
忘了诰命与皇恩。（取家法）
怒气冲冲施家法，

章木生 （惊）血性男儿，不怕。（捂着头）

太宜人 （接唱）打死你不忠不孝无用之人！

[太宜人高举家法，停住，松手，家法落地，跌坐，掩面而泣。

[老家院上，见状。

老家院 哈哈哈，少爷学起老莱子娱亲来了。真是贞节人家出孝子！

太宜人 （借题转机，对木生）还不快起来，让人看了笑话。（对老家院）有什么事吗？

老家院 知府老爷到。

太宜人 出迎。

老家院 是。

太宜人 （对木生）回避。

[太宜人随老家院下。

[方叫春急上，拉起章木生。

方叫春 好！想不到你能贬其所喜，将她激怒。

章木生 （哭丧着脸）可这一巴掌……

方叫春 打出个血性男儿，打痛了母亲的心，有转机了。

章木生 转机？

方叫春 恰巧知府大爷到来，据我所知，他是通达的，料能理服太宜人。

太宜人 （内）大人请！

方叫春 他们来了，回避。

[叫春、木生下。

[太宜人迎知府上，入座。叫春、木生复上，躲在一旁。

知　府 太宜人，本官今日特为章氏驯媳秘诀而来。

太宜人 大人有何指教?

知　府 驯媳不好。

太宜人 不好?

知　府 秘诀不成。

太宜人 不成?

知　府 不能传于世。

太宜人 (不乐)什么?不能传于世!还我。

知　府 太宜人别急,听本官慢慢说来,驯媳之词不好,秘诀之名不成,经本官修校润色,加了前序后跋,定为《章氏贞节经》。

太宜人 (一喜)章氏贞节经,好!

知　府 呈奏万岁,龙颜大悦,御批卷首,勒碑徽世,圣望贞节之家,代出贞节传人。

太宜人 万岁圣明。

知　府 请太宜人陪本官踏看立碑宝地。

太宜人 请。

[知府与太宜人下。

方叫春 (气愤地)哼,府太爷原来没安好心!官人,听清楚了吧?

章木生 听清楚了。

方叫春 清楚什么?万岁爷要你早死呢!

章木生 (不解)啊,要我早死?

方叫春 可不是吗?御批明明白白要我们章家代出贞节传人,贞节传人不就是节妇?节妇不就是寡妇?寡妇不就是……

章木生 我明白了。

方叫春 明白了,来……(耳语)

章木生 好。(喊)阿钝阿痴上来。

[阿钝、阿痴上。

阿　钝
阿　痴 少爷、少夫人有何吩咐?

方叫春 你等陪少爷出去。

章木生 随我来。

方叫春 快去！

[章木生偕阿钝、阿痴下。

[方叫春探看厅外，旋即仿太宜人仪态做作起来。

[太宜人与知府上，观看有顷。

知　府 你看，贞节传人学起太宜人的仪态来了。

[太宜人点点头。

方叫春 （忙施礼）知府老爷，小女子造次了。

知　府 无妨，无妨。少夫人，本官问你，你将如何报谢皇恩，做好贞节传人呀？

方叫春 大人哪！

（唱）　祖婆婆母为榜样，

方氏我报谢皇恩不彷徨。

独驾柏舟无摇荡，

毁容颜截四体又有何妨。

知　府 好，好！

[太宜人忽然敛容。

太宜人 （旁唱）　一闻此言心颤栗，

忽然怜恤我儿郎。

知　府 （对太宜人）太宜人，真是青出于蓝胜于蓝，来日少夫人必定是四品恭人。

方叫春 （唱）　唯恐良人不体谅，

请大人多多教导我夫郎。

知　府 可以，可以。太宜人，请唤出令郎。

太宜人 （这才发觉木生不在厅堂）我儿呢？

方叫春 适才还在这里。

太宜人 如今哪里去了？

方叫春 婆母呀！

（唱）　今日少爷好奇怪。

太宜人 怎么奇怪？

方叫春 （唱） 听罢圣批木呆呆。

太宜人 木呆呆？

知　府 哦，是受恩若惊！

方叫春 （唱） 忽对祖宗一跪拜。

太宜人 他为什么要拜祖宗？

知　府 门庭光耀，祖宗有灵嘛。

方叫春 （唱） 泪水哗哗流两腮。

太宜人 啊！他流泪？

知　府 哦，是热泪。

方叫春 （唱） 一声不响出府外。

太宜人 吓，不好！

知　府 府外有虎还是有狼？

方叫春 （唱） 以后不见他回来。

太宜人 （急呼）来人哪！

知　府 （旁白）她怎么了？

［阿痴上。

阿　痴 太宜人，有何吩咐？

太宜人 你看见少爷了吗？

阿　痴 看见了，他向河边走去。

太宜人 啊！快去唤少爷回府。

阿　痴 是。（欲下）

［阿钝上。

阿　钝 太太太太宜人，少、少爷、少爷……

太宜人 （急切）少爷怎么？

阿　钝 他他，下河……

太宜人 （一紧）下河？快去唤少爷回府。

阿　钝 是。（欲下）

［老家院上。

老家院 太宜人，少爷跳到河里去了。

太宜人 （大惊）啊，怎么不把他救上来。

老家院 河水太深，且有旋涡，少爷跳下去马上被旋进涡心，不见浮起，老朽无力救人，只好望江悲哭。

太宜人 （大发雷霆）饭桶，饭桶，饭桶！你们都去把少爷救上来。

钝、痴
老家院 是。（下）

［哑丫环持一纸上，对太宜人哇啦乱叫。

太宜人 （取纸阅读惨叫一声）啊！（扔了纸条，急下）

［哑丫环跟下。

知　府 （拾起纸条，读）“御批圣旨不容情，祖训家规不饶人，含恨成全节烈妇，旋涡深处葬儿身。”这……

方叫春 恭喜大人，贺喜大人。

知　府 本官喜从何来？

方叫春 适才奴家说过，为报谢皇恩不惜毁容截肢，唯恐夫婿不体谅。如今好了，他死了，奴家稳作贞节传人了。大人哪！《章氏贞节经》是你修校作序的，章家贞节传人是你扶持提携的，治人心有绩，挽世风有功，万岁爷定为大人加冠晋爵。大人现时五品，来日定然晋至三品二品。

知　府 （得意忘形地）少夫人有见识，有见识。不过，那，那最高的一品，就不要吞了。

方叫春 不是吞了，是留有余地。

知　府 有理、有理，满招损嘛。啊！

［太宜人哭声：“儿呀我的儿呀！……”

方叫春 祸不至，福不来，太宜人失子得福，但她一时想不开，大人言重，请多加开导。

知　府 可以，可以。

方叫春 那就有劳大人了。（下）

［哑丫环搀扶太宜人哭着上。

太宜人 儿呀……我儿！

知　府 别哭，别哭，太宜人不要哭！

太宜人 （不顾旁人，一个劲号哭）我的，我的心肝宝贝，命根子哇……

（唱）　章家数代无生养，

都靠螟蛉接烟香。

破天荒，老身有个独生子，

我把儿一似明珠宝盒中藏。

世风日下不问世，

外界污浊禁出家堂。

苦心选个贞洁女，

训媳反令姣儿亡！

一纸遗书满腔恨，

杀儿的是皇恩是祖训还有我这亲娘。

绝种绝代方彻悟，

荒唐荒唐尽荒唐！

知　府 （近前）太宜人。太宜人，不要悲伤，不要悲伤！

太宜人 （这才看见知府）啊，大人，你怎么还没有走。

知　府 太宜人家罹不幸，下官怎好撒手不管呢？

太宜人 大人真是民之父母！

知　府 听父母官劝劝，自然消痰化气。

太宜人 那我就洗耳恭听。

知　府 太宜人哪！

（唱）　贞节之家扬四海，

金花诰，授的尽裙钗。

君王赐匾殊光彩，

贵府第注定了阴盛阳衰。

太宜人 阴盛阳衰！这么说，我儿……

知　府 难免死。

太宜人 难免死？

知　府 （唱） 贞节前辈作模楷，
一卷真经传下来。
贞节传人新一代，
担当继往与开来。
贵公子今生于人有大碍，
不如来世再投胎。

太宜人 如此，我儿……

知　府 应该死。

太宜人 应该死？

知　府 （唱） 下官苦劝皆实在，
太宜人你要想得开。

太宜人 （怒而不露）唔，老身想得开，不但想得开，还想讲笑话。

知　府 讲笑话，好好好，这对庄重的太宜人来说，的确是难能可贵。

太宜人 是呀，老身只在做闺女的时候讲过笑话呢。

知　府 那你的笑话一定很好笑。

太宜人 当然。有个人自夸能说会道，逢人便口若悬河，夸夸其谈，可是听者总是用三个字凑成三句话赏给他。

知　府 哪三个字？

太宜人 一个是放字，一个是狗字，一个是屁字。

知　府 哪三句话？

太宜人 放狗屁，狗放屁，放屁狗。

知　府 不都一样？

太宜人 不一样。对于胡话，赏的是“放狗屁”，这人放的是狗屁。

知　府 有趣。

太宜人 对于谎话，赏的是“狗放屁”，这狗在放屁。

知　府 也有趣，也有趣！

太宜人 对于鬼话，赏的是“放屁狗”。这狗别无用处，只会放屁，所以叫放屁狗。

知　府　最有趣，最有趣，最有趣！放屁狗，放屁狗，哈哈哈！

（大笑不止）

太宜人　大人，这狗就是你。

知　府　（笑声立止）吓，你把朝廷命官说成狗！

太宜人　老身不但说狗，还要打狗！（对内）把驴鞭拿来！

[方叫春拿了驴鞭上，太宜人抓过驴鞭。

知　府　（色厉内荏）你敢！

太宜人　（一鞭打落纱帽）我如今是除死无大灾了。

知　府　哎哟！

方叫春　不要打，婆母，不要打！

[太宜人左抽右打，知府东躲西藏。

[方叫春以救驾为名，有意把知府推到太宜人的驴鞭下。不住地说，“婆母不，要打！”“别别……打！”

[知府被打得“哎哟”叫嚷，昏倒在地。

[太宜人打得精疲力竭，瘫倒在椅子上喘气。

方叫春　婆母，大人，歇一歇，歇一歇。（为她捶背）

太宜人　你将御批丢到粪池里去。

方叫春　是。（下）

知　府　（急忙爬了起来）不得了！不得了！

[太宜人冷然，知府追下。

[方叫春复上。

方叫春　婆母，那东西丢到粪池里去了。

太宜人　（点点头）方氏！

方叫春　在。

太宜人　老身要跟我儿去了，临行之前，留几句话给你。

方叫春　婆母金口玉言，媳妇谨记。

太宜人　我儿曾说，你是枯草无生意，你是死蚕不吐丝，这话我信了。我儿还说，他若先死你可再嫁，这话我也赞同了。我家无需传人，你可以走了。如果再嫁，切不可误人少年哪！

方叫春 （大笑）哈哈哈……

太宜人 为何发笑？

方叫春 婆母呀！

（唱） 媳妇今日心欢喜，
阵阵春风上蛾眉。
方氏既为章家媳，
心安理得不生离。
愿为婆母勤奉侍，
愿与家人相扶持。
愿作芳草年年绿，
愿效春蚕常吐丝。
夫婿有恩妻有爱，
百年偕老永相依。

太宜人 （冷笑）哼哼，这些话毫无意思了，何况是假的。

［章木生声："此话无假，全是真的！"

太宜人 （愕然）啊！谁在说话？

［章木生："是孩儿！"与阿钝、阿痴、老家院、哑丫环上。

章木生 母亲，受惊了。

太宜人 （喜出望外）我儿！（哭）我儿……

方叫春 官人！

章木生 娘子！

太宜人 儿呀，这是怎么回事？

章木生 母亲，我们被旋涡卷进去，现在从旋涡中挣脱出来。

老家院 帮我们从旋涡里挣脱出来的是少夫人。

方叫春 是大家。

［太宜人深有省悟，拉起袖筒，悔恨不已。

章木生
方叫春 娘！

众 太宜人！

太宜人 你等把那金匾取下来，劈了！

阿　钝 听说皇帝写的字值钱呢，太宜人，送给我们换钱养家吧。

太宜人 你们？养家？

章木生 母亲。（耳语）

太宜人 哦！（对钝、痴）你们不痴不呆呀！

阿　钝
阿　痴 谢太宜人。

[狼狈不堪的知府叫嚷着上，连打三个喷嚏。

众 不要近前。

太宜人 哎呀大人，你怎么了？

知　府 圣批绝世经典，没捞着，自已却掉落粪池。求求众位给本官冲洗冲洗。

方叫春 大人，那贞节经并没有丢落粪池。

知　府 哦，绝世经典还在！

方叫春 因大人视贞节经为至宝，我们愿意转让，已把章氏改为大人的姓氏。此后，那绝世经典就是大人的传家宝了。

知　府 （吃惊）不要，不要，我不要！

方叫春 为何不要？

知　府 本官亦重天性，生怕断子绝孙！生怕断子绝孙哪！

[众大笑。知府无地自容。

[灯暗。

[剧终。

深宫假凤

编剧：陈京松　吴惟庆　张德柱

人 物 表

郑玉婵　　女，二十一岁
皇　帝
高世荣　　武将
江　邈　　皇帝宠臣
冯　益　　宫廷总管太监
兰　香　　十八岁，太后的贴身宫女
柔福公主　二十一岁
小太监、宫女、众臣、金兵等

第一场　玉婵出山

[南宋。

[幕间曲：全国铁蹄破中原，
　　　　大宋朝廷向南迁，
　　　　谁人图雪靖康耻，
　　　　立地顶天郑玉婵。

[幕启：天幕为奇峰峻岭，中场为一座破旧的庵堂，堂上供着观音。中后场高台为断壁悬崖。

[幕内金兵喊捉声四起。兰香与柔福公主急奔上。公主摔一跤，兰香扶起公主。

柔　福　（唱）　趁星月出虎口翻山越岭，
　　　　　　　　叫兰香须谨慎，莫慌张，心放稳，直奔临安，搬救兵。

兰　香　公主，金兵包围上来了！这是绝路呀！

柔　福　兰香，绝路！（稍顿）你带上这太后血诏赶到临安，要皇兄火速发兵，救出太后……

兰　香　公主，我不能离开你……

［金兵搜索过场。

柔　福　快走！（跑下）

［金兵追过场，兰香躲过。

［郑玉婵一身尼姑装扮上。

［台内传出柔福公主惨叫声，兰香跑出喊“公主、公主”。欲追，被玉婵拦住。

郑玉婵　你要送死呀！

兰　香　你……你是何人？

郑玉婵　我是出家之人。阿弥陀佛！

兰　香　（仔细看郑玉婵，大吃一惊）你……你真像……

郑玉婵　真像什么？

兰　香　真像柔福公主。

郑玉婵　柔福公主！

兰　香　师父！

　　　　（唱）　几年前大宋朝玉碎宫倾，
　　　　　　　　金兀术将帝后掠入金营。
　　　　　　　　老太后修血诏托付公主，
　　　　　　　　奔临安要皇上急发救兵。
　　　　　　　　虎狼兵穷追杀公主丧命，
　　　　　　　　兰香我持血诏捧火抱冰。

　　　　（哭）　公主！我的公主哇！

郑玉婵　（已有所思）兰香，休哭。适才你说我真像柔福公主？

兰　香　是，真像柔福公主。

郑玉婵　容貌？

兰　香　酷似。

郑玉婵　高矮？

兰　香　相当。

郑玉婵　肥瘦？

兰　香　一样。

郑玉婵　好！

（唱）　听罢言来一声好，
报国良机在今朝！
兰香！
我本是忠良后大义深晓，
锦江山沦半壁怒火中烧。
隐佛堂时效壮士仰天长啸，
就只因报国无门泪湿婵袍。
我有心扮公主怀揣血诏，
带上你冒万死去闯当朝。

兰　香　（一惊）啊！你要扮公主领着我一同进宫？

郑玉婵　苦谏万岁发兵。你害怕吗？

兰　香　唔……看你一身灵气威气，我就不怕。

郑玉婵　那好，即刻动身一路计议，走！

（灯暗）

第二场　天子认妹

［幕间曲：钱塘今作临安府，
半壁江山何所图？

从天飞将新希冀，

春风试唤将朽株。

[一个月后。南宋皇宫。

[皇帝正在与江邈下棋。高世荣、冯益一旁侍立。

冯　益（念）　金人真是狂，大宋遭了殃，

父兄被抓走，弟弟好风光（手指皇帝）。

我这个三等小太监，也成了二皇上。

皇　帝（不满地扔下棋子）你又故意输棋给我？

江　邈　皇上棋艺精深，臣就是脑袋放上去，也不是你的对手呀。

高世荣　若金兵像江大人的棋一样，让皇上大块大块地围歼，那就好了。

江　邈　高将军，你明是夸皇上棋艺高超，暗是说皇上在战场上无能！

皇　帝（怒，一拍桌子站起）你们……

[高世荣、江邈跪下。皇帝愣了一会，又坐下。

冯　益（旁白）又干上了，高世荣主战，江邈主和，都恨不得摇下对方的脑瓜子。

皇　帝（痛苦地，示意江邈、高世荣平身）高爱卿，你说得……有理呀。

（唱）　是英雄本应驰骋疆场，

沉迷于声色乐趣贻笑大方。

天也命也时势也？

怎成了如此格调的临安帝王？

江　邈　皇上，这怨不得您，您黄袍加身时，大宋已经失去了半壁江山。

冯　益　皇上，下棋没意思，是不是把刚刚入宫的歌女叫来乐一乐？

[皇帝不耐烦地摆摆手。小太监上，悄悄对冯益耳语几句。

冯　益　禀奏皇上，这回你可以开心解闷了。

皇　帝　朕现在没心思！

冯　益　皇上，幼时常与您下棋为乐的柔福公主从金营逃回来了。柔福公主回来了。

皇　帝（惊喜）柔福公主？快宣她进宫！

[郑玉婵与兰香同上。（兰香被小太监拦下）

郑玉婵（唱）　玉婵换上柔福装，

到了临安进殿堂。

冒充皇妹谏天子，

身假情真心不慌。

柔福拜见皇上。

皇　帝　（欲扶起玉婵，又停住）平身。（郑玉婵站起。皇帝与郑玉婵环绕相视，上下打量。对冯益）你在后宫待过，你看她……

冯　益　（打量郑玉婵）从相貌上看，她倒像是柔福公主，可……

江　邈　可实际上并非柔福公主？

郑玉婵　（对冯益）从相貌上看，你倒像是人；可……

皇　帝　可实际上并非人。（大笑）好机智，好尖刻！

冯　益　（看着皇上的脸色，旁白）皇上不喜欢的，真的也是假的；皇上喜欢的，假的也是真的！（对皇帝）皇上，她相貌像柔福，说话、脾气更像柔福。

郑玉婵　是像柔福，还是柔福呀？

冯　益　是柔福，是实实在在、地地道道、千真万确、货真价实的柔福公主呀！

高世荣　货真价实？这可是第二个自称是柔福公主之人了。

郑玉婵　第二个柔福公主？

江　邈　是呀，两年前，也来过一个假柔福公主。

冯　益　后来被高将军给杀了。

郑玉婵　想必是皇兄想念柔福皇妹，明知真的在金营，只好先认了个假的。

高世荣　休得放肆！

郑玉婵　（看看高世荣）这位大人是……

冯　益　这位是高世荣高将军。

郑玉婵　（一惊）是高世荣将军？

江　邈　高将军杀的是假公主，你为何如此惊慌？

郑玉婵　这女子好有能耐，能让皇兄把她当成小妹我。

江　邈　我看你比那女子的能耐有过之而无不及！

郑玉婵　听你这么一讲，我也成了假冒的了？

［皇帝半信半疑地围着郑玉婵转了一圈。冯益赶紧盘问郑玉婵。

冯　益　你是何人所生？

郑玉婵　（唱）　　我母王婕妤。

冯　益　排行第几？

郑玉婵　（唱）　　排行十八。

冯　益　贵庚几何？

郑玉婵　二十一。

冯　益　说得是不差。不过，柔福长得又白又艳，你这么面黄肌瘦。

郑玉婵　皇兄：

（唱）　　皇家女金枝玉叶何等娇艳，

在敌营作囚徒怎比当年？

饥寒交迫多磨难，

如此境遇怎养颜？

最可怜母后皮蔫骨欲散。

皇　帝　母后！（急切地）母后……

郑玉婵　（唱）　　呻吟声凄凄惨惨揪我心肝！

皇　帝　（痛苦地）儿臣不孝，让母后吃苦了！

郑玉婵　（唱）　　罢罢罢，有国难投我不如重返幽燕。

侍奉母后到终年。

皇兄，你多保重，小妹走了（欲下）

皇　帝　（一把拉住郑玉婵）小妹，你……你还是小时候的脾气。

冯　益　公主，奴才一见到你，就认出你是正宗皇妹。你有何事，尽管吩咐。

高世荣　你若真是公主，棋艺自然高明，小臣想请教一盘。

郑玉婵　一路劳乏，改日再请将军赐教如何？

高世荣　嗜棋者，见棋来神。

郑玉婵　高将军，你是想再杀一个不会下棋的假公主吧？要是我在金营把怎样下棋忘掉了呢？

[皇上松开郑玉婵的手。江邈、冯益一惊。高世荣把手放在剑上。

郑玉婵　（大笑）九哥呀，你身为康王奋勇抗金时，何等勇武，怎么当了皇上，胆子却小了起来？就算我不是柔福，对付一个小女子也用不到你手下的将军拔剑相向呀！

[皇上等人很尴尬。高世荣的手离开剑。郑玉婵走到棋盘前。

郑玉婵 看来，不下这盘棋，我连性命也难保了。高将军，我执黑先行了。（落子）皇上不满地一甩手；冯益跟着一甩手；江邈耸耸肩；高世荣落子。

[与高世荣对弈。

高世荣 （唱） 借投子探柔福是真是假，
为臣者对皇上尽职竭忠。

郑玉婵 （唱） 名下棋实试探须防陷阱，
进深宫须慎行步步为营。

皇　帝 （唱） 我自幼与柔福亲密无间，
今日她貌更美玉亭亭。

江　邈 （唱） 看柔福举棋子从容镇定，
实难断棋局外黑白孰赢。

皇　帝 （看棋，突然地）把这假公主拉出斩了！（高世荣拔出剑对准郑玉婵）

郑玉婵 慢，皇兄为何要杀小妹？

皇　帝 朕与柔福下棋，授其四子，她还常常输棋。而你布局新巧，算度精细，行棋飘逸，柔中有刚，棋艺之高，莫说柔福，就是朕也不能轻易赢你。

冯　益 我早就说她是假公主。

高世荣 哼，这些胆大包天的女子，竟敢冒天下之大不韪！走！

郑玉婵 高将军，你的剑不去对准金兵金将，在一个女子面前耍威风？皇兄，多年不见，你能从康王变成皇上，小妹的棋艺就不能见长？

皇　帝 身陷金营，如何长棋？

郑玉婵 金营之中，长夜难捱，幸得身边有本棋书，便常以背棋谱消磨时光，棋艺能不长吗？

江　邈 你自称柔福公主，可有证据？

郑玉婵 我自小在宫中，皇兄和冯公公都知我容貌。

高世荣 天下相似人多矣，况且皇上与你多年未见。

郑玉婵 纵有相似之人，总不能主仆二人都与人相似吧？

皇　帝 难道有人与你一起讨回？

郑玉婵 母后让她身边的宫女兰香与我一同前来。

皇　帝 （对冯益）你去看看。（冯益下）

高世荣 金人终日戒备森严，被掠走的皇亲国戚、文官武将数百人，怎么唯独你一个弱不禁风的公主能逃回来？

郑玉婵 不必多问。

郑玉婵 皇兄，若不敢认我，就把我杀了吧。能死在大宋国土，能见上皇兄一眼，小妹我知足了！

冯　益 皇上，果然是太后的宫女兰香。

郑玉婵 皇兄，你可以不认小妹，可你不能不认母后的亲笔血诏！

皇　帝 血诏！

郑玉婵 皇兄请看，这就是母后让小妹奉来的血诏。

［皇帝从玉婵手中接过血诏。

皇　帝 （跪）母后！（对郑玉婵）皇兄委屈你了！

郑玉婵 九哥！

皇　帝 小妹！

［收光。

第三场　巧问天意

［幕间曲：昔日英雄今若何？
余威余勇有几多？
回天挽势看巾帼，
智促君王发浩歌。

［几天后。御花园。明月当空。

［冯益领小太监上，张罗御宴场面。

［内喊：公主驾到！

[兰香引玉婵公主打扮款款地上。众随四侍女。

冯　益　叩见公主。

郑玉婵　免！

冯　益　是。（带众小太监下）

兰　香　公主，这是御花园。

郑玉婵　啊，御花园！（环视环境，感慨油然而生，唱）

举目环视御花园，
花虽好月虽圆我心不安然，
皇宫中歌舞不绝升平一片，
那康王英雄事色掩酒淹，
喜只喜高世荣此时遇见，
他与我还有个不了之缘，
不知其是主和还是主战？
老父的谆谆嘱咐可曾挂心间？
爹爹呀，在天之灵多明鉴，
庇佑他能助我谏皇上发兵马，
雪国耻报家仇扫灭狼烟。

[内声："皇上驾到！"

[仪仗引皇帝上，文武百官列队随上。

郑玉婵　皇兄驾到，柔福恭候。

众　参见吾皇万岁，万万岁！

皇　帝　小妹请坐，众爱卿，赐坐！

众　谢万岁！

[众落座。

皇　帝　柔福皇妹，今日朕为你接风，宣召文武百官齐来庆贺。

郑玉婵　谢皇兄！

皇　帝　众位爱卿，开怀畅饮。

众　皇上，请！

[众饮酒。

冯　益　歌舞上来。

[众歌姬上，轻歌曼舞，郑玉婵不屑一顾。

皇　帝　柔福小妹，歌舞如何？

郑玉婵　呃，呃，（勉强地）好，好！

皇　帝　朕难得如此高兴，众爱卿，以花月为题，为御妹联诗如何？

江　邈　好！我先来，柔福公主花容月貌，真是：

（唱）　银河玉波映芳容，
　　　　明月生辉桂花浓。

大臣甲　（接唱）　冰清玉洁离险境，
　　　　淡香依旧念皇兄。

大臣乙　（接唱）　大难一过有厚福，
　　　　花好月圆乐融融。

[高世荣不理会众人，独自饮酒，已有些醉意。

江　邈　（对高世荣）高将军，该你了。

高世荣　身为将军，不能为皇上杀敌尽忠，有何脸面咏花叹月？

江　邈　这可是为圣上助兴呀。

高世荣　（走到郑玉婵面前，脱口而出）中原已陷不思取，轻歌起舞忘父兄！

冯　益　好！

江　邈　什么“中原已陷不思取”是说皇上丢了中原不思进取，“轻歌起舞忘父兄”是说皇上沉浸于轻歌曼舞之中，忘记了身陷金营的父兄，高将军吟如此忤逆之诗好大的胆子！

[众大惊失色。静场。高世荣酒醒了大半，跪在皇帝面前。

江　邈　冯公公，你竟然说这诗好？

冯　益　（惊慌）不不……我是说……说这诗好……好个屁！

郑玉婵　江大人，高将军何罪之有？

江　邈　公主，此乃对皇上不敬之罪，按大宋律，要满门抄斩！

郑玉婵　满门抄斩？

皇　帝　皇妹，朕是为你接风，你看此事如何处置？

郑玉婵　依我之见，改好好赏赐高将军才是。

皇　帝　有何功该赏呀？

冯　益　公主，你这是玩笑之言？

郑玉婵　岂是玩笑之言？皇上，待我把高将军诗句写下来，让众人品评一番。

冯　益　文房四宝伺候。

[皇帝点头。兰香把笔墨递给郑玉婵。郑玉婵一挥而就。兰香将纸拿起。上面写着“中原已陷不思曲，金戈齐舞望父兄”。高世荣看到诗，很惊讶。

郑玉婵　皇上请看这“中原已陷不思曲”是说中原被金人霸占之后，群臣和百姓无心娱乐唱曲；“金戈齐舞望父兄”是说为收复失地，我大宋将士一齐挥舞手中兵器，遥望中原的父老乡亲。江大人，高将军言皇上收复中原失地之志，怎会为大敬之罪？

江　邈　这……这不是高将军所吟之诗。

郑玉婵　（笑）江大人，高将军吟诗，众人都听到了，冯公公还叫了声好呢。

冯　益　是呀，我一听，就知道是颂扬皇上的好诗，好，就是好！

皇　帝　（扶起高世荣）高爱卿曾与朕出生入死，对朕之衷心，有目共睹！（大笑）高爱卿，你怎知朕无心听曲观舞？

郑玉婵　皇兄，你过去是英勇抗金的康王呀！

（唱）　看临安，金樽美酒映华灯，
望中原，百姓涂炭心如冰。
金营里，骨肉同胞盼眼穿，
皇兄你，岂能歌舞醉平生？

江　邈　公主，皇上日夜为大宋呕心沥血，难得今夜片刻之欢，休提扫兴之事呀。

高世荣　山河破碎，生灵涂炭，大敌当前，何兴之有？收复失地，乃天经地义之事。当初，若不撤大军，郑将军不会血洒疆场，其家人也不会惨遭金人毒手！

[郑玉婵听了震惊，凝视高世荣。

江　邈　皇上，大宋连年征战，元气大伤。此时只有议和金人，方能保住江南呀！

[众臣附和江邈。

高世荣 皇上，只有出兵中原，收复失地……

江　邈 皇上，万万使不得呀！

众 皇上，不能出兵呀（众跪）

皇　帝 尔等一心求和，长金人志气，灭大宋之威，愧对皇恩！

郑玉婵 皇兄，你我多日未见，理当先叙兄妹之情，出兵之事，可否日后再议？

众 皇上……

皇　帝 （对众臣）你们下去吧。

［江邈等众臣下。

高世荣 （感激、歉意）公主，你进宫那天，小臣无礼了……

郑玉婵 你也是为皇上好嘛。（笑）也许，我真是个假公主呢！

高世荣 公主对国对君对大宋百姓一片赤诚，此若是假，天下便无真可言。

［高世荣下。只剩皇帝与郑玉婵。

郑玉婵 九哥，当了皇帝，比当康王威风吧？

皇　帝 威风固然。但不做皇帝，可说欲说之言，做欲做之事；做了皇帝，言不可妄说，行亦须三思……九哥真想找个能吐真心之言的亲人呀。

郑玉婵 九哥，小妹就是你的亲人呀。

皇　帝 我倒真愿你不是我的小妹，而是与我无亲无故的宫外女子……

郑玉婵 （一惊）难道皇兄不喜欢小妹？

皇　帝 只因太喜欢你了，才如此异想天开呀。

郑玉婵 （镇静下来，笑）我若真是宫外女子，岂不犯下欺君之罪？皇兄，久别重逢，我陪你开怀畅饮如何？（斟酒）

皇　帝 对金人是战是和，九哥当断不断，你……你定会小看我吧？唉……

郑玉婵 皇兄，

（唱）　笼中之虎失威容，

皇家男儿少雄风，

只有九哥英气在，

国难时艰挽长弓，

半壁江山才保住，

中兴雪耻蕴胸中，

康王事迹人传颂，

北定中原还望兄。

来来来，小妹再敬一杯酒——（举酒）

皇　帝　唉，为兄昔日是英姿勃发的康王，但今日已成了优柔寡断的天子呀！（又连喝三杯）母后身陷囹圄，求救于我，朕虽有千军万马，却按兵不动……

郑玉婵　九哥！

（接唱）　赵家男赵家女万不可辱没祖宗。

皇　帝　小妹，你……你不知九哥心中之苦呀。

（唱）　朕何尝不思量再挽长弓，

朕何尝不思量重振雄风。

但宫中主战者少主和者众，

使得我六神无主双眼蒙。

这叫人去问神还是去问鬼——

郑玉婵　（接唱）　不问神不问鬼问问天公！

皇　帝　问问天公？

郑玉婵　你我问问天意？

皇　帝　天意如何问得？

郑玉婵　小妹自有办法。冯公公，笔墨纸砚伺候。（冯益拿来笔墨纸砚，下。在两张纸上写字后，将两纸叠上）九哥，这两纸纸上，一张写了个战字，一张写了个和字。你抽一张，抽到的字，便是天意。（皇帝欲抽，又停住）九哥，抽呀。

皇　帝　九哥我……为何心跳得如此厉害？

郑玉婵　九哥喝多了。

[皇帝狠心地抽了一张，但迟迟不敢打开。郑玉婵夺过，慢慢地打开。

皇　帝　何字？（郑玉婵将纸转向皇帝）战？

郑玉婵　战！金兵犯我，九哥怯而不战，天意不容啊！

皇　帝　战，未必可胜。

郑玉婵　不战，大宋必亡呀！

（唱） 覆巢之下无完卵，

狂飙过后尽残花。

等、等、等，国人心灰锐气挫，

和、和、和，金兵骄横霸气发。

车轮未动砖可阻，

车轮滚滚石变沙。

天意民意小妹意，

都劝九哥把兵发。

皇 帝 朕乃堂堂七尺男儿，一国之君，若不能决一死战，力挽狂澜，救母后于虎口，愧对小妹爱兄之心呀！（对冯益）传高世荣、江邈。

冯 益 江邈、高世荣进见。

[高世荣、江邈上。

皇 帝 高世荣，明日点兵出征，讨伐金贼。不救出太后，休来见我！

高世荣 臣领旨。

皇 帝 江邈押送粮食，接济高将军，不得有误。

江 邈 皇上……臣领旨。

[二人欲下。郑玉婵欲取另一张纸，被冯益发现。

皇 帝 高将军，留步！（对玉婵）小妹，你说高将军此人如何？

郑玉婵 高将军忠军爱民，堂堂正正，乃九哥之爱将，国家之栋梁。

皇 帝 高将军，你说公主如何？

高世荣 公主才貌出众，人品绝伦。臣曾疑她为假公主，百般查问，而公主却不计前嫌，以德报怨。

皇 帝 好！高爱卿，朕命你三天之后，再行出征。

郑玉婵 九哥，为何暂缓出兵？

皇 帝 为你呀。既然你与高将军情投意合，朕招高将军为驸马。

[众人都很突然。

高世荣 皇上……我……

皇 帝 怎么，你不愿意？

高世荣 小臣感谢皇恩，只是我一介武夫，配不上公主……

皇　帝 朕知道你与郑天之女曾有婚约，但郑天全家皆亡，虽未见其女之尸，但她不死也流落他乡，无处可见。朕赐婚与你，并非你毁约另娶。小妹，你说呢？

郑玉婵 高将军未忘前定婚约，实难能可贵；只是……（不知该如何说）

皇　帝 哈哈，小妹害羞，有话难以出口。此事，朕做主了，你二人明日即刻成婚。晓谕百官，举国大庆三天。

[郑玉婵担心地看一眼桌上的纸，与皇帝、高世荣、江邈下。

冯　益 （拿起桌上的纸）哎，怎么两字都是“战”？（欲撕又停）这两个“战”字说不定还能卖个好价钱。哼，什么战呀和呀，真呀假呀，这年头最实在的就是钱呀！

[切光。

第四场　情真意切

[幕间曲：金口玉言姻缘定，
是喜是悲难分清。
寂寞洞房三更过，
道是无情却有情。

[室内花灯锦帏，当中一个红喜字；室外后院树影婆娑，可见湖水。

[三更鼓响。伏案而睡的高世荣惊醒，踱到窗前。

高世荣 唉，又三更了。

（唱）　望长空河汉淡星疏月冷，
叹新房如幽洞形影孤清。
总难忘郑元帅千钧重托，
高世荣愧对公主似水柔情。
左也难右也难心绪难静，
千般情万般爱有语无声。

抽宝剑闻鸡起舞，

斩断情络早踏征程。

［高世荣舞剑。郑玉婵上。

郑玉婵 驸马好剑法！

高世荣 公主也醒了？（放剑进鞘，挂剑）

郑玉婵 驸马不睡，我也难眠呀。

高世荣 请公主多多见谅，都怪小臣不好。

郑玉婵 在为妻面前，驸马口口声声以臣自居，难道想赖婚不成？

高世荣 小臣不敢。

郑玉婵 既然如此，有一句话，已忍三日，不吐不快。

高世荣 公主有话请讲。

郑玉婵 新婚三日，驸马与我只有夫妻之名，并无夫妻之实，莫非嫌弃为妻？

高世荣 公主言重，我乃一介武夫，你是金枝玉叶，谈何嫌弃？只是鏖战在即，生死难料，只怕误了公主前程，有负皇上美意。

郑玉婵 如此说来，驸马还是一番好意？

高世荣 正是。

郑玉婵 假若我不是公主，你愿意与我成婚吗？

高世荣 公主，我非攀龙附凤之小人，若非皇上赐婚，我岂敢高攀！

郑玉婵 这么说，不是皇上赐婚，你还看不上我呢！

高世荣 不不，公主才华出众，玉洁冰清，尤其那日为小臣解窘，此恩非浅，今日能配公主，三生有幸。只是小臣与郑天之女玉婵有婚约在先，至今我仍愧对郑将军在天之灵呀！

郑玉婵 驸马啊！（唱）

听君坦诚将心奉，

更教为妻爱意增。

高世荣 （唱） 我非愿作无情物，

几番进房欲诉情。

郑玉婵 （唱） 你有情有义显本色，

我无怨无悔托终生。

高世荣 （唱） 你通情达理真才女，

我欲爱不爱掩新旌。

郑玉婵 （唱） 但愿从今心互敬，

两情相悦胜山盟。

高世荣 （唱） 晨风作伴天作证，

夫妻同心效朝廷。

郑玉婵 （唱） 扫灭狼烟凯旋后，

高世荣 （唱） 西湖双桨两同行。

高世荣
郑玉婵 （合唱） 家国团圆升平日，

三潭月漾水轻鸣。

郑玉婵 驸马！

高世荣 公主！

[两人相拥。高世荣突然警醒，慢慢推开郑玉婵。

高世荣 若是玉婵仍在人间……

郑玉婵 那又怎样？

高世荣 我背信弃义，无地自容！

郑玉婵 那你为何不娶她为妻？

高世荣 我不能违旨抗婚，也不忍负公主一片真情呀！

郑玉婵 若我是玉婵，岂不两全其美？

高世荣 （一惊）你是玉婵？（一想）这怎么可能呢？

郑玉婵 这是真话。

高世荣 怎讲？

郑玉婵 我就是郑天之女郑玉婵！

高世荣 （又惊又疑）公主，休要戏弄小臣！

高世荣 小女岂能戏弄与我父同抗金兵的将军，岂能欺骗与我早有婚约的郎君呀！

高世荣 （惊呆）啊！

[静场有顷。

高世荣 （惊呆，唱）听罢此言如雷轰顶，

百感交集难表心声。

公主与玉婵怎成了一个？

世荣怎成了走马花灯？

（取出一玉坠）

这玉坠正刻着玉婵二字

郑玉婵 （同时取出一玉坠，接唱）

这玉坠也镌了将军姓名。

高世荣 玉婵？我找你找得好苦呀！

郑玉婵 世荣，我盼你望眼欲穿哪！

高世荣 妻呀！

郑玉婵 夫呀！

[二人抱哭在一起。

高世荣 （冷静下来）你为何要假冒公主？

郑玉婵 我……

高世荣 此乃欺君大罪呀！你……你怎么能这样呀！

郑玉婵 将军呀！（唱）

想当年父阵亡壮志未竟，

恨金兵灭家门地泣天惊。

逃血海闯生路弱女有幸，

进庵堂伴孤灯一叶飘零。

趁良机赚宫围悉为使命，

劝康王振雄风奋起中兴。

欺君为大宋，

假凤救苍生。

一人何足恋，

舍命价连城。

今日酬夙愿，

将军要出征。

君作出鞘剑，

杀敌号长鸣，

我已无牵挂，

把盏送君行。

待到雄师祝捷日，

求君代妻谢朝廷。

一双玉坠三杯清酒，

代祭我父在天之灵。

（取剑） 我摘宝剑亲送君手，

欺君罪罪当斩，请请请……请君代用刑！

[郑玉婵跪下，双手举剑。高世荣矛盾至极。

高世荣 玉婵……（唱）

听妻话如霹雳教人猛醒，

字字血声声泪一片赤诚。

扶大宋救社稷义无反顾，

成夫妻同生死天亦有情。（扶起玉婵，放剑入鞘）

郑玉婵 谢将军！

[五更鼓响。

高世荣 夫人，我就要出征了。待我得胜回朝，我定奏皇上，赦免你欺君之罪。

郑玉婵 将军把玉坠挂上。（替高世荣挂玉坠）

（伴唱） 今日幸圆相思梦，

难舍良人去远征。

望君早奏得胜令，

西子湖畔诉衷情。

[夫妻依依惜别。

高世荣 夫人，保重！

郑玉婵 将军保重！

[高世荣下。兰香急上。

兰 香 公主，冯公公来了！

[冯益上。

冯 益 皇上有旨，宣公主即刻进宫！

郑玉婵 冯公公，这么急，可知何事？

冯 益 这……奴才不敢乱说。

[郑玉婵示意兰香。兰香取一包银子给冯益。

郑玉婵 公公辛苦了，请收下。

冯 益 （边收边说）是江大人说你假借天意，逼皇上出兵。公主，好自为之。奴才先走一步了。（下）

郑玉婵 谢公公，我随后就到。（急写一字，交给兰香）快快将此压在御花园石头下面。

兰 香 公主，皇上已发兵救太后了，你还是速速离开临安吧！

郑玉婵 （坚定地）我自有主意！

[灯暗。

第五场 龙识假凤

[幕间曲：才喜云散天门开，

忽又黑风卷雨来。

郑女泰然藏肝胆，

鬼蜮终归露鬼胎。

[紧接上场。乐庆殿。皇帝看着两张纸。

江 邈 这两张写的都是战字。假借天意，让皇上出兵，哪像个公主？

皇 帝 为何请朕出兵，就不像公主？

江 邈 皇家之人，谁不是只为己，不顾国呀！

皇　帝　（大怒）朕也如此？

冯　益　江大人，你胆敢骂皇上！

江　邈　（大惊，跪下）臣这张破嘴，该死！（打自己嘴巴）

［外面高喊：公主到！郑玉婵上。

郑玉婵　（唱）　风云变入皇宫入刀丛，
越危难我越须镇静从容。
那江邈手中有真凭实据，
借皇上诱冯益巧言相争。

郑玉婵　拜见皇上。

皇　帝　皇妹，这两个战字是否你所写？（将两张纸递给郑玉婵）

郑玉婵　此战字是小妹所写，请皇兄赐教。

江　邈　这一战字也为公主所写吧！

郑玉婵　江大人，我与皇上求问天意，你可在场？

冯　益　皇上与公主叙兄妹之情，连我都回避了，哪能轮得到他？

郑玉婵　我写字时你不在场，怎么知道我写什么？

江　邈　两个战字笔体相同。

郑玉婵　江大人幼时习字临过字帖吧？

江　邈　临过如何？

郑玉婵　你临出的字与字帖笔体相同，能说出自一人之手吗？

江　邈　你是说……说……

郑玉婵　这两个战字在不学无术、才疏学浅之人眼里，为一人所写。两个粗看笔迹相似，但此字的气势韵味都不如那个战字。皇兄，你精通文墨，细看一下，小妹所言是否有理？

皇　帝　（仔细看了看，犹豫）这……乍看确是相似，细看……

郑玉婵　又不全似。

郑玉婵　此字定是摹仿之作。皇兄，宫中有人如此偏爱小妹的字，何不请出此人，让小妹一见？

皇　帝　这……（看看江邈，江邈一时不知如何是好）

郑玉婵 （对江邈）噢，原来是江大人的手笔。不知江大人临此战字是出于喜好，还是别有他意？

江　邈 公主，分明是你写了两个战字，无论皇上抽到哪张，都合你意！

郑玉婵 你的意思，是我骗了皇上？

江　邈 正是。

郑玉婵 （笑）皇上在场，被我骗了，你没在场，却识破了，如此说来，你比皇上还要高明？

江　邈 不……不……

冯　益 （旁白）好戏！假的也变真了，江大人，你看不起我也罢了，怎么现在连皇上也敢看不起？

江　邈 你这混蛋……

郑玉婵 江大人，这张战字，是你临的，还是你请人临的？

江　邈 （冷笑）公主，就算此“战”为我所临，那“和”字呢？这个“战”字，皇上没有见过，那“和”字皇上也未曾见呀。

郑玉婵 皇兄抽走了“战”字，表明“和”为天意所不容，我便将它压在御花园石头之下，免其混淆视听。

皇　帝 （对冯益）你去看看。（冯益下）

江　邈 皇上，我……

皇　帝 （对江邈）若从御花园取来公主所写的“和”字，你该当何罪？

郑玉婵 江大人……（唱）

自从我回临安你心怀鬼胎，
欲使我兄妹情有去无来。
若此时你将真情如实道出，
我求皇兄抬手宽大为怀。

江　邈 （看着皇上）皇上……

[冯益上，将一张纸递给皇帝。皇帝将纸展开，是一“和”字。

皇　帝 你……下去，（江邈下）皇妹伶牙俐齿，无人能及，就算这两个“战”字都是你写，朕也不会怪罪于你。

郑玉茶 这么说来，你还信我不过？

皇　帝 许小妹开玩笑，就不许皇兄开玩笑？皇妹，高将军前日与你完婚，今日便率兵出征，这一去，少则数月，多则一年半载，你是不是觉得朕太无情了？

郑玉婵 （沉醉在离愁之中）高将军与我暂别，为救母后，也为大宋家家团聚。

皇　帝 他乃领兵征战之人，终年在外，留你独守空房，朕于心不忍。皇妹，你一人住在驸马府，不如搬到宫里来，闲时，你我可下棋吟诗为乐。

郑玉婵 皇妹既为高将军之妻，住进皇宫，有违皇家之礼。况且，驸马府距皇宫不远，小妹常来探望九哥就是了。皇兄，小妹告辞了。（下）

皇　帝 （望着郑玉婵的背影哈哈大笑）好一只假凤呀！昔日假凤，令朕恨之入骨；今日假凤，令朕意乱情迷！

（唱）　自与柔福又相逢，
　　　　赏花无须顾后宫。
　　　　只道苍天不解朕，
　　　　她为皇妹吾为兄。
　　　　今日知其非皇女，
　　　　怜香私情陡然生。

（白）冯益。

[冯益上。

皇　帝 增派宫女，好生伺候公主。

冯　益 遵旨。（旁白）怪呀，皇上对自己胞妹也有意思？

[内声：江大人求见。

冯　益 皇上，江大人求见。

皇　帝 传江邈进来。（江邈上）

江　邈 皇上。

皇　帝 真是蠢才，明明你有理，可在公主面前却理屈词穷。

江　邈 这柔福公主不是真的呀！

皇　帝 胡说！朕金口玉言，朕说真，假也真；朕说假，真也假。公主之事，你要说出去，小心你的舌头！

江　邈　小臣不敢。皇上，金人使者要见皇上。

皇　帝　金人使者？（盯住江邈）你和金人暗中有来往？

江　邈　我这可是为皇上好呀！金人除去了皇上的心头之患。（一挥手）

［小太监带两人搬上一个精致的木箱。

皇　帝　何物？

小太监　（小太监打开木箱，惨叫一声）人头！

江　邈　皇上，金人把先王……

皇　帝　将金使给我斩了！

江　邈　皇上，现在，您这皇上名正言顺，不用担心先王回来，再把皇位要回去。

皇　帝　朕无后顾之忧，正好可与金人决一高低。

江　邈　可太后还在金人之手。

皇　帝　（一惊）母后！

江　邈　就算你不顾太后死活，也得替您自己想想呀。

皇　帝　（犹豫彷徨，唱）

咄咄然一番言语令人寒颤，
虽狂妄也直须思虑再三。
最耽心手中玉玺化云烟，
顾什么当年勇威风八面。
今日想保住那头上皇冠，
罢罢罢，万般无奈此应变。
江爱卿！

江　邈　在。

皇　帝　（接唱）去对金使一声宣。

江　邈　遵旨！

［切光。

第六场　帝心倾移

[幕间曲：那一边媾和卖国心迷醉，

这一边沙场失利心如锥。

枯木朽株还作祟，

试问将军欲何为？

[上一场一个月后。驸马府。

郑玉婵　（唱）　那皇帝对我底细全知悉，

但对我更殷勤令人生疑。

莫非他念柔福寄情于此？

还是他重女色另有谋思？

这些事暂放下心驰战地，

三个月来时惊悸梦断戎机。

今闻得宋军败北令人焦虑，

更传来和声一片帝心倾移。

啊！前头险恶知多少？

大宋啊，今又是日昏月迷！

[兰香上。

兰　香　公主。

郑玉婵　打听到驸马的事了吗？

兰　香　驸马一回来就去了王宫，一会就回来。一些大臣要皇上严惩败军之将。

郑玉婵　这……

[幕后喊：皇上驾到！皇帝、冯益上。

郑玉婵　皇兄，高将军他……

皇　帝　小妹，高将军回来，就不想见皇兄了？

郑玉婵　（强笑）高将军是皇兄为小妹选的驸马，若我对高将军无情无意，怎么对得起皇兄对小妹的一片苦心？

皇　帝　若我收回这片苦心，你会怎样？

郑玉婵　皇兄又在开玩笑。谁会相信皇上是背信弃义、出尔反尔的小人？

皇　帝　若高将军此次出征战死疆场，你也怪上天背信弃义，出尔反尔？

郑玉婵　天意保佑高将军已平安归来。

皇　帝　可他是大败而归呀！

郑玉婵　皇兄，听说高将军兵败，是因为江邈押送的粮草未到呀。

皇　帝　江邈说，高将军冒然出击，后方空虚，粮道被截。

郑玉婵　江邈一直反对出兵，定是有意陷害高将军。

冯　益　（旁白）好个江邈，先用个假人头骗皇上与金人讲和，又把高将军的粮草吞了。

［高世荣上。

高世荣　拜见皇上。

皇　帝　免！高爱卿，辛苦了。

郑玉婵　驸马，缘何兵败，还不快快禀报皇上？

皇　帝　此事已过，休提它了。近日传来消息，先王已亡，只是母后还在金人之手。金使许诺：若我大宋与金人讲和，即送太后回朝。

郑玉婵　（一惊）皇兄你……你答应了？

皇　帝　朕本想不答应，只是母后……

（唱）　母后体衰年事高，
久在金营受煎熬。
为儿理应尽孝道，
来日讨金再挥刀。

高世荣　对，先与金人讲和，待太后回朝，再发兵讨金。

皇　帝　这是忠孝两全之计，可要换母后，还差一件东西。

郑玉婵　何物？

皇　帝　高将军的……人头！（郑玉婵险些晕倒。高世荣大惊）

郑玉婵　皇上，你……你你你……

皇　帝　皇妹休慌，朕深知高将军为君、为国可赴汤蹈火，视死如归。朕宁可背不孝之名，为国人切齿，后世耻笑，也不忍让朕之爱将英年早逝！

郑、高 谢皇上！（欲拜）

皇　帝 只是，高将军大败而归，众臣纷纷上奏，要求严惩败军之将。朕如枉法护之，则难服众臣，亦难平百姓对败将之恨。

高世荣 臣战败是江邈粮草未到，又私通金人，请皇上明察。

皇　帝 江邈若确通敌，朕定严惩不贷。

高世荣 皇上，为救太后，为不辱皇上英名，臣愿以身报君殉国！

郑玉婵 高将军，不能呀！

皇　帝 高爱卿，朕曾拼死从金人手中救你出来，怎忍心让你去死？

高世荣 小臣之命是皇上救的，臣为皇上死乃心甘情愿！

（唱）　想当年，臣陷重围万分危险，

勇康王杀敌救我方得生还。

救命之恩应图报，

尽忠殉国理当然。

皇　帝 这……不不。你与公主，新婚燕尔，朕岂能让恩爱夫妻……

高世荣 皇上，公主她……她……她不是……

皇　帝 不是什么？

高世荣 她……她不是臣命中注定之妻……

皇　帝 高爱卿，你征尘未洗，先好生歇息，解救太后及你兵败中原之事，明日再议。回宫！

[皇帝、冯益等人下。郑玉婵与高世荣相视良久。郑玉婵慢慢跪下。

高世荣 玉婵，此举为何？

郑玉婵 谢将军，在皇上面前为我遮风挡雨。

高世荣 你假扮柔福公主入宫，实乃忠君报国之举，我不忍你惨遭杀害。故未将实情禀报皇上，罪本当诛。现恰逢为君为国尽忠之机，我愿以死赎罪。

郑玉婵 将军，小女跪拜，更是求将军万万不能身赴黄泉。金人在沙场奈将军不得，才出此毒计，你若自毁己身，于君无益，于国有害。将军，玉婵实在舍不得……舍不得……舍不得夫君呀！我们远走高飞，离开这深宫险地吧。

高世荣 我是大宋将军，皇上重臣，岂能一走了之？

郑玉婵 不走，江邈等人会治你于死地呀！

高世荣 皇上待我恩重如山，若真要治罪于我，我也不能抗旨。

郑玉婵 那……那为了犯下欺君之罪的玉婵，你也不愿意走吗？

高世荣 公主，不，玉婵，我也舍不得你呀！

（唱） 觅玉婵心若渴得玉婵心如煎，

会也匆匆别也匆匆欲说无言。

我死前先入宫拜见圣上，

讲实情求赦免皇恩无边。

郑玉婵 皇恩无边？

（唱） 康王穿上皇帝装，

昔日猛虎今日羊。

为安金人害将军，

为虎作伥丧天良。

高世荣 你……你怎可如此说皇上？我身为大宋将军，理当为君分忧，以小臣之命，换太后之命，为国解难，死得其所。

郑玉婵 你……你好刚烈，又好愚忠呀！难道不想抗金的皇上靠不得，想抗金的将军也靠不得？世荣，夫君你不该死呀！

高世荣 我去意已定！

郑玉婵 将军，既然如此，不如我先赴黄泉吧！（拿过剑）

高世荣 玉婵，你……不可呀！（夺过剑）

郑玉婵 我即刻去见皇上！你等我回来。（下）

[切光。

第七场 假凤还真

[幕间曲：昏君昏君滔天罪，

将军将军真可悲；

临安临安却临危，

烈女烈女天上飞。

[紧接上场。皇宫乐庆殿。

江　邈　皇上，万一高将军……

皇　帝　（怒）你以为高世荣也与你一样贪生怕死，不能为君尽忠吗？

江　邈　就算高将军有殉国之意，可那假皇妹……

皇　帝　（怒视江邈）你胆敢说朕的皇妹是假的？（江邈连连后退，跪下）下去！

[江邈下。皇帝对冯益耳语。冯益下，郑玉婵急上。

郑玉婵　皇上！高将军他……

皇　帝　（急切地）高将军他怎样了？

郑玉婵　高将军去意已定。请皇上快快降旨，勿使将军走上绝路。

皇　帝　要救母后，别无良策；败兵之将，国法难容呀。

郑玉婵　（慢慢跪下）皇上，让我替高将军去死吧。

皇　帝　（扶起郑玉婵）金人对高将军恨之入骨，岂肯要别人之头？就是要，岂能让我心头之皇妹去死？高将军为国捐躯，皇兄心里也痛苦异常。你放心，朕定厚葬高将军。

郑玉婵　你当初从金人手中救出高将军，就是为让他死于你的手下吗？

皇　帝　彼一时，此一时。

郑玉婵　彼时你为康王，此时你是皇上？

皇　帝　这就叫，在何位，做何人。

郑玉婵　不，做人一根骨，位变人不变。

皇　帝　位变人不变，皇位也会翻！

郑玉婵　这就是你在皇位上的做人之道？

（唱）　高将军亦勇亦昏欲赴黄泉，

皇帝你心安理得面不改颜。

原只盼有幸逢得开明主，

谁料到此帝彼帝一脉连。

皇　帝　你若是真的柔福公主，也会有公主之位的做人之道！

郑玉婵 （大笑）那天追问两个“战”字，就知你已看出我并非柔福公主。你为何不斩我？

皇　帝 我愿意用十个真柔福，换你一个假皇妹。真柔福比你多一分娇柔，你比真柔福多一分刚毅；真柔福比你多一分妩媚，你比真柔福多一分冷峻；真柔福之棋艺，远不如你高超；真柔福之字，远不如你酣畅；真柔福之治国才华，更无法与你相提并论！如此让人爱、让人怜的假公主，朕岂能斩之？

郑玉婵 若有假康王，你也不斩吗？

皇　帝 假康王？谁如此大胆，敢冒充朕？

郑玉婵 你想知道？

皇　帝 快快告诉朕，抓住此人，将其凌迟处死！

郑玉婵 此人远在天边，近在眼前！

皇　帝 （一惊）我…… 此话怎讲？

郑玉婵 真康王真心爱大宋，你爱大宋是假，爱自己皇位是真；真康王真心抗金，你抗金是假，向金人卖辱求荣是真；真康王真心爱手下抗金之将，救高将军于金兵重围，你则致高将军于死地；真康王乃真丈夫，你徒有男人阳刚之表，实则柔弱卑微。你还有脸说自己是真康王？

皇　帝 我这真的成了假的，你这假的倒成了真的不成？如此说来，这世上岂不假似真时假亦真，真似假时真亦假？

郑玉婵 依我看，是真且恶时真亦假；假且善时假亦是真。我假冒公主，只为请皇上出兵抗金，救百姓于水火之中；你是真皇帝，却要杀害忠良，以媚金人。

皇　帝 朕并未杀高将军，他自己要以身许国。

郑玉婵 你就不能下道圣旨，让高将军打消殉国之念吗？

皇　帝 欲救高将军，非你莫属。

皇　帝 若你答应永在宫中伴我，我恕高世荣不死。

郑玉婵 在宫中伴你？

皇　帝 皇妹放心，朕已将多嘴的江邈的舌头割去，如今他真话假话都不能说了！你放心了吧！若你觉得以兄妹相称名不正言不顺，朕就封你为王后，以顺天理。

郑玉婵 天理？你…… 你好没廉耻呀！（唱）

真宫真殿真皇上，
假忠假孝假名堂。
深宫假凤真哀伤。
大宋若亡非天意，
此君当道国遭殃。
假情假意假仁义，
真心真意害忠良。
真善假恶皆颠倒，
真真假假皆荒唐。

皇　帝　小妹越骂，皇兄对小妹越爱。你若答应嫁我为后，朕即刻降旨令高将军不死。

郑玉婵　这……（略思忖一狠心）好，那就宣众臣进宫，当众赦免高将军死罪。

皇　帝　好，宣众臣进宫。

冯　益　皇上有旨，宣众臣进宫。

[众臣上。

众　臣　参见吾皇万岁，万万岁。

皇　帝　平身。

众　臣　谢万岁。

[兰香急上。

兰　香　公主，高将军他……他……

郑玉婵　他怎么了？

兰　香　他自刎了！

郑玉婵　哎呀……（昏倒，渐醒）

（唱）　一声惊雷魂儿断，
灵出窍直上九重天。

皇　帝　皇妹，皇妹快醒醒，朕今生今世让你享尽荣华富贵，做个堂堂正正的深宫之凤！皇妹……

郑玉婵　（渐醒，精神已崩溃）哈哈……皇妹，谁是你皇妹，（对众）我是堂堂大将军郑天之女，高世荣之妻郑玉婵！

[众大吃一惊。

皇　帝　疯了，疯了。卫士。（卫士上）

郑玉婵　哈哈……我要化作一只真凤凰，飞向蓝天，与我夫君，与我大宋为伴……哈哈哈。（飘然而去）

[幕后唱：锦心绣羽山间凤，

掠莽原舞长空不落梧桐。

龌龊宫廷终坍塌，

哭河山怜黍庶一脉孤忠。

[全剧终。

广东戏剧文库

优秀剧作选

1949-2019

广东汉剧卷

GUANGDONG XIJU WENKU
YOUXIU JUZUO XUAN
GUANGDONGHANJUJUAN

（第2册）

广东省艺术研究所
主编

中国戏剧出版社
CHINA THEATRE PRESS

目录

广东汉剧卷的剧本

全部由广东汉剧传承研究院提供

白门柳

（根据刘斯奋长篇小说《白门柳》改编）

编剧：张 维　徐 青

人　物　表

柳如是	钱孙爱
钱谦益	红　情
阮大铖	沈昆铜
徐公子	田公公
黄公子	阮　八
朱姨太	酒　保

复社书生们　徐府家奴们

钱府家仆丫环们、秦淮歌妓们

清朝兵勇们

第一场　荐　婚

[崇祯十三年辛巳，春。

[南京秦淮河畔。

[伴唱：　天下纷纷动兵刀，

大明江山势动摇。

[烟雾朦胧中闪现明兵来回报喊情况紧急。

明　兵　报……，李自成已迫近京城。

报……，清兵已攻破边关。

报……，李自成已到京城。

报……，清兵已攻破城池。

[幕前歌声：

（唱）　唯有那秦淮河畔春意闹，

　　　　歌舞升平乐逍遥。

[豪爽的徐二公子正在柳荫之下办花酒选花魁，钱谦益、黄公子、沈昆铜、书生甲、乙等复社人士盛会其中。

[歌妓们唱到酣处，徐公子高声喊“赏”。

酒　保　中山王府徐二公子赏绸缎十匹，白银一百两。

徐公子　（唱）　选花魁秦淮河畔办花酒。

黄公子　（唱）　借花酒复社同仁暗筹谋。

沈公子　（唱）　同恭贺老师入阁有胜数。

钱谦益　（唱）　老骥伏枥不怕白了少年头。

徐公子　人来！把选花魁的绣球呈了上来。

黄公子　（摇头感慨）哼，商女不知亡国恨，隔江犹唱后庭花……

徐公子　呵呵，就你一个黄公子忧国忧民？

钱谦益　（劝解）徐公子，黄公子报国之志可嘉，公子无须计较。

徐公子　和他计较？！我有那么傻吗？

黄公子　恕我黄某不奉陪了。

钱谦益　黄公子。

徐公子　来来来，莫坏了我们的雅兴，牧老啊，（呈绣球）快快主持评选花魁吧！

钱谦益　这真应了苏东坡的词句“老夫聊发少年狂”了，哈哈哈……

酒　保　姑娘们，都站好了，选花魁啦！

[徐公子欲抛球。

徐公子　选花魁啦！

[随着幕后“且慢”声，柳如是男妆上。

[柳如是演唱《牡丹亭·惊梦》之柳梦梅片段。

（唱）　转过这芍药栏前，

紧靠着湖石山边。
和你把领扣松、衣带宽，
袖梢儿揾着牙儿苫也。
则待你忍耐温存一晌眠。

钱谦益 （突然击掌而赞）妙！好一曲勾魂摄魄的《牡丹亭》！ 这位公子演来，论扮相俊美清秀，说身段举止合度，讲音律字正腔圆，只可惜是位公子，不然，今天的花魁非他莫属呵！

徐公子 既然牧老如此推崇，咱们今天何妨破个例。他不是个公子哥，她是柳如是！

[在众人的惊愕中，柳如是已除去男妆款款走向钱谦益。

柳如是 小女子拜见钱先生。

钱谦益 柳姑娘！

柳如是 钱先生，你还记得《柳絮》一诗么：

（接吟） “白于花色软于绵，
不是东风不放颠。
郎似春泥侬似絮，
任他吹着也相连”。

钱谦益 唉呀呀！惭愧，惭愧。去冬西湖一面之缘，难得柳姑娘还记得我的小诗《柳絮》……

柳如是 天下学子以得牧老一字为荣，柳如是一介风尘女子有幸拜受钱先生题赠，又怎敢忘怀？今日乔装而来，是以一曲《惊梦》有求牧老。

钱谦益 姑娘虽入风尘却是才情双绝的奇女子，牧斋愿听驱使。

柳如是 （唱） 我似那经风历雨白门柳，
虚度了风花雪月春与秋。
断桥边蒙赐《柳絮》诗一首，
先生情意心中留。
因此上奴家自赎自身别旧院，
脱风尘觅归宿只身来投。

钱谦益 你看中了哪位公子，老夫为你保媒就是了。

柳如是 多谢先生。不过，小女子的眼角可有些高。

（唱） 一要他学富五车文坛魁首，
二要他品格清奇倜傥风流，
三要他真心爱奴疼奴珍惜奴，
我要他八抬大轿全副仪仗吹吹打打锣鼓喧天来迎娶，
我要他阖府上下不叫姨太称夫人。
从今后洗尽风尘和污垢，
做一个清白人再不蒙羞！

沈昆铜 唉呀，我说柳如是，你开出这么些个条件，柳姑娘如此佳人，哪位名士才子敢应承呵，读书人的规矩多着呢。

钱谦益 昆铜，不可一概而论，似柳姑娘这般锦心绣口、琴棋书画，在秦淮河上，并无第二人，以夫人之礼迎娶，柳姑娘是当得起的。

柳如是 谢先生！先生您不是自号半野堂主人嘛！

（唱） 奴愿求半野堂里一席地，
与先生诗酒唱酬长厮守。

钱谦益 这！？

徐公子 牧老，你的艳福不浅啊！

钱谦益 柳姑娘如此佳人，若论婚嫁也该择一个品貌双全的公子……

柳如是 牧老，江南复社中品貌双全的公子自然不少，只是……

钱谦益 只是什么？

[柳如是与钱谦益耳语。钱谦益闻之先是一愣，而后喜形于色。众纷纷追询，钱谦益说了出来——

钱谦益 呵呵呵——

徐公子 牧老，她说什么？

钱谦益 她说……

众书生 说什么？

钱谦益 她说，姜还是老的辣！

[全场闻之哑然。

柳如是 （故作不解地）怎么，如是讲错了吗?

徐公子 没错，姜就是老的辣！牧老虽赋闲多年，仍然是东林领袖，士子楷模，当朝首辅也有意相邀入阁以扶危困。如是姑娘一句俗语足见知音，这红媒我当定了。

众书生 好。

黄公子 老师，国难当头，越礼娶妾，必招物议，正当老师即将复出之际，尚望三思。

钱谦益 黄公子，国家之事，老夫自有定论，柳姑娘对老夫痴情一片，老夫不管旁人如何议论，敢爱敢恨，敢作敢当。

徐公子 好！牧老可谓赤子之心，性情中人。

黄公子 老师……

徐公子 黄公子，你就别扫兴了。

众书生 恭喜牧老，喜得红颜知己。

钱谦益 如是姑娘，牧斋老朽，承蒙错爱，我定以夫人之礼，红毯铺地，八抬大轿，隆重迎娶。

众书生 好！

第二场　专　宠

[幕内唱：锣鼓喧天喜洋洋，
　　　　钱府今日闹洞房。
　　　　里外亲友来祝贺，
　　　　花甲老人娶娇娘。

[常熟钱谦益府邸花园。

[钱孙爱跑出来玩。

钱孙爱 （唱）　花甲老爹再拜堂，
　　　　　　　独生儿子多个娘。

大娘礼佛百事不探，
二娘别居时日久长。
三娘就是我亲娘，
成天逼我读书写字背文章。
只有这位新来的娘，
唱曲下棋玩陪我玩。
没法想象，亲娘不像是亲娘，
不是亲娘倒是像亲娘。
你说荒唐不荒唐。

柳如是　（唱）晨曦透窗，斜依栏杆看风光。
园中景非常，风剪柳丝额外长。
钱郎践承诺，八抬喜轿香，
告别旧院苦，花烛燃洞房。
再不用迎欢卖笑遭轻贱，
再不用夜半垂泪黯神伤。
还奴一个清白自主女人身，
夫唱妇随安享天伦胜似那神仙模样。
多年来等的盼的就是这一天，
柳如是洗尽风尘跻身清流气吐眉扬。

钱孙爱　（步出柳荫兴奋地）柳夫人！

柳如是　哦，是孙爱少爷。

钱孙爱　这几天做功课人都作蠢了，我想开开心心玩一玩乐一乐！

柳如是　哎呀，今日唱曲没有带吹笛，下棋嘛又缺了棋盘棋子。

钱孙爱　柳夫人，我有这个。（拿出一个彩球）

［朱姨太寻上，见状气急，故意咳嗽一声。

钱孙爱　娘！

柳如是　哦，是姨太来了。

朱姨太　（不服地）姨太？哼！别以为你坐着花轿进来就真的是夫人了？这是大老爷们

逛窑子的一时高兴！

柳如是 你！

钱孙爱 娘！

朱姨太 说穿了你还是个妾，一个不能和我相比的下等妾！偌大的钱府全靠我在理财持家呢！

红　情 （大声地）朱姨太，你太过分了！

柳如是 （忍耐地）红情，闭嘴。

朱姨太 顺便说一声，老爷快要复官了，这几个月应酬多银子紧，你们的月份钱减少三成。儿子啊，娘给你找个猫儿狗儿玩玩，别理这个狐狸精。走。

[朱姨太拉着钱孙爱打着哈哈走了。

红　情 （莫大委屈地）这……这真是欺人太甚！

柳如是 （唱）　人善被欺马善被骑，

朱姨太你算个什么东西！

早侦知你多有劣迹，

新进府我暂且不提。

今日里难忍心头火起，

你做十五我做初一。

只凭我略施小小心计，

管叫你被逐出府欲哭无泪滴！

[幕内声“老爷回府”。柳如是闻之示意红情去迎接，自己留在园内等着。不等红情去迎接，钱谦益就疾步匆匆地进了花园，直奔向柳如是。

钱谦益 夫人，牧斋回来了……

柳如是 （背转身不理他）。

钱谦益 呵，今日与那班师傅商讨建楼的图纸，可真把我累坏了哟……

柳如是 （仍不理他）

钱谦益 夫人呐，新建之楼就叫绛云楼，你看如何？（柳仍不理他）不得了不得了，我的夫人心绪不佳啊？

红　情 老爷，夫人被人欺负啦！

钱谦益 哦！谁人如此大胆，传上来受罚！

红　情 那我就去传了？

钱谦益 快去快去，慢着，你要去传谁呀？

红　情 朱姨太！

钱谦益 （愣住继而尴尬一笑）夫人呀，这个人么气量是窄小了些，今日纵有得罪，我替她担待担待如何？

柳如是 老爷，有件事不知当讲不当讲？

钱谦益 夫人，但说无妨！

柳如是 我讲出来你不要生气。

钱谦益 不会的，不会的……

柳如是 红情，把单子呈上来。

钱谦益 告状信？！说我钱府放高利贷？！哼，血口喷人，岂有此理！

柳如是 老爷，我查证过了，确有此事！

钱谦益 你待怎讲？

柳如是 （递上借据）老爷请看，这些借据上用的都是老爷您的名章。

［钱谦益接看而色变，朱姨太端着参汤和沈昆铜正好来了。

朱姨太 老爷老爷，人参汤人参汤……

钱谦益 蠢妇，你做的好事！（掷借据）

朱姨太 （拾看）老爷，我想放点印子钱，这银子才来得多来得快……

钱谦益 （击桌）你还敢强辩！我朝限定放债月息不得超过三分，有放高息者轻者杖责，重者收监。

钱谦益 昆铜，你跟我多年知书达理，怎么也帮着这个蠢妇做出犯法的事来…

沈昆铜 （急跪）老师息怒。学生也曾犹豫再三，可朱姨太一再恳求，说老师赋闲多年已坐吃山空，眼下又为复官的事儿上下打点银两，学生也就答应了，原以为不漏风声不妨事……

柳如是 可这风声不是已经泄露出来了吗？要是传扬到京城，老爷还想复出为官，如若连累老爷遭受牢狱之灾，岂不是把钱氏一门的血本全赔进去了吗！？

钱谦益 （大惊失色）我钱谦益此番被你们害惨了……

柳如是 老爷！幸而这告状信落到我手里了，尚可补救。

钱谦益 如何补救？

柳如是 沈公子，你速去把一应账目准备齐全，把每一单的高利尽数退还，并重新按朝廷法度开出票据。老爷，这样行吗？

钱谦益 好好好！昆铜，快照此办理，再有闪失，逐出师门。

沈昆铜 谨遵师命。（欲下）

柳如是 慢！

沈昆铜 柳夫人还有何吩咐？

柳如是 沈公子，听老爷说过，你自幼随父亲做过海外贸易，怎么不子承父业呢？

沈昆铜 昆铜早有此意，只是海外贸易利大本钱也要投得大，我……

柳如是 如果老爷俯允，我用私房钱与你合伙做海外贸易如何？

钱谦益 怎么，你也想做生意！？

柳如是 老爷，不想个办法，难道银子能从天上掉下来？

钱谦益 好！既然夫人信你，你就尽力而为吧。

沈昆铜 如此，学生赴汤蹈火，决不辜负老爷夫人的重托！（辞下）

钱谦益 （转向朱姨太）还有你，把持家的锁钥交给柳夫人，打点行装回老家闭门思过去吧。

朱姨太 老爷。（无奈交出锁钥）

柳如是 红情，收下吧。

红　晴 （接锁钥而讥讽地）姨太太，您老人家走好！

[朱姨太无奈而走：钱孙爱执书迎上……

钱孙爱 娘，您不能走，我不让您走。

朱姨太 （抱哭）我，我的儿啊……

钱孙爱 娘。

柳如是 呀！

（唱）　心弦儿一阵颤抖，

　　　　心意儿换了思谋。

　　　　当出手时已出手，

该糊涂时且糊涂。

柳如是 如是恳请老爷收回成命。

钱谦益 （颇感意外地）怎么，你替她求情么？

柳如是 朱姨太虽犯大错，可她总算为老爷生了个儿子，将功抵过，请老爷担待担待。

钱谦益 那，我就担待担待！

朱姨太 谢老爷！

钱谦益 （示意）蠢妇，要谢，谢她！

朱姨太 谢，谢，谢贤妹……

柳如是 嗯？

朱姨太 哦，谢夫人！

柳如是 好了好了，日后别忘记这府中还有我这个夫人，我就谢天谢地了。

[朱姨太含恨引钱孙爱走了。

钱谦益 牧斋深谢夫人大度！

柳如是 老爷，我委屈了自己，你拿什么宝贝来谢谢我？

钱谦益 我来亲自监工，早日把绛云楼建好作为谢礼……

柳如是 那楼是你早就起了奴家的，不能作数。

钱谦益 那你要什么？

柳如是 我要么……拔你的一根胡须！

钱谦益 （连连后退）哎，身体发肤受之父母，不能给！不能给……

柳如是 （娇笑地追取）我要嘛！我要嘛，我要嘛。

[柳如是终于拔下钱谦益一根胡子。两人嬉笑造型。切光。

第三场 受 笺

[数月之后。

[南京小道和钱谦益书房。

[阮八及奴仆持一灯挑一箱引阮大铖在舞台前区有柳荫依傍的小道上躲闪而

行；钱谦益在舞台后区有柳枝摇曳的书房锁眉愁思。

[阮大铖上。

阮大铖 （白）想我阮大铖，也是两榜进士出身，官拜光禄寺卿。文采风流，倒也名噪一时。只因一步不慎，错拜了大太监魏忠贤，被牵连在逆案之中，罢官一十五年了。趁如今钱牧斋操办喜事，我不免送上大礼以释前衍。

阮大铖 （唱） 夜深沉，

疏灯简仆从，

躲闪闪羞见路人。

钱谦益 （唱） 夜深沉，

更鼓声，

了无倦意又剔灯。

阮大铖
钱谦益 （同唱） 一封书，来自京城。

阮大铖 （唱） 不吝金银，

翻旧案复高官果有佳音。

再无须牛首山下写戏文，

夤夜归南京，

借重牧斋老东林。

钱谦益 （唱） 利与害，

看似分明难分明。

钱牧斋引领东林声名重，

怎能开脱阉党败类阮大铖？

阮大铖 （唱） 收拾起积年旧恨，

待明朝往钱府把关节通。（引奴仆下）

钱谦益 （唱） 若等闲首辅传信，

又担心复出无望终老山林。

[随着阮大铖下场，舞台前区的小道转换为后区书房的延伸区域供钱谦益的演唱推向台前。红情掌灯引柳如是上场。

柳如是 （唱） 夜深沉，西风渐紧。

送衣襟，恐凉了书房老人。

但见一灯如豆影，见老爷灯下费精神。

连月来，他日间奔波疲惫甚，

他夜晚修明史勤笔耕，他忧国忧民常激愤，

他知情知义多温存。得婿如许此生幸，

万千珍惜系一心。（加一长过门，使柳如是表演身段功夫）

移步笑问烦心事，老爷呀，为君分忧有妾身！

钱谦益 夫人，夜静更深，夫人为何还不安歇呀？

柳如是 （深情地）老爷不睡，如是焉能独自安睡？

钱谦益 夫人，请看——（示信）

柳如是 （接看）这是当朝首辅写来的！

钱谦益 正是。

柳如是 （看信而喜）夫君大喜，首辅已经许你复官入阁！

钱谦益 你再往下看！

柳如是 （再看而忧）哎呀！要你运用自己的声望，在江南士子之中为阮大铖开脱……

钱谦益 说白了，就是茄子萝卜一锅煮。那阮胡子复官我才能复官，阮胡子复不了官我钱谦益也只有老死山林了！

柳如是 哼，那首辅不知收了阮胡子多少银子，要为他出头！

钱谦益 夫人哪！

（唱） 我有心遵其嘱将他饶放，

又恐怕同门责怨把情谊伤。

利与害得和失反复衡量，

实叫人举棋不定难作主张。

柳如是 （唱） 劝君切莫犹豫休观望，

船到江心莫彷徨。

布衣难酬匡国志，

展宏图还须要位列朝堂。

风物长宜放眼看，

能赢棋便是好主张！

钱谦益　夫人的意思是，不妨拿阮胡子当作一个棋子与首辅做笔交易，博取个扶危济国的机缘？

柳如是　只要无愧于心，你就尽管去做。不过，老爷入阁之后，第一个就要把阮大铖治罪开缺。

钱谦益　（点头）如此说来，我该给首辅复一封信，把这事先应承下来……

柳如是　宜早不宜迟。

钱谦益　宜早不宜迟。哈哈哈哈！夫人请看。（示信）

柳如是　给首辅的信？原来您早就写好了？

钱谦益　不错。只是老夫十分担心复社士子对阮胡子恨之入骨，他们如不从老夫之意闹将起来，弄个众叛亲离，岂非弄巧成拙，满盘皆输。

柳如是　（笑了）牧斋，你不必担心了，话由我去说，赢了嘛自然是你去当官，输了嘛自有我来顶罪，就说是我柳如是背着老爷自作主张不就得了？

钱谦益　（感动地）夫人情深义重，叫牧斋感佩终生。

柳如是　唉，我是女流之辈，也只有女人的想法，这一生一世呀，想的做的只为那四个字儿。

钱谦益　哪四个字儿？

柳如是　夫荣妾贵。

钱谦益　呃，是夫荣妻贵。

柳如是　可我本是妾呀？

钱谦益　可我本当你是妻呀？

柳如是　不老成！

钱谦益　（笑唱）一夜愁烦随月逝，

柳如是　（接唱）倾心笑谈迎日升。

家　院　老爷，有客人求见！

钱谦益　夫人，请回避一时。是何人求见？

家　院　是阮相公求见。

钱谦益 请他进来。

家　院 有请阮相公。

阮大铖 （急上）哈哈，牧老，恭喜恭喜。

钱谦益 哎，圆海兄，赋闲之人何喜之有？

阮大铖 你将群芳之首柳如是娶回府中，金屋藏娇，还不是大喜事一件？真真妒煞老阮也！

钱谦益 圆海兄取笑了。

阮大铖 牧老，首辅来信可曾收到？

钱谦益 收到了。不过，圆海兄当年追随阉党与我东林复社结怨甚深，要解开这个死结，不可操之过急啊！

阮大铖 那些个书生，大都是你的门生故旧，还不是唯你马首是瞻。

钱谦益 话可不是这么说……

阮大铖 （哭泣地）都是大铖有负东林，阮某不敢拿黄白俗物辱没牧老清名，谨以拙作一部《燕子笺》就教于牧老，承蒙不弃，阮家班随时可来献演！

钱谦益 这……

阮大铖 恳请牧老准我阮大铖洗心革面，痛改前非！

（呈书函）

钱谦益 （有所顾忌地）你的戏文，我——

家　院 老爷，黄公子求见。

阮大铖 恳请牧老在复社诸生面前，替阮某美言几句。

钱谦益 这……你且暂避一时。请他们进来。

家　院 有请黄公子。

［家仆应下，钱谦益步出书房至花园中，柳如是下。

［黄太冲和书生甲乙急上。

黄公子 （礼）牧老安好！

钱谦益 黄公子踏晨曦而来，神情严峻，莫非有特别事么？

黄公子 说来真令人忧心，气愤！

（唱）　　北地烽烟日日盛，

江南蜚语频频生。

阉党复官露魅影，

传有首辅暗支撑。

复社同仁多义愤，

拟就了防乱公揭讨伐阉党阮大铖。

因此晨曦登门请，

恭请牧老领衔签名，以正视听。

钱谦益 黄公子言之有理。不过，此事还得从长计议。

黄公子 这…… 牧老，难道你有意开脱阮贼？

钱谦益 老夫绝无此意。

黄公子 《燕子笺》，牧老，这《燕子笺》从何而来？莫非你与阮大铖有交往？

钱谦益 这……

众书生 把它撕了。

阮大铖 撕不得，撕不得！

黄公子 好你一个阮大铖，你不好好闭门思过，还要上窜下跳，阴谋翻案，意欲何为？

阮大铖 都是阮某当初一时糊涂，恳请诸君宽宏大量，宽恕阮某吧！

黄公子 何必与他废话，打他就是了。

[众人围攻殴打阮大铖，柳如是急上。

柳如是 慢，黄公子，阮大铖虽有罪过，今日他已省悟，特地前来向东林复社负荆请罪，请诸位宽宏大量，看在你们的老师牧老分上，就饶恕他吧！

黄公子 这…… 就遵从夫人之意，饶恕于他！

[众人知趣而退。

柳如是 听说曲肆间传言《燕子笺》写得不错，让它留下来好在清闲时消愁解闷儿。

钱谦益 （如释重负地）既然夫人要消愁解闷，你就拿去吧。

阮大铖 （轻描淡写地）那大铖就转请柳夫人赐教！

[众心态不同地眼见着柳如是收下《燕子笺》时，徐二公子惊呼着急上。

徐公子 牧老，牧老！天塌下来了，天塌下来了！

钱谦益 何事惊慌？

徐公子 咱们大明朝的京城已经被流寇攻占！当今圣上已经在煤山上吊自尽啦！

钱谦益 （掌其一嘴地）混账！你以为这是秦淮风月，可以信口雌黄的吗！？

徐公子 （捂嘴而泣地）牧老，王府专报，千真万确啊……

[众大惊失色。

钱谦益 皇上！（跪）

众　人 皇上！（跪）

阮大铖 皇上！（跪）

阮大铖 （止住哭，站起走至台口）哼哼，我的案子就是崇祯皇帝定的，是他罢了我的官，如今他死了，我复官的机会来了。我哭什么，我哭什么嘛？哈哈……

黄公子 （突然止住哭）老师，各位仁兄快快请起，国不能一日无君，当务之急是要在南京留都拥立新君，才能号令天下，率军北伐，收复京城。

徐公子 按照立君以亲祖制，大行皇帝最近的是福王！

钱谦益 不，潞王素有贤名，与我东林复社交好，应该立潞王。把福王种种恶行写成文告，传檄天下，必能奏效。

众　人 好！皇上！（跪下）

（幕间伴唱）吴三桂引清兵大举入关，
南京城拥立福王坐江山。
朝野各派相争论，
有人升官有人落难。

第四场　弄　箫

[南明福王登基之后。

[南京秦淮河临河酒肆。

[箫声咽，烟笼秦淮酒肆月。月色透窗，窗内有徐公子和田公公在对酌评弹音乐。

田公公 这琵琶弹得实在是好。

徐公子 那是自然，不好我敢请你来听吗？酒保！

酒　保 二公爷，我在这候着呢！

徐公子 给田公公倒酒。

酒　保 是。

徐公子 哎呀田公公，要论这拥立之功啊，您才是头一份呀，您以前伺候福王爷没少劳累，今儿个福王爷登基当了皇上，您该好好地享享福了！

田公公 哪能呀！这宫里明争暗斗的事，伤神着呢！你知道吗？而阮大铖这拨人，又张罗着要治钱谦益反对拥立福王的欺君之罪。你说，烦不烦死人啊！

徐公子 我是个富贵闲人不懂得朝中之事，来来来，喝酒喝酒，听琵琶吧！姑娘们，再弹一曲。

田公公 慢着。徐公子，今天你这琵琶不是白听的吧？有事？

徐公子 公公明鉴！

田公公 什么事？

徐公子 就是公公方才说的那档子事。

田公公 帮谁？

徐公子 你猜猜。

田公公 帮——阮大铖？

徐公子 何以见得？

田公公 只有阮胡子才有这门鬼心事。其实，大可不必，福王爷，哦，皇上已准了他的兵部侍郎，不过这顺水人情咱们俩不妨做做。

徐公子 好，这是黄金一百两。（示银票）

田公公 二一添作五？

徐公子 九九归一，全是您的。

田公公 谢了。（收银票）

徐公子 公公，该是我谢你，替那钱谦益谢你救命之恩。

田公公 钱谦益？不是阮大铖？

徐公子 没错，钱谦益。

田公公 哎呀，钱谦益撰写文告，攻击福王“七不可立”，犯的可是天大的罪，这黄金烫手，徐公子，不是不给你面子，咱家得走人啦。

徐公子 公公、公公！

田公公 她是……

徐公子 她就是前礼部侍郎钱谦益的如夫人柳如是。

柳如是 公公，佛家说，救人一命胜造七级浮屠。

田公公 柳如是，你不必多言，事情呢我都明白。不是我说牧老，满肚子学问的人，怎么下了这着臭棋呢。立君以亲是咱大明的祖制，福王是大明皇帝的堂弟，就凭他们几个书生，写那么个文告，罗列福王七条所谓的罪状，就能挡得住皇上登基？笑话！祖宗的家法，能随便改吗？！

柳如是 公公教训的是。

（接唱） 牧斋做事欠思忖，

写文告种下了弥天祸根。

望公公皇上面前把美言进，

赦免他不识好歹的糊涂人。

田公公 哦……此事不好办呐，我实话告诉你们，皇上登了基，也就不在乎什么“七不可立”的文告了。就是那马世英紧在皇上耳边吹风，要借此打击东林复社，扩张自己的势力呵。

柳如是 公公圣明。

（唱） 斟一杯梨花酿敬献公公，

有几句肺腑言细说分明。

新皇登基再不能闹内讧，

兴冤狱势必把新朝断送。

望公公劝皇上息党争任用贤能，

众士子定当会感恩图报抗清兵。

一个和字千斤重，

大明靠它再中兴。

如今皇上视公公为股肱，

您定能灭内患倡新风。

功在社稷福荫百姓——千秋万代万代千秋留美名。

田公公 果然是锦心绣口，名不虚传。

柳如是 田公公您看这件事？

田公公 你就放心吧！

徐公子 公公，这黄金？

田公公 二一添作五。

徐公子 全都是您的。

田公公 谢了，你这是什么宝贝？

徐公子 哦！这是一块西洋怀表，既然田公公喜欢就送给您了！

田公公 （急接，贪婪地）那就谢了。

[洞箫声中，钱谦益和阮大铖出现在特写灯光里跪听田公公宣读圣旨。

田公公 奉天承运皇帝诏曰：前礼部侍郎钱谦益，前兵部侍郎阮大铖，均属人才难得。特赐封钱谦益礼部尚书之职，阮大铖兵部侍郎之职，着即赴任视事，钦此。

钱谦益
阮大铖 万岁！万岁！万万岁！

钱谦益 阮大人，眼下国难当头，我辈当记取前车之鉴，和衷共济——

阮大铖 （冷笑）当年你那班恶狗门生痛打老夫之时，怎不说这和衷共济？今日，是仇人，我阮圆海一个也不放过！

[箫声嘎然而歇！舞台转入。

第五场　改　笺

[数月之后。

[南京钱谦益尚书府邸厅堂内。

[家仆们为钱谦益的寿诞忙碌着。

柳如是 （内唱）前呼后拥出兰房，

[红情引丫环簇拥着春风满面的柳如是和钱谦益上。

柳如是 （唱） 绛云楼终落成无限风光，

尚书府添新景谁不羡仰。

堂前柳沐春色浩然气象。

呼风唤雨上尊下从，

尚书夫人非比寻常，

为夫君立朝堂居安思危。

我还须勤调停巧作主张。

但愿得了却人生美梦想，

人上人的滋味我要细细品尝！

[钱上，柳扶他坐下，众人拜揖。

众公子 绛云楼如期完工，请受学生一拜，恭喜老师，贺喜夫人。

钱谦益
柳如是 免礼。

[数名衙役上。

衙　役 哪位是黄公子、沈公子？

黄公子
沈公子 在下便是。

[黄、沈应声而出。

衙　役 二位公子，得罪了，带走！

[将二人锁拿。

钱谦益 站住！竟敢尚书府上锁拿贤良！岂有此理！

衙　役 钱大人，小的们也是奉上命差遣。

钱谦益 奉何人之命？

衙　役 兵部尚书阮大人之命。

钱谦益 这……是何罪名？

衙　役 造谣惑众，反对新皇，结党营私，图谋不轨。带走！告辞了！

众　人 老爷（老师）怎么办哪！

[钱挥手，众下去。

柳如是 老爷，为今之计，当速请史可法史大人回朝，方能解此危难！

钱谦益 史大人？阮胡子竟敢到我府上抓人，分明是冲着我来的，下一个就是抓我了，史大人也无能为力呀。

柳如是 阮胡子竟敢如此无礼，老爷何不禀报皇上。

钱谦益 他深得皇上宠信，日前提拔为兵部尚书，我呢已是泥菩萨过河，自身难保了。

柳如是 如此，就无法可想了吗？

钱谦益 倒也不是无有办法可想。

柳如是 什么办法？

钱谦益 俗话说解铃还得系铃人。当年夫人曾收下阮胡子一部《燕子笺》传奇，就以此为题请他过府，当面讨教！

柳如是 当面讨教？老爷的好记性！

钱谦益 谢夫人夸奖！

柳如是 牧斋！你可记得当年夜晚我还说过另一句话！

钱谦益 什么话？

柳如是 一旦你复了官，第一个就要替我把阮大铖治罪开缺！

钱谦益 这？！

柳如是 如今，我已不是青楼女子，而是堂堂尚书的内眷，要我与陌生男子同席共饮，你说合适吗？

钱谦益 夫人！我何尝不想惩治这个祸国殃民的阉党余孽，无奈他如今兵权在握，勾结首辅，交通番镇，我东林复社多是布衣，难以匹敌，只有委屈委屈夫人了……（恭施大礼）

柳如是 老爷，你不觉得你复官后，胆子小了些，脊梁骨也软了点么？（拂袖而下）

钱谦益 这——（见状顿时没了主意）

阮大铖 钱大人，在此发什么呆呀？

钱谦益 啊，阮——阮大人！（指责家仆）尔等怎不通禀？怎不通禀？

阮大铖 是我不让通禀的。怎么，这不行吗？

钱谦益 阮大人，请坐。

阮大铖 钱大人，今天你的绛云楼落成，怎么冷冷清清的，你的那班门生故旧都哪里去了？

钱谦益 刚才还热闹非凡，突然来了一群不速之客，把我的客人请走了。

阮大铖 是谁有这么大的面子能把钱大人的客人从府中请去呀？

钱谦益 当今朝庭，除了你阮大人，还有谁有这么大的面子？

阮大铖 想当年你那帮恶狗门生痛骂老夫之时，你怎么就不给我面子呀？

钱谦益 阮大人你当年追随阉党，迫害我东林志士之时，你又何曾给过面子？

阮大铖 你……告辞了。

[阮大铖生气欲走，柳如是男装上——

柳如是 阮大人，即来之则安之，何必急着走呢？

阮大铖 何人在此多嘴？

柳如是 学生柳如是拜见阮大人。

阮大铖 柳如是？嫂夫人何用以须眉相见呢？

柳如是 阮大人乃一代才人，今日我怎能错过当面领教的机缘呢！因此就没有什么嫂夫人，而只有学生柳如是。

阮大铖 好！咱们就依如是之说，今日就称兄道弟，以文会友。

钱谦益 既然如此，圆海兄请上座。

柳如是 且慢。圆海兄初次过府，当以“送酒定席”之礼相待。来，酒宴伺候！

[柳如是引家仆丫环行送酒定席之礼毕。

阮大铖 这第一杯酒，我要借花献佛，敬与如是兄。

柳如是 这话怎讲？

阮大铖 想当年，我阮圆海穷途末路，欲以一部《燕子笺》传奇请教于牧斋兄，若不是如是兄毅然受收，我那《燕子笺》恐怕早已毁于那班复社狂生之手，牧斋兄，这杯酒是否应该敬献给如是兄呀？

钱谦益 这个……

柳如是 圆海兄这样说来，这杯酒我该转献给牧斋兄了。

阮大铖 这是为何？

柳如是 当年若不是牧斋兄俯允，我又何以能够拜读到《燕子笺》妙文呢？

阮大铖 这个……

钱谦益 哎呀，兄弟之间何必敬来敬去，咱们同饮此杯同饮此杯！

[三人同饮，柳如是暗泼于地。

柳如是 圆海兄，小弟不揣冒昧，愿以一曲《燕子笺》请教圆海兄。红情，你且唱来！

[红情上来唱曲，丫环吹笛、配舞。

红　情 （唱）　风吹雨过百花残，
香闺春梦寒。
起来无力倚栏杆，
丹青放眼看。
扬翠袖，伴红衫，
莺娇蝶也憨。
几时相会在巫山，
庞儿画一般……

阮大铖 （自得地）这是《燕子笺》中《写笺》一出之《醉桃源》，每个字都费了我不少心血！

钱谦益 （夸张地）美仑美奂，毫不逊于汤显祖的《牡丹亭》！

阮大铖 （得意地）如是兄，你以为如何？

柳如是 （明褒暗贬地）小弟深爱此剧，虽反复推敲，欲改一字竟也为难。唯这《醉桃源》一曲中，尚有数字可斟酌。

阮大铖 （诧异地）哦，倒要领教领教。

钱谦益 （阻止地）如是你……

柳如是 （侃侃而言地）此曲第四句：丹青放眼看。闺中观画何以能“放眼”，不如改作“误认”二字为妥。

阮大铖 （不无激动地）嗯，说下去，说下去。

钱谦益 （低声地）说不得了说不得了……

柳如是 （倾泻地）再有下一句：扬绿袖，伴红衫。虽则生动却有失大家闺秀口吻，可改为：绿云鬓，茜红衫，便得了含蓄之要义！

阮大铖 （抑制兴奋地）说呵，再说，再说……

柳如是 （摇了摇头）

阮大铖 没了？把唱曲的先给我停了吧！

［红情等退下，阮大铖停步沉思，柳如是稳神以待，钱谦益焦急万分。

钱谦益 完了完了！

（唱） 阮胡子颇自负文才甚高，

改其文好比是虎头拔毛。

柳如是 （唱） 《燕子笺》是他的心爱至宝，

挫其锋投其好出个险招！

阮大铖 （唱） 柳如是才情横溢文思高妙，

果然是一字之师不可小瞧！

（拍案惊奇地）柳如是，好才情！你改得好，改得妙，堪称我阮圆海的一字之师也！今日，弟要把你新改的曲词书写在折扇之上，赠与如是兄存念！

钱谦益 哎呀，又是一段文坛佳话。笔墨伺候！

［阮大铖书扇毕，钱恭敬地接下。

柳如是 阮大人，请恕学生直言，眼下清军压境，唯有合力抗敌，大明才有一线生机，望大人放了黄公子他们。

阮大铖 这……

阮　八 （急上）老爷老爷，出事儿了，出事儿了！

阮大铖 慌什么！讲。

阮　八 有人在咱家大门上贴了副对联……

阮大铖 哦！那上联？

阮　八 上联写的是：闯贼无门匹马横行天下。

阮大铖 闯字无门，是个马字。这是骂首辅马士英马大人呢！下联？

阮　八 下联写的是：元凶有耳一兀直犯神京。

钱谦益 是个阮字。

阮大铖 掌嘴！一副对联把我与马大人全给骂了。钱老头，这一定是你那班复社狂生干的好事，你要小心了！（拂袖而下）

钱谦益 阮大人。夫人，这该怎么办？这该怎么办？

柳如是 是福不是祸，是祸躲不过。（柳撕扇）

第六场　投　池

[月余之后的一个清晨。

[南京钱谦益尚书府邸花园。

[幕后歌声：

炮声隆隆震天响，

杀声阵阵人心慌。

[远处炮声隆隆，朱姨太夹个大包袱拉着钱孙爱在吆喝着家仆和丫环。

朱姨太　（唱）　不妙不好，不好不妙，鞑子杀来放火炮。

皇帝爷跑了，高官儿跑了，缙绅豪富全跑了。

大家伙儿也该收拾家当快跑快快跑。

逃回老家趁拂晓趁拂晓！

[红情引柳如是赶来阻止。

红　情　慢着，柳夫人到！

柳如是　你们都听我说！虽说朝廷危急，清兵直逼城下，可钱府的人丁都必须各安其位，等候老爷回来训示。

朱姨太　老爷？老爷回来也得跑！

柳如是　朱姨太！老爷若要弃城而逃，怎不学阮大铖他们，国难当头一跑了之，还呆在朝中忙碌通宵呢？

朱姨太　鬼知道他忙些什么？你柳如是说他不会跑，可我朱姨太说他就会跑。信不信，走着瞧！（欲走）

柳如是　慢，若有擅自出府者，家法处置！

朱姨太　王法都没有了，你家法还管个屁用！（又欲下）

钱孙爱　（执书上）娘……

朱姨太　大祸临头了，咱们快走……（欲下）

柳如是　人来，都给我拦下。

[众应声分下，钱谦益分上……

钱谦益 夫人……

柳如是 老爷，可把你等回来了。外面的情况怎么样？

钱谦益 别急，别急，有请二位公子。

（黄太冲、徐公子走上。）

柳如是 黄公子，你怎么出来了？

黄公子 看管我们的狱卒都逃走了，是徐二公子砸开牢门，我就出来了。老师廷议而归，请予明示。

钱谦益 （欲言又止地）这廷议之策算么？还是莫衷一是。依老夫私见，二位赶快出城，依仗中山王府的声威和复社的才略，联络有志之士拥戴新主再图中兴！

徐公子 牧老依您之见，这回我们该立谁为皇上呢？

钱谦益 这……

黄公子 错了。

徐公子 什么错了？

黄公子 这些年来我们复社只知道围着皇上转圈圈，怎么就忘记了孟夫子说的一句至理名言呢？

钱谦益 什么至理名言？

黄公子 民为本，社稷次之，君为轻！

[闻者愕然。

徐公子 着呀，黄公子言之有理，如今已是紧要关头，咱们如何行事为好？

黄公子 徐公子，以小弟之见，为今之计，我们只有投靠义军与清兵对抗到底。

徐公子 投靠义军？好！黄公子，咱们走！

柳如是 慢，黄公子，举义抗敌，花费不少，这些银票略助军威。（呈银票）

黄公子 这……黄某必以清兵的头颅相报！

[徐公子、黄公子同下。

钱谦益 夫人，你怎么府内的银钱全送出去了！

柳如是 府内的积蓄够你花销的了。

钱谦益 那好，马上把府内的积蓄尽数清点清点，要快速些快速些！

柳如是 （疑惑地）快速清点，老爷是想——走？

钱谦益 你误会了，我钱谦益不是阮大铖，国难当头，我是不可以一走了之的。

柳如是 （希望地）那老爷是想捐献家才，聚兵抗敌！

钱谦益 你又误会了，我钱谦益不是史可法，我是不可能上阵打仗的。

柳如是 （预感地）老爷一不是逃走，二不是抵抗，难道是——投……

钱谦益 轻声！夫人，只剩下……通款议和了！

柳如是 （绝望地）投降就是投降，干吗还说得如此文雅！

钱谦益 （长叹一声）不如此则羞于启齿呵！

柳如是 （爆发地）为什么知道羞耻还这样做？你们平日最看重的名节二字，难道被狗吃了！？

钱谦益 （发泄地）不这么做那该怎么做？难道硬要让南京变成第二个扬州，被清兵屠城十日才甘心吗！？

[两人相持良久，柳如是渐渐背转了身躯。

柳如是 （茫然地）国破家亡，确也无路可走……

钱谦益 （无奈地）除此一途，别无他法哟……

柳如是 这么说，他们要进城了？

钱谦益 就在明天。

柳如是 明天？明天你得去恭迎他们？

钱谦益 他们还算通达，既免了屠城之灾，还许以官职。

柳如是 官职？你答应了？

钱谦益 多铎亲王举荐我为大清朝礼部侍郎管秘书院事，并允诺我继续兼修《明史》，因此……

柳如是 因此要快速清点积蓄，便于上下打点打点？

钱谦益 夫人总算明白了。不知府内积蓄估有多少。

柳如是 （再次爆发地）没有，没有，一个子也没有！

钱谦益 夫人你！

柳如是 你钱谦益好赖也是东林领袖文坛祭酒，你学不了史可法，也可以学学阮大铖他们开溜了可没投敌！你怎么学来学去学成个叛逆洪承畴？我恨我柳如是当初瞎了眼。

钱谦益 （恼羞成怒地）放肆！你怎么可以这样说我？怎么这样说我钱谦益！？

[俩人再次相持，天际传来滚滚的雷声……

钱谦益 （慌乱地）怎么，他们又打炮了？（狂暴地）多铎亲王！我们不是已经通款议和了吗？你们怎么能出尔反尔又打炮啊？我钱谦益连名节都交出来了，你们还不知足吗？

柳如是 （不屑地笑了）老爷慌什么，这不是炮声是雷声。

钱谦益 （掩饰地）哦，人老了，耳朵也不灵光了……

柳如是 那我就大声提醒老爷（冲着钱谦益的耳朵），你不觉得天上的雷声比地下的炮声更可畏更可怕吗！？

钱谦益 你？

家　仆 （急上）老爷，刑部高大人自尽殉国，家人前来报丧！

钱谦益 知道了。

家　仆 （急上）老爷，吏部张大人殉国自尽，家人前来报丧！

钱谦益 知道了知道了！

柳如是 自尽殉国！殉国自尽……

［两人相视无语，似乎都意识到什么；

红　情 夫人，请用茶。

［半晌，柳如是缓缓地奉上一杯茶。

柳如是 牧斋，方才我一时情急，言语冲撞，失礼了。

钱谦益 夫人，方才我也是一时情急。

柳如是 牧斋，其实你哦，不，应该是我俩，还有一条路可走。

钱谦益 夫人，还有哪条路可走？

柳如是 君不见，花园之中还有这一方荷池？

钱谦益 你说的是投……

柳如是 投池殉国！

钱谦益 去死！

柳如是 死节报民！

钱谦益 你，你你你竟然要我钱谦益去死……

柳如是 不，我柳如是虽出身青楼，但也是个无名有实的大明朝尚书夫人，应当要陪着老爷一道投池殉国，死节报民！

钱谦益 （感动地）你，你你你竟然愿意陪着我钱谦益去死！

柳如是 （希冀地）恳请老爷俯允。

钱谦益 （冲动地）我钱谦益不是那贪生怕死之徒！走！

[他拉着她直奔荷池以足涉水……

钱谦益 （唱） 触水惊心，生死界怎么如此分明。
直叫人踌躇意顿生，无奈温言求夫人……
夫人，这水实在是太凉了！

柳如是 你，心有反悔？！

钱谦益 不是心有反悔而是心有不甘呵！
（唱） 一不甘枉生华发国事无力匡正，
二不甘空有志编修明史未完成。
三不甘难辜负夫人对我的情和义，
我只得权衡伸曲姑且偷生。

柳如是 （绝望地）你还是心有反悔……

家　仆 （急上）老爷，清军特派专使，送来官服（呈上），请老爷主持入城大礼。

钱谦益 夫人，我去去就来？我去去就来！我去去就来……（与家仆下）

柳如是 （唱） 碧幽幽一池荷花水，
恨长长肝肠寸断珠泪垂。
忆往事历历在目不堪回首，
似水年华付与了谁？
卖身为奴年方十二岁，
卖笑为妓才是十四岁的娥眉。
只道是菩萨保佑天公作美，得嫁与……
清流名宿、文章首魁、诗国宗匠、东林领袖，
虽然是红颜白发老少相配，却有着夫荣妻贵，
耀眼的光辉！ 啊——
何曾想天崩地解山河破碎，
社稷败亡人间皆悲。
夫君变节成叛臣，
仓徨四顾何处归。

何处归，头难回，
春正去，秋叶飞。
（旁白）柳如是啊柳如是，你真的是心比天高，命如纸薄啊！
（唱）　做一个人上人已成梦寐，
做一个大明鬼尚且可为。
尚书府邸成墓丘，
堂前柳色变幡帷。
奴身本似那残花败柳，
此心却足比清荷蓓蕾。
风凄凄，柳丝丝，
旧时景色仍依稀。
情已逝，唤不回，
天涯茫茫魂不归。
最悲莫过心先死，
人间难觅奴的立足。
挤身方寸地，拼将一死投碧水，
洗尽污淖留芳菲。
（旁白）快救人……
（伴唱）白于花色软于绵，
不是东风不放颠。
郎似春泥侬似絮，
任他吹着也相连。
[歌声中大幕徐徐落下。
[全剧终。

·广东汉剧卷·

花田八错

整　理：陶汉笙　姜文革

人　物　表

春　兰	卞　吉
刘玉琼	周玉楼
周　通	李　忠
刘员外	刘安人
鲁智深	刘　仁
店小二	轿　夫
公　差	四青袍

第一场　错请周通

店小二　（唱）　年年有个三月三，

游玩之人有万千。

渡仙桥，摆桌案，纸笔墨砚摆得全。

回头便把相公请。

［卞吉上。

卞　吉　（唱）　店主东请我为何情。

店小二　相公，桌案、纸笔墨砚俱已摆好了，少时与你送午点来。

卞　吉　多谢店主东。

［店小二下。

（唱）　春来春游芳草地，

夏来夏游荷花池。
秋来秋饮黄花酒，
冬来冬吟白雪诗。

刘玉琼 （内白）春兰带路！

春　兰 （内白）小姐随我来！

［刘玉琼、春兰上。

刘玉琼 （唱）　刘玉琼离香闺游玩花田，
只见那百花开鸟语声喧。

春　兰 （唱）　花田上游玩人如同牵线，
又只见粉蝴蝶对对采莲。

刘玉琼 春兰，你看这花田之上，百花盛开，多么爱人啦！

春　兰 小姐，待春兰与你摘上几朵你看可好？

刘玉琼 快去摘来。（丝弦）走啊！
（唱）　花田上并无人遂奴心愿，

春　兰 （唱）　尊小姐必须要用目细观。

刘玉琼 （唱）　叫春兰前带路渡仙桥岸，

春　兰 （唱）　那一厢坐的是美貌少男。

刘玉琼 （唱）　眉又清目又秀一条金线，

春　兰 （唱）　压赛了前朝中宋玉潘安。

刘玉琼 春兰！你看渡仙桥坐的一位相公，真是令人可爱。

春　兰 漫说是小姐你爱哟！我春兰一见都爱了。

刘玉琼 春兰你去看看！那位相公是做什么的？

春　兰 是，小姐在土台打坐，待我前去问来。先生请了！喂！先生请了！

卞　吉 哦！原来是大姐。

春　兰 先生在此做什么事？

卞　吉 哦……你看我在做什么？

春　兰 算命的？哦！你是代写书信的吧？

卞　吉 我在此描写字画。

春　兰　禀小姐，那位相公是描写字画的。

刘玉琼　你去问他，可有成就好的？

春　兰　好！待我再去问。哎，先生！你的字画可有成就好的？

卞　吉　要买，当面即成。

春　兰　原来是高明的先生，你请坐吧！禀小姐！成就好的无有，有人买时，当面即成。

刘玉琼　小姐这有桃花扇一把，请先生将上好的诗画描上一首！

春　兰　是！喂！先生！我家小姐这有桃花扇一把，请你将上好的诗画描上一首！

卞　吉　好倒是好，但不知用什么为题？

春　兰　用什么为题？哎！你这个人生得好看，就以你人为题。

卞　吉　哎！人是不能为题的。

春　兰　哦，人是不能为题呀！先生，那前面是什么？

卞　吉　那乃是太湖池。

春　兰　就将太湖池为题。

卞　吉　如此献丑了！

（唱）　观花偶遇玩花神，

花田一对玉美人。

一阵香风都摄去，

[刘玉琼与卞吉两目对视，发呆，春兰戏逗二人。

卞　吉　（接唱）　春风袖内不知春。

喂！大姐，拿去观看！

春　兰　待我观看！（看扇）哟！一个黑叉叉，它认识我，我又不认识它（卞吉笑）笑什么？我们做丫头的不认识，我家小姐认识啊。（微走）你看乃！这位相公与我家小姐描写了字画，拿什么谢他呢？这……哦！出门的时候，夫人把了几十文钱，给我和小姐过午的。我不免送给相公作以谢礼。先生！你与我小姐描画，我们没有什么相谢，这有几十铜钱，送给先生。

卞　吉　我奉送，不要钱。

春　兰　我丢进去了。

卞　吉　大姐请转，你叫什么名字？

春　兰　我叫春兰。

卞　吉　你叫春暖。

春　兰　慢点还花香啊！我叫春兰。

卞　吉　哦，春兰大姐！好幽雅的名字。

春　兰　好说了，先生！你请坐一会。上面诗画描好了，小姐请看！

刘玉琼　待我观看。

（念诗）　观花偶遇玩花神，

花田一对玉美人。

一阵香风都摄去，

春风袖内不知春。

春　兰　哎嘿！莫说春兰不识货，这个话里面还有话呢。

刘玉琼　嗯！

（唱）　叫春兰进前来姑娘言话，

问相公往何府哪里有家？

春　兰　是，先生，你是哪里人氏呀？

卞　吉　小生乃湖广襄阳人氏。

春　兰　哎呀乃是大地方的。

卞　吉　好说了！请！

春　兰　请！小姐！那先生乃是湖广襄阳人氏。

刘玉琼　（唱）　将他的名和姓留题扇下。

春　兰　哦！还没有落款，哎！先生，你为何不落款哪？

卞　吉　草字不工，不便落款。

春　兰　哎！先生，一定要落款的！

卞　吉　哦，那我与你写过就是了，（写）姓卞名吉字锦文。

春　兰　哎哟！漫说他人长得好看，连名字都是香的，小姐你看！

刘玉琼　（唱）　可在庠可在监可登科甲？

春　兰　是，先生！你是在庠，还是在监？

卞　吉　小生不才，甲午年间中过举来去呀！

春　兰　哎哟！原来是一位举人老爷，失敬了！

卞　吉　好说了，春兰姐不必客气。

春　兰　先生，你请坐！小姐！他是一位举人老爷。

刘玉琼　好哇！

（唱）　问他的妙龄儿有多大？

春　兰　先生，你有多大年纪？

卞　吉　小生今年二九。

春　兰　二九一十九。

卞　吉　哎，二九一十八。

春　兰　啊！二九一十八，小姐！先生有了一十八岁。

刘玉琼　好哇！

（唱）　你问他！

春　兰　问什么？

刘玉琼　哎呀！

（唱）　你问他绣房中可有荤家。

春　兰　哎哟，问来问去，问到婚姻上面去了。这叫我怎么说得出口呢！哎也！她是小姐不怕丑，我怕什么！我就去问。先生你有……

卞　吉　小姐！你怎么说半头话！有什么？

春　兰　你开，开过婚没有？

卞　吉　开荤！哈哈……想我们读书人鱼、肉都吃过了。

春　兰　不是那种荤。

卞　吉　是什么荤呢？

春　兰　是……问你可曾婚配？

卞　吉　哎呀！惶愧！惶愧！

春　兰　该死哟！提到婚姻头上，他的脸都红了。小姐！想是没有开过婚，拉回去拜堂啊。

刘玉琼　且慢！回府禀明员外、安人知道。前去叫辞！

春　兰　是！先生！我们要回去了。你别走！少时有人来接你的。

刘玉琼　（唱）　唤春兰进前来听我言话，

叫刘仁打轿来姑娘归家。

春　兰　刘仁哥！打轿子来，小姐回府。卞先生！少陪了。

[刘玉琼、春兰同下。

卞　吉　哦！

（唱）　她那里叫春兰进前言话，

引得我读书人相思满怀。

[店小二上。

店小二　（唱）　将身儿来至在渡仙桥下，

请先生吃包子喝点温热茶。

哎！先生睡着了，先生！

卞　吉　哎呀，大姐！（梦中抱店小二）

店小二　哎，你是怎么搞的，连男、女都不分了？

卞　吉　哦，店主东，失敬了。

店小二　我与你找着一笔好生意。此地李大老爷请你去画围屏。

卞　吉　哦，哎呀我今日有事，改天再去。

店小二　那不行！今天一定要去。

[店小二拉卞吉下。

[周通上。

周　通　小霸王，周通。闻此地有一卞先生诗画美妙动人，今日闲暇无事，不免去到渡仙桥与先生谈叙谈叙！行行去去，去去行行。来此已是，先生！先生不在这厢，想是他过午去了，待我与他揽一揽生意。这正是：来来往往走天涯，谁不爱高明字画家。

[刘仁上。

刘　仁　领了一件事，千金不敢移。我乃刘仁，领了我家员外之命，往渡仙桥迎接卞先生，前去走走！来此已是渡仙桥。呀！里面坐的一位先生是黑脸短须。未必我家小姐看中了他？不对！待我回去问过明白再来。

周　通　卖字画！

刘　仁　哎哟，她们都看中了，与我何干何系！我糊里糊涂接回去。先生！

周　通　你可是买字画？

刘　仁　我不是买字画，我奉我家员外之命，来迎接先生到我家有大事相商。

周　通　你家员外姓甚名谁，请我何事？说明了再去。

刘　仁　哎，这先生不去，做事蛮沉稳！我就与他说明了。喂！先生！我家员外姓刘名叫刘德明，膝下无儿，所生一女，名叫玉琼，年方十六岁，愿与先生结配佳偶。

周　通　你家小姐看中了我？

刘　仁　正是。

周　通　带路啊！

刘　仁　随我来哟！

[刘仁、周通反场下。

[刘员外、安人同上。

刘员外　堂前挂灯结彩，

安　人　等候贵客到来。

[刘仁上。

刘　仁　心中恍惚不定，把话回禀上人。见过员外、安人！

刘员外　刘仁！卞先生可曾接到？

刘　仁　卞先生接到了。员外！那先生是黑脸短须。

刘员外　哪个！是黑脸短须？传春兰！

[春兰上。

春　兰　来了，来了！员外、安人何事？

安　人　你同小姐在渡仙桥看的好先生。面貌如何？

春　兰　压赛潘安，不可比也。

（唱）　员外安人容我讲，

细听春兰说端详！

我与姑娘花田往，

渡仙桥前遇才郎。
姓卞名吉家湖广，
奉监生员住襄阳。
一来是员外安人洪福广，
二来是姑娘八字强。
员外差人接他往，
好与姑娘来拜堂。

刘员外
安　人 缘何是黑脸短须？

春　兰 是哪个去接的卞先生？

刘员外
安　人 是刘仁去接的。

春　兰 刘仁哥！你在哪个地方接的？

刘　仁 渡仙桥接的？

春　兰 摆的呢？

刘　仁 桌案。

春　兰 卖的呢？

刘　仁 字画。

春　兰 哎呀！是的是的。一点不错，员外、安人！拉出来拜堂！拜堂、拜堂、拜堂！（笑下）

刘　仁 啊，那拜不得堂啊！

刘员外 哼！这点事情都办不清楚。快去迎接！

刘　仁 是。嘿嘿！我怕是有缘的错过，无缘的遇着呀！（下）

刘员外 安人！要是卞先生来了，与他二人了完花烛。你我二老有靠了！

安　人 儿女的大事也就安心了。

［刘仁上。

刘　仁 乌鸦占了凤凰窝，不是祸来也是祸。启禀员外！那先生说道：要员外、安人亲口许婚。

刘员外 这先生真是太沉稳了。

安　人 他乃是读书之人！

刘员外 刘仁你在前去对那先生讲道：就说我二老亲口许婚。

刘　仁 员外呀！以后有什么事情，不能埋怨小人的哟！

刘员外 你真是……！

刘　仁 好呀！大事安排定，有请黑煞神！

[周通上。

周　通 见过岳父、岳母！

刘员外 罢了。

周　通 谢岳父、岳母。

刘员外 （惊）快叫春兰！快叫春兰！

[春兰上。

春　兰 来了，来了！

刘员外 这是你看的好人材？

春　兰 （看）哎哟！不是的。错了啊！

刘员外 哎！还不跪下！

周　通 （站了起来）今天新女婿上门，你们打奴骂仆，成个什么待娇客的体统？

刘员外 你是谁的娇客？

周　通 （怒）俺是小霸王周通！

春　兰 （惊）哎哟！错了！错了哇！（下）

周　通 （唱）　骂了一声刘德明真个狂妄。
无故地戏弄我所为哪桩！

刘员外 （唱）　听他言吓得魂飞痴去，
倒叫我二老无有主张。
叫安人看过了采些银两，

安　人 （唱）　把与了周官人另娶一房。

周　通 拿了过去！

刘员外 拿了过去！

安　人　拿了过去！

周　通　（唱）　论家财我自然在你之上，
　　　　　　　　论家院和小子队队成双，
　　　　　　　　限三天定要带人役来抢。

刘员外　壮士转来，我们商量！

周　通　呸！
　　　　（唱）　若不抢怎称得人间霸王！（下）

刘员外　（唱）　这才是关门坐祸从天降。

安　人　（唱）　这件事怪只怪春兰梅香。
　　　　[春兰上。

春　兰　（唱）　耳听得传春兰我好心慌，

安　人　怎么还不来呀！

春　兰　（唱）　吓得我颤惊惊跪在二堂。

安　人　这是你做的好事！

春　兰　（唱）　我昨日在花田明明朗朗，
　　　　　　　　难道说把项羽当作刘邦。

刘员外　你看她还在撒谎！

春　兰　（唱）　老员外和安人怕我撒谎，
　　　　　　　　快请出小姐她细问端详。

刘员外　好好！请你家小姐下楼。

春　兰　有请小姐！
　　　　[刘玉琼上。

刘玉琼　（唱）　耳听得前堂内闹声嚷嚷，
　　　　　　　　想必是为奴家花烛洞房。
　　　　见过爹娘！

刘员外　我儿一旁坐下！

刘玉琼　谢爹娘。

安　人　儿呀！在渡仙桥看的那先生面貌如何？

刘玉琼 十分俊雅，压赛潘安，不可比也。

春　兰 着哇呀！我说春兰做的事还有错的，这只怪那刘仁不会做事。

刘　仁 你们做错了事，怪我！

刘员外 （唱）　她二人说的话俱是一样，

安　人 （唱）　未必他把项羽当成刘邦。

刘玉琼 爹娘缘何这等模样？

刘员外 哎呀！儿呀！刘仁接下先生接错了，接来了小霸王周通。限三天要抢我儿拜堂成亲。

刘玉琼 不好了！

（唱）　听说是周通贼带人来抢，

也罢！倒不如寻自尽碰死在二堂。

刘员外 （唱）　我的儿你不要悲声大放，

安　人 （唱）　这件事有你父亲作主张。

员外！要打过主意才是。

刘员外 哎呀！安人！事已至此，别无他法，待我县衙走走。

安　人 女儿呢！

刘员外 绣楼之上，有铁柜数口，叫女儿藏在铁柜内面，你看金帛前来！（刘仁拿金帛）刘仁带马！

[刘员外、刘仁下。

安　人 （唱）　我的儿休得要珠泪双降，

随为娘到绣楼铁柜躲藏。（下）

刘玉琼 （唱）　昨日里在花田明明朗朗，

难道说把项羽当作刘邦。

春　兰 （唱）　尊小姐你且把宽心大放，

小春兰有一言细听端详。

倘若是周通贼带人来抢，

把春兰不算数抵当姑娘，又待何妨。

刘玉琼 说是你呀！你……（下）

春　兰　哦！不与我相干乃。唉！我们当丫环的，真是个统气袋子。（下）

第二场　错扮红妆

［卞吉上。

卞　吉（唱）　李老爷画围屏把大事误了，

不由人一阵阵心似火烧！

［春兰上。

春　兰（唱）　在家中与小姐把计定就，

渡仙桥见先生细说从头。

哎哟哎哟！你看，你看！我家闹得天昏地暗，他还睡觉了，先生醒来！先生醒来！

卞　吉（唱）　在梦中与小姐正好言话，

抬头看见春兰救命王菩萨。

春　兰　啧！你怎么说我是救命王菩萨！

卞　吉　你来了，我的病都好了。你岂不是救命王菩萨！

春　兰　是这个话呀！此地亦非言话之所。转到太湖池。

卞　吉　请！满园花开红似锦，不知谁是采花人。

春　兰　有心栽花花不发，无心插柳柳成荫。

卞　吉　春兰姐，此话怎讲呀？

春　兰　昨天来的一位小姐，你道她是何人？

卞　吉　倒也不知。

春　兰　我家员外刘德明，膝下一女，名叫玉琼，年方二八，来在花田，选郎招亲。得见相公，心中甚喜，回府禀明员外、安人，差人前来接你，你到哪里去了？

卞　吉　我没有到哪里去呀？

春　兰　你仔细想一想看！

卞　吉　我是到哪里去了哇？哦！是的，李大老爷接我画了两架围屏。

春　兰　那不是画围屏，那是冤孽驼子。

卞　吉　你是驼子？

春　兰　哎哟！驼子！慢点还是跛子啊！

卞　吉　春兰姐，还是个跛子啊！

春　兰　哎哟！那是你的冤孽驼子啊！

卞　吉　啊！你又不讲清楚哇！

春　兰　（唱）　我员外命刘仁将你接就，

又谁知你二人错过良媒。

卞　吉　怎样错过良媒哇？

春　兰　接到了一个什么小……霸王周……

卞　吉　敢莫是周通？

春　兰　是的，是的！这个人蛮狠！

卞　吉　那惹不得的呀！

春　兰　惹不得的呀！

（唱）　他本是小霸王将中魁首，

秀水县哪一个敢作对头。

卞　吉　你家员外不该应允此事呀！

春　兰　我家员外是不应允此事，拿出银两叫他另娶一房。他将银两丢在地下，临行讲道：限三天就要抢我家小姐拜堂成亲。小姐听到这个话，气死了。

卞　吉　怎样？你家小姐她——

春　兰　嗯！

卞　吉　她！

春　兰　嗯！

卞　吉　她气死了呀？

春　兰　嗯！气死了。

卞　吉　小姐呀小姐！这是小生我辜负了你呀！

春　兰　（学卞）小姐呀小姐！这是小生我辜负了你呀！亏你说得出口。被我救活了。

卞　吉　你把她救活了？多谢春兰大姐，春兰姐，你还要打个主意，让我和小姐见一面才好哇。

春　兰　大家想来。这这这！哦！有了！

卞　吉　有了什么好主意？

春　兰　呵。我忘记了。

卞　吉　哎，再想！

春　兰　大家想来！

卞　吉　哦！大家想来！这……

春　兰　嗯！有了……

卞　吉　什么主意？

春　兰　我们府外有茅房数间，把你藏在内面，男扮女装，混进府去，与我小姐会面好不好呢？

卞　吉　好好好！哎！好倒也好，只是缺少几样东西。

春　兰　哪几样东西呢？

卞　吉　衣裙钗环。

春　兰　我家小姐有。

卞　吉　还缺一样。

春　兰　那一样呢？

卞　吉　足下的绣鞋。

春　兰　我家小姐有的。

卞　吉　嗨！你家小姐的鞋子，我穿不得！

春　兰　那好办！我来赶做一双。

卞　吉　有劳春兰姐！

春　兰　先生那！

（唱）　我二人在花田主意打就，

怕的是花正开蝴蝶先偷。

请！哎，你再别离开了，再搞错了我不包圆的呢！

卞　吉　这一次我就是死，也不离开了。请！

[卞、兰同笑。

春　兰　哎哟！哎哟！

卞　吉　春兰姐，你怎么卖药哇？

春　兰　哪个卖药哇，扭了我的腰啊！哎哟！

卞　吉　那怎么办哇？

春　兰　先生帮我端一下来！

卞　吉　好好好，我来帮你端一下。

春　兰　好了！好了！（笑下）

卞　吉　（唱）　我好似小张生越墙而过，
　　　　　　　　春兰姐赛红娘计谋甚多。

[卞吉下。

[刘玉琼上。

刘玉琼　（唱）　春兰去会卞先生，
　　　　　　　　我在绣楼等信音。

[春兰上。

春　兰　（唱）　渡仙桥与先生主意打定，
　　　　　　　　回府来见姑娘细说分明。

见过小姐！

刘玉琼　罢了，你接的先生呢？

春　兰　哎哟！慌了！等我歇口气再说！

刘玉琼　你说！

春　兰　我说得你听！我在渡仙桥，把家里的事情都对卞先生说了，他一听到这些话，就气死了。

刘玉琼　怎么！他气死了吗？

春　兰　嗯！他气死了。

刘玉琼　真的气死了？

春　兰　真的气死了。

刘玉琼　唉！先生哪先生，这是奴家辜负了你呀！（哭）

春　兰　哎哟，哎哟！只有你做得出来，他又不与你沾亲带故呢？被我救活了！

刘玉琼　呀，你把他救活了吗？哎！你这个死丫头，真是大惊小怪的。

春　兰　我们定了一个计。

刘玉琼　你们定的什么计呢？

春　兰　我们府门外有茅房，把他藏在内里，男扮女装，混进绣楼，与小姐相会，好吗？

刘玉琼　好倒也好，只是缺少了几样东西。

春　兰　哪几样？

刘玉琼　衣裙钗环。

春　兰　小姐你有啊！

刘玉琼　嗯，这倒使得，哎，还缺少一样。

春　兰　哪一样？

刘玉琼　足下的绣鞋。

春　兰　还不是你的。

刘玉琼　那是怎样穿得呢？

春　兰　那我们赶做一双。

刘玉琼　掌灯上楼！

春　兰　是。

［刘玉琼、春兰上楼，做鞋介。

刘玉琼　（唱）　听樵楼打罢了初更时分，
　　　　　　　　绣楼上忙坏了主婢二人。

春　兰　（唱）　听樵楼打罢了二更时分，
　　　　　　　　主婢们在绣楼那得安神。

［刘安人上。

安　人　（唱）　听樵楼打罢了三更时分，
　　　　　　　　绣楼上这时候还有红灯。

开门！

刘玉琼
春　兰　是哪个呀？

安　人　老身来了。

春　兰　坏了，坏了！安人来了，你老人家站一会！（藏鞋）

安　人　哪里这样慢哪？

春　兰　来了，来了！夫人请进！

安　人　小姐呢？

刘玉琼　见过母亲。

安　人　儿呀，你到这个时候还不曾安眠哪？

刘玉琼　这……

春　兰　我与小姐学习针线，故而未睡。

安　人　学习针线也是正理，必须要早些安眠。

刘玉琼　是。

安　人　为娘去了，春兰！好好照看小姐。

春　兰　是。你老人家好点走！

安　人　我知道。哎！养女如伴虎，不敢离半步。（下）

刘玉琼　夫人走了没有？

春　兰　走了。

刘玉琼　快点做！

春　兰　是，（坐，针刺臀介）哎哟、哎哟！

刘玉琼　哎哟！你要小心点！

春　兰　哎哟！就是你呀！要不是为你，怎么能够将我锥着呢！

刘玉琼　好好。我们快点做吧！

（唱）　老娘亲上楼来我心好慌，

我怕是周通贼来抢姑娘。

春　兰　（唱）　劝小姐放宽心休要惊慌，

到明天接先生花烛洞房。

刘玉琼　春兰，你快点做，我要睡一下。

春　兰　好，（做鞋介）天还未亮，我也睡一下。

[睡，鸡叫介。

刘玉琼 （醒）天亮了，待我叫他起来。春兰，春兰！

春　兰 嗯！

刘玉琼 春兰，你起来！天亮了。

春　兰 做什事？我才睡下。好快，天就亮了。

刘玉琼 你起来看。

春　兰 待我看看，哟！真的天亮了，天亮了，做什事呢？

刘玉琼 做什事呀，你看这个丫头，这大一桩事，你就忘了吗？

春　兰 忘记了什事？

刘玉琼 还不去接先生来呢！

春　兰 哦，当真的呢！不是你提醒，我还忘记了，要我去可以，我要你叫我一声！

刘玉琼 哦，叫你一声，春兰！

春　兰 怕不知道我叫春兰，是你叫熟了的。

刘玉琼 那要叫什么呢？

春　兰 要叫我一声好姐姐。

刘玉琼 好姐姐呀！我才不叫呢！

春　兰 你叫不叫？

刘玉琼 我不叫。

春　兰 好！你叫得快，我去得快，那个先生来得快；你也不叫，我也不去，那个先生也不能来，哪个拗哪个不过！

刘玉琼 唉！我不叫她，她又不去，好！还是去叫她一声。春兰！我的好姐姐！

春　兰 哎哟，这样叫不好，要把春兰两个字丢了它，叫我一声好姐姐。

刘玉琼 哦，要我叫你一声好姐姐。唉，为了先生，不得不叫。我就叫她一声好姐姐。哎哟，我的好姐姐！

春　兰 哎！哎哟，我的好妹妹呀！

刘玉琼 速去！

春　兰 小姐请退！

[刘玉琼下，春兰下楼走身法下。

[卞吉上。

卞　吉（唱）　小春兰她与我把计定就，

　　　　　　这时候她不来是何情由。

[春兰上。

春　兰（唱）　受人托必须要与人成就，

　　　　　　为人谋不忠守不算女流。

先生！

卞　吉　哎，你还不失信于人哪！

春　兰　好话呢！宁可失信于天下，岂可失信于朋友。

卞　吉　办到了没有呢？

春　兰　都办到了。

卞　吉　装扮起来！

春　兰（唱）　在头上取方巾擦上水粉，

　　　　　　把一个美男子扮作佳人。

卞　吉（唱）　好一个春兰姐颇有才能，

春　兰　你把脸遮起来做什么？

卞　吉　哎哟！有点不好意思。

春　兰　你把意思丢了它！

卞　吉　丢了它？那好，那就丢了它。走！

（唱）　把一个鸿门秀扮作佳人。

春　兰　你会不会走路？

卞　吉　就这样走。

春　兰　这样走，去不得。要学我们妇道家走路。（走身法）

卞　吉　照你这样走？（走介）唉！

春　兰　你见我家小姐，怎样行礼？

卞　吉　小姐请来，小生这厢有礼。

春　兰　这样越发去不得！还是我来教你。先整头，再牵衣服。见了小姐，就说小姐，万福，万福哇！

卞　吉（学介）哦，女儿家是这样行礼。这是多难啦！待我学一学。先整头，再牵衣服，见了小姐就说：小姐，万福，万福哇！

［卞吉跌倒。春兰、卞吉同笑。

卞　吉　（唱）　幸喜得这件事不在原郡，

众窗友知道了玷辱斯文。

春　兰　这里离府门不远，你在这里把身法学好，我在前面等你。

卞　吉　好！（春兰下）

卞　吉　我来演试、演试。（做介）

春　兰　（内白）先生快点来！我在这边，瞧见无有？

卞　吉　你莫喊！我来了。还是照我的来，哎，（三大步）

这样走舒服多了哇。（下）

第三场　错抢新娘

［刘玉琼上。

刘玉琼　（上唱）　我命春兰接先生，

这般时候未回程。

［春兰上，卞吉同上。

春　兰　（唱）　今天好比七月七，

牛郎织女会佳期。

到了。

卞　吉　到了。进去哟！

春　兰　慢点，你在这里等一下，我到里面看有没有人。

卞　吉　哦！好……哎春兰姐，要是有人问我，我怎样回答？

春　兰　你就说是府上新买来的丫环。

［春兰下。卞四处张望。

卞　吉　春兰，春兰啊！怎么还不来？

春　兰　（暗上）嘟！你是什么人？

卞　吉　我是府上新买来的丫环。

春　兰　哦！待我看看。（碰面）

卞　吉　春兰姐，你把我的魂都吓掉了。

春　兰　逗你玩的，小姐在等你。

卞　吉　小姐在等我，那快走。

［进府。

春　兰　还要上楼。

卞　吉　腿子吓软了。

春　兰　我扶你上楼，小姐，这是卞先生，这是我家小姐！把门关起来，我们拜堂呀！你在这边坐，你在这边坐，我做媒的坐当中。哈哈哈……

（唱）　一拜天来二拜地，

拜天拜地做夫妻。

［三人同笑。刘安人上。

安　人　开门！

［三人惊跌倒。

春　兰　别作声！待我去问问看，是哪一个呀？

安　人　是老身来了。

春　兰　哎呀！坏了坏了！夫人来了！

卞　吉　不要紧，把门打开！

春　兰　把门打开做什么事呀？

卞　吉　女婿拜见岳母呀！

春　兰　那使不得的。

卞　吉　哎呀！这怎么办呢？

春　兰　你别慌！我把你藏在铁柜内面躲起来，夫人走了，我再放你出来。快点来哟！

卞　吉　夫人走了，你要放我出来啊！

安　人　好慢斯得紧！

春　兰　来了。我在有事，夫人请进！

安　人　小姐呢？

春　兰　这不是小姐！

刘玉琼　母亲何事？

安　人　儿呀！今晚周通那贼带人来抢我儿，你快快随娘下楼！

[安人拉刘玉琼下楼。

春　兰　小姐！去不得的！不好了！要是周通来了，把我抢去怎么办？我也要走。（下）

卞　吉　春兰，春兰！搞拐了！夫人把小姐弄走了。丫环也跟着走了。我这样打扮，周通把我当小姐抢去，那是怎么办呢？不对！我也要下楼。（内喊）哎呀！他们都来了哇！（躲介）

[四青袍引周通上。

周　通　员外做事令人恼，今晚定要渡鹊桥。众兄弟！带路桃花村！

青　袍　来此已是桃花村。

周　通　两厢搜来！

青　袍　俱已逃走。

周　通　前面什么？

青　袍　绣楼。

周　通　带路上楼！（上楼介）两厢搜来！

青　袍　（搜）有一绝色美女。

周　通　抢了回去！（青袍抢卞吉）

卞　吉　错了！错了！（同下楼，卞上轿，同下）

[安人、玉琼、春兰同上。

安　人　春兰，你去看看失了什么没有？

春　兰　恩！上了楼的。（看）夫人！什么东西都在，就小姐心爱的东西不见了。

刘玉琼　母亲！那是儿要的哟！

安　人　什么东西？等儿的爹爹回了，照样买一个。

春　兰　夫人！什么东西都好买。小姐心爱的东西是买不到的。

安　人　不必多说。儿呀！随为娘来。（下）

刘玉琼 你看！这是你办的好事。周通把卞吉先生抢去了，你看如何是好？

春　兰 那怕什么呢？

刘玉琼 唉！这是你办的好事！（下）

春　兰 哎哟！又怪我！周通贼瞎了眼睛，把卞先生当小姐抢去了。卞先生生得好看，扮起来像个女人。到他家拜了天地，入了洞房，进了罗帐。哎哟！看他们是怎样下地哟！（羞下）

第四场　错抢新郎

[周玉楼上。

周玉楼 （唱）　遭不幸二爹娘早年亡故，
周玉楼随哥哥漂流江湖。
怎奈是哥哥他性子粗鲁，
凭武艺霸一方凶吉难卜。
这时候不回山忧心挂念，

[周通、卞吉、青袍上。

周　通 （唱）　今日里得娇娘天公赐福。

妹妹开门。

周玉楼 哎呀。兄长，你这是哪里抢来的良家民女？

周　通 贤妹。她乃是刘员外之女刘玉琼，她的父亲已将她许配愚兄。贤妹，先把她带到你的房中。少时，我请来贵客宾朋。再来与她拜堂。

卞　吉 拜堂？那乃是拜不得的呀！苦呀！

周玉楼 既是许配兄长，小姐她为何啼哭？

周　通 定是想她二老爹娘啼哭。小姐，你与俺成亲以后，夫妻双双去看望二老，你道好是不好？

卞　吉 苦哇！

周　通 贤妹。你再与她多多劝说几句。

周玉楼 看你做的好事！嫂子，随我来！

[卞吉、玉楼下。

[二公差上。

公　差 领了大爷命，上山谎周通。门上哪位在？

周　通 二位公差何事？

公　差 听说周相公今天洞房花烛，我们太爷请相公县衙议事。少时，太爷陪你回山。喝你的喜酒哩！

周　通 此话当真？

公　差 不敢说谎。

周　通 既然如此，待我吩咐家中，贤妹，愚兄到县衙议事，嫂嫂与你做伴，你要小心伺候！

[玉楼内应：是。

[周通、公差下。

[玉楼、卞吉上。

周玉楼 嫂嫂快来呀！

（唱）　尊一声贤嫂嫂快快坐下，
　　　　小姑我且帮你插戴鲜花。
　　　　愿兄嫂多和睦白头偕老，
　　　　做一对好夫妻美满人家。

卞　吉 苦哇！

周玉楼 今乃大喜之日，嫂嫂不要哭哭啼啼，旁人看见，岂不道你的笑话？天色不早，小姑陪你歇息，你看好是不好？

卞　吉 不行不行，我要走哇！

周玉楼 走？你爹爹不是将你许配我哥哥为妻吗？

卞　吉 什么许配呀！乃是你兄长强抢民女，真是害死人呐！

周玉楼 既然如此，小姐今晚就在我的房中歇息。有我在，谅兄长他不敢胡来。明日再想良策。搭救小姐下山。

卞　吉 小姐，你家兄长可曾远去！

周玉楼 兄长去远，门已关好，小姐放心。

卞　吉 小姐，你快快搭救小生吧！（揭盖头跪下）

周玉楼 啊！你是何人？你不是刘家小姐吗？

卞　吉 小姐，我……

周玉楼 啊！你是男人！你与我站远些！你为何男扮女装。快快从实讲来。如若不然，我要叫……

卞　吉 你不要叫！小姐呀！

（唱）　小生我名卞吉花田卖画，
刘玉琼闺阁女爱我才华。
巧装扮去绣楼鹊桥高驾，
学张生会莺莺事出偏差。
你兄长为抢亲突把山下，
将小生当成了闺中娇娃。
求小姐开大恩搭救于咱，
放卞吉下山去回到刘家。

周玉楼（唱）　听此言不由人埋怨兄长，
他不该行莽撞拆散鸳鸯。
把男儿当小姐抢到山上，
说什么要成亲即刻拜堂。
倘若是今日里把堂拜上，
这件事定叫人笑破肚肠。
我必须解人危良策来想，
叫相公速改扮逃下山岗。

卞相公，事不宜迟，快换上我兄长的衣帽，速速下山去罢！

卞　吉 小姐救我脱险，卞吉永世不忘。（下）

周玉楼 这正是：周郎错把计来定，赔了夫人又折兵。

[玉楼下。

[春兰、刘仁、家丁、轿夫上。

春　兰（唱）　周通做事理不端，
不该折散美姻缘。
且到衙前将他唤，
春兰我要把先生抢回还。
今夜晚先生小姐把堂拜，
那周通再提亲事难上难。
刘仁哥你与我快把路赶，
不觉来是桃花山。

刘　仁　卞先生——

春　兰　你叫个什么啊？

刘　仁　我叫得清，卞先生就答得明。我要是不叫，就错了怎么办呢？

春　兰　别叫别叫，慢点旁人听到了。跟你说清楚！卞先生这回是男扮女装，你别抢错了呢。

刘　仁　哦！男扮女装。

春　兰　你进去抢卞先生，我在外面替你瞭望（下）

[周玉楼上。

刘　仁　就是他，伙计们，快打轿子下山。

[将玉楼抢上轿同下。

第五场　错许婚姻

[刘员外、安人上。

刘员外（对白）　刘仁去抢卞先生，

安　人（对白）　为何不见转回程？

[刘仁上。

刘　仁　禀员外，卞先生抢回。

刘员外　可是男扮女装。

刘　仁　正是男扮女装。

安　人　可是真的卞先生?

刘　仁　春兰随我一同上山，这回只怕不会错。

刘员外　唤春兰。

刘　仁　春兰快来!

[春兰上。

春　兰　春兰一心牵红线，里里外外忙不闲。见过员外。

刘员外　春兰，卞先生果真抢回了吗?

春　兰　卞先生的轿子已到门前了哇!

刘员外　这回该不会错吧?

春　兰　这一回呀?我要做把稳事。待我再问刘仁。刘仁哥，卞先生可是中等身材，眉清目秀?

刘　仁　正是中等身材，眉清目秀。

春　兰　他可是男扮女装?

刘　仁　正是男扮女装。

春　兰　着哇!说男呀，他是披红着绿。说女呀，他有一双大足。

刘　仁　正是披红着绿，说足么，天黑我没有看清楚。

春　兰　员外，真的是卞先生抢回。这回保险不错。

刘员外　哪哪哪个，果真是卞先生抢回了?

春　兰　正是。

刘员外　春兰，你快去与小姐梳妆打扮!

春　兰　是。(下)

刘员外　刘仁，快请卞先生下轿。

刘　仁　花轿抬上。

[周玉楼、轿夫上。

周玉楼　(唱)　玉楼我坐花轿心中暗想，

这才是错中错错拉新郎。

我暂且莫露女儿相，

随机应变再作主张。

刘　仁　请相公下轿！

周玉楼　只是我身着红装，不便出轿。

刘　仁　禀员外，卞相公说身着女装，不便出轿。

刘员外　说得也是。刘仁，将老夫的衣巾与卞相公更换。

［轿夫、周玉楼下。

安　人　听春兰言道，这卞相公生得眉清目秀。

刘员外　那就将女儿许配与他。

安　人　这回，你要向卞相公当面许婚，不可弄错。

刘员外　老夫这回错不了哇，哈哈哈。

（唱）　且喜卞吉下了山，

你我二老心放宽。

当面许亲把堂拜，

［周玉楼上。

周玉楼　（唱）　我将错就错结凤鸾。

见过员外、安人！

刘员外　卞相公你乃是读书之人，男扮女装，下次不可。

周玉楼　下次不敢。

刘员外　老夫将小女许配相公，不知意下如何？

周玉楼　这——只是小生家中贫寒。

刘员外　这都无妨。

周玉楼　既然如此，小生遵命。

刘员外　刘仁，你带先生后面歇息片刻，待亲朋到来，即刻与小姐拜堂成亲。

刘　仁　是。

［刘仁、周玉楼下。

刘员外　啊，安人，女儿的眼力如何？

安　人　眼力不错。

刘员外　不错。

安　人　本来就不错哇！哈哈哈！

刘员外　哈哈哈！（下）

第六场　错拜花堂

[鲁智深上。

鲁智深　阿弥陀佛——

（念）　禅杖打开危险路，

戒刀掷处鸣不平。

咱家鲁智深，

只因酒醉大闹山，

师父说我不守寺规，

叫我离开五台山，

去到东京相国寺安身，

到此走走。（下）

[刘员外、安人上。

刘员外　女儿婚姻事，

安　人　时刻挂在心。

[周通上。

周　通　嘟！你干的好事！

刘员外　原来是周壮士，请问壮士为何发怒？

周　通　你这老头，竟敢趁我周通不在山上，抢回你的女儿，还抢走我的妹妹。

刘员外　抢走你的妹妹？这话从何说起？

周　通　你休想瞒我。老头儿，此番你依从也罢，不依从也要依从，少时俺打花轿前来，与你家小姐成亲，还要交还我的妹妹，如若不然，我要把这山庄扫平，少陪了。（下）

刘员外　壮士慢走！哎呀。不好了哇！

（唱） 一番话吓得我魂飞天外。

安　人 老爷醒来，老爷醒来！

刘员外 （唱） 眼看全家遭祸灾。

转面我把春兰叫，

春兰！

[春兰上。

春　兰 （唱） 员外发怒为何来？

刘员外 我来问你，你与刘仁上山，既然接回卞先生，为何又将周通的妹妹抢下山来？

春　兰 轿中明明只有男扮女装的卞先生，并不见她人呐！

刘员外 轿中只有卞先生？

春　兰 员外不是亲眼得见的吗？

安　人 是呀！还是你亲口对卞先生许的婚姻哩！

刘员外 哎呀！那周通的妹妹也不知被何人抢去。倘若找不到，那周通今晚要扫平山庄啊！

春　兰 员外，常言道：有理走遍天下，无理寸步难行。再说周通乃侠义之辈。我们没有抢周通的妹妹，怕他作甚？只等卞先生与小姐拜堂成亲。谅周通不敢无理。

刘员外 那周通横蛮不讲道理。

春　兰 员外话说哪里，想那周通乃侠义之辈，先前是我们错请了他来，他以为是我们作弄了他，你老人家跟他把道理说清楚，我想他是会通情达理的，他要是再不应允，就把春兰……嫁给他。

安　人 适才春兰说得有理，我看还是即刻拜堂成亲为好。

刘员外 那就拜堂呐！刘仁，赞礼上来。

[刘仁上。

刘　仁 一块沉香木，雕刻一马鞍，新人跨上去，步步保平安。动乐。

[玉楼、玉琼上拜堂。

一拜天地，二拜高堂，夫妻交拜，送入洞房。

[周玉楼、刘玉琼随下。

刘员外 唉!

[同下。

第七场 错娶和尚

[鲁智深上。

鲁智深 (唸) 眼看天色近黄昏,
借宿一宵再登程。
府上可有人在?

[刘仁上。

刘 仁 原来是大师父。到此何事?

鲁智深 天色已晚,特来借宿,烦你通禀一声。

刘 仁 有请员外。

[刘员外、安人上。

刘员外 女儿虽成婚,

安 人 只怕祸临门。

刘员外 何事?

刘 仁 有一大师父投宿。

刘员外 今晚我家大祸临门。叫他别出借宿。

刘 仁 是,大师父。我家员外言道,今晚大祸临门,不便留客。

鲁智深 你家有什么祸事?就说鲁智深可保平安无事。

刘 仁 哦,原来是鲁提辖,失敬。待我通传。员外,大师父自称鲁智深,他可保平安无事。

刘员外 快快有请。

刘 仁 有请鲁提辖。

鲁智深 员外,咱家稽首。

刘员外 还礼请坐。

鲁智深 有座。请问今晚有何祸事？倒要请教。

刘员外 鲁提辖哪能知道，老夫膝下只有一女，已许配下吉为婚，怎奈此地小霸王周通，今晚要来与小女成亲。如若不然，他要扫平山庄。

鲁智深 你在怎讲？

刘员外 扫平山庄。

鲁智深 哇呀呀！可恼！员外不必忧虑，俺保你全家平安无事，少时周通前来，你就……（耳语）

刘员外 全仗大师父，请大师父用晚斋。

刘　仁 大师父吃素还是吃荤？

鲁智深 咱家荤素不禁呐！

刘　仁 大师父随我来。

［鲁智深、刘仁下。

［周通、轿夫上。

周　通 呔！老头儿，快叫你家小姐上轿，快交还我的妹妹，如若不然，俺周通就要——

刘员外 周壮士，老汉实在不知你妹妹在何处。至于成亲之事么？

周　通 怎么样？

刘员外 小女愿去桃花山，只是我儿从小娇生惯养，成亲时需要回避三光。

周　通 哪三光？

刘员外 日、月、灯光。

周　通 这有何难，将令爱盖头捂严就是。岳丈在上，受小婿一拜。

刘员外 贤婿请起。

周　通 动乐，接新娘上轿。

［鲁智深蒙盖头下。

刘员外 这正是：和尚巧把娇娘扮，且看周通好下场。

［同下。

［鲁智深、周通牵上，鲁吹烛。

周　通 来此已是洞房，娘子为何将灯火扑灭？

鲁智深　哎呀，相公呀！奴家生处娇嫩，不可点灯呐！

周　通　对对对，娘子要避三光，不可点灯。哎呀，娘子，你在哪里呀？

鲁智深　冤家呀！你我成亲必须先打三拳，再踢三脚。

周　通　为何要打三拳，踢三脚？

鲁智深　不打不踢，不是长久夫妻，打了踢了，白头到老哇！

周　通　如此说来要打要踢？

鲁智深　要打要踢。

周　通　那是先打还是先踢呢？

鲁智深　当然是先打后踢。

周　通　好，那就先打，娘子，你在哪里？

鲁智深　我在这里哟，姑爷你还是虎背熊腰呢！

周　通　我是膀扎腰圆。

鲁智深　你可要站稳，我要打的呢！

周　通　站得稳，你就打吧。

鲁智深　呸！（打介）

周　通　哎哟，我的妈呀！娘子，你的拳头怎么这么重呀？

鲁智深　不重，我这是心疼你呢，奴家的金瓜锤，举起来千斤，放下去只有四两呢！

周　通　好了，好了！

鲁智深　不行，光打了我还没有踢呢！

周　通　算了，不踢也罢。

鲁智深　光打不踢，要遭杀气的呀！

周　通　那你就踢吧。

鲁智深　姑爷在哪里？

周　通　我在这里。

鲁智深　你可要站稳。

周　通　站得稳。你就踢吧！

鲁智深　我还舍不得踢呢！

周　通　你且踢来！

鲁智深 呸！（踢介）

周　通 哎哟，哎哟！

鲁智深 哈哈哈！……

周　通 啊！你是何人？敢戏弄与我。遭打。

[二人对打，周通不敌，逃下，鲁追。

[李忠上，周通逃上。

李　忠 大哥何事惊慌？

周　通 贤弟救我。我的妹妹，你的未婚妻被刘家抢去，后有一人，追打与我。

李　忠 竟有这等事情，何方狂徒，你我兄弟二人前去会他。

[鲁智深内白："哪里走"！上。

[三人正欲撕打，李见鲁。

李　忠 鲁提辖慢动手。

鲁智深 原来是李忠贤弟。他是何人？

李　忠 他乃是我义弟小霸王周通。

鲁智深 哦！周贤弟为何强抢民女？

周　通 乃是小弟一时之错。还望鲁提辖恕罪。只是，我的妹妹被刘家抢去。

鲁智深 哦，快随咱家下山，与刘员外赔罪，再问明情由。

周　通 是，哎哟，哎哟！

[鲁智深、李忠、周通下。

第八场　错锁卞郎

[刘员外、安人、刘仁上。

刘员外 （唱）　今夜晚多亏提辖来相助，

安　人 （唱）　我女儿与卞吉洞房花烛。

[卞吉上。

卞　吉 （唱）　桃花山蒙恩人放我逃走，

回刘庄见小姐细说根由。

门上哪位在?

刘　仁　相公到此何事?

卞　吉　烦劳通禀员外，就说卞吉求见。

刘　仁　怎么，你也叫卞吉。

卞　吉　我本来就叫卞吉呀!

刘　仁　哎呀! 只怕又错了，禀员外有一卞先生求见。

刘员外　什么?

刘　仁　卞吉，卞先生求见。

刘员外　我把你这个老狗才只怕老糊涂了! 卞吉已与小姐拜堂成亲，怎么又来了一个卞先生?

刘　仁　我也是这样想的。

刘员外　哎呀且住! 卞吉已与我儿拜堂成亲，难道这个卞吉前来骗婚不成?

安　人　员外，你要留心一二呀!

刘员外　我自有道理，刘仁，唤家丁走上。

刘　仁　家丁走上!

[四家丁上。

刘员外　叫门外的卞吉进来。

刘　仁　我家员外唤你进去。

卞　吉　小生见过员外、安人。

刘员外　呸!

(唱)　狂徒做事太欺人，

竟敢冒名来骗亲。

人来将他房中锁，

[家丁、卞吉下。

再唤春兰问详情。

刘　仁　春兰快来!

[春兰上。

春　兰　来了，来了!

（唱） 卞相公与小姐拜堂成亲，
忙得我小春兰两手不停。
见过员外、安人！

刘员外 站过一旁，春兰。我来问你。到底有几个卞先生？

春 兰 员外。看你老人家把话说到哪里去了。当然只有一个卞吉，难道还有两个卞吉不成？

刘员外 与你家小姐拜堂的可是真卞吉？

春 兰 当然是真卞吉。

刘 仁 我看只怕靠不住！

刘员外 你看得清楚么？

春 兰 哎呀员外呀！前日春兰陪小姐去花田看得清清楚楚，今日，刘仁哥从桃花山把卞先生抢回，我也问得清清楚楚，他也答得明明白白就连一双脚我都问到了。刘仁哥，你说是吧？

刘 仁 我是说没有看清楚。

春 兰 再说小姐拜堂前，我忙着给小姐梳妆打扮。小姐拜堂之后，春兰我就出了洞房。

刘员外 我问你看了是不是卞先生？

春 兰 员外，春兰是个女孩子家，我怎么好意思盯着新郎看呢？再说，卞先生是员外当面许的亲姻，不错，不错。员外看中的女婿那是错不了的呀。哈哈哈……

刘员外 转来，听你说得头头是道。千真万确。

春 兰 是真的说不假。

刘员外 既然是真的卞先生，怎么适才又来了个卞先生呢？

春 兰 又来了个卞先生？

安 人 这都是你这个丫头做的好事啊！

刘员外 （唱） 春兰听我把话讲，
家中有两个卞吉郎。
谁真谁假要分辨，
免得错引凤求凰。

刘仁，将那个骗婚的卞吉带上来！

[刘仁下。

春　兰（唱）　员外吩咐记心上，
倒叫春兰无主张。
为此事春兰两次花田往，
为此事春兰上下两头忙。
谁知道好心引来一场祸，
拜堂时来了两个卞吉郎。
一个卞吉洞房内，
一个卞吉等拜堂。
此事叫人费思量，
这才是真、假、假、真、真真假假，
假假真真有两个美猴王，
无奈何我只得前堂望。

[卞吉、刘仁上。

卞　吉（唱）　春兰姐替我作主张。

春　兰　卞先生，你不在洞房陪伴小姐，啊，是谁把你锁起来了？

卞　吉　怎么，你家小姐已经拜堂成亲？

春　兰　未必不是你拜的堂？

卞　吉　错了哇！
（唱）　我卞吉被抢到桃花山上，
并不曾与小姐同拜花堂。

春　兰　哎呀错了，错了哇！员外，这是真的卞吉先生，快快松绑，快快松绑呀！

刘员外　那拜堂成亲的定是假卞吉，我倒要看看这个假卞吉是何方狂徒！刘仁，请拜堂的卞吉出堂！

刘　仁　有请卞先生！

[周玉楼上，与卞吉相遇。

卞　吉　何方狂徒，敢假冒与我？

周玉楼　我是！……

[内白“走”。鲁智深、李忠、周通上。

鲁智深 员外，我将周通带来与你赔罪了。

刘员外 啊鲁提辖，小老平日积善修德，为了女儿的婚事尽闹出这多的事来。今日，有两个卞先生在此，还望鲁恩公与小老作主啊。

鲁智深 啊？

周　通 嘟！你是何人？敢冒名顶替，遭打。

周玉楼 哥哥，是我。

周　通
李　忠 啊！贤妹！

[周玉楼羞下。

卞　吉 员外，多谢周小姐搭救，小生才得逃下山来。

鲁智深 原来如此。周贤弟还不快快与员外请罪！

周　通 员外在上，周通请罪！

刘员外 快快请起。

周　通 哎！

[起，站一边叹气，鲁智深看在眼里。

鲁智深 员外，这厢来，咱家有一主意，将丫环春兰收为义女，嫁给周通，你看可好？

刘员外 好倒是好，不知周壮士是否应允？

鲁智深 待咱家前去说来。周贤弟，员外有意将春兰收为义女，嫁与你是否愿意？

周　通 如此岳父、岳母请上，受小婿一拜。

刘员外
安　人 快快请起！

鲁智深 员外，看今日良辰美景，不如将三对新人在府上拜堂成亲。

刘员外 全仗鲁提辖作主。刘仁，赞礼上来。

刘　仁 小姐选婿花田往，谁知错接了新郎，七错八错错中错，错出三对同拜堂。动乐拜天地，拜高堂，夫妻对拜！

[鲁智深接过春兰的红绸戏弄周通。大家开怀大笑。

[剧终。

蝴蝶梦

编　剧：盛和煜

人 物 表

庄　周　　古代哲人

田　氏　　庄周之妻

楚王孙　　贵族公子，庄周变幻之身

少　妇　　新寡新嫁女人

姜婆婆　　庄周邻居

二百五　　纸人，童男

媒婆、轿夫、抬棺伙计、蝴蝶

第一场　扇　坟

[深邃、迷蒙的紫色。

[蝴蝶飞舞。

[蝴蝶逝去，庄周从地上抓起。诧异打量自身，又迷惘四顾，舞动宽袍大袖。

庄　周（唱）　适才做了个古怪的梦，

庄周我变成蝴蝶御长风。

逍遥快乐栩栩然，

不知已身是何身？

蝴蝶是庄周，

庄周是蝴蝶，

这关系一时弄不通。

弄不通就不去弄，
漫步陌上且放松。
（伴唱） 陌上碧草连天远，
隐隐绰绰抹青山。
牧童短笛炊烟里，
庄 周 （唱） 这一份儿淡泊是自然。
[碧草青山，炊烟短笛。诗周融于其中，物我皆忘。
[鼓乐声起，媒婆上。
[轿夫们抬着一顶大花轿，乐儿颠儿地上。
轿夫们 （唱） 大姑娘，上花轿，
这可真是头一遭。
新姑娘，拜拜堂，
什么时候进洞房。
红漆马桶是陪嫁，
今晚派上大用场。
[鼓乐正酣，吹打声又起，下。伙计们抬着一副棺材上。
伙计们 （唱） 昨天晚上刮大风，
吹灭屋里一盏灯。
邻家阿公翘辫子，
阖家大小哭啼啼。
我家老板笑掉牙，
又是一笔好生意。
[轿夫、伙计们争道，互相取笑，吆喝。
（合唱） 哭的哭来笑的笑，
吹吹打打放鞭炮。
红喜事来白喜事，
本来就是一回事。
[轿夫、伙计们喧闹着远去。庄周怔怔望着他们的背影。

庄　周（唱）　他那里唱得有趣，
我这里不胜叹息。
两三段俚俗歌谣，
一万年人世玄机。
上花轿原不为喜，
入棺材亦不为悲。
晃来晃去一样的，
合作了这萋萋芳草一坯泥。
刚远去这鼓乐吹打……
呀，
那边相又来了田氏我妻？

[庄周迎下。少妇一身缟素，执粉红纨扇上。

少　妇（唱）　快步葱葱往前走，
青春佳人著缟素。
往日效外来踏青，
今朝执扇到坟头。

（白）夫哇，你撇得奴家好苦啊！

（唱）　原以为恩爱夫妻偕白首，
谁料想，你半路之上把我丢。
丢下我你黄土安眠无知觉。
可怜我，从此寂寞度春秋，
再不敢听那黄鹂双双鸣翠柳，
最伤心花开春江夜，
明月上西楼。
实难耐枕单衾寒人孤影，

（白）夫哇，你临终遗言耳畔留。

（伴唱）　你道是要干燥了这新坟湿土，
我才能改适他人再结鸾俦。

少　妇 （唱） 无奈何我把这纨扇举，
从冬到夏，从春到秋，
也不知扇到什么时候才是头？（庄周上）

庄　周 （对少妇）娘子，你怎么跑到这厢来了？（少妇不理。庄周上前拉少妇衣衫）

少　妇 （羞怒）啐！谁是你的娘子，光天化日之下，你想轻薄奴家么？

庄　周 （一怔）不不不，我，我认错人了……

少　妇 （转颜一笑）既非有意轻薄，也就罢了。（转身继续扇坟）

庄　周 （半天作声不得）没想到天底下竟有如此相似之人也！小娘子！你在此作甚哪？

少　妇 扇坟。

庄　周 坟内埋的何人？

少　妇 老公。

庄　周 你扇坟作甚？

少　妇 改嫁。

庄　周 扇坟和改嫁有何关系？

少　妇 扇干坟土，就可改嫁。

庄　周 愿闻其详。

少　妇 你这先生，怎么打破砂罐问到底，告诉你，坟里是奴家丈夫，生前，我俩恩爱异常，临终，他交代我，等他坟土干枯，我才能改嫁。

庄　周 你答应他了？

少　妇 答应了。

庄　周 等坟土干枯，再去改嫁？那怎么等得！

少　妇 所以就想个法子扇坟哪。

庄　周 人已不在，你改嫁就是，管他坟土干与不干！

少　妇 先生差矣！奴家虽女流之辈，也知君子一诺千金，岂能言而无信呢？

庄　周 哦哦……小娘子说的实在话。

少　妇 我本来就是个实在人嘛！

庄　周 小娘子，我看你玉手娇软，举扇无力，不如让我帮你一把。

少　妇　先生莫非也急待续弦？

庄　周　不不，我乃是有妇之夫。

少　妇　哦，家里有一个扇坟的，（递扇）奴家谢过了。

庄　周　好说。（举扇）

（唱）　举纨扇，扇坟土，

蝴蝶纷飞到心头。（蝴蝶纷飞而至。）

（伴唱）一夜夫妻百夜恩，

可叹岁月去如流。

世事沧桑人枯荣，

新账老账一笔勾。

[庄周、少妇、蝴蝶舞蹈扇坟。

霎时间新坟湿土，

一丝儿水气也没留！

[蝴蝶飞下。

庄　周　（捏捏坟土）干了。

少　妇　干了？

庄　周　喏。干了。

少　妇　啊，干了，干了，干了！（惊喜）先生。

（唱）　奴家再进洞房日，

专接先生吃喜酒。（急下，回来）

（白）多谢先生。（跪拜庄周）

庄　周　哎，扇子，你的扇子。

少　妇　送给你了。

庄　周　（怔住）啊！

（男声伴唱）一个萝卜一个坑，

死了老公再嫁人。

[切光。

第二场　毁　扇

［南华堂。一抹竹篱，几间草屋。

［田氏布衣荆钗提竹篮上。

田　氏（唱）　又是一年菜花黄，
春色撩人日脚长。
南华堂前摘菜根，
和风小送畦土香。（放篮，摘菜根）
我的夫庄子休人人敬仰，
南华经更堪称宝幢法航。
居山野守清静研修大道，
朝看松暮听雨顺乎阴阳。
田氏女侍奉在先生之侧，
池塘水倒映着那淡淡的天光。
也将世情勘得破，
也将荣枯视平常。
仰看流云出山岫，
低头修补篱笆墙。
心如止水无欲求……
呀！花，小花。（配音）
这一朵小花儿怎的这么香？

［于菜根中发现一朵嫩黄的小花，情不自禁嗅嗅，插于鬓角旁，舀水照影。

（伴唱）　舀水照影影朦胧，
影儿朦胧心彷徨。

［姜婆婆端一碗椿芽上，见状，放碗，拍掌而笑。

姜婆婆　哟，好标致的庄家嫂嫂！

田　氏　（忙取下小花）姜婆婆！

姜婆婆　戴着啊，怪好看的，摘下来做甚么？

田　氏　婆婆取笑了。

姜婆婆　庄家嫂嫂你也真是，你成亲时那么多金钗子、玉簪子，压在箱子底不用，弄朵野花戴戴，还吓得你像做了贼似的，实在让人弄不明白。

田　氏　奴家生性如此。

姜婆婆　也是，（端碗）庄家嫂嫂，这是一碗炒椿芽给你尝个新鲜。

田　氏　常得婆婆关顾，真让人过意不去。

姜婆婆　你我邻里之间，就莫讲这些客气话了。吃吧，咦，你怎么不吃？

田　氏　奴家待先生回来一同享用。

姜婆婆　哎呀，一碗炒椿芽，又不是什么稀罕东西，还要等先生回来一同享用。庄家嫂嫂哇，当初庄先生倘若受了楚王的聘，做了楚王的官，不什么山珍海味也享受了吗？

田　氏　这个……婆婆，你可曾见过养来作祭祀的牛？

姜婆婆　见过，养得好肥啊！

田　氏　那牛，平日吃的刍草大豆，披的纹彩刺绣。可当它有朝一日被牵去做祭祀的时候，它想回到野外做一条耕田的牛也不可得了。

姜婆婆　这可是庄先生的道理？

田　氏　正是。婆婆懂了？

姜婆婆　不懂，一点也不懂。这做官和做祭祀的牛怎么会一样呢？

田　氏　婆婆再想想。

姜婆婆　我才懒得想哩，锅里有煮的，公的有母的，日子过得快快活活的，还想什么嘛？（笑着下）

田　氏　（望着她的背影，自语）锅里有煮的，公的有母的，（摇头，笑）这个姜婆婆呀！［庄周上。

庄　周　娘子。

田　氏　哦，先生回来了。

庄　周　回来了。

田　氏　先生想是还未用膳?

庄　周　还未用膳。

田　氏　这是方才姜婆婆送来的一碗椿芽。先生请。

庄　周　娘子吃过了么?

田　氏　先生未用，妾身怎敢占先?

庄　周　嗨，娘子呀，我早说过，你我既为夫妻，就用不着太多拘束。

田　氏　妾身记下了。

庄　周　（正欲举筷，忽想起，取出纨扇）娘子，我给你看一样东西。

田　氏　纨扇?（接过，意外惊喜地）先生送我的?

（唱）　接纨扇田氏女乍惊乍喜，
这心儿猛一热泪湿罗衣。
先生他居然也识夫妻情趣，
只觉得草堂上盎然春机。

（深深一拜）多谢先生。

庄　周　（诧异）谢从何来?

田　氏　数载夫妻，只道是先生心思全在那研修大道之上，今番赠我以纨扇，方知君子情意也。

庄　周　哎呀，你搞错了?

田　氏　我搞错了?

庄　周　这纨扇不是我送给你的。

田　氏　这纨扇不是你送给我的?

庄　周　乃是别人送给我的。

田　氏　乃是别人送给你的?

庄　周　正是，今日我漫步陌上，见一少妇，拿着这纨扇，在那厢扇她老公之坟。

田　氏　她扇坟做甚?

庄　周　扇干坟土，她好改嫁。（田氏听了，悚然把扇扔于地上）娘子，你怎么把扇扔了?（捡起扇子）

田　氏　我怕它脏了我手。

庄　周　万一用得着呢?

田　氏　先生，你把我看成和那贱人一样么?

庄　周　娘子说哪里话来，想这扇坟虽为骇世惊欲之举，有伤风败俗之嫌，但那妇人天性如此，顺其自然也无所谓贱与不贱了。

田　氏　她天性如此，难道我也天性如此么?

庄　周　难说。

田　氏　先生。

（唱）　田家女儿非凡品，
禀赋高贵出名门。
待君三载有悟性，
淡看了风花雪月俗人情，
你若在世奉箕帚，
君若弃世……

庄　周　怎么样?

田　氏　（唱）终老南山不扇坟!

庄　周　真的?

田　氏　梦里也有三分志气。

庄　周　若嫁了呢?

田　氏　有如此扇。（愤而撕扇）

庄　周　夫死妇嫁，也是很自然的事，娘子何必把话说绝。（田氏禁不住冷冷一笑）娘子因何发笑?

田　氏　我笑先生看得透人情世态，万物造化，却看不透妾身这颗心?

庄　周　（一怔）是看不透，是看不透啊……哎哟!（突然晕厥）

田　氏　（大惊，上前抱着庄周呼唤）先生醒来，先生醒来!（庄周慢慢睁开眼睛）先生，你刚才突然晕厥，真真吓煞我也!

庄　周　娘子，我阳寿已尽，离开人世是早晚的事了。

田　氏　（哭）先生好好的，不要说这样的话。

庄　周　娘子莫哭，我还有一事吩咐。

田　氏　先生请讲。

庄　周　娘子，我死之后，你只须将我抛到野外即可，不须埋葬。

田　氏　先生呀!

（唱）　倘若你真有个山高水低，
岂能够抛野外置之不理。
妾身我哪怕是典房卖地，
尽全心竭全力隆重葬仪。

庄　周　娘子。

（唱）　叫声田氏大可不必，
庄周无须有葬仪。
天地为我做棺椁，
日月为我做双臂。
万物皆是我礼品，
更是星汉若珠玑。
问娘子古往今来人世间，
可曾见比庄周更好的葬仪?

田　氏　先生。

（唱）　先生乃非常人行非常事，
废葬仪置野外不是道理。
若老鹰和乌鸦吃掉先生，
天下人会唾骂不贤的田氏。

庄　周　娘子。

（念）　置地上吃我的有老鹰乌鸦，
埋地下吃我的有蛄蝼蚂蚁。
夺乌鸦口中食送下蝼蚁，
薄于此厚于彼更不是道理。

（唱）　庄周身好比那天边云霓，
生为聚死为散自然消失，

既消失无所谓怎样处置，

劝娘子将此话紧记不移。

（白）哎哟，啊！（死去）

田　氏　先生，先生，先生……（用手示探庄周还有没有呼吸，发现庄周已死了。哭唤）姜婆婆，姜婆婆，快来呀！

[切光。姜婆婆内应：来啰。

第三场　幻　化

[姜婆婆引抬棺伙计上，抬棺伙计抬着棺材，姜婆婆扛着纸扎的童男童女。

姜婆婆　（唱）　好人从来不长命，

突然死了庄先生。

庄家嫂嫂不改嫁，

她说要念《南华经》。

（抬棺伙计、男声伴唱一起唱）

三间草屋一盏灯，

庄家嫂嫂孤零零。

白天看着牛打架，

晚上怕听猫叫春。

[突然一阵风，把姜婆婆扛的童女吹走了。

伙计甲　婆婆，童女被风吹走了。

姜婆婆　知道，可惜了这一百八。

伙计乙　婆婆，什么叫一百八？

姜婆婆　买童男用了二百五，买童女用了一百八。

伙计甲　怎么偏偏吹走了一百八哟？

姜婆婆　哎，纸人也是红颜薄命啰。走吧。

众伙计　走！

[鼓乐又起，轿夫们抬一顶大红花轿上，两队争道。

媒　婆　闪开，那边还等着拜堂哩！

姜婆婆　这边还等着入殓哩！

媒　婆　死也死了，还怕误了时辰？

姜婆婆　多等一会，活人还怕被尿憋死？

媒　婆　你可知花轿抬的是谁？

姜婆婆　谁呀？

媒　婆　她乃是结二荐婚，有情有义的花少奶奶。

姜婆婆　你们可知棺材要去装谁？

媒　婆　谁？

姜婆婆　他乃是死头一回，无拘无束的庄大先生。

[花轿轿帘掀起，扇坟少妇走了出来。

少　妇　庄先生？庄先生前几天还好好的，怎么突然死了？

姜婆婆　怪他事先没跟你捎信？

少　妇　我与他原有一段交情。

姜婆婆　我们庄先生可从不拈花惹草的。

少　妇　我说过要请他喝喜酒的。

姜婆婆　可惜他没这个福分。

少　妇　我要去祭奠庄先生。

姜婆婆　不怕误了你的好时辰？

少　妇　没有庄先生，哪来好时辰？

姜婆婆　庄先生跟你这二婚妻有什么关系？

少　妇　唉，说来话长。烦婆婆带一样东西给先生的娘子。

姜婆婆　一柄纨扇，什么意思？

少　妇　她自然知道。

[定相，切光。

（男声伴唱）庄家嫂嫂不嫁人，

她说要念《南华经》。

[草堂，庄周灵位，孝帷低垂。

[田氏执纨扇上。

田　氏（唱）　那妇人捎来了这柄纨扇，

搅得我古井水微起波澜。

先生啊！

你在世夫妻们淡泊相守，

虽说是少欢乐心里安然。

如今你骑鹤西去也。

这空荡荡的草屋啊，

我从这间走到那间。

一颗心成天没着落，

如今我忽悠心在半空悬。

[姜婆婆拿着瓦盆上。

姜婆婆　庄家嫂嫂。

田　氏　姜婆婆。

姜婆婆　哎哟，又在伤心哪？

田　氏　姜婆婆，要不是你时时这来关照，不要说说话的人，就是见一个活人的面也难了。

姜婆婆　你这一说，让我老婆子心里也怪难受的。我说庄家嫂嫂，我看你给庄先生守个一年半载之后，还是找个好主儿嫁了吧。

田　氏　奴家怎能做那让人耻笑之事。

姜婆婆　一个萝卜一个坑，天要下雨娘嫁人，这有什么值得耻笑的？

田　氏　唉，婆婆，这瓦盆作甚？

姜婆婆　庄先生人缘好，前来祭典的人不少，烧的纸钱灰风一吹到处跑，这瓦盆是用来烧纸钱的。

田　氏　还是婆婆想的周到。

姜婆婆　就放这儿吧。（把瓦盆放灵堂桌前）

田　氏　婆婆，下面待茶。（顺手将纨扇放在灵前）

[田氏、姜婆婆下。庄周自孝帷后出。

庄　周　（唱）　棺椁之内躺半天，
往事纷沓至眼前。
田氏女初嫁时如花的笑靥，
老君他骑青牛出了函谷关。
说赵王议论那天子之剑，
断粮炊三日内不见油盐。
昨与真，虚与假，虚虚幻幻，
同大小齐生死道德真言……（发现纨扇）

啊，纨扇？（沉思）当初她毁扇盟誓，如今我“死”了，她便扇也不毁了，这心儿么？只怕是也动了哟……田氏啊田氏，庄周佯死，本为一句戏言，戏言究竟能否成真了，你让我不得不变成楚王孙，再来试探于你了！（正欲变化）且慢，楚王孙总得有个童儿相随，我到哪里去找呢？（发现童男）哦，有了，我何不点化这纸人二百五。（庄周走至童男面前）你既然是用钱二百五买来的，我就叫你二百五吧。（用手一指）二百五，动。（二百五动了）

庄　周　睁眼。（二百五睁眼）

庄　周　走。（二百五直朝台口走去）

庄　周　回来，回来。（二百五退了回来）

庄　周　笑。（二百五作笑状）

庄　周　哭。（二百五作哭状）

庄　周　为何哭笑无声，哦，原来没有舌头，待我前个舌头，与你安上。（庄周以纸剪个舌头，植入二百五口中）

二百五　哈哈哈，我变成人了。

庄　周　笑什么？

二百五　我变成人了。（又哭）呜呜呜。

庄　周　哭什么？

二百五　我变成人了。

庄　周　哈哈哈，（点头）一经我手，便具灵性，孺子可教也！

二百五 孺子可教也，师父，先教我什么？

庄　周 随我前去试探田氏。

二百五 干嘛要试探田氏？

庄　周 她说我死后她决不改嫁，我道我死后她必嫁无疑。一经试探，便知端的。

二百五 你要证实她错了。

庄　周 非也，并非证实她错，而要证实我对。

二百五 搞不懂，搞不懂。

庄　周 搞不懂就别搞。

二百五 师父，你这是……

庄　周 二百五，你好不聒噪人也！（拿剪刀）

二百五 师父，你拿剪刀干什么？

庄　周 方才给你植入的舌头太长，剪短此，话少。

二百五 师父，那就剪不得，剪不……（话未落音，舌头被庄周剪去一截。二百五忙捂嘴）哎哟……

庄　周 哎呀，又剪多了一点，这样你只能说一半人话了。（二百五蹲在地上，嘴里吱吱唔唔的不知说什么）你说什么？

二百五 那、那一半呢？

庄　周 那就不知是什么话了。

二百五 也好，师父，快快变成楚王孙，我们……（吱吱唔唔的，不知说什么）

庄　周 你用说什么？

二百五 我们勾……勾引师娘去。

庄　周 呔！你这是什么话？

二百五 不知什么话，反正不是人话！

庄　周 你……（二百五做了一个剪舌头的动作）也罢，待我变来。

（伴唱）　隐去了形神飘逸庄夫子，
　　　　　推出个风流倜傥楚王孙。

[庄周化为楚王孙。

二百五 师父，师父……

楚王孙 要叫公子。

二百五 公子，你好漂亮，你好漂亮，漂亮得不像是真的。

楚王孙 本来就是假的。这正是：

（念） 真亦假来假亦真。

二百五 （念） 只有二百五才分得清。

楚王孙 叫门。

二百五 （问讯）这里可是庄先生府上？

[姜婆婆边出门边答应：正是。

二百五 里面有人吗？（高喊）里面有人吗？

姜婆婆 没有人是鬼答应你呀。（又见二百五）咦，这位小哥，好生面熟。

二百五 是你把我从店里买回来的，讨价还价，三百钱还成二百五，不熟才怪哩！

姜婆婆 小哥，你说什么？老身没听清楚。

二百五 就是让你听不清楚。（姜婆婆想走，被问住）请问，庄先生可在府上。

姜婆婆 庄先生死啦。

二百五 公子，我们回去吧。

楚王孙 因何回去？

二百五 庄先生死了，喝酒没有对头。

楚王孙 哎，你说哪里话来，我久闻庄先生大名欲拜为师，先生既已亡故，我当到灵前祭奠一番，以表仰慕之意。使得么？

姜婆婆 使得，使得。请。

楚王孙 童儿，摆开香案。

二百五 是哩。

（男声伴唱）庄周幻化楚王孙，

自家来祭自家灵。

二百五 呜呼，哀哉！（楚王孙行礼如仪）

楚王孙 童儿，你去说，我欲面见师娘。

二百五 婆婆，他乃是楚国来的王孙公子，想见师娘。

姜婆婆 待我去问一声，（对内）庄家嫂嫂，楚国来的一个王孙公子要见你。

田　氏　（内白）亡夫不满百日，不好相见外客。

姜婆婆　庄家嫂嫂说她老公刚死，不见外客。

二百五　老公死，不见客。

楚王孙　我与庄先生有师生之谊。古云。通家之好，妻妾不避。

二百五　他们是老相识了，见得的。

姜婆婆　见得的。

二百五　见得的。

姜婆婆　好，我这就去叫。（对内）庄家嫂嫂，那公子说了一大堆理由，就是要见你。

田　氏　（内白）既然如此，待我出来相见就是。

姜婆婆　庄家嫂嫂就出来啦。

二百五　来啦！

楚王孙　拜见师娘。

田　氏　不敢。（二人目光相对，惊）

（唱）　好一个楚王孙风流倜傥。

楚王孙　（唱）　田氏女著缟素更显端庄。

姜婆婆　（唱）　二人痴痴两相望。

二百五　（唱）　一看（那个）就晓得有名堂。

楚王孙　禀师娘，学生有一事奉告。

田　氏　公子请讲。

楚王孙　师娘啊！

（唱）　荆南草莽东夷党，
千里迢迢到仙庄。
受钵三生难如愿，
持丧百日理应当。

田　氏　（唱）　有辱公子云骈降，
山野小村愧荒凉。
灵前祭奠见厚谊，
持丧百日不敢当。

楚王孙 （唱） 先生乘鹤归西去，
可遗典籍在华堂。
倘得金经玉篆在，
信是有缘少悒怏。

田　氏 （唱） 金经玉篆不曾有，
《南华经》书遗草堂。
尽是清静无为语，
怎使公子少悒怏？

楚王孙 哎呀，早闻《南华经》乃绝世奇文，学生欲借之好好揣摩诵读，不知师娘应允否？

田　氏 先生遗物，恐难外借。

楚王孙 不外借。学生就借尊府空屋一间，暂住三月。

田　氏 这……

姜婆婆 庄先生书斋正好空着，可让这位公子住。

二百五 对。

田　氏 寒舍简陋，唯恐怠慢公子。

姜婆婆 不碍事，有什么事，向我老婆子言语一声就是。

二百五 就是……（楚王孙用手做出剪刀的手势，二百五捂嘴）

田　氏 既然如此，就委屈公子了。

楚王孙 多谢师娘。

姜婆婆 好事要成了。

二百五 鱼儿上钩了！

[切光。

第四场　汲　水

[月色朦胧，田氏提水桶上。

田　氏 （唱） 夜阑汲水出柴门，

月色溶溶照小径，
山泉一眼石间出……（掬水而饮）
心头滋味说不清。
夏暑冬寒一日过，
没来由打翻了五味瓶。
神恍惚，心不定，
风拂花枝又乍惊……（楚王孙上）

楚王孙 （唱） 书斋夜读人倦困，
披衣出户看双星……
咦，那不是田氏么？这春花月夜，她独自一人在那儿出神，想些什么，我又要探个究竟了……师娘！

田　氏 （一惊）原来是公子。

楚王孙 不敢动问师娘，夜深人静，师娘一人在此作甚？

田　氏 我乃是来汲水的。

楚王孙 （这才发现水桶，尴尬）啊啊，师娘深夜汲水，实在辛苦。

田　氏 日复一日，已成习惯，也无所谓辛苦了。

楚王孙 那今晚让我来替师娘汲水吧。

田　氏 使不得。

楚王孙 使得的。
（唱） 提水犹感几分沉，
不觉感慨油然生。
平日里家务我从不问，
全靠田氏来支撑。
汲水做饭不辞劳，
多少次往返在小径。
她也是名门闺秀千金体，
却与庄周守清贫。
一念及此忽顿悟，

（伴唱） 人不误我我误人了人哪……（楚王孙试汗）

（接唱） 上前去正欲将真相细说……

田　氏 公子，公子……

（田氏上前扶住楚王孙）

（伴唱） 田氏女这一扶又让人思寻!

田　氏 公子。

（唱） 公子汲水汗淋淋，

羞煞田氏女钗裙。

想公子平日深宫内，

钟鸣鼎食享尊荣。

今日汲水不得已，

粗贱的活儿辱王孙。

楚王孙 （唱） 说什么钟鸣鼎食享尊荣，

说什么粗贱的活儿辱王孙。

君子之泽五世斩，

王孙明日是庶民。

我也曾市井练百艺，

我也曾访农家、学稼穑、渔猎在洞庭。

苦心志，劳筋骨。

哪来的粗雅贵贱分？

田　氏 （唱） 他那里慷慨发议论，

不由我田氏百感生。

王孙贵族阅多矣，

哪比得眼前这个人。

清逸一扫纨绔气，

举止不骄亦不矜。

言语有度多谦逊，

眉宇间却有那么一股子英气逼人。

忽觉夜风带暖意……

（伴唱） 脸儿微微烫，

心儿阵阵温……（田氏兀自出神）

楚王孙 师娘。（田氏不应）师娘怎么啦？

田　氏 （惊醒，顿时满面绯红）啊，没，没什么……（去抢水桶）这汲水的事，还是我来吧！

楚王孙 （接住水桶）不，从今以后，汲水之事学生包了。只要学生在此居留一天，就不能让师娘汲水一天。

田　氏 （怔住）啊……还是我来吧！（泪水慢慢溢满眼眶）

楚王孙 师娘……（复将罗帕给她）

田　氏 （接罗帕，转身拭泪）

（伴唱） 啊……

几曾听过这贴心贴肺的话，

几曾见过这有情有义的人。

田　氏 （唱） 才知道为什么神恍惚，

才知道为什么心儿的滋味说不清。

前世欠下相思债，

今日里讨债的冤家他上了门哪！

[田氏默默去拎水桶。

[楚王孙亦拎水桶。

[两人合拎着一桶水，缓缓前行。

（伴唱） 小径苍苔露珠冷，

并肩汲水默默行。

一桶泉水微荡漾，

圈圈涟漪都是情。

[伴唱声中，两人身影逐渐失在月色朦胧处……

[姜婆婆上。

姜婆婆 哎呀，我看到小路上，庄家嫂嫂和那楚国来的王孙，两个人提着一桶水，就这样走啊，走啊，好有味道哟。可我老婆子又替他们操心，老这样走下去，什么时候才是头呢？

[切光。

第五场　成　亲

[两束朦胧光圈。

[田氏卧房。庄周书斋。

田　氏（同时叹一气）唉……

（唱）　忘不了昨夜汲水情景，
　　　　点滴回味在我心……
　　　　一颗心似三月平川泛起了桃花汛，
　　　　又似那桃花含苞欲放怯生生。
　　　　桃李怯的是春寒，
　　　　田氏女想起了刚去世的夫君……

庄　周（唱）　月华朦胧照双影，
　　　　田氏千娇百媚生。
　　　　莫道王孙难把定，
　　　　天上的神仙也动心。
　　　　想到此我心里不是味……

（白）庄子休啊庄子休！

（伴唱）　你这是念的哪门子经？

田　氏（唱）　想起了我的夫于心不忍，
　　　　田氏女强压下这涌动的春情……

[田氏欲做针绕，欲看书简，皆无心思，不由闷闷把书简一放。

（伴唱）　春情岂能压得住？
　　　　一瞬间它如春潮澎湃有声。

这才是欲爱不能罢不能，

田　氏　天啊！

（唱）　人何苦折磨我薄命的人？

[姜婆婆上。

姜婆婆　庄家嫂嫂哇，昨晚我可是看见一件蹊跷事儿？

田　氏　（惊）什么蹊跷事儿？

姜婆婆　小径之上，有两个人深夜汲水。

田　氏　（颤声）深夜汲水？

姜婆婆　男的嘛，好像是那楚国王孙，女的嘛……

田　氏　（大惊失色）婆婆……

姜婆婆　看把你吓得！做也做了，又何必后怕？只是我担心你们真弄出什么事来，那就麻烦了。

田　氏　婆婆救我。

姜婆婆　那我问你，你可是真正看上了那个楚王孙？（田氏满面绯红，点头）那还不好办，嫁给他就是。

田　氏　亡夫不满百日，我……

姜婆婆　嗨，庄先生是个明白人，他不会怪你的。

田　氏　羞人答答，怎好启齿。

姜婆婆　何不把他那个童儿叫来传话。他来了？小哥，上哥！

[二百五上。

二百五　婆婆，唤我何事？

姜婆婆　师娘有话对你家公子说。

二百五　有话就说呗。

姜婆婆　有些话不好直说，要你传过去。

二百五　我最会传话了。公子，公子！

[楚王孙上。

楚王孙　我正在攻读《南华经》，你在这大呼小叫作甚？

二百五　是师娘叫姜婆婆叫我叫你的。

楚王孙 哦，原来如此，那就另当别论了。

二百五 （对姜婆婆）没事，说吧。

田 氏 请问公子贵庚？

姜婆婆 公子多大年纪？

二百五 年纪？

楚王孙 学生虚度二十有三。

二百五 二十三。

姜婆婆 二十三岁，老大不小了。

田 氏 可曾完婚？

姜婆婆 娶媳妇没有？

二百五 没有，有就不会上这儿来了。

姜婆婆 又不是问你。

二百五 哦，娶媳妇没有？

楚王孙 尚未婚娶。

二百五 我说嘛，没有。

姜婆婆 没娶媳妇。

田 氏 公子乃楚国王孙，为何至今尚未婚配？

姜婆婆 是呀，像公子这样的人才，本当是俏货，为何还未娶媳妇呢？

二在五 公子俏，怎么没人要？

楚王孙 高不成，低不就，蹉跎至今。

二百五 挑花眼了！

姜婆婆 挑花眼了！

田 氏 不知公子要娶何等样的人？

姜婆婆 什么样的人才中他的意？

二百五 什么样的人才中你的意？

楚王孙 倘若年龄相貌近似师娘，吾愿足矣。

二百五 像师娘那样的。

姜婆婆 像你这样的。

田　氏　真的？

姜婆婆　真的？

二百五　真的！

楚王孙　不假。

二百五　不假。

姜婆婆　不假。

田　氏　既然如此……

姜婆婆　既然如此……

二百五　既然如此……

楚王孙　怎么样？

二百五　怎么样？

姜婆婆　怎么样？你快说啊！

田　氏　奴家愿替公子保媒。

姜婆婆　师娘愿给公子保媒。

二百五　师娘愿给公子保媒。

楚王孙　哪一个？

二百五　哪一个？

姜婆婆　哪一个？

田　氏　就是，就是……

姜婆婆　就是，就是……

二百五　就是，就是……

楚王孙　就是谁？

二百五　就是谁？就是谁呀？

姜婆婆　就是谁？就是谁呀？嗨，急死人，干脆我替你说了吧——就是师娘她自己！

二百五　哇？

楚王孙　怎么了？

二百五　她说是她自己！

楚王孙　哦——哈哈哈！

二百五 嘻嘻嘻！

姜婆婆 嘿嘿嘿！

田　氏 笑什么？

姜婆婆 笑什么？

二百五 笑什么？

楚王孙 哦，学生乃是欢喜难禁。

二百五 喜糊涂了。

姜婆婆 喜糊涂了。

田　氏 这么说？公子他……

姜婆婆 答应了？

二百五 答应了。你说呢？

楚王孙 恐难从命。

二百五 恐难从……你怎么变卦了？

楚王孙 此事有三不可。

二百五 有哪三不可？你倒是给我说说！

楚王孙 你怎么问起我来了？

二百五 我看不顺眼，烦躁。

楚王孙 好，听了，这一不可，我与庄先生有师徒名分。

姜婆婆 要是庄先生活着呀，还未必收你这个徒弟呢！二？

楚王孙 堂前摆着棺材，师娘身穿孝服。

姜婆婆 棺材抬走，脱了孝服不就成了。

二百五 对。

姜婆婆 三？

楚王孙 拜师而来，未备聘礼。

姜婆婆 哎呀，这就难办了。

田　氏 婆婆，这罗帕……？

姜婆婆 喏，这不就是聘礼吗？无话可说了吧。

楚王孙 待我回去禀告楚王，择日成亲。

姜婆婆 慢着，择日不如撞日，今天就好!

楚王孙 这个……

二百五 动乐!

[伴唱： 真稀奇，真稀奇，
夫妻两次拜天地。
一对新人是旧人，
哎呀呀，老公、老婆都是原来的。

二百五 一拜天地，二拜高堂。(二百五与姜婆婆受礼)
夫妻对拜，送入洞房。

[田氏与楚王孙相携而入。

[二百五欲跟入。

姜婆婆 (一把拉住他)你跟去做什么?

二百五 做什么?公子干什么事都少不了我!

姜婆婆 咳，你真是个二百五。走吧!

[姜婆婆拉二百五下。

[洞房花烛。

田　氏 (举杯)公子请!

楚王孙 (举杯)夫人请!

[二人酒过三巡，相拥入帐。

[伴唱： 且饮交欢酒一杯，
醉扶春风入罗帷……

楚王孙 (帐内大叫)哎哟!

田　氏 (拿纨扇出帐)婆婆，童儿，快来呀!

[姜婆婆和二百五上。

二百五 什么事?

田　氏 公子他、他胸口痛得厉害……

二百五 我说他干什么事都少不得我吧!

姜婆婆 你快说这是怎么回事?

二百五 他这是旧病复发。

田　氏 可有药治？

二百五 有。

姜婆婆 什么药？

二百五 活人脑髓。

姜婆婆 你讲癫话！这活人脑髓，到哪里去找？

二百五 往日在楚国京城，公子病发，楚王便命人从牢中取出待决死囚，砍头取脑，热酒冲服，公子立见痊愈。

田　氏 天哪，这活人脑髓到哪里去找啊？

姜婆婆 小哥，不要说活人脑髓，就是死人脑髓也……小哥，死人脑髓行不行？

二百五 只要没过七七四十九天，勉强凑合。

姜婆婆 那就好，那就有了。不过……（看田氏一眼）

田　氏 婆婆，你是说……？

姜婆婆 我没说，我、我可没说，我什么也没说！

［楚王孙呻吟加剧。

二百五 师娘，你快些想办法呀，眼看我家公子就没命了！师娘，你手里拿的什么？

田　氏 我手里拿的什么？（低头一看，手中纨扇不知什么时候变成了一柄利斧）

二百五 一把斧子！

姜婆婆 一把斧子！

田　氏 这是何时拿的呀？

二百五 你心里想的时候拿的嘛！

田　氏 我心里想……

姜婆婆 劈棺取脑——

二百五 救公子！

田　氏 不！

二百五 救公子！

姜婆婆 救公子！

田　氏 我是这样想的吗？我——是这样想的吗？（下）

姜婆婆 （摇头）这是从何说起啊？

二百五 说也劈棺，不说也劈棺，反正我师父……

姜婆婆 你师父？

二百五 不不不，反正庄先生逃不过这一斧子！

[切光。

第六场　劈　棺

[月色凄迷。

田　氏 （内唱）　顾不得心儿惊浑身抖颤——

（唱）　田氏女执斧来劈棺。

月色凄迷照吉服，

夜风阵阵透心寒，

烛光摇曳灵堂见，

呀！

（伴唱）这一道门槛高如山哪！

[田氏犹豫，逡巡……

楚王孙 （内声）　哎哟……

田　氏 （唱）　冤家哪厢声声唤，

催我下油锅来上刀山。

（白）先生！

[迈过门槛，入灵堂。

（唱）　灵堂静静垂孝幔，

素烛滴泪却无言。

一个奠字增肃穆，

先生的灵位端坐在上边。

田氏不由双膝软，

跪致在我夫灵位前。

[扑通跪倒。白：夫呀！

（唱）　田氏并非歹毒妇，

数载夫妻君了然。

皆因公子命危险，

咬牙狠心来劈棺。

只要救得公子转，

千秋骂名我承担。

世人骂我风吹过，

愧对我的夫君在黄泉。

（伴唱）　事至此，肠已断，

含悲泣血复何言！

[站起。

田　氏（唱）　举利斧寒光闪闪，

[田氏幻觉：无数扇坟女少妇身影在挥扇而舞……

（唱）　忽见那扇坟少妇在眼前。

手执纨扇冷冷笑，

笑得我毛骨皆悚然。

定神驱去心中影，

攥紧斧柄再上前。

我这一斧劈下去，

可怜先生尸不全。

莫道先生与我是结发，

就是那仇人也不能如出来相残。

[跌下。楚王孙呻吟愈烈！

田　氏（唱）　欲将死者救生灵，

究竟是恶还是善？

（伴唱）　究竟是恶还是善？

田　氏　（唱）　怀抱灵位朝天拜。

老天……

（伴唱）　我该怎么办？

[一阵轻风掠过，孝幔微动，烛光摇曳。

[庄周的声音破空而来。

庄　周　（内）　庄周身好比那天边云霓，

生为聚死为散自然消失。

既消失无所谓怎样处置，

劝娘子将此话紧记不移。

[田氏霍然而起。

田　氏　哦，哦，哦——

（唱）　乌鸢食蝼蚁食悉听尊便，

我的夫临终言响在耳边。

既如此何必去便宜蝼蚁，

取脑髓救公子死活两全。

[田氏放好灵位，复拜，登椅，立于棺材之上。

田　氏　（唱）　田氏女举利斧寒光闪闪——

（伴唱）　这一斧劈下去千秋骇然！

[一声巨响，一派红光。

[庄周坐起。

庄　周　（念）　红尘喧嚣不胜烦，

躲进棺内也不安。

（白）何人劈棺，扰我清梦。

田　氏　是……是我……

庄　周　哦，是娘子，因何劈棺？

田　氏　……有一相士说你今日还阳，为妻等之不及，故而劈棺！

庄　周　真的么？你看他是谁？

[楚王孙出现，二百五待立一旁。

田 氏 这，这是怎么回事呀？

庄 周 田氏，娘子也。

（念） 他身即是我变幻，

我身本是他身源。

情迷心窍难勘破，

可笑可悲亦可怜。

田 氏 你、你、你……（终于明白，泪水夺眶而出）

（伴唱） 纵是勘破时也晚，

田氏女真是个可笑可悲亦可怜。

田 氏 （唱） 可笑你试妻施伎俩，

我却把你当圣贤。

可悲我诚心皈大道，

大道不解红尘难。

可怜痴情许王孙，

却是镜花水月缘。

怨愤我把庄周问，

无事生非你为哪般？

你要修道就修道，

何苦修得田氏去劈棺？

难道说试妻这二字，

出自于道德真经五千言？

[看着自己身穿的吉服，在红烛光照下灿烂生辉，更觉怨愤、羞惭、难于自制。

田 氏 （唱） 心如灰，情也断，

吉服更添满面惭。

引颈向斧成一块，

任凭他千古骂名传。

[举斧自刎。

庄 周 一柄纨扇，也能用来自刎么？

[田氏这才发现，手中利斧不知什么时候又变成纨扇。

庄　周　娘子呀！

（唱）　纨扇乎？利斧乎？

全在一己心念间。

你本是春情如炽青春女，

何苦迫慕虚名，遏制本性习庄禅？

你一斧劈下点化了我，

始知情缘胜姻缘。

数载夫妻委屈了你，

我心思不在男女间，

抬走棺椁请花轿，

我亲送娘子另择夫婿配俊贤。

田　氏　庄子休！

（唱）　不用你为我抬走棺椁请花轿，

不用你为我另择夫婿配俊贤，

转身拜别南华草堂……

庄　周　娘子，你到哪里去？

田　氏（唱）　我到那茫茫人海芸芸众生间。

庄　周　好，数载夫妻，无以相赠，鼓盆一歌，权当践行——

（唱）　强扭瓜儿兮，

其味不甜，

少妇扇坟兮，

田氏劈棺，

棺椁沉沉兮，

花轿甸甸，

孰重孰轻兮，

我自恬然，

物我相忘兮，

蝴蝶翩翩，

鼓盆而歌兮，

歌曰自然。

[“噗”一声，瓦盆被鼓破。

庄　周　（拾起一块碎片，诧异地）咦？

[剧终。

金　莲

编　剧：隆学义

人 物 表

潘金莲　自幼贱卖为奴，几经转卖，送与武大郎为妻，后沦为西门庆第五妾

李瓶儿　先为花子虚妻，后为西门庆第六妾

春　梅　潘金莲丫头，后被西门庆纳为小妾

吴月娘　西门庆妻

陈经济　西门庆女婿

武　松　武大郎兄弟，打虎英雄

武大郎　卖炊饼小贩

王　婆　市井细民

迎 春、玉 箫、兰 香、西门府丫头

张大户

西门庆　（身影、声音）商人，后买官任山东提刑所理刑副千户，再升任理刑正千户

序 曲

[宋代。

[古城。西门府。

[幕启。

[如线装书插图风格的天幕，灰白色调，纯粹而单一，简洁而空灵。舞台上

几乎没有任何硬景。

[如《清明上河图》般的街市景象：人流如织，布满舞台。男性锦衣博冠，女性绫罗绚烂，在灰白色调的映衬下更显得浓彩重墨。

[音乐曲调深得古典汉剧之美，流畅而通俗，朗朗上口又兼具经典风范。

领唱加合唱 人生如朝露，
晶莹转眼无；
恶梦惊良辰，
美景多险途，
命运起伏藏祸福。

[散乱的人流渐而整齐划一，好似分开层层波浪、穿过道道遮掩，潘金莲在整体瞩目中款款走来……走来……走来……

[被潘金莲越过的众人开始迁换布景，如同在她身后忙碌的众生。

[机动布景简洁地点缀出下一场的景观。暗转。

一

[春。黄昏时分。

[西门府，寻芳门前。第二空间：武松回乡路上。

[春梅悄步上。音乐进入，欢快轻盈。

春 梅 （念） 寻芳门，步悄悄，早早到，
浑身儿打扮入时滴滴娇。
（唱） 忆前番官人偷奴一枕觉，
趁黄昏拦他归路再春宵。
我且学潘五娘霸拦门道，
谁不想奴变主，偏扶正，步步高！

[音乐退出。丫头玉箫、兰香引大娘吴月娘上，春梅欲避不及。

春 梅 （硬着头皮，趋前拜揖）春梅拜见大娘！

吴月娘　西门官人外出半月，闻听今日归来，为何不见（故意地）你主子五娘呢？

春　梅　大娘不知，近几日五娘有病在身……

吴月娘　什么病？

春　梅　（含糊）身子不爽……

吴月娘　若是身子干净，早就把汉子拦走了！唉，这寻芳门是老爷回府必经之地，你又来这儿做什么呢？……

春　梅　我……

吴月娘　大官人宠你一夜，你可别当真哪……

春　梅　（惊恐）大娘，我……

吴月娘　（愠怒）还不快去照看你的主子！

［春梅欲走，丫头迎春扶六娘李瓶儿上，春梅驻足而望，充满嫉妒。

李瓶儿　（躬身拜吴）大娘，您早到了！

吴月娘　（矜持而暗讽）六娘有孕之体，却也早早来候。我虽是身为夫人，不过黄脸婆一个，岂敢迟慢？

李瓶儿　月姐言过了，官人半月未归，瓶儿只是怕他惦念腹中胎儿……

吴月娘　（尴尬又嫉妒）哦……也是……

春　梅　大娘，春梅本是奴才，人前说人话，人后说鬼话，我背地听下人说……

李瓶儿　（伺机打破尴尬）你不也是下人么？

吴月娘　（趁机挑唆）半月前，西门官人收上房做小了！

李瓶儿　（一惊）啊！

春　梅　（顿时得意起来）我听下人说，五娘同西门爹爹合穿一条裤子哩！

李瓶儿　（不解地）大官人有许多裤子，怎么同她合穿一条裤子？

春　梅　（呆着脸）就有许多裤子，他们也合穿一条裤子！

［吴、李方才心领神会。音乐前奏进入。

吴月娘　（笑打春梅）哈哈哈哈！你这小蹄子！你那五娘可不是什么好东西！

（唱）　西门府九尾狐狸降，

狐媚男人迷魂汤！

春　梅　（唱）　六娘温柔会忍让，

会忍会让不争强。

李瓶儿 （唱） 做不成甜言蜜语葡萄酿，

散不出招蜂引蝶夜来香。

三　人 （背唱） 暗暗争春暗争抢，

谁知道谁是羊羔谁是狼！

吴月娘 （对春梅）你那五娘贫寒出身，现在府中，奴才面前是主子，主子面前终究是奴才！官人宠她，奴才怕她，总会有人制伏她！

李瓶儿 （惊问）谁？

［描写音乐：一声头弦丝弦传来，显得惊恐、凄厉、苍凉。

潘金莲 （内声）春梅！

春　梅 五娘来了！

潘金莲 （内声）春梅在哪里？

春　梅 在这儿啦！

［潘金莲着艳装，随着丝弦长音、套装锣鼓，环绕全场巡视而上。

春　梅 五娘，我在这里。

潘金莲 （训斥地）你怎么自己来了？

［潘正欲发火，瞥见吴、李在旁，急忙漾出笑脸。

潘金莲 哟！（话中话）大娘、六娘都在这里，金莲早知就不该来了！

吴月娘 （反唇相讥）官人今夜回府，莲妹怎能不来！

潘金莲 （故作惊讶）月姐真是消息灵通！（顺势炫耀）只是小妹有所不知。

吴月娘 过谦了！听说近来身子不净，却也打扮得这般入时，倒是难得。

［描写音乐转为唱腔前奏，轻快流畅。

潘金莲 月姐！人与人不同，花有几样红。人无再少年，花无百日红！

（唱） 青春一去难再留，

二八佳人乐无忧。

手如莲藕红酥手，

头赛西施美人头，

一段腰细飞燕瘦，

三寸足小金莲钩。

莫等到昨日黄花、青春尾巴脸皮皱，

六两重的红粉扑面也难填羞。

趁年少万种风情般般有，

不风流处也风流！

吴月娘 哈哈哈哈！你不是在说我老吧？只是人无远虑，必有近忧。

李瓶儿 （奉迎地）多谢月姐指教。（故意显示怀有身孕）啊哟！

春　梅 六娘怎么了？

李瓶儿 腹中胎儿又在顽皮了。

吴月娘 （故作欣喜）恭喜！恭喜！瓶妹有喜！

李瓶儿 合家有喜！

潘金莲 官人有喜！

春　梅 （背白）大家恨你！

李瓶儿 莲姐说的是。他是官人骨血，怎么不喜？

潘金莲 瞧瞧妹的打扮，官人怎的不喜！

李瓶儿 月姐，莲姐！

（唱） 珍珠链玛瑙坠精致贵重，

又怎及月娘姐玉树临风！

红绫袄八宝裙描鸾绣凤，

又怎及金莲姐环佩叮咚。

凤头钗姐喜欢妹愿奉送，

正堪配美人头玉貌花容。

潘金莲 瓶妹！

（唱） 我曾见有个妇人好气派，

珠光宝气，一样样来自……

来自古墓朽棺材！

碧玉原是死人戴，

翡翠曾随白骨埋，

珍珠玛瑙，同那尸水泡一块；
红绫宝裙凤头钗，
定是盗墓贼偷来！
瓶妹你说怪不怪，
姐并非指着桑来骂了槐。

[瓶儿听罢，大惊失色，败下阵来。不料月娘上阵，使出杀手锏。

吴月娘 莲妹呀莲妹！你真是伶牙俐齿，饶不得人。你那前夫主儿武大郎中毒身亡，亏了西门官人上下打点，免你牢狱之灾；又将那武松发配孟州，莲妹方得过府安身，你要珍重些才好。

潘金莲 （低眉）月姐，金莲知罪。

吴月娘 闻听官人言说，今春朝廷大赦天下，正是武松脱法之期。

[描写音乐进入：京胡丝弦再次传来，内套打击乐。急促而威严。

潘金莲 什么？……

吴月娘 武松必从孟州踏上回乡之路，前来清河寻你！

潘金莲 寻我？！

吴月娘 为他哥哥报仇雪恨。莲妹还须早作打算，以免血光之灾。

潘金莲 （惊恐惶愧）啊！武二郎！（几近晕厥）

[丝弦和锣鼓渐而大作，音乐旋律扑面而来，豪迈而雄健。

[群体身段：潘金莲似在四处躲避，又无处可躲，众人随之左拦右护。

[另一空间：苍茫大地。武松突显，身段矫健，提刀急行，其形体运动的方向，和潘金莲及群体身段遥相呼应。

[描写音乐转为唱腔。

武　松 （唱）大步流星恨不快！
提刀独行寻仇来。
大哥亡灵沉冤海，
不平世间谁主裁？
仰天长啸夕阳外，
豪杰何时畅开怀！

[在音乐锣鼓的重音中，潘金莲就势倒在众人怀中，武松隐去。

[返还寻芳门前。音乐退出……

潘金莲 月姐、瓶妹，谁能救我？

吴月娘 他！

潘金莲 他？

李瓶儿 只有他！

春　梅 就是他！

潘金莲 又是他！

[内声："西门大官人车驾已近府门！"众妻妾涌向府门。

[春梅暗下。众妻妾寻路，撇下金莲，瓶儿争抢过猛，一个趔趄。

李瓶儿 （手扪腹部，惨叫）啊哟！——

潘金莲 （急忙上前搀扶）瓶妹小心！不可闪了身孕！

李瓶儿 （悄声）不妨事，你的事要紧！官人那里需要打点。

吴大娘 今日我们就把他让给你了！

[丫环搀李瓶儿、吴月娘下。春梅惊慌张望着下，留下潘金莲一人。

[内声：西门大官人车驾回府！入东升门！

[唱腔转为描写音乐套锣鼓，一个巨大身影从舞台后区掠过。身段：三五仆人拖拉着麻绳，随着锣鼓点舞动着掠过。

[潘金莲大惊，身段：拭泪、抚发、整衣、弹尘、趋步惊慌而寻。

潘金莲 （惊惧地）春梅！春梅！官人怎么没走寻芳门走了东升门？

[春梅应声疾步而至，描写音乐收拾有力地退出。静！

春　梅 不知道，爹爹叫我传话，五娘速速更衣，穿上爹爹最喜欢的那双红绣鞋儿，在葡萄架下奉酒恭候……

潘金莲 葡萄架下！

春　梅 藏春楼外葡萄架……

潘金莲 藏春楼外葡萄架！

春　梅 （心骇）五娘！……我怕！……

潘金莲 （心豪）怕什么？

春　梅　（惊悸地）你的身子！

潘金莲　（自问地）我的身子……？

春　梅　你的身子不净啊！

潘金莲　我的身子不净！

春　梅　五娘！这档口可是要毁了女人的命根啊！

潘金莲　命都要没了，要什么女人的命根！

春　梅　那可是要断子绝孙的呀！

潘金莲　怕什么断子绝孙！今夜就靠我这三寸金莲四尺身躯了！

[描写音乐转为唱腔，苍凉悲愤中夹杂着惊恐，快板带入而后疾徐相间。

[舞台光迅速收缩，那个巨大的人影复出，压迫着倍显渺小的潘金莲。

潘金莲　（唱）　心中惶恐腹内愁，
咽下惊泪暗自流。
寻芳门寻来噩耗浑身抖，
藏春楼藏尽西门鬼王侯。
当年事他曾害我酿罪受，
却不料活命反倒向他求。
恍见武松提刀走，
金莲残花顷刻休！
舍身保命春楼走，
不干不净不知羞。
使出翻云覆雨手，
苟且偷生活命留！

[内声：五娘快快更衣，老爷已在静候！

[唱腔渐而转为描写音乐，外松内紧，潘金莲强压心绪，略显镇静。

春　梅　五娘，爹爹在催促了……

潘金莲　让你爹爹歇歇气儿，你用我那麝香球儿，在我那绣鞋儿，熏一会儿。

春　梅　为什么呀？

潘金莲　先让你爹爹好好（翘脚）闻上一闻！

春 梅 这都什么毛病啊？

潘金莲 他好这口，今夜也看看五娘云雨手段！

[音乐进入，琵琶大力弹拨，曲调强劲，大珠小珠落玉盘！

[下人们涌上舞台观望，男女分列，潘金莲在整体瞩目中走去…… 走去。

[如同躲开双双鄙视，穿过道道门栏，被潘金莲越过的人流把她掩盖，众人开始迁换布景，议论纷纷。

[凄厉的惨叫传来，夹杂着西门庆放浪的狂笑，令人毛骨悚然。

[暗转。

二

[春末。一月后。上午。

[西门府，临溪馆外、内。第二空间：潘金莲家门外。

[琵琶声渐缓，曲调转而哀怨。临溪馆外，迎春、玉箫隔门而望。

迎 春 （抽泣着）听着五娘…… 弹这…… 曲儿，我真想…… 哭哇！

玉 箫 那天爹爹把她灌醉，绑在那葡萄架下游戏，寻欢作乐！嘻嘻笑哩！

迎 春 那是笑吗？那可是哭哇！玉箫，那天晚上，你没听见五娘惨叫吗？浑身绑满了麻绳，弄得她死去活来呀！玩命啦！

玉 箫 （心悲）迎春姐，别是哪一天，轮到我们身上……

[琵琶声戛然而止。

迎 春 玉箫，轮得上你吗？（张望着）我看五娘八成是去不了寺庙上香啦！我们回去禀报吧。（发现有人）看，他怎么来了！

玉 箫 谁？

迎 春 大娘的乘龙快婿，陈经济！咱们快走！

[音乐进入，二丫头边躲闪边观望下。陈经济踱上，手拽一只红绣鞋。

陈经济 （嗅了嗅鞋儿）呀！好香也啊！

（唱） 这鞋儿却染来天边赤霞，

更恰似秋池水浮红莲花。

一月前遗失在葡萄架下，

早曾见五娘金莲香足踏。

拾着它，藏着它，偎着它，抱着它，亲着它！

盘算着有句秘密话儿去逗逗美娇娃！

[临溪馆内，显现出金莲对镜梳洗，似在抹去不堪回忆。陈偷窥帘内。

潘金莲 （唱） 一月前葡萄架下百般媚。

（陈经济云里白即插白）妙哇妙哇！

几番番风颠雨狂金莲颓。

（陈经济云里白）好个活观音！

三更梦见青面鬼，

似见武松提刀随。

（陈经济云里白）有了这鞋儿……嘻嘻！（急捂嘴）

枯叶残花再碾碎，

净白之身永不回。

（陈经济云里白）必要着实撩她一撩……

[陈悄步入室。音乐退出。

陈经济 （拜揖）喏，那是五娘，小婿陈经济拜揖了！

潘金莲 （起身）姐夫？今来何事？

陈经济 五娘，你可知道，知恩不报非君子，见死不救不是人……？

潘金莲 这西门府里还有个像样的人吗？

陈经济 有！五娘有难，我怎能袖手旁观于前，落井下石于后。

潘金莲 （轻蔑地）你？你在这里多有不便，速速去罢！

陈经济 五娘，你这就不对了，不对了！今日小婿前来，一来救美……

潘金莲 （抢白）二来呢（傲然翘脚）

陈经济 二来么……（放肆地）哈哈哈！

潘金莲 你笑什么？

陈经济 （从袖中取出红鞋）二来还鞋。（吟哦）曲似天边新月，红如褪瓣莲花。

潘金莲　（怒）好个短命鬼！原来在你这儿，我对大娘说去！

陈经济　大娘正要拿你把柄儿，恨着你呢！有了这鞋儿，我说五娘与小婿这般（以双手食指作“勾搭”状）……这般……

潘金莲　（厌恶地）你……！你就不怕赶出西门府？

陈经济　（反问）赶我出门？谁来真心爱你？

［陈陡然跪地，捉住金莲腿脚给她换鞋！金莲猛地从椅上弹起……

潘金莲　（怒喝）休得放肆！

陈经济　哈哈！（极尽奉承）五娘何必这般！当年爹爹正是摸着这只三寸金莲才神魂颠倒！小婿今日一试，果然魂飞魄散也！

潘金莲　我已为人之妻，你是女婿辈分，岂可乱了伦常？！

陈经济　哈！为人之妻？五娘休说这些。你为武大郎之妻时，不也私通老主人张大户的么？

潘金莲　你！

陈经济　假正经！

潘金莲　（断喝）正经就是正经！老娘原本就没有“假”过，是他们串通好的！

陈经济　死无对证，他在阴曹地府。

［描写音乐进入：凄楚辽远。风声阵阵，夹杂着武大卖烧饼的吆喝声。

［另一空间：潘金莲家门外。显出武大郎归家的身影，踱着方步的张大户与其相遇。武大郎萎缩躲闪，张大户趾高气扬。

［潘金莲愤然走进另一空间，奔向哭丧着脸的武大郎。

潘金莲　武大郎！（发泄怨愤）你是我男人！你该赶走他，叫他滚！

武大郎　金莲，没法儿呀！不答应他，我们怎么活呀！

潘金莲　那我算什么？算个什么？

武大郎　（低头，喃喃地）我真贱！我真贱！

潘金莲　（无限伤情）我今生今世，算是遇上你了！

［描写音乐转为唱腔。

潘金莲　（唱）　金莲九岁早丧父，
十三岁母病卖为奴。

先卖王招宣后转张大户，
张大户将我送你，分文不收最歹毒！
任由他随时来家将我侮，
你不出气，不敢怒，不出声，不敢哭，
只为富人免你租！
我成了偷偷摸摸浪荡妇，
你倒是堂堂正正伪丈夫，
我成了污污浊浊换钱物，
你倒是明明白白装糊涂。
可忍奇丑与奇苦，
难忍奇耻与奇辱！
不敢恨天与恨地，
只敢恨你这没心没肠、没肝没肺的矮葫芦！

（哀求地）大郎，你放了我，休了我吧！

［唱腔转为描写音乐在继续，丝弦紊乱焦躁。

武大郎 金莲，不是我狠心，我不能放你、休你！爹妈生我下来，我就废了，见人矮三尺；娶了你，我人也高了，面子也好看多了。没了你，我会更矮更丑，更受嫌弃！你可怜我，让我这个可怜人活下去！

潘金莲 （大悲）我为可怜人活，谁来可怜我！谁来救救我！

［武大郎隐去，另一空间隐去。描写音乐戛然而止。

［临溪馆内。金莲无限悲愁，陈经济见状，自作多情。

陈经济 我来救你！小婿今日前来就是要救五娘于水火！

潘金莲 （揩了揩泪）你？

陈经济 小婿衙门有关节，社会有帮闲，遮挡五娘，高枕无忧。

（挨近她身边，猥亵地）

陈经济 小婿之心，五娘想必……

潘金莲 你们一个个都想要我的身子，哪比得武松！那才是大丈夫，真英雄！

陈经济 五娘谬矣，他是假英雄！那小子打虎，是为了救自己，不会去救美人。听说五娘曾求救于武松，他弃之不理，那小子是个假英雄无情郎，想必五娘是心知肚明啊。

潘金莲 假英雄无情郎？！（幻觉般地）那个风雪之夜啊——

[描写音乐袭来，深情酸楚。风声呜咽，另一空间显现，潘金莲家。

[雪花飘飞，一灯如豆。桌上摆着酒壶菜肴。武松端坐堂前，局促不安，有如困兽。

武 松 （对内高声）嫂嫂，小弟衙中有事，告辞了。（欲行）

[潘金莲端着托盘酒具进入另一空间，妩媚笑着走向武松。

潘金莲 叔叔莫走，今夜天寒地冻，嫂子特为叔叔，将我自酿米酒温热了，亲手卤好的牛肉切好了，叔叔休要嫌弃。

武 松 （客气地）实在劳烦嫂嫂。

潘金莲 说什么劳烦，叔嫂本是一家。

[描写音乐戛然而止，风声呼啸，雪花飘入。

[身段：二人一同上前掩门。

武 松 哥哥为何不在家中？

潘金莲 买卖未归。

武 松 何时归来？

潘金莲 卖完即归。

武 松 何时卖完？

潘金莲 不知何时！

武 松 哦！

潘金莲 叔叔心上只有哥哥，叔叔眼下并无嫂子。

武 松 （惶恐低首）嫂嫂说哪里话。

潘金莲 （语含哀怨与矜持）自从下嫁与你哥哥，谁人不夸你家嫂子！哪个不羡你那哥哥！嫂子何曾亏待了他？

武 松 兄弟言语唐突，嫂嫂恕罪。（拱手为歉）

潘金莲 （转恼为喜）嫂子也是一家主儿，今日且陪叔叔（韵白）饮酒驱寒。

[唱腔前奏进入，曲调爽朗通透，金莲拿起酒壶，斟了两盏酒。

武　松　也罢，如此等哥哥回来。

潘金莲　嫂子先敬叔叔（举其一盏）一盏酒！

（唱）　一敬兄弟接风酒，

叔叔归来嫂子愁。

眼前赳赳男儿汉，

嫂配武大应含羞！

[音乐退出，金莲饮毕。武松不悦，面有愠色，将盏置于桌上。

武　松　嫂嫂何出此言？我家哥哥身材矮小，心地善良，生性勤劳，有甚不配？

潘金莲　叔叔且先饮罢这盏酒，听嫂嫂细细说来。

武　松　（举盏礼让，一饮而尽）好，愿听究竟。

潘金莲　身材矮丑，爹娘生就，却也罢了。生性勤劳，不过卖卖炊饼，并无出息。心地善良，倒也未必，只知为自家打算！他怎比兄弟，身长八尺，孔武有力，忠勇无双！

[唱腔前奏进入，快板，紧拉慢唱式。

武　松　嫂嫂何来此言？小弟惶愧！不敢当得！

潘金莲　（抢白）　叔叔当之无愧！（再斟两盏酒）且敬二盏酒。（举其一盏）

（唱）　二敬叔叔庆功酒，

景阳冈上美名留。

拳打猛虎英雄汉，

谁个蛾眉不相求！

[音乐退出。

武　松　小弟岂敢妄想？为民除害，并无它求。（举盏一饮而尽）小弟该告辞了！

潘金莲　叔叔稍待！（韵白）请转。

[风声又起，两边窗户被吹开，雪花飘入，二人各自关好窗户。

潘金莲　叔叔衣裳单薄，四处奔走，如此雪夜，怎能抵御风寒！嫂嫂要为叔叔缝制一件披风……

[音乐转而温柔，金莲以手比量武松双肩尺寸，极尽女性柔情，似一阵暖流滚过武松周身。

武　松　（躲闪）为弟五大三粗，岂敢劳烦嫂嫂……

潘金莲　（真情流露）叔叔风来雨去，四海飘泊，父母双亡，无人疼爱……

武　松　（背白）我命如转蓬，浮生空忙，功业未成，何以为家？

潘金莲　男儿无妇心无主，衣裳破了无人补……

武　松　（背白）她热酒热心，驱寒送暖。她机敏周到，缝制衣衫。

潘金莲　吃五谷，生百病，英雄也怕病来缠……

武　松　（背白）如是孑然一身，悲从中来，面对兄嫂，情何以堪？！

潘金莲　谁个煎汤熬药？谁个问暖嘘寒？谁个铺床叠被？谁个耳边缠绵……？

武　松　（情动于中，背白）她善解人意，热诚款款。武松今生，未曾体验。

潘金莲　叔叔可有女人眷恋？可有红颜挂牵？常言长嫂当母，却助益微薄，深深为撼。

武　松　闻听嫂嫂所言，能不情动于中，良言一句三冬暖，铁石人闻心也酸哪！

[武松情不自禁掉泪，金莲欲上前擦拭，武松躲避背身急揾去。

潘金莲　男儿有泪不轻弹，只是未到伤心处！如此，待嫂子为你敬上三盏酒！

（唱）　三敬英雄酒下肚，
扭转命运托叔叔。
愿只愿堂堂正正作人妇，
恨却恨难寻难找好丈夫。
好丈夫柔情蜜意会呵护，
好丈夫宽仁厚爱心佩服，
好丈夫生老病死敢担负，
好丈夫危难祸乱舍身出。
饥饿了，粗菜淡饭为他煮，
嘴馋了，下酒花生为他酥，
劳累了，我为他涮涮羊肉进温补，
生病了，我为他煎汤熬药、端茶送水理床铺，
我为他，春来慢慢减衣裤，
我为他，冬来快快添棉服。
若得英雄相救助，

远走高飞奔前途。

百年修来同船渡，

千载等得今生福！

[金莲扬头饮酒，饮得半盏，被武松喝断。

武　松　（并不举盏）不要喝了！我与哥哥手足之情，嫂嫂万万不可出此谬论邪念，此乃……败坏人伦，不成体统不成话了？！

潘金莲　不成体统不成话，理当送与你那哥哥！

武　松　（不解）却是为何？

潘金莲　（心潮奔流）你哥哥为做生意，他默许张大户私下侮辱于我，才是不成体统不成话！

武　松　羞死我也！不得胡言乱语！

潘金莲　（恳求）苍天作证，句句是真，金莲多年苟活，不过可怜你那兄长，忍辱偷生，形同禽兽。深望叔叔替金莲担待！

武　松　（凛然）嫂嫂，某闻，男子名，女子节，自古常理。武某纵有百般爱恋，泼天大胆，岂有越轨妄念！

潘金莲　（恳求）叔叔三思！嫂子有檀香盒儿一个，送与叔叔。

[描写音乐进入，神秘而惊慌。金莲进屋，捧出一个檀香盒儿来。

武　松　这又是何意？……

潘金莲　（虔诚而郑重）望勿推却！叔叔请来一观！——

[金莲打开檀香盒，双手捧上。

武　松　（睁目俯视）……呀！

潘金莲　（真）嫂子一片至诚，叔叔休要嫌弃！

武　松　（惊）这是什么！

潘金莲　（喜）心爱之物！此是嫂子亲手缝制的一双金莲鞋儿！

武　松　（后退一步婉拒）小弟无福消受！

潘金莲　（起身，亲切地）消受得的！（趋前一步）

武　松　（退后一步）无福消受！

潘金莲　（随之转身）消受得的！

武　松　（愠）肮脏玩物！

武　松　嫂嫂！

（唱）　知嫂苦知嫂痛知嫂心碎，

潘金莲　（唱）　违真情违实意伦常难违。

武　松　（唱）　知嫂困知嫂难兄嫂不配，

潘金莲　（唱）　畏天地畏鬼神弟畏是非。

武　松　（唱）　重礼法重操守名节可贵，

潘金莲　（唱）　怕名亏怕节亏不怕心亏！

武　松　（唱）　某劝嫂善待兄来世相会……

潘金莲　（唱）　悲今生愁来世何处是归？

武　松　（百感交集）嫂嫂——

潘金莲　（充满渴望）叔叔——

武　松　（内心煎熬，引吭长啸）啊呼呀——！嫂嫂若再近前一步，刀下见血！（举刀横于脖颈之上）

潘金莲　（并未阻拦）我知叔叔心里满满是我，我知叔叔胸中有熊熊欲火，面迎美色，不为所动，真乃堂堂男子，赳赳豪杰，金莲更是仰慕，求叔叔给我重生，远走他乡，执子之手，白头偕老！叔叔若是有心，吃我这半盏残酒。在这风雪之夜，谱一曲英雄救美！

[音乐前奏随之而来，曲调悲凉愤懑。

武　松　（泪眼模糊）男儿立世求功名，这普天之下哪有救美的英雄啊！

潘金莲　（愕然醒悟）明白了，我这盏残酒，英雄是不会饮的……

（唱）　接风庆功命运酒，

斟满旧恨与新愁。

金莲本当遵操守，

人生苦短无多求。

期盼灵巧一双手，

绣出五彩万花楼；

梦想好男成佳偶，

同苦同甜，同悲同欢，同风同雨同白头。
只叹江湖恶浪骤，
落水难觅靠岸舟。
唯愿叔叔来援救，
救出苦海扬起头。
白古嫂溺当援手，
好叔叔怎舍得虚名虚德今生求！
英雄只管意气斗，
英雄只顾去己忧，
英雄只遮自家丑，
英雄只重功名利禄一并收！
金莲知晓从今后，
恶名丑德薄命休！
休笑我金莲戏叔三盏酒，
成全你千年万代，万代千年美名留！

［金莲将残酒一饮而尽跌座于椅上，失声痛哭。武松不禁愧疚。

武　松　（端起酒盏）嫂嫂，小弟告辞了！（绝决地下）

潘金莲　（跟出门）叔叔！别了！——

［武松圆场，环顾四壁，毅然而去，音乐随之退出。

潘金莲　（凄然）当今英雄怎会救我！（哭泣起来）

［第二时空隐去。音乐退出。返还第一时空——临溪馆内。

陈经济　当今英雄在此！五娘哭笑，醉人魂魄，你给我一夜，我保你一生！

潘金莲　你好大胆儿，前有西门庆，后有武二郎，你真敢么？

陈经济　我敢！小婿虽手无缚鸡之力，不敢打虎，却愿为五娘赴汤蹈火，万死不辞！

潘金莲　好！让我活下来，武二不能死！

［金莲转身向内室走去，忽又停顿下来。似有悔意。

陈经济　五娘还想什么？小婿虽非英雄，却能救美……

潘金莲　（木然、凄然）你说的不错，救美者，绝不会是当今英雄，来罢！

陈经济 （如愿以偿）来了！

[音乐配套锣鼓进入，二人进入内室。下。

[临溪馆外：众人圆场式疾步而来，周遭窥视的人群渐而布满舞台。

[集体身段：众人分组，寻找着最佳窥视角度，争抢、拥挤，升跃、蹲钻，运动幅度颇大，以组为单位又整齐划一。

[捉奸的呼喊声拔地而起，众人骤然散乱，穿行奔走，如节日的盛会！

[内声：西门官人回府！

[静！音乐退出；众人原地凝立，那个巨大身影再次出现。

金莲被人推搡，穿行于凝立的众人之间，犹如穿过道道门槛，踉跄跌向舞台中央。

西门庆 （声音）皮鞭伺候！

[身段：伴随着每一声皮鞭，金莲跌倒、爬起、挣扎、跳跃、翻滚……

[众人渐而散开围拢，指责着、讥讽着、辱骂着、嘲笑着。

[金莲发出一声声揪心的惨叫，幕后传出："六娘分娩了一位哥儿！"喊声几乎与金莲的惨叫相叠。

[婴儿呱呱坠地的哭声引来整个舞台的欢呼雀跃，映衬着金莲的哭号和肢体的挣扎……

[声画分离：众人的欢呼声隐没，只剩下肢体在雀跃。金莲的哭号因之突出，难以分辨众人是在欢笑金莲的鞭刑还是在欢呼婴儿的诞生……

[暗转。众人随之迁换布景。

三

[夏。黄昏。卧云亭，外、内。第二空间：阴曹地府。

[远远依稀可闻宴席上大呼小叫、推杯把盏声。

[卧云亭外。众丫环手端着美味佳肴鱼贯而出过场，春梅、迎春、玉箫、兰香端着空器皿，兴高采烈上。

玉　箫　恭喜！

春　梅　同喜！

兰　香　恭喜！

迎　春　同喜！

四　人　西门府大喜！哈……哈……

春　梅　今日爹爹大宴宾客，升任理刑正千户……

迎　春　（抢白）还有我们六娘的贵子官哥过满岁哪！

春　梅　丢不下你的！（拿腔拿调对众人）你们可要好生伺候！

兰　香　（笑讽）哟，真不愧是爹爹身边的红人啦，怕是要顶个窝儿吧？

春　梅　顶什么窝儿呀？要当就当一房正经婆娘！

玉　箫　（乖巧地）西门府有五娘、六娘，你便是七娘了！

二丫头　（故意奉承）七娘！

春　梅　（玩笑地）七娘在此。哈哈哈哈！

迎　春　（不屑地）你们真会说笑话儿！这么大喜的日子怎么不见五娘呀？

春　梅　这几日五娘心绪不安，陈经济虽是让官府布下罗网，可那武松却全无踪影，为了保命，只能在这屋里跪拜送子娘娘啦！

春　梅　（唱）保命求子免祸星，

迎　春　（唱）爹待五娘再添丁。

玉　箫　（唱）就怕娘娘不显灵，

兰　香　（唱）竹篮打水一场空。

迎　春　无妨，六娘早就安排好了，叫我给五娘送安胎符呢。（摸出一个纸包）

春　梅　（接过）安胎符！（阴阳怪气）六娘发善心了。

迎　春　还是我家六娘会做人……

［音乐退出，金莲内声：春梅！

春　梅　五娘在叫我了。

内　声　丫头！

迎　春　（嘲笑）七娘还是丫头，还没“转正”呢！

春　梅　什么？

三丫头 走，上菜去喽!

[三丫头笑下。金莲病恹恹上。春梅趋前搀扶。

潘金莲 刚才你同何人说话儿?

春　梅 是六娘叫迎春送来一道安胎符。(取出纸包)

潘金莲 安胎符? (接过，看)

[描写音乐袭来，丝弦怪异，略带不祥之感。

春　梅 六娘找永福寺的薛姑子带给娘的。

潘金莲 (看着纸包) 猫儿不吃死老鼠，和尚念经煮螃蟹，她有这等好心? ……

春　梅 (劝慰) 虽是假慈悲，难免真药方。六娘就是薛姑子安的胎呢。

潘金莲 (交还纸包) 也好，到时试试吧。

[春梅收起纸包。雪狮子猫又叫起来，其声不祥。

潘金莲 真晦气，这雪狮子猫到处乱叫，快将它赶走，我要好生拜拜送子娘娘。

春　梅 好嘞! (奔下)

[描写音乐转为唱腔前奏，略带宗教意味，阴森而颓靡。

[潘金莲行至卧云亭内，佛龛之前，焚香而拜。光色由黄昏转为月夜。

[空间并列：月娘、瓶儿在二、三表演区出现，她们也在祈祷。

[三炷香点燃，灯影烟缭绕，残月云半遮。

潘金莲 (唱) 冰盘无声悬碧海，
轻移莲步上月台。

李瓶儿 (唱) 庭院寂寂闻天籁，
檐前宿雨滴石阶。

吴月娘 (唱) 银河双星隔千载，
月娘月影共徘徊。

潘金莲 (唱) 虔心拜——

李瓶儿 (唱) 合掌拜——

吴月娘 (唱) 躬身拜——

三　人 (唱) 上苍天眼开。

[一声闷雷，细雨蒙蒙。

潘金莲 （唱） 莲不生子必自败，
只为自救怀珠胎。
李瓶儿 （唱） 幸得贵子专宠在，
祝愿官哥长成才。
吴月娘 （唱） 贵为夫人本气派，
无子失宠空悲怀！
幕后合唱 安胎符，安灵胎。
李瓶儿 （唱） 有儿专宠在。
吴月娘 （唱） 无后失宠哀！
潘金莲 （唱） 得子救命来！
三　人 （同唱）
默默拜！深深拜！
幕后合唱 人影月影同徘徊。

［二、三表演区隐去。金莲虔诚膜拜，春梅撑伞暗上，立于一侧。

春　梅 （背唱） 春梅暗自争宠爱，
六娘病婴孩，
五娘不怀胎，
大娘怀鬼胎，
唯独春梅怀人胎。

［一声霹雳，音乐退出，雷鸣电闪，大雨滂沱，金莲、春梅不禁惊悸。

春　梅 五娘，宴席散了，天色晚了，雨下大了，你也该歇息了。

潘金莲 如此雨夜，不知那叔叔行至何地，可有披风遮风挡雨？……

［音乐再起，套配锣鼓。另一空间：苍茫大地。武松舞动披肩，避风遮雨，疾步速行，势不可当，横贯舞台，通场掠过。

［一声惊雷，暗转。众人隐去。升光，光色流转，时间变换。

［卧云亭内，艳阳高照，李瓶儿显现在金莲此前的位置，合掌拜香。

李瓶儿 花雨停歇。真个是：扑簌飞花轻似梦，淅沥雨丝织旧愁也！

［瓶儿膜拜，金莲缓步而上。

潘金莲 （不解地）瓶妹已有孩儿，为何还要在此虔诚膜拜？难道这等地方，我们姐妹还要争抢？

李瓶儿 （背白）我却不愿你有孩儿！（转对金莲）莲姐，昨夜，恍惚见我前夫花子虚来到床前抱走了官哥。待妹追去讨还，不料醒来，却是一梦！故而前来为官哥求个平安。

潘金莲 （背白）你也不是省油的灯！（转而对瓶儿）可怜的瓶妹，先前官人和你做手脚，将你前夫活活气死！你和我一样，是怕前夫虚阴魂……回来报应吧？

李瓶儿 莲姐，官人不是也唆使你毒死亲夫武大吗？我们算是同命相怜啊……

潘金莲 有个鬼钻到我们心里去了。

李瓶儿 心里不钻鬼，官人还不是让我们一死？！

潘金莲 坏就坏在我们都太想活了！

（背唱） 飞蛾岂愿焚自身？
孽海不甘任浮沉！

李瓶儿 （背唱） 银瓶汲水坠深井，
暗害亲夫攀豪门。

潘金莲 （背唱） 自此后，
可曾年年自审问？
是否月月洗恶尘？

李瓶儿 （背唱） 为何日日心难稳？
只因夜夜梦惊魂！

潘金莲 （背唱） 说什么：
老老实实还本性，
殷殷勤勤种善根。

二　人 （背唱） 实则是：
争春求宠互阴损，
蜂腰檀口歹心存！

潘金莲 （背唱） 到如今，
寻路觅路无路径，

赎罪陷罪罪缠身！
不信多灾多难命，
求子求佛再求神！

李瓶儿 莲姐……

潘金莲 我倒是应该感谢瓶妹，给我求了一道安胎符。

李瓶儿 哪道安胎符？

[春梅端着一碗熬好的药急上。

春　梅 安胎符拿了药，熬好啦！五娘趁热喝了吧。（举药碗）

李瓶儿 慢！……

[描写音乐进入：旋律诡异。金莲、春梅皆惊。李瓶儿很是慌张。

潘金莲 （接药碗）怎么？瓶妹后悔了，不想让我喝了它？

李瓶儿 （支吾地）这……

春　梅 （急促地）六娘，后悔药可吃不得了！

李瓶儿 （突然）莲姐！这药……

潘金莲 这药如何？

李瓶儿 这药……这药莲姐喝了，保你生个大胖小子，传宗接代，光耀西门府。那时候莲姐脸上有光，（悄声）气死那个生不出孩子的黄脸婆！

潘金莲 好，托瓶妹吉言，先谢了！

[潘金莲一饮而尽，将碗交与春梅，春梅如释重负。描写音乐退出。

春　梅 五娘安康！小子长大成才，当个一品大官，争口气！（背白）瓶儿献毒，春梅献好！

[春梅急下，陈经济抱檀香盒兴致勃勃上，他看见二人有些诧异。

陈经济 哎呀，难得难得，二位美人都在这里，小婿拜见！

李瓶儿 （嘟囔）狗改不了吃屎。（对金莲）瓶儿不便打扰，告辞了。

潘金莲 哈……哈，不便就当不便，我是死猪不怕开水浇。瓶妹慢走！

[李瓶儿急下，陈经济望其背影，尽显轻蔑。

陈经济 呸！假善人！这李瓶儿是否送给五娘安胎符一道？

潘金莲 正是。

陈经济 我从迎春那里得知那道安胎符……是……

潘金莲 是……？是什么？！

陈经济 不是安胎符，乃是一剂断根汤！

潘金莲 断根汤？！此话当真？

陈经济 千真万确，五娘若是喝了它，定当断子绝孙！永无得子之日！

潘金莲 这个贱妇，分明是要置我于死地啊！

陈经济 难道五娘真的喝了它？

潘金莲 哈……哈，我早就看出她蛇蝎心肠，岂能上她刁当？哈哈！

陈经济 哈……哈，五娘狂笑真是美不胜收啊！（欲前近身）

潘金莲 （怒）这西门府窝了一群畜生！滚！滚！都给我滚！

[陈经济见状魂飞魄散，奔逃而下。音乐转为唱腔前奏，激愤有加。

潘金莲 （唱） 卧云亭上多朽柱，
销魂窟里生白骨，
神佛龛下恶珠数，
藏春楼内住蛇狐，
献媚斗艳摇莲步，
安胎灵符变汤毒！
重门深锁西门府，
恶花怒放恶果熟。
金莲长自脏泥土，
风逼打、雨捆缚、芒刺出！

[雪狮子猫的叫声突然传来，描写音乐在继续。

[潘金莲随声而寻，观察、思量、盘算、计上心头。

潘金莲 （呼唤）春梅——春梅——

[春梅闻声而至。

春　梅 来啦，五娘！

[雪狮子的叫声越发恐怖，描写音乐在继续。

潘金莲 （向外观望）雪狮子又要食了！

春　梅　喂过了。（看看雪狮子）不过，这猫儿更喜欢一样东西……

潘金莲　什么？

春　梅　六娘的儿子。

潘金莲　为何？！……

春　梅　（脱口而出）官哥身上穿的……

潘金莲　小红袄儿！头上戴的……

春　梅　小红帽儿！

潘金莲　脚下套的……

春　梅　小红鞋儿。

潘金莲　（启发地）这孩子一身红。

春　梅　（呼应着）雪狮子看着喜兴……

潘金莲　（狠狠地）春梅！……

春　梅　五娘！听你的。

潘金莲　（低声）要是用红布缝个孩儿的样子……

春　梅　（惊喜迎合）里面有个空肚兜？

潘金莲　（压抑着满腹仇恨）那空肚兜里放些儿生肉儿……

春　梅　生肉就在红孩儿身上……

潘金莲　让雪狮子同红布孩儿好好玩玩儿……

春　梅　（一气呵成）见他穿着小红袄儿，戴着小红帽儿，套着小红鞋儿，就像见了红布孩儿一般，扑上去，去撕开小红袄，去寻找里面的肉，去抓六娘的官哥，去咬六娘的儿子！

潘金莲　（引导成功，反咬一口）春梅心眼真多！

春　梅　（明知上套，顺势讨乖）我多个心眼，娘就少个心眼了。

［音乐退出。二人隐去。暗转。静场有顷。

［升光，时间递进。陡然传来雪狮子令人惊怖的怪叫声！

［追光之下，潘金莲循声而上。疾步大幅运动。雪狮子吼叫剧烈！

［锣鼓大作！潘金莲身段：趋步、掩面、翻转、躲闪。

继而惊呼！

潘金莲 官哥！官哥！孩儿，孩儿！孩儿——

[雪狮子一声大吼！官哥的惨叫声和瓶儿心碎的悲哭声传来。

[潘金莲惊愕。描写音乐进入，阴森急切。

[时空并列：另一空间，阴曹地府，武大郎渐显，怀里抱着官哥。

武大郎 （哀嚎）金莲，你怕我阴曹地府太冷清！又给我送来个孩儿呀。

潘金莲 （惊呼）大郎！大郎！

武大郎 我死得好苦，这孩儿死得好惨哪！你是人吗？！

潘金莲 大郎啊大郎，我不是人，我是鬼！我不是人，我是鬼！

[描写音乐转为唱腔音乐，快板！金莲儿近疯癫，左右匍匐上下扑打。

潘金莲 （唱） 大郎啊大郎，

过来抓我！

过来打我！

过来撕我！

过来啐我！

过来剐了我！

过来吃了我！

惊雷轰了我！

闪电劈了我！

我本不是我！

阴间等着我！

[潘金莲颓然倒地，呼吸急促，音乐继续快速而焦灼。

[武大郎隐去。第二表演区：显现出弥留之际的李瓶儿。迎春在侧。

迎 春 （急促惊呼）六娘，你醒醒，你醒醒，官哥死不复生，您可得活呀！

李瓶儿 （急促喘气）我们错就错在太想活了，所以自造罪孽，老天报应，迎春，娘支撑不住了，先去了！去照看官儿！啊——（惨叫，气绝而亡）

迎 春 （呼喊）六娘！六娘——

[金莲似乎听到这一切，先是苦笑，继而大笑，继而由笑变成嚎啕大哭。

春 梅 （急上）五娘，老爷又在催促了，请你速速更衣。

潘金莲 （冷）官人重病缠身，他还要我？

春　梅 （惊）这不是找死吗？……（急掩口）你……

潘金莲 （愤）我早死了。（狠）死人陪活人，活人休想活！哈哈哈哈！

春　梅 五娘，你……

［内声：五娘快来。

潘金莲 （哀呜转激昂）来了！——

［音乐渐隐。收光。

四

［秋。西门府。郊外。

［丫环和下人们在换景，如同搬家一般，迎春、玉箫、兰香边干边议论。

迎　春 玉箫、兰香！……

玉　箫 迎春姐，说点儿什么。

迎　春 你们知道西门老爷刚睡着了吗？

兰　香 什么刚睡着了？

迎　春 老爷今日睡这里，明天睡那里，睡这睡那，睡来睡去，就睡着了！……

二丫头 那又怎么了？

迎　春 睡到阎王爷那里去，再也醒不来了！

二丫头 啊？！

迎　春 （打趣）看！谁敢再乱睡！

［幕后人声："西门老爷归天了！"声音如浪，一叠一叠，渐弱渐小……爆竹声、哭喊声渐大……音乐进入。

幕后合唱 黄烟儿绿烟儿灿烂争开千段锦，

万般彩只落得火灭烟消身煨烬。

［转为描写音乐，如送葬的哀乐，平缓而悲戚。

［舞台已空无一物。潘金莲上，迤迤而行。旁若无人。

[三丫环、月娘、王婆、春梅及众家仆，散落在舞台各个角落，似凭窗、似倚门，窥视着木然行走的潘金莲。春梅背包袱向她走来。

春　梅　五娘!

[金莲无动于衷，继续行走……

春　梅　陈经济赶出府门了!

[金莲无语，继续行走……

春　梅　（哭泣）大娘已将我卖给周守备家了!

[金莲双肩微颤，继续行走……

潘金莲　（木然地）谢谢你照顾了我这些年……

春　梅　五娘不用谢我。官哥吓死，六娘病亡，我有罪过。六娘送娘那道安胎符，我曾做了手脚，暗中掉了包……

[金莲略有驻足。

潘金莲　（无一丝惊异）是吗?

春　梅　真的在我这儿。我也想有个孩儿。

潘金莲　掉来掉去，都是假的!

春　梅　什么?

潘金莲　六娘……（不忍说下去）

春　梅　（悟）早掉过了?

潘金莲　是……

[金莲继续行走。

春　梅　（心悲）我们真可怜!

[王婆走上前来，春梅退入人群。

王　婆　（念）火到猪头烂，钱到事好办。（对金莲）潘六儿!

潘金莲　（苍然驻足）潘六儿!（对王）王婆，你在叫我儿时的小名?

[金莲凄然回望来路，转弯，继续行走……

王　婆　这却也惊怪!我小时叫王幺妹，长大叫王幺姐，嫁人叫王幺妈，老了叫王幺婆，死了叫王幺怪!

潘金莲　（木讷地）潘六儿，潘金莲，五娘，潘六儿……又成了潘六儿!

王　婆　是呀！王婆引你来，王婆领你去，大娘又将你卖给我了。

潘金莲　（回忆地）潘六儿，多好的名字。

王　婆　好好好！（半真半诳）大英雄武松回来了，说要娶你呀！

潘金莲　（急驻足，声音骤然提高）那可好，那可好，我在等他！我在等他！

［暗转。潘金莲、王婆及众人隐去。

［升光：郊外。威立武松背影。描写音乐退出。潘金莲上。

［身段：金莲缓缓脱衣，现出一袭红妆。圆场，时而寻望；时而谛听；时而细步，时而曲行，时而疾走……

武　松　嫂嫂！嫂嫂在哪里？……在哪里？……

潘金莲　叔叔！潘六儿久候多时了……久候多时了……

［武松转身，怒目而视。金莲驻足，喜上眉梢。

武　松　俺武二寻得好苦！

潘金莲　早想见见叔叔一叙别情。

武　松　何来别情？为兄复仇，岂能忘怀！

潘金莲　心早已焚，但求一死……

武　松　（冷然）为何不死？

潘金莲　（悔恨）只为贪生怕死，又因苟且偷活！我在等一条好汉。

武　松　这条好汉？

潘金莲　乃是一位英雄。

武　松　谁？

潘金莲　你！

武　松　我！

潘金莲　叔叔！

武　松　嗯！

潘金莲　可称英雄！

武　松　（讥笑）何为英雄？

潘金莲　（冷然）打虎称英雄，复仇显英雄，守道装英雄，伦常扮英雄！英雄不饮残酒，英雄刀要全尸！

武　松　如此，偿命来！

（唱）　　俺武松生性刚强好勇武，

今日怎能无冷酷！

想那哥哥怨魂无归处，

看这嫂嫂临死当痛哭。

为复仇，披星披月披寒露；

担道义，热肝热肠热肺腑！

胸中怒，按不住，

心中泪，流不出，

杀人刀，收不住，

大丈夫仰天长啸取头颅！

[武松以绢拭刀，横梗于前……

潘金莲　且住！叔叔请来一观！（示己）看来！

武　松　（双关）落日黄昏血，破庙烟火灭。

潘金莲　非也！烦请叔叔抬眼看来。（指自己头面）

武　松　（抬眼鄙视）妖颜仍依旧，乌云盖上头。

潘金莲　正眼看来（指自己身腰）——

武　松　（正眼蔑视）红罗何须看，蛇腰怎可观！

潘金莲　（低眉向下）叔叔眼拙，再看！——

[金莲翘脚以示，显露出一只金灿灿、亮晶晶、黄澄澄的三寸金莲。

武　松　（不屑）不用看了！

潘金莲　（执拗）叔叔当看！

武　松　（斜视，瞥了一眼）脚下金莲！

潘金莲　（双关，哀伤地）正是脚下金莲！

武　松　肮脏玩物！那年那月那日风雪之夜，是俺已曾见过。

潘金莲　那夜那日那月那年，小巧巧一双金莲！（悲凄地）原想良辰美景，正正堂堂派上用场，叔叔却将它抛却！这是一颗珍贵之心！叔叔，我今天是穿着一身喜色，（加重语气）这一双金莲——（拖长语音）来了愿的呀！——

[音乐拔地而起。金莲碎步向前，走近武松。

潘金莲 金莲与金莲，可憎更可怜！

（唱） 人刺你人绣你死过无数，

人穿你人用你生来无福，

人欺你人侮你欺侮无度，

人践你人踏你践踏无辜！

人抛你人弃你走投无路！

人毁你人灭你步步走入不归途！

叔叔请了！

[武松捉刀逼近，凝视金莲，举刀，金莲引颈就戮。武松回首收刀，举头望天，心绪潮涌。音乐在继续。

潘金莲 （一线希冀）愿如叔叔所言，来生相许了！

武　松 （顿惊）啊！（突转）岂是来生！纵是千年万载轮回，我与你也是烧的断头香！

潘金莲 （最后绝望）叔叔，六儿今生不匹，来生不配，世世代代绝缘了！

（唱） 绝情英雄屠刀舞，

不枉你名节杀嫂好叔叔！

叹金莲：

求生卖作商人妇，

偷生愧对可怜夫，

苟活堕落西门府，

赖活暗争安胎符。

问英雄：

我是燕雀笼关住，

你不放生怎飞出？

问英雄：

我是莲荷长恶土，

你不护花反泼污！

问英雄：

我落深水需救助，

你不援手任沉浮！

问英雄：

我有危难当保护，

好英雄断情断爱，

空有皮囊灵魂无！

问苍天：

人间公平你做主，

为何真情受耻辱？

问苍天：

为何良善遭欺侮？

为何邪恶享艳福？

问苍天：

毒风毒雨毒果树，

毒中毒毒人砒霜，

毒药有你一份毒！

早知女人千般苦，

愿做鱼虫花草木；

早知女人万般辱，

愿变壮士大丈夫。

武　松　（震动而感动）你——你为什么是我的嫂嫂！

潘金莲　（意决）叔叔助我一死！

（唱）　借你钢刀锋利处，

灵魂上告到天都！

［武松血潮汹涌，单膝跪地，横刀于头顶。音乐戛然而止。静！

武　松　（大呼，声震如雷）嫂嫂请来饮刀！

潘金莲　来了！（以颈迎向刀锋）

武　松　（惊呼）潘六儿——

潘金莲　（含笑，声如莺啼，细如游丝，语如梦呓）谢叔叔，英雄救美了！

武　松　（大悟）哎呀！（悲吟）金莲——！当今世上，谁是英雄？！——

[音乐轰然而起，声势浩大。潘金莲优雅倒地，宛如睡莲。

[秋风乍起，秋叶飞落，漫天飘舞，整个舞台铺满了红叶瓣瓣……

幕后合唱　金莲花飞，
瓶儿玉碎，
梅枝骨枯。
当归何处尘土？
红风绿雨飘今古。

[溶出。

[幕闭。

[剧终。

·广东汉剧卷·

尘埃落定

（根据阿来同名小说改编）

编剧：徐 棻

人　物　表

傻　子	麦其土司的小儿子
卓　玛	麦其家的女奴
塔　娜	茸贡土司的女儿
	（卓玛与塔娜由一人兼演）
哥　哥	麦其土司的长子，傻子的哥哥
土　司	麦其土司，傻子的父亲
太　太	傻子的母亲
特派员	汉人，政府官员
茸　贡	女土司，塔娜的母亲
管　家	麦其土司的管家
复仇人	麦其家的仇人
央　宗	麦其土司的三太太
行刑人	
男女群众若干	

［康巴地区，麦其土司的官寨内外。

［长号声声中，大幕启。寨墙前有欢迎仪式。

幕后独唱　啊……古老的康巴高原，

土司和奴隶代代相传。

寨墙隔断了人们的视线，

只有一个傻子——看到了明天。

[少顷，管家叫着“老爷”跑上。

管　家　（向幕内）老爷、太太，大少爷回来了。

[麦其土司上。太太和傻子跟上。同时，哥哥手捧哈达出现在另一侧。

哥　哥　（远远地叫）阿爸！我们打赢了！

土　司　好！（哥哥高举哈达，庄重地走到土司面前献上）

[土司接过哈达，交给管家。管家转身示意，号声停。吹号的、跳舞的分下。

哥　哥　阿爸！

（唱）　这一仗得胜利全靠阿爸，

我遵命已杀掉汪波全家。

汪波的奴隶——已是我麦其家的牛马，

汪波的土地——要生长我麦其的庄稼。（土司大笑）

土　司　（唱）　灭汪波——我麦其从此为大，

看谁敢——再对我咧嘴龇牙！

哥　哥　以后，这康巴地区就是阿爸说了算！

土　司　哈哈哈！这一仗，俘虏多吗？

哥　哥　多，有七八十个！

傻　子　（吃惊地自语）那么多俘虏！（傻子近前看）

哥　哥　阿爸，这些俘虏，怎么发落？

土　司　通通——杀掉！

哥　哥　通通杀掉？

土　司　我要让远近的奴隶都知道，以后再有打仗，凡敢替他主子卖命的，被我抓住了，就别想活命！

哥　哥　好！都砍头吗？

土　司　砍头太费事了，枪毙吧！

哥　哥　好。让我用这些活靶子来练练枪法！（拔枪）

傻　子　哥哥！（冲过来拦住）你不能杀死俘虏！

哥　哥　（推开傻子）有什么不能？土司要谁死，谁就得死。这是规矩！

傻　子　（奔向土司）阿爸！七八十个人哪！

土　司　俘虏都是奴隶！奴隶不是人！你连这个也不懂吗？

哥　哥　阿爸，我看该让傻子去收拾这些俘虏。用枪——练练他的胆子！傻子，（把枪塞到傻子手中）拿去！

傻　子　我不要！（把枪丢回）我不要这杀人的东西！

哥　哥　阿爸你看，傻子哪像我麦其家的男人！

土　司　（冷峻地）你以为，麦其家再多一个会杀人、打仗的男人会更好吗？

哥　哥　（有所悟）啊……

太　太　（故意风凉）大少爷，你要是想我的儿子会杀人、会打仗，那我就找人教他！

哥　哥　啊，不不，不……

土　司　（对哥哥不满）哼！（拂袖而去）

[土司下。太太、管家跟下。

哥　哥　傻子，哥哥我明白了：你不是土司的继承人，胆小怕事、傻拉巴叽的没关系。麦其家，只要有阿爸和我——两个男子汉——就足够了。

[哥哥举枪向俘虏连续点射而下。

[傻子抱着头蹲到地上。

[片刻后，枪声停。傻子起身，望天圆场，戛然而止。

傻　子　（惊恐地，唱）我在哪里……我是谁……

[卓玛上。

卓　玛　傻子。傻子。你怎么还在这里？

傻　子　（迷茫地）我——是——谁？

卓　玛　你是麦其土司的小少爷。我就是伺侯你的奴隶卓玛呀。

傻　子　（迷茫地）我在——哪里？

卓　玛　你在麦其土司的官寨里。傻子，你怎么了？

傻　子　卓玛，俘虏们全被杀了。那么多的人哪，全杀了……我听喇嘛说，人死了灵魂可以升天。可是，我看呀看呀，没有看见一个升天的灵魂。反倒看见，看见土司们的官寨——坍塌了……

（唱）　　为甚么，不见灵魂升天去？

难道说，他们都已下地狱？
为甚么，俘虏都要被枪毙？
难道说，只因他们是奴隶？
为甚么，会见官寨倒下地？
难道说，作恶的报应在旦夕？
为什么呀，为什么为什么为什么……
太多太多，我想不清的问题。

卓　玛　（拉着傻子边走边说）想不清就别想了。这些问题老人们都想不清，你小小年纪想它做什么。还是跟我回去吧。（下）

[全身裹黑的复仇人上。

复仇人　（面向观众，高叫）麦其土司！麦其土司！

[奴隶士兵们执枪护麦其土司上。

土　司　（面向观众）何人在叫？

复仇人　土司老爷，请脱下你的帽子，让我看清楚你的样子。

土　司　你是谁？

复仇人　我是被你杀了全家的、汪波土司的儿子。

土　司　原来，你小子漏网了。

复仇人　这是上天的旨意。你害怕了吧？

土　司　笑话！你不过想报仇嘛。你杀得了我吗？

复仇人　等着瞧！只是我不愿错杀了别人。如果你有胆量，就让我看清楚你的样子。

土　司　好，我就让你看清楚。（脱帽）

复仇人　看清楚了。谢谢。

土　司　好小子，要是你还没能把我杀了，我就死了呢？

复仇人　你死了还有儿子、孙子。谁是麦其土司，谁就是我的仇人。

土　司　好。麦其家的男人等着你！

[分下。

[管家上。

管　家　（面向观众，高声）特派员到！寨楼上下，小心伺候！

[土司打着哈哈上，站下来恭敬地礼让。特派员上。哥哥、太太跟上。

土　司　哈哈哈……特派员，请！

特派员　（面向观众，唱）代表四川省政府，

专管康巴的事务。

不管说啥与做啥，

自己心头也有数。

土　司　特派员。

（唱）　感谢你对麦其特殊照顾，

卖与我洋炮洋枪——皆稀罕之物。

打败汪波土司，又抓来了许多俘虏，

备下了羊羔美酒，我们好好庆祝。

特派员　对，是该好好庆祝。告诉你，日本鬼子投降了。这些洋枪、洋炮，都是从日本鬼子那里缴获的，是当今最好的武器！

土　司　特派员，我该如何感谢你！你是要银子？要珠宝？还是要女人？只管说！

特派员　不急。不急。你，先收下我的礼物再说。

土　司　好。

特派员　（向幕内）抬过来。

[两汉人士兵抬一麻袋到台前放下，解开袋上的绳子。哥哥与太太去看。管家也跟去站在后面伸着头看。卓玛推着傻子上。

卓　玛　（小声）快过去！那是特派员带来的礼物，看看是什么东西。（推傻子上前）

傻　子　（有了好奇心）礼物？

特派员　你们看，这是什么？（与土司转身坐下）

傻　子　（过去从口袋里捞出点东西，退到一边给卓玛看）卓玛，你看这是什么？（和卓玛一起看）

哥　哥　（把手里的东西丢进口袋）我不知道它是什么。（向太太）你知道吗？

太　太　我也不知道。老爷，你知道这是什么吗？

卓　玛　（小声向傻子）说，是银子！银子！

傻　子　（不加思索便大声叫）是银子！银子！

太　太　（埋怨）叫你人前少说话、少说话！你不怕出丑，我还嫌丢人呢！

哥　哥　哈哈哈……这东西成了银子，那地上的沙子，岂不成了金子？真是个傻子！

特派员　（指着傻子）请问，这位是——

太　太　请特派员不要见怪。这是我的儿子，他生下来就是一个傻子。

特派员　哦？（打量傻子）也许，他并不傻。诸位，这麻袋里的东西，就是——银子。

卓　玛　（大声）小少爷说对了！傻子，你说对了！

土　司　（掂着手里的东西）傻子，你为何说是银子？

傻　子　卓玛说是银子。

土　司　哼。我以为你不傻了，原来还是个傻子。（旁白）连撒谎都不会。（把手里的东西丢进口袋，向卓玛）卓玛，为什么说是银子？

卓　玛　（慌乱地）我，我是说，特派员带来的东西，必定，珍贵。珍贵的东西就，就可以，可以……（拉傻子的衣服）

傻　子　换银子，换银子。

特派员　小少爷说得没错。这东西，虽不是银子。但它可以换许多许多的银子。

（唱）　麻袋里，罂粟种子一颗颗，

撒下地，结出果子一箩箩。

把果浆，熬成鸦片一砣砣，

就能够，换来银子多多多。

土　司　（唱）　罂粟我也听说过，

还听说——（夹白）汉人和洋人——

（接唱）　曾经为它起风波。

官府不许种鸦片，

你给我种子又为何？

特派员　对，官府，是不允许种鸦片。不过，各地情况不同嘛。怎么，本特派员把它作为礼物送与你，你还有什么不放心的呢？

土　司　感谢还来不及呢。（叫）管家！我们家有的是粮食。今年就不种粮食，全部改种罂粟！

管　家　（恭应）哦呀。

土　司　特派员，喝酒去吧。请。

[特派员走。土司随后。哥哥理所当然地跟着。

特派员　（突然停步转身）小少爷，你也来呀。

[傻子没反应过来，一动不动。

土　司　傻子，既然特派员叫你，你就来吧。

[卓玛连忙推傻子一把。傻子一个踉跄向前把哥哥撞到一边，自己差点跌地。

土　司　（忙将傻子拉住）怎么傻得连路也不会走了？！

[特派员下。土司跟下。

[哥哥不满地跟去。但是他突然停步，转身走向卓玛。

哥　哥　卓玛！老爷们说话你竟敢插嘴！（一个耳光煽去）以后再敢多嘴，我割掉你的舌头！

[哥哥下。管家示意，汉兵抬麻袋、奴隶抬椅子，分下。

太　太　卓玛，你知道大少爷为什么打你吗？

卓　玛　（躬身）太太……

太　太　卓玛。

（唱）　傻子傻，你就让他傻，

不必用心去教他。

倘若他变得聪明了，

犹恐碧血染黄沙。

（白）明白了吗？（下）

卓　玛　（唱）　听了太太几句话，

才知卓玛做事差。

土司家里两少爷，

只需要，一人继位做当家。

他们希望傻子傻，希望傻子傻，

免得兄弟相争斗，碧血染黄沙……（思索着走去，下）

[傻子上。

傻　子　（恐慌地自语）我又看见了，我又看见了……

（唱）　土司们的官寨轰然倒地，
我也变了尘埃一粒。
我好困惑，我好恐惧，
我的周围，一片废墟。

卓玛！你在哪里？卓玛……

卓　玛　（在内应声）哎。我在罂粟地里。

［卓玛从另一边跑出，与傻子会合。

傻　子　（抓住她）卓玛，我又看见土司们的官寨坍塌了！我还看见……

卓　玛　（拦住话头）别说了别说了。傻子你要明白，你不是土司的继承人，不要去想官寨的事，还是跟我去玩吧。地里的罂粟都开花了。你见过罂粟花吗？好看极了。我带你去看。走！

［卓玛拉傻子圆场。

［罂粟花鲜艳夺目。

卓　玛　傻子，你看，多美的罂粟花。你说，它们好看吗？好看吗？

傻　子　罂粟花……（骇异）它，它怎么，怎么这么好看哪……

卓　玛　好看，就好好看看。我觉得怎么也看不够哪！（自去看花）

傻　子　（看着花，惊疑地后退）这花，好看得……让人害——怕……

（唱）　怪事物，会带来灾祸，
有喇嘛，曾如此言说。
罂粟花，令我恐惧，
恐惧中，偏感诱惑。
那诱惑会是什么？（转身，见卓玛观花如舞）
忽看见，卓玛的脸儿像开放的花朵（欣赏卓玛），

卓　玛　（唱）　忽看见，傻子的眼睛像明星在闪烁（观看傻子）。

傻　子　（唱）　忽看见，卓玛的腰身像柔软的绸缎（欣赏卓玛），

卓　玛　（唱）　忽看见，傻子的神情像雀鸟般活泼（观看傻子）。

傻　子　（唱）　忽觉得卓玛刺痛了我，刺痛了我，
让我浑身滚烫似火灼。

傻　子　（叫）　卓玛！（等卓玛来到身边）卓玛，我想咬你！（抓起她的手臂来咬）

卓　玛　（呼痛）　哎哟，哎哟。（将傻子推坐在地，白）傻子你要干啥？

傻　子　（跪着，叫）我要像酥油融化在奶茶里！我要像酥油融化在奶茶里！

卓　玛　呀！

（唱）　我的傻子已长大，已长大，

他要像酥油融进奶茶。（拉起傻子）

记住了——傻子你满十六，卓玛我正十八，

让我们在春光里融化，我们一起融化。

[卓玛与傻子拉着手跑下。

[哥哥上。

哥　哥　（追傻子的去向看看，向观众）虽然我这弟弟是个傻子，我不必担心他和我争当土司的继承人。但是，我没有阿妈的帮助。而傻子的妈还能够得到阿爸的宠爱。所以，我不得不多加几个小心。为此，我特地给阿爸找了一个漂亮的女人。这样一来，我不但可以讨了阿爸的欢心，还可以让这个女人夺去阿爸对傻子妈的宠爱，用汉人的话说，这叫一箭三雕！哈哈哈哈！傻子，你永远别想和我争夺土司继承人的位子！（幕后传来笑声）是阿爸和那个女人来了！这遍地的罂粟花，是调情的好地方，我该把这儿让给他们。（下）

[央宗上，与土司调情。土司抱起央宗下。太太跟踪上，怒。

太　太　（发脾气地乱叫）管家！傻子！管家！

[管家叫着“太太”跑上。傻子从另一边懒懒地上，远远站着。

管　家　太太，什么事？

太　太　（冲到管家面前叫）把枪给我！（接过管家的枪后）

管　家　太太，你要枪干什么？

太　太　你去把她杀了！（递过枪）

管　家　（拉开枪栓要走，忽想起）太太，要我杀哪一个？

太　太　杀那个——要夺走我丈夫的女人！

管　家　央宗！（惊慌）太太，我不敢，我不敢……

太　太　（给他一耳光）去，还是不去？！

管　家　太太，我……

太　太　去！

傻　子　（大声）阿妈！（跑过来）阿妈！阿爸喜欢那个女人，老管家哪敢杀她？（拿过枪）我帮你杀！

太　太　你？你敢杀？

傻　子　我？（举枪向土司那边的高处："砰！"）

土　司　（在内叫）谁在打枪？！

[奴隶士兵们端着长枪奔出，四面搜索，满台乱跑。

傻　子　别搜了！

土　司　（奔上，嚎叫）谁在打枪？一定是汪波家那个兔崽子！上次想杀我，给他溜了。给我搜，给我仔细地搜！

傻　子　（大叫）别搜了。阿爸！是我在打枪。

土　司　你在打枪？我怎么从来没听说过他会打枪。

傻　子　（抬起手里的枪）是我在打枪，你看。（拉开枪栓，对天一枪："砰！"）

土　司　混蛋！（大怒）你差点打死阿爸！你这个傻瓜！（冲过去要打他，忽停住）说，为甚么打枪？为甚么朝我那里打枪？！

傻　子　那女人要把你抢走。阿妈想杀了她。

太　太　（急）你胡说！是你自己玩枪走火！（向土司）老爷，你千万不要相信一个傻子的话！

土　司　我宁愿相信一个傻子的话，也不愿相信一个聪明人的话。（叫）央宗，你出来。

[央宗怯生生地出来。

土　司　从今天起，央宗就是我的三太太，住进我的官寨里。我看谁还敢杀了她！

[土司揽着央宗的肩头故作亲热地走下。士兵们退下。

太　太　（用手指戳傻子的额头，怒骂）你这个傻子！你这个傻子！你这个傻子！

[傻子退到管家身后躲着。太太怒下。

管　家　（从傻子手里拿过枪）小少爷，你救了一条人命，也替我解了围。你真是可爱的傻子。（下）

傻　子　（迷茫地自语）我是个傻子……我生下来就是个傻子……我是个傻子……

［卓玛上。

卓　玛　傻子，又在胡思乱想了吗？傻子，今天我做了你的女人。以后，你有甚么事就告诉我，好吗？

傻　子　（悲伤地）卓玛，除了你不讨厌我，所有的人都讨厌我，除了你愿意和我说话，没人愿意和我说话，除了你理睬我，没人愿意理睬我，连阿妈也不理睬我。我是个傻子！

卓　玛　你不是傻子！你一点儿也不傻！

傻　子　可是，你也叫我傻子。

卓　玛　那是因为我喜欢你，跟你亲热才叫你傻子。要是你不喜欢……

傻　子　（连忙）我喜欢，我喜欢你叫。可是，我不喜欢别人叫我傻子。

卓　玛　别人要叫，让他叫去，只要你真的不傻。

傻　子　我真的不傻吗？

卓　玛　不傻不傻。你只是喜欢想事儿。喜欢想一些稀奇古怪的事儿。

（唱）　望着天——

傻　子　（唱）　我想天上的事，

卓　玛　（唱）　望着地——

傻　子　（唱）　我想地上的事。

卓　玛　（唱）　望着人——

傻　子　（唱）　我想人间的事，

卓　玛　（唱）　望着将来——

傻　子　（唱）　我想将来的事。

卓　玛　（唱）　你想着，别人不想的事，

别人就说你，说的傻话做的傻事。

傻　子　卓玛！你真好！

（唱）　听你说了我的傻，

再不怕人说我傻。

你能懂得我的傻，

看来你也有些傻。

卓 玛 （唱） 卓玛喜欢这样的傻——

这是聪明的傻，

这是善良的傻。

这是诚实的傻，

这是勇敢的傻。

我愿你，永远不做害人的事，

我愿你，永远都是这么傻。

[傻子依偎在卓玛的怀里。卓玛搂着他轻轻地摇着。

[哥哥手里玩弄着马鞭，漫步上。

[远远望着他们，向观众。

哥 哥 瞧这一对儿！这就是后妈偏心，把麦其家最美丽的女奴，给了她的傻儿子。可是，一个傻子凭什么得到最丽美的女奴？最美丽的女奴，只能由我这个未来的土司享用。（走过去）喂。卓玛。

卓 玛 啊，大少爷。（赶忙放下傻子，转身恭敬地施礼）

哥 哥 傻子睡了，跟我去玩玩。

卓 玛 大少爷。麦其家的女人都是你的，你不该再来找我。我是你弟弟的女人。

哥 哥 什么？你是我弟弟的女人？！哈哈哈哈！

（唱） 他像弟，你像姐；

他像儿子你像妈。

他是个，没有灌浆的青稞籽，

他是个，没有炒熟的油粘粑。

他不懂，床上戏嬉摸爬滚打，

他不懂，野外调情扑跌擒拿。

我才是，真正的男子汉，

保管你，有了我就再也不要他。（动手动脚）

卓 玛 大少爷！大少爷！（避开，叫）傻子！傻子！

哥 哥 （笑）傻子傻睡，叫不醒他！（笑着去抓卓玛，抓不着，恼羞成怒）你敢抗拒我！？

[哥哥用马鞭打卓玛。卓玛躬身挨打。

卓　玛　傻子。

傻　子　住手！哥哥，你不能打卓玛！

[傻子醒，见状大惊，要去阻拦。哥哥用身体和挥动的鞭子隔在他和卓玛之间，使他不能近前。傻子无法，便用两只袍袖蒙住头冲了过去，用自己的背为卓玛抵挡马鞭。

哥　哥　傻子，滚开！（住手）咦！傻子，你对女人也有兴趣？

傻　子　（背着身子回头）甚么叫兴趣？

哥　哥　哈！（旁白）连兴趣也不懂。（转）我问你，你为啥要替卓玛挨打？

傻　子　（转过身来，大叫）我——喜——欢——卓——玛——

卓　玛　（感动地从身后抱住他）傻子……

哥　哥　好。好。要是你受得了我十鞭子，我就不要你的卓玛。

傻　子　好。

卓　玛　傻子。

傻　子　你打你打。

哥　哥　（给他一鞭，笑问）怎么样，痛不痛？

傻　子　（大叫）不痛！

哥　哥　那就再来。（再打一鞭）

卓　玛　（忙转到傻子前面）大少爷，你不能打他！

傻　子　（把卓玛拉到身后）让他打。我不痛，我不痛。

卓　玛　（把傻子拉到一边）你哪会不痛，哪会不痛？！

傻　子　卓玛，你掐我一下。

卓　玛　掐你？我怎么舍得掐你？

傻　子　你掐！我要你使劲掐！（等卓玛掐他一下后，大叫）哎哟！我明白了。卓玛，你不恨我，你掐我，我就痛。他恨我，他打我，我就不痛。（推开卓玛，走向哥哥）恨我的人打不痛我。你恨我，你就打不痛我。你打！你打！

哥　哥　哼。我才懒得打你。

（唱） 你是个可怜的傻子，
好歹是我的弟弟。
高抬手放你过去，
免得被人说我——大的欺小的。
卓玛不比你，
她本是奴隶。
奴隶如牲口，
任人打来任人骑，任人打和骑！

傻子你要明白：一旦阿爸死了，你和你的阿妈都要在我的手下讨饭吃。我劝你，不要得罪了我这个未来的土司！

傻　子 （大叫）你现在还不是土司！（向哥哥一头撞去）

哥　哥 （冷不防差点摔倒）你找打呀？！（冲上去举鞭）

［管家叫着“大少爷”奔上，插入哥哥与傻子之间。

管　家 大少爷，大少爷。特派员来了，老爷要你马上出去迎接。

哥　哥 这个特派员。他又来干什么？傻子你等着！等我有空再来收拾你！（下）

管　家 卓玛，太太叫你去帮忙。去，快去。

［卓玛下。

管　家 小少爷，你哥是未来的土司！你跟他斗，要吃大亏的。你以后对他，要忍着点、让着点。

傻　子 （自语）他是未来的土司……（慢步走向台前，自语）他跟阿爸一样，会杀人、会打仗。他是未来的土司……

［复仇人溜上，绕到傻子身后，突然举刀。

傻　子 你来了？

复仇人 （倒退一步）你是——傻子？

傻　子 （仍面向观众，一动不动地说）我知道你会来。我看见过你在我家的官寨中。我看见你把我杀死了，把麦其家的人都杀死了，就像我的阿爸和哥哥杀死你的全家一样……你想杀我，就动手吧。

复仇人 你——没有罪。（收刀，下）

傻　子　（喃喃地）我以为我要死了，我看见过我死了……（转身而去，喃喃着）真的，我看见过我死了，看见过许多人……死了……死了……（下）

［奴隶士兵们整齐地走上，站队。

［特派员与土司上。哥哥、太太跟上。央宗、管家从另一边上。

土　司　天上万能的神呀，感谢你的眷顾，给我带来尊贵的客人，让我的土地铺满能长银子的罂粟。

特派员　老朋友，这次我给你带来的，是汉人师傅。

土　司　汉人师傅？他们来教甚么？

特派员　教你们熬鸦片。

（唱）　罂粟结了果子，
取出果中浆子。
浆子熬成膏子，
即刻就去换银子。

土　司　哪里去换银子？

特派员　就在我的箱子。（向内招手）抬上来！

［汉兵数人抬三口大箱子上，在台前放成一排，打开箱盖。

特派员　（唱）　我带来，一万三千银子。
全部收购你的鸦片膏子。

［两个太太和哥哥一齐奔去箱子前，拿起银子，爱不释手，载歌载舞。

三　人　（分别念）白花花的银子，
抠痒我的心子，

哥　哥　（念）　扯出我的肠子，
抓痛我的肝子，

央　宗　（念）　钻进我的肚子，
弄昏我的脑子，

太　太　（念）　把我变成瞎子，
而且是个聋子。

（同念）　只要看见银子，

我也变成傻子。我也变成——傻子！

[傻子跑上。

傻　子　（叫着）　我听见了，我听见了。你们都是傻子，你们都是傻子。

哥　哥　只有你才是傻子。

[管家拉傻子下。三人丢下银子，退开。

特派员　老朋友，成交吗？

土　司　成交。成交。

[特派员挥手，汉兵抬箱子下。

土　司　今天我才知道，特派员，你——是个大大的有钱人！

特派员　误会了。这些银子不是我的，是政府的。

土　司　政府？请教特派员，政府要那么多鸦片做甚么？

特派员　这个，我们汉人的事，你弄不明白。总之，有许多汉人喜欢鸦片。政府拿这些鸦片，也是去换钱。

土　司　难道政府还缺钱？

特派员　要打仗，就缺钱。政府打完了日本人，如今又要打红汉人了。

土司等　红汉人？他们的脸是红的吗？

特派员　他们的脸倒不是红的。他们的心是红的。

土　司　难道你们的心不是红的？（猛知此话不妥，忙赔笑）

特派员　不要说了。红汉人的事，你弄不清楚，还是叫人收割罂粟要紧，务必在雷雨天到来之前，收割完毕。

土　司　尽管放心！（面向观众，高声）你们听着！大家都去收割罂粟。谁是最卖力的人，我麦其土司就让他成为自由人。

[众声内应："哦呀"。

[土司、特派员下。两位太太随下。奴隶士兵们下。哥哥下场时卓玛迎面上。

哥　哥　卓玛，你到哪里去？

卓　玛　我去收罂粟。

哥　哥　卓玛，你不用去干粗活！

卓　玛　我想成为自由人！

哥　哥　你只要讨我的欢心，就可以成为自由人！

卓　玛　不。我要做个真正的自由人！我要得到土司的允诺！

哥　哥　以后，我就是土司！

卓　玛　以后，甚么时候？

哥　哥　蠢货！你是一个蠢货！（下）

卓　玛　（望天祈祷）天上的神灵，我想做个自由人，请给我祝福吧！

［奴隶们奔出。

奴隶们　（望天祈祷）天上的神灵，我想做个自由人，请给我祝福吧！

［卓玛与奴隶们“磕长头”过场。

幕后唱　扎西德勒，啊，扎西德勒——

神在祝福你。

你想得自由，

你肯多卖力。

扎西德勒，啊，扎西德勒——

神在祝福你。

你想得自由，

你肯多卖力。

多卖力！多卖力！卖力……啊……

［众磕长头下。

［太太上。

太　太　（唱）　情况不妙，情况不妙。

消息传来心内焦。

罂粟的种子，卖出了不少，

让别人也种罂粟，自把祸招。

鸦片多了，就不值钱了，

（白）万儿八千的银子——

（唱）　再去哪里捞？！

（叫）老爷！老爷！

土　司　嚷甚么！嚷什么！

太　太　你把罂粟种子卖给土司们，现在鸦片跌价了！

土　司　哈哈哈哈！果然不出我的所料。管家！（管家应声上）把三太太、大少爷和小少爷请来议事。

管　家　（面向观众，叫）老爷有请三太太、大少爷、小少爷。

［奴隶们摆出五把椅子，央宗、哥哥分上，碰面。

哥　哥　（小声）阿爸要议什么事？

央　宗　（小声）不知道。

哥　哥　（小声）不管什么事，你要帮我。

央　宗　（小声）那还用说。

［二人转身。傻子上。卓玛跟上。众人落座。

土　司　我们家种罂粟熬鸦片，赚了许多银子。你们说，今年是继续种罂粟，还是改种粮食？

太　太　那还用说吗？我家又不缺粮食。就算鸦片跌了价，也是赚钱的东西。我们当然还是种罂粟！

哥　哥　三太太，你说种甚么好？（向二太太讨好）

央　宗　二太太说种罂粟好，就是种罂粟好。大少爷，你说呢？

哥　哥　我说，我听阿爸的。（向土司）阿爸，你的意思……

土　司　我要你自己说。

哥　哥　我说，还是种罂粟。

土　司　傻子，你说呢？

太　太　知道他是傻子，问他做什么？

土　司　我就是要问问他。傻子你说。

傻　子　（似乎在想）我，我……

卓　玛　（向他低声）跟着大家说，种罂粟。

傻　子　我，我……

卓　玛　（小声）跟着大家说，种罂粟。

傻　子　（不自信地）我说，粮食。

土　司　什么？！

傻　子　（豁出去了，大声）种——粮——食。

[哥哥噗哧笑出声：“哈哈哈哈。”央宗捂着嘴笑：“咕咕咕咕。”

太　太　（向土司）叫你不要问他，你偏要问他。明知他是个傻子，何必要他出丑！

土　司　（不理会众人）傻子，你为什么说种粮食？

傻　子　我想，我想……（觉得有点说不清楚，回头看看卓玛）

土　司　想说什么就说什么。为什么说种粮食？

傻　子　我说种粮食，错了吗？

土　司　为什么说种粮食？是卓玛叫你说的？

哥　哥　不是卓玛还有谁？卓玛，你再敢在傻子的耳朵边乱说，我割掉你的舌头！

太　太　卓玛，叫你伺候傻子，你也变傻了？

央　宗　卓玛，汉人有句话，叫“祸从口出”！

傻　子　阿妈，我说错了吗？！

太　太　你还以为你对了？！

土　司　卓玛，为什么说种粮食？

卓　玛　（想替傻子承担）我，我是……

傻　子　不是她说的！阿爸，不是她说的！

土　司　不是她，你能说出种粮食？！

太　太　那你的意思是——

土　司　我的意思是：种——粮——食！

三　人　啊？

傻　子　（高兴）说对了！嘻嘻。（拉住卓玛的手）就该种粮食！就该种粮食！

土　司　高兴甚么。（把傻子推向一边）哼！（不满地走向一旁）

（唱）　他二人，言语间，彼此遮掩。

主非主，奴非奴，让我心烦。

傻子呆憨，卓玛有主见，

这便是麦其家——隐藏地祸端。

为了他，兄弟相安能长远，

聪明的女奴——不能留在傻子身边！

卓玛，你不用再伺候傻子了。到官寨外做苦役吧。

[众人都觉意外。

卓　玛　（忙跪下，乞求地）老爷！

傻　子　阿爸！为什么赶走卓玛？

土　司　傻子，从现在起，你也不许再见卓玛。

傻　子　我不！我不！卓玛是我的！我不让她走！阿妈！你快叫阿爸收回他的话！

太　太　你阿爸会收回他的话吗？

傻　子　阿爸！

土　司　傻子，土司的话，不能不听！土司的话，不能更改！

傻　子　那，那，那那那……那我就要，当——土——司！

众　（惊）啊？！

哥　哥　傻子！你想造反？

傻　子　我不想造反，我只想当土司！

哥　哥　想当土司就是想造反！你找打！

[哥哥冲上去打傻子，二人拉扯。众人：不要打了，不要打了！

土　司　住手！傻子，是谁教你要当土司的？是你阿妈教你要当土司的？

傻　子　不！阿妈她不许我想当土司！是我自己想当土司！你要把卓玛赶走，去做苦力奴，我就要当土司！我就要当土司！

土　司　混账！（一个耳光煽去）

太　太　（忙过来护着傻子）他是个傻子！你千万不要相信他的话！他是个傻子！

土　司　他就是傻子也不能说这种混账话！

哥　哥　说这种话的人就该死！傻子说这种话，也该用鞭子抽，好让他知道厉害！

卓　玛　（忙膝步向前，叫着）老爷！我愿意去做苦力奴。我愿意去做苦力奴。（伏地）

土　司　你给我马上——滚！

[土司下。哥哥和央宗幸灾乐祸地下。太太无奈地看看傻子，下。管家跟下。

[哥哥幸灾乐祸地摇摆着身子走过傻子下。

卓　玛（互叫）傻子……（二人相拥而泣）
傻　子　　　　卓玛

幕后唱　舍不得你呀，舍不得你，
从此思念无尽期。

卓　玛（唱）你是官寨的王子，
我是官寨的蝼蚁。
你为我挨打受骂、伤心落泪，
我知足、我欣慰、我满怀感激。
只恨我命运不济，
娘胎里就成定局。
无论我，多么忠心、多么勤劳、多么卖力气，
不变的规矩、永远地延续。
奴隶、土司，土司、奴隶，
身份差天壤，一样都世袭。（痛哭）

傻　子（唱）心痛如刀割，欲言却无语，
鲜血腹中淌，点点复滴滴。
（白）卓玛，卓玛！
卓玛啊，我求神灵保佑你，（跪下）
你要熬得住，冰冻霜打风雪欺。（祈祷）

卓　玛（唱）风雪冰霜我不惧，
怕只怕，你孤独忿懑度朝夕。
我担心，你满腹话儿、没个知己，
我担心，你多忧多虑、惶恐惊疑。
我担心，你恼怒之间、用事意气，
我担心，你直肠坦露、泄了心机。
傻子呀，
人前千万少言语，
要说就说假或虚。

藏起真情和实意，

切莫让人窥见它蛛丝马迹。

无聊时，你就睡觉、骑马、打鸟、骂人、做甚么都可以，

万不能呀，万不能和你哥哥比高低。

为了平安地活下去，

傻子啊，我的傻子啊，

想当土司的话儿，你永远莫再提，永远莫再提……

[卓玛唱着向后退下。

傻　子　（面向观众）可是我想当土司！我从来没有像今天这样想当土司！我若当了土司，就让卓玛和奴隶们都成为自由人！（仰面举手，高呼）天上的神啊——

（唱）　请让我，当土司！

[复仇人出现。

复仇人　傻子，你不要当土司。

傻　子　为什么？

复仇人　你当了土司，我就会杀了你。

傻　子　那就让我当了土司，你再来杀我吧。

复仇人　好。只要你能够当上土司。

傻　子　我一定会当上土司！（猛站起）我一定会当上土司！

[二人分下。

[幕后响起麦其土司的唱："土司们种了罂粟缺了粮……"

[土司上。

土　司　（接唱）　风调雨顺的年月，闹起粮荒。

饥饿的奴隶，在田野游荡……

（夹白）把天上飞的、地上爬的、大的小的、软的硬的、死的活的——

（接唱）　都吃光。

自古来，千金难买荒年粮，

粮食的力量胜刀枪。

趁此刻，我权力增强、地盘扩张，

做一个，皇帝般的土司王。做一个土司王！

[四奴隶相继上场报事。

奴隶甲 老爷，拉雪巴土司求见！

奴隶乙 老爷，嘎拉多土司求见！

奴隶丙 老爷，雪吉土司求见！

奴隶丁 老爷，茸贡土司求见！

[管家上。奴隶甲等下。

管　家 老爷，官寨外来了许多土司，他们都要求见你，想跟你借粮食。

土　司 知道了，退下！管家，请太太们和少爷们出来。

管　家 哦呀。（面向观众，叫）老爷有请二太太、三太太、大少爷、小少爷。

[众人上。傻子懒懒地跟出。

土　司 我心情高兴，带你们到成都去玩。

[众人高兴。只有傻子没有反应。

太　太 傻子傻子，你听见没有？你也可以去成都玩了！

土　司 不。傻子不去。留下来看家。

太　太 （诧异）你疯了！你怎么能让一个傻子看家！

土　司 有那么多土司前来借粮食，谁看家都难办。只有傻子看家，别人拿他难办！傻子，你只要记住一件事：让那些前来借粮食的土司，用奴隶或者土地来交换。

太　太 他一个傻子哪懂得这些事情。万一做错了……

土　司 错了就错了。他一个傻子，别人能怎么样。我们走。

傻　子 阿爸……

[土司下。三太太与哥哥跟下。太太看看傻子，叹气，下。傻子木木地站着。

管　家 小少爷。官寨外还有许多借粮的土司，你见不见？

傻　子 （懒懒地）我不见。你见吧。

管　家 （欲下又回）小少爷。官寨外，有许多乞食的饥民，该怎样打发？

傻　子 有许多——饥民？

管　家 是呀，这些年，土司们只顾种罂粟赚银子，弄得没有粮食了。现在，除了我们麦其家有饭吃，别人家都在饿肚子。已经饿死许多人了。

傻　子　竟有这样的事……（想了想）老管家。

（唱）　你快去，支起几口大锅，（管家夹白）要用大锅，

炒小麦，片刻也不停歇。（管家夹白）不许停歇。

每一天，管寨跟前施舍，（管家夹白）每天施舍，

从日出，舍到黄昏见月。（管家夹白）日出舍到见月。

管　家　小少爷。

（念）　会舍掉很多麦子，

老爷知定要见责。

傻　子　老管家。

（唱）　让我看家守官寨，

这件事你就莫管老爷——且听少爷！且听少爷！

管　家　好。我听少爷的！（下）

傻　子　（自语）我晓得，这样做不合阿爸的心意。他哪里舍得拿出粮食给奴隶们吃。可是我，恨不得奴隶们都成为自由人。哪在乎粮食，我要他们都吃得饱饱的，再也不会饿死一个！我（笑）嘻嘻嘻……哈哈哈哈……尊敬的麦其土司，谁让你叫我看家呢？我不是一个傻子吗？你说，傻子干了傻事，别人不能说什么。那你当阿爸的又能说什么？嘻嘻。我什么也不懂，嘻嘻。我不过是个傻子！（激动起来）现在，傻子一个人呆在家里！傻子有了自己做主的机会！傻子要做自己想做的事情！我要让他们大吃一惊！让他们知道傻子我是个什么样的傻子！（迅走到榻前，猛停步，慢转身，神秘地，快速走到台前，小声向观众）我又看见了，我经常看见！可是我不想看见……那就睡觉吧，睡着了，就什么也不知道了……我要睡觉！睡榻！睡榻！（转身去坐到睡榻上）可是我看见过的，也是我梦见过的……但愿今天睡着了，就什么也不会知道，睡着了就不会梦见，睡觉，睡觉，不要梦见……（睡下）

[少顷，管家喜孜孜上。

管　家　（面向观众，兴奋地）你们说，傻子原来就不傻呢，还是现在才不傻了？他施舍炒麦救了饥民。饥民们越来越多，都说情愿在麦其土司家里当奴隶。这么

一来，土司们急得不得了，只好拿土地和奴隶来跟我们交换粮食。（转身看傻子）嘻嘻。你们看，他每一天都睡得这么香，真是汉人说的什么什么——胸有成竹、稳如泰山。依我看，麦其土司的继承人应该是他。（忙捂口）对，麦其土司的继承人不应该是他哥哥，而应该是他！（去为傻子盖衣）

[幕内人声喧嚷。女兵数人冲上。茸贡土司紧跟而上。

[管家迎上，被茸贡一把推出老远。

茸　贡　（面向观众，大叫）麦其老儿，快出来见我！再不出来见我，我就把你见不得人的事都抖落出去！

管　家　茸贡土司，你不能进去！不能进去！

傻　子　（惊起）老管家，我听见鬼哭狼嚎了！

茸　贡　（看见傻子）这娃娃是谁？

傻　子　这女人是谁？

管　家　这是茸贡土司。这是我们家小少爷。

茸　贡　哦，就是那个傻子哟。喂，傻子，快喊你老子出来。

傻　子　我老子带着他的太太和他的继承人，上成都去了。你到成都找他去吧。

茸　贡　甚么？到成都找他？等我找到他，恐怕我的奴隶们全都饿死了！

傻　子　你们土司不是常说，奴隶像牲口，饿死几个不算什么。

茸　贡　说得轻巧！奴隶们都饿死了，我还当甚么土司！

傻　子　你要是不愿跑路，就住下来等着。管家，带她去客房。

管　家　茸贡土司，请！

茸　贡　真是个傻子！老麦其糊涂了？怎么留个傻子守着家呢，我跟他怎么说得清楚。这……哎，有了。

（唱）　　自古英雄怕美女，
　　　　　何况是个傻东西！
　　　　　看家宝贝亮出去，
　　　　　借粮食，不信你傻子不依。

（白）叫塔娜。

众女兵　有请塔娜小姐。

[塔娜戴着齐肘的白手套，撑着装饰性小阳伞遮住面孔上。亮相。

[她头烫长卷发，身穿连衣裙，足蹬高跟鞋，活泼而妖冶。

傻　子　（叫）卓玛！卓玛！

茸　贡　什么卓玛、卓玛？她是我的独生女儿塔娜！你仔细看看，她像不像文成公主转世、天上神仙下凡？你忍心这样的姑娘挨饿吗？啊？你看仔细了！看仔细了！

[塔娜做出各种姿态让傻子看。

傻　子　（唱）　这姑娘和卓玛十分相像，
有一张熟悉的美丽脸庞。
看眼睛一般大而亮，
看眉毛一般细而长。
一般红润的嘴唇，
一般挺直的鼻梁。
只有服饰很别样，
服饰别样又何妨。
看见她，一股清泉心中淌，
似觉得，卓玛又在我身旁。（叫）卓玛……

茸　贡　（生气地）她叫塔娜！

傻　子　我喜欢叫她卓玛。（向塔娜）卓玛。卓玛。

塔　娜　什么呢？你喜欢叫我卓玛？可是，我为何要叫卓玛呢？
（唱）　我有高贵的血统，
我是未来的土司。
我聪明能干又美丽，
我去过国外有见识。
为何要更改名字？
塔娜——塔娜——就是我灿烂的旗帜！
请问你，粮食借不借……

傻　子　你叫卓玛，我就借粮。

塔　娜　甚么？我叫卓玛，你就借粮？那，还要不要奴隶？要不要土地？

傻　子　不要，什么都不要。

塔　娜　阿妈，他奴隶土地都不要！只要我改个名字。名字嘛，卓玛就卓玛吧。

茸　贡　只怕，没有这样便宜的事！

傻　子　对。不光要改名字，还要——

茸　贡　还要什么？

傻　子　还要她（接唱）让塔娜——嫁我为妻！

茸　贡　什么？你要塔娜为妻？

傻　子　怎么样？

茸　贡　癞蛤蟆想吃天鹅肉！

傻　子　那就不要借粮食！（转身）老管家，送客！（坐下）

管　家　茸贡土司，请。

塔　娜　不借就不借！总不能为了几个粮食，我就嫁给一个傻子！阿妈，我们走！（走）

茸　贡　（将她拉回）走不得！走不得！你想回去挨饿呀？你想把奴隶们都饿死呀？

塔　娜　那又怎么办呢？

茸　贡　把你的本领施展出来！（拿过她的阳伞）去跟他好好说！（推向傻子）好好说！

塔　娜　（夸张地叫着）哎呀，不要推嘛。（顺势一倒，坐在了傻子身上，叫着）看把人家推倒了……（勾住傻子的脖子，撒娇地）傻子，听我跟你说。

（唱）　傻子何必太着急，
我们先行交朋友、再谈做夫妻。（拉他起身）
我愿住下陪陪你，
陪你唱歌、跳舞、打猎、同把马儿骑。
温泉游泳也可以，
游泳时，还可上下不穿衣。（见傻子拂袖背身不允）
须知我是独生女，
要继母亲掌权力。

你若上门做女婿，

将来你就是土司。

可是你，出了名的傻——哪个肯服气？

谨防属下来造反，你身首两分离，身首两分离。

傻　子（猛转身，唱）管他服气不服气，

管我身首分与离。

傻子就要冒傻气，

偏去你家当土司。

塔　娜　阿妈，你看他！我把好话都说尽了！

茸　贡（无奈）女儿哪，看来——你只有嫁给他了。（把小阳伞塞给她）

塔　娜　他是个傻子！

茸　贡　傻子，傻子有粮食！

塔　娜　你要拿我换粮食？

茸　贡　这样就可以保住我们的土地和奴隶！我的女儿呢，少了土地和奴隶，我还当甚么土司？以后，你又去哪里当土司？

塔　娜　没有土地和奴隶，就当不上土司。

茸　贡　女儿呀，你就委屈委屈吧，啊！

傻　子　茸贡土司，我们这件事……

茸　贡（没好气地）傻子，我们的事成交！成交！

傻　子　老管家，带我的岳母去仓库搬粮食。

管　家　茸贡土司，请。

卓　玛　阿妈，阿妈……

［茸贡下。管家随下。

傻　子　你这个卓玛，跟我走吧！

［转身把塔娜抱来搭在肩上扛着，下。

［土司大笑着上。

土　司　哈哈哈！傻子干得真漂亮！想起来，特派员说得没错，他并不是傻子！

太　太（边走边说）哼。我本来就不相信，我生的儿子会是个傻子！

土　司　（边走边说）傻子他不傻，这是好事，还是坏事？

太　太　天大的好事，等茸贡土司死了，我的儿子也会是个土司。

土　司　茸贡土司比我年轻多了，他甚么时候才会死？傻子会老老实实地等茸贡土司死吗？

太　太　不管怎么说，我和傻子再也不怕大少爷了。（冷笑着下）

土　司　傻子不傻了，这是福还是祸呢？我得想想，我得好好想想。

［哥哥提酒坛，脚步踉跄地冲上。

哥　哥　傻子他不傻！他不傻！他竟然利用看家的机会，让我在阿爸面前不如他！我咽不下这口气，我要报复！我要报复！（狂饮）

［央宗出。

央　宗　（讥讽地）你就用喝酒——来进行报复吗？

哥　哥　那你说我该怎么办？现在我又不能杀他。

央　宗　难怪你阿爸说你——有勇无谋。

哥　哥　阿爸这么说我，你就该帮我！

央　宗　我不是帮你来了吗？（四下一看，小声）你，制造事端！

哥　哥　制造事端？怎么制造？

央　宗　去找他心爱的女人卓玛，去折磨她或者杀掉她。那时，傻子必定不依。等他来和你争斗，你就趁机杀了他！事后你还可以对你阿爸说，是傻子为了争夺继承人的位子而要杀你！

哥　哥　好主意！好主意！

［央宗下。哥哥抛去酒坛，拔腰间配刀看看，再插刀入鞘。

哥　哥　卓玛！给我滚出来！

［卓玛病歪歪走上。她衣衫破旧，头发蓬乱。见哥哥忙施礼："大少爷。"

哥　哥　卓玛，你坐在那里偷懒，还不去干活！

卓　玛　大少爷，我病了……

哥　哥　什么？你病了？让我看看你发不发热。（要去摸她的脸）

卓　玛　（闪躲）不热。不热。大少爷。

哥　哥　（怒）臭婆娘！你现在是个又丑又脏的臭婆娘，你还敢抗拒我？！

卓　玛　我知道自己又丑又臭又脏，实在不配与大少爷亲近。

哥　哥　你本来就不配！可是我跟傻子说过，我一定要骑上他的母马。

卓　玛　（乞求）大少爷。

［哥哥抓卓玛。卓玛躲避。（二人身段过场）

［卓玛逃到玛尼堆旁，哥哥扑上去抓她的脚。卓玛拣起石头猛打哥哥的头。哥哥叫着“哎哟”松手、退开。

哥　哥　（叫）来人哪！

［男奴数人奔上。

哥　哥　把卓玛给我抓起来！行刑人走上！

［男奴们抓住卓玛。

［男奴们高举卓玛，圆场。哥哥跟在后面。

［男奴们站定，把卓玛丢到地上。

哥　哥　卓玛，我不能让你痛痛快快地死去。我要让你这个胆敢抗拒主人的奴隶知道——死的恐惧。（叫）行刑人！把所有的刑具都拿出来！

卓　玛　（咬牙切齿）不用拿，那些东西我见过。我见过！

（念）　你用它把人的骨头剔，

你用它专门剥人皮。

你用它把人的满口牙齿取，

你用它割人的舌头很锋利，

你用它砍人的手足、挖人的眼睛、

挑人的脚筋，穿透人的肋骨刺肝脾。

（猛力把那些东西打落在地，逼向哥哥）

卓玛生不如死，对死毫不恐惧。

我愿死后变恶鬼——好把你抓下地狱，下地狱！

哥　哥　（嚎叫）先剁掉她的手！行刑人！先剁掉她的手！

［男奴们将卓玛拖到一边，按跪在地。一奴拉起她一只手。行刑人举刀奔去，手起刀落。卓玛惨叫一声倒地。

哥　哥　（嚎叫）再割掉她的舌头！

[男奴们提起浑身是血的卓玛。行刑人拿着刑具向卓玛走去。

[传来叫声："住手！"傻子喊叫着奔上，冲过去护住卓玛。行刑人退下。

傻　子　卓玛！

哥　哥　傻子！奴隶违抗主人就该死，你敢坏了规矩！（拔出腰间佩刀，往前冲）

傻　子　（从身上扯出短枪）站住！

哥　哥　（大吃一惊）傻子，你竟敢为了一个奴隶，拿着枪对着我这个未来的土司？！你好大的胆！

傻　子　这都是你逼的！你要杀她，我就和你拼了。

哥　哥　（趁机举刀往前冲）我就是要杀了她！

傻　子　（立刻用枪指着他）你不要逼我！你不要逼我！

卓　玛　大少爷！（向哥哥高叫）你不要欺负你的弟弟！（挣开男奴们跑去哥哥面前）你想杀我，就杀了我吧。（仰面待戮）

哥　哥　我就是要杀了你。我要当着傻子的面——杀了你！（举刀）

[傻子对天鸣枪。哥哥大惊卧倒。傻子冲过来拉起卓玛欲跑。哥哥翻身抓住卓玛，把刀对着卓玛的胸膛。傻子回身，用枪指着哥哥的头。

傻　子　放下你的刀！

哥　哥　放下你的枪！

傻　子　放下你的刀！

哥　哥　放下你的枪！

[麦其土司奔上喝叫"住手"。两位太太紧随其后。

土　司　（怒喝）你们想干什么？！

傻　子　阿爸，不许他杀死卓玛！

哥　哥　阿爸，卓玛一定要杀！

傻　子　阿爸，他不能杀我，就要杀死卓玛。

哥　哥　阿爸，她打了我，不能不杀！

傻　子　你……

哥　哥　你……

土　司　住手！（哥哥与傻子慢慢松手，各自后退几步）卓玛有罪……

傻　子　（大叫）阿爸！

土　司　但可不杀……

哥　哥　（大叫）阿爸！

土　司　她打了你，你已经剁掉她一只手了！

哥　哥　按规矩她该死！

傻　子　只有土司才能这样说话！

哥　哥　我就是未来的土司！

土　司　闭嘴！（向男奴们）把卓玛拖下去。

［卓玛被男奴拖下。傻子跟下。

哥　哥　（向土司）阿爸，为什么不杀卓玛？

土　司　傻子也是我的儿子。你要逼傻子干出傻事吗？

哥　哥　可是，这样会坏了规矩！

土　司　土司就是规矩！只要有土司在，谁还坏得了规矩？

［哥哥无语，下。

土　司　（沉吟着自语）看来，我必须马上退位，让长子继任麦其土司。

太　太　不，老爷，你不能退位！大少爷当了土司，就会杀了我和傻子！

央　宗　有老爷在，大少爷不敢！

太　太　他敢！他什么事都做得出来！他要是当了土司，你就管不了他了！老爷我求求你，等傻子到茸贡家当了土司你再退位吧。

央　宗　怕的是，等不到小少爷当茸贡土司，他们兄弟俩就杀起来了。

土　司　别说了，你们担心的事，我早就想过了，我自有办法，妥善处理。唉！

（唱）　原希望傻子永远傻，
也免得碧血染黄沙。
谁知道傻子他不傻，
顷刻间兄弟相残杀。
为防止内乱招外患，
我必须快刀斩乱麻。

土　司　（面向观众）本土司宣布，从今天起，除了打仗、杀人这两件事由我掌管之外，麦其家其余事务，一概交与我的长子负责管理。由他继承麦其家第十二代土司！

[土司下。两位太太下。哥哥狂笑着冲上。

哥　哥　哈哈哈哈！（向观众高喊）我是麦其家第十二代土司！（发狂般跑圆场，不断高喊）我是土司……

[复仇人上，挥刀向哥哥砍去。

哥　哥　你，你，你是什么人？为何要杀我……

复仇人　因为你是麦其土司！（一刀刺去）

[哥哥踉跄着后退，倒入侧幕。复仇人下。

[“轰”一声炮响。接着，隆隆的炮声像雷一样滚过。

[特派员叫着“红汉人打来了……”跑上。他额头缠着有血的绷带，衣服也破损不堪。他边跑边叫：“红汉人打来了……”

[土司跑上，管家与傻子跟上。他们与特派员对面。

土　司　特派员！你怎么成了这个样子？！

特派员　红汉人把我们白汉人的队伍打垮了！他们向这里打来了！

土　司　红汉人有什么可怕？

特派员　红汉人要奴隶们都成为自由人。

土　司　那可不行！

特派员　他还要你共产！

土　司　甚么叫共产？

特派员　把你的土地、粮食，还有金银财宝，全部分给奴隶们。

土　司　那就更加不行！

特派员　不行就只有打仗！你有那么多洋枪洋炮，把队伍拖出去，跟红汉人打仗！

土　司　好。打仗打仗。管家，你去集合队伍。傻子，你留下看家。如果我死了，你就是麦其土司！（拔枪，叫）杀！

[土司冲下。特派员跟下。枪炮声起。

[傻子奔到寨墙边向外张望。

傻　子　（唱）　　一座官寨又不见，

只见尘土冲上天。
这情景，似曾梦见又看见，
古老的康巴啊，不知来年是何年。

[枪炮声中，太太跑上。

太　太　（向观众）菩萨呀，神灵呀，康巴地区天塌啦！一切的一切都完啦！我该怎么办，我该怎么办……

茸　贡　（跑上）塔娜，塔娜……（见太太）哎呀，你怎么还不走呀？土司们的队伍都被红汉人打垮啦。我要带塔娜到拉萨去，你们也快走吧！塔娜，塔娜……（边叫边下）

太　太　土司们的队伍被红汉人打垮了！也不知老爷是死是活。我再不走就逃不掉了！（叫）傻子！傻子！（转身看见）傻子，快跟我逃到拉萨去！（向外跑，又回头叫着下）

[只有一只手臂的卓玛上。

卓　玛　（寻看）傻子！傻子！

傻　子　卓玛！（跑下来）卓玛，我听管家说，你逃走后找红汉人去了，红汉人是什么样的人？他们是不是杀了人，还要剥皮吗？

卓　玛　傻子！

（唱）　红汉人，他们让我把话带给你，
他们说，你是朋友不是敌。
希望你，抓紧时间逃出去，
怕的是，玉石俱焚在瞬息。

傻　子　我虽然未见过红汉人，但我相信你！我们走！

[傻子拉着卓玛走。迎面，特派员持步枪奔上。

[管家奔上。奴隶们持长枪、扛机枪跟上。

[傻子把卓玛推到身后。卓玛尽力遮掩自己。

特派员　（回头叫着）小少爷，红汉人的用机枪把寨门封锁了。我们只有跟红汉人拼了！守住寨门！守住寨墙！（跑动着指挥）

管　家　小少爷！老爷死了！你阿爸——死了！

傻　子 阿爸……（跪）

管　家 （扶他起）小少爷，从现在开始，你就是麦其土司！

特派员 （跑过来）对！你现在就是新的麦其土司！（边说边把上好刺刀的步枪挂在傻子肩上）你要为你阿爸报仇！为你阿爸报仇！（向众人）你们要为老土司报仇！守住寨门！守住寨墙！

[奴隶们分散去向各处。

[傻子向卓玛耳语。卓玛疾下。

傻　子 （高叫）大家听着！我是麦其土司！从现在起，我的奴隶都可以成为自由人！

[奴隶们齐刷刷转过身来。

奴隶们 （高叫）自由人！

特派员 （高叫）对，只要你们好好打仗！好好打仗！

[奴隶们齐刷刷转过身去。

傻　子 不！我要你们放下武器，向红汉人投降！

[奴隶们又齐刷刷转过身来。

特派员 投降？你疯了！？不给你阿爸报仇了？！

[卓玛拿一块牵开的白布跑来。傻子趁势把白布挑在刺刀上。

傻　子 （举起“白旗”，叫）我们投降！我们投降！

管　家 （丢下机枪，叫）对！我们都听麦其土司的！我们投降！投降！

傻　子 （枪响，管家倒地）老管家！

特派员 （怒吼）谁投降——我就枪毙谁！傻子！

[奴隶们惊骇地转身射击。枪声大作。

[傻子举起“白旗”，跑上高处。

傻　子 我们投降！我们投降！我们向红汉人投降！我们投降！

[特派员叫了几声“傻子”后，枪响。傻子中弹，踉跄着倒下，但紧紧握住长枪。

[卓玛哭喊着“傻子……”奔向高处。

[奴隶们齐转身向特派员射击。特派员死入幕后。众人喊：“少爷！”

[“轰隆”一声炮响，官寨塌为废墟，露出了白云蓝天。

[一个奴隶去拿起挂着白布的长枪向墙外挥动。

卓　玛　（把傻子抱在怀中，叫着）傻子！你不能死！你睁开眼睛看看，红汉人打着红旗过来了。你就要过一种新的生活了。奴隶们也要成为自由人了。你不能死，傻子！

傻　子　（虚弱地）卓玛，还，记得吗……我，看见过……

卓　玛　记得。记得。你看见过，土司们的官寨坍塌了……

傻　子　（断续地）我也，变了，尘埃，一，粒……（死去）

[众人喊："少爷！"

幕后唱　土司们的官寨轰然倒地，
傻子的灵魂将得到安息。
无需再困惑，无需再恐惧，
尘埃落定，覆盖了废墟……
啊……
尘埃落定，覆盖了废墟……

[幕后唱中：执白旗的奴隶挥着白旗。其他奴隶把枪放下，从怀里掏出哈达，面向观众躬腰施礼。

[卓玛轻轻拍着傻子，就像从前他睡在她的怀中……

[剧终。

· 广东汉剧卷 ·

诗　娘

编　剧：王新生　梅　晓

人　物　表

诗　娘　　一个进过洋学堂，后又自梳的姑娘

吴苏妹　　怡心堂创建人，自梳女敬重的大家姐

家　宝　　一个读过洋学堂的青年

雅　琴　　一个情感受到波折，过早自梳的女子

父　亲　　诗娘的父亲

诗娘学生时　家宝学生时

新 娘、男 人、女 人、自梳女数人、清兵数人、迎亲各式人等

序

[清末民初。

[岭南某地。

[暮秋，一组组清末民初的影像在天地间叠现。

[清晨，一声凄婉的长筒声划过了幽深小巷。

[怡心堂紧闭的大门缓缓打开，一队身着香云纱的自梳女肃穆地抬一草席掩身的亡女向小巷尽头走去，踏在青石板路上的木屐声打破了清晨的寂静。

[一身学生装束的诗娘徘徊霏霏细雨中，久久凝望……

[幕后合唱，歌声如泣如诉：

　　　　雨潇潇兮日夜寒，

小巷幽幽雨敲窗。
自梳盟誓孤灯伴，
何处尽头长夜长。

[一束聚光下，吴苏妹凝望怡心堂，

（唱）　长夜长，
姐妹自梳长相伴，
无意恋红尘，
保我自洁永流芳。

[另一束聚光下，雅琴蕴泪叹息，

（唱）　永流芳，
孤魂做野鬼。
一块门板半张席，
姐妹帮手丢落海，
从此生死两茫茫。

[凝重的画外音：自梳女，一个源于轻工业在中国发展而衍生于岭南，兴于明、盛于清、衰于民初的极为独特而神秘的女子群落。她们秉承经济上的独立，自梳发髻，聚居于姑婆屋，终生不嫁，留给了后人无尽的叹惋与思考……

[埙声悠悠……

一

[启光，渐显阒寂幽深的雨巷。

[突然，学生装束的诗娘仓皇奔上，忽意识到什么，掉头沿巷道疾疾寻找，终见一熟悉墙头，不禁触景生情……

[枪声骤起，有人疾呼："清兵开枪了，快跑！"

[幕后伴唱：枪声起，马蹄疾，
血溅反清旗。

乱尸堆中才爬起，

又闻追兵急！

[伴唱中，持游行旗的学生们跑上，枪响，有人倒地，诗娘惊呼扑去。

家　宝　快走！（急扯于暗处）

[诗娘惊恐地扎其怀中。

[一队清兵策马追上，远去。

家　宝　（嘘口气）走了。

诗　娘　走了？（忽觉尴尬，忙松手）

家　宝　同学，我……我只是……

诗　娘　我……我没怪你，不好！你流血了！（忙掏丝帕包扎）疼吗？

家　宝　不疼。

诗　娘　（蓦见目光灼灼，心跳）你……咋这样看人？

家　宝　我……一点都不疼……（慌乱欲走，又转身）你叫什么名字？

诗　娘　我叫诗娘。

家　宝　诗娘，好美的名字啊！

诗　娘　那……你呢？

家　宝　我叫家宝，国家的家，宝藏的宝。

诗　娘　家宝……

[诗娘含羞点头，家宝兴奋欲走。

家　宝　对！家宝，你……记住了？

诗　娘　哎……记住了。

家　宝　（回身）诗娘！

诗　娘　家宝……

家　宝　哎……

[幕后伴唱：啊……

朦胧胧暗生情愫，

两心相悦风雨中。

[二人流连欲别，枪声又起。

家　宝　不好！清兵又来了，快跑！快跑！

［幕后伴唱：啊……

风雨中、风雨中，

衍生着多少悲欢离合，

上演着多少爱恨情仇。

家　宝　（跃出，喊）自由平权，革命排满！（撒腿跑去）

［清兵追上，一通乱枪。

诗　娘　家宝，家宝，家宝！（昏倒）

［光暗。

父　亲　“反了，简直是反了！”

［半空陡显父亲阴森剪影。

父　亲　一个黄毛丫头，居然也敢闹学潮反朝廷，找死！

诗　娘　（爬起）朝廷杀人，他们才……

父　亲　住嘴！不杀，还能由着你们闹上天去？

诗　娘　父亲！我……

父　亲　你呀！给我老老实实呆在家里，择一吉日嫁人过门。

诗　娘　不，我死也不嫁那家阔少！

父　亲　放肆！父母之命，岂可违抗？

诗　娘　父亲……我……已有意中人了呀！

父　亲　什么？这兔崽子是谁？

诗　娘　他……（饮泣）

父　亲　你就死了这份心吧，关起来！

［一声关门巨响，剪影隐去。

诗　娘　放我出去，放我出去！放我出去！

［幕后伴唱：铁锁冰冷将人困，

锁身难锁女儿心，

寻梦抗争破窗去，

还我自由女儿身！

[破窗，光暗。

[闪回毕，景回雨巷。

诗 娘 （悲泣地）家宝，你在哪？你在哪里呀？你已魂归天外，还是留在人世间了呀！

（唱） 举头问上苍，淫雨和泪淌。

旧时墙犹在，人却两茫茫。

是死是活无觅处，直撇得，

我思君念君不见君，

无依无傍独断肠！

[伴唱：仰天叹——

诗 娘 （唱） 有书难就读，

有家却逃亡。

[伴唱：俯首悲——

诗 娘 （唱） 反清义旗断，

孑然去何方？

[伴唱：孑然去何方？

[诗娘无助地蜷身檐下，嘤嘤啜泣。

诗 娘 家宝，你在哪儿？你在哪里呀？

[忽然，小巷深处，一袭香云纱的吴苏妹带众姐妹擎伞走来，翩然若舞。

雅 琴 小妹，别害怕……

诗 娘 你……

雅 琴 我们是怡心堂姐妹。

诗 娘 （望去，不由惊羡）自梳女？

[伴唱：蓦见空巷倩影动，

翩若云天凤开屏。

绝处怎不生向往？

一时恍入桃源中。

[幕后一声凄厉大喊：杀人了！杀——人——了！

[一位遍体鳞伤的女人惊叫着逃上，男人揪住暴打。

男　人　贱人，你他妈走！

[诗娘见状惊惧，壮胆上前挺身拦阻。

诗　娘　（壮着胆）住手！不许打人！

男　人　（鄙夷地）嘿！狗拿耗子，多管闲事。去你妈的。女人也他妈算人？念了几本破书，就以为像爷们儿，站着尿尿了？哈哈……

[雅琴终忍不住，夺棍。

雅　琴　你怎能欺负弱小女子！

男　人　去你妈的！

雅　琴　啊！

众姐妹　雅琴姐！

男　人　一群不下蛋的铁母鸡，也敢打鸣？你们呀，等死吧！（揪起女人）走！

女　人　救命、救命啊！

雅　琴　住手！住手！

[雅琴欲追。

吴苏妹　雅琴！众姐妹！墙外世界，遍地不公，我们又能如何？

雅　琴　大家姐……

吴苏妹　回吧。哦，这位小妹伤得可重？

诗　娘　你就是……传说中呵护女人的大家姐？

吴苏妹　（爱怜地点头俯身）我叫吴苏妹，你呢？

诗　娘　诗娘。

雅　琴　好俏丽的名字……

众姐妹　是啊，好俏丽的名字。

吴苏妹　你一学生娃娃，怎落到这步田地？

[诗娘悲从中来。

吴苏妹　别哭，慢慢说。

众姐妹　是啊，别哭，慢慢说。

诗　娘　做女人……咋就这么难？咋就生不如死？大家姐！（砰的跪倒）我……我要自梳！自梳！（伏地嚎啕）

[光急聚于诗娘，渐收。

[埙声幽咽……

二

[如泣如诉的岭南民歌：

西关小姐晒红裙，
翻来翻去晒唔匀。
阿爸爱男唔爱女，
阿妈拉男撇女开。
今世做人做错女，
后世做女我唔来！

[歌声中，隐约可见一群女子挣扎舞蹈，渐隐。

[灯亮，雅琴引诗娘上。

[怡心堂内，塔香高悬。

诗　娘　呀！（唱）

身着学生装，
初进怡心堂。
满屋新奇扑入眼，
忘了创痛，醉了心房！

雅　琴　（唱）　抬眼望——

诗　娘　（唱）　香案供奉观音像，

雅　琴　（唱）　回头瞧——

诗　娘　（唱）　满庭蝶飞花芬芳。

雅　琴　（唱）　这里瞅——

诗　娘　（唱）　挨门清新小房舍，

雅　琴　（唱）　那边瞧——

诗　娘　咦？

（唱）　为什么琳琅塔香悬画梁？

雅　琴　哦，那是自梳姐妹祈望来生的。

诗　娘　来生？为何不求当下？自梳之后，不就自尊自立自由自在了么？

[吴苏妹带众姐妹上。

吴苏妹　自梳乃是自救，哪能改得了天下？

诗　娘　可是……

吴苏妹　雅琴，带她暂去歇息，饭后雨停，送她出门吧。

雅　琴　怎么，不收留她？

诗　娘　不！我不走，我要留在这女儿国！

雅　琴　大家姐，小妹情愿自梳，就收下她吧。

众姐妹　大家姐，就收下她吧。

吴苏妹　姐妹们，将心比心，但凡有条活路谁又自梳呢？

诗　娘　路？我哪还有活路哇！

（唱）　人说世上千条路，
奈何遍地拦路虎。
我也曾，懵懂少女追绮梦，
见惯了，男人撒野女人哭。
我也曾，读书救国求自立，
到头来，官府开杀戒、家父铁锁箍、
寻爱人不在、流落无栖处，
一如黄叶无归路，哪有我前途？
撞得头破才醒悟，女人生来死也苦，
不绝人处唯自梳！

吴苏妹　小妹！

（唱）　一番痛说戳心窝，
深潭水，霎时搅起千层波。
姐妹们哪个未尝百般苦？

几句话，勾起了过往痛楚、曾经折磨，
泪眼婆娑！

众姐妹 大家姐！（拥怀悲涕）

吴苏妹 （唱） 你可知，怡心堂寄我半生梦，
与姐妹，多少年苦撑苦熬度坎坷？
你可知，姑婆亦有姑婆苦，
乡规族规连王法，些微差池容不得，万缘放下方能活？

诗 娘 天大的规矩，我也守得住！（跪）

吴苏妹 可你……是富家小姐。

诗 娘 不再是了。

吴苏妹 你读过洋学堂啊。

诗 娘 回不去了。

吴苏妹 一步进来，将孤老终生。

诗 娘 我愿死在这里！

吴苏妹 你……真的能铁心自梳不动妄念？

诗 娘 能！

吴苏妹 真的能守身如玉永不反悔？

诗 娘 能！

吴苏妹 真的能循规蹈矩保一世清名？

诗 娘 能，我能！

吴苏妹 倘若……倘若日后玷污了这怡心堂——

诗 娘 那就天打五雷轰！

[轰隆一声惊雷。

吴苏妹 （一把扶起）小妹！知道么？从见你第一眼起，我……我就舍不得你了呀！雅琴，为小妹清汤沐浴择时自梳。

雅 琴 哎！

[暗转。

[众自梳女在肃穆而神圣的气氛中，将所提热水倒向精致的大木盆，并纷纷

燃起熏香。

[顿时，舞台弥漫在一片水雾缭绕，香烟弥漫中。

[一束聚光下，雅琴帮羞涩的诗娘宽衣。

[幕后合唱：啊……

雾霭垂烟如梦幻，

清汤沐浴怡心堂。

只求那——

性如浮云随风散去，

求得心灵一隅心自安，

[雅琴见诗娘玉体，一时意乱情迷，心海荡漾。

雅　琴　（唱）　一把柴草炉火红，

香汤映娇容。

恍若云蒸霞蔚里，

七女下九重。

卸去层层女装裹——

呀！

[幕后伴唱：一瞥间呐——

肤如凝脂、身似雪拥、翩若惊鸿！

[雅琴禁不住心生异样，情不自禁的伸手轻抚诗娘肌肤。

诗　娘　（浑身一激灵，声音颤抖）二姐，你……

雅　琴　（声音异样）小妹，诗娘……你，你真美！

[幕后伴唱：啊……

情异样，意异样，

霎时欲海起波澜。

吴苏妹　哈哈……

（唱）　上天不负怡心堂，

无意送来小诗娘。

腹有诗书气自华，

清纯可人，足了我心事一桩。

今日焚香行大礼——

（率众姐妹祭拜）

[雅琴伴焕然一新的诗娘上。

（伴唱） 祈菩萨佑我沐佛光。

吴苏妹 吉时已到，为诗娘行自梳大礼！

[启光。众姐妹喜气洋洋捧花果红烛供奉观音像前。

[岭南民歌：清河绾髻春意闹，

三十不嫁随意乐。

江河水宿寄此生，

摇橹唱歌桨过滘。

[歌声中，吴苏妹领众姐妹为诗娘举行着浓重而肃穆的自梳仪式。

[仪式中众人渐渐隐去。

诗 娘 （对镜顾盼，欣然忘情）

（唱） 秀身轻着香云纱，

美足俏将木屐踏。

乌黑长辫绾发髻，

素面含笑亦胜花。

纤纤玉指抖香帕，

哎呀呀，哪来的甜得可人的小姑婆、

美得犯傻的臭小丫？

[雅琴手捧新衣上，见诗娘倩影，深深为之吸引。

雅 琴 （唱） 好一个，天真无暇，

又怎知，苦海无涯？

诗 娘 （唱） 再不用，担惊受怕，

再无须，观景伤花。

一如春雨任飘洒，

又似飞燕穿云霞。

雅　琴（唱）　雀鸟同栖屋檐下，
冷巢可曾沐光华？
诗　娘（唱）　从此后，俏为自身俏，
不做攀枝花。
满堂姐妹尽欢乐，
这才是啊，梦中天堂暖暖的家！
[雅琴痴望入神，手中新衣滑落于地也不知。
诗　娘（蓦回首，忙上前拾起）二姐……
[雅琴尴尬地接过新衣。
雅　琴（掩饰）小妹，这是大家姐特意为你置办的新衣，来，姐姐为你穿上。
诗　娘（高兴地）哎……
[雅琴替诗娘穿衣，终情难自禁的一把抱住诗娘。
雅　琴（兴奋地）诗娘，我的好姐妹……
诗　娘（尴尬地）二姐，你……
[吴苏妹悄然上，见此情状，顿感不安。
吴苏妹　雅琴，该带小妹教习刺绣了。
[雅琴自知失态，忙放手，满脸羞红。
雅　琴（语意急促）哦……
[光急聚于吴苏妹，渐收。
[埙声悠悠如叹……

三

[一束光下，雅琴呆呆愣愣独坐床前。
雅　琴（唱）　暮色沉沉天将晚，
余晖落窗前。
又是漫漫长夜到，

孤枕难安眠。

虽说是，过惯了凄清日子，

却终归，熬不过影儿孤单。

本以为，心如枯井，

哪知道，猛然间来了个小诗娘乱了心田。

闭眼听她笑，

抬眼瞅她欢。

小冤家怎就和我过不去？

搅得我人心不安！

[诗娘上。

诗 娘 （叩门）二姐。

雅 琴 小妹？（惊喜，开门）快，快进来！

诗 娘 呀，二姐房里好清雅呀，简直……简直像嫦娥的月宫！（惬意地旋了下身姿）

雅 琴 你喜欢？

诗 娘 嗯，简直，简直就是世外桃源嘛。哪像外边？乱糟糟的，剪条辫子还要问罪。

雅 琴 是嘛，那你就常来……陪陪我。

诗 娘 好，好啊。（吟）来此绝境，不复出焉。

雅 琴 真的？我……我拿点心去！

诗 娘 （见床头有一竹篮）二姐，先教我刺绣嘛！哎，这是什么呀。这么多铜钱，你攒的？

雅 琴 不，是……师傅留下的。（欲端走）

诗 娘 我看看嘛。（抢过）个个金光灿灿，好亮啊，干吗用的？咋还摆在床头天天瞅着？

[雅琴深感触痛，凄凄含悲。

诗 娘 （慌）二姐，你怎么了？我……说错什么了么？

[雅琴摇摇头。

诗 娘 那你……

雅 琴 你……真的想知道？

[诗娘怔怔点头。

[雅琴抓起一把铜钱撒落地上，接着，一把又一把……

诗　娘　二姐，你……

雅　琴　（一把攥住诗娘的手）小妹！你还小，你不知道……不知道嫦娥也有嫦娥的苦，那一天一天、一年一年她是怎么熬过来的呀！（捧起竹篮哗的倾倒地上，闭了眼俯身摸着）就这样，每到天黑就熄了灯，然后一枚、一枚，一枚一枚摸到鸡叫，摸得困了乏了撑不住了才倒头睡去呀！（呜咽）

诗　娘　二姐！（含泪抱住）

[雅琴突感从未有过的肌肤相亲，微微颤栗。

诗　娘　二姐？……

雅　琴　别动，就这样……就这样抱抱我，哦……（醉心地摩挲）

[诗娘吃了一惊，跳开。

雅　琴　小妹！咱们……咱们结金兰、契知己吧？

诗　娘　什么？

雅　琴　就是……就是从今往后，你我朝夕相伴永不分离！

诗　娘　啊？二姐……

雅　琴　不，你叫我雅琴，叫我阿琴！

诗　娘　二姐！二姐……

[诗娘慌得回身便走。

雅　琴　（扯住）别！别走，我会对你好，我会真心对你好的……

诗　娘　（急得大喊）二姐！……（抹泪欲走）

[雅琴无望地扑倒恸哭。

[诗娘登时不知所措，光聚。

[幕后伴唱：啊……

荒唐，忒荒唐，

荒唐竟出在怡心堂。

诗　娘　（唱）　本是清净所在，

依旧青砖粉墙。

尚闻经声佛号，

心境却如酱缸。

哪还像桃花源地？

浑不知身在何方。

（白）二姐你……

无边红尘三千丈——

（接唱） 大不该，迷了你心窍，搅了我梦乡！

[吴苏妹一步闯入，灯骤亮。

[静场。

诗　娘 （忐忑地）大家姐……

吴苏妹 （直视雅琴）你……一块美玉，怎就忍心将它化为顽石？

雅　琴 我……

[雅琴一声悲泣，掩面奔下。

诗　娘 二姐！……

吴苏妹 由她去！（稍顿，语重心长地）小妹呀，要知道动念容易收心难呐！

（唱） 心魔难拴，

稍不慎，悬崖失足坠深渊。

烦恼难断，

稍疏忽，人生八苦苦纠缠。

自梳理当消妄念，

一世清名大如天。

洁身自好守本分——

（白）咱这怡心堂啊——

（接唱） 方有望，千古流芳代代传！

诗　娘 大家姐，我……绝不会让你失望！

吴苏妹 （欣慰地）好，这就好！

[外面骤起砸门声喧哗声，雅琴与众姐妹疾上。

众姐妹 大家姐，不好了！

吴苏妹　怎么？

众姐妹　小妹……小妹家人找来，说要抢回小妹，即刻完婚！

诗　娘　啊？大家姐！……

吴苏妹　你……你可拿定主意？

诗　娘　我至死不嫁！

吴苏妹　好！那就做个不落家的自梳女！

诗　娘　不落家？

雅　琴　（解释）就是只与夫家拜堂，洞房夜只要抢亲成功，从此，算是夫家人，但可自梳不落家。

吴苏妹　以后你慢慢就知道了！小妹！新婚洞房之时务必守住，若遇蛮横熄灯为号，众姐妹即时抢亲！

诗　娘　（感动得热泪盈眶）谢谢大家姐！我记下了，熄灯为号！

吴苏妹　姐妹们，时间不早，速为小妹缝制连身衣裤！

[众姐妹应声将诗娘抬至床上。

[吴苏妹一挥手，众姐妹飞针走线。

[收光。

[埙声低回……

四

[一声唢呐，鞭炮齐鸣，鼓乐喧天。幕后司仪高唱："一拜天地！二拜高堂！夫妻对拜，送入洞房——"

[喧闹声中一束光渐亮，头顶红盖头的诗娘惴惴地坐于婚床，待人声渐去，怯怯撩起盖头窥看。

诗　娘　（唱）　听屋外，匝匝噪声渐渐息，

反教人，心儿颤颤胆惊虚。

无形阴影头上罩，

六神惶惶无所依。

猜不出，将出啥事，

欲脱身，怎样逃离？

姐妹何时来搭救？

二姐耶——

莫等到，男人扯碎我嫁衣！

（忽闻脚步声，忙端坐如初）

[披红戴花的家宝微醺上。

家 宝 （唱） 说什么新婚大喜？

倒像是，引颈待宰的鸡。

道什么人生得意？

却分明，漫漫长夜无尽期。

喊半天婚姻自主，

落得个捆绑夫妻。

我倒要挑起盖头看仔细，

究竟是哪样女子，害得我将头低？

（入内，关门）

[诗娘闻声惊起。

家 宝 别动。（欲掀盖头）

诗 娘 （霍地拔出剪刀）别过来！

家 宝 （惊）你……你要干吗？

诗 娘 离我远点，不然……我死给你看！（反手将剪刀对准自己）

家 宝 等等！为什么？

诗 娘 我自梳了！

家 宝 什么？姑婆？我娶了个姑婆？（大笑，猛收住）滑稽，滑天下之大稽！说！那你为什么还要嫁给我？

诗 娘 不是我要嫁！是你家逼亲！

家 宝 逼亲？笑话！即是自梳，却还来愚弄于我，我倒要看看是何方神圣……

诗　娘　别碰我！若敢无理，我……我和你拼了！

家　宝　哼，想嫁就嫁，不让碰就不能碰？今日倒要见识见识（说着动手扯掉红盖头）

［诗娘惊慌中剪刀乱挥，家宝中招。

家　宝　（捂手痛叫）哎呦，你……

诗　娘　（剪刀惊落，手足无措，胆怯地）我不是故意的，你……你流血了……

家　宝　（闻悉熟悉的声音，愣怔）等等！你……你再说一遍！

诗　娘　（打量家宝，惊呆，声音颤栗）同学，你……你流血了！（条件反射地欲掏香帕）

家　宝　（激动地）是你！是你呀，诗——娘……

诗　娘　你，怎么会是你？家宝！

家　宝　我一直四处找你。

诗　娘　我也在等你，天天等你！可是……

家　宝　天意，这是天意呀！

［二人冲近，正欲相拥，诗娘却又条件反射的避开。

家　宝　诗娘，这是为何？

诗　娘　我……我自梳了，我自梳了呀！

家　宝　（一震）为什么自梳？为什么要自梳啊？

诗　娘　（一下哭了）我怎么知道嫁的人是你？我爸逼我，往死里逼我呀！我一个有书不能读、有家不能回的女孩，还能有什么办法？……这是命，命啊！

家　宝　我不管！我爱的是你，娶的是你，你就是我老婆！（一把搂住，轻抚其脸颊）我的老婆……诗娘……

诗　娘　（情动难抑）我……

［诗娘无力抵御此情，垂脸屏息，家宝轻吻其额头，转而，情难自已的将嘴贴向诗娘唇边。

诗　娘　（醒愣，极不情愿的闪避）不，不能啊……

家　宝　诗娘，咱这是明媒正娶，咱这是天经地义！（又欲搂）

诗　娘　（再躲）晚了，晚了呀，你就当作……一场梦吧！

家　宝　就算是梦，我也要抓住你、抓住你不放！（仍欲搂）

诗　娘　（又闪开）别逼我，我求你、求你了行不行？

家　宝　不行，我就是要抱，就是要亲你！我亲自己的老婆，天王老子也管不着！（冲过去抱住狂吻）

诗　娘　（软软地喘息着）家宝……家宝……

［家宝冲动地伸手解衣，诗娘一把按住，却又慢慢松了手。

诗　娘　剪……剪刀。

［家宝抓起剪刀，诗娘夺过欲剪，家宝吹灯。

诗　娘　（见状欲阻不及）别吹灯！

［窗外一声轻呼："姐妹们！抢人呐！"

［雅娘带众姐妹破门而入，抢过诗娘迅即离去。

家　宝　（愣怔半晌，欲追）诗娘——诗娘！

［雅娘等自梳女早已不见踪影，家宝面对空荡荡的新房。

家　宝　（痛呼）这是我的洞房，是洞房！你们这是干嘛啊！

［切光。

［埙声呜咽……

五

［欢笑声，启光。雅琴与众姐妹兴奋地拥神色呆滞的诗娘上。

雅　娘　（唱）　洞房之夜闯新房，

众姐妹　（唱）　抢回一个假新娘。

雅　娘　（唱）　任凭新郎似狼叫，

众姐妹　（唱）　空对鸾被鸳鸯床。

雅　娘　（唱）　幸好时机瞅得准——

众姐妹　好悬！（接唱）

险些儿，毁了这金绣银镶的嫁衣裳！哈哈哈……

［吴苏妹急匆匆上。

吴苏妹 小妹！你……没事儿吧？（忙翻看衣裤，见无损，仿佛一块石头落地）好，大家姐真没看错你呀！

（唱） 你，不负众望，
凌霜方显玉兰香。
我，忧心宽放，
冰消雪融春水长。
赞小妹，堪为榜样，
令世人，举头敬仰。
从此后，谁还小觑自梳女？
赏冰清玉洁，还看我风雨不动怡心堂！

（忽见诗娘流泪）小妹！……哦，怕是受了惊吓，静静心早歇了吧。（示意众姐妹，下）

雅　琴 （悄悄拽住几姐妹）咱们，绝不能饶了那个臭男人。

（掏出一个小草人）

几姐妹 对，咒死他！

[诗娘惊骇。

雅　琴 （念咒作法）天灵灵地灵灵，各路神明显神通。迷夫咒语唤法术，锄掉这个害人精！

几姐妹 迷夫咒语唤法术，锄掉这个害人精！（遂嗡嗡嘤嘤越念越疾）

诗　娘 别念了，别念了……

[雅琴与几姐妹一声吼，唰的拔出银簪欲扎草人。

诗　娘 （一把抢过草人）

[众愕然。

诗　娘 要扎……你们扎我吧、咒我吧，我该死，我该死，我该死！

[众惊得慌乱跑下。

诗　娘 （看看草人，悲从中来）家宝，家宝……

（唱） 我好恨，有口莫辩，
我好痛，滋味百般。

说不得心头渴盼，
道不出满腹悲酸。
苦泪滚滚肚里咽，
委屈滔滔对谁言？
捣碎了肝胆憋炸了肺，
天呐天——

你……你让我死了吧！（呼地拉开门冲出）

[一声闷雷，风雨骤来。

[伴唱：天地茫苍苍，风雨凄无边！

诗 娘 （唱） 看眼前，千条线万条线万千羁绊，
想日后，热的泪冷的雨冷热熬煎。
不曾料，那天自梳成闺怨，
少女心扉启又关。
不曾料，掷地誓言全无用，
野马脱缰套拢难。
灼灼烈火压不住，
冷冷咒语耳边喧。
乡规族规道道索，
他心我心苦相牵。
迈出去，无异绝路，
收住脚，于心何甘？
怎么办？我该怎么办？
谁帮我挣脱？谁教我心安？
谁帮我挣脱？谁教我心安？

[伴唱： 叹，人生是苦，
悲，活着真难！

诗 娘 （唱） 雨中茫然回望眼，
但只见高高门楼红红匾，可是我家园？

[咔嚓一道闪电，浑身透湿的家宝兀立面前，诗娘惊叫。

家　宝　是我！

诗　娘　你？……你来干什么？

家　宝　我想你，我想你呀！

诗　娘　我不想你，不想你，不想见到你！

家　宝　诗娘！

诗　娘　我会把钱还给你。

家　宝　我要得是人！

诗　娘　她们要咒死你，会咒死你的！你走！

家　宝　要走一起走！要不……去投革命军？

诗　娘　我凭什么跟你走？

家　宝　我是你男人！

诗　娘　胡说！我没男人，我不会有男人。再不走，我喊人了？

家　宝　喊吧，喊了人来把我乱棍打死，我来，就没打算活着回去！

诗　娘　你……你这个冤家！（扑过去死命捶打）

[家宝抱住，诗娘搂紧大哭。

家　宝　诗娘，诗娘……没有你我活不了，我不能没有你呀！

（唱）　你要了我的命，

你掏走我的魂。

你让我七死八活乱分寸，

你是我心中拔不走的根！

诗　娘　（唱）　你害人不偿命，

你做贼专偷心。

你逼我跳了火坑油锅滚，

你、你、你……

你这恨人不死的一根筋！

（抓住家宝手臂狠咬）

家　宝　（痛呼）啊——

[幕后合唱：情切切，爱亦深，
爱到浓时情亦真。
咬个伤疤留个印，
唇齿盟誓证此心。

[合唱声中，诗娘万般柔情地用嘴轻吻家宝被咬过的手。

[家宝终情难自禁地捧起诗娘的脸连连亲吻。

[雅琴撑伞寻来，见此情状，目瞪口呆。

[家宝呼地抱起诗娘走入树后。

[雅琴愈惊，刚要上前，树后一声呻吟。

雅 琴 （惊呆，脱口而呼）快！快来人呀……

[光骤暗。

[幕后伴唱：天塌了！
霎时间地动山摇。
地陷了！
骤卷起骇浪惊涛！

[时空转换。

[一束光下，吴苏妹颤抖着背扶太师椅，摇摇欲倒。

吴苏妹 （颤栗着）天呐！

[启光。发髻凌乱衣衫不整的诗娘湿淋淋跪伏椅前。

雅 琴 （且哭且骂）呜呜，偷人，不要脸！呜呜，姑婆屋怎么出了你这么个贱人！你……你就等着装猪笼沉……

吴苏妹 （喝止）住口！

雅 琴 大家姐，她……

吴苏妹 出去！

[雅琴委屈地拧身欲走。

诗 娘 二姐。

吴苏妹 回来！（急迫地）雅琴……二妹……你给我听着，这件事……这件事一定要咽下去，永远永远烂到肚子里！

雅　琴　（不解）什么？

吴苏妹　说什么也不能毁了众姐妹名声，断送了这怡心堂啊！

［诗娘震惊。雅琴点头泣下。

［吴苏妹一个踉跄，跌坐。

诗　娘　（跪爬着扑去）大家姐！

吴苏妹　你！……（欲打，却又痛心疾首地拍打）你、你、你！你怎么就不明白……不明白我的心呐！

诗　娘　（痛悔地）对不起，我对不起大家姐！对不起众姐妹呀！

吴苏妹　（虚弱地抬手指去）你看……看呐！

［光起处，百岁屋陡显层层叠叠摆放的自梳女们的骨灰坛与灵位，令人震撼。

［吴苏妹颤巍巍拽了诗娘走近烛光摇曳的“神台”。

吴苏妹　（一一抚摸着青花坛和牌位）这是黄玉音、黄巧姑、黄英、黄梅、黄淑女、这是吴彩云、吴小囡、吴玉琴、吴……（哽咽无声）

［长筒声轰然响起……

［远处，一个个亡灵在烟雾迷蒙中反复叠现……

吴苏妹　她们……就是你早逝的姐妹，是她们用女人的泪、女人的命，让咱在男人的天底下抻直了腰哇！

（唱）　女人泪，女人怨，
女人身负万重山。
男人们，血拼世界霸妻妾，
哪有咱女人的一线天？
若无有，前辈姑太饱受辛酸尘缘断，
自梳女、姑婆屋，何以堂堂立世间？
你偷私情、动邪念、违乡规、悖誓愿，
好端端的怡心堂啊，让你翻了底朝天。
而今做出这等事，
可有脸，面对这一个个灵牌青花坛？

诗　娘　（扑通跪倒）让雷劈了我吧！

[一声惊天霹雳，切光。

[埙声长吟若哭……

[字幕：三个月后。

六

[一束光下，已显虚弱的吴苏妹拂着腿边的诗娘，久久地举头望月。

诗 娘 大家姐……

吴苏妹 哦，你看，那天边的月亮美不美？

诗 娘 美。

吴苏妹 可它，还是个弯弯月牙，经不得风摧云遮，只有……只有等它一天一天、一点一点地自个儿圆了，那才能穿云破雾、辉映天地呀！

诗 娘 大家姐，诗娘明白！

[吴苏妹欣慰地拍拍诗娘，揽于怀中。

[另一束光亮，雅琴踽踽走来。

雅 琴 （唱） 人说秋日美，
我道秋风凉，
冷冷浸肌肤，
直入我胸膛。
小妹居然贞操舍，
痛断我肝肠！
曾恋她，乖巧模样，
却偏遇，六月飞霜。
看她清馨如蕾，
怎就红杏出墙？

[伴唱：怎就红杏出墙？

吴苏妹 （唱） 小妹呀——

人如舟船舵须稳，
方能扬帆赴远航。
莫恋两岸风光好，
一篙冲出见大江。

[伴唱：一篙冲出见大江！

诗　娘　我，刻在心上了！哦，夜里风凉，回屋歇着吧。（隐去）

雅　琴　（见眼前一幕）难道小妹……真的收心了么？

（唱）　风来，陡掀滔天浪，
风去，波平息声响。
从来风向难料定，
怎敢信，拍岸惊涛变清塘？
出轨越礼当不赦，
却奈何，大家姐逼我话暗藏。
煞费苦心遮丑事，
只为了，保全这清清白白冰冰冷冷怡心堂！

[忽传来嬉闹声，雅琴忙拭泪离去。

[启光。众姐妹喜气洋洋端盛满各色手工艺品的花篮上。

众姐妹　（唱）　送春暖，迎秋凉，
七巧佳节庆吉祥。
摆慕仙，展新样，
百花争艳鸟飞翔。
巧夺天工谁之手？
样样绝艺冠群芳！

（争相比看）

[“嘘——”有人一指，众噤声巴望。

[诗娘冷然挽一篮陶人上，离群索坐，埋头捏制。

姐妹甲　（悄声地）哎哎，咋就跟换了个人似的？

姐妹乙　多像当年的大家姐呀。

众姐妹 像，真像！

姐妹丙 （蹑足走近，一把抓起诗娘篮中的陶娃）好可爱哟！

诗 娘 给我，给我，给我，还给我……（追）

众姐妹 不给，不给，哈哈哈……

[众姐妹哄笑着相互传递。

[雅琴扶吴苏妹上，众肃立，雅琴夺过陶娃欲还诗娘。

吴苏妹 （突兀地）等等！（直盯陶娃抢步过去，抓过）娃娃？娃娃！你……

诗 娘 不！我……我不是……（欲呕，急奔一旁）

众姐妹 （关切地）小妹，怎么了？病了？

雅 琴 （拨开众人，不敢置信地）诗娘，你……是不是……多久没来身上了？

诗 娘 有……三个月了。

雅 琴 （惊呼）她怀孕了呀！

[吴苏妹手中陶娃啪的落地，颓然欲倒。

众姐妹 （忙扶住）大家姐！

诗 娘 不！不会的！我和那个男人真的……真的断了呀！

[吴苏妹一掌打去。

诗 娘 啊——（疯了似地捶打小腹）

[长筒声哀凄如绝……

雅 琴 （忍痛大吼）捆起来！送祠堂……族规处置！

[众姐妹含泪架起诗娘欲走。

吴苏妹 （迸出一字）慢！

雅 琴 （急）大家姐！你怎么还……都瞒不住了呀！

诗 娘 （忽然冷静得吓人）我去，我和这没见过天日的孩子……一起死。

吴苏妹 孩子？他……他命不当绝呀！

诗 娘 （爆发地）大家姐——（踉跄扑回，泪如泉涌）

（唱） 一步错，步步错，

我愧对大家姐。

一步错，步步错，

我死也无话说！
诗娘情知姐疼我，
小妹恋你也舍不得。
恨只恨，种下了千重罪孽，
有心改过难了结。
事已至此悔亦晚——

众位姐姐！二姐！诗娘……诗娘只求你们一件事……（接唱）

代小妹好好侍奉大家姐，
下世我再来报恩德！

（叩头）

众姐妹 小妹！（哭作一团）

吴苏妹 你……读书读糊涂了哇！（掩面摆手）

［众姐妹带诗娘欲下。

雅　琴 （突然跪地）小妹！要不……大家姐要不为了怡心堂，就帮小妹……堕胎吧！

吴苏妹 这……

［众姐妹齐齐跪倒。

吴苏妹 可那……会出人命的啊！会出人命的啊！

众姐妹 大家姐！要不帮小妹堕胎吧！

诗　娘 死在姑婆屋，我愿意！我愿意！我愿意！

［吴苏妹犹疑半晌，痛苦点头。

雅　琴 抬压杠！

［暗转。

［一声声撕心裂肺的惨叫。一束光渐亮，众姐妹将诗娘按倒床上，合力用木杠在其小腹一次次滚压，诗娘几近气绝。

［“住手！”吴苏妹满脸泪水扑进光圈。众姐妹隐去。

吴苏妹 小妹，小妹！……

诗　娘 （大汗淋漓，气喘吁吁）大家姐……我……我这是罪有应得，我……我不怕痛！再来……

吴苏妹　（毅然地）不！你……你走吧！

诗　娘　（愕然）大家姐，

吴苏妹　小妹……诗娘！大家姐有句话还没告诉你，我原指望百年后将这怡心堂……托付与你……可你……走吧，远走高飞吧！

诗　娘　去……去哪？

吴苏妹　下南洋，再也别回来！

诗　娘　不！要么……就让族人把我装猪笼，要么您……您就留下我。

吴苏妹　可你尘缘未了哇！

诗　娘　大家姐……

吴苏妹　（不忍卒看）走！去找你的心上人，一起下南洋！

[诗娘绝望地撑起，摇晃欲走。

吴苏妹　（陡转身）小妹！

诗　娘　大家姐——（跌扑一起）

吴苏妹　小妹，你已不是怡心堂的人，那就……松了发髻吧！（一把为其扯开）

诗　娘　（嚎啕大哭）大家姐……

[吴苏妹猛地将其推出门外。

[訇然一声门响，光急聚于失魂落魄的吴苏妹。

[门外响着诗娘的哭喊："大家姐！大家姐……"

吴苏妹　怡心堂……怡心堂啊！（一头栽倒）

[收光。

[埙声如泣，久久回荡……

七

[喜庆的吹打乐由远及近，迎亲队伍抬花轿起舞。

[一束光投向昏倒路边的诗娘。

［内声：“少爷，前面有人挡路。”吹打乐骤停。

［头戴发辫的新郎家宝现身趋前查看，新娘随上。

新　娘　（见披头散发的诗娘，惊叫）啊？疯子！

诗　娘　（醒转，挣扎起身）我不是疯子，我……

［诗娘与家宝四目相对，惊呆。

二　人　（异口同声）怎么是你！

［天际间传来当初重逢的热语：“怎么是你？”“怎么会是你？”“我一直四处找你。”“我也在等你，天天等你！可是……”“天意，这是天意呀！”……遽然，一片死寂。

新　娘　你们……认识？

家　宝　哦……

诗　娘　（诧异）你……你戴假辫子了！

家　宝　我……哦，不……你怎么在这儿？

诗　娘　是命，命中定数要我来。

家　宝　好好，来得好。我……我本来……可是……家里非要逼我续香火……

诗　娘　真是个大孝子！

家　宝　（无颜以对，一拽新娘）哦，对，快，叫大姐！

［诗娘转身欲走。

家　宝　诗娘！

［诗娘一晃，立住，哆嗦着掏出带血的香帕，

诗　娘　（少顷，一声痛喊）世上已没有，已没有，诗——娘！（说着奋力撕扯香帕）

［随着撕锦裂帛的巨响，黑暗的天幕霍然开裂。光聚，家宝、新娘及众人隐去。

［伴唱：啊！……

诗　娘　撕碎了——

诗　娘　（接唱）　带血带泪的那点指望，

　　　　　　　　扯断了哇——

诗　娘　（接唱）　恋过痛过的那缕柔肠。

[幕后伴唱：茫茫大地身何往？

人已半死，心已沧桑！

诗　娘（唱）　神悠悠，魂荡荡，

空壳一具迷茫茫，

无辩、无识、无辩无识随风走，

无生、无死、无生无死飘四方，

身遂落英翻飞去

（蓦见怡心堂大门矗立眼前）

[幕后伴唱：

猛抬头——

鬼使神差竟又重回怡心堂！

[大门无声开启。

雅　琴　大家姐……

众姐妹　大家姐……

诗　娘（顿感不详）大家姐？大家姐！……（疾惶惶奔入，悚然立足）

[另一束光亮。百岁屋昏黄的油灯下，众姐妹盘坐在气息恹恹的吴苏妹病榻前和泪诵经。

吴苏妹（突然睁开眼）小妹？

诗　娘（狂奔过去）大家姐！……你怎么了？

吴苏妹（微弱地）你……你怎么……

诗　娘　他……成家了，他又成家了呀！

吴苏妹　苦命的孩子！（相拥而泣）

（唱）　我……灯油将尽，

上天收我身。

你……青春年少，

莫辜负，美景良辰。

为了腹中宝宝，

做一回……做一回真的女人！（晕）

诗　娘　我……还是个女人么？

（唱）　少小时，也曾有玫瑰梦想，
读书后，也曾有几分担当。
从不信，女子生来命低贱，
孰料想，到头来活了死、死了活，遍体鳞伤！

众姐妹　诗娘！

诗　娘　（唱）　我也曾慷慨忧国是，
血溅处，皇上依旧辫子长。
我也曾自梳铭心志，
天作孽，偏又爱恨两茫茫。
大梦一场又一场，
百般挣扎付黄粱。
难道说天地不容小女子，
只许那代代灵牌不作声，青瓷花坛祭神堂？

［幕后伴唱：走不出的麻石巷，
迈不过的青砖墙！

吴苏妹　众位姐妹……

雅　琴
诗　娘　大家姐！

众姐妹　大家姐！大家姐……

［少顷，吴苏妹颤颤伸出两指。

吴苏妹　雅琴！

雅　琴　我在！（紧盯其蠕动双唇）你是说……你也买了门口？

众姐妹　（惊）什么？大家姐……买门口？

吴苏妹　（气息奄奄，断断续续地）二妹、雅琴！众姐妹……原谅大姐，我……我也是没有办法……我也不想死后做个孤魂野鬼，我……

诗　娘
雅　琴　（哭着）大家姐，我们明白！

众姐妹 （违心的安抚）是啊！我们明白！

吴苏妹 （泪流满面地摇头）不！你们不明白！就是我……我也不明白啊！（拼尽最后一丝力气）那死鬼……姓梁，我叫……梁吴苏妹！（头一歪，断气）

众姐妹 大家姐——

[光暗。

[幕后伴唱：冷雨潇潇幽巷深，

韶光掩重门。

不堪女子命如纸，

上苍捉弄人，偏是女儿身。

活着苦吃尽，

死后作孤魂。

一块门板半张席，

归去掉落海，无意恋红尘……

[幕后伴唱声中又显幽深的雨巷，鬓插红黄双色花的自梳女肃穆地抬草席掩身的吴苏妹向河岸边走去……

[诗娘回望来路归途，一片茫然……

[忽有人高喊："革命军来喽——"顿时，天地间"革命军来喽——"的声音纷纷攘攘。

诗　娘 （歇斯底里地）大家姐呀！

[大地似乎被惊吓似地突然反常寂静。

[少时，凄绝的长筒声幽幽渺渺……

[长筒声中渐显怡心堂重重木门，滞重的吱呀声中一扇扇依次闭合。一张泛黄的自梳女昔日合影赫然出现在天地间……

[画外音：据清末邬庆时调查：仅番禺南村，1903年，几千女子中婚嫁者不过数人；1909年则无一出嫁，尽数"梳起"……

[埙声依旧，怡心堂沉重的大门缓缓闭合。

[光渐收。

[全剧终。

李坚真

编剧：徐 青 刘海燕

人 物 表

李坚真　　丰顺第四区农民协会暨农军常备队（乡村政权机关）委员，后加入中国共产党（青衣）

朱大牛　　朱家大儿子，李坚真的“童养夫”（乌须老生）

黄好娘　　李坚真养母、婆婆（老旦）

吴狗四　　铜鼓嶂山区，一个具有土匪性质的松散组织的头目（净行）

朱二牛　　朱家二儿子（丑）

李凤珍　　李坚真的妹妹（花旦）

许专员　　国民政府派往汕头潮梅警备司令部的“清党”专员（小生）

大叔公　　蕉头窝村朱氏家族族长（白须老生）

王委员　　中共潮梅特委丰顺部委委员，后为大田区革命委员会委员

吴麻子　　吴四狗的无血缘弟兄

童养媳　　青春少女，十名，同时为歌队主体。均为本剧年代情境造型

歌队领唱　　乌净、老旦、老生、青衣各一名，均为脱离本剧年代情境的传统古装化造型

男女村民　　蕉头窝村的乡绅、老爹、壮汉、大婶、老奶、媳妇、菜农等，同时充任歌队

亦民亦匪　　铜鼓嶂山上有土匪性质的组织成员，事实上的当地穷苦农民

红军官兵　　活动于闽西、粤东根据地的红军，非中央红军

序 幕

[1927年前后（民国十六年前后）。

[粤东客家山区。广东丰顺、梅县一带。

[傍晚。粤东山区龙溪河畔，山峦如群象静卧，江流似泪光闪闪，树木阴翳。

[远方：狼烟在山间飞舞，几座茅屋似在燃烧，山脚下散落着破败的农舍，有些被烧过的残垣断壁颇为显眼。

[近前：蕉头窝村村口。墙上刷写的标语偶有残存：东江革命民众团结起来。

[一座老式客家堂屋和它前面的坝子。村里的男女老少凝然而立。上。他们望着远方的烟尘和火光，充满了焦虑和恐慌。

[歌队拨开缭绕烟雾缓慢而隆重的走来。上。

[音乐随之涌入，夹杂着踌躇、不安和焦虑，又渐显凄婉哀愁。

歌 队 （女声哼鸣） 啊……啊……

（红净领唱）

天骤变 山色动，

（合唱） 大地沉沉卷怒风。

（红净领唱）

狼烟起 江翻涌，

（合唱） 屠刀晃晃血雨腥。

狂犬吠吠人惶恐，

送葬铜锣阵阵鸣。

啊……啊……

大 哥 （唱） 官府清党杀戮重，

追剿农会戾气凶。

大 嫂 （唱） 二五减租成泡影，

家无余粮米缸空。

大 伯 （唱） 抗捐减税逃重赋，

清册倒算戳窟窿。

大　婶（唱）　红去白来各自危，

拜求神明显神通。

大叔公（白）哼！苍天有眼！报应啊……报应！

（唱）　都是佃农乱折腾，

搅得山村不太平。

朱二牛（唱）　朱家有女闹农会，

我与爹娘心不宁。

黄好娘（唱）　他爸出门寻儿去，

女儿未归我魂惊。

众　人（唱）　农会委员李坚真，

蕉头窝村福祸星。

大难临头她可知？

此刻置身在刀丛。

（红净领唱）

此刻置身在刀丛。

[歌队、众乡亲四处寻望。渐隐。

[一侧。残墙篱笆边，王委员和身背包袱的交通员与李坚真见面。

王委员　坚真同志，丰顺部委迅速撤离，转入地下，你跟我们一起行动。

李坚真　一起走？

王委员　对，还记得那个吴狗四吗？

李坚真　记得，我去过他家，做过他老婆的工作……

王委员　你掌握吴狗四的线索，又熟悉鼓动工作，一起行动，就是要发挥你的作用。

李坚真　我的作用？那……王委员，这一走……要多长时间？

王委员　要做好长期游击斗争的准备，针对清党，我们还要发展农军，准备暴动！

李坚真　……是这样，王委员，能不能给我两个时辰，回家把那件事情处理好……

王委员　哦……，也好，速去速回，注意安全，（掐算时间）嗯……二更以前，我们会在马图村联络点等你。（对交通员）我们先走！出发！

[锣鼓骤起。武场：王委员、交通员、李坚真飞身而去。音乐紧随，急促豪迈。

歌　队　（老生领唱）呼啦啦狂风狂卷，
血淋淋冷刀冷寒。
（大合唱）　江山板荡担道义，
慷慨赴难几人还？！

第一场

[夜。破旧的朱家内外。屋外墙边靠着木柴、水缸和农具。

[屋内一灯如豆。墙上挂着斗笠和蓑衣，梁上吊着竹篮和灯草，残旧八仙桌上摆放着一只香炉，一台木质织布机静默在墙边。

[李凤珍掌灯，她和黄好娘、朱二牛围着展开一纸悔过书的大叔公。

[音乐掺合着紧张和滑稽渐入。大叔公摇头晃脑地在诵读着……

大叔公　（读罢，将悔过书递给黄好娘）听清楚了吗？这就是悔过书……

黄好娘　（感激地）听清楚了，听清楚了，这事儿幸亏请大叔公出面，才能救坚真一命……

大叔公　坚真她娘……我与保警队张队长有些交情，他看在我这张老脸面上，答应放过李坚真，还要让我在这上面画押担保呢。

黄好娘　哎呦，菩萨保佑您啊大叔公，这么说，这张纸交上去，坚真就没事啦？

大叔公　哪有这样办事情啊？李坚真还得在这悔过书上面按个戳。

黄好娘　按个戳？

李凤珍　就是按个手印……

大叔公　对头，（对黄好娘）她是？

黄好娘　哦……，她是坚真的娘家妹妹，也是为坚真的事来的，都着急啊。

大叔公　（若有所虑地）嗯，有心，有心……

李凤珍　大叔公，这个戳……我姐恐怕不会按，您老人家……能不能想个别的办法？

大叔公　什么？别的办法？哪里有什么别的办法？这可是唯一的办法，上上之办法。

黄好娘 凤珍，这是救命符啊，坚真怎么能不按哪？

李凤珍 姨婆、大叔公，您二老都别着急啊，我姐的拗劲儿你们是知道的，她那么积极地参加农会，你说她能悔过吗？

大叔公 就是要她悔过自新啊，她不按也得按。

（唱） 坚真沾红当自首，
免得乡邻惹杀头。
我卖老脸将她保，
绸缪牖户性命留。

李凤珍 （背唱） 大叔公瞪眼出言言有谬，
悔过书别有用心心更揪。

（白）叔公啊——

（唱） 让她悔罪谈何易？
除非韩江水倒流！

黄好娘 （唱） 是顺流是倒流是红是白是生是死？
为娘我六神无主心乱如麻百般愁。

李凤珍 姨婆，那您看这样行不行，我带她到东叶畲村娘家躲一躲？

大叔公 阿妹，你可知道，躲得过初一，躲不过十五。

朱二牛 躲什么躲？哪都不用去，我来保护她，看谁敢动她。

大叔公 二牛，你也别说大话，不按手印谁也保护不了她。

黄好娘 （焦急地）大叔公，要是坚真真的不按手印，那可怎么办啊？

朱二牛 （埋怨地）娘，都怪你没管住她，她心太野，干什么农会啊？！

大叔公 本来嘛，一个还不知道屎臭尿臊、山旮旯里的童养媳，闹腾个屁呀，一句话，这都是共产党农会惹的祸，做得孽！

李凤珍 说话要凭良心，农会这两年为穷人做了太多的好事，哪个穷人不拥护啊？

大叔公 可我们遭殃了！李坚真悔过了，这个祸源才能清了，免得日后喊打喊杀分我的田地。

女村民 李坚真！

男村民 大叔公！

李凤珍 听见了吗？姨婆，这就是他非要我姐按手印的原因。

大叔公 你说对啦，为了蕉头窝村从此太平，她按了手印，悔过书就要公开登报，以儆效尤。

李凤珍 （大惊）公开登报？！原来你们都打算好了……不行！今天我要把我姐带走，我去找她。（奔向门口）

黄好娘 （上前阻拦）不行啊，凤珍，坚真不按，她自己也没活路啦。

大叔公 （断喝）站住！你们走了，蕉头窝村男女老少，朱氏家族上上下下，就大祸临头了！

[众人据理力争，争得手舞足蹈。李坚真从门外匆匆赶来。上。

李坚真 （唱） 一纸休书胸前贴，

疾步如风意已决。

孤雁欲飞离巢穴，

当免朱家遭难劫。

童养媳的枷锁要挣断，

自由神的花朵要采撷。

[李坚真推门而入，众人一惊。李坚真环视老屋，百感交集。

李坚真 你们……都在这？娘，我们到里面吧……我有话跟你说……

黄好娘 有话就在这儿说！（扑通一声跪在李坚真面前）

（接唱） 跪尘埃娘求你应允一事，

答应我方能把灾祸免绝。

李坚真 （大惊）娘！您这是干什么呀？出什么事了？您快起来。

黄好娘 先说好，你先答应我……对啦，你先答应我们要你办的事，不然，我就不起来！

李坚真 娘，您这是干什么？您要我办的是个什么事？

黄好娘 人命关天的大事！你要不答应，我就这么跪着……跪着求你……（磕头）

李坚真 （不堪目睹）娘，到底出了什么事？您快起来，女儿实在看不得您这样。

（唱） 看娘大跪我心慌，

黄好娘 （唱）　求你不要再推搪，

大叔公 （唱）　叫坚真，全村都把你指望，

李凤珍 （唱）　叫叔公，火上浇油两俱伤，

朱二牛 （唱）　都别叫，娘跪儿媳乱烧香。

黄好娘 坚真，这么多年娘从来没求过你，可娘今天求你的这件事，你可千万要答应呀……

李坚真 （少顷）好……娘，只要是我能做到的，我都依您，您先起来吧。

[黄好娘在李坚真搀扶下迟疑地站起，大叔公将悔过书递给黄好娘。

黄好娘 （递给李坚真）你看看这个吧。

李坚真 （念）悔过书……

乌　净 滋有蕉头窝村民女李坚真，因受共匪蛊惑，误入农会，宣传赤色，加害乡绅。今作保悔过，以图洗心革面，誓与共匪一刀两断！请求政府赦免一切罪孽。悔过人，李坚真，担保人，朱旺财，民国十五年四月十六日。

黄好娘 坚真，你刚才可是答应过娘的，按个手印吧，按了就没事了。

[大叔公从怀里掏出印泥盒，举在李坚真面前，李坚真看了一眼。

李坚真 大叔公真是想得周到啊，手印我会按的……

黄好娘 （惊喜）好……好……大叔公你看，坚真是明事理的啊……（喜极而泣）

李坚真 娘啊……您可记得，我十四岁那年的一桩往事吗？

（唱）　那年大旱冬月寒，

咬姜啜醋度时艰。

邻村财主乘人难，

欲买儿身把房填。

您紧紧抱儿不放手，

您捧起儿的悴容颜。

娘发誓，不卖我，我不卖，宁可饿死去讨饭，

娘的衣，爹的衫，裹起女儿走青山。

娘的怀抱好温暖，

爹的肩膀能擎天。

那当儿，坚真也把双膝跪，
愿随娘，生死相依到天边。
娘啊娘，时光好似倒流转，
悔过书白纸黑字晃眼前。
恰好似又将女儿灵魂卖，
强按牛头喝溪水为保性命舔刀尖。

（白）娘，您真舍得把我又卖了吗？

黄好娘　你……你说的，娘懂……（犹豫地转对大叔公）大叔公，要是不按手印……

大叔公　（威胁地）那就等着官府来抓人吧，谁也逃不了干系。

李坚真　大叔公，娘，让家人不受牵连，让蕉头窝村不受牵连，我已经想好了办法……

众　人　什么办法？

［李坚真从怀里掏出一张写满字的信笺。

李坚真　这是我写的自诉书，解除我和朱大牛童养媳的婚约，大叔公，您在场，做个见证，手印我先按上。

［李坚真手沾印泥，按下手印。众人震惊，一时反应不过来。

李坚真　（按罢手印）从此我不再是朱家媳妇了，永远离开蕉头窝，再也不会连累大家了，娘，大牛不在，您在这上面也按个手印吧。

大叔公　反了，反了！成何体统？揆古察今，这世上历来只有男休女，哪有女休男啊？

朱二牛　乱了，乱了！姐呀姐，你肚子里的花花肠子真不少。

黄好娘　不行，不行！公鸡不能下蛋，母鸡不能打鸣，坚真啊，做女人要守规矩。

李坚真　娘，大牛都失踪一年多了，生不见人，死不见尸，前天晚上我就和阿爸说了这事，阿爸才急着去黄金圩找大牛，阿爸说，如果这次再找不回大牛，就放我走。现如今，到处在抓人，只有解除和大牛的婚约，不做朱家的人，才能救大家。

黄好娘　不……不，话不是这么说的啊，你生是朱家的人，死是朱家的鬼！别忘了，你是朱家拿了八吊钱买来的媳妇。

李坚真 八吊钱！（触动心弦）……八吊钱……娘，八吊钱，能买我一辈子吗？

[音乐缓缓而来，悲切愤懑。歌队走来。

李坚真 （唱） 坚真出生八个月，

当年就卖八吊钱。

如今去买两板臭豆腐，

娘您还要垫上两吊钱。

世间多少童养女，

身卑命贱遭人嫌。

歌　队 （合唱） 耕田当做牛使唤，

李坚真 （唱） 割蕗挑柴换油盐。

歌　队 （合唱） 常遇夫家气不顺

李坚真 （唱） 拳打脚踢在庭前。

歌　队 （合唱） 磕破一只青花碗，

关进柴房饿三餐。

李坚真 （唱） 族规条条似枷锁，

（合唱辅助）心血泪水已熬干。

[音乐渐隐，歌队隐去。

黄好娘 天地良心，朱家可从来没亏待过你。娘也是童养媳，这大半辈子不也熬过来了吗？

李坚真 娘，你真是这么想的吗？您可记得，去年五月，农运领袖澎湃到丰顺，农会安排他住在我们家，您拿出舍不得吃的小米，给他做了番薯饭，还借了两个鸡蛋给他做了荷包蛋。澎湃说……

童养媳 妇女要争取解放，要争取男女平等，妇女也和男子一样。

李坚真 当时您说……

黄好娘 我们女人再不当童养媳该多好啊！

李坚真 娘，难道这些您都忘了吗？

黄好娘 这……

大叔公 谁说也没用！李坚真，你不要再做……赤色宣传，老祖宗的规矩不能丢。

李凤珍 一年多了，大牛也找不回来，你让我姐怎么办？

朱二牛 可……可我朱家的人还没死绝。

大叔公 对，大牛没在还有二牛，你还得是朱家的媳妇！这，也是祖宗定下的规矩。

朱二牛 哈哈——

（唱） 有趣有趣真有趣，
好事与我又沾边。
大叔公胡须乱抖讲瞎话，
我阿妈苦苦念叨八吊钱。
祖宗规矩真不赖，
蔗头蔗尾一样甜。
老大没了老二上，
肥水不流外人田！

李凤珍 这是什么破规矩呀？

李坚真 娘，我和大牛二牛只有兄妹之情，毫无男女之意，和大牛也从没亲近过，解除婚约我问心无愧，娘，只能这么办了……恕女儿不孝，必须我得走了……

[李坚真上前将信笺递给黄好娘。大叔公抢过信笺撕毁。

大叔公 （气急败坏地）不许走！破坏族规，进猪笼！沉塘！（对门外）来人呐，快来人啊！

朱二牛 沉塘？又要出人命了！姐，快跑啊！

[吴麻子带着几个佃农打扮的人疾步而来，上，他们持枪破门而入。

吴麻子 跑？往哪里跑？（使眼色）看看哪一个没裹小脚。

一土匪 （掀开李坚真裤管）这个脚大，就是她！

[外来人上前捆绑李坚真。众人焦急上前阻拦。

黄好娘 （焦急地）你们是什么人？别捆人啊，你们干什么啊？

大叔公 （意外地）哎……哎，请教诸位是哪路英雄？大水冲了龙王庙吧？

吴麻子 去你的，（挥手示意）带走！

[众人拖拽押着李坚真匆匆出屋。下。一人持枪挡住欲冲出屋的家人。

众　人 坚真——

李凤珍 （顿悟）大叔公，这是怎么回事？原来你都安排好了，你……你太缺德了！

大叔公 我，我……我也不知道他们是哪路神仙哪！（捶胸顿足）

[一道闪电划破夜空，一声雷鸣滚过。音乐袭来，歌队蜂拥而至。上。

歌　队 （合唱）　是谁？是谁？是谁？

（老旦领唱）坚真被抓滚炸雷！

（合唱）　去哪？去哪？去哪？

（老旦领唱）山野无言何处追。

（合唱）　不知是官还是匪？

王委员还在等她回……

[暗转。

第二场

[铜鼓嶂山里。夜，日出之前，雾气迷蒙。深潭沉寂。

[山脚下有一处水面宽阔的大水潭，岸边一只带篷的小木船，桅杆上挂着一盏马灯。

大潭周围散落着座座民房，房内微光点点。

[大潭边登船处，有个简易的歇脚亭，亭里有石桌石凳。吴狗四独坐一隅。上。

[一个黑衣人影，身手矫健的翻越而来，吴狗四迎上前去。

黑衣人 四哥，得手了，人给绑来了，没遇到麻烦……

吴狗四 嗯，天快亮了，你赶快去县城，看看那个贵客到了没有？

[黑衣人应声而去，下。吴狗四躲入黑暗之中，下。

[三四个农民挑着青菜、番薯，背着包袱走来，上。他们在歇脚亭放下担子，等船。

[吴麻子等押着李坚真走来，上。他们给李坚真摘下蒙眼黑布和塞在嘴里的布头。

农民甲 （打着哈欠）都快到谷雨了，这天还亮的这么晚，好黑呀……

李坚真 （听到声音，揉揉眼睛）……这是哪？

吴麻子 （有气无力地）山里……（打哈欠），这一路，腿都快拧断了……

李坚真 你……你们是什么人？抓我干什么？

吴麻子 有好事儿啊……先给你道喜了。（向远处高喊）船来——

［已在注意他们的农民被喊声吸引，借着马灯光亮，盯着衣衫不整的李坚真。

农民甲 咦，你们看出来没有？这个人好面熟，好像是……

农民乙 好像是那个唱山歌，闹减租的李坚真？

农民丙 福叔，错不了，还真是农会的李委员！她可是个好人哪，怎么被……

李坚真 （抢白）阿叔，这儿是哪？他们是谁？

农民甲 铜鼓嶂……

吴麻子 （断喝）福老头，送你的菜，你们管那么多闲事干嘛，去去去……滚到北边去等船！

［农民甲和李坚真似有某种交流，众农民摇着头叹息离去。下。

李坚真 我知道，国民党来了，你们也下山了……

吴麻子 没错，土匪！

李坚真 假土匪！

［神不知鬼不觉，吴狗四突然现身。上。

吴狗四 哈！土匪分什么真假，老子马上就是正规军。

李坚真 正规军？你们想干什么？国民党正规军正在清党，在烧杀，在抓人。

吴狗四 不……不，别误会，李委员，你们的队伍不也是正规军嘛？

吴麻子 这是我们的头儿——四哥。

李坚真 听说过，吴狗四！这些年，你一直怕我们、躲我们，藏在山上不露面。

吴狗四 ……今天这不是把你请来了嘛，来来来，咱们到了山上再说，请上船。

［李坚真和吴狗四上船。音乐轻柔而至，小船悠悠离岸。歌队走来。

吴狗四 （唱） 山色朦胧雾棹船，

竹篙撑破水底天。

我糟糠之妻本贤惠，

何曾料命薄无福死伤寒。

（韵白） 家中无妻主中匮，

度日无人问冷暖。

（唱） 你是红梅花娇艳，

我闻香而动把花攀。

狗四我，

文墨不通鲁莽汉，

但也是有情有义好儿男。

（韵白） 狗四我，

家无良田千百亩，

但也有兄弟一帮枪几杆。

（唱） 铜鼓嶂有山有水好地界，

算得上乱世之中小桃源。

你和我若是结成百年好，

可算是今生今世好姻缘。

[李坚真扭头不理，陷入思索。一轮弯月划出雾霭渐而显现。王委员出现在远方。

歌　队（韵白） 潭映晓月回眸看，

破雾清辉洒山川。

同志身影心头现，

李坚真欲辨水道入险滩。

李坚真（背唱） 吴狗四巧舌如簧左右唤，

土匪头真真假假将我缠。

他上门抓我早有盘算，

不是劫色谋财那么简单。

我还须潭底捞针往下探，

找时机蟠龙出水板桥穿。

[暗转。二人下船，李坚真、吴狗四和几个土匪进入山神庙。

[山神庙内。几尊神龛，阴森可怖，两三布帐，盘绕倒悬。

吴狗四 李委员，刚才我说的，你意下如何啊？

李坚真 我不知你说的是笑话还是梦话？

吴狗四 哈……哈，什么意思？

李坚真 （从容地）你老婆得过伤寒不假，吃过镇上老中医黄先生的几服中药，她可没死呀，还在你家中……耕田种地带孩子。

吴狗四 （大惊失色、环顾左右）什么？你……你怎么知道的？笑话。

李坚真 （进逼）上月初二晚上，你还偷偷下山探过她，带了半臂野猪肉，给她补身子……

吴狗四 （更加恐慌）胡说……胡说八道！你完全是胡说八道！

李坚真 当天晚上，你老婆苦口婆心劝你下山，叫你带着你的兄弟和那几杆破枪，去投靠农军。

吴狗四 啊——？你……（对众人）你们别听她胡说，她这是在陷害我！

李坚真 （彻底揭穿）你恼羞成怒，用大烟杆把她打得遍体鳞伤，好狠哪！她的左额头被戳了个洞，至今还留下铜钱大的一块伤疤！

吴狗四 （几近崩溃）这……这，（背白）我怎么没想到，到我家动员的就是她！我……我他妈笨哪，没想到这一劫，（对众人）这个女人说的都是疯话！

（扑灯蛾）狗四从来粗中细，老婆孩子藏深山，

地点隐秘无人晓，怎和农会沾上边。

李坚真 （扑灯蛾）丰顺百里耕田远，穷人喜得一片天，

你的老婆李娥月，减租降税也心欢。

吴狗四 （扑灯蛾）栽赃陷害弥天谎，你把共产来宣传，

可知云山色已变，沾红通共全玩儿完。

李坚真 （扑灯蛾）贪生怕死窝囊汉，路见不平你何来胆？

朗朗乾坤四季转，堂堂男儿你怕牵连。

吴狗四 好……好，李委员，我认头，我要识实务啊，4月15日晚10时，汕头潮梅警备司令部发布戒严清党令，从那时起，我就坚决拥护政府！

李坚真 这么说，你要嫁给新主子，做老婆了？

吴狗四 哎！别说得那么下作，李委员，你是共党的农会委员，我有一帮兄弟几杆枪，这都是本钱，他们需要我，更需要你，我们可以改弦换辙，一起投靠国军，你看……如何呀？

李坚真 你要把我献给国民党？

[黑衣人匆匆赶来，上。

黑衣人 四哥，贵客已经到老街客店。

吴狗四 哦！这么快？马上走！（欲走又回）李委员，你在这儿，好好想想吧。

[吴狗四与黑衣人等离去。下。吴麻子把门锁上。下。木门关上的声音传来。

[低沉的音乐声响起。歌队缓缓走来，上。

[李坚真一时迷茫，环顾庙内耸立的神龛，心情越发沉重，甚至有些焦躁不安。

李坚真 （唱） 雾霭沉沉冷月悬，
死寂无声透心寒。
身陷囹圄心焦虑，
事有突发起波澜。
吴狗四投靠白匪显迹象，
我无法联系组织来阻拦。

青　衣 （唱） 怎么办哪怎么办？
李坚真冥思苦想似熬煎……

[李坚真无助地跌坐在地上。朱大牛从一尊神龛后面探头探脑走出来。上。

李坚真 谁……？

朱大牛 我……是我，我是大牛……

李坚真 大牛？

朱大牛 真是……坚真你啊……

李坚真 你怎么在这？

朱大牛 （哭泣） 坚真啊……
（唱） 山神庙见坚真倍感神伤，
霎时间喉哽噎眼泪汪汪。

一年前，黄金圩上做买卖，
三日一圩卖炭忙。
挣得小钱往家赶，
未料想土匪打劫欺善良。
见我能写又会算，
绑来匪窝做账房。
几经逃跑被抓回，
棍打鞭抽满身伤。
扬言再逃取我命，
还抓家人入牢房。
在这里，我日日心惊又胆颤。
在这里，我夜夜想家想你又想娘。

李坚真 你真是受罪了，大牛，刚才……哦，你是从哪里进来的？

朱大牛 刚才你们的话我都听到了，我就在暗道里……

李坚真 暗道？

朱大牛 前几天我发现一条暗道，是土匪留的后路。入口就在这神龛底下，通往后山，坚真，这真是老天可怜我们啊，咱们赶紧从这里逃走。

李坚真 逃走？（思索）能走吗？

朱大牛 能！跟我来。

李坚真 （自语）不！我不能走，不能走！

朱大牛 坚真，赶紧走，再迟就走不了了！

李坚真 大牛，你先回去，回家报个平安，然后赶紧去找阿妹风珍，让她去找镇上的王铁匠，告诉组织这里的情况。

朱大牛 现在保命要紧，还找什么组织呀？

李坚真 阿牛！

（唱） 劝阿牛，眼前生路不能放，
盼儿归，望断天涯有爹娘。
快回去，护佑亲人躲风浪，

天晴后，再计家业久远长。

雨敲窗，为娘盖上粗衣被，

天破晓，帮爹梳理稻花黄。

朱大牛 （唱） 一席话，情深意切你不言已，

难道是，要坐等恶狼把命伤？

李坚真 （唱） 我的安危无要紧，

谅他不敢太张狂。

朱大牛 （唱） 怕只怕，你的组织你不忘，

先棒打一对好鸳鸯。

李坚真 你……你这是什么话啊，阿牛！

（唱） 一人事，生死安危自担待，

那婚约，那婚约，那婚约还要再商量。

朱大牛 什么？你为我好……我懂，扯上婚约干什么啊？真是急死人哪！求求你，走吧，天一亮，吴狗四回来，就太危险了，你要真有个三长两短，我怎么办？娘怎么办？家里人怎么办？

李坚真 大牛，我就是想告诉你，我已经……（欲言又止）唉，你才急死人，我已经是农会委员，我要做我应该做的事！

朱大牛 （极其无奈）天啊，还做什么事呀……我真不明白，你不走还要干什么？

李坚真 ……我要看看这个贵客到底是谁。

朱大牛 好，棒打鸳鸯打不散！你是我媳妇，没什么好商量的，你不走，我也不走了！

[音乐渐入。歌队缓缓而来。上。阿牛一屁股坐在地上，李坚真百般无奈。

歌　队 （青衣领唱）

不该相遇偏相遇，

如梦却难入梦乡。

（合唱） 一个怕丢风月暖，

一个不惧夜茫茫。

（青衣领唱）人间多少崎岖路，

（韵白）总要有人——

（合唱） 闯沧桑！

[暗转。

第三场

[日。第二天，山色郁郁葱葱，潭水波光粼粼。点点茅棚，炊烟渺渺。

[山神庙外。石桌石凳、捆绑的木柴、装满菜的竹篮、磨豆腐的石磨、散落各个角落，有一股生活气息在弥漫。几条枪堆放在一起。

[吴麻子和三五土匪各司其职。挑水、推磨、捡菜、放哨，各司其职。

[朱二牛扶着黄好娘，朱大牛跪在黄好娘面前。

朱二牛 哥，村里人都以为你死了，没想到你……你上山当了土匪！

朱大牛 我……，哪有那个胆子啊，在这儿的人也不一定都是土匪啊……

黄好娘 儿啊，家里都乱了套了，你阿爸为了打听你的消息把腿都跑断了。

朱大牛 阿妈，家里的事坚真都告诉我了，我对不起你，对不起阿爸……

朱二牛 阿哥，有个事你肯定不知道。

朱大牛 什么事？

朱二牛 坚真姐要跟你解除婚约！

朱大牛 （吃惊地）我说呢，怪不得她说要商量……娘，真有此事？

[山神庙内传来李坚真呼喊开门的声音。越来越急促。

黄好娘 别听他胡说！

李坚真 开门，快开门，把门给我打开……

黄好娘 这是坚真在叫吧！（对二牛）二牛，咱们带的钱够吗？今天俩人我都要一起赎回去。

朱二牛 这谁知道呢？娘，妥当一点儿，要不咱们先顾一个吧，赎大哥？

黄好娘 不！

（唱） 手心手背都是肉，

姓朱姓李都要留。

赎回俩人一起走，

丢下谁，都似藤条往娘心上抽。

吴麻子 你们商量好了吗？老人家……（动作示意赎金）这个呢？

黄好娘 在这儿，在这儿。

[二牛从怀里掏出一袋大洋递给黄好娘。黄好娘向吴麻子递上钱袋子。

黄好娘 小哥，求你了，放了我儿子，放了我媳妇，这可是现大洋。

吴麻子 （接过，掂了掂）这分量……这可是俩人啊……头儿不在，我可做不了主了……

黄好娘 那……那……求你先让我见见我儿媳吧……

吴麻子 唉，这么大岁数跑上山，也怪是可怜，这点儿钱，你们见个面还是够的。把门打开……

[吴麻子悻悻离去。两三土匪随往。下。李坚真从内走出。上。

黄好娘 坚真——

朱二牛 姐——

李坚真 娘，二牛，你们怎么知道我在这里？

黄好娘 是个好心肠的菜农，下山告诉我们的……

朱二牛 娘听说了，就来赎你。

李坚真 赎我？你们……唉，你们拿什么来赎我？

黄好娘 你阿爸把家门口八分水田抵押给了大叔公。

李坚真 娘！

（唱） 土匪绑我到深山，

交钱放人想简单。

纵然是身为刀俎难脱囿，

今见娘舐犊深情过深潭。

只可惜爹娘救儿太心切，

卖掉了肥油油的八分保命田。

黄好娘 坚真啊，只要你跟大牛一块儿回家，就是要娘这条老命，娘也舍得！

[吴麻子带李凤珍匆匆而来。上。

李凤珍 （气喘吁吁地）姨婆…… 姨婆…… 不好了，家里出大事了！

李坚真 凤珍，又出什么事儿了？别急，慢慢说。

李凤珍 保警队…… 保警队清党到了蕉头窝，抓人杀人，放火烧屋，二牛他爸……

黄好娘 他…… 他阿爸怎么啦？

众家人 阿爸…… 你快说啊，他怎么啦？

李凤珍 他和几个儿女参加了农军的老爹……，被绑到坝子上，给…… 杀头了！

[家人大惊。余下的几个土匪也有所关注，围拢而来。

黄好娘 （凄厉地）他爸…… （欲晕）

[众人忙扶住黄好娘。

众家人 阿爸……

朱大牛 （跪地悲呛）这是真的吗？凤珍，你…… 你看清楚了吗？

李凤珍 看清楚了，你阿爸的尸首还在坝子上，他们不让收尸……

朱二牛 （发疯似的）阿爸！我可怜的阿爸，我要去…… 我要去…… 我要去找阿爸！（欲跑）

李坚真 （忙拉住二牛）二牛，别这样，千万别这样！

朱二牛 （痛哭）李坚真，都是你…… 整天闹革命，闹来闹去，把家里人的命都闹没了！你…… 你就是我们家的灾星，还我阿爸的命来！

朱大牛 （痛哭）二牛，别…… 这么说，别…… 这么说，别又再把她逼跑了！

黄好娘 （痛哭）坚真啊坚真。你们闹农会，你阿爸看着…… 看着给穷人带来了好处，就由着你去了……，可当初…… 你要是多为爹娘想一点儿，老老实实在家呆着，哪会惹来这样的大祸呀！是你…… 是你害…… 是你害死了你阿爸……

李坚真 （大惊失色，慌忙抢白）娘…… 您别说…… 您别说出来，儿求求你了！（痛哭失声）

[音乐轰然涌入，悲苍愤懑。歌队急速而来。

[大牛、二牛含泪上前，搀扶痛不欲生的黄好娘。众土匪不忍直视，躲过一旁。

[李坚真瘫倒在地，泪流满面，愧疚无言，无所适从。李凤珍上前抚慰姐姐。

歌　队（合唱）　啊……啊……

说不出一句话，

不知道说什么。

（老生领唱）

说什么也不是，

说出来又如何？

（合唱）　心尖儿血汩汩，

双眼儿泪沱沱。

啊……啊……

[李坚真悲痛欲绝，抽泣着挣扎着……

李坚真（唱）　天旋地转心雨骤，

难抑我一腔怨忿泪横流。

悔与恨，恩与仇，

痛在骨，鲠在喉，

只顾得东风里播种花初蕾，

谁料到腥风里肃杀又成秋。

刀向无辜张血口，

枪逼忠良走回头。

我悔啊，没把婚约早早休，

瞻前顾后暂栖留。

我恨啊，没有看清人与兽，

妄想嗜血豺狼稻粱谋。

牵累阿爸啊——

你，你，你啊，孤魂凄凄尸骨未收。

胸间吼，心中抖。

家与党，走与留。

对亡魂我这般犹豫从未有，

看老娘我悔恨交加满愧疚。

黄好娘 （对土匪）她阿爸没了，我就指望这对儿女了，就让我带他们回家吧——

［李坚真泪眼模糊，恍惚地看着众人，她似乎做出了自己的决定。

李坚真 娘啊——

（接唱） 坚真跟你归家走，
愿将此生赎命酬。
容我侍奉您终老，
灶前屋后待日头。
阿爸活计我拾起，
田头地尾耕春秋。

歌　队 （老生韵白）
倏然云翳遮星斗，
一时心潭起涡流，
泪眼遮住圆月秀，
偃旗户牖一念求。

歌　队 （合唱） 难道是你心意转？
难道是你绕指柔？

李凤珍 （意外地）姐……你这是……？

朱大牛 坚真，你真这么想？苍天在上，阿爸可是看着你呢！

朱二牛 姐，你真要这么想就对啦！只有这样才能赎你的罪……哦……过失！

黄好娘 坚真，只要你跟着娘归家，回心转意，娘就原谅你，你阿爸在天之灵也能原谅你，娘这后半辈子就指望你啦！

李凤珍 姐……你真的要回蕉头窝？

黄好娘 （抢白）我求求你啦凤珍，你就别再说什么啦……

李坚真 （木然地）娘……你别急，我听你的。

［李凤珍举起一张明显撕扯下来的布告。吴麻子带着几个土匪闻声而来。上。

李凤珍 姐，你们回到蕉头窝也不会太平，现在山下全乱了，官府到处抓人杀人，你看，这是我在黄金墟上偷偷撕下的一张布告，上面有名字的……今天都被杀了……

[李凤珍掩面而泣。在场的土匪议论纷纷，不时有更多的土匪向这边走来。上。

吴麻子 别乱说！我看看！（抢过布告，念）潘田村王汉新……

土匪甲 王汉新……？那是我姨丈啊……给杀了？

吴麻子 （对众人）闹什么？！（又念）汤西村刘……刘兰芳……

土匪乙 这……这是我堂姐……天哪，我阿爸他知道吗？！

吴麻子 （对土匪乙）你他妈喊什么？（又念）大……大塘背朱良平！

土匪丙 朱大哥？我们村的大好人呐！也给砍啦？

吴麻子 那还有错？（辨字欲念）嗯……

土匪丙 这他妈清的什么党啊，杀的都是善人啊……

土匪丁 清的是共产党！

土匪甲 共产党里有忠良。

土匪丙 是哟！要是早点儿闹减租，咱也不至于穷的给逼上山啊！

土匪丁 你他妈就是贱命，怨谁啊？！

[众土匪互相争执，乱作一团，李坚真警觉的意识到了什么。

李凤珍 乡亲……不……阿哥弟兄们，别吵啦，先把布告念完……

吴麻子 对……对，还剩最后一个，最后一个……

土匪丁 你就快念吧，该杀的也得杀！

吴麻子 （念）听着，建桥村，黄……黄铁标！

土匪丁 什么？建桥村，黄……你看清楚了再念……

吴麻子 （肯定地）白纸黑字，建桥村，黄铁标！

土匪丁 我靠！那是我爹啊！

土匪丙 这么说，你爹也该杀……

土匪丁 放你娘的屁，真他妈杀人不认活祖宗啊，我他妈和他们拼（了）……（转口）可我拼不过啊……（哭天抢地，大闹不止，吴麻子向天打一枪）

吴麻子 他娘的，来者不善啊，比我们这些当土匪的还狠哪，四哥得小心，我去迎他。

[吴麻子寻望着离去，下。土匪们争论不休，这一切李坚真尽收眼底。

[带着思虑一般的音乐缓缓袭来。

李坚真 （背唱） 殁命姓名声声喊，

断头台上血斑斑。
我不能眼看着豺狼无忌惮，
我不能让更多无辜去不还。
我不能置身一旁求自保，
我不能离开组织守家园。

李坚真 娘，生不尽孝死尽忠，您打我吧……您骂我吧……我只能继续往前走，只有这样，阿爸的血才不白流，同乡的血才不白流，我死去同志们的血才不白流！

朱二牛 我就知道，你肯定不死心。

朱大牛 你那牛脾气又上来了。

李凤珍 姐，我虽然不能跟着你去闹革命，可我觉得你现在说的话……才是对的。

黄好娘 老天爷啊，我的命……好苦啊——

［李坚真毅然奔上高坡，登高一呼，气壮河山。

李坚真 （唱） 噢嗨——

歌　队 噢嗨——

李坚真 噢嗨！

众土匪 噢嗨！

李坚真 想唱山歌就开腔，
铜鼓嶂上问苍茫。

歌　队 谁见过泼油能灭火？
谁见过挥刀断水长？

众土匪 （唱） 山外青山回头望，
风送歌声入心房。

李坚真 （唱） 苦瓜藤上命连根，
同是穷苦客家郎。

众土匪 （唱） 逃债被逼当土匪，
立锥无地上山梁。

歌　队 （唱） 四月一场倒春寒，
亲人冤死雪加霜。

众土匪 （唱） 受尽官匪窝囊气，

山林亦有野狐藏。

李坚真 （唱） 我劝兄弟想分厢，

随偓投奔共产党，

打过斧头换过柄，

去为穷人争短长。

众土匪 （唱） 山歌唱来心敞亮，

有冤有屈有刀枪。

李坚真 （唱） 参加农军下山岗，

犁头旗下聚八乡。

众　人 （唱） 冤要伸、莫彷徨，仇要报、向天唱，

赢得个自由之身亮堂堂！

[吴麻子一声枪响。

许专员 （镇静异常地）自由之身……？哈哈哈……

[沉重的音乐拔地而起。充满了胁迫和狰狞。

[李坚真大惊。一批重型武器出现在舞台：小钢炮、重机枪、长枪、子弹箱等。

李坚真 （判断地）……贵客到了？

许专员 （谦卑地）不敢，不过是中央小吏……

李坚真 （疑惑地）干什么……这么多长枪短炮的……？

许专员 （平静地）对付共产党……（突然爆发）要用枪杆子！

[切光。

第四场

[隔日。铜鼓嶂下的禾坪，石块、树墩。远处青山映衬着几间茅舍。

[晾晒的破衣烂衫、被帐、竹席等物随风飘舞，略显凄凉。

[许专员和吴狗四拿着一袋现大洋在商量着，少顷，吴狗四向远处挥手示意。

[朱大牛扶着神情恍惚的黄好娘，被黑衣人带来。上。

[行刑的鞭声不时传来。歌队已经出现。上。

歌　队　（净行领唱）错杀三千一个不放，

打回春色天地凄凉。

（合唱）　毒鞭响处花枯萎，

坚真不屈志刚强。

[一声行刑的鞭声，歌队倒地。

吴狗四　老人家，（掂了掂手中的钱袋）我已派人和大叔公打过招呼了，你退钱他还地，两清！这是你赎人的钱，小心，拿好啰……（将钱袋递上）

黄好娘　（欲接又缩手）那……那我儿媳……

吴狗四　放！跟你们一起回去。

吴狗四　那是一定的，你们一家子一起回家。

黄好娘　（自语地）回家……好……回家……可家里的……顶梁柱没了……没了……（哭泣）

吴狗四　唉，阿叔死得冤哪，老人家，我看，你劝劝你儿媳，就别再牵连家里人了，只要她告诉我们……那个王委员的下落，你们就都没事啦，平平安安下山去。

朱大牛　（似有所悟）对……对，四哥说得对，是该好好劝劝她了，别再招灾惹祸了……

黄好娘　（木然地）好……好……劝劝她……劝劝她……

[许专员向一侧挥手，两土匪架着浑身血迹斑斑、衣衫不整的李坚真走来。上。

吴狗四　你看，她来了——

李坚真　（背唱）　隐隐山中迎考验，

迢迢水旁向毒鞭。

想阿妹，可把敌情送山下？

情相牵，最是担心王委员。

青春当把坚贞守，

心如磐石寸寸丹。

黄好娘 坚真——

朱大牛 坚真……

[黄好娘和朱大牛欲扑向李坚真，几个土匪拦住。许专员见状上前。

许专员 哎呦，啧……啧，这，这下手也太重了，太重了。

黄好娘 （指向许专员）他是谁？

吴狗四 政府派来的清党专员啊。

黄好娘 （大惊）清党……清党……？

许专员 李委员，请理解……！政府要清党，我也得交差，咱们各事其主，又都想要恪尽职守，这计较起来，就难免发生一些磕磕碰碰。

李坚真 （羸弱地）你说的真轻巧，你们滥杀无辜，把那些阿爸、阿叔处死在坝子上，还不让收尸，也是磕磕碰碰？

许专员 哦……我言轻了……言轻了，哪有什么无辜。正如贵党所言，这就是阶级斗争啊……是你害死了你阿爸，你就不怕再一次害死你的老娘和家人吗？

李坚真 你说的也是，我正在想我娘，在想我的亲人们，我对不起他们。

许专员 这就好……那你……

[黄好娘突然挣脱土匪，拼命扑了上来。

黄好娘 听到这，我总算是明白了，坚真，不是你对不起我们，是他！（对许专员）你……你这个畜生，都是你，杀死他爸的就是你——

[黄好娘疯了似的连撕带打许专员，土匪上前阻拦，一时场面大乱。

[朱大牛、李坚真喊着冲上，也遭遇阻拦。

[情急之下，吴狗四一脚把黄好娘踹倒，场面被土匪控制。

李坚真 （撕心裂肺地）娘——

朱大牛 娘——

吴狗四 你这老太婆，疯了吗？这可是政府官员！

黄好娘 （浑身颤抖，挣扎着搂抱李坚真）儿啊，娘……娘真是不该呀！

[音乐轰然涌入，充满觉醒的力量。歌队疾步而来。上。

（唱） 娘不该骂你怨你把阿爸害，

见真凶寒光闪过我梦醒来。

儿吞咽委屈不言辩，

娘心如刀绞恨狼豺。

歌　队（老生领唱）如降霹雳镇魍魉，

层层氤氲怒拨开。

李坚真（唱）　我娘给我是大爱，

忍痛忍恨忍悲哀。

眼见亲夫索命去，

几缕青丝一夜白。

歌　队（合唱）她怜惜，含辛茹苦娘老迈，

她方知，纵身风雨儿胸怀。

黄好娘（唱）　坚真啊，你娘尚有儿一对，

生前身后有安排。

大路朝天你往前走，

别让我带着遗恨进棺材。

李坚真（唱）　向天一呼苍山外，

给客家妈妈拜高台。

迁徙百年风和雨，

客家志士如此来！

歌　队　给客家妈妈再一拜，

老　生（韵白）客家志士还复来！

众　人　娘啊！

[停顿！全员震惊。歌队缓缓离去。下。朱大牛慢慢反应过来，如梦初醒。

朱大牛（喃喃地）不……不，长官，你们别听她……别听我娘的，她有一个秘密，我揭发……我揭发！

歌　队　你！

许专员　很好，年轻人，你说吧，我们亏待不了你。

黄好娘（大惊失色）大牛，你要……你要说什么？

朱大牛　她……她……她根本就不是共产党员，我发誓，她根本就没当上共产党，我

说的都是实话，人家还没打算要她呢，她……

许专员　等等！

歌　队　啊？

许专员　你说什么？她……，不是共产党员？

朱大牛　不是，绝对不是，人家怎么会把秘密告诉她，她什么都不知道啊长官。

许专员　（一时有些恍惚，上下打量李坚真）哈哈哈……

歌　队　别笑了。

李坚真　他说得没错，我不是共产党员。

许专员　你？（似有所悟）哦！李委员……这么说，你回心转意了，好，我们可以慢慢谈，脱离了你的组织，咱们就能一起为政府服务。

李坚真　不是共产党员，我只是感到深深地遗憾……

许专员　什么？你在说些什么？共产党都被杀的成鸟兽散了，你不是共产党，居然还感到遗憾？

（唱）　我知道你蔑视遗臭当世，

我知道你崇尚流芳大同。

如果是，你此刻即成刀下鬼，

只可惜，共产党没有你姓名。

你又怎么能够青史留名啊，

怎么能？

李坚真　（百感交集）是啊，就这样死在你的刀下，真是太遗憾了。

（唱）　我遗憾还未走到党旗前，

举起臂膀发誓言。

我遗憾还没走到二十岁，

追随革命仅两年。

我遗憾此去黄泉多惭愧，

那里有共产党员在长眠。

我遗憾党有危难我少贡献，

风雨如晦未能伸铁肩。

我遗憾党遇艰险我空悲叹，
青春儿女未能冲在前。
我遗憾党要跋涉我一旁站，
生命之舟未能逐浪翻。
天黑正是最黑暗，
奋斗正是最艰难，
路途正是最遥远，
我遗憾不是一名共产党员。

吴狗四 李坚真啊，看来你是要死硬到底啦，可惜我那五百块大洋和二十几杆枪就泡汤了，我求你能不能……

许专员 （给吴狗四一记耳光）和你这样的人合作，我都觉得掉价，就知道钱，你看看人家！（转身对李坚真）真是江山板荡识英雄，都说共产党里有人才，我算见识了，兄弟佩服，佩服。

吴狗四 （缓过来地）对啊……许专员，我给你抓了一个好货色啊，我那些……

许专员 政府给你的钱和枪，算是没打水漂，值了！

[吴狗四等将李坚真推向中心，刽子手站立两旁。许专员登高讲话。

[众土匪涌上山岗，其中夹杂着农民装束的李凤珍、朱二牛、王委员等游击队。

许专员 今天，我要拿李坚真祭旗，我要警示被她鼓动过的某些人，跟共产党走，就是死路一条，只有投向政府，投向国家才是阳关大道，她的血，只能为你们的这一义举祭旗！

李坚真 娘——

[一排清脆的枪响，刽子手和许专员中弹倒下。

[武场：锣鼓大作。王委员带着游击队冲进，部分土匪随即倒戈。

[一阵密集的枪声响起……

[武场：游击队与部分土匪格斗，吴狗四仓惶逃下。

[从地上爬起的许专员向李坚真开枪。众游击队还击。一阵乱枪，许专员毙命。

[锣鼓戛然而止。静！李坚真的身体缓缓倒下。

[暗转。

第五场

[两月之后。铜鼓嶂山区。七星岩洞内外。烟雾稀疏。洞外鸟鸣阵阵，树丛摇曳。

[洞内山石起伏，水滴点点，石块上放着一盏油灯，亦有茶筒、竹篮、饭碗之类。

[一小堆柴火上吊着药锅，李凤珍正在熬药。李坚真在打包简单的衣物。

[李凤珍盛上刚熬好的一碗接骨汤，放到嘴边吹了吹，小心翼翼地给李坚真端去。

[歌队走来，上。音乐温柔恬静，一往深情。

歌　队　（青衣领唱）铜鼓嶂山林俞静，

七星岩洞鸟鸣深。

（合唱）　两月养伤居岩岫，

岭外西风又牵魂。

李凤珍　（唱）　你看她挺身欲振脸红润，

你看她磨难锻出精气神。

（白）姐，这也许是最后一回给你熬药了，慢慢喝了吧！

李坚真　是，这两个月多亏你了……（喝药，一饮而尽）

李凤珍　（接唱）　娘家父母焦愁问，

已告二老放宽心。

但求姐，寻芳天涯家勿念，

告慰姐，柴门冷暖有凤珍。

舔一舔伤口再上路，

走出寒冬去迎春。

李坚真　（拥抱李凤珍）凤珍，拜托你了……

李凤珍 姐，王委员他们东躲西藏的，昨天在汤西村找到了交通员，他告诉我这两天王委员要上七星岩，和你商量一件大事儿。

李坚真 （长舒一口气）总算联系上了！真难为你了……

李凤珍 应该的，姐，不耽搁了，我得赶紧回家看看爹娘，你准备着吧……（欲下）

李坚真 （脱口而出）凤珍……

李凤珍 姐，还有什么事？

李坚真 爹娘……哦，你……

李凤珍 （打断地）别说了……姐，总得有人走，有人留，客家人漂泊到此，都是这样的，我能行，你放心吧。

［李凤珍毅然离去，下。李坚真回身埋首，百感交集。

［朱大牛背着包袱进洞，上。他和李凤珍擦肩而过。

［李坚真略有所思，百感交集，她没有看见朱大牛。朱大牛把包袱重重摔在地上。

李坚真 （闻声回身）大牛……？你来了……

朱大牛 （沮丧地跌坐在石块上）唉……

李坚真 大牛，你怎么啦，是不是累着啦？

朱大牛 （怨气十足地）你就别明知故问了，你先看看这个吧。

［朱大牛打开随身带的包袱，拿出里面的一件红色小棉袄。

李坚真 （接过，惊异）这是……？

朱大牛 这……这是当年你卖到朱家时，仅有的一件随身之物……

李坚真 （动情地）啊……，多好看的小棉袄啊……

［充满柔情的音乐缓缓进入。歌队俨然如童养媳的群体，在老旦引领下缓缓走来，上。

李坚真 （思绪万千）十八年了……十八年我还是第一次看到这小棉袄，当年，我在襁褓里才八个月大，还是个吃着奶的小婴儿，我可怜的父母把我卖给朱家。这小棉袄不值得几个小钱，可他们就是我……我这个童养媳的嫁妆啊……（掩面而泣）

朱大牛 （从怀里掏出卖身契）你再看看，我带来的还有这个。

李坚真 （接过）……卖身契……

［歌队她们围住李坚真，老旦拿过卖身契。

老　旦 （念）兹有东叶畲村李沐明次女李坚真，与蕉头窝村朱耀宏长子朱大牛缔结婚约，洽款八吊，交割无异，立据为凭。见证人朱旺财。光绪三十一年十二月初八谨订。

朱大牛 坚真，娘已经同意你和我解除婚约，大叔公也做了见证。这个卖身契你收好吧。

李坚真 （接过，惊讶）娘？她……

朱大牛 坚真呀坚真，从懂事开始，你……你就处处避我躲我，从不跟我亲近，你看看我们隔壁的月光嫲，也是童养媳，不到十六，已经是两个孩子的妈啦！

李坚真 大牛……这些话你就别说了，我的心思你是知道的……

朱大牛 我的心思你也是知道的，我是疼你，爱你，舍不得你呀，我……我哪点比人家差？哪点对你不好？

李坚真 我没有说你不好……

朱大牛 那你干嘛要解除婚约？干嘛对我这么绝情？坚真啊，我今天最后再问你一句……

李坚真 （打断）大牛，你别再问了！我求求你大牛，别再动摇我了……我毕竟也是女人……

朱大牛 可你……可你是个铁石心肠的女人。

李坚真 大牛，我也爱这个家，我也舍不得你们……

朱大牛 （抓住稻草一般）那好……你现在……现在就跟我回家，咱们还是在一起，娘说了，只要你回心转意，就给咱补办个体面的婚礼。

李坚真 不……不，我不要婚礼……不要婚礼。

朱大牛 那你要什么啊……？

李坚真 我……

朱大牛 坚真哪——

（唱）　常叹人生太苦短，

又何必雾里看花过云烟。

娘的苦心殷殷切，
爹的鲜血冷冷寒。
你面对刀丛多遗憾，
却寥念，朱家恩情重如山。
如把婚约姻缘续，
方才是，绿水长流情义还。

李坚真 大牛啊——

（唱） 我俩襁褓婚约定，
全为了，换来番薯饿肚填。
你言之有理诚意满，
却不提，夫妻无爱为哪端。
君心所想非我愿，
一家平安不平安。

朱大牛 （唱） 坚真不要太执拗，
婚约不在命有缘。
老祖宗南迁北徙漂泊地，
依旧是香火不断血脉传。
你看那多少客家童养女，
安了心认了命又有何难？

李坚真 （唱） 要说难有太多难，
童养媳命如猪狗不堪言。
恰似黄连树上挂猪胆，
从头到脚苦无边。
你知道，她们有多少不情愿，
你知道，她们有多少受摧残……

歌　队 （合唱） 我们啊，本也是水灵灵，鲜嫩嫩，心甜甜，脸润润，
却落得，上吊、沉塘、火烧、吞药走阴间。

［一群以男性为主的村民怒目而来，族长、老爹、壮汉、大婶等相继走出。

[从歌队中走出一个哭泣的童养媳。

老　爹　反正也是个赔钱货，把她卖了，换钱买大烟！哎哟……我实在受不了，受不了。

歌　队　（唱）　爹爹抽大烟，
　　黄花闺女卖勾栏……

[一个被打得遍体鳞伤、穿着肚兜的童养媳走出歌队。鞭声阵阵，女人惨叫不已。

大　婶　守不住裤头的贱货，你男人死了，也得给我守一辈子！敢偷汉？给我往死里打！

歌　队　（唱）　多年守活寡，
　　偷情被抓抽了三百鞭……

[一个披头散发的童养媳，抱着布制男人跑出。

壮　汉　都是丈母娘的命！这个死女人，肚子不争气！给我滚！滚！

歌　队　（唱）　九胎不是男，
　　受尽白眼欺辱成疯癫……

[一个逃婚的童养媳，被推搡着踉跄而出。

家　娘　喂不熟的狗，敢跑！我家花了钱把你买来，就得老老实实给我那傻儿子传宗接代！祖祖辈辈的规矩你破不了！

歌　队　（唱）　沉塘童养媳，
　　阎王殿上去喊冤……

大叔公　按老规矩，严惩不贷！把这个贱货塞进猪笼，沉塘！

众村民　沉塘！沉塘！！

[巨石落入水中的声音传来。

歌　队　（唱）　女人苦，苦女人，
　　自叹生来女儿身。
　　宁做牛，宁做马，
　　来生不再做女人！

李坚真　（唱）　声声泣诉声声怨，

子规啼血恨深深……

（白）不，不，不！

（唱） 我来生还要做女人，

做一个追求自由解放的好女人。

生在蓝天下，

长得香喷喷。

聪慧惹人爱，

无忧笑靥深。

我来生还要做女人，

歌　队 （唱） 做女人？做女人？做女人？

李坚真 （唱） 做一个健康向上的好女人。

学堂读诗书，

珍惜好青春。

歌　队 （唱） 自由谈婚嫁，

处世有学问。

李坚真 （唱） 我来生还要做女人，

歌　队 （唱） 做一个自强发奋的好女人。

李坚真 （唱） 仗义天下事，

敬业勤发奋。

扶幼敬亲老，

紫气溢满门。

我来生还要做女人，

做一个堂堂正正的好女人。

知爱更知恨，

知礼更省身。

（李坚真领大合唱）冲破旧枷锁，

脱胎换骨做新人！

[音乐在继续。李坚真拿起手中的卖身契坦然地撕掉。

朱大牛 坚真，好，今天……我算是明白了，我们俩……终究不是能进一家门的人哪！

李坚真 大牛，你我今生无缘做夫妻，那就做个好兄妹吧，妹妹劝你……找个好姑娘，过好你的……小日子。

朱大牛 （无奈地）……阿妹……

李坚真 （释然地）……阿哥。

朱大牛 那……你自己保重吧，我……我走了……

李坚真 （无限深情地）阿哥，照顾好自己，别总往外乡跑了，照顾好……娘，她有心事晚上就爱踢掉被子，记着过去看看，给娘盖上……

朱大牛 （难抑热泪）嗯，我记住了……

[朱大牛掩面而别，依然走向洞口，李坚真追上。

[七星岩洞外，朱大牛走向山下，挥手作别。李坚真亦有不舍之情。

朱大牛 （喃喃地）坚真妹……（突然仰首，对着群山呼喊）李坚真——

（唱） 阿妹食硬佢食软，

阿妹想断佢想联。

阿妹虽然硬过铁，

阿妹心肠暖如绵。

李坚真 （唱） 阿妹想走哥心揪，

阿妹也曾意悠悠。

阿妹此去不回首，

阿妹山歌唱自由。

歌　队 （合唱） 阿妹山歌唱自由！

[朱大牛远去。下。李坚真走回洞内，继续整理包袱。歌队和众村民缓缓下。

[王委员和交通员及两个农民打扮的一男一女进洞，上。

王委员 坚真同志！（上前和李坚真握手）

李坚真 （喜出望外）王委员！你们都好吗？大家都安全吗？

王委员 还好，组织已经撤退到大田区，成立了革命委员会，准备组织暴动。

李坚真 真的？我能做什么？给我什么任务？

王委员 不急，坚真同志，组织上对你成功发动铜鼓嶂土匪下山，参加农军，给予了高度肯定，闽西苏维埃政府主席张鼎丞同志还专门表扬你，是发动群众的能手啊。

李坚真 哦，谢谢……党，这是我应该做的……

王委员 坚真同志，党组织经过研究，批准了你加入中国共产党的申请，刘慧、朱翠英两同志作为你的入党介绍人。

二　人 坚真同志！

李坚真 （激动地）谢谢同志们，自从澎湃同志引导我走上革命道路，我的每一步都是组织领着走过来的。

王委员 坚真同志，目前，党依然处在白色恐怖的围剿之中，朱大牛通过多方渠道传话给我们，希望你能留在家里。考虑到朱大牛的父亲在这次清党中死于非难，组织也理解你们家的处境，所以，是入党继续工作，还是跟大牛回家，由你选择……

李坚真 我刚刚和大牛商量好了，他同意我跟党走……

王委员 好极了，谢谢黄妈妈，谢谢蕉头窝乡亲们，这片大山为我们党送来了一个优秀儿女！

[音乐袭来，庄严而深情。犁头旗赫然出现。写满誓词的布幅赫然出现。

刘　慧 李坚真同志，请你向着我们党，不屈的旗帜，宣誓吧。

李坚真 （举起右手））牺牲个人，严守秘密，阶级斗争，努力革命，服从党旗，永不叛党！

三　人 祝贺你，李坚真同志！

李坚真 从现在起，我不再是童养媳了……俚系共产党员！

[音乐在继续……

[暗转。

尾声

[日。阳光灿烂。梅州丰顺八乡山红军驻地。

[山野间，站满了红军官兵，他们凝然肃立。一个指挥员走上高坡。

指挥员 向……在四·一二大屠杀中，牺牲的同志们、乡亲们、工友们致敬！

全　体 （大合唱）扑不灭是你燃烧的火种，

压不垮是你挺立的前胸。

折不弯是你钢铁的意志，

走不完是你无悔的路程。

[李坚真庄严走来。上。

李坚真 （唱）　走进你的行列心潮汹涌，

肩起你的使命铭记初衷。

随着你的召唤义无反顾，

跟着你的脚步风雨同行。

[红军们庄严走来。

李坚真 为什么，我必须拥有这样的坚定，因为，倨系共产党员。

[全员定格。

[音乐声中，光暗。

[全剧终。

乐羊子

编 剧：曾荣玲

人　物　表

乐　羊　　魏国大将

魏　斯　　魏国君

乐　舒　　乐羊之子，中山国驸马

姬　窟　　中山国君

凡　娘　　乐羊妻

姬兰月　　中山国君姬窟之女

寺人赞　　魏王近侍

探马、黑白羊队、双方兵卒将官、中山国百姓若干名

第一场

[春秋末年。

[魏国边境大榆山畔，古槐参天，奇石林立。

[魏国君魏斯率领寺人赞及随从们上。

魏　斯　（唱）

（西皮原板）

星驰电掣榆山途，

寻乐羊，颠连崎岖不辞苦——

[中山君姬窟率徒卒上。

姬　窟　（唱）

率兵偷越魏国境，

寻乐羊，一朝得展霸业图——

[双方兵马相接。

姬　窟　（辨识，仰天大笑）哈哈哈，原来是魏国君魏斯！

魏　斯　呔，中山国姬窟，今日偷越我国界，自寻死路。

姬　窟　小子们，活捉魏斯者封万户侯，与我杀——

[双方交战，魏斯不敌姬窟。

魏　斯　（抵抗挣扎）寺人赞救我——

姬　窟　看刀！

寺人赞　（怯懦）待微臣搬取救兵——（逃下）。

[乐羊幕后声：住手——！

[黑白两羊上，顶开姬窟为魏斯解困。

[乐羊牧竖装扮急上，手拿黑白两条鞭子。

姬　窟　来者通名！

乐　羊　呸！姬窟！（念）占我河山侵我土，禽兽行径天地怒，尔等速速与我滚回老巢！

姬　窟　（怒）敬酒不吃吃罚酒。来人哪，与我杀！

魏　斯　多谢先生冒死相救！

乐　羊　大王莫要惊慌，随某奇石阵去也！

[乐羊打一声唿哨。

[黑白四羊推着四个大石头上，其它羊躲在石头后面。

[乐羊领魏斯进入奇石阵中高坐。

魏　斯　先生，如此只怕危之险哉！

乐　羊　少安毋躁。（唱）

戏暴君以泄心头恨，

我让他东西南北路难分，

入东门如进魔鬼门——（指挥黑羊队吸引姬窟到东门）

飞沙走石天地昏。

[奇石滚动全是幻象，中山兵马在阵中被四处罡风吹得东倒西歪。

乐　羊　（唱）

（西皮二板）

赴南门好似地狱闯——（指挥白羊队吸引姬窟到南门）

不知生路何处寻！

姬　窟
士　兵　（合唱）

战也战不得，

进也无处进，

汗流浃背，筋疲力尽，

草木皆兵，落魄失魂！

[随着乐羊的演唱，羊群在不断偷袭，姬窟等人表演在石阵中迷茫无措、惊惶害怕、精疲力竭等各种状态。

姬　窟　且住，如此兜转下去，只怕累死阵中！（望山抱拳）山上牧羊人，你真真好本领！

乐　羊　暴君，放你一条生路。

姬　窟　后会有期！（率众徒卒下）

[寺人赞冲上：（对着姬窟下场方向）别跑，别跑，有种别跑啊——大王，救兵来了——（对乐羊子）放羊的，跪下、跪下求封赏吧！

乐　羊　山人乐羊，不求封赏！

魏　斯　乐羊子，你就是乐羊子？孤王找得你好苦哇！随孤王回魏国都封侯拜将！

乐　羊　大王呀！（唱）

（西皮原板）

我已惯，布衣短褐隐山林，

我已惯，一竿羊鞭远红尘，

学不会，繁文儒节宫中礼，

参不透，人情世故性鲁莽，

倒不如，闲适散淡山野老，

做一片，舒卷随心自在云。

乐　羊　大王，告辞了！

魏　斯　（哀求）先生！慢走。

（西皮二六）

久闻先生威名震，

大贤孙武真传人。

且随孤王国都往，

封侯拜将统三军。

乐　羊　（唱）

（西皮二六）

大王相邀情谊真，

我不免面对真人诉真心。

入仕三分喜，虑后忧煞人，

伴君如伴虎，庙堂如海深，

一旦虎符手中握，

忌谤如影常随身，

皇权军权难相容，

自古良将身难存。

[乐羊欲走，魏斯和寺人赞反复阻拦。

乐　羊　大王，乐羊告辞了。

魏　斯　这……乐先生，寡人求你了——（跪下，唱）

（西皮原板中三眼）

我许你，一世情如兄弟好，

风霜雨雪与子同袍；

（向前二跪）

我许你，相知相敬不相疑，

虎符兵权一手交；

（向前三跪）

我许你，世世代代享富贵，

千秋万古声名高。

乐　羊　（激动地）国君呐！（唱）

（西皮二六）

这一跪，恰如春风春雷到，

吹开枝头红夭桃。

这一跪，涤净心头忧与恼，

七尺男儿泪滔滔。

相逢恨不知音早，

从此世路舒襟抱。

乐　羊　（搀起魏斯，跪）知遇之恩，当得三诺——（向前一步跪，唱）

（西皮原板）

乐羊终做忠臣报，

辅国安邦腥膻扫；

（向前二步跪）

一马荡平中山国，

誓把姬窟黄龙捣；

（向前三步跪）

四海归君天下一，

千秋万代唱舜尧。

[乐羊每跪前一步魏斯便后退一步。

乐　羊　大王，请受乐羊三拜！

魏　斯　先生！

二人同　（相携站起，唱）

（西皮二六）

从今后，君臣携手乐陶陶，

高山流水有清操，

从今后，君臣戮力强国祚，

喜看人间春来早。

寺人赞 乐将军，快回家收拾行装去吧！

[切光。

魏　斯 先生！

乐　羊 大王！

第二场

[紧接前场。

[乐羊家庭院，屋内挂着孙武画像，三枚刀币挂在孙武像旁。

[凡娘正在孙武挂像前祈祷。

凡　娘 （唱）

（二黄二板）

拜祭恩师香三椽，

听俺凡娘敬祷言。

（二黄原板）

请保佑夫君魏国做上将，

请保佑吾儿乐舒人平安。

问先师，舒儿游学在何处？

可曾忍饥受苦寒？

你知道，舒儿是娘心头肉，

日夜萦怀常挂牵！

[乐羊上。

乐　羊 贤妻放心，为夫以魏国大将军的身份，寻找乐舒我儿，料无意外。

[乐舒偕姬兰月从另一场门上，黑白羊们咩咩叫着出场了。

姬兰月 好可爱的羊儿……（逗弄而下）

乐　舒 爹爹，娘亲、舒儿回来了！

凡　娘 舒儿，我的舒儿回来了。

乐　羊　三载风霜我儿愈显的雄姿英发！正好，随爹爹军前效力去吧！

乐　舒　这——爹爹，娘亲，恕孩儿自作主张，给爹娘带回来一位姑娘。

[乐羊夫妻惊喜。

乐　舒　（唱）　爹娘呀，

（二黄原板）

游学中山整三年，

如游桃园遇仙姬，

始信天降仙株香散远，

方知世外空谷藏奇兰。

我爱她，挥洒灵动意态生，

本性纯朴又烂漫；

我爱她，敢爱敢恨心率坦，

恰似一轮明月照中山。

乐　羊
凡　娘　她人在哪里——

[魏斯内声：在这里——

[魏斯与寺人赞等人推着戴束口的姬兰月上。

魏　斯　——中山国的公主姬兰月！因何在此？

[乐羊夫妻皆大惊。

乐　舒　（欲上前解救）兰月！

姬兰月　舒郎！

[乐羊阻拦儿子。

乐　羊　乐舒我儿，姬窟之女，要不得，要不得啊，那姬窟——（唱）

（二黄三板）

嗜杀成性肆无忌惮，

反复无常不择手段，

君子行事择伙伴，

骏马莫伴虎狼眠。

魏　斯　说得好！

乐　舒　爹爹，孩儿与兰月情深意浓。

乐　羊　舒儿，痴心兵法武学之人，心中怎可只有儿女情长？

寺人赞　不除此女，后患无穷！

魏　斯　（胜券在握）乐公子！（唱）

（二黄二板）

常言道，孝子殒命息亲怨，

忠臣杀身解君烦！

（二黄原板）

你本我魏国子民前程远，

又何必，明珠暗投伤慈颜。

学成文武艺，

理应归故园，

辅佐君王平夷寇，

父子齐把功名建。（挥手示意为姬兰月松绑、解束口）

你看：这是将军令牌、将军令旗，还有，尚方宝剑！（众兵士将各色聘礼一一捧上、挑上，摆满了庭院）全是寡人赠予你父的聘礼啊！

乐　舒　乐舒只要兰月一个！

寺人赞　乐公子，莫非你要背这不忠不孝之名！

乐　舒　哼！

凡　娘　儿啊，你顾念男女之情，难道就不顾念父母亲情？为娘求你啦！

乐　舒　这、这……

姬兰月　舒郎，不必为难，你若不回中山，兰月也可留下！

凡　娘　兰月愿意留下？！

寺人赞　仇寇之女如何留得？

姬兰月　留得！（唱）

（二黄二板）

与郎相见第一眼，

一世姻缘牢系牵，

（二黄原板）

我爱郎，身手矫健好武艺，

斩蛟射虎浑身胆；

我爱郎，百炼钢化绕指柔，

情如甘泉尘不染，

（二黄二六）

心已相许死何足念，

一生情爱用命偿还。

不能活着厮守日日夜夜，

只求死后相伴岁岁年年，（拔出乐舒的腰刀）

割下头颅赠爱郎，

一缕香魂永留郎身边！（欲自刎）

乐　舒　且慢！

姬兰月　舒郎！

乐　舒　（抢腰刀）爹爹，恕孩儿不孝！

乐羊子　（抢下剑）住手！

（二黄二六）

虽说用兵行诡道，

胸怀真情方英豪，

难怪舒儿迷心窍，

姑娘坦荡人品高。

（将剑插回乐舒剑鞘内）恳请大王贵手高抬，这个儿媳——魏国大将乐羊——认下了！

魏　斯　魏国将军的家事，自然乐将军自己处理！

乐　羊　谢大王信任！

魏　斯　回宫！

［魏斯携众下。

乐　舒
兰　月　（施礼）谢过二老！

乐　羊　我儿看到无有，为父与大王，才是真正的君臣相得啊！

乐　舒
兰　月　恭喜父亲大人！

凡　娘　（取下挂在墙上的刀币）舒儿、兰月，这三枚刀币是你爹爹深爱之物，你与兰月就带在身边留个念想吧。

乐　羊　（阻止）凡娘，且慢！这三枚刀币乃先师之物，其中玄机舒儿不懂，此币赠不得！

［寺人赞内声：魏王有旨——魏国将军乐羊即日攻打中山国！

凡　娘　（悲）舒儿，夫君，可怜你们父子，从此就要兵戎相见，刀枪无眼，生死难料啊！（一家人抱成一团，乐羊垂泪）

舒　儿　娘亲。

乐　羊　凡娘带兰月去后房歇憩。

凡　娘　兰月，随我来。（凡娘、兰月下）

乐　羊　舒儿啊！（唱）

（二黄大板）

恨天公不能行方便，
父子为敌在眼前，

（二黄原板）

你我父子情金盔犀甲坚，
愿金盔能保身安好，
求犀甲能防人暗算。
我儿仰首天上看，
祖师殷切正俯瞰。
身为武者敬武道，
武学精神代代传。

（二黄二六）

为父我魏王面前曾立誓，

不破中山不生还，

父子们他日战场见，

也只好各为其主战军前！

乐　舒　（跪地叩头）谨遵父命，不负祖师，各为其主，绝不相让！

乐　羊　各为其主，绝不相让！

第三场

[接前场。

[幕后唱：

壮士出征兮铠甲寒，

三军之众兮身履险，

兵临战场兮瞬息变，

知己知彼兮谋在先。

[魏将乐羊的中军帐，帐内挂着中军令、令旗，尚方宝剑及三枚刀币。

[四大将起霸，请大帅升帐。

众将官　参见将军！

乐　羊　（戎装上）诸位将军免礼。（入座）

众将官　谢将军！

[魏斯坐在帐外。

[探马上：报——准备直进中军帐内，见魏王在，略一迟疑，魏斯挥手示意其进帐禀报。

探　马　禀将军，中山将乐舒勇猛无敌，我军前锋出师不利，兵败如山！

[魏斯在帐外一惊。

乐　羊　（若无其事地）再探！

探　马　是！（下）

[探马又上：报——见魏王又一迟疑，魏斯挥手示意其进帐。

探　马　报将军，那姬兰月武艺高强，击退我军左右两路兵马。

[魏斯在帐外又是一惊。

乐　羊　（激动）再探！

探　马　是！（探马下）

[探马又上：报——见魏王再一迟疑，魏斯挥手示意其进帐。

探　马　禀将军，中山君姬窟，突然出击，我中军被击散！

[闻报，乐羊竟然哈哈大笑。

魏　斯　乐将军，我军三连败，是否撤退，暂避锋芒？！

乐　羊　这——（旁唱）

（西皮三板）

他不知，

早已是深思熟虑棋一盘。

他不知骄兵之计施阵前，

（白）大王，不可退兵！

魏　斯　乐将军，我军斗志已无，退兵吧！

众将士　请将军退兵！

乐　羊　（旁唱）

此时若听君王命，

弄巧成拙军心乱。

魏　斯　满盘皆输人仰马翻。

乐　羊　大王，万万不能退兵！

[凡娘在远处的山路出现，两名士兵引着她一路向中山国战场赶来。

凡　娘　（唱）

（高拔子）

定是魏王派人来，

押送凡娘到阵前。

魏　斯（唱）

只恐是舐犊有意不尽力，

只恐他父子情深忘诺言。

乐　羊（唱）

抱道君子重然诺，

一诺千金志如磐。

凡　娘（唱）

（西皮二六）

只怕是君臣之间生嫌隙，

扣人质防备军权欺皇权。

魏　斯（唱）　接来凡娘乃上策，

人质在手天地宽。

乐　羊（唱）　危急时刻需急智，

凝聚军心渡险关。

[凡娘隐下。

寺人赞　乐将军，退兵吧！

魏　斯　退兵吧！

[众将士面向观众，纷纷跪下：请将军退兵！

[见此情状，乐羊向后退，忽然碰到刀币，灵机一动。

乐　羊　大王，昨夜，先师孙武前来托梦。授我三连败骄兵之计。

魏　斯　梦中之事，岂可当真！

乐　羊　先师言道：这三枚刀币，可证真伪！（取下刀币，捧在手中）

魏　斯　如何证实真伪？

乐　羊　先师言道，三枚刀币，抛向空中，落地之后，个个刀币，正面朝上，就可以大败姬窟！

魏　斯　哎呀将军，绝对无有三枚刀币，全部正面朝上的道理！

乐　羊　待我抛来！

魏　斯　抛不得！

乐　羊　待我抛来！

魏　斯　抛不得！

乐　羊　待我抛来——（抛币）

魏　斯　这三枚刀币俱为正面。

乐　羊　众将官，随我出战去者。

魏　斯　（细看，大惊）

三枚刀币，只有正面，无有反面，不论如何抛洒，皆为胜算！这个乐羊子他、他、他……刀币之计早谋定！

寺人赞　报大王，凡娘我给你接来了。

魏　斯　（转忧为喜）哈哈哈……

第四场

[三月后。

[中山国灵寿城头，乐舒带着百姓出现。乐羊在城下与儿子对望。

[幕后童声唱：

战鼓咚咚兮，阿妈掩泣哀。

血流遍野兮，阿爹葬蒿莱。

灶中无炊兮，忍饥苦难捱。

命若蝼蚁兮，欢乐何时来？

[众百姓下。

乐　舒　爹爹，你围城三月，城中百姓苦不堪言，请父亲退兵，让百姓得以喘息！

乐　羊　既然如此，如儿所许，为父退兵壹拾伍里！

乐　舒　舒儿替城中百姓谢过父亲！（下）

乐　羊　好，退兵！

[魏斯与寺人赞上。

魏　斯　不可！不可退兵！乐将军，必须速速攻城，机不可失。

寺人赞 是啊，机不可失失不再来！

乐　羊 大王，杀敌一万自损三千，不战而胜方为大胜！

寺人赞 只怕不是兵将为上，乃是父亲之心为上吧？

魏　斯 乐将军，父子对阵，难免会于心不忍，寡人要请上一个人，方能让你清醒清醒。

[兵卒带凡娘上。

乐　羊 （吃惊）凡娘，你因何到此？

凡　娘 夫君！（肝肠寸断地）此乃君主法外施恩啊！

乐　羊 （不敢相信地）大王？

魏　斯 将军勿怪，寡人不得不法外施恩啊！

乐　羊 呀！（唱）

（西皮二板）

平地突卷涛天浪，

两军对垒见凡娘。

凡　娘 （唱）

至亲相见泪如雨，

羁为人质逼夫郎。

魏　斯 （唱）

君王使出杀手锏，

防他得势便猖狂。

白：乐将军，你们夫妻团聚有些事还要细细地商量！

凡　娘 夫君呐！（唱）不能攻，舒儿命将丧，

乐　羊 （唱）不能退，全家遭祸殃。

魏　斯 两军对垒无父子，各为其主不相让。

乐　羊 （唱）

（西皮二六）

攻不得，困兽斗无辜百姓罹祸秧，

攻不得，我将士白白赴死城下亡。

魏　斯　扩土开疆，岂能惧死？

凡　娘　（唱）

（西皮二板）

这人世间千般苦、万种伤，

为何让我一家人，苦苦担承细细尝。

乐　羊　（唱）

（西皮二板）

千忧万虑心头撞。

先师叮咛响耳旁：

用武之道是止戈为上，

唯愿他天下苍生得安康。

（夹白）大王，此时不能攻！（接唱）

（西皮二六）

上天有好生之德，

帝王以德统四方，

退而不打，中山百姓懂恩义，

示以怀柔，无道姬窟自灭亡，

不战而屈人之兵，乃用兵之上策，

稍安勿躁，静待百姓造反打开城门迎魏王。

（白）请大王允我半月期限，乐羊保证兵不血刃，拿下此城！

魏　斯　乐将军，你要抗命不成？

乐　羊　先师教导，两军阵前，君命有所不受！

魏　斯　寡人倒要试上一试！众将官！

寺人赞　大王叫你呢！你们怎么变木头啦？还不快快听命进攻？

四大将　主帅教导：军营之中，只听将令，不听王命！

魏　斯　（浑身一震）好一个只听将令，不听王命？

乐　羊　启禀大王，此乃我师孙武用兵之道。

魏　斯　（忽然哈哈大笑）好！好！好！乐将军不愧是战神孙武的学生，善于治军，朕相信，你半月内兵不血刃，拿下城池。朕答应你，功成之后，一定饶恕乐舒，让你们家人团聚！将凡娘带走！

第五场

[接前场。

[灵寿城内。姬窟与乐舒在巡视。

[几名徒卒押上数名百姓。

徒　卒　报大王，有人造反！

姬　窟　杀无赦！

乐　舒　父王，百姓造反只因为城中断粮，可杀我战马以充口粮。

徒　卒　（密语）大王，造反者，乃是驸马亲信。

姬　窟　嗯？！传我口令，严加防范，凡靠近城门者乱箭射死。（杀死一人）

徒　卒　是！（杀死余下数人）

[乐舒欲救不得。

姬　窟　贤婿，百姓造反，全拜汝父所赐，中山危矣，如何才能收买那乐羊？

乐　舒　父王，末将束手无策哇！

姬　窟　可否前去魏营劝降汝父？

乐　舒　不可！撼山易，撼吾父之志难！

姬　窟　可否将中山国之奇珍异宝、帐下美人送与乐羊，求他退兵！

乐　舒　不能！吾父淡泊名利，视钱财美女如粪土。

姬　窟　（暴怒）这也不可，那亦不能，怕是你也早有异心了吧！那本王只能向你借用一物！

[姬窟趁乐舒不备挥剑砍乐舒。

乐　舒　（乐舒躲避，大惊）父王，为何要暗害与我？

姬　窟　本王要借你项上人头一用，绑了！

乐　舒　这！

姬　窟　想那乐羊深爱于你，见汝之头，必然痛裂肝胆，主帅斗志全无，军心必乱，趁机偷袭便可反败为胜！

乐　舒　你是杀不了我的！

姬　窟　（恨恨地）乐舒，你一乡野贱人，孤王为了那乐羊才认你为婿，如今，你却里应外合成为你爹的奸细，留你何用？（挥手，徒卒们抽刀围困乐舒）

乐　舒　（悲愤）死何足惧！（唱）

（二黄二板）

抛却了父母恩，

淡忘了故乡云，

助长罪恶我有份，

无辜百姓受苦困。

无道乱世黯沉沉，

（二黄二六）

奢求浓情痴爱垂芳芬？

一腔真情遭利用，

徒笑我无知愚昧天真人。

（白）我恨、我悔、我悲、我痛……（昏厥）

徒　卒　大王，驸马昏死！

姬　窟　（骂）乐舒你死有余辜！（杀掉乐舒）

［姬兰月内声：驸马——

姬　窟　（闻声猛然转为哀哭状）贤婿，你何必如此啊……

［姬兰月扑上来：舒郎——

姬兰月　（质疑）舒郎，你、你为何会死？

姬　窟　是为父无能，救他不得呀！

姬兰月　舒郎呀！

（二黄三板）

昨夜里，庭前相拥诉衷情，

点数牛郎织女星，

（二黄二板）

今日竟，不留一语撒手去，

奈何桥上独自行。

（二黄原板）

天哪天，若无缘。

为何抛下红线系双影。

地呀地，若有情。

为何断送人间美娉婷。

还记得秋宵赏菊踏莱芳馨，

还记得一马并骑过山径，

还记得林莽逐雕跨峻岭，

还记得柳荫习武剑和鸣，

（白）舒郎，你不能如此心狠只留下我一人。

姬　窟　贤婿，让我这老骨头，也随你去了吧。

姬兰月　父亲，舒郎已去，世上只有你是兰月最爱的人，一定要节哀顺变，善保金躯！（复抱起乐舒）舒郎啊！

姬　窟　女儿啊，贤婿要用自己的人头，扰乱乐羊，以便我军突袭取胜，他言道：弃我一叶桑，救君百筐蚕……他用心良苦哇！

姬兰月　舒郎，我现在就去看望那狠心的公爹婆婆，完成你的遗愿！

［幕后女声唱：

双栖飞鸟交颈眠，

地上麋鹿行比肩，

妹是山中一株兰，

凝露含香待郎怜！

［场光熄，一束光打在姬窟身上。

第六场

[接前场。

[魏军营帐前。

[魏斯带寺人赞上。

寺人赞 大王，听说那乐舒夫妻已准备受降？

魏　斯 一旦拿下姬窟，立刻安排兵马隔离乐羊，收回帅印。

寺人赞 是！（二人隐下）

[追光中姬兰月手捧红匣，轻步缓唱。

姬兰月 （唱）

（二黄二六）

如呵护睡梦婴孩，

如手捧稀世珍宝，

一步一呢喃，

情如慈河水涛涛。

（白）舒郎我们回家了。

[场灯亮。

士　兵 报，将军，姬兰月前来投降！

[姬兰月上，带着两名徒卒。

乐　羊 （喜）舒儿夫妇能迷途之返，实乃天大喜事！

姬兰月 兰月见过公公、婆婆！

乐　羊 免礼！

凡　娘 媳妇，舒儿如今安好？

姬兰月 舒郎托兰月转告婆婆，他思念娘亲了。（唱）

（二黄二六）

篱落疏疏儿时家，常伴娘亲浣衣纱，

衣飘远处齐追赶，笑语惊起邻家鸭。

凡　娘　舒儿小的时候我常带他玩耍！（唱）

（二黄原板）

河畔戏水闹喳喳，

换好新鞋新布褂，

爹爹肩头骑大马，

欢天喜地出街啦。

（白）夫君，可还记得带他去城隍庙游玩之事么？

乐　羊　记得（唱）

（二黄二六）

城隍庙前吃香瓜，

人山人海看杂耍，

买个能吹能叫的胖泥娃，

嚼一块甜酥饼子滚芝麻。

姬兰月　公公、婆婆思念乐舒，我带他回来了。

[徒卒上，打开红匣。

乐　羊　舒儿在哪里？

姬兰月　在这里！

凡　娘　（凡娘紧紧搂着红匣，似搂着幼年时的乐舒）舒儿，舒儿！痛煞我也！（气绝身亡）

乐　羊　（抱紧凡娘）凡娘，我的妻啊——

姬兰月　公公，兰月还有一件大礼送上！（兰月抽刀自刎而亡）

乐　羊　（喊）兰月啊！凡娘、舒儿！天啊！

（反二黄高拔子）

血脉亲救不得泪洒胸膛，

罪难赎竟沦为弑亲魔王，

一双手血淋淋丑形恶状，

一个人踉跄跄神魂惚恍。

（反二黄慢板）

恨战争好似那嗜血巨蟒；

恨战争好似那魑魅魍魉；

恨战争好似那索命无常。

征尘起至爱亲朋刀相向；

（反二黄中三眼）

为私利忠义君臣生怨谤；

为贪欲人间变作生死场。

哀舒儿大象因牙遭灭亡，

悲兰月玉蚌含珠被剖蚌。

月圆缺潮涨落头颅难长，

千万万良家子永葬荒岗。

（反二黄二板）

呼龙旗唤凤车尔在何方？

带我往青天之上无忧伤，

忘记这人间事噩梦一场，

莫留我孤苦一人痛断肠！

乐　舒　我痛……我痛……

乐　羊　你是哪个？

乐　舒　爹爹，我是舒儿！

乐　羊　舒儿……

凡　娘　哈哈哈……

乐　羊　凡娘……

姬兰月　公公，这不是你想要的结果么？

乐　羊　不不……舒儿、凡娘、兰月，莫要狠心抛下我！（直直地倒下）

［中山徒卒趁乱而下。

［魏国兵将上。

众兵将　将军！将军！不好了，乐将军昏死过去！快快退兵吧！

[魏营内一片混乱。

[乐羊猛地惊醒。

乐　羊　（大喝）不可退兵，那姬窟杀婿害女，已是穷途末路，众将听令，即刻为乐羊出殡发丧！

众兵将　[幕后众男声唱：

苇花白乱如戟遍地银霜，

孤雁飞悲风鸣灯闪营帐，

魏营乱主将亡帅旗徐降，

兵卒呼羊群散寒月无光。

[孤月悬空，魏营军帐外灵幡飘飞，素色一片。

[群羊无主，四处颓卧，不时发出咩咩悲鸣。

[魏斯急上。

魏　斯　（哭）乐将军、乐将军，你怎么就这样死了？（笑）乐将军，乐将军，你真的死了么？！（唱）

（西皮二板）

听闻主帅亡，

莫名欢喜涌心房，

我本是一言九鼎魏国君，

你却包藏祸心欺君王。

你若身不亡，

我担忧，权臣难控在萧墙；

（白）你若身不亡，

我担忧，难朕的江山……

[姬窟推着被绑的寺人赞上。

寺人赞　大王，姬窟前来偷袭，我们已被包围！

魏　斯　你待怎讲。

寺人赞　我们被包围了。

魏　斯　（慌）这该如何是好？乐将军，乐将军——

寺人赞 大王，咱们快逃吧！

姬　窟 （轻蔑）魏王，没有了乐羊子，你只不过是一头去势的公牛。还不快快受死！

（念）

[乐羊一身缟素步出军帐。

姬　窟 （恐）怎么，乐羊子你还没有死？

乐　羊 你姬窟未死，我乐羊怎敢先亡？（唱）

魏　斯 乐将军！

乐　羊 （西皮二六）

子系中山狼得志便猖狂，
谁似你这等蛇蝎心肠禽兽样？
已料定，你会自以为是低估乐羊，
已料定，你会胜算在握夜袭营帐。

姬　窟 乐羊子，魏王疑你、防你，还要加害于你，如此君主，你还要誓死效忠，实乃愚不可及！

乐　羊 真武者，受命于君，忠于君；真武者，用武于人，爱于人！可惜，魏王不懂，你姬窟更不懂！（挥手）

[杀声四起，魏国兵将上，两军大开打，乐羊与姬窟对阵，群羊助力，拿下姬窟。

魏　斯 乐将军——孤的江山多亏了你！

乐　羊 大王，乐羊告辞了！

魏　斯 将军！（唱）

你是朕股肱之臣，家国栋梁，
你是朕渡船之桨，飞天翅膀，
君臣三跪三揖传美谈，
今日共克时艰斗豺狼。

乐　羊 大王啊！（唱）

人前人后戏一场，
翻云覆手是君王！

适才已听君王语，
声声如锥刺心房，
当初诺言犹在耳，
弃如敝屣为哪桩？
我乃是孙子兵法一传人，
用武之道百磨不灭铭肝肠，
我懂得，挥剑成河斩凶杀敌在疆场，
却不知，明哲保身运用心机防君王；
我看清，姬窟残忍狡诈魔鬼相，
却不知，君王偏狭短视少气量。

魏　斯　乐将军！

乐　羊　大王，乐羊告辞了。

魏　斯　将军！

尾声

[羊群舞蹈上。

（幕后曲）

壮志化残阳，
与谁诉离殇？
红霞一抹，
伤心人血在淌；
逝水东流，
寂寞人悲歌长。
多少心酸事，
无从开口无从讲，
战歌与离歌，

留待后人吟与唱。

[白发萧散的乐羊子拄杖而上，他的装扮一如第一场。背景上有三座坟。

乐　羊　（自言自语）凡娘、舒儿、兰月，乐羊来看你们了……

[羊群与乐羊相拥在一起。

（白）用武之道止戈为上，

愿天下苍生得安康。

[剧终。

·广东汉剧卷·

风雨铜雀台

编剧：姜朝皋

人　物　表

来莺儿　　洛阳歌女，后为魏宫美人

曹　操　　后汉魏王

王　图　　魏王帐下典军校尉

许　褚　　魏王府都尉

周　氏　　曹操儿媳，临淄侯曹植之妻

巧　儿　　魏王府使女

歌女、舞男、侍卫等

序

[汉末建安年间，河北邺城，铜雀高耸巍峨，直上云端。四周松涛滚滚，底下漳河滔滔。

[主题曲：(雄浑的男声)

铜雀台高冲云汉，

一代雄威镇八荒。

(清丽的女声)

却看谷底幽兰艳，

玉质芳魂永留香。

[幕启，高台顶端的传诏声似天外飘来：“魏王神威圣武，功德巍巍，今朝铜

雀台上册封太子，大宴群臣，普天同庆哪！”

[音乐大作，一群如花似玉的歌女歌舞翩翩。

歌　女（唱）　铜雀腾天外，

凌云玉羽开。

雄风贯日月，

豪情逐浪来。

势压千峰矮，

气吞万里埃。

巍巍擎天柱，

千古一高台。

[高处传来曹操的朗朗笑声：“哈哈……唱得好！此词何人所作？”

[内答：“临淄侯曹植。”

[曹操的声音：“好，给植儿看赏！”

[内答：“谢父王！”

一

[来莺儿内唱：“千山万水把征人访——”

[满面风尘的来莺儿背负瑶琴上。

来莺儿（接唱）　天涯孤旅好凄惶。

满腹愁情歌难唱，

一具瑶琴满雪霜。

忽见危楼高百丈，

啊！眼前何物闪亮光！

（发现一物，忙低头拾起，骤然一惊）吉祥桃符！这不是我与王郎的定情之物么？

[伴唱：　蓦地里吉祥桃符从天降，

勾起了我往日的蜜意柔肠。

[来莺儿手捧桃符思念，呼唤："王郎……王郎……"

[高台上传来高高的颂贺声："魏王功盖千古，德播九州！"

来莺儿 （回过神来）魏王？！当初王郎哥就是投奔魏王而去的，如今桃符在此，莫非他……他就在这高台之上？待我上去看个明白。

[来莺儿快步登楼，许褚率侍卫急上拦阻。

许　褚 呔！何方民女，敢擅闯铜雀台？

来莺儿 军爷！小女子有急事进见。

许　褚 魏王大宴群臣，岂容你进见？

来莺儿 不，小女子不是晋见魏王，是寻找……

许　褚 少啰嗦！快走！

来莺儿 军爷行个方便，容我一见吧！（不顾一切往里闯，被侍卫抬脚踢倒）

[雍容华贵的周氏，一身锦绣，外系披风上。巧儿随上。

周　氏 许都尉，何事喧哗？

许　褚 少夫人！这位民女不懂规矩，竟然擅闯铜雀台！（率侍卫下）

来莺儿 夫人，小女子千里迢迢，历尽千辛万苦寻找亲人，好容易在这铜雀台上找到踪迹，可军爷他却不肯让我进去。

周　氏 你怎么知道要找的人在铜雀台上？

来莺儿 （捧出桃符）有这枚吉祥桃符为证。

巧　儿 （眼尖手快，一把夺过桃符）找到了，少夫人，桃符找到了。（对来莺儿）这吉祥桃符明明是我家少夫人的，你拿去认什么亲？

来莺儿 少夫人？

巧　儿 魏王四公子临淄侯夫人你都不知道？

周　氏 是啊，这桃符是我方才登台时遗落的，正在四处寻找，想必你是从台下捡来的。巧儿，赏些银两，让她去吧。

来莺儿 不，小女子不要银两，只想知道，这桃符夫人从何得来？

周　氏 好，我对你讲！（唱）

那一年魏王父子把乌桓挺进，

一场恶战天日昏。

三千将士死伤尽，

临淄侯血泊之中捡得桃符幸脱身。

从此后细心收藏把香焚，

愿求得桃符降福佑满门。

[来莺儿闻言顿觉天旋地转。

[伴唱："霎时间只觉得魂飞魄震——"

来莺儿　（悲从中来）王郎啊！（唱）

仰面苍穹痛唤英魂。

周　氏　（诧异）你因何如此？

巧　儿　（扶住莺儿）你到底是怎么了？

来莺儿　（伤心地唱）

我本是洛阳一歌女，

青楼卖艺度晨昏。

王郎从军把魏王奔，

露水鸳鸯两离分。

临行时我把桃符赠，

亲手绣上牡丹魂。

只说是寻得桃符好把亲人认，

不料想却召来一缕孤魂。

（悲痛难忍，泪如涌泉）

周　氏　这么说这桃符是你赠给情郎的信物？倒也可怜。这桃符今日我再借用一回，回头交还于你。巧儿，你扶她一边歇息。

巧　儿　是。走吧，这桃符我家少夫人会还给你的，你放心吧！（扶来莺儿下）

[高台传来阵阵恭贺声："恭喜临淄侯！贺喜临淄侯！"

周　氏　上苍保佑……（手捧桃符，唱）

闻高台一阵阵笑声朗朗，

只可望不可及心意惶惶。

太子位传与谁令人悬想，
盼夫君摘桂冠我置换新装。
捧桃符求神灵把福祉降，
佑夫君封太子执掌朝纲。

[曹操内白：“好景致呀！”迈步上场。

[周氏躲下。

曹　操（唱）　群僚大宴铜雀台，
诗酒酣畅眉宇开。
两鬓染霜雄心在，
继位立嗣选英才。
数年揣度心摇摆，
今朝定夺把口开。
雕栏踱步把心潮按捺，
啊！何人台口独徘徊？哪个？

[周氏急迎上。

周　氏　父王在上，儿媳有礼。

曹　操　罢了，你不在西廊饮宴，为何在此独自徘徊？

周　氏　儿媳酒酣耳热，出来透透风凉。

曹　操　哦。少时老夫就要册封太子，你不进去听听？

周　氏　军国大事，何劳我等妇人操心？父王知人善任，定能择优裁夺。

曹　操　好，难得你有这等见识。你手中拿的是什么？

周　氏　哦，这是一枚吉祥桃符。我用它祈祷父王福寿绵延，天下安乐。

曹　操　有意思，拿我看看！

周　氏　父王请看。（快步捧符近前，一阵风将披风撩起）

曹　操（发现周氏的衣裙，顿时一愣）你身上穿的是什么？

周　氏　啊！今乃大喜之日，儿媳特意缝制了这身新衣，以示庆贺！

曹　操（瞪视）你可知吏民文绣之服，不得用绛紫金黄的诫令？

周　氏（顿觉惶恐）这……是儿媳一时大意了。

曹　操　你是要争当太子妃，迫不及待呀！

周　氏　（张口结舌）不，儿媳不敢……

曹　操　（勃然变色）利令智昏！（拂袖而去）

［周氏惊惧不已，歌女一旁涌上。

歌　女　（唱）魏王一怒变了脸，

［内传来威严的传诏声："魏王传下诏令，册封五官中郎将曹丕为太子，继嗣王位，特召告天下！"

［周氏如雷轰顶。

周　氏　（唱）满腔希望化烟灰，化烟灰，化烟灰。

［许褚手捧盛有白绫的托盘上。

许　褚　魏王口谕，临淄侯妻室周氏，狂妄无度，公然违抗制命，着金黄霞帔登台，罪在不赦。特赐白绫三尺，着即自裁！

众侍卫　（躬身）请少夫人归天！

［巧儿领来莺儿上，见状大惊。

巧　儿　少夫人！

周　氏　（惊恐万状）不，我不是有意抗命，我要见父王，要见临淄侯……

［音乐起。周氏欲奔入内，众侍卫急上拦挡。

巧　儿　（哭喊）少夫人！（扑向周氏，相拥而泣）

［男舞队上，在歌女们的无字歌声中，跳起惊心动魄的舞蹈。

［周氏悲怆地手持白绫，缓缓转身，一步步向高台深处走去……

［桃符从高处砰然落下。

巧　儿　（哭泣着拾起）莺儿姐，少夫人将桃符还给你了。

［来莺儿手捧桃符，震惊不已。

二

［夜，铜雀台上，明月秋霜，蝉蛩低鸣。

［曹操青衣小帽，手握短箫，在音乐声中踱步上。

曹　操　（吟）　关东有义士，兴兵讨群凶。

势力使人争，嗣还自相残。

（对月抒怀）想我曹孟德，自兴义兵以来，南征北战，三十余年，多少将士血洒疆场，多少亲人死于非命，今日在这铜雀台上，我那儿媳周氏又一命归西。人道我寡恩薄义，有谁知这高处不胜寒！（唱）

独上高台秋色晚，
孤身空对月光圆。
阵阵金风生幽怨，
声声寒蛩伴无眠。
自知高台瑶席冷，
短箫一曲祭霜天。

今夜月白风清，我曹孟德短箫一曲，对诸位亡灵，临风一祭！

[曹操手持短箫，对月临风悠悠吹奏，灯渐隐。

[一束光照射雀台高处，一身素衣，手捧瑶琴的来莺儿伤心而出。

来莺儿（唱）大地苍茫夜幕盖，
冷月寒星照高台。
三载相思空期待，
漳河东去不复来。
王郎呀！
你碧血抛洒荒郊外，
笃信曹公是济世才。
孰不知他杀人如把小鸡宰，
耳闻目睹实惊呆。
伤心遥把亡灵拜，
且将琴台作祭台。（抚琴）

[第一表演区灯复明，曹操仍在月下吹箫，管弦之声，一同飘向夜空。

来莺儿
曹　操（同唱）为何曲终声犹在，
隐约余音绕庭阶。

［二人心生疑窦，停而再奏，对方的乐曲声又传入耳中。

<table>
<tr><td>来莺儿</td><td rowspan="2">（重唱）</td><td>玉管</td><td rowspan="2">声声如天籁，分明是台上有人</td><td>吹箫</td><td rowspan="2">来。</td></tr>
<tr><td>曹　操</td><td>清弦</td><td>抚琴</td></tr>
</table>

［伴唱：“循声绕廊把步儿迈——”

［二人相对走来，同时一愣。

来莺儿　（重唱）　原来是老仆扫青苔。

曹　操　　　　　　莫非是玉女下瑶台？

曹　操　这一素衣少女，从何而来？为何深夜抚琴而歌？

来莺儿　异地孤女，长歌当哭，祭奠一位战死沙场义士的亡灵。

曹　操　哦，为国捐躯，虽死犹荣。你与他沾亲？

来莺儿　非亲。

曹　操　哦？

来莺儿　患难结交，以心相许。

曹　操　好一个多情的女子！

来莺儿　敢问老丈，你是何人？

曹　操　你看呢？

来莺儿　莫不是打扫庭台的老院公吧？

曹　操　老院公？不错，是老院公。

来莺儿　方才听你的箫声，也隐恨含悲，不知凭吊哪个？

曹　操　普天之下，有名毅魄，无名忠魂，统统凭吊。

来莺儿　老丈真是个大善人。（叹气）唉，今日在这铜雀台上，我亲眼看见，只为一件衣裙，魏王就逼杀了嫡亲的儿媳，你说他的善心又何在？

曹　操　哦？你说魏王无情无义？唔，不错，无情无义。可你讲的是儿女私情，他要的是百世霸业。为了太子根基稳固，对有非分之想、越位之举的人必须严惩不贷！

来莺儿　你不是老院公？

曹　操　谁说我不是老院公？

来莺儿　你怎么懂得魏王的心事？

曹　操　不过依理推断嘛。哦，不说这些。方才听你弹唱十分动听，想必技艺不凡。

来莺儿 我自幼学习歌舞，原在洛阳歌楼卖艺为生。

曹　操 洛阳？有位歌舞名伎来莺儿，你可认识？

来莺儿 你也知道来莺儿？

曹　操 色艺俱佳，艳名远播，谁人不知？

来莺儿 连年战祸，她已是销声匿迹，零落凋残了。

曹　操 可惜呀可惜！（猛然省悟，目光炯炯地打量来莺儿）哈哈，莫非那绝世佳人远在天边，近在眼前！

来莺儿 老丈好眼力。

曹　操 （欣然）好好好！有幸结识洛阳名伎，福分不浅。你看，今夜这铜雀台上，风清月朗，能否请姑娘一展歌喉，让老夫以饱耳福？

来莺儿 就请老丈玉管伴奏。

曹　操 好，我来伴奏。

[来莺儿歌唱，曹操吹箫，音韵悠扬，配合默契。

来莺儿 （唱）　对酒当歌，人生几何，
譬如朝露，去日苦多。
慨当以慷，忧思难忘，
何以解忧，唯有杜康。

[曹操兴致勃发，情不自禁地唱和起来。

曹　操 （唱）　青青子衿，悠悠我心，
但为君故，沉吟至今。

来莺儿 （唱）　呦呦鹿鸣，食野之苹，
我有嘉宾，鼓瑟吹笙。

曹　操 （唱）　月明星稀，乌鹊南飞，

来莺儿 （唱）　绕树三匝，何枝可依。

来莺儿
曹　操 （同唱）　山不厌高，海不厌深，
周公吐哺，天下归心。

[曹操与来莺儿管弦伴奏，歌舞唱和，一时性情所致，物我两忘。

[许褚领侍卫急上。

许　褚　魏王——魏王单身出府，午夜不归，全府上下都急坏了啊！

来莺儿　（惊愕）魏王！你不是老院公？

许　褚　放肆！请魏王回府。

曹　操　（纵声大笑）哈哈……（对来莺儿）来莺儿，你我月下相逢，也算有缘，随我回府吧！

[灯隐。

三

[魏王府内，歌舞悠扬。

歌　女　（唱）　启喉莺声细，
舞袖飘云霓。
岁岁弦歌地，
日日杜鹃啼。
不惜汗水滴，
但求王心怡。

[歌舞正浓，忽然一队如狼似虎的侍卫冲上，将歌女们统统捉拿而去。

[巧儿躲闪一旁，战栗不已。

[来莺儿上，巧儿急趋前。

巧　儿　（趋跪）莺儿姐，救命啊！

来莺儿　（急扶）巧儿，这是怎么了？

巧　儿　昨夜王府失盗，姐妹们被疑为盗贼，眼看性命难保，魏王对你刮目相看，求莺姐禀告魏王，代姐妹们申冤哪！

来莺儿　莫哭，莫哭，你们确实不曾偷盗？

巧　儿　我对天发誓，若有半点偷盗之心，天打雷劈！（跪）

来莺儿　（急扶）快快起来，此事非同寻常，容我想个良策。

[内喊：“魏王驾到！”巧儿惊惧。

来莺儿 魏王来了，你且回避，待我见机行事。（引巧儿下）

[曹操上，来莺儿复上急迎。

来莺儿 来莺儿拜见魏王！

魏　王 罢了。孤日理万机，不胜烦恼，想听你唱歌解闷。

来莺儿 那奴婢就天天唱，让魏王心舒神爽，越活越年轻。

曹　操 你是说我老了？

来莺儿 不，大英雄是不会老的。

曹　操 噢！你也学会了奉承话？

来莺儿 不，奴婢说的是真情。岂不闻“老骥伏枥，志在千里，烈士暮年，壮心不已”呀。

曹　操 （惊喜）哦，说得好！说得好！哈哈……

[许褚上。

许　褚 参见魏王！

曹　操 （扫兴）又有何事？

许　褚 偷盗府中丝绢的奴婢俱已供认不讳，这是他们口供画押。

曹　操 （正眼不瞧）午时三刻，统统处死！

[莺儿一震。

许　褚 是。（下）

曹　操 莺儿！莺儿！

来莺儿 （回过神来，急应）奴婢在。

曹　操 你怎么了？

来莺儿 没，没怎么。奴婢想问，方才说府上失盗之事……

曹　操 别提它，唱你的歌吧，莫扫了你我的雅兴。

来莺儿 （欲言又止）这……

曹　操 唱吧，你细细唱，我慢慢听，此刻就是天塌下来也莫理它。（闭目静听）

来莺儿 是（有口难开，唱）：

尚未开言早封口，

无奈骨鲠已在喉。

一心要把无辜救，

哪顾得冒犯君威祸临头。

曹　操　你怎么还不唱？

来莺儿　（整衣上前）魏王请听！（唱）

昔日有人丢斧头，

疑是邻家把斧偷。

观言行，生疑窦，

看举止，像贼酋。

胸中疑云千层厚，

自寻烦恼自生忧。

后来斧头寻到手，

再看邻人……

曹　操　（睁目拍案）什么，你说老夫是那疑邻偷斧的痴儿？

来莺儿　不，奴婢无意贬损魏王，只想禀告王爷，那几个婢女，全是屈打成招……

曹　操　放肆！叫你唱歌解闷，你胆敢借题发挥，管起老夫的家政来了！

来莺儿　（急忙跪下）人命关天，眼看婢女无辜受死，王爷于心何忍……

曹　操　谏臣还轮不到你！（一脚踢开来莺儿，拂袖而去）

[来莺儿惊跌在地，巧儿急上相扶。

巧　儿　莺姐，我给你惹祸了！

来莺儿　看来我是人微言轻，快想想别的办法吧。

巧　儿　（绝望地）没用，没用了。魏王认定的事，九条牛也拉不回来。听少夫人说，当年与袁绍大战乌巢，七万降卒全被活埋，魏王连眼都不曾眨一下，何况我们几个婢女的性命。

[内喊："魏王有令，来莺儿生性狂妄，触犯宫规，着令立即驱逐出府！"

巧　儿　（痛呼）莺儿姐！

[二人牵衣涕泣，难舍难分。

[军士冲散轰走来莺儿。

[暗转。灯光变景，西风古道，彤云低迷。

来莺儿 （唱）　绵绵古道接天壤，

风瑟瑟，雾茫茫，彤云低迷满地荒。

半月来金阁红粉弦歌唱，

到今朝依旧浪迹板桥霜。

［秋风扑面，寒气袭人。

来莺儿 （唱）　寒风阵阵透五脏，

黄叶萧萧落道旁。

［传来一阵马蹄声。舞蹈。

［内喊："来莺儿慢走！"喊声未落，曹操率侍卫飞马而至。

曹　操 住手！

来莺儿 （惊愕）魏王！

曹　操 （勒马收疆）来莺儿，你走得好快呀！

来莺儿 魏王下了驱逐令，怎敢停留？

曹　操 你心中在记恨我？

来莺儿 岂敢，是奴婢不识礼法，冒犯尊颜。

曹　操 噢！看来你是知罪了？

来莺儿 奴婢罪有应得，不敢推卸。

曹　操 唔。（微微颔首）知罪就好。

来莺儿 魏王！（跪）府中婢女无辜，还求魏王明镜高悬。

曹　操 （意外）啊！你还敢为他们求情？

来莺儿 （慷慨陈词）魏王啊！想府中婢女，手无缚鸡之力，岂能盗绢窝藏？那屈打成招，刑讯之词，又何以为证？善良弱女，无辜入狱；盗贼狂徒，法外逍遥。上损魏王圣明之声，下坏臣民好生之德。奴婢不避万死，一再陈情，实为明辨是非，请王爷明鉴！（跪倒马前）

曹　操 （为其胆识所震惊）啊！（唱）

来莺儿慷慨陈词直言辨罪，

全然不计安与危。

性烈情真殊可贵，

凛然大义志难摧。

[来莺儿又跪求，曹操下马搀起。

曹　操（唱）面对烈女掏心肺，
休怨孤冲冠一怒震惊雷。
可知我国事纷繁心操碎，
有几人知我忧烦共我悲？
欲向你红粉佳人寻安慰，
你偏要火上添油把风吹。
本该从严来治罪，
姑念你天性无邪不懂宫规。
且幸那盗贼已然擒府内，
人赃俱获天网恢恢。
涉嫌婢女已免罪，
孤这才策马荒郊把你追。
这一回且宽容不予问罪，
下一次再不许任性胡为。
孤今朝破格为你加封晋位，
册封你为美人把孤朝夕奉陪。

[来莺儿愕然。

曹　操（亲切）来莺儿，我的美人——随本王回府吧。

来莺儿 魏王，这——

[许褚上。

许　褚 启禀魏王！典军校尉王图催粮回来了。

曹　操 啊，快传他来见。

许　褚 王图晋见！来也

[朱冠锦袍，雄姿英发的王图骏马如风上。

王　图 末将王图参见魏王！

曹　操 粮草可曾催齐？

王　图　全部催齐，如数押到。

曹　操　（高兴地）好！记下头功。王将军，这是孤新封的来美人，上前见过。

王　图　见过来美人！

[王图拱手向前，与莺儿四目相对，一同愕住。

来莺儿　（惊呼）啊！

（唱）　霎时惊魂情欲醉，

曹　操　王将军，一同回府。

王　图　是。

来莺儿　（唱）　难道他死去又生回？！

曹　操　回府！美人——哈哈哈（挽手）

[灯隐。

四

[魏王府后宫中秋夜，月光如水，花影娑娑。

[女独伴唱：昨夜灯花坠，

今朝伊人归。

三载相思泪，

化作天雨飞。

[伴唱声中，巧儿暗上去寻王图。

[暗转宫门外。王图手捧桃符在徘徊举棋不定。

王　图　（唱）　自那日我与你相逢路口，

一潭死水涌激流。

你貌似当年神如旧，

婀娜多姿更风流。

三年来梦断魂销伤心透，

到今朝喜上眉梢又生愁。

喜的是亲人相逢劫难后，

愁的是受封美人锁红楼。

[王图沉思而去。收光。

[启光。巧儿进门，来莺儿急忙迎出。

巧　儿　莺儿姐，我已将桃符交给他了。可他什么话也没说。

来莺儿　啊……下去歇息吧。

巧　儿　唉！

[巧儿疑惑地下。

[王图匆匆上。

王　图　（叩门）开门！开门！

来莺儿　（始疑是幻觉，后听叩门声急，才应声）何人叩门？

王　图　是我，王图。

[莺儿急开门，见果是王图，几乎难以置信。

来莺儿　你，你……王郎！

王　图　莺妹！

[二人深情相拥，喜泪交流。

来莺儿　王郎，这不是梦么？

王　图　明明白白的，怎会是梦？

来莺儿　想不到今生今世，你我还有重缝之日啊！

王　图　（捧出桃符）莺妹！

王　图　三年了，我跟随魏王，南征北战，九死一生……我无时无刻总在想着你…唉，如今你是王府美人，我是军中校尉，你我已是同日不同天哪。

来莺儿　不！我不要当什么美人？你我海誓山盟，生死相许。我这就去见魏王，坦陈一切……

王　图　千万不可——魏王如今已是九锡之位，权倾天下，岂能容忍她的美人另属他人？

来莺儿　可你我有约在先……

王　图　那又怎样？魏王是宁可我负人，不教人负我。你若草率陈情，只怕你我的前程性命全都不保了。

来莺儿 依你怎样？

王　图 还要从长计议。我今夜前来，是向你告别的。

来莺儿 啊！

王　图 （唱） 适才魏王传急令，
命我率部出奇兵。
五百轻骑涉险境，
深入虎穴焚敌营。
殿前立下生死令，
特意夤夜来别卿。

来莺儿 啊，这么说，你就要走？

王　图 三更造饭，四更发兵。

来莺儿 天哪！（伤心）

王　图 莺妹，你我今夜一别，不知是否还有见面之期，望莺妹善自珍重！

来莺儿 王郎！……（双手紧握，伤心不已）

来莺儿 王郎！当年洛阳仓促分别，小妹不曾为你歌舞，今夜，就让我清歌一曲，为你饯行。

王　图 多谢了！

来莺儿 （摆开瑶琴，含泪弹唱）
三年离别泪，
今夜尽沾襟。（起舞）
强颜舒翠袖，
掩袂舞情深。
愿君交好运，
早返凯旋门。

［歌声委婉，舞姿动人，王图如醉如痴。

王　图 （唱） 闻歌心已醉，
观舞更迷人。

凄清增美艳，

风流绝代音。

［王图紧拽来莺儿双臂，目光如火……

［来莺儿情不自禁扑倒王图怀中，二人紧紧相拥。

［歌女们手牵粉红帷幔，翩翩舞上。

［伴唱：“心颤魂儿震，

情迷血沸腾。

寂寂寒宫夜，

绵绵山海情。”

［帷幔裹住来莺儿与王图，灯转暗。一阵鸡啼划破夜空，灯复明，歌女隐去，王图与来莺儿惊起。

王　图　哎呀不好，雄鸡报晓，天色已明，我误了军情大事了？（裹衣急奔下，桃符落地）

来莺儿　（拾起桃符，惊惶呆立）王郎……

［灯隐。

五

［鼓声震天，号角齐鸣。

［内喊：魏王升帐——

［来莺儿衣冠不整，仓惶奔上。

来莺儿　（唱）　金鼓催号角鸣马嘶人吼，

惊破了鸳鸯梦半夕温柔。

王郎他丧魂落魄急奔走，

我忧心如焚热汗流。

误军机违将令难辞其咎，

只怕是魏王震怒他、他、他一命休。

都怪我酿就了这杯苦酒，

惹下了塌天祸覆水难收。

悔恨无穷难相救——

[内传来喊声：“魏王升帐罗！”

来莺儿 （唱） 号令声似重锤砸我心头。

欲道隐私难开口，

女儿家怎经受这满面羞。

[内又传来喊声：“传王图！传王图！传王图！”

来莺儿 （紧张思索，左右为难，最后痛下决心，唱）

且把那生死荣辱抛脑后，

甘当飞蛾把火投。（急奔下）

[暗转。

[魏王府大堂。

[紧张激越的音乐声中，男舞队用急促的舞步跳着揪心的舞蹈。曹操一脸乌云步入其间，烦躁四顾，忽然猛一挥手，歌舞戛然而止。舞男们退去舞衣，成为手执刀矛的侍卫，威严地排开。

[王图气急败坏地踉跄奔上。

王　图 （跌跪在地）末将王图前来请罪！

曹　操 （眼目不瞧）你还有脸前来见我？

王　图 末将罪该万死……

曹　操 （拍案怒喝）死有余辜！拉下去！

王　图 （急喊）魏王！末将自知罪重于山，万死难辞其咎。只是恳求魏王念我鞍前马后，报国之劳，容我留下贱躯战死沙场，以报魏王的深恩大德呀！（叩头出血）

曹　操 （痛心地）平素老夫是何等器重于你，才将如此重任相托。不想你轻慢将令，贻误军机，使我苦心运筹的破敌之策废于一旦，是可忍孰不可忍？

王　图 都是末将一时疏虞，有负魏王苦心厚爱。

曹　操 一时疏虞！五千大兵，整整被你误了一个时辰哪！我问你，昨天夜里你做什么去了？

王　图　这……罪将偶感风寒，躺在床上，昏昏入睡了。

曹　操　（目光如电）当真？

王　图　（避开曹操目光，心虚胆怯）不，不敢欺瞒魏王。

曹　操　嘿嘿……（一阵冷笑）（取出缓带）你来看，这是什么？你昏昏入睡，这缓带为何落在后宫侧门？唔？（将缓带掷于地上）

王　图　这，这……无意间遗漏的……

曹　操　身为大将，玩忽职守，你可知军令如山，军法无情？拉下去！

[突然幕后传出来莺儿一声高呼："魏王——"

来莺儿　（直闯大堂，双膝跪下）来莺儿叩见魏王！

曹　操　（愕然）你不在后宫，到此何事？

来莺儿　臣妾斗胆为王校尉求情！

[全场一惊。

曹　操　你，为他求情？

来莺儿　臣妾甘愿领罪。

曹　操　啊！这与你何干？

王　图　（惊惧万分，急辩）不，不，罪将甘愿伏罪！

来莺儿　罪不在你。

王　图　你别胡说！

[众惊愕，曹操逼视王图与来莺儿，满腹狐疑……

曹　操　（威严挥手）两厢退下！

[侍卫押王图下。

曹　操　来莺儿！上回你干预老夫家政，我也曾严词警告，下不为例。这回却变本加厉，直闯大堂，你与那王图，到底有何勾当？

来莺儿　这……

曹　操　讲！

来莺儿　魏王！昨夜是臣妾将王图邀至椒房话别，才贻误军机！

曹　操　（震惊）什么，你与他彻夜话别？

来莺儿 是。

曹　操 （突然一阵狂笑）哈哈……英雄美人，好一段风流佳话！

来莺儿 魏王……

曹　操 （怒喝）住口！奸夫淫妇，色胆包天！（猛然抽剑）传令，将王图……

来莺儿 （不顾一切冲上前扯住曹操袍袖）魏王……

曹　操 （甩倒来莺儿，以剑逼指）无耻贱人！

来莺儿 （唱）　妾与他心系情缘早相认，
他男儿有志要投军。
临别时我赠他桃符为物信，
三年来苦苦相思别恨深。
可记得铜雀台上邀月影，
一曲哀歌悼忠魂。
那一日路上重逢魂魄震，
悲喜交加一潭死水起波纹。
昨夜晚他奉诏把王府进，
我相邀话别两倾心。
离愁别绪言难尽，
涕泗未干鸡报晨。

曹　操 （满脸羞愤）身为美人，男女幽会，这等事你居然不顾羞耻，说得出口？！

来莺儿 （唱）　我本乱世飘零女，
魏王施恩救浮萍。
剖腹交心理应分，
哪顾身前身后名。
生就一片真灵性，
纵死黄泉改不成。

曹　操 （为其所感，唱）
世人皆把丑恶隐，
她却坦荡表真情。

直呈隐私把罪请，
勇气痴情令人惊。
她身败名裂留笑柄，
我满面羞辱怎洗清？
罢！我宽宏大度不把你罪名定，
权当此事未发生。
你回后宫去自省，
我按军法来问刑。

来莺儿 不！（唱）
是非黑白怎瞒混，
千错万罪在妾身。

曹　操 啊！（唱）
我欲通融你不肯？

来莺儿 （唱） 天日昭昭难欺心。

曹　操 （唱） 你要把罪责全揽尽？

来莺儿 （唱） 但求我死换他生。魏王，你就杀了我吧！

[来莺儿坦然请死，曹操颓然跌坐，宝剑垂落身前。

[伴唱主题曲：
铜雀台高侵云汉，
一代雄威镇八荒。
却看谷底幽兰艳，
玉质芳魂永留香。

[伴唱声中，众歌女上缓缓起舞。曹操面对歌舞，若有所思……

曹　操 （背向来莺儿，慨然发话）来莺儿，老夫成全你。不过，你要把你绝世歌舞教于府中歌伎，教习成功，就允你代王图一死！

来莺儿 （深深一拜）多谢魏王！一言为定！

[灯隐。

六

[铜雀台上，笙歌悠扬，众歌女演习歌舞。

[字幕：半月后。

[伴唱：　铜雀台上舞婆娑，
　　　迷人的风姿醉人的歌。
　　　旁人只识其中乐，
　　　怎知时日已无多。
　　　日头日头慢些儿落，
　　　挽住时光留娇娥。

[众歌女一齐嚎啕痛哭。

[内喊：“魏王驾到！”

[侍卫引曹操上。

众歌女　（整容施礼）参见魏王！

曹　操　半月期限已到，来莺儿将歌舞教习得怎样？

巧　儿　来莺儿俱都教习完毕。

曹　操　好，歌舞上来。

来莺儿　是！

[曹操端坐观赏，歌女们舞步不前，歌喉难开。突然巧儿不顾一切地冲出队伍，急奔上前。

巧　儿　魏王（扑通跪倒）求魏王开恩，赦免莺儿姐一死！

[众歌女见状，紧跟上前，相继跪倒。

曹　操　难道你们就不怕死么？

众歌女　奴婢愿替莺儿姐一死！

曹　操　（为众人争先赴死的场面所震惊）啊！反了反了，来——扯下去，杀！

来莺儿　（急上）刀下留人——姐妹们！千万不可如此，我怎能连累你们？你们要真的疼爱我，就把我用心血编成的歌舞演唱流传下去，让人世间永远留下这美

妙的歌声、绝色的舞姿。我来莺儿纵死九泉，也甘心瞑目。来莺儿拜求了！（向众歌女跪倒）

众歌女 莺儿姐姐——

[众歌女见状，急跪搓近前，与来莺儿相扶而起，相互擦泪。

[曹操被眼前的情景所动。一扬手歌女们隐去。一束光照看沉思的曹操。

曹　操 呀——

（唱）　歌女们争先赴死恩义重，
绝世歌舞更动容。
数十年经历多少沧桑梦，
爱恨情仇笑谈中。
哪见过如此真情种，
钢刀怎忍碎落红。
倒不如成全一对鸳鸯梦，
法外施仁把网松。

传王图！

[内喊“传王图！”王图应声而上。

王　图 罪将王图，叩见魏王！

曹　操 王图，我问你，你可是真心爱上了来莺儿？

王　图 （惊惧）爱她？

曹　操 她甘冒万死为你求情领罪，你们真想做比翼鸳鸯？

王　图 啊！这……

曹　操 不许口是心非！

王　图 （急忙掩饰）魏王啊！我与来莺儿并无真情，都怪我一时失足有失检点……

曹　操 （大惊）啊！

王　图 我已写下认罪书敬奉御前。

[王图将认罪书呈上，曹操忍怒接过。

曹　操 （念）“我与来莺儿陌路相逢，逢场作戏，一时失足，误入歧途……”（气得火冒三丈）好一个负心贼！（一脚将王图踢倒）只道你堂堂男子，敢做敢当。

姑念你们真情挚爱，从轻处置。不想你，你……虚情假意，玩弄娇娥，又欺瞒于我，这等卑鄙小人，留你何用，来！拉下去砍了！

[许褚率侍卫应声上，将王图拿住。

王　图　（如痴如梦，叩拜求饶）魏王！饶命，饶命啊……（被拖下）

曹　操　（气犹未消）想不到世上竟有这样的无耻之徒……（猛然想到）哎呀，我亲口答应了来莺儿，不杀王图，怎么自食其言？来，传令将王图……

[许褚持刀上。

许　褚　魏王，启禀魏王，王图斩首已毕。

曹　操　啊！

许　褚　（见曹操神色有异，不解地）魏王，莫非……

曹　操　不，杀得好！杀得好！你等退下，传来莺儿来见。

许　褚　是！（下）

[来莺儿上。

曹　操　啊，你来了，来来来，坐下说话。

来莺儿　臣妾不敢。

曹　操　嗯……来莺儿，我唤你前来，就是要赦免你的死罪。

来莺儿　（急切地）那王图呢？

曹　操　王图么？他……我自有发落。

来莺儿　魏王已答应赦免王图，由我领罪，怎能朝令夕改！

曹　操　为了你，改这一回，有何不可？要知道，你是我的美人，你属于我。

来莺儿　小草虽小，也有独立根基，我属我自己。

曹　操　好！就算是你自己！可我是魏王，我要你活，你就得活！

来莺儿　为王者一句话可以叫千万人去死；可千万句话，就怕不能强要一人活！

曹　操　啊！倘若那王图背弃了你呢？

来莺儿　言必信，行必果，宁可人负我，不可我负人。（毅然下）

曹　操　（心灵震撼，唱）

一番话千钧霹雳震，

醍醐灌顶惊魄魂。

我毕生只要求人不负我，
她到死仍信守我不负人。
我与他相比肩矮了数寸，
铜雀台也好像倾斜了几分。
可叹我备极尊荣无上权柄，
却得不到她冰清玉洁的一颗心。

[来莺儿换上一身鲜红夺目的绚丽衣裙款步走来，顿觉春光照眼，美艳惊人。

来莺儿 臣妾就此拜别！这枚桃符，求魏王转交于他，留待来生也好相聚。（双手捧上桃符）

曹　操 这……（接过桃符，心潮起伏）

来莺儿 魏王厚恩，容我来世再报。（深施一礼，转身离去）

曹　操 （断然喝住）回来！

曹　操 孤告诉你，那王图……死了！

来莺儿 （难以置信）

曹　操 （字字如铁）那王图被我斩杀了！

来莺儿 （震惊万状）啊！是……真的？

曹　操 钢刀之上，血迹未干！（示刀）

来莺儿 （天旋地转）你……言而……无信哪！

曹　操 非是我言而无信，是这清平世界不可留这卑污的灵魂！这等负心贼，难道还不该死！这是他亲笔写的认罪书，你拿去看来。

来莺儿 （接认罪书看）“我与来莺儿陌路相逢，逢场作戏，一时失足，误入歧途……”（痛心如焚，踉跄欲倒）

曹　操 （双手相扶）莺儿，我不能骗取你的感激之情，更不能让你不明不白地死去。

来莺儿 （伤心欲绝，百感交集，手中的认罪书飘落地，唱）

霎时间万箭穿心五脏如绞，
泪眼模糊难对这带血的钢刀。
只说是生死相知天荒地老，
想不到真情挚爱付碧涛。

可怜我满腹酸楚难言表，

可叹你负义贪生把命抛。

难道说茫茫人世一点真情找不到，

难道是滚滚红尘全是伪诈与奸刁。

来莺儿 魏王啊！（唱）

谢魏王怜香惜玉实情告，

负心汉更教我梦断香消。

认罪书字字如刀把心搅，

他人纵可戮，我命岂能饶。

曹　操 你还要为他殉情？

来莺儿 （唱）

非徇私情徇正道，

人生信守不动摇。

为给人间留美好，

唯将一死表情操。

虽说是烟雨红颜位卑小，

却要把大义真情永留给高山流水明月松涛。

曹　操 （无限依恋）来莺儿！我的美人。

来莺儿 （躬身施礼）魏王，来莺儿死不足惜，今后唯愿您能怜悯这天下的苍生！……臣妾去了！

曹　操 怜悯天下苍生……来莺儿，临别之时，可否再为本王歌舞一曲？

来　莺 是——魏王！

曹　操 箫——来！

[侍卫取箫，音乐起，来莺儿整裹理鬓，展袖舒喉，独唱独舞，衣裙翻飞，柔若无骨，美艳绝伦。曹操忘情伴奏。

[歌舞声中，铜雀台上雪花飞舞，漫天飘落……

[来莺儿再整云鬓，缓缓转身，款步跃下铜雀台。

[一件红披风飘至曹操脚下。

[男女歌舞队一齐起舞歌唱。

主题曲：铜雀台高冲云汉，
　　　　一代雄威镇八荒。
　　　　却看谷底幽兰艳，
　　　　玉质芳魂永留香。
　　　　风絮飘残已化萍，
　　　　连泥刚倩藕丝萦。
　　　　珍重别拈香一瓣，
　　　　芳魂不灭记前生。
　　　　愿化青鸟长啼啭，
　　　　人间处处是莺声。

[曹操凄然地捧起来莺儿红衣，手中玉箫落地，老泪潸然……

[幕徐闭。

[剧终。